혼적

퍼트리샤 콘웰의 스카페타 시리즈 13

PATRICIA CORNWELL

TRACE

흔적

퍼트리샤 콘웰 지음 | 홍성영 옮김

RHK
알에이치코리아

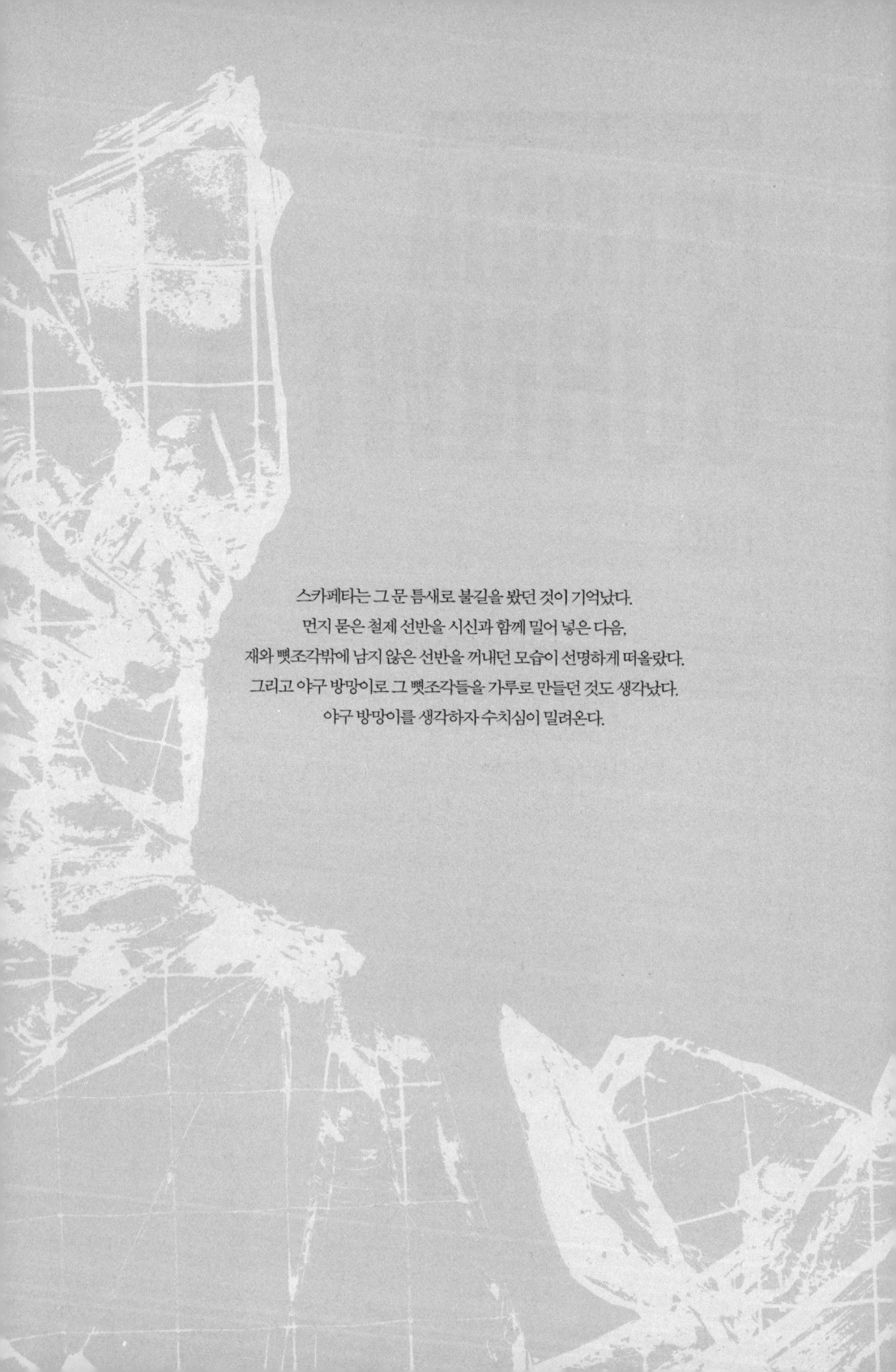

스카페타는 그 문 틈새로 불길을 봤던 것이 기억났다.
먼지 묻은 철제 선반을 시신과 함께 밀어 넣은 다음,
재와 뼛조각밖에 남지 않은 선반을 꺼내던 모습이 선명하게 떠올랐다.
그리고 야구 방망이로 그 뼛조각들을 가루로 만들던 것도 생각났다.
야구 방망이를 생각하자 수치심이 밀려온다.

차 례

루스 그레이엄, 빌리 그레이엄 부부에게
너무나 특별한 당신들에게 깊은 애정을 보냅니다.
나를 예술가의 길로 이끌어준 줄리아 카메론에게
찰리와 마티에게
그리고 이렌느에게
여러분 모두가 도와주었기에 이 소설을 쓸 수 있었습니다.

1

웬만한 전쟁터보다 더 많은 시신이 발굴되었던 구시가지 구역을 노란색 불도저와 굴착기가 파헤치고 있다. 렌트한 SUV 차량의 속도를 서서히 줄이며 멈춰 선 케이 스카페타는 자신의 과거를 마구 짓밟고 있는 겨자색 중장비를 바라보자 마음이 흔들린다.

"나한테 말이라도 해주었어야지…." 그녀는 중얼거린다.

12월의 흐린 아침, 스카페타는 별다른 생각 없이 그곳에 도착했다. 자신이 오랫동안 몸담았던 건물을 지나며 약간의 향수를 느끼고 싶었을 뿐, 그 건물이 철거되고 있을 거라고는 생각조차 못했다. 누군가가 그녀에게 말해줄 수도 있었다. 꿈과 희망으로 충만하고 사랑을 믿었던 젊은 시절에 일했던 오래된 건물, 그녀가 아직도 그리워하며 애틋한 감정을 갖고 있는 그 건물이 곧 철거될 거라고, 누군가가 친절하고 예의 바르게 귀띔해줄 수도 있었다.

불도저가 블레이드(blade: 배토판)를 높이 들어 올리자 마치 경보 발

7

령 소리처럼 요란한 기계음이 들린다. 부서지는 콘크리트를 바라보던 그녀는 자신의 감정에 귀를 기울였어야 했다고 자책한다. 자신이 오랫동안 몸담았던 건물의 절반이 이미 무너지고 없었다. 리치먼드로 돌아오라는 요청을 받았을 때, 그녀는 자신의 감정에 주의를 기울였어야 했다.

"당신이 도와주셨으면 하는 사건이 있습니다." 스카페타의 후임이자 현재 버지니아 주 법의국장으로 일하고 있는 조엘 마커스 박사가 말했다. 바로 어제 오후 그에게서 전화가 걸려왔고, 스카페타는 자신의 감정을 무시했다.

"물론 도와줄 수 있어요." 그녀는 사우스플로리다에 있는 자택에서 말했다. "어떤 사건인가요?"

"열네 살짜리 여자아이가 침대에서 죽은 채로 발견되었습니다. 약 2주 전 낮 12시경이었는데, 사망하기 전에 감기를 앓았다고 합니다."

스카페타는 왜 자신에게 전화를 한 것인지 마커스 박사에게 물었어야 했지만 그러지 못했다. 왜 하필 나한테 전화를 했을까? 그러나 그녀는 자신의 감정에 주의를 기울이지 않았다.

"학교를 마치고 집에 돌아온 건가요?"

"네."

"혼자 있었나요?" 스카페타는 턱으로 수화기를 고정한 채 버번위스키, 꿀, 올리브오일을 한데 섞어 저었다.

"그렇습니다."

"시신을 발견한 다음 사인은 무엇으로 밝혀졌나요?" 스카페타는 냉동용 비닐 안에 든 살코기 스테이크에 식초와 포도주를 섞은 양념을 부으며 말했다.

"희생자의 어머니가 시신을 발견했는데, 분명한 사인은 없었습니다." 마커스가 말했다. "사망한 정황에 대해서도 의심스러운 점은 없었고요."

스카페타는 양념에 절인 스테이크 봉투를 냉장고에 넣은 다음, 감자를 꺼내려다 마음을 바꾸고 냉장고 서랍을 닫았다. 감자 대신 통밀 빵을 만들기로 했다. 그녀는 편안한 마음으로 앉아 있기는커녕 서 있을 수도 없고, 내심 불안했지만 내색하지 않기 위해 애썼다. 왜 마커스는 나한테 전화를 했을까? 그걸 물어봤어야 했는데 그러지 못했다.

"함께 살던 가족은 누구죠?" 스카페타가 물었다.

"자세한 내용은 직접 만나서 이야기하고 싶습니다." 마커스 박사가 대답했다. "무척 민감한 사안이라서요."

스카페타는 2주 동안 아스펜에 다녀올 예정이라고 둘러대려 했지만, 그런 이야기는 입 밖으로 나오지 않았다. 그녀는 아스펜에 가지 않을 것이다. 지난 몇 달 동안 계획을 세웠지만 실제로는 가지 않을 것이고, 앞으로도 그럴 것이다. 그런 거짓말은 할 수 없었다. 그 대신, 목을 맨 희생자 유가족들이 자살을 사인으로 인정하지 않는 까다로운 사건을 검토하는 중이라서 리치먼드에 갈 수 없다는 평계를 댔다.

"목을 맨 사건인데 뭐가 문젭니까?" 마커스 박사가 물었다. 대화가 이어질수록, 그의 말이 스카페타의 귀에 들어오지 않았다. "인종 문제입니까?"

"나무에 올라가서 목에 밧줄을 감았고, 손을 뒤로 돌려 스스로 수갑을 찼기 때문에 마음을 바꿀 수 없었던 거죠." 그녀는 밝게 장식한 부엌에서 찬장을 열며 대답했다. "나뭇가지에서 뛰어 내렸을 때 2번 경추가 골절되었고, 매고 있던 밧줄이 두개골을 잡아당겨 얼굴이 일그러졌습니다. 마치 고통스러워하며 인상을 쓰는 것처럼 보였죠. 미시시피에 있는 희생자 유가족들에게 그 상황을 설명하려 애쓰고 있어요. 미시시피에서는 기만이 횡횡하고 동성연애자들을 이상한 시선으로 바라보죠."

"미시시피에는 가본 적이 없어서요." 마커스가 덤덤하게 말했다. 그가 하고 싶었던 말은, 자신의 삶에 직접적인 영향을 끼치지 않는 비극적인 자살 사건에는 신경 쓰지 않겠다는 뜻이었는지도 모른다. 그러나 스카페타는 느끼지 못했다. 그의 말에 귀를 기울이지 않았기 때문이다.

"당신을 도와주고 싶지만…." 바로 그때, 올리브유 병을 굳이 새로 딸 필요가 없었지만, 스카페타는 그렇게 했다. "당신이 맡은 사건에 내가 개입하는 건 좋지 않을 것 같군요."

스카페타는 화가 났지만 그 사실을 부인하며 넓은 부엌 안을 서성거렸다. 부엌에는 스테인리스 스틸로 만든 설비가 잘 갖추어져 있고, 화강암으로 만든 싱크대가 반짝반짝 빛나고, 운하의 풍경이 한눈에 들어왔다. 그녀는 아스펜에 못 가서 화가 났지만 그 사실을 부인했다. 화가 치밀어 올랐지만, 자신이 법의국장 자리에서 해임되었다는 사실을 마커스 박사에게 덤덤하게 상기시키고 싶지는 않았다. 스카페타는 마커스가 버지니아의 신임 법의국장이 되기 전에 되돌아올 기약도 없이 버지니아를 떠났었다. 하지만 마커스가 오랫동안 침묵을 지키자, 그녀는 말할 수밖에 없었다. 자신은 우호적인 상황에서 리치먼드를 떠났던 게 아니며, 그도 그 사실을 알아야 한다고.

"케이, 그건 오래전 일입니다." 그가 대답했다. 스카페타는 프로답게 그를 존중하며 마커스 박사라고 불러주었는데, 그는 방금 그녀를 케이라고 불렀다. 케이라는 호칭에 너무나 불쾌해하는 자신의 모습이 당혹스러웠지만, 그가 편안하고 친근하게 대한 것뿐인데 오히려 자신이 너무 민감하게 반응하는지도 모른다는 생각이 들었다. 그리고 질투심 때문에 그가 잘못되기를 바라는 것일지도 모른다고 생각하며, 모든 것을 자신의 소심함 탓으로 돌렸다. 스카페타 박사 대신 케이라고 부르는 것은 충분히 이해할 수 있어, 그녀는 이렇게 생각하며 자신의 감정에 주의를 기울이지 않았다.

"우리는 각기 다른 주에 살고 있습니다." 그가 이야기를 계속했다. "버지니아 주지사는 당신이 누구인지도 모를 겁니다."

스카페타는 이제 더 이상 중요한 인물이 아니어서 주지사가 그녀 이름도 들어보지 못했을 거라고 말하는 것 같았다. 마커스는 그녀를 모욕하고 있었다. 말도 안 되는 헛소리. 그녀는 반감이 생겼다.

"이곳 버지니아 주에 새로 부임한 여성 주지사는 연방 정부의 대대적인 예산 적자와 테러 위협에 골몰하고 있습니다…."

스카페타는 자기 후임자에 대해 부정적인 반응을 보이는 자신을 탓했다. 마커스가 원하는 것은 사건을 도와주기 바라는 것뿐이고, 그가 자신에 대해 조사하지 말라는 법도 없지 않은가! 대기업에서 해임당한 최고경영자에게 조언과 컨설팅을 구하는 것은 드문 일이 아니다. 그리고 그녀는 자신이 아스펜으로 가지 않을 거라는 사실을 상기했다.

"…그 이외에도 원자력 발전소, 여러 군사 기지, FBI 아카데미, 더 이상 기밀이 아닌 CIA 훈련 캠프, 연방 예비병 등 여러 문제가 산재해 있습니다. 따라서 케이, 주지사와 문제가 생길 일은 없을 겁니다. 실제로 주지사는 정치가로서 야심이 너무나 크기 때문에 법의국 일에는 별로 관심이 없습니다." 마커스는 부드러운 남부 억양으로 말했다. 그는 5년 전 리치먼드를 떠난 스카페타가 돌아온다 하더라도 논쟁을 불러일으키거나 사람들의 주목을 받지는 않을 거라고 넌지시 말하려고 애썼다. 마음속으로는 확신할 수 없었지만, 스카페타는 아스펜에 대해 생각하고 있었다. 당분간은 시간이 있다. 예상치 못한 시간이 생겼기 때문에 다른 사건을 맡을 수도 있다는 생각이 들었다.

스카페타는 자신이 예전에 일하던 건물이 있는 블록을 돌아 천천히 차를 본다. 이제는 예전의 삶이 끝난 것처럼 보인다. 마치 거대한 노란색 벌레처럼 보이는 불도저와 굴삭기가 그녀가 일하던 오래된 건물을 무너뜨리고, 주변에는 먼지가 날린다. 트럭과 땅을 파는 기계들이 덜커덩거리며 이리저리 굴러다닌다.

"이 광경을 목격하게 되어 다행이군요. 하지만 누군가는 나한테 미리 말해주었어야 해요."

함께 차에 타고 있는 피트 마리노는 금융 지역 외곽 경계에 있던 칙칙한 저층 건물이 무너지는 모습을 아무 말 없이 바라보고 있다.

"마리노 반장, 당신도 함께 보고 있어서 다행이에요." 마리노는 더 이상 반장이 아니었지만, 스카페타는 여전히 그를 그렇게 부른다. 반장이라고 부르는 경우는 흔치 않은데, 그를 다정하게 대해줄 때에만 그랬다.

"박사 말이 맞소." 마리노는 평소처럼 빈정거리는 어투로 말했는데, 피아노의 중간 C음 정도였다. "박사의 후임자가 바늘로 찔러도 피 한 방울 나오지 않을 것 같은 나쁜 놈이라고, 누군가 당신에게 이야기해주었어야 했소. 그자는 5년 전에 리치먼드를 떠난 후 한 번도 돌아오지 않은 당신을 초청하면서도, 이 오래된 건물을 허문다는 이야기조차 하지 않았소."

"미처 생각 못했을 거예요."

"나쁜 놈." 마리노가 대꾸한다. "벌써부터 그 작자가 마음에 들지 않는군."

오늘 아침 마리노는 신중해 보이고, 여러 가지 감정이 한데 뒤섞인 것처럼 보인다. 그는 검은색 카고 바지를 입고, 검은색 경찰 부츠에 얇은 검은색 방수 재킷 그리고 LAPD 야구모자를 쓰고 있다. 스카페타가 보기에는, 대도시의 터프한 이방인으로 보이려는 의도가 분명하다. 그가 이곳 리치먼드에서 형사로 일할 당시 보수적인 소도시 사람들이 자신을 부당하게 대하고, 경멸하고, 오해했던 것에 대해 여전히 분개하기 때문일 것이다. 그는 자신이 정직을 당하거나, 전근을 하거나 혹은 지위가 강등되었을 때에는 그럴 만한 타당한 이유가 있다는 생각을 하지 못했고, 사람들이 자신을 무례하게 대할 때에는 오히려 자신이 먼저 그들의 비위를 건드렸기 때문이라는 생각을 하지 못했다.

선글라스를 끼고 옆 좌석에 몸을 기대고 있는 마리노의 모습이 스카페타에게는 약간 어리석어 보인다. 예를 들어, 그녀는 그가 모든 유명인을 싸잡아 미워한다는 사실을 알고 있다. 마리노는 특히 연예인들을 몹시 싫어하는데, 그들처럼 유명해지려는 일부 경찰도 혐오한다. 마리노가 쓰고 있는 모자는 스카페타의 조카 루시가 선물한 것이다. 루시는 최근 로스앤젤레스에 사무실을 열었는데, 마리노는 로스트 앤젤레스(Lost Angeles, 잃어버린 천사)라고 농담 삼아 부르기도 했다. 이제 마리노는 자신의 잃어버린 도시 리치먼드로 돌아가는 중이다. 그는 다시 리치먼드에 돌아올 때는 예전과 다른 모습으로 나타날 거라고 마음속으로 벼르고 있었다.

"음, 아스펜으로 가야 하는 거 아니오?" 마리노가 낮은 목소리로 말한다. "벤턴이 무척 화가 났을 텐데."

"사실, 벤턴은 사건을 담당하고 있는 중이에요." 그녀가 말한다. "그러니 며칠 늦추는 게 아마 그 사람한테도 좋을 거예요."

"며칠이라…. 며칠 만에 해결되는 일은 없소이다. 박사는 아스펜으로 가지 못할 게 분명해. 그런데 벤턴은 무슨 사건을 담당하는 거요?"

"그 사람은 아무 말도 하지 않았고 나도 묻지 않았어요." 스카페타가 대답한다. 그녀가 할 말은 그것뿐이다. 벤턴에 대해 이야기하고 싶지 않기 때문이다.

마리노는 잠시 동안 아무 말 없이 차창 밖을 내다본다. 스카페타는 마리노가 그녀와 벤턴의 관계에 대해 생각하고 있다는 사실을 안다. 그녀는 마리노가 겉으로 드러내지는 않지만 계속해서 그들의 관계를 궁금해한다는 것을 알고 있다. 마리노는 그들이 다시 만난 이후 서로 멀리 떨어져 있었다는 사실을 안다. 마리노가 그런 사실까지 알고 있다는 게 그녀를 화나고 당혹스럽게 만든다. 그런 것을 눈치 채는 사람은 오직 마리노뿐이다.

"아스펜 일은 너무 안됐소." 마리노가 말한다. "나라면 엄청 화를 냈을 텐데."

"잘 봐둬요." 그녀는 눈앞에서 무너지고 있는 건물을 가리키며 말한다. "여기 있는 동안 잘 봐둬요." 스카페타는 아스펜이나 벤턴에 대해 언급하고 싶지 않아 그렇게 말한다. 왜 그와 함께 있지 않은지, 앞으로 어떻게 될지 말하고 싶지 않다. 지난 몇 년 동안 벤턴이 사라졌을 때, 그녀의 일부분도 떠나버렸다. 하지만 그가 돌아온 후에도 그녀는 모든 것을 회복하지 못했다. 스카페타는 그 이유를 알 수가 없었다.

"생각해보니, 건물을 허물 때가 된 것 같군." 마리노가 차창 밖을 내다보며 말한다. "앰트랙(Amtrak: 전미 철도 여객 수송 공사 - 옮긴이) 때문일 거요. 메인 스트리트 역을 개장하는 바람에 주차장이 필요하다는 이야기를 들은 것 같소. 누구한테 들었는지는 잊어버렸는데, 꽤 오래전이었소."

"나한테 말해주었으면 좋았을 텐데."

"꽤 오래전이었소. 누구한테 들었는지 기억나지도 않고."

"그런 정보는 나도 알았어야 해요."

마리노는 그녀를 바라본다. "박사가 감상에 젖는 걸 탓할 수는 없지만, 마음 단단히 먹고 이곳에 오라고 이미 경고하지 않았소. 지금 우리 앞에 있는 것을 보시오. 이곳에 온 지 한 시간도 지나지 않아 벌써 이런 광경을 목격하고 있잖소. 우리가 예전에 일하던 건물이 무너지고 있소. 이건 나쁜 징조요. 지금 시속 3킬로미터로 가고 있는데, 속도를 더 올려야 할 거요."

"감상에 젖는 것은 아니지만 이런저런 이야기를 듣고 싶군요." 그녀는 자신이 일하던 오래된 건물을 바라보며 천천히 차를 움직인다.

"분명하게 말하지만 이건 나쁜 징조요." 마리노는 그녀를 똑바로 쳐다보며 말한 다음 창밖으로 시선을 돌린다.

스카페타는 무너지는 건물을 바라보며 여전히 속도를 높이지 않는다. 느릿하게 움직이는 자동차처럼 그녀의 마음속에서 천천히 진실이 떠오른다. 예전에 법의국 사무실로 사용하던 건물은 이제 새로 복구한 기차역의 주차장으로 바뀔 것이다. 그녀와 마리노가 이곳에서 일한 10년이 넘는 세월 동안, 그들은 역에서 한 번도 기차를 보지 못했다. 석조 고딕 양식의 커다란 역사(驛舍)는 몇 차례 다른 용도로 쓰였을 뿐 오랫동안 사용되지 않다가 결국 상점으로 개조되었지만 곧 문을 닫고 말았다. 그리고 나서 주정부 사무실로 사용되다 또다시 문을 닫았다. 높은 시계탑은 항상 그 자리를 지키며 곡선으로 굽은 I-95 도로와 지나가는 기차를 내려다보고 있었다. 시계탑의 문자반은 유령처럼 창백해 보였고, 가느다란 손가락 같은 시곗바늘은 시간 속에 멈추어 있었다.

리치먼드는 그녀 없이도 잘 굴러온 것이다. 메인 스트리트 역은 앰트랙의 허브(hub)로 다시 태어났다. 시계탑의 시계도 움직이고, 시간은 8시 16분을 가리키고 있다. 스카페타가 시신을 돌보느라 건물을 들락날락할 때에는 시계가 작동하지 않았다. 버지니아의 일상은 아무런 문제 없이 여전히 계속되었고, 그 사실을 그녀에게 말해준 사람은 아무도 없었다.

"내가 뭘 기대했는지 모르겠어요." 그녀는 차창 밖을 내다보며 말한다. "건물 내부를 바꿀 수도 있고, 창고나 공문서 보관소 혹은 모자라는 정부 기관 사무실로 사용할 수도 있어요. 건물을 철거할 필요는 없잖아요."

"건물을 철거해야만 했을 거요." 마리노가 분명하게 말한다.

"이유는 모르겠지만, 건물을 철거할 거라는 생각은 못했어요."

"전 세계적으로 유명한 대단한 건축물도 아니잖소." 마리노가 말한다. 갑자기 그의 목소리에서 옛 건물에 대한 적대감이 느껴진다. "1970년대에 지은 평범한 콘크리트 건물에 지나지 않을 뿐이오. 살해된 후 저 건물을 거쳐 간 수많은 시신들을 생각해보시오. 에이즈에 걸린 사람들, 시신이 부패해서 들어온 부랑자들. 강간당하고, 목 졸려 죽고, 칼로 난도질당한 여자들과 아이들. 건물에서 뛰어내리거나 기차에 뛰어든 이상한 사람들. 온갖 사건의 희생자들이 모두 저 건물로 들어왔소. 해부실에 있는 시신 방부 처리용 통에 놓여 있던, 아직 핏기도 가시지 않은 시신들은 두말할 필요도 없고. 그게 내게는 최악이었소. 사슬과 갈고리를 이용해 그 시신들을 들어 올리던 것 기억나지 않소? 핏기도 가시지 않은 분홍색 시신들을 마치 돼지처럼 다리를 위로 잡아당겨 매달기도 했습니다." 마리노는 그 상황을 보여주려는 듯 무릎을 위로 들어 올렸다. 검은색 카고 바지의 무릎이 야구모자 챙에 닿았다.

"얼마 전까지만 해도 다리를 그렇게 올리지 못했는데." 그녀가 말한다. "석 달 전만 해도 다리를 구부리지 못했잖아요."

"내가 그랬나?"

"농담 아니에요. 몸이 많이 좋아진 것 같군요."

"박사, 다리 들어 올리는 건 개도 할 수 있는 일이오." 마리노가 농담처럼 말한다. 하지만 그녀에게 칭찬을 받아서 기분이 좋은 게 분명하다. 스카페타는 미리 칭찬을 해주지 않은 게 못내 아쉽다. "수캐인 경우에 한해서 말이오."

"농담 아니에요. 그 정도로 호전되다니, 대단해요." 그녀는 지독하게 나쁜 마리노의 건강 습관이 더 악화되어 결국 죽을지도 모른다고 오랫동안 걱정해왔다. 그가 마침내 생활 습관을 개선하려고 노력하기 시작한 이후 몇 달이 지나도록 그녀는 칭찬 한마디 해주지 않았다. 그런데 오래된 건물이 철거되는 것을 본 지금 드디어 그에게 다정한 말을 하게 되었다. "이제까지 아무 말도 하지 않은 건 미안하지만…." 그녀는 덧붙여 말한다. "단백질과 지방은 섭취하지 말아요."

"이제는 나도 플로리다 사람 다 됐소." 마리노가 기분 좋게 말한다. "남쪽 사람들의 식이요법을 따르고는 있지만 해안 길은 돌아다니지 않소. 그곳에는 호모 놈들밖에 없으니까."

"그런 말 하지 말아요." 스카페타는 마리노가 그런 식으로 거칠게 말하는 게 마음에 들지 않는다. 하지만 마리노는 그래서 더욱 그런 식으로 말하곤 한다.

"지하에 있던 화장장 기억나시오?" 마리노는 옛 추억을 계속 떠올리며 말한다. "지하에서 시신을 불태울 때마다 항상 알 수 있었소. 굴뚝에서 연기가 올라왔으니까." 그는 철거 중인 오래된 건물 꼭대기에 있는 화장장 굴뚝을 가리키며 말한다. "연기가 피어오르는 게 보이면, 그 공기를 맡으며 운전할 마음도 나지 않았소."

스카페타는 차를 몰고 건물 뒤쪽으로 간다. 건물 뒤쪽은 아직 무너지지 않았고, 예전 모습 그대로다. 주차장은 커다란 노란색 트랙터 한 대가 주차되어 있을 뿐 텅 비었다. 트랙터는 그녀가 법의국장으로 일할 때 차를 세워두던 주차장 문 오른쪽에 서 있다. 불현듯, 차고 안에 있는 커다란 초록색과 빨간색 버튼을 누르기라도 한 양 문이 삐걱거리며 열리고 닫히는 소리가 들리는 듯하다. 사람들 목소리, 영구차 소리, 앰뷸런스 소리, 문이 열렸다 꽝 닫히는 소리, 시신을 실은 바퀴 달린 들것이 경사로를 오르내리며 덜컹거리는 소리, 밤과 낮 낮과 밤으로 시신이 들어오고 나가는 소리가 들린다.

"잘 봐둬요." 그녀가 마리노에게 말한다.

"블록을 돌 때부터 잘 봐두었소." 그가 대답한다. "박사, 하루 종일 건물만 뱅뱅 돌 생각이오?"

"한 번 더 둘러볼 테니 잘 봐둬요."

스카페타는 메인 스트리트에서 왼쪽으로 회전한 다음, 철거 지역을 약간 더 빠른 속도로 돈다. 조만간 그곳이 손발 절단 수술을 하고 남은 기부(基部)처럼 변할 거라는 생각이 든다. 뒤쪽 주차장이 다시 시야에 들어오자, 올리브 초록색 바지에 검은색 재킷을 입은 남자가 보인다. 커다란 트랙터 옆에 서서 엔진을 손보고 있는데, 트랙터에 문제가 생긴 게 분명한 것 같다. 그가 무슨 일을 하고 있든, 스카페타는 그가 거대한 검은색 타이어 앞에 서 있지 않기만을 바랐다.

"모자는 차에 두는 게 어떨까요?" 그녀가 마리노에게 말한다.

"뭐요?" 그녀를 쳐다보는 마리노의 얼굴에 오랜 세월의 흔적이 묻어 있다.

"내 말 분명히 들었잖아요. 당신을 위해 진심으로 조언하는 거예요." 스카페타가 말한다. 트랙터와 남자가 시야에서 곧 사라진다.

"나를 위한 진심 어린 조언이라고 말하지만, 사실은 절대 그렇지 않소." 마리노는 LAPD 야구모자를 벗은 다음, 그걸 쳐다보면서 깊은 생각에 빠진다. 그의 대머리가 땀에 젖어 빛난다. 얼마 남지 않은 머리를 아예 밀어버렸다.

"당신은 왜 머리를 밀기 시작했는지 나한테 말해준 적이 한 번도 없어요."

"물어본 적도 없잖소."

"지금 묻고 있잖아요." 그녀는 북쪽으로 방향을 틀고, 건물을 벗어나

브로드 스트리트로 향하면서 속도를 높인다.

"그럴 만한 이유가 있지." 마리노가 대답한다. "머리가 나지 않으면 아예 밀어버리는 게 더 낫거든."

"듣고 보니 일리 있는 말이군요." 그녀가 대꾸한다.

2

에드거 앨런 포그는 편안한 의자에 기대어 자신의 맨발을 가만히 바라본다. 자신이 할리우드에 집을 구했다는 사실을 사람들이 알게 되면 어떤 반응을 보일까, 그는 미소를 지으며 생각해본다. 그에게는 별장과 같은 곳이다. 에드거 앨런 포그에게 찬란한 햇빛과 즐거운 생활을 누릴 수 있게 해주고, 사생활을 보호해주는 또 하나의 집이 생긴 것이다.

어디에 있는 할리우드냐고 물을 사람은 아무도 없을 것이다. 할리우드라는 단어를 듣고 맨 먼저 머릿속에 떠오르는 것은 언덕 위에 있는 할리우드 표지판, 높은 담으로 둘러싸인 대저택, 컨버터블 스포츠카 그리고 축복받은 아름다운 배우들이다. 에드거 앨런 포그의 집이 있는 할리우드는 마이애미에서 차로 한 시간 걸리는 브로워드 카운티였다. 부자와 유명인들이 모이는 곳이 아닐 거라고 생각하는 사람은 아무도 없을 것이다. 약간의 통증이 느껴지자 포그는 의사에게 말해야겠다고 생각한다. 그렇다. 의사에게 맨 처음 알려야 한다. 그래서 다음번에는 감기 백신이 떨어지지 않도록 해야 한다. 포그는 두려움을 느낀다. 아무리 백신이 부족하더라도 할리우드 환자에게 감기 백신을 놓아주지 않을 의사는 아무도 없을 거야. 불안해진 포그는 애써 마음을 다잡는다.

"아, 엄마, 드디어 해냈어요. 정말 이곳에 오게 되었어요. 이건 꿈이 아니라고요."

포그는 마치 입 안에 무언가를 물고 있어서 혀가 잘 움직이지 않는 것처럼 웅얼거리며 말한다. 실제로 그는 희고 고른 치아로 나무 연필을 물고 있다.

"이런 날은 절대 오지 않을 거라고 생각했겠죠." 그가 연필을 물고 말하는 동안, 아랫입술에 묻은 침이 턱 아래로 흘러내린다.

넌 아무것도 못 할 거야, 에드거 앨런. 실패, 실패, 실패만 반복했으니까. 그는 연필을 입에 문 채, 술에 취한 어머니의 불분명한 목소리를 흉내 낸다. 에드거 앨런, 넌 아무것도 못해. 넌 패배자야, 패배자야.

그가 앉은 안락의자는 환기가 잘 안 되고 퀴퀴한 냄새가 나는 거실 한가운데 놓여 있다. 침실 하나짜리 그의 아파트는 미국 대통령 이름을 딴 가필드 스트리트를 마주보고, 할리우드 대로와 셰리던 대로가 동서 양쪽 방향으로 뻗어 있다. 연한 노란색 벽토를 바른 2층 건물은 가필드 코트라고 불리는데, 그 이유는 알려져 있지 않다. 건물에는 좁은 잔디밭은커녕 안마당도 없고, 주차장과 키 큰 야자수 세 그루만 덩그러니 있었다. 너덜너덜해진 야자수 잎을 보며 포그는 어린 시절 마분지에 꽂았던 찢어진 나비 날개를 떠올린다.

나무에는 생기가 충분치 않다. 그게 문제다.

"엄마, 그만해요. 당장 그만하라고요. 그런 말을 하다니 너무해요."

포그는 2주 전 집을 렌트할 때 가격 흥정을 하지 않았다. 하지만 950달러의 월세는 그가 리치먼드에서 내는 월세에 비하면 너무 큰돈이었다. 그러나 이곳에서는 적당한 집을 찾기가 쉽지 않은 데다, 열여섯 시간 동안 운전해서 브로워드 카운티에 도착한 터라 어디서부터 시작해야 할지 도저히 엄두가 나지 않았다. 몸은 녹초가 되었지만 기분은 들떴고 당장 집을 구하고 싶었다. 모텔에서는 하룻밤도 보내고 싶지 않았다. 그의 흰색 뷰익 자동차에는 살림살이가 잔뜩 실려 있었다. 자동차 유리를 깨고 VCR과 텔레비전을 훔쳐갈 수 있는 기회를 강도에게 주고 싶지 않았다. 차 안에는 그 이외에도 훔쳐갈 것이 많았다. 옷가지와 욕실 용품, 컴퓨터, 가발, 안락의자, 전등, 이불 커버, 책과 문구 용품, 그가 소중하게 여기는 티 볼 배트(tee ball bat: 야구방망이의 일종 – 옮긴이)에 칠할 붉은색과 흰색, 푸른색 수정 물감 그리고 오래전부터 간직해온 소중한 소지품들.

"엄마, 정말 끔찍했어요." 그는 술 취한 어머니의 잔소리를 듣지 않으려고 그 이야기를 다시 꺼낸다. "몇 가지 이유 때문에 그곳을 당장 떠나야 했지만, 영구적으로 떠난 건 아니에요. 이제 또 다른 집이 생겼으니, 할리우드와 리치먼드를 왔다 갔다 할 거예요. 엄마와 나는 항상 할리우드를 꿈꿨고, 서부 개척 시대의 정착민들처럼 큰돈을 벌기 위해 출발한 거예요, 그렇지 않아요?"

그의 작전은 성공한다. 그는 패배자와 생기 없는 것하고는 무관한 멋진 곳으로 어머니의 관심을 돌릴 수 있었다.

"처음 도착해서는 운이 없는 것 같았어요. 노스 24번 스트리트에서 리베리아 슬럼가로 갔는데, 아이스크림 트럭이 있었거든요."

그는 연필이 마치 입의 일부분인 양 자연스럽게 문 채 말한다. 연필은 담배 대용품이다. 담배를 피우지 않는 이유는 건강을 해치거나 나쁜 습관이기 때문이 아니라, 단지 비용 때문이다. 포그는 시가에 집착한다. 그가 집착하는 대상은 거의 없지만, 인디오와 쿠비타 그리고 푸엔테 시

가만은 반드시 손에 넣어야 한다. 그리고 무엇보다, 쿠바에서 밀수입되는 코히바는 기필코 가져야 한다. 그는 코히바에 완전히 푹 빠졌고, 그것을 어떻게 구입하는지 알고 있다. 쿠바 시가 연기가 자기의 병든 폐 속으로 들어올 때의 느낌은 너무나 특별하다. 불순물은 폐를 손상시키지만, 순수한 쿠바 시가는 폐를 치료한다.

"정말이지 믿겨져요? 아이스크림 트럭이 종을 울리며 지나가고, 흑인 어린애들이 아이스크림을 사기 위해 동전을 들고 몰려오는 거예요. 우리는 바로 빈민가이자 전장 한가운데에 있고, 해는 이미 졌어요. 리베리아에서는 밤이 되면 총성이 울릴 게 분명해요. 물론 나는 그곳에서 나왔고, 기적적으로 더 나은 동네로 갈 수 있었어요. 내가 어머니를 안전하고 편안한 할리우드로 모시고 왔잖아요. 그렇지 않아요, 엄마?"

여하튼 그는 가필드 스트리트에 도착했고, 작은 단층 벽토 건물을 천천히 지나갔다. 벽토 건물에는 난간, 미늘살(jalousie) 창문, 간이 차고가 있고, 정원은 수영장을 만들기에는 너무 좁아 보였다. 1950년대나 1960년대에 지어진 건물 같았다. 그 건물들은 무시무시한 허리케인과 급속한 인구 변화, 가차 없는 세금 인상을 수십 년 동안 견디면서 살아남았다. 그런 변화 때문에 옛사람들은 쫓겨났고, 영어를 못하거나 말하려고 시도조차 하지 않는 새로운 사람들이 정착했다. 그러나 주변 지역은 살아남았다. 그가 그런 생각을 하고 있는 동안, 아파트 단지가 마치 어떤 영상처럼 자동차 앞 유리창을 가득 채웠다.

건물 밖에는 가필드 코트라는 표지판이 걸려 있고, 전화번호가 적혀 있었다. 포그는 주차장으로 들어가면서 표지판을 보고 전화번호를 적었다. 그리고 주유소로 가서 공중전화를 이용했다. 그랬다. 빈 아파트가 하나 있었다. 그는 한 시간 이내에 집주인인 벤저민 P. 슈프를 만나기로 했다. 포그는 집주인과의 만남이 처음이자 마지막이기를 바랐다.

그럴 수는 없습니다, 그럴 순 없습니다. 슈프는 아래층 사무실 책상 맞은편에 앉아 있는 포그에게 계속 그 말만 반복했다. 사무실 안은 후텁지근했고, 슈프가 지나치게 많이 뿌린 콜로뉴(Cologne) 향수의 역한 냄새 때문에 숨이 막힐 것 같았다. 에어컨을 원하면 창문을 새로 해 넣어야 합니다. 그건 당신이 결정할 문제입니다. 하지만 이곳 사람들은 지금 시기를 1년 중 프리모 시즌(primo season)이라고들 말하죠. 이 시기에 누구한테 에어컨이 필요하겠습니까?

벤저민 P. 슈프는 흰색 틀니를 드러낸 채 말했고, 포그는 그의 틀니를 보면서 욕실 타일을 떠올렸다. 금으로 치장한 슬럼가의 지배자는 굵은 가운뎃손가락으로 컴퓨터 자판을 두드렸다. 다이아몬드 반지가 번쩍거렸다. 당신은 운이 좋은 겁니다. 모두들 이맘때면 이곳에 오기를 원하지요. 이 아파트를 얻으려고 줄을 선 사람이 열 명은 넘습니다. 슬럼가의 제왕인 슈프는 금장 롤렉스 시계가 잘 보이게끔 손짓을 했다. 그는 포그의 짙은 색 안경이 의사의 처방전 없이 구입한 것이고, 긴 검정 곱슬머리가 가발임을 알아차리지 못했다. 이 아파트를 얻으려고 줄을 선 사람이 이틀 후면 아마 스무 명으로 늘어날 겁니다. 사실, 이 아파트를 이 가격에 세를 놓는 것은 너무 아깝죠.

포그는 현금으로 값을 지불했다. 보증금이나 다른 안전장치는 요구하지 않았고, 신분 증명 같은 것을 요구하지도 바라지도 않았다. 3주 후면, 할리우드의 프리모 시즌 동안 아파트에 계속 머물기 위해 다시 1개월 치 월세를 현금으로 내야 한다. 그러나 그가 새해 첫날에 무엇을 하고 있을지 미리 알 수는 없다.

"일을 해야지, 일을 해야지." 그는 유골 단지와 장례 용품 등이 나와 있는 장의사용 잡지를 넘기며 중얼거린다. 그리고 허벅지 위에 잡지를 올린 채, 눈을 감고도 훤히 알 수 있는 화려한 색상의 사진들을 들여다본다. 그가 가장 좋아하는 유골 단지는 책을 쌓아올린 다음 그 위에 백 랍 깃촉을 올린 것 같은 모양의 백랍 상자다. 그는 그 책들이 자신의 이름과 비슷한 작가 에드거 앨런 포의 작품일 거라고 상상한다. 그리고 그 우아한 백랍 상자가 과연 몇 백 달러 정도 할지 궁금해하며, 잡지에 나와 있는 무료 장거리 전화번호로 전화를 걸어볼까 생각한다.

"전화를 걸어서 주문해야겠어요." 그가 장난스럽게 말한다. "그래야 겠어요. 그렇지 않아요, 엄마?" 그는 전화기가 있으니 지금 당장이라도 통화할 수 있다는 듯이 어머니를 놀린다. "엄마 마음에 들 거예요, 그렇지 않아요?" 그리고 유골 단지 사진을 손으로 가리킨다. "엄마는 에드거 앨런의 유물 단지를 좋아할 거예요, 그렇지 않아요? 지금까지는 축하할 일도 없고, 지금 당장은 내가 계획한 대로 일이 진행되지도 않았어요, 엄마. 맞아요, 유감스럽게도 약간 차질이 생겼거든요."

넌 생기가 없어.

"아니에요, 엄마. 생기가 없다니요?" 그는 고개를 가로저으며 잡지를 넘긴다. "그런 이야기는 다시 꺼내지 말아요. 우리는 지금 할리우드에 있어요. 그것만으로도 즐겁지 않아요?"

이곳에서 북쪽으로 멀리 떨어지지 않은 곳에 있는 연어색 벽토를 바른 저택을 생각하자 그는 혼란스러운 감정에 휩싸인다. 그는 계획했던 대로 그 저택을 찾아냈다. 계획했던 대로 그 저택 안으로 들어갔다. 그리고 모든 게 잘못되었다. 이제는 축하할 게 아무것도 없다.

"잘못된 생각이었어, 잘못된 생각이었어." 예전에 어머니가 자신에게 그랬던 것처럼 그는 두 손가락으로 이마를 때린다. "일이 그렇게 되면 안 되었는데. 작은 물고기가 빠져나갔어." 그는 손으로 앞을 가로젓는다. "큰 물고기는 남고." 두 팔로 다시 가로젓는다. "작은 물고기가 사라졌는데, 어디로 갔는지 모르겠어. 하지만 그런 건 신경 쓰지 않아. 왜냐하면 큰 물고기는 여전히 남아 있으니까. 내가 작은 물고기를 잡으러 가면, 큰 물고기는 별로 탐탁하게 여기지 않을 거야. 할 수 없지. 곧 축하할 일이 생길 거야."

사라졌다고? 그게 얼마나 어리석은 일인 줄 알아? 작은 물고기도 잡지 못하면서 큰 물고기를 잡을 거라고 생각하는 거야? 넌 생기가 없어. 도대체 너 같은 게 어떻게 내 아들인지 모르겠구나….

"그렇게 말하지 말아요, 엄마. 말이 너무 심하잖아요." 그는 고개를 숙인 채 장의사 잡지를 보며 말한다.

어머니가 나무에 못이라도 박을 것처럼 그를 강하게 노려본다. 그의 아버지는 엄마의 악의적인 시선에 주눅이 들었고, 그녀의 눈을 털투성이 눈알이라고 부르곤 했다. 에드거 앨런 포그는 아버지가 왜 엄마의 무서운 눈빛을 털투성이 눈알이라고 부르는지 도저히 이해할 수 없다. 눈알에는 털이 없다. 그는 털이 달린 눈알은 본 적도 들은 적도 없고, 앞으로도 그럴 것이다. 그가 모르는 것은 그다지 많지 않다. 그는 잡지를 바닥에 놓고 흰색과 노란색이 섞인 안락의자에서 일어나, 구석에 세워두었던 티 볼 배트를 가져온다. 베니션블라인드는 거실로 들어오는 햇빛을 막아주고, 바닥에 놓인 전등 빛이 그를 희미하게 비추고 있다.

"자, 우리, 오늘은 뭘 해야 할까?" 그는 연필을 우물우물 씹으면서 안락의자 밑에 놓인 쿠키 그릇을 보고 말한다. 배트를 잡으며, 그가 덧칠한 붉은색과 흰색, 푸른색의 별 모양과 줄무늬를 확인한다. 그래, 정확히 111번이군. 그는 흰색 손수건으로 조심스럽게 배트에 윤을 낸 다음, 그 손수건으로 손을 문지른다. 몇 번이고 계속해서 손을 문지른다. "오늘 우리는 특별한 일을 해야 해. 우선 밖으로 나가는 게 좋겠어."

그는 벽 쪽으로 가면서 연필을 입에서 뺀다. 한 손에는 연필을 들고 다른 손에는 배트를 든 채 머리를 뒤로 젖힌 다음, 연한 베이지색으로 칠한 석고보드를 곁눈질한다. 그리고 부드럽게, 무딘 납 끝으로 덧칠을 하면서 커다란 눈동자를 그리고, 속눈썹을 두껍게 그린다.

축축하게 젖은 연필을 가운뎃손가락과 엄지손가락 끝 사이에 끼운 채, 그는 그림을 그린다.

"음." 다시 머리를 뒤로 젖히면서 뒤로 물러선다. 그는 자신을 똑바로 바라보는 커다란 눈과 갸름한 턱 선을 보고 감탄하면서, 다른 손에 들고 있는 티 볼 배트를 홱 잡아당긴다.

"엄마가 오늘 특별히 예뻐 보인다는 말 혹시 내가 했어요? 뺨에 멋진 색깔을 칠해줄게요. 햇빛을 받은 것처럼 화사한 핑크색으로 해줄게요."

그는 연필을 귀 뒤에 꽂은 다음 얼굴 앞으로 손을 가져온다. 그 손을 활짝 편 다음, 옆으로 기울여 돌리고, 모든 관절과 주름, 흉터와 선 그리고 조그맣고 동그란 손톱이 미세하게 솟은 부분을 바라본다. 그는 허공을 가볍게 어루만지면서 근육이 움직이는 모습을 상상한다. 시신의 차가운 피부를 만지고, 피하 조직에서 나오는 차갑고 끈적거리는 피를 만지고, 시신의 근육을 주무르는 상상을 한다. 그리고 손에 들고 있는 배트를 휘두르는 상상을 한다. 벽에 있는 눈동자를 향해 배트를 휘두르고 싶은 욕망이 꿈틀거리지만, 그렇게 하지 않는다. 그렇게 할 수도 없고, 그렇게 해서도 안 된다. 그는 주변을 서성거린다. 가슴이 터질 듯하다. 그는 마음속으로 낙담한다. 어질러져 있는 아파트를 둘러보며 심하게 낙담한다.

아파트는 가구가 거의 없지만 엄청 어질러져 있다. 부엌 싱크대 위에는 종이 냅킨과 플라스틱 접시, 주방 용품이 널려 있고, 찬장에 넣지 않은 통조림과 마카로니, 파스타가 그대로 있었다. 기름때가 묻은 냄비와 프라이팬은 싱크대에 그대로 담가두었다. 더러운 푸른색 카펫에는 봉투, 옷가지와 책, 연필, 싸구려 흰색 종이가 여기저기 흩어져 있다. 그가 요리하고 시가를 피우면서 남긴 칙칙한 냄새 그리고 사향 비슷한 그의 체취와 땀내가 아파트에 배기 시작했다.

"아네트 부인이 어떤지 확인해야겠어요. 요즘 몸이 좋지 않았거든요." 그는 어머니를 보지 않은 채 말한다. "오늘 누가 찾아오길 바라요? 우선 그것부터 엄마한테 물어봐야 할 것 같네요. 우리 두 사람 모두 기분이 더 좋아질 거예요. 사실, 난 약간 기운이 없어요." 그는 사라져버린 작은 물고기를 생각하며 어지러운 아파트를 둘러본다. "누군가 찾아올 것 같아요, 그렇지 않아요?"

그러면 좋겠구나.

"맞아요, 그럴 거예요. 그렇죠?" 그의 목소리는 마치 어린애나 애완동물에게 이야기하는 것처럼 높아졌다 낮아지기를 반복한다. "찾아오는 사람이 있었으면 좋겠어요? 그럼 아주 멋질 텐데."

그는 맨발로 카펫 위를 걸어가 비디오테이프와 시가 박스, 사진 봉투 등이 가득 들어 있는 마분지 상자 옆에 웅크리고 앉는다. 모든 물건에는 그가 직접 손으로 쓴 작은 글씨체의 라벨이 붙어 있다. 상자 아랫부분에서, '아네트 부인'이라는 라벨이 붙은 시가 박스와 폴라로이드 사진 봉투를 찾아낸다.

"엄마, 아네트 부인이 엄마를 보러 왔어요." 그는 시가 박스를 열고 안락의자 위에 놓으면서 안도의 한숨을 내쉰다. 그리고 봉투 속의 사진을 훑어보며 자신이 가장 좋아하는 것을 골라낸다. "아네트 부인 기억나죠, 그렇죠? 예전에 만났잖아요. 자신의 신념을 굽히지 않는 사람이었죠. 머리카락 보여요? 머리 색깔도 푸르잖아요."

암, 그렇고말고.

"아암, 그러코오 말고오오". 그는 어머니가 보드카를 엄청 마시고 취했을 때의 느릿느릿한 목소리를 흉내 낸다.

"새로운 박스 마음에 들어요?" 그는 손가락을 시가 박스에 살짝 넣어 흰 먼지를 일으키며 묻는다. "아네트 부인은 지난번에 봤을 때보다 살이 더 빠졌지만, 질투하지는 말아요. 그녀의 비법이 무엇인지 궁금해요." 그는 박스 안을 집적거린다. 박스에 다시 손가락을 넣고 거구의 어머니를 위해 흰 먼지를 더 일으킨다. 보기 거북할 정도로 살이 찐 어머니에게 질투심을 유발하기 위해서다. 그리고 흰 손수건으로 손을 닦는다. "우리의 친애하는 아네트 부인이 정말이지 멋져 보이는 것 같아요. 무척 성스러워 보여요."

아네트 부인의 사진을 가까이 들여다본다. 핑크빛 시신 얼굴 주변에는 푸른색으로 물들인 머리칼이 내려와 있다. 에드거 앨런 포그가 그녀의 입이 봉합되어 있다는 사실을 아는 유일한 이유는 자신이 그녀의 입을 봉합했다는 걸 기억하기 때문이다. 그렇지 않으면, 그 수술 자국을 구별하기란 불가능하다. 충분한 경험이 없는 풋내기 의사는 그녀의 눈 주변이 부어오른 게 눈꺼풀 밑에 있는 캡슐 때문이라는 걸 알아차리지 못할 것이다. 그는 움푹 들어간 안구 자리에 캡슐을 집어넣고 눈꺼풀을 덮고 바셀린을 발라 가볍게 두드린 기억이 났다.

"이제 편안한 마음으로 아네트 부인에게 기분이 어떤지 물어봐." 그는 안락의자 밑에 있는 쿠키 접시를 향해 말한다. "그녀는 암에 걸렸어. 많은 사람들처럼 말이지."

3

조엘 마커스 박사는 스카페타에게 어색한 미소를 짓고, 그녀는 그의 푸석하고 조그마한 손을 잡고 악수를 나눈다. 스카페타는 그를 싫어할 것 같은 느낌이 든다. 그런 예감을 무거운 마음속 아래로 억누르자, 아무런 감정도 느껴지지 않는다.

약 녁 달 전, 그녀는 자신의 과거와 연관된 버지니아 주의 일에 대해 알게 되면서 그에 대해서도 알게 되었다. 그것은 정말이지 우연이었다. 비행기에서 우연히 〈USA 투데이〉를 보다가 버지니아에 대한 짧은 기사를 읽게 되었다. '오랜 고심 끝에 버지니아 주지사는 마침내 신임 법의국장을 임명했다…' 마침내 버지니아 주에 오랫동안 공석이던 신임 법의국장이 임명된 것이다. 버지니아 주지사는 많은 시간을 들여 힘겹게 법의국장을 찾으면서도, 스카페타에게는 어떤 의견이나 지침도 구하지 않았다. 물론 마커스 박사를 후임자 후보로 고르는 데 그녀의 승인이 필요한 것은 아니다.

혹시라도 의견을 물어봤다면, 스카페타는 그의 이름을 들어본 적이 한 번도 없다고 솔직하게 대답했을 것이다. 어쩌면 국내 세미나에서 한두 번 잠시 만났을 뿐 이름은 기억나지 않는다는 정치적인 발언을 했을지도 모른다. 마커스가 미국 내에서 가장 저명한 법의국의 신임 수장이 되지 않았다면, 스카페타는 물론 그를 뛰어난 법의학자라고 평가했으리라.

마커스와 악수를 나누고 그의 차갑고 작은 눈을 들여다보던 스카페타는 그와 초면이라는 사실을 깨닫는다. 그는 중요한 위원회에 소속되어 있지도 않고, 그녀가 참석한 법의학 모임에서 강연을 한 적도 없는 게 분명했다. 만약 그랬다면 기억이 났을 것이다. 이름은 잊어버릴 수 있지만 얼굴을 잊어버리는 경우는 거의 없다.

"케이, 결국 이렇게 만나는군요." 그가 다시 한 번 그녀의 기분을 상하게 한다. 지금은 면전에서 신경을 건드려 스카페타는 더 불쾌하다.

처음 그의 전화를 받았을 때 왜 마음이 내키지 않았는지 이제 명백해진다. 자신이 예전에 국장으로 일하던 '바이오테크 Ⅱ' 건물 로비 안에 그와 함께 있기 때문이다. 마커스 박사는 작고 갸름한 얼굴에 키가 작고 마른 체형이다. 짧게 자른 희끗한 머리카락도 올이 가늘었다. 전체적으로 가느다란 그의 모습을 보자 마치 조물주가 장난이라도 친 것 같다. 게다가 유행이 지난 얇은 넥타이를 맸고, 볼품없는 회색 바지에 로퍼를 신고 있다. 싸구려 흰색 셔츠 안에는 소매 없는 속옷이 보이고, 깃 안쪽은 보풀이 일어 지저분하고 칙칙해 보인다.

"안으로 들어갑시다." 그가 말한다. "오늘 아침 들어온 시신으로 가득 찼을지 걱정입니다만."

스카페타가 일행이 있다고 말하려는데, 마리노가 모자를 깊게 눌러 쓴 채 검은색 카고 바지를 끌어올리며 남자 화장실에서 나온다. 스카페타는 격식을 차리면서도 가능한 한 사무적으로 마리노를 소개한다.

"예전에 리치먼드 경찰청에서 일했는데, 경험 많은 노련한 형사입니다." 그녀의 말에 마커스의 얼굴이 굳어진다.

"동행이 있다는 말은 듣지 못했는데요." 마커스가 화강암과 유리로 만든 넓은 로비에 서서 퉁명스럽게 말한다. 스카페타는 도착하자마자 로비에서 명부에 기록을 하고 서명한 다음, 마커스가 나타나기를 20분 동안이나 기다렸다. 그러는 동안 사람들이 마치 자신을 원형 건물에 놓인 조각상처럼 쳐다보는 것 같은 느낌이 들었다. "이번 사건이 굉장히 민감한 사안이라고 분명히 말했을 텐데요."

"그런 걱정은 마시오. 나도 알고 보면 엄청 민감한 사람이니까." 마리노가 큰 소리로 말한다.

마커스 박사는 그의 말을 흘려듣는 것처럼 보이면서도 신경을 곤두세웠다. 허공으로 퍼지는 그의 분노가 스카페타의 귀에 들리는 듯하다.

"고등학교 졸업반 때 가장 민감했던 것 같군." 마리노가 큰 소리로 말한다. "어이, 브루스!" 10미터쯤 떨어진 증거보존실에서 로비로 나오고 있는 경비원에게 소리친다. "잘 있었나? 아직도 핀 헤즈에서 볼링을 치나?"

"미리 말하지 않았다면 사과드립니다." 스카페타가 말한다. 그러나 진심이 아니고 미안해하는 마음도 없다. 수사 의뢰를 받았으니 자신이 원하는 사람이나 물건은 무엇이든 함께 올 수 있다. 더욱이 자신을 케이라고 부르는 마커스를 용서할 수 없다.

제복을 입은 경비원 브루스가 어리둥절한 표정을 짓더니 곧 깜짝 놀란 얼굴로 바뀐다. "마리노! 마리노 형사 맞아? 유령이 나타난 줄 알았어."

"분명 미리 듣지 못했습니다." 마커스는 스카페타에게 다시 한 번 말하면서, 순간 평정심을 잃는다. 당혹해하는 그의 표정이 깜짝 놀란 새의 날갯짓처럼 분명하게 보인다.

"난 유령이 아니네." 마리노는 최대한 밉살스럽게 말한다.

"함께 온 분을 들여보낼 수 있을지 잘 모르겠습니다. 이런 경우는 명확하게 규정되어 있지 않아서요." 마커스가 당황스러워하며 말한다. 그는 스카페타가 이곳에 있다는 것을 누군가가 알고 있을 뿐 아니라, 그녀가 이곳에 온 것도 그 때문일 수 있다는 사실이 기분 나쁘다는 걸 은연중에 드러낸다.

"이곳엔 얼마나 있을 거야?" 옛 친구가 마리노에게 큰 소리로 말한다.

스카페타의 마음속 목소리가 경고를 했지만, 그녀는 귀 기울이지 않았다. 그녀는 벌써 어딘가를 향해 걸어가고 있다.

"오래 걸릴 거야."

이건 실수였어, 잘못된 실수. 아스펜으로 갔어야 해. 스카페타는 생각한다.

"시간 날 때 들러."

"알겠어, 친구."

"맥주집도 아닌데 그런 이야기는 이제 그만합시다." 마커스가 재빨리 말한다.

왕국으로 들어가는 열쇠가 그의 목에 걸려 있다. 그가 마그네틱 카드를 불투명 유리문 옆에 있는 적외선 스캐너 가까이 댄다. 한쪽 편에 법의국 부속 건물이 있다. 그 건물 안으로 들어서자, 스카페타는 입 안이 바짝 마르고 땀이 흐르고 속이 텅 빈 것 같은 느낌이 든다. 그녀는 그 건물을 설계하고 기금을 모으는 데 앞장섰고, 해임되기 전 그곳에 입주했다. 짙은 청색 소파와 같은 소재로 만든 의자, 나무로 만든 커피 테이블, 벽에 걸린 농장 그림도 예전 그대로다. 예전엔 히비스커스 몇 그루가 있었다는 점을 제외하면, 리셉션도 거의 바뀌지 않았다. 그녀는 화분에 신경을 썼었다. 직접 물을 주었고, 낙엽을 주웠고, 계절에 따라 변하는 햇빛에 맞춰 화분의 위치를 조정하기도 했다.

"미안하지만 동행한 분은 더 이상 함께 갈 수 없습니다." 마커스가 두 번째 문 앞에 멈춰 서서 분명하게 말한다. 행정 사무실과 시체안치소로 이어지는 문이다. 시체안치소는 한때 온전히 정당한 그녀의 밀실이었다.

마그네틱 카드를 대자 잠겨 있던 문이 찰칵 소리를 내며 열린다. 마커스가 먼저 안으로 들어간다. 걸음은 빠르고, 그의 철제 안경테에 형광등 불빛이 반사된다. "차가 막히는 바람에 늦었습니다. 시신이 꽉 찼군요. 여덟 구." 마치 마리노가 그 자리에 없는 것처럼 말한다. "곧바로 직원회의에 참석해야 합니다. 케이, 우선 커피부터 마시는 게 좋을 것 같습니다. 회의가 끝나려면 시간이 좀 걸릴 겁니다. 줄리?" 작은 공간 안에서 일하는 직원을 부른다. 컴퓨터 자판을 두드리는 그녀의 손이 마치 캐스터네츠 같다. "커피 마실 수 있는 곳으로 안내해드려." 그러고 나서 스카페타에게 말한다. "도서관에서 편하게 있어요. 회의 마치고 가능한 한 빨리 가겠습니다."

적어도 직업적인 관례로 보더라도, 외부에서 온 법의학자는 직원회의에 참석하거나 시체안치소에 가더라도 환영받을 것이다. 더구나 자기가 한때 수장으로 일했던 곳에 아무런 대가도 바라지 않고 참석하는 것이라면 두말할 필요도 없다. 마커스가 차라리 드라이클리닝 맡긴 옷을 찾아달라거나 주차장에서 기다리라고 말했다 해도, 스카페타는 그만큼 화가 나고 모욕감을 느끼지는 않았을 것이다.

"미안하지만, 동행한 분은 이곳에 있을 수 없습니다." 마커스는 초조하게 주위를 둘러보며 다시 한 번 그 점을 분명하게 밝힌다. "줄리, 이 남자 손님을 다시 로비로 모셔다드려."

"이 사람은 내 손님이 아니어서 로비에서 기다리게 할 수 없습니다."
스카페타가 조용히 말한다.

"그게 무슨 뜻입니까?" 마커스의 조그만 얼굴이 그녀를 바라본다.

"우리는 함께 움직인다는 뜻입니다."

"상황을 이해 못하는 것 같군요." 마커스는 딱딱한 목소리로 대답한다.

"그럴지도 모르죠. 잠시 이야기 좀 하시죠." 그것은 요청이 아니었다.

마커스가 주춤한다. 꺼리는 태도가 분명하게 드러난다. "그러죠." 마지못해 그녀의 말에 따른다. "잠깐 도서관으로 들어갑시다."

"잠시만 실례할게요." 그녀는 마리노에게 미소 지으며 말한다.

"그렇게 하시오." 마리노는 줄리의 작은 작업 공간 안으로 들어가서 가득 쌓여 있는 부검 사진을 집어 들고 마치 카드놀이를 하듯 훑어본다. 그가 블랙잭 딜러처럼 엄지손가락과 가운뎃손가락으로 사진 한 장을 뽑아든다. "마약 딜러들이 왜 당신과 나보다 체지방이 더 적은지 아시오?" 사진을 컴퓨터 키보드에 놓으며 줄리에게 묻는다.

많아야 스물다섯 살에 매력적이지만 약간 통통한 줄리는 젊은 흑인 남성의 시신 사진을 가만히 들여다본다. 사진 속의 남자는 발가벗은 채 부검 테이블에 누워 있다. 가슴은 메스로 갈라 열려 있고, 그 안은 텅 비었다. 모든 기관이 다 제거되고 없는데, 눈에 띌 정도로 큰 기관 하나만 남아 있다. 청년이 살아 움직였을 때, 적어도 그에게는 가장 중요한 기관이었을 것이다. "뭐라고요?" 줄리가 묻는다. "농담하는 거죠, 그렇죠?"

"농담이 아니라 진담이오." 마리노는 의자를 끌어당겨 그녀 옆에 앉는다. 아주 가깝게. "이봐, 아가씨, 체지방은 뇌의 무게와 밀접한 관련이 있지. 아가씨하고 날 보면 알 수 있어. 항상 살을 빼려고 고군분투하지,

그렇지 않소?"

"설마 농담이겠죠? 그럼 뇌 용량이 큰 똑똑한 사람들이 살이 찐다는 건가요?"

"분명한 사실이야. 아가씨하고 나 같은 사람들은 열심히 노력해야 해."

"백색 식품만 제외하고 먹고 싶은 것은 뭐든지 다 먹는 다이어트, 혹시 그거 하고 있는 거예요?"

"바로 그거요. 백인 여자를 제외하고 흰 것은 절대 금지요. 내가 만약 마약 딜러라면 고생 안 해도 될 텐데. 원하는 건 뭐든지 다 먹을 수 있으니까. 초콜릿, 파이, 흰 빵과 젤리 등. 하지만 그렇게 되면 뇌가 없어지고 말겠지. 마약 딜러가 죽는 이유는 멍청하기 때문이오. 그래서 그들은 체지방이 낮고, 원하는 백색 식품은 뭐든 다 먹을 수 있는 거요."

두 사람의 목소리와 웃음소리가 희미하게 잦아든다. 스카페타는 너무나 익숙한 복도를 따라 걸어간다. 구두 밑에 와 닿는 카펫의 감촉까지 기억이 난다. 그녀는 자신이 사용할 건물 일부분을 디자인할 때, 모질이 촘촘하고 짧은 이 카펫을 골랐었다.

"정말 예의 없는 사람이군요." 마커스가 말한다. "내가 이곳에서 가장 강조하는 것이 바로 예의입니다."

벽은 지저분하고, 그녀가 직접 구입해서 액자에 넣었던 노먼 록웰(Norman Rockwell)의 그림은 비뚤어져 있었다. 그나마 두 점은 이미 사라지고 없었다. 스카페타는 복도를 지나면서 열린 사무실 안을 들여다본다. 책상 위에는 서류와 현미경 슬라이더가 엉성하게 쌓여 있고, 복잡한 현미경은 마치 지친 커다란 회색 새처럼 어지러운 책상을 횟대 삼아 앉아 있는 것 같다. 모든 풍경과 소리들이 도움을 청하며 손을 뻗는 것 같고, 그녀가 잃어버렸던 것이 마음속 깊이 느껴진다. 그러자 생각했던 것보다 더 큰 아픔이 밀려온다.

"유감스럽게도 이제야 누구인지 알 것 같습니다. 악명 높은 피터 마라노가 분명하군요. 평판이 대단하더군요." 마커스가 말한다.

"마라노가 아니라 마리노예요." 스카페타는 그에게 정확한 이름을 말해준다.

오른쪽으로 돌자 커피를 마시는 휴게실이 나왔지만 그들은 걸음을 멈추지 않는다. 마커스가 견고한 목재 문을 열고 도서관으로 들어가자, 긴 테이블 위에 흩어져 있는 의학서적과 책장에 거꾸로 세워둔 지저분한 참고 서적들이 그녀의 눈길을 사로잡는다. 말굽 모양의 커다란 테이블은 잡지와 종이 스크랩, 더러운 커피 잔, 심지어 크리스피 크림 도넛 상자까지 한데 뒤엉켜 마치 쓰레기 매립지 같다. 주변을 둘러보자 심장이 더 빠르게 뛰기 시작한다. 그녀는 예산을 배정해서 이 도서관을 만들도록 계획했고, 실제로 성과를 거두어서 자랑스러웠다. 의학서적과 과학서적을 구입하고 도서관을 건립하는 비용은 터무니없이 높았다. 그래서 죽은 사람을 다루는 법의국에 그만한 예산을 따로 배정해주려 하지 않았다. 그녀가 직접 기증한 그린필드(Greenfield)의 《신경병리학》전집과 법률 자료들을 보자 정신이 아득해진다. 전집이 꽂혀 있는 순서도 제각각이고, 한 권은 거꾸로 꽂혀 있다. 마음속에서 분노가 인다.

그녀는 마커스를 똑바로 쳐다보며 말한다. "몇 가지 기본 원칙을 분명히 해두는 게 좋을 것 같군요."

"케이, 기본 원칙이라니요?" 그가 당혹스러운 표정으로 묻는다. 화난 모습이 역력하지만 자신의 감정을 감추고 있다.

스카페타는 그의 뻔뻔한 태도가 믿기지 않는다. 그를 보자 뻔뻔한 변호사의 모습이 떠오른다. 그녀가 대학을 졸업하고 보냈던 17년 세월을 무의미하게 만들고, 증인석에 서 있는 그녀를 깎아내리며 법정을 현혹하는 변호사.

"이곳에 있으니 반감이 느껴지네요." 그녀는 다시 말하기 시작한다.

"반감이라고요? 미안하지만 무슨 말인지 이해할 수 없군요."

"내가 생각하기에는…."

"가정하지 말고 분명히 말해주십시오."

"마커스 박사, 내 말 끊지 말아요." 더러운 테이블과 아무렇게나 다룬 책을 보자, 그가 이 도서관을 하찮게 여기고 있을지도 모른다는 의구심이 든다. "도대체 도서관이 왜 이 모양이죠?"

마커스는 그녀의 말을 이해하려는 듯 잠시 말을 멈추고 가만히 있다가 이윽고 덤덤하게 말한다. "오늘 의대생들이 다녀갔습니다. 책을 보고 다시 제자리에 꽂으라는 지시를 듣지 못한 모양입니다."

"5년 동안 너무 많은 것이 바뀌었군요." 스카페타는 무미건조하게 말한다.

"오늘 아침 내 기분이 어떤지 오해하고 있는 것 같군요." 그는 어제 전화 통화 때 그랬던 것처럼 부드럽게 달래는 어조로 대답한다. "머릿속은 여러 생각으로 복잡하지만, 당신이 이렇게 와주셔서 기쁘게 생각합니다."

"전혀 기쁘지 않은 표정인데요." 그녀가 눈을 똑바로 쳐다보자, 그는 시선을 돌린다. "처음부터 생각해봅시다. 내가 당신한테 전화한 게 아니라 당신이 나한테 먼저 전화했습니다. 왜 전화를 한 건가요?" 어제 그렇게 물어봤어야 한다는 생각이 든다. 바로 어제 물었어야 했다.

"그 점은 분명하게 밝혔다고 생각합니다, 케이. 당신은 존경받는 법의학자이자 저명한 컨설턴트입니다." 마치 자신이 감히 맞설 수 없는 상대를 진심으로 인정하는 말처럼 들린다.

"우리는 서로에 대해 모릅니다. 예전에 한 번도 만난 적이 없고요. 내가 존경받는 저명한 법의학자라서 전화했다는 것은 믿기가 힘들군요."
그녀는 팔짱을 끼면서, 짙은 색 정장을 입고 오길 잘했다고 생각한다.
"마커스 박사, 나는 게임 같은 건 하지 않습니다."

"나도 게임 같은 걸 할 시간은 없습니다." 그의 얼굴에서 정중함이 사
라지고, 비열한 표정이 날카로운 칼날처럼 번득이기 시작한다.

"누가 나한테 전화하라고 추천하던가요?" 스카페타는 정치적인 개
입이 있었다는 확신이 든다.

마커스는 문을 흘깃 쳐다본다. 자신이 여덟 구의 시신을 부검해야
하는 바쁘고 중요한 사람이고, 직원회의에도 참석해야 한다고 암시하
는 것 같다. 혹은 누군가가 도청하고 있을지 모른다고 걱정하는지도
모른다.

"생산적이지 않습니다." 그가 말한다. "이런 이야기는 이쯤에서 그만
하는 게 낫다고 생각합니다."

"좋아요." 그녀는 서류가방을 집어 들며 말한다. "하지만 내가 인질처
럼 잡혀 있거나, 반나절 동안 커피나 마시면서 사무실 안에 갇혀 있는
것은 참을 수 없어요. 나한테 털어놓지 않는 곳에 도움을 줄 수는 없습
니다. 내가 요구하는 첫 번째 기본 원칙은, 내 도움이 필요하다면 나한
테 모든 것을 개방하라는 거예요."

"알겠습니다. 공정함을 원한다면 그렇게 대우해드리겠습니다." 위험
이 닥치자 두려움이 엄습한 모양이다. 그는 스카페타가 떠나는 것을 원
치 않는다. 절대 원치 않는다. "솔직히 말해서, 당신을 이곳에 오도록 한
것은 내 생각이 아니었습니다. 보건부 장관이 외부 의견을 듣기를 원했
고, 그래서 당신한테 연락한 것입니다." 그가 상황을 설명한다.

"보건부 장관이 직접 나한테 전화했어야 해요." 그녀가 대답한다. "그
렇게 하는 편이 훨씬 좋았을 거예요."

"내가 전화하겠다고 했습니다. 솔직히, 나는 당신이 이곳에 오는 걸 원치 않았습니다." 그가 말한다. 그가 '솔직히'란 말을 많이 할수록, 스카페타는 그 말을 더 믿을 수 없다. "상황은 이렇습니다. 필딩 박사가 사인을 밝혀내지 못했고, 피해자인 질리 폴슨의 아버지가 보건부 장관에게 전화를 걸었습니다."

필딩이라는 이름을 듣자 스카페타는 정신이 번쩍 든다. 그녀는 필딩이 아직 이곳에 있는지도 몰랐고, 그에 대해 물어보지도 않았다.

"그리고 이미 말한 것처럼, 보건부 장관이 나한테 전화를 걸었습니다. 총력을 다하고 싶다고 하더군요. 그 사람이 직접 그렇게 말했습니다."

희생자 아버지가 심하게 몰아붙인 게 틀림없다고 그녀는 생각한다. 화가 난 유가족이 전화를 거는 경우는 비일비재하지만, 정부 고위 공무원이 외부 전문가를 초빙하는 결과로 이어지는 경우는 거의 없다.

"케이, 상황이 당신한테 매우 불편하다는 것은 이해할 수 있습니다." 마커스가 말한다. "내가 당신 입장이라도 유쾌하지 않을 겁니다."

"내 입장이 어떤 거죠, 마커스 박사?"

"찰스 디킨스가 쓴 《크리스마스 캐럴》이란 소설이 있죠. '작년 크리스마스의 유령(Ghost of Christmas Past)'으로 더 잘 알려져 있을 겁니다." 마커스가 비열한 미소를 짓는다. 그는 마리노를 유령이라고 부른 경비원 브루스를 그대로 따라하고 있다는 사실을 깨닫지 못한다. "예전으로 되돌아가는 것은 쉽지 않죠. 당신은 배짱이 대단해요. 예전에 근무하던 곳이 냉담하게 대한다면, 나라도 너그럽게 받아들이지 못했을 겁니다. 그러니 당신 기분이 어떨지 짐작하고도 남습니다."

"이건 나에 대한 문제가 아니에요." 그녀가 대답한다. "죽은 열네 살짜리 소녀에 대한 문제죠. 그리고 이건 당신의 사무실에 관련된 문제입니다. 나한테는 익숙하지만…."

마커스가 그녀의 말을 자른다. "매우 철학적이군요…."

"분명히 말하죠." 이번엔 그녀가 상대방의 말을 자른다. "미성년자가 사망할 경우, 연방 정부 법률에 따라 철저하게 조사하고 재검토해야 합니다. 사망 과정과 원인을 밝히기 위해서뿐 아니라, 사건이 어떤 유형인지 가려내기 위해서죠. 질리 폴슨이 살해된 것으로 드러나면, 당신의 사무실 전체가 철저히 조사를 받을 테고, 공개적으로 평가를 받게 되겠죠. 그리고 당신의 직원과 동료들 앞에서 나를 케이라고 부르지 말았으면 고맙겠습니다."

"보건부 장관의 의도 가운데 하나는 예방 차원에서의 수습책이라고 생각합니다." 마커스는 그녀가 자신을 케이라고 부르지 말라고 한 말을 듣지 못한 것처럼 행동한다.

"나는 언론과 손잡는 것에는 동의하지 않았습니다." 그녀가 말한다. "어제 당신이 전화했을 때, 나는 질리 폴슨에게 무슨 일이 일어났는지 알아내는 데 필요한 도움을 주겠다고 동의했습니다. 만약 당신이 나와 나를 도와주기 위해 동행한 피트 마리노에게 모든 것을 공개하지 않는다면, 나도 당신을 도와줄 수 없습니다."

"솔직히 말해서, 당신이 직원회의에 참석하고 싶어 할 거라는 생각은 하지 못했습니다." 그는 손목시계를 다시 한 번 확인한다. 좁은 가죽 끈이 달린 낡은 손목시계다. "당신이 원하는 대로 하십시오. 이곳에는 비밀이 없습니다. 폴슨 사건에 대해서는 나중에 더 자세히 말씀드리도록 하겠습니다. 원한다면 당신이 직접 부검을 다시 할 수도 있고요."

그가 도서관 문을 열어준다. 스카페타는 믿기지 않는 표정으로 그를 쳐다본다.

"2주 전에 사망했는데, 아직도 시신을 유가족에게 양도하지 않았나요?"

"유족이 다른 데 정신이 팔려서 시신을 아직 양도하지 않았다고 들었습니다." 그가 대답한다. "우리가 장례 비용을 대신 지불하길 바라는 것 같습니다."

4

법의국 회의실로 들어간 스카페타는 테이블 끝부분에 있는 의자를 꺼내 앉는다. 그녀는 의장 자리와 멀리 떨어진 그곳에 한 번도 앉은 적이 없었다. 법의국을 지휘하던 수년 동안, 점심을 먹으면서 가벼운 대화를 나눌 때조차 테이블 구석 자리에 앉은 적이 한 번도 없다.

가운데 두 자리가 비어 있음에도 테이블 맨 끝자리를 골라 앉자, 불편한 마음속 어딘가에서 반감이 자리 잡고 있음을 느낀다. 마리노는 벽쪽에 있던 의자를 가져와 그녀 옆에 앉는다. 커다란 검은색 카고 바지에 야구모자를 쓴 그는 테이블 끝부분도 아니고 벽도 아닌 그 중간에 자리를 잡았다.

마리노가 스카페타에게 고개를 숙이며 낮은 목소리로 속삭인다. "직원들이 그 친구를 좋아하지 않소."

스카페타는 아무 대답도 하지 않는다. 마리노가 줄리에게서 그런 이야기를 들었을 거라고 짐작한다. 잠시 후, 마리노가 메모지에 무언가를

43

적더니 내민다. 그녀는 종이에 적힌 것을 읽는다. 'FBI 개입.'

스카페타가 마커스와 함께 도서관에 있는 동안, 마리노는 전화 통화를 했던 게 분명하다. 그녀는 당혹스러웠다. 질리 폴슨의 죽음이 연방 관할 구역을 벗어난 것이다. 지금으로서는 범죄 사건이 아닌데도 말이다. 사인이 밝혀지지 않은 데다, 혐의만 무성하고 정치 권력이 개입했기 때문이다. 스카페타는 메모지를 조심스럽게 마리노에게 돌려주다, 마커스가 자신들을 바라보고 있음을 알아차린다. 순간, 마치 문법 시간에 메모지를 돌리다 수녀 선생님께 야단을 맞는 학생 처지가 된 듯하다. 마리노는 뻔뻔스럽게 담배 한 개비를 꺼내 메모지 위에 대고 가볍게 두드리기 시작한다.

"이곳은 금연 건물입니다." 마커스의 권위적인 목소리가 침묵을 깬다.

"당연하겠지." 마리노가 대꾸한다. "간접흡연으로 사망할 수도 있으니까." 그리고 'FBI 개입'이라는 글이 적혀 있는 메모지 위에 말보로 담배 필터 끝을 가볍게 톡톡 친다. "저 남자를 다시 볼 수 있어서 반갑군." 마리노는 의장 자리에 앉은 마커스 뒤쪽의 해부 모델, 플라스틱 기관이 달린 해부 모델을 가리키며 덧붙인다. "마치 천년 동안 계속 저렇게 노려보고 있는 것 같다니까." 스카페타는 자신이 이곳에서 일하며 유족이나 변호인에게 사인을 설명할 때, 해부 모델을 사용했는지 의구심이 든다. 아마 그러지 않았을 거야. 만약 그랬다면 해부 모델의 기관이 남아 있었을 것이다.

부국장 잭 필딩을 제외하고 직원 가운데 스카페타가 아는 사람은 아무도 없었다. 잭 필딩은 줄곧 그녀의 시선을 피하고 있다. 지난번 만났을 때보다 피부 질환이 악화된 듯하다. 5년의 세월이 지났다. 스카페타는 보디빌딩을 좋아하고 우쭐대던 자신의 법의학 파트너가 왜 그렇게 행동하는지 도무지 이해할 수 없었다. 필딩은 행정 업무에는 별 관심이 없고 대단한 의학적 사명감을 갖고 있지도 않았지만, 스카페타 밑에서 부국장으로 일하는 동안 그녀를 존중해주었고 충성을 다했다. 필딩은 그녀를 음해하려 한 적도 없지만, 스카페타를 비방하던 사람들이 그녀를 몰아내려고 작정했을 때 보호해주지도 않았다. 필딩은 머리가 거의 다 빠졌다. 한때 잘생겼던 얼굴은 부어오르고 부스럼이 나 있다. 눈가에는 점액질이 흐르고, 코를 연신 킁킁거린다. 마약에 손댔을 리 만무하지만, 마치 알코올 중독자처럼 보인다.

"필딩." 스카페타가 그를 쳐다보며 묻는다. "알레르기예요? 예전에는 그렇지 않았잖아요. 감기에 걸린 것 같군요." 무심코 말했지만, 그가 감기나 독감 혹은 다른 전염성 질환을 앓고 있을지도 모른다는 의구심을 떨칠 수 없다.

어쩌면 술을 많이 마셔서 그런지도 모른다. 혹은 혈압을 내려주는 히스타민제에 대한 반응일 수도 있다. 필딩이 입고 있는 수술 가운의 V넥 칼라 근처에 난 뾰루지가 보인다. 스카페타는 단추를 잠그지 않은 수술 가운의 흰 소매와 팔의 곡선 그리고 그의 더러운 맨손을 유심히 관찰한다. 필딩은 눈에 띄게 근육 양이 줄었다. 몸은 비쩍 말랐고, 여러 가지 알레르기 질환으로 고생하고 있다. 의존적인 유형의 사람들은 알레르기와 질병, 피부 질환에 더 민감한 경향이 있다. 필딩은 승승장구하고 있지 않다. 어쩌면 그래서는 안 될지도 모른다. 스카페타 없이 그 혼자 승승장구하는 것은 그녀가 5년 전 해임된 이후 버지니아 주정부와 모든 사람들이 잘 지내고 있다는 사실을 다시 한 번 확인시켜주는 것처럼 보이기 때문이다. 비참해진 필딩의 모습을 보자 그녀 마음속의 비열한 악마가 잠시 안도감을 느끼다가 다시 제자리로 돌아간다. 그녀는 불안하고 걱정스럽다. 다시 필딩을 쳐다보지만 그는 그녀의 시선을 애써 외면한다.

"떠나기 전에 얘기 좀 나눴으면 좋겠어요." 그녀는 테이블 맨 끝에 있는 의자에 앉아, 회의실에 자신과 필딩 두 사람이외에는 아무도 없는 것처럼 말한다. 예전에 그녀가 법의국장이었을 때는 많은 사람들로부터 존경을 받았고, 의대생이나 신임 경찰들이 사인을 요청하기도 했다.

스카페타는 마커스가 자신을 바라보고 있음을 느낀다. 그의 시선이 마치 압핀처럼 그녀를 아프게 찌르는 듯하다. 그는 수술 가운이나 다른 보호 장비를 착용하고 있지 않지만, 그녀는 그다지 놀라지 않는다. 그는 벌써 몇 년 전에 일선 업무에서 손을 뗐어야 했다. 자신의 일을 사랑한 적이 한 번도 없는 많은 법의국장처럼 그는 담당자가 없어 부득이한 경우에만 부검을 할 유형이다.

"자, 시작합시다." 그가 직원들에게 말한다. "오늘은 시신이 많이 들어와 시체안치소가 만원입니다. 그리고 손님이 오셨는데, 스카페타 박사입니다. 그리고 박사의 친구인 마리노 반장…. 마리노 경위 혹은 마리노 형사입니까? 지금은 로스앤젤레스 경찰청 소속입니까?"

"상황에 따라 달라지오." 마리노가 대답한다. 야구모자를 푹 눌러 써서 눈가에 그림자가 졌고, 불을 붙이지 않은 담배를 손으로 만지작거리고 있다.

"그럼 지금은 어디에서 일하고 계십니까?" 마커스는 마리노에게 자기소개를 분명히 하지 않았다는 점을 일깨운다. "미안합니다만, 스카페타 박사와 함께 올 거라는 이야기를 듣지 못했어요." 그는 다시 한 번 스카페타에게 상기시킨다. 이번에는 여러 사람이 듣는 자리에서.

마커스는 모든 사람이 보는 앞에서 스카페타에게 일격을 가하려 한다. 그녀는 그런 상황이 다가오고 있음을 직감한다. 지저분한 도서관에서 자신에게 맞섰던 그녀에게 복수하려는 것이다. 마리노가 전화 통화를 했다는 사실이 갑자기 그녀 머릿속에 떠오른다. 마리노와 통화했던 사람이 그 사실을 마커스에게 이미 알려주었을 것이다.

"아, 스카페타 박사가 함께 일하는 사람이라고 분명히 말했습니다. 그렇죠?" 마커스가 갑자기 말문을 연다.

"네, 맞습니다." 테이블 끝자리에 앉은 스카페타가 분명하게 말한다.

"어쨌든 우리는 사건을 신속하게 해결할 것입니다." 그가 스카페타에게 말한다. "혹시 당신이… 그냥 마리노 씨라고 부르도록 하겠습니다. 혹시 두 분, 커피 드시겠습니까? 그리고 담배는 건물 바깥에서 피우십시오. 두 분이 직원회의에 참석하는 것은 환영하지만, 반드시 그럴 필요는 없습니다."

그는 냉담한 어조로 낯선 외부인에게 말하듯 한다. 그의 말투에서 경계심이 느껴진다. 하지만 스카페타는 참여하길 원했고, 이제부터 불쾌한 대접을 받을지도 모른다. 마커스는 정치적이지만 훌륭한 정치가는 아니다. 마커스를 법의국장으로 임명할 때, 권력층에 있는 사람들은 그를 유순하고 별다른 해악이 없는 사람이라고 여겼을 것이다. 스카페타와 전혀 다른 인물이라고 생각했겠지만, 그들의 판단이 틀렸는지도 모른다.

마커스가 자기 오른쪽에 앉아 있는 여자에게 고개를 돌린다. 체구가 크고 백발에 커트 머리를 한 그녀는 말처럼 얼굴이 길쭉했다. 아마 행정 직원일 것이다. 마커스가 그녀에게 고개를 끄덕이며 진행하라는 신호를 보낸다.

"알겠습니다." 행정 직원이 말하자, 회의실에 있던 모든 사람이 오늘의 부검 내용이 복사된 노란색 종이를 내려다본다. "라미 박사님, 어젯밤 당직을 서셨죠?" 행정 직원이 묻는다.

"물론 그랬습니다. 지금은 시즌이니까요."

그녀의 농담에 아무도 웃어주지 않는다. 회의실에는 장막이 드리워져 있다. 그런 분위기는 복도 저편에서 의사의 부검을 기다리며 누워 있는 시신과는 아무런 상관이 없다.

"도착한 시신에 대해 알려드리겠습니다. 이름은 시시 셜리. 하노버 카운티에 사는 92세의 흑인 여성. 심장병 병력이 있고, 침대에서 죽은 채로 발견되었음." 라미 박사는 메모를 보면서 말한다. "생활보호 편의 시설에 거주하고 있었습니다. 그녀의 시신은 벌써 확인했습니다. 그다음 시신은 벤저민 프랭클린. 실명입니다. 89세의 흑인 남성. 역시 침대에서 죽은 채 발견. 심장병과 신경쇠약 병력이 있음···."

"뭐라고요?" 마커스가 끼어든다. "도대체 신경쇠약이란 게 뭡니까?"

몇몇 사람들이 웃는다. 라미 박사의 얼굴이 벌겋게 달아오른다. 라미 박사는 옷차림이 수수한 젊은 여성인데, 과체중이다. 그녀의 얼굴이 마치 할로겐 등처럼 벌겋게 달아오른다.

"신경쇠약은 합법적인 사인이 될 수 없습니다." 마커스는 마치 배우가 관객을 우롱하는 것처럼 그녀를 조롱한다. "설마 신경쇠약으로 사망해서 그 불쌍한 사람을 이곳 병원으로 데려왔다는 말은 아니겠지요?"

그의 농담에는 남을 배려하는 이해심 따위는 없었다. 병원은 힘든 시간을 보내는 살아 있는 사람들을 위한 곳이지, 폭력에 희생되거나 인사불성이 되어 사망한 사람들을 위한 곳이 아니다. 마커스는 복도 저편에서 차가운 시신이 되어 비닐로 만든 파우치 안에 누워 있거나, 혹은 차가운 철제 테이블 위에 누워 있는 사람들의 냉혹한 현실을 완전히 부인하고 조롱했던 것이다. 시신들은 곧 외과용 메스로 절개될 것이고, 스트라이커 톱으로 절단될 것이다.

"죄송합니다." 라미가 얼굴이 벌개져서 말한다. "글씨를 잘못 읽었습니다. 신경쇠약이 아니라 신장부전입니다. 이제는 내가 직접 쓴 글도 정확히 읽지 못하겠군요."

"그럼 벤저민 프랭클린이라는 늙은이는 신경쇠약으로 사망한 게 아니란 말이오?" 마리노가 담배를 만지작거리며 심각한 표정으로 묻는다. "밖에 나가서 연줄에 열쇠를 매달려고 하다가 죽은 건 아니오? 그리고 오늘 들어온 시신 가운데 납 중독으로 사망한 사람은 없소? 총에 맞아 죽은 사람은?"

마커스의 눈빛은 흔들림이 없고 냉정하다.

라미는 단조로운 목소리로 계속 말한다. "프랭클린의 시신도 이미 확인했습니다. 그다음은 핑키…."

"핑키라고?" 마리노는 낱말 맞히기 놀이라도 하는 것처럼 커다란 목소리로 말한다. "핑키라는 여자가 죽었다니 유감이군…."

"정확한 이름이 맞습니까?" 마커스의 목소리는 마리노보다 가늘고 몇 옥타브는 더 높다.

라미 박사의 얼굴이 벌겋게 달아오르자, 스카페타는 그녀가 갑자기 눈물을 흘리며 회의실을 뛰쳐나갈지도 모른다는 걱정이 든다. "건네받은 이름을 그대로 말했을 뿐입니다." 라미 박사는 부자연스럽게 대답한다. "22세의 흑인 여성. 팔에 주사기를 꽂은 채 화장실에서 사망. 헤로인 과다 복용일 가능성이 있음. 스포트실바니아에서 나흘 만에 시신이 발견됨. 이것은 방금 건네받은 자료입니다." 그녀는 종이를 만지작거리며 말한다. "직원회의 직전에 시오도어 위트비라는 42세의 백인 남자에 관한 전화를 받았습니다. 트랙터 사고로 부상을 당했습니다."

마커스의 조그마한 철제 안경테 너머로 보이는 작은 눈이 깜박거렸다. 사람들의 얼굴이 하얗게 질린다. 마리노, 그러지 말아요. 스카페타는 그에게 무언의 신호를 보낸다. 그러나 마리노는 신호를 눈치 채지 못하고 말한다.

"부상을 당했다고?" 마리노가 묻는다. "그럼 아직 살아 있단 말이오?"

"직접 전화를 받지는 않았습니다." 라미가 말을 더듬는다. "필딩 박사가…."

"아닙니다, 나는 아닙니다." 필딩이 마치 권총의 공이를 잡아당기는 것처럼 갑자기 끼어든다.

"당신이 아니라고요? 아, 마틴 박사군요. 이건 마틴 박사 메모예요." 라미가 말한다. 그녀는 벌겋게 달아오른 얼굴을 숙인 채 서류를 내려다보고 있다. "사건에 대해 명확하게 알 수는 없지만, 그는 트랙터에 탔거나 그 근처에 있었던 것이 분명합니다. 그런데 얼마 후, 그의 동료들이 진흙더미에서 심하게 부상당한 그를 목격했습니다. 오늘 아침 8시 반, 사건이 일어난 지 채 한 시간도 지나지 않았습니다. 스스로 트랙터에 치였거나 혹은 트랙터에서 떨어져 치였을 겁니다. 경찰이 도착했을 때는 이미 사망한 상태였습니다."

"그렇다면 자살한 거로군." 담배를 천천히 돌리면서 마리노가 분명하게 말한다.

"나인노스 14번 스트리트에서, 하필이면 철거 중이던 구건물에서 이런 일이 일어났다는 게 아이러니합니다." 라미가 짧게 덧붙여 말한다.

그러자 마리노는 정신이 번쩍 든다. 그는 손장난을 그만두고 스카페타의 팔꿈치를 슬쩍 건드리며 신호를 보낸다. 그녀는 올리브 초록색 바지에 검은색 재킷을 입고 주차장 출입문 근처에 있던, 트랙터 뒤쪽 타이어 앞에 서 있던 남자를 떠올렸다. 그때 그는 살아 있었다. 그리고 지금은 죽었다. 그가 엔진을 손보든 어쨌든 타이어 앞에 서 있지는 말아야 한다고 스카페타는 생각했었다. 그런데 그는 지금 사망했다.

"그는 근무 중이었습니다." 라미가 평정심과 권위를 되찾은 모습으로 말한다.

스카페타가 구건물을 돌 때, 그 남자와 트랙터가 시야에서 사라지던 모습이 떠올랐다. 그녀의 시야에서 사라지고 몇 분 후, 그는 트랙터의 시동을 걸었을 테고, 그러고 나서 사망했다.

"필딩, 당신이 트랙터 사건을 맡아주기 바랍니다." 마커스가 말한다. "트랙터에 치이기 전에 심장마비가 일어나지 않았는지, 다른 잠재적인 문제가 있었는지 확인하도록 해요. 부상 범위가 광범위할 것이고, 조사하는 데 많은 시간이 필요할 겁니다. 이런 사건을 얼마나 철저히 조사해야 하는지는 굳이 말하지 않아도 알 겁니다. 오늘 오신 손님 입장에서는 약간 아이러니하겠군요." 그가 스카페타를 쳐다본다. "내가 부임하기 직전, 나인노스 14번 스트리트에 구건물이 있었지요."

"그랬습니다." 그녀가 대답한다. 멀리서 보았던 검은색과 올리브 초록색의 위트비는 이제 유령이 되었다. "나는 그 구건물에서 일을 시작했습니다. 당신이 부임하기 직전까지." 그녀는 그의 말을 그대로 따라 한다. "그러고 나서 이 건물로 옮겼지요." 그녀는 자신도 이 건물에서 일했다는 사실을 그에게 상기시킨다. 하지만 이내 어리석은 짓을 했다는 느낌이 든다.

라미 박사는 사건 서류를 계속 훑어본다. 감옥에서 사망한 사건은 의심스러운 점이 없지만, 감옥에서 사망한 시신은 모두 부검을 하도록 법으로 정해져 있음. 그리고 주차장에서 죽은 채 발견된 여자는 저체온증으로 사망한 것으로 추정됨. 그녀는 당뇨를 앓았고 차에서 내릴 때 갑자기 사망한 듯함. 그리고 한 어린이의 갑작스러운 죽음. 아홉 살 난 아이가 길 한가운데에서 죽은 채 발견되었는데, 차에 치인 것으로 추정됨.

"체스터필드 법정에 출석을 통보 받았습니다." 라미가 말한다. "차를 타고 가야 하는데, 내 차는 또 수리 중입니다."

"내가 태워다주겠소." 마리노가 그녀에게 윙크하면서 자발적으로 나선다.

라미는 잔뜩 겁을 먹은 표정으로 마리노를 쳐다본다.

모두들 자리에서 일어서려는데, 마커스가 그들을 제지한다. "나가기 전에 할 말이 있습니다." 그가 말한다. "여러분의 도움이 필요하니 모두 생각을 모아봅시다. 여러분도 알겠지만, 법의국에서는 부검연구소를 운영하고, 나는 부검 시스템에 대해 강의하고 있습니다. 우리에게도 전문가가 있으니, 몇몇 사건에 대해 의견을 구하고 싶습니다."

나쁜 놈. 스카페타는 마음속으로 생각한다. 결국 이렇게 하려는 속셈이었던 것이다. 그들이 도서관에서 나누었던 이야기, 그녀에게 사무실을 모두 공개하겠다던 게 바로 이것이다.

마커스는 잠시 말을 멈추고 주위를 둘러본다. "20세의 백인 여성." 그리고 다시 이야기를 잇는다. "한 남자가 임신 7주인 여자 친구의 배를 발로 찼습니다. 그녀는 경찰에 신고한 다음 병원으로 갔습니다. 몇 시간 후, 그녀는 아이를 잃었습니다. 경찰이 알려준 사건인데, 어떻게 해야겠습니까?"

대답하는 사람은 아무도 없다. 사람들은 그런 문제에 익숙하지 않기 때문에 그저 멍하니 바라볼 뿐이다.

"생각 좀 해봐요." 마커스는 웃으며 말한다. "본인이 그런 전화를 받았다고 생각해봐요. 라미, 어떻게 생각합니까?"

"국장님." 그녀의 얼굴이 다시 벌겋게 달아오른다.

"자, 그 문제를 어떻게 처리할지 말해봐요, 라미."

"외과적으로 처리하면 될까요?" 그녀는 의학 공부를 마친 매우 유능한 의사였지만, 마치 어떤 이상한 힘이 그녀를 무력하게 만드는 것 같았다.

"다른 의견 있습니까?" 마커스가 묻는다. "스카페타 박사." 그가 그녀의 이름을 천천히 부른다. 스카페타는 그가 자신을 케이라고 부르지 않는다는 사실을 알아차린다. "예전에 이런 사건을 맡은 적이 있습니까?"

"유감스럽게도 그렇습니다." 그녀가 대답한다.

"그럼 말씀해주십시오. 법률상으로는 어떻습니까?" 그는 꽤 흥미로운 표정으로 묻는다.

"임신한 여자를 구타하는 건 분명한 범죄입니다." 그녀가 대답한다. "법에 따르면 태아를 죽이는 것도 살인죄죠."

"흥미롭군요." 마커스는 주위를 둘러본 뒤 다시 그녀를 똑바로 쳐다본다. "그렇다면 우선 그 사건을 살인사건이라고 할 수 있겠군요. 혹시 너무 지나친 판단은 아닐까요? 범행 의도는 우리가 아니라 경찰이 결정하는 것 아닙니까?"

이런 얌체 같은 놈. 스카페타는 마음속으로 생각한다. "법률에 정해진 우리의 임무는 사인과 죽음의 과정을 규명하는 것입니다." 그녀가 말한다. "여러분도 기억하겠지만, 그 법률이 정해진 것은 1990년대 후반입니다. 어떤 남자가 여자의 배에 대고 총을 쐈는데, 그녀는 살아났지만 뱃속에 있던 아이는 죽고 말았죠. 바로 그 사건 직후였어요. 마커스 박사, 당신이 우리한테 이야기한 상황 그대로라면, 나는 그 태아를 시체안치소로 데려와야 한다고 생각합니다. 태아를 부검하고 정식 사건 번호를 매겨야 합니다. 노란색 테두리가 있는 사망증명서에 어머니의 배에 가해진 충격 때문에 사망했다는 사인을 덧붙여 기록해야겠죠. 태아가 살아서 태어나지 못했기 때문에, 노란색 테두리가 있는 사망증명서를 사용해야 합니다. 그리고 1년 후에는 그 사망증명서를 파기해야 하니, 사건 파일과 함께 사망증명서 사본을 반드시 보관해야 합니다."

"그럼 그 태아는 어떻게 해야 합니까?" 마커스는 그다지 유쾌하지 않은 표정으로 묻는다.

"가족의 생각에 달려 있습니다." 스카페타가 대답한다.

"태아의 크기가 10센티미터도 되지 않습니다." 그가 말한다. 그의 목소리에서 다시 긴장감이 느껴진다. "장의사들이 장례를 치를 만한 것도 남아 있지 않습니다."

"그렇다면 포르말린에 넣어 보존해야 합니다. 그리고 가족이 원하면 그것을 돌려주어야 합니다."

"어쨌든 살인사건이라고 말해야겠군요." 마커스가 냉정하게 말한다.

"버지니아의 새로운 법령에 의하면, 태어난 사람이든 태아든 살해할 목적으로 가족을 해치는 것은 중대한 범죄입니다. 임신한 여자를 해치려 했다는 악의적인 의도를 증명하지는 못해도, 여전히 살인죄에 해당하죠. 거기에서부터 살인죄가 적용되는 것입니다. 중요한 것은 그럴 의도가 있었는지는 필요 없다는 점입니다. 살아 있는 아이가 아닌 태아인 경우도 마찬가집니다. 그건 폭력적인 범죄입니다."

"다른 의견 있습니까?" 마커스가 직원들에게 묻는다. "노코멘트입니까?"

아무도 대답하지 않는다. 심지어 필딩조차도.

"그럼 다음 사건으로 넘어갑시다." 마커스는 화난 표정으로 희미한 미소를 짓는다.

얼른 말해봐, 이 피도 눈물도 없는 놈. 스카페타는 속으로 생각한다.

"호스피스 시설에 있던 젊은 남자입니다." 마커스가 말하기 시작한다. "에이즈로 죽어가고 있는 그 남자가 의사에게 플러그를 뽑아달라고 말합니다. 만약 의사가 생명을 연장시키는 기계 장치 플러그를 빼면 그는 사망합니다. 그럴 경우에도 법의학에서 다뤄야 합니까? 그것 역시 살인이라고 할 수 있습니까? 오늘 손님으로 오신 스카페타 박사는 어떻게 생각합니까? 의사는 살인을 저지른 겁니까?"

"의사가 환자의 머리에 총을 쏘지 않는 한 자연사로 볼 수 있습니다."

스카페타가 대답한다.

"아, 그렇다면 당신은 안락사 옹호자로군요."

"고지(告知)에 입각한 동의는 아닙니다." 스카페타는 마커스의 얼토당토않은 질문에 대답하지 않는다. "환자는 종종 우울증을 앓게 됩니다. 우울증에 시달리면, 고지에 입각한 동의를 할 수 없지요. 이것은 매우 까다로운 질문입니다."

"당신의 말을 분명하게 정리해보겠습니다." 마커스가 대답한다.

"그렇게 하세요."

"호스피스 시설에 있는 이 남자가 '오늘 죽고 싶다.'고 말합니다. 그러면 의사가 그렇게 해주어야 한다고 생각합니까?"

"사실, 호스피스 시설에 있는 환자는 그런 판단력을 갖고 있습니다. 그는 자신의 죽음을 결정할 수 있습니다. 통증을 완화하기 위해 모르핀을 투여할 수 있습니다. 따라서 더 많은 모르핀을 투여하고 잠이 들면, 약물 과다 복용으로 사망하게 될 겁니다. 그러면 그는 '소생 불가'라고 적힌 팔찌를 낄 수도 있고, 호스피스 시설에서 일하는 사람들은 그를 반드시 소생시켜야 할 의무도 없습니다. 따라서 그는 죽습니다. 어느 누구에게 아무런 영향도 끼치지 않고 말입니다."

"그럼 우리가 그 사건을 맡아야 한단 말입니까?" 마커스가 집요하게 묻는다. 그녀를 바라보는 그의 조그마한 얼굴에 분노가 이글거린다.

"사람들이 호스피스 시설에 가는 이유는 통증을 조절하고 평화롭게 죽기 위해서입니다. 소생 불가 팔찌를 끼겠다는 고지에 입각해 동의한 사람들이 원하는 것은 기본적으로 마찬가지입니다. 모르핀 과다 복용, 생명 유지 장치 제거 등이죠. 소생 불가 팔찌를 차고 있는 사람은 소생하지 않습니다. 이것은 우리가 맡을 사건이 아닙니다. 마커스 박사, 만약 그런 전화를 받았다면 거절하기 바랍니다."

"다른 의견 있습니까?" 마커스는 짧게 말한 다음, 서류를 정리하며 자리에서 일어날 준비를 한다.

"있소." 마리노가 말한다. "혹시 제퍼디(Jeopardy: 텔레비전 퀴즈 프로그램 – 옮긴이)에 그 문제 내볼 생각 없소?"

5

벤턴 웨슬리는 아스펜 클럽에 있는 침실 세 개짜리 아파트 창문 주변을 왔다 갔다 한다. 휴대전화의 통화 표시 막대가 오르내리고, 수화기에서 들리는 마리노의 목소리가 잘 들렸다가 끊어지기를 반복한다.

"뭐라고? 미안하지만 다시 한 번 말해봐." 벤턴은 세 발자국 물러나 더니 그 자리에 가만히 선다.

"훨씬 더 나쁘다고 말했어. 자네가 생각했던 것보다 훨씬 더 나빠." 마리노의 목소리가 수화기에서 들려온다. "그 친구가 그녀를 안으로 끌고 들어가 사람들이 보는 앞에서 발로 찬 거나 마찬가지야. 혹은 그 러려고 시도했거나. 어쨌든 시도했다는 점을 강조하는 바네."

벤턴은 포플러나무와 검은가문비나무의 뾰족하고 억센 나뭇잎 위에 쌓인 눈을 바라본다. 오늘 아침은 오랜만에 햇빛이 비치는 맑은 날씨 다. 까치가 경쾌하게 나뭇가지 위를 옮겨 다니다 날개를 퍼덕거리며 나 뭇가지에 앉자 작은 눈송이가 떨어진다. 벤턴은 까치의 움직임을 바라보며 그 이유를 알아내려고 애쓴다. 저 긴 꼬리 달린 새가 날렵하게 움직이는 데에는 생물학적인 원인과 결과가 있다. 깊이 생각하는 그의 머릿속은 야생동물처럼 습관화되어 있고, 산을 오르내리는 화물 열차처럼 가차 없다.

"시도, 맞아, 시도." 벤턴은 그것을 상상하며 희미하게 웃는다. "하지만 그자가 그녀를 초대하지 않았다는 사실을 알아야 해. 왜냐하면 선택할 수 있었기 때문이지. 그녀를 부른 건 명령이었어. 보건부 장관이 배후에 있다고."

"그걸 어떻게 알았어?"

"그녀가 그곳에 간다는 이야기를 듣고 전화 통화를 했지."

"아스펜에 못 간 것은 유감이네." 마리노의 목소리가 다시 끊어진다.

벤턴은 옆에 있는 창가로 옮겨 간다. 등 뒤에서는 벽난로의 불길이 탁탁 소리를 내며 타오른다. 나무 타들어가는 소리가 들린다. 그는 천장에서 바닥까지 이어진 통유리를 계속 내다본다. 건너편에 보이는 현관문이 열리자, 그의 관심은 그 석조 건물로 쏠린다. 한 남자와 남자애가 옷을 두껍게 차려입고 나온다. 하얀 입김이 차가운 공기 속으로 퍼진다.

"지금은 스카페타도 그 사실을 알아." 벤턴이 말한다. "자신이 이용당하고 있다는 사실을." 그는 스카페타를 너무나 잘 안다. 그의 예측은 틀린 적이 없다. "그녀도 정치가 개입되었다는 사실 정도는 알 거야. 불행하게도, 그 이외에 많은 것들이 있어. 훨씬 더 많은 것들이. 내 말 들리나?"

벤턴은 남자와 남자애가 스키와 폴을 어깨에 멘 채 버클을 절반쯤 잠근 스키 부츠를 신고 걸어가는 모습을 내다본다. 벤턴은 오늘 스키를 타거나 미끄럼 방지용 설상화를 신고 밖으로 나가지 않을 것이다. 그럴 시간이 없다.

"여보세요?" 시간이 한참 지난 뒤에야 마리노의 목소리가 다시 들리자 벤턴은 짜증이 난다.

"내 말 들려?" 벤턴이 다시 묻는다.

"그래, 이제 들리네." 마리노의 목소리가 다시 들린다. 벤턴은 마리노가 통화음이 잘 들리도록 주변을 돌아다닌다는 사실을 알 수 있다. "그자는 모든 것을 스카페타 박사 탓으로 돌리려 해. 그런 목적으로 그녀를 이곳에 데려온 것 같아. 지금으로서는 더 알아낸 게 없어서 할 말이 없네. 죽은 아이에 대해서 말이야."

벤턴도 질리 폴슨에 대해 들었다. 그 여자애의 미스터리한 죽음은 전국적인 뉴스거리가 되지 않겠지만, 버지니아 언론에서 보도한 내용은 인터넷에 상세히 나와 있다. 벤턴은 정보에 접근하는 자신만의 방법이 있다. 그는 여러 방법을 통해 은밀한 정보를 알아낸다. 질리 폴슨은 이용당하고 있다. 누군가가 어떤 사람을 이용하려 할 때, 그 대상이 반드시 살아 있을 필요는 없다.

"내 말 안 들려? 이런 젠장." 벤턴이 말한다. 집 전화라면 통화음이 훨씬 더 잘 들리겠지만, 그는 집 전화를 쓸 수 없다.

"다시 들려, 벤턴." 마리노의 목소리가 갑자기 선명하게 들린다. "집 전화를 사용하는 게 어떤가? 그러면 통화음이 꽤 좋아질 텐데." 마리노가 벤턴의 생각을 읽은 것처럼 말한다.

"그럴 수 없네."

"도청당하는 것 같아?" 마리노는 농담을 하는 것이 아니다. "그걸 알아내는 방법이 있지. 루시한테 부탁해."

"생각해줘서 고맙네." 도청 장치를 제거하는 데 루시의 도움까지 필요하지는 않다. 그리고 그가 걱정하는 것은 집 전화가 도청되고 있다는 사실이 아니다.

그는 건너편 집에서 나온 남자와 남자애가 걸어가는 모습을 바라보며 질리 폴슨을 떠올린다. 남자애는 질리 또래로 보인다. 질리가 세상을 떠났을 때의 나이. 열서너 살. 질리는 스키도 타보지 못했다. 그 애는 콜로라도나 다른 지역에 가본 적이 한 번도 없었다. 리치먼드에서 태어났고, 그곳에서 죽었다. 짧은 생애 동안, 그 애는 거의 고통 속에서 살았다. 벤턴은 바람이 점점 세차게 불고 있음을 알아차린다. 나뭇가지 위에 쌓인 흰 눈이 숲 사이로 날리는 모습이 마치 연기처럼 보인다.

"이것이 바로 내가 '그녀'한테 하고 싶은 말이네." 벤턴이 말한다. 그가 '그녀'라는 단어를 강조한 것은 그녀가 스카페타라는 사실을 분명히 해두기 위해서다. "이런 호칭이 적절한지 모르겠지만, 그를 그녀의 후임자라고 부르지." 벤턴은 마커스의 이름이나 어떤 특정한 호칭도 언급하고 싶지 않다. 그처럼 비열한 인간이 스카페타의 후임자라는 게 도저히 참을 수 없다. "그는 흥미로운 인물일세." 벤턴은 조심스러운 목소리로 다시 이야기를 시작한다. "그녀가 이곳에 오면." 그가 말하는 '그녀'는 이번에도 물론 스카페타를 지칭한다. "그녀와 함께 직접 모든 것을 검토할 걸세. 하지만 당분간은 조심해야 해. 정말 조심해야 해."

"'그녀가 이곳에 오면'이라니, 무슨 뜻인가? 내가 생각하기에는 스카페타 박사가 이곳에 한동안 머무를 것 같은데."

"그녀가 나한테 전화하면 이야기해주겠네."

"정말 조심해야 한다고?" 마리노는 투덜거리며 말한다. "말을 꼭 그렇게 해야겠나?"

"그녀가 그곳에 있는 동안은 자네가 항상 함께 있어야 해."

"글쎄."

"함께 있어야 해. 무슨 말인지 알겠나?"

"그녀가 좋아하지 않을 텐데." 마리노가 망설이며 말한다.

벤턴은 모진 바람과 빙하의 힘으로 아름다운 형태를 갖게 된 로키 산맥의 눈 쌓인 가파른 경사로를 내다본다. 포플러나무와 상록수로 가득 찬 산맥이 오래된 마을을 빙 둘러싸고, 멀리 동쪽으로는 먹구름이 파란 하늘을 향해 서서히 퍼지고 있다. 오늘 오후나 저녁이 되면 다시 눈이 내릴 것이다.

"아니, 싫어하지 않아." 벤턴이 말한다.

"박사 말로는, 자네가 사건을 맡았다던데."

"맞아." 벤턴은 그것에 대해 자세히 이야기할 수 없다.

"아스펜에 있으면서 사건을 맡다니 유감이군. 박사도 사건을 맡았고. 그럼 당분간 그곳에 머무르면서 사건을 진행할 건가?"

"당분간은 그래야겠지." 벤턴이 말한다.

"아스펜에서 휴가를 보내며 사건을 맡다니, 엄청 심각한 사건인 모양이군."

"잘 안 들려."

"이런, 망할 놈의 전화기 같으니라고." 마리노가 말한다. "루시가 잘 들리고 스캐너로 도청당하지도 않는 전화기를 발명해야 해. 그러면 돈방석에 앉을 텐데."

"루시는 벌써 돈방석에 앉았다고 할 수 있지."

"그럼, 장난 아니지."

"몸조심해." 벤턴이 말한다. "앞으로 며칠 동안 내가 연락 못해도 나 대신 그녀를 돌봐줘. 항상 뒤에 누가 없는지 조심하고."

"평소에도 늘 조심하니까 그런 걱정일랑 붙들어 매게." 마리노가 말한다. "거기서 눈에 미끄러져 다치지나 마."

벤턴은 통화를 마친 후, 유리창을 마주보고 있는 벽난로 근처 소파에 앉는다. 벌레 먹은 밤나무 목재로 만든 커피 테이블 위에는 알아볼 수 없을 정도로 휘갈겨 쓴 글씨가 빼곡한 법률 용지철이 놓여 있고, 그 옆에는 40구경 글록 권총이 놓여 있다. 그는 데님셔츠 주머니 안에 든 안경을 꺼낸 다음, 의자 팔걸이에 팔을 올리고 법률 용지를 훑어보기 시작한다. 각각의 페이지에는 숫자가 적혀 있고, 오른쪽 윗부분에는 날짜가 적혀 있다. 각진 턱을 만지자 이틀 동안 면도를 하지 않았다는 사실이 떠올랐다. 희끗하게 변해가는 턱수염이 산 위에 솟아 있는 나무를 연상케 했다. 그는 '과대망상증'이라는 단어에 동그라미를 친다. 그리고 고개를 들어, 자신의 곧고 날카로운 콧대 위에 놓인 안경테 너머를 바라본다.

그는 종이 귀퉁이에 갈겨쓴다. '결핍된 부분을 채워야 나아질 것 같음. 심각한 균열 상태. 지속될 수 없음. H가 아니라 L이 진짜 희생자. H는 자아도취자.' 그는 자아도취자 밑에 세 번 밑줄을 긋는다. 그리고 '일부러 꾸밈'이라 적고 두 번 밑줄을 그은 다음, 페이지를 넘긴다. '포스트 범죄 행동.' 물소리가 들리자, 벤턴은 왜 진작 그 소리를 듣지 못했는지 어리둥절하다. '중대한 사고, 크리스마스 이전에 닥칠 것임. 참을 수 없는 긴장감. 크리스마스 즈음에 살해할 것임.' 벤턴은 메모를 하다가 고개를 든다. 목소리를 듣고서야 그제야 그녀가 옆에 있는 것을 알아차린다.

"누구랑 통화한 거예요?" 헨리가 묻는다. 헨리는 헨리에타를 줄여서 부르는 여자 이름이다. 그녀는 섬세한 손을 난간 위에 올린 채 계단 아랫부분에 서 있다. 헨리 월든은 거실에 앉아 있는 벤턴을 바라본다.

"잘 잤어?" 벤턴이 말한다. "샤워를 했군. 커피 끓여놨어."

헨리는 날씬한 몸매가 더 드러나도록 붉은색 욕실 가운을 조인다. 두 사람 사이에 심각하게 나눌 이야기라도 있는 것처럼, 그녀는 졸린 초록색 눈동자로 벤턴을 조심스럽게 바라본다. 스물여덟인 그녀는 완벽하지는 않지만 특이한 매력을 갖고 있다. 그녀는 두드러진 자신의 코가 너무 크다는 잘못된 열등감을 갖고 있었다. 치아도 완벽하진 않지만, 분명 아름다운 미소를 갖고 있다. 아름다워지려고 노력하지 않아도 충분히 매혹적이다. 벤턴은 그녀에게 아름답다는 사실을 상기시킨 적도 없고, 앞으로도 그러지 않을 것이다. 그건 너무 위험하다.

"통화하는 소리를 들었어요." 헨리가 말한다. "루시였나요?"

"아니." 벤턴은 짧게 대답한다.

"아, 그렇군요." 그녀의 입술에 실망한 흔적이 묻어나고, 눈에는 분노가 어린다. "그럼 누구랑 통화한 거예요?"

"사적인 통화였어, 헨리." 벤턴은 안경을 벗는다. "우리 사이의 경계를 지켜야 한다고 여러 번 말했을 텐데. 거의 매일 이야기했지, 그렇지 않아?"

"나도 알아요." 그녀는 여전히 난간 위에 손을 올린 채 서 있다. "루시가 아니면 누구랑 통화한 거죠? 루시 이모? 루시는 입만 벙긋하면 이모 이야기던데."

"루시 이모는 네가 이곳에 있는지 몰라, 헨리." 벤턴은 인내심 있게 말한다. "네가 이곳에 있다는 사실을 아는 사람은 루시와 루디뿐이야."

"당신과 루시 이모의 관계에 대해서는 나도 알아요."

"네가 이곳에 있다는 사실을 아는 사람은 루시와 루디뿐이야." 그는 반복해서 말한다.

"그렇다면 루디와 통화했겠군요. 그가 뭐라고 하던가요? 그가 나를 좋아한다는 사실은 알고 있어요." 그녀가 미소를 지으며 말한다. 얼굴 표정이 특이하고 불안하다. "루디는 너무나 멋져요. 마음만 먹었다면 그와 그럴 수도 있었는데, 아쉬워요. 페라리를 타고 데이트할 때 그렇게 했어야 해요. 페라리를 타고 있으면 누구와도 사귈 수 있죠. 페라리를 갖기 위해 루시가 필요한 건 아니지만."

"경계를 지켜, 헨리." 벤턴이 말한다. 그는 자신 앞에 있는 처절한 패배자를 인정하려 들지 않는다. 루시가 헨리를 아스펜으로 데려와 벤턴에게 맡긴 뒤로, 어둠만이 더 넓고 깊게 퍼져나갔다.

'아저씨는 헨리한테 상처를 주지 않을 거예요.' 루시가 그에게 말했다. '다른 사람들은 그녀에게 상처를 주고, 그녀를 이용할 거예요. 그리고 나에 대해서, 내가 무슨 일을 하는지 알아낼 거예요.'

'나는 정신과 의사가 아니야.' 벤턴은 이렇게 말했다.

'헨리는 사고 후 스트레스에 대해 상담해줄 수 있는 범죄 수사 심리학자의 도움이 필요해요. 아저씨가 하는 일이 그거잖아요. 아저씨는 할 수 있어요. 어떻게 된 일인지, 아저씨는 알아낼 수 있을 거예요. 우리는 알아내야 해요. 어떻게 된 일인지.' 루시는 그렇게 말했다. 제정신이 아니었다. 루시가 공황 상태에 빠지는 경우는 거의 없지만, 그때의 그 애는 확실히 그랬다. 루시는 벤턴이 어느 누구의 문제라도 해결할 수 있다고 믿었다. 하지만 설령 그런 능력이 있다 해도, 그가 모든 사람을 치료할 수 있다는 뜻은 아니다. 헨리는 인질이 아니다. 그녀는 언제든지 떠날 수 있다. 그녀가 떠날 생각이 전혀 없다는 것은 스스로 즐기고 있다는 뜻인지도 모른다.

벤턴은 지난 나흘 동안 헨리 월든과 함께 있으면서 많은 것을 알아냈다. 그녀는 성격 장애를 겪고 있었다. 살인 미수 사건을 당하기 이전에도 성격 장애를 겪었다. 누군가가 루시의 집에 침입했다는 사실을 모르고 사건 현장을 찍은 사진을 보지 못했더라면, 벤턴은 살인 의도가 있었다고 생각하지 못했을 것이다. 그는 헨리가 살인이 일어날 뻔한 상황을 단순히 과장하는 것인지도 모른다고 우려했다. 그런 생각이 들자 마음이 몹시 불편했다. 루시가 무슨 생각으로 헨리를 만났는지 도저히 상상할 수가 없었다.

"루시가 자기 페라리를 몰도록 그냥 내버려뒀어?" 벤턴이 헨리에게 묻는다.

"검은색 페라리는 아니고요."

"그럼 은색 페라리?"

"은색이 아니라 캘리포니아 블루예요. 내가 원하면 언제든 운전할 수 있었어요." 그녀는 난간 위에 손을 올린 채 그를 바라본다. 마치 선정적인 사진을 찍기라도 하는 것처럼 머리는 헝클어져 있고 눈은 게슴츠레하다.

"헨리, 너는 그 차를 혼자 몰았어." 벤턴은 그 사실을 분명하게 해두고 싶었다. 아직 밝혀지지 않은 너무나 중요한 사안은 범인이 어떻게 헨리를 찾았느냐는 것이다. 벤턴은 범행이 우발적으로 일어났다고 믿지 않는다. 범인이 운이 좋아서 바로 그 시간에, 부유한 저택 혹은 페라리를 몰고 있는 예쁘고 젊은 아가씨를 찾아냈다고는 생각하지 않았다.

"그랬다고 말했잖아요." 헨리가 말한다. 얼굴은 창백하고 표정이 거의 없다. 생동감 있는 건 눈빛뿐이다. 그 눈빛에서 느껴지는 에너지는 변덕스럽고 불안정하다. "하지만 루시는 검은색 페라리에 대해서는 완강했어요."

"네가 마지막으로 캘리포니아 블루 페라리를 운전한 게 언제였지?" 벤턴은 여전히 부드럽고 편안한 목소리로 묻는다. 그는 자신이 필요한 정보를 알아내는 방법을 알고 있다. 헨리가 난간에 손을 얹고 반대편에 앉아 있든, 걸어 다니든, 서 있든, 그건 중요하지 않다. 무슨 일이 일어나도 상관없다. 과거 그녀에게 무슨 일이 일어났든 혹은 현재 무슨 일이 일어난다 해도, 벤턴은 누가 그리고 왜 루시의 집 안으로 들어갔는지를 알아내고 싶었다. 헨리는 구제 불능이었다. 벤턴이 정말 신경 쓰이는 것은 헨리가 아니라 루시였다.

"그 차를 타면 기분이 끝내줘요." 헨리가 말한다. 그녀의 무표정한 얼굴에서 눈만이 밝게 빛난다.

"헨리, 너는 그 차를 자주 몰았어."

"내가 원할 때면 언제든지 몰았죠." 헨리는 벤턴을 노려본다.

"매일 그 차를 몰고 트레이닝캠프까지 갔어."

"내가 원할 때면 언제든 그랬죠." 그녀는 냉정하고 창백한 얼굴로 그를 노려본다. 그녀의 눈에 분노가 서린다.

"그 차를 마지막으로 몰았을 때가 기억나니? 그게 언제였지, 헨리?"

"잘 모르겠어요. 아프기 전이었겠죠."

"감기에 걸리기 전이라면 언제였지? 2주 전쯤?"

"잘 모르겠어요." 그녀는 저항하며 더 이상 페라리에 대해 아무 말도 하지 않으려 한다. 벤턴은 그녀를 압박하지 않는다. 부정하고 회피하는 것에 진실이 담겨 있음을 알기 때문이다.

벤턴은 말로 표현하지 않는 것을 해석하는 데 능하다. 헨리가 자신이 원할 때마다 차를 몰았다는 것은 사람들의 시선을 의식하고 또 그것을 즐겼다는 사실을 털어놓은 것이나 다름없다. 헨리는 가장 평화로웠던 시기에조차 혼란의 중심이었고, 문제를 만들어내는 주인공이었고, 자기가 만든 미치광이 드라마의 주연이었다. 이런 이유만으로도, 대부분의 경찰과 범죄 심리학자들은 그녀가 거짓으로 살인을 꾸몄고, 살인 현장을 연출했고, 범행은 실제로 일어나지 않았다고 결론 내릴 것이다. 그러나 범행은 실제로 일어났다. 아이러니하고, 기이하고, 위험한 드라마는 실제 상황이었다. 벤턴은 루시가 걱정되었다. 그는 항상 루시를 염려해왔지만, 지금은 정말 걱정이 컸다.

"누구랑 통화한 거예요?" 헨리는 다시 그 문제로 되돌아간다. "루디가 나를 놓친 거예요. 그와 사귀었어야 하는데 그러지 못했어요. 그곳에서 너무 많은 시간을 허비했어요."

"헨리, 우리의 경계를 분명히 하면서 하루를 시작하도록 하자." 벤턴은 어제 아침 그리고 그저께 아침에도 메모지에 써서 소파에 붙여두었던 똑같은 말을 인내심 있게 건넨다.

"알았어요." 그녀는 여전히 계단 발치에 서 있다. "루디, 그가 전화한 게 분명해." 헨리가 다시 반복해서 말한다.

6

싱크대에 물이 콸콸 쏟아지고, 라이트 박스마다 엑스레이가 불빛을 받아 환하게 드러난다. 스카페타가 시신의 상처 자국을 향해 몸을 너무 깊이 숙이는 바람에 죽은 트랙터 기사의 코에 거의 닿을 뻔했다.

"알코올과 일산화탄소 치수를 측정할 겁니다." 그녀가 필딩에게 말한다. 두 사람은 스테인리스 스틸 재질의 바퀴 달린 들것 위에 놓인 시신을 중간에 둔 채 서로 마주보고 있다.

"발견한 거라도 있습니까?" 필딩이 스카페타에게 묻는다.

"알코올 냄새도 나지 않고 시신이 선홍색도 아니지만, 분명하게 점검해두는 게 좋겠어요. 잭, 이런 사건은 골치 아픈 문제로 이어질 수 있어요."

시신은 올리브 초록색 바지를 여전히 입고 있는데, 붉은색이 도는 흙이 묻어 있고 허벅지 부분은 찢어져 있다. 찢어진 피부 사이로 지방과 근육과 부서진 뼈가 튀어나와 있었다. 트랙터는 그의 몸 한가운데를 치었다. 하지만 스카페타가 그 광경을 목격한 것은 아니다. 사고는 그녀가 코너를 돈 지 1분 후 혹은 5분 후에 일어났을 수도 있다. 그녀는 자신이 본 남자가 위트비라고 확신한다. 스카페타는 그가 살아 있던 모습을 떠올리지 않으려고 애쓴다. 그러나 몇 분 지나지 않아 커다란 타이어 앞에 서서 엔진을 만지던 그의 모습이 머릿속에 다시 떠오른다.

"거기!" 필딩은 머리를 짧게 자른 젊은 남자를 큰 소리로 부른다. 포트리에 있는 사망 신고 부서에서 근무하는 군인 같았다. "이름이 뭐지?"

"베일리입니다."

스카페타는 신발 덮개와 머리쓰개, 얼굴 마스크와 장갑을 끼고 있는 몇몇 젊은 여자와 남자를 지명한다. 그들은 시신 다루는 방법을 배우기 위해 이곳으로 온 인턴일 것이다. 혹시 그들도 이라크로 갈 운명이 아닐까? 군인들이 입은 올리브 초록색 제복은 위트비의 찢어진 작업복 색깔과 똑같았다.

"베일리, 장의사들을 위해서 경동맥을 묶도록 해." 필딩이 퉁명스럽게 지시한다. 필딩은 스카페타와 함께 일할 때는 그다지 불쾌한 사람이 아니었다. 주변에 있는 사람을 마구 부려먹지도 않았고 헐뜯지도 않았다.

베일리는 당황한 모습이었다. 문신을 새긴 그의 근육질 오른팔이 경직된다. 그는 장갑 낀 손으로 커다란 바늘을 들고 7호 실을 꿰던 중이었다. 그는 직원회의에 앞서 시작된 부검의 Y자 절개를 다시 봉합하는 부검 보조원을 도와주고 있었다. 경동맥을 묶어야 하는 사람은 베일리가 아니라 부검 보조원이다. 스카페타는 군인에게 미안한 마음이 든다. 만약 필딩이 여전히 자신의 직속 부하라면, 시체안치소에서 사람을 무례하게 대하지 못하도록 따끔하게 한마디 했을 것이다.

"알겠습니다." 군인은 굳은 표정으로 말한다. "경동맥 묶을 준비를 하겠습니다."

"그래?" 필딩이 말한다. 필딩은 시체안치소에 있는 모든 사람이 들을 만큼 큰 소리로 불쌍한 젊은 군인에게 말한다. "경동맥을 왜 묶는지, 이유는 알고 있나?"

"모릅니다."

"예의를 위해서야." 필딩이 말한다. "경동맥 같은 중요한 혈관을 묶어주면 장의사들이 그곳을 잘못 건드릴 염려가 없지. 그렇게 하는 게 예의야, 베일리."

"예, 알겠습니다."

"정말 짜증납니다." 필딩이 스카페타에게 말한다. "그 사람이 매일같이 저 친구들을 이곳에 데려오는 것을 겨우 참고 있습니다. 그가 이곳에서 뭘 하는지 아십니까?" 그는 클립보드에 다시 메모를 하기 시작한다. "아무것도 없습니다. 이곳에 온 지 넉 달이 지났지만, 한 건의 부검도 하지 않았습니다. 그리고 그가 해결하지 못한 사건들 때문에 무조건 기다려야 합니다. 그가 하는 일이라고는 사람들을 기다리게 하는 것뿐입니다. 괜한 소리를 해서 미안합니다." 그리고 트랙터에 치여 죽어서 두 사람 사이에 누워 있는 시신을 가리키며 말한다. "박사님이 저한테 미리 전화했다면, 수고스럽게 이곳에 오실 필요 없다고 말했을 겁니다."

"당신한테 전화했어야 하는데, 그러지 못했어요." 스카페타는 다섯 사람이 거구의 여자 시신을 들것에서 내려 스테인리스 스틸 테이블 위에 올리려고 고군분투하는 걸 바라보며 말한다. 시신의 코와 입에서 혈액이 줄줄 흘러나온다. "대단한 거구로군요." 스카페타는 들것 위에 놓인 시신만큼이나 비만인 그 사람의 늘어진 살을 보며 말한다. 스카페타가 필딩에게 진짜 하고 싶은 말은, 여러 직원이 있는 시체안치소에서는 마커스 국장에 대한 언급을 일체 하지 않겠다는 것이었다.

"젠장, 이건 내가 맡은 사건입니다." 필딩이 말한다. 그는 마커스와 질리 폴슨에 대해 말하기 시작한다. "폴슨의 시신이 들어왔을 때, 그 나쁜 작자는 발도 들여놓지 않았습니다. 이번 사건이 골치 아플 거라는 사실은 모두 다 알고 있습니다. 하지만 정말 골치 아픈 건 그 작자예요. 스카페타 박사님, 그런 표정으로 보지 마십시오." 스카페타는 필딩에게 자신을 케이라고 부르라고 말했지만, 오히려 그는 항상 박사님이라는 호칭으로 불렀다. 그녀는 서로 존중하고 그를 친구처럼 생각하기 때문에 괜찮다고 했지만, 그는 그녀를 상관으로 모실 때도 이름을 부르지 않았고 지금도 마찬가지다. "내가 이곳에서 욕을 한다고 해도 들을 사람은 아무도 없습니다. 혹시 저녁 약속 있습니까?"

"괜찮으면 저녁 함께해요." 그녀는 필딩이 위트비의 진흙 묻은 작업용 가죽 부츠 벗기는 것을 도와주며 말한다. 오물이 묻은 부츠 끈을 풀고, 더러운 깔창을 꺼낸다. 사후 경직 초기 단계였다. 시신은 여전히 유연하고 온기가 남아 있었다.

"이 사람이 어떻게 트랙터에 치였는지 아시겠습니까?" 필딩이 묻는다. "나는 도저히 이해가 안 갑니다. 저녁 식사는 우리 집에서 7시에 하시죠. 아직 그 집에 삽니다."

"지금도 가끔 그런 사고가 발생하죠." 스카페타는 위트비가 엔진을 조작하며 트랙터 타이어 앞에 서 있는 모습을 떠올리며 말한다. "트랙터에 문제가 생기면 기사들은 운전석에서 내려오죠. 그리고 거대한 타이어 앞에 서서 시동 장치를 손보게 되는데, 아마 트랙터에 시동이 걸려 있다는 것을 잊고 드라이버로 고치려다 화를 당하는 걸 거예요. 운 나쁘게 트랙터가 갑자기 움직이는 거죠. 이번 경우에는, 몸통 중앙부가 깔렸고요." 그녀는 위트비의 올리브 초록색 바지와 방수 재킷에 남아 있는 더러운 타이어 자국을 가리키며 말한다. 재킷에는 T. 위트비라는 이름이 붉은색 실로 선명하게 새겨져 있다. "내가 이 사람을 보았을 때는 타이어 앞에 서 있었어요."

"아, 우리가 예전에 사용하던 건물을 보러 가셨군요. 버지니아에 오신 걸 환영합니다."

"시신은 타이어 밑에서 발견되었나요?"

"타이어가 그를 치고 계속 지나갔습니다." 필딩은 진흙이 묻은 양말을 벗기면서 대답한다. 시신의 커다란 발에는 양말 자국이 선명하게 남아 있었다. "뒷문 근처 포장도로에 노란색 페인트를 칠한 커다란 폴이 꽂혀 있던 거 기억납니까? 트랙터는 그 폴에 부딪혀서야 멈추었습니다. 만약 그렇지 않았다면 주차장 출입문을 지나갔을 겁니다. 물론 건물이 무너져도 아무 상관이 없었겠지만."

"그렇다면 질식사했을 것 같지는 않군요. 타이어의 넓이만큼 상처 자국이 남아 있어요." 그녀는 시신을 보면서 말한다. "복부에 피가 찬 것 이외에는, 몸에 있는 피가 거의 빠져나갔어요. 비장, 신장, 방광, 내장이 파열되었고, 골반이 완전히 부서진 것 같아요. 저녁식사는 7시로 정하죠."

"같이 묻어온 친구 분은 어떻게 하죠?"

"마리노를 그렇게 부르지 말아요. 당신답지 않아요."

"함께 오십시오. LAPD 모자를 쓰니까 이상해 보이던데요."

"그렇지 않아도 모자를 벗으라고 충고했어요."

"시신의 얼굴 부상에 대해서는 어떻게 생각하십니까? 트랙터 밑이나 뒤에 깔린 걸까요?" 필딩이 묻는다. 그가 부분적으로 절단된 위트비의 코를 건드리자, 얼굴 옆에서 피가 흘러내린다.

"절단된 것이 아닐 수도 있어요. 타이어가 몸 위로 지나가면서, 피부가 함께 당겨져 올라갔을 수도 있죠. 베인 것이 아니라 찢어진 상처일 수도 있고요." 그녀는 뺨과 콧등에 난 깊은 상처를 가리키며 말한다. "이 상처가 중요하다면, 현미경으로 녹이나 유성 물질이 있는지 혹은 절단된 게 아니라 베인 것으로 보이는 중요한 조직이 남아 있는지 확인해봐야 해요. 내가 만약 당신 입장이라면, 모든 의문점을 조사해서 확인할 거예요."

"알겠습니다." 그는 클립보드에 달린 볼펜으로 옷과 개인 신상에 관한 내용을 정해진 양식에 써넣으면서 말한다.

"그러면 유가족의 아픔을 많이 덜어줄 수 있을 거예요." 그녀가 말한다. "그런 현장에서 죽는 것은 너무 끔찍해요."

"맞습니다. 아마 최악일 겁니다."

필딩이 낀 라텍스 장갑은 시신의 얼굴 상처를 만져서 생긴 붉은 자국이 묻어 있다. 그가 거의 절단된 코를 만지자, 온기 남은 피가 장갑에서 뚝뚝 떨어진다. 그는 클립보드에 끼워진 종이를 넘긴 다음, 신체 도표에 상처 자국을 그리기 시작한다. 그리고 플라스틱으로 만든 안전용 안경을 쓴 채 시신의 얼굴을 향해 몸을 잔뜩 숙인다. "녹이나 유성 물질은 보이지 않지만, 그렇다고 그런 물질이 없다고도 말할 수 없겠죠."

"맞아요." 스카페타는 필딩의 의견에 동의한다. "물기를 닦은 다음 연구실에서 확인해보고, 다른 모든 것도 확인해보는 게 좋겠어요. 누군가가 이 남자를 치었을 수도 있고, 트랙터에서 혹은 트랙터 앞에서 밀었을 수도 있고, 삽으로 얼굴을 내려쳤을 수도 있어요. 이 사람이 어떻게 죽었는지는 아무도 몰라요."

"맞아요. 돈 때문일지도 모르죠. 요즘 세상에는 돈이 최고니까."

"돈 때문만은 아니에요." 그녀가 대답한다. "변호사들은 돈밖에 모르죠. 하지만 그것보다 충격이나 고통, 상실감 그리고 다른 누군가의 잘못일 수도 있어요. 이 사고를 실수로 인한 멍청한 죽음으로 믿고 싶은 유가족은 아무도 없을 거예요. 그 사고는 막을 수 있었어요. 경험 있는 트랙터 기사라면 뒤쪽 타이어 앞에 있거나 시동 장치를 잘못 건드리는 어리석은 실수는 하지 않았을 것이고, 누구나 다 알고 있는 안전 수칙을 간과하지 않았을 거예요. 트랙터는 기어가 들어가 있는 상태가 아니라 중립 상태에서만 움직인다는 것쯤은 누구나 알고 있지요. 그런데 사람들은 어떻게 하죠? 너무나 안일하게 생각하고, 서두르고, 주의를 기울이지 않아요. 사람들은 자신과 가까운 사람이 의도적으로든 부주의에 의해서든 자살했을 거라는 가능성을 인정하려 들지 않는데, 그건 인지상정이에요. 내가 예전에 강의하면서 했던 말이 기억날 거예요."

필딩이 눈을 말똥말똥 뜨고 바라보는 모습은 예전에 스카페타에게 법의학을 배우던 모습 그대로였다. 그녀는 그에게 법의학에 대해 많은 것을 가르쳐주었다. 그녀는 단지 유능할 뿐만 아니라, 신중하고 적극적으로 사고 장면을 조사하고 부검하는 방법을 가르쳐주었다. 필딩이 아무런 거리낌 없이 부검 테이블 반대편에서 모든 것을 배우던 모습을 떠올리자 그녀는 왠지 슬펐다. 그때 필딩은 시간이 날 때마다 스카페타와 함께 법정에 가서 그녀가 증언하는 모습을 지켜보았고, 그녀의 사무실에 앉아 부검감정서를 훑어보며 많은 것을 배웠다. 그런데 이제 그는 지친 모습에 피부 질환을 앓고, 그녀는 해고되었다. 그리고 두 사람이 함께 이곳 시체안치소 안에 있다.

"당신한테 미리 전화를 했어야 했는데." 스카페타는 위트비의 싸구려 벨트를 풀고 올리브 초록색 바지의 지퍼를 내리며 말한다. "질리 폴슨 사건을 맡아 의문점을 같이 해결하도록 해요."

"좋습니다." 필딩이 말한다. 그가 '좋습니다.'라고 말한 것도 너무 오랜만이었다.

7

헨리 월든은 양털 달린 스웨이드 슬리퍼를 신고 있다. 슬리퍼를 신고 소파 건너편에 놓인 가죽 안락의자 쪽으로 걸어가지만 마치 유령처럼 아무 소리도 나지 않는다.

"샤워했어요." 그녀는 안락의자에 걸터앉은 다음 날씬한 다리를 내리며 말한다.

벤턴은 젊은 여자의 살갗과 허벅지 위쪽 부분을 언뜻 쳐다본다. 그러나 보통 남자들처럼 유심히 쳐다보지는 않는다.

"신경 쓰여요?" 헨리가 묻는다. 그녀는 이곳에 도착한 날 아침에도 그렇게 물었다.

"샤워를 해서 기분이 좋아졌구나. 그렇지 않니, 헨리?"

그녀는 마치 코브라처럼 그를 노려보면서 고개를 끄덕인다.

"사소한 일이 중요해. 식사하고, 잠을 자고, 깨끗하게 씻고, 운동하는 것. 그러면 다시 자신을 통제할 수 있어."

75

"아저씨가 통화하는 소리 들었어요."

"그게 문제야." 벤턴은 안경 너머로 그녀를 가만히 쳐다본다. 그의 무릎 위에 놓인 법률 용지에는 더욱 많은 단어들이 적혀 있다. '검은색 페라리', '허락 없이' 그리고 '캠프에서부터 따라온 것 같음', '접촉 지점, 검은색 페라리' 등등.

벤턴이 말한다. "나는 사적인 대화를 나눈 거야. 헨리, 우리가 처음부터 동의했던 문제로 되돌아가야 할 것 같구나. 어떤 것을 합의했는지 기억나?"

그녀는 슬리퍼를 벗어 카펫 위에 떨어뜨린다. 그리고 섬세한 맨발을 안락의자 쿠션 위에 내려놓는다. 그녀가 몸을 숙여 발을 자세히 들여다보자, 붉은색 목욕 가운이 밑으로 약간 흘러내린다. "아뇨." 그녀는 고개를 가로저으며 거의 들리지 않는 목소리로 대답한다.

"헨리, 난 네가 기억하고 있다는 거 알아." 벤턴은 헨리에게 그녀 자신이 누구인지 일깨워주기 위해 종종 그녀의 이름을 불러주곤 한다. 비인격화되고, 어떤 면에서는 다시 돌이킬 수 없을 만큼 상처받은 것을 되돌려주기 위해서. "우리는 서로를 존중하기로 합의했어, 기억나?"

그녀는 몸을 더 깊이 구부려 매니큐어를 칠하지 않은 발가락을 만진다. 그녀는 자신의 행동에 몰두해 있다. 목욕 가운 밑에 아무것도 입지 않았다는 것을 벤턴에게 보여주려고 애쓴다.

"서로를 존중해야 각자의 사생활을 보장받을 수 있어." 그는 조용한 목소리로 말한다. "우린 경계를 지키자고 여러 번 이야기했어. 서로 사생활을 침해하는 것은 경계를 무너뜨리는 거야."

그녀는 한 손으로 목욕 가운을 여미면서, 다른 한 손으로는 발가락을 계속 만지작거린다. "난 방금 일어났잖아요." 그런 변명이 마치 자신의 노출증을 합리화해주는 것처럼 말한다.

"그런 변명은 소용없어." 벤턴이 자기를 성적으로 원하지 않는다는 사실이 그녀에게는 중요하다. 그는 마음속으로도 그녀를 여자로 느끼지 않았다. "넌 방금 일어난 게 아니야. 넌 잠에서 깨어났고, 거실로 내려왔고, 나와 이야기를 나누었고, 그러고 나서 샤워를 했어."

"내 이름은 헨리가 아니에요."

"그럼 뭐라고 불러주길 바라니?"

"아무것도요."

"너는 두 가지 이름을 갖고 있어." 벤턴이 말한다. "태어나서 받은 세례명이 있고, 나쁜 짓을 하면서 사용했고 지금도 사용하고 있는 가명이 있지."

"그렇다면, 나는 헨리예요." 그녀는 발톱을 내려다보며 말한다.

"그렇다면 헨리라고 불러야겠구나."

그녀는 발톱을 내려다보면서 고개를 끄덕인다. "그녀한테는 뭐라고 불러요?"

벤턴은 누구를 말하는지 알지만, 아무 대답도 하지 않는다.

"아저씨는 그녀와 잤겠죠. 루시가 모두 이야기해주었어요." 헨리는 '모두'라는 말을 강조한다.

벤턴은 분노가 치밀어 오르지만 겉으로 드러내지 않는다. 그와 스카페타의 관계에 대해 루시가 모든 것을 말해주지는 않았을 것이다. 맞아, 루시가 그랬을 리 없어. 헨리는 다시 그를 부추기고, 다시 한 번 경계를 시험하고 있다. 또다시 경계를 무너뜨리려는 의도가 분명하다.

"그녀는 왜 이곳에 당신과 함께 있지 않는 거죠?" 헨리가 묻는다. "아저씨는 휴가잖아요, 그렇죠? 그런데 그녀는 이곳에 오지 않았어요. 어느 시기가 지나면, 많은 연인들이 섹스를 하지 않아요. 내가 어떤 사람과도 오랫동안 사귀고 싶지 않은 이유 중 하나도 바로 그거죠. 대략 6

개월이 지나면, 사람들은 더 이상 섹스를 하지 않아요. 내가 여기 있기 때문에 그녀는 이곳에 오지 않은 거예요." 헨리는 벤턴을 빤히 쳐다본다.

"네 말이 맞아." 벤턴이 말한다. "네가 있기 때문에 이곳에 오지 않은 거야, 헨리."

"아저씨가 오지 말라고 말했을 때, 그녀는 미칠 것처럼 화를 냈을 게 분명해요."

"그녀는 이해해." 그는 이렇게 말했지만, 완전히 솔직한 건 아니다.

스카페타는 이해했지만, 정말 그런 건 아니었다. 벤턴은 겁에 질린 루시의 전화를 받은 직후, 스카페타에게 아스펜으로 오지 말라고 말했다. 사건이 발생해서, 그걸 맡아야 한다고 말했다.

그렇다면 당신이 아스펜을 떠나요. 스카페타는 이렇게 말했다.

그 사건에 대해서는 말해줄 수 없어. 그는 그렇게 대답했다. 벤턴이 생각하기에, 그녀는 그가 아스펜에 있지 않다고 여기는 것 같았다.

공평하지 않아요, 벤턴. 그녀가 말했다. 나도 맡아야 할 사건이 있지만, 우리 두 사람이 함께 보내기 위해 2주 동안의 휴가를 냈다고요.

제발 당신이 참아줘, 나중에 설명해줄게.

당신은 항상 참아달라고 말하죠. 하지만 지금은 적절한 때가 아니에요. 우리 두 사람에게는 이번 휴가가 필요해요.

그들에게는 이번 휴가가 필요하지만, 대신 벤턴은 헨리와 함께 있다. "어젯밤 무슨 꿈을 꾸었는지 이야기해봐. 꿈꾼 거 기억나니?" 그가 헨리에게 묻는다.

그녀는 엄지발가락이 아픈 듯 재빠르게 손을 갖다 대며 만지작거린다. 그리고 얼굴을 찡그린다. 벤턴은 자리에서 일어난다. 별다른 생각 없이, 글록 권총을 들고 거실을 지나 부엌으로 간다. 찬장을 열고 맨 위 선반에 권총을 둔 다음, 잔을 두 개 꺼내 커피를 따른다. 그와 헨리는 커피를 블랙으로 마신다.

"커피 맛이 약간 진할 거야. 원하면 더 끓여줄게." 그는 테이블에 커피 잔을 내려놓고 소파에 다시 앉는다. "그저께 밤에는 괴물 꿈을 꾸었지. 넌 그 괴물을 '야수'라고 불렀어, 그렇지?" 그는 예리한 눈빛으로 그녀의 침울해 보이는 눈을 바라본다. "어젯밤 꿈속에서도 그 야수가 나타났니?"

그녀는 아무런 대답도 하지 않는다. 문득 오늘 아침과는 완전히 다른 분위기가 느껴진다. 샤워를 하면서 어떤 변화가 일어난 게 분명하다. 그것에 대해서는 나중에 물어볼 것이다.

"헨리, 네가 원하지 않으면 야수 이야기는 할 필요 없어. 하지만 네가 그에 대해 많은 이야기를 할수록, 내가 그를 찾아낼 수 있는 확률은 더 높아져. 넌 내가 그 남자를 찾아내길 바라잖아, 그렇지?"

"아저씨는 누구랑 통화하고 있었어요?" 그녀는 여전히 조용하고 어린애 같은 목소리로 묻는다. 하지만 헨리는 어린애가 아니다. 그녀는 어른이지만 너무 무지하다. "아저씨는 나에 대해서 이야기했어요." 그녀는 계속 고집을 부린다. 목욕 가운의 매듭이 느슨해지면서 속살이 더 드러난다.

"분명히 말하지만, 네 얘기는 한 적 없어. 네가 이곳에 있다는 사실을 아는 사람은 루시와 루디 이외에는 아무도 없어. 헨리, 너는 나를 믿잖아." 벤턴은 잠시 말을 멈추고 그녀를 쳐다본다. "그리고 루시를 믿잖아."

루시라는 이름을 듣자, 그녀의 눈에 분노가 들끓는다.

"너는 나를 믿잖아, 헨리." 벤턴은 다리를 꼬고 무릎에 손을 얹은 채 자리에 조용히 앉아 있다. "우선 옷매무새부터 똑바로 하는 게 좋겠다, 헨리."

그녀는 목욕 가운 자락을 다리 사이에 끼워 넣고 매듭을 조인다. 벤턴은 그녀의 알몸이 어떨지 잘 알고 있지만, 그 모습을 상상하지는 않는다. 그는 그녀의 알몸 사진을 보았다. 하지만 사건 조사에 필요하지 않는 한 다시 그 사진을 보지는 않을 것이다. 그리고 그녀가 준비되었을 때, 그녀가 준비된다면 함께 그 사진을 볼 것이다. 지금 그녀는 자발적으로든 비자발적으로든 사건의 진실을 억누르고 있다. 그리고 그녀의 행동에 관심을 갖지도 않고 이해하지도 못하는 약자를 유혹하고 분노케 하는 행동을 하고 있다. 벤턴에게 성적인 감정을 불러일으키려는 대담한 의도는 단순한 감정 전이가 아니라 노골적인 자아도취를 드러내는 것이다. 그녀는 자신에게 관심을 갖는 사람이면 누구든 지배하고, 억누르고, 깎아내리고, 파괴하려는 욕망을 갖고 있다. 헨리의 행동과 반응은 모두 자아 경멸과 분노 때문이다.

"루시가 왜 나를 이곳에 보냈을까요?"

"나한테 말해줄 수 있겠니? 네가 왜 이곳에 있는지 말해보렴."

"왜냐하면…." 그녀는 목욕 가운 소매로 눈을 닦는다. "야수 때문에."

벤턴은 소파에 가만히 앉아 그녀를 계속 바라본다. 그가 법률 용지에 적은 메모는 그녀가 앉은 곳에서는 잘 보이지 않고, 그녀가 손을 뻗어도 닿지 않는 거리에 있다. 그는 헨리에게 대화를 종용하지 않는다. 중요한 것은 그가 참고 있다는 것, 온 힘을 다해 참고 있다는 사실이다. 거의 움직이지도 않고 숨도 쉬지 않은 채 숲속에서 사냥감을 기다리는 사냥꾼처럼.

"그것이 집 안으로 들어왔어요. 기억이 안 나요."

벤턴은 아무 말도 하지 않고 그녀를 가만히 바라본다.

"루시가 그것을 집 안으로 들어오게 했어요."

벤턴은 다그치지 않는다. 하지만 잘못된 정보와 거짓말은 용납하지 않을 것이다. "그렇지 않아. 루시는 그것을 집 안으로 들어오게 하지 않왔어." 벤턴은 그녀가 했던 말을 수정한다. "그것을 집 안으로 들어오게 한 사람은 아무도 없어. 그것이 들어올 수 있었던 것은 뒷문이 열려 있고 경보 장치가 꺼져 있었기 때문이야. 우리는 벌써 이 문제에 대해 이야기했어. 왜 뒷문이 열려 있고 경보 장치가 꺼져 있었는지 기억나니?"

그녀는 자신의 발가락을 가만히 내려다본다. 손은 아무런 움직임도 없이 가만히 있다.

"우리는 그 이유에 대해서도 이야기했어." 벤턴이 말한다.

"나는 감기에 걸렸어요." 그녀는 다른 발가락을 쳐다보면서 대답한다. "몸이 아팠고 루시는 집에 없었어요. 나는 몸을 떨면서 따뜻한 햇볕을 쬐기 위해 바깥으로 나갔고, 문 잠그는 걸 깜박했고, 경보 장치를 해제했어요. 몸에 열이 났기 때문에 깜박 잊어버린 거예요. 루시는 나를 탓해요."

벤턴은 커피를 한 모금 마신다. 커피는 이미 식어버렸다. 콜로라도 주 아스펜 별장에서는 커피를 따뜻하게 마시기 어렵다. "루시가 네 잘못이라고 말했니?"

"루시는 그렇게 생각해요." 헨리는 벤턴의 시선을 외면하면서, 그의 머리 뒤에 있는 창밖을 내다본다. "루시는 모든 게 내 잘못이라고 생각해요."

"루시는 그게 네 잘못이라고 말한 적이 한 번도 없어." 벤턴이 말한다. "너는 네가 꾼 꿈에 대해 이야기하고 있었어." 그는 다시 그 이야기로 되돌아간다. "네가 어젯밤에 꾸었던 꿈."

그녀는 눈을 깜박이며 다시 엄지발가락을 만지작거린다.

"아프니?"

그녀는 고개를 끄덕인다.

"안됐구나. 약을 먹거나 치료를 받을래?"

그녀는 고개를 가로젓는다. "아무것도 도움이 되지 않을 거예요."

그녀는 자신의 오른발 발가락에 대해 이야기하고 있는 것이 아니라, 자신이 다쳤다는 사실과 자신이 죽을 뻔했던 플로리다의 폼파노 해변으로부터 수천 킬로미터 떨어진 곳에서 보호를 받고 있는 처지를 연결해 생각하고 있다. 헨리의 눈빛에 분노가 인다.

"레일 위를 걷고 있었어요." 그녀가 꿈 이야기를 시작한다. "한쪽에는 바위가 있었어요. 레일 근처에 바위들이 마치 벽처럼 쌓여 있었어요. 바위 사이에는 깨진 틈이 있었는데, 왜 그런지 이유는 모르지만 나는 그 틈 안에 들어가 끼어버렸어요." 그녀의 숨이 가빠진다. 눈 밑으로 내려온 머리칼을 옆으로 빗어 넘긴다. 금발을 쓸어 넘기는 손이 떨린다. "나는 바위 틈 사이에 끼였어요…. 움직일 수도 없고, 숨을 쉴 수도 없었어요. 빠져나올 수가 없었어요. 내 얼굴 위에 물이 세차게 떨어졌고, 나는 숨도 쉬지 못했어요."

"누군가가 너를 꺼내주려 하지 않았니?" 벤턴은 그녀가 느끼는 공포에 아무런 반응도 보이지 않고, 그것이 실제인지 거짓인지 판단하려 하지도 않는다. 그는 실제인지 거짓인지 모른다. 그가 아는 건 거의 아무것도 없다.

그녀는 의자에 가만히 앉아 힘겹게 숨을 몰아쉰다.

"너는 아무도 너를 꺼내주지 않았다고 말했어." 벤턴은 카운슬러답게 그녀의 기분을 자극하지 않는 조용하고 침착한 목소리로 이야기를 계속한다. "거기 다른 사람도 있었니? 아니면 여러 사람이 있었니?"

"모르겠어요."

벤턴은 기다린다. 헨리가 계속 숨을 몰아쉰다면, 어떤 조처를 취해야 할 것이다. 하지만 그는 참을성 있게, 사냥꾼처럼 기다린다.

"기억할 수 없어요. 이유는 잘 모르겠지만, 순간 어떤 사람을 생각했어요…. 꿈속에서, 그 사람이 바위를 쪼갤 수 있다는 생각이 갑자기 떠올랐어요. 아마 곡괭이를 들고 있었던 것 같아요. 그러고 나서 곧바로 이런 생각이 들었어요. '안 돼, 바위가 너무 단단해서 너는 나를 구해줄 수 없어. 어느 누구도 할 수 없어. 나는 죽을 거야.' 나는 죽어가고 있었어요. 나는 그 사실을 알았고, 더 이상 어떻게 해볼 수가 없었어요. 그리고 꿈에서 깼어요." 두서없는 이야기가 꿈에서 깨어나듯 갑자기 멈춘다. 헨리는 심호흡을 하며 몸을 늘어뜨린다. 그녀의 시선이 벤턴을 향하고 있다. "너무 끔찍했어요."

"그래, 너무 끔찍했겠구나. 숨을 쉴 수 없는 것보다 더 무서운 건 아무것도 없을 거야."

그녀는 가슴 위에 손을 올린다. "내 심장이 움직이지 않았어요. 숨소리도 거의 느껴지지 않았어요. 그리고 나에겐 힘이 없었어요."

"산에 있는 바위를 움직일 만큼 힘이 센 사람은 아무도 없을 거야."

"공기도 희박했어요."

범인은 그녀를 질식사시키거나 기절시키려고 했을 것이다. 벤턴은 사진을 떠올린다. 마음속으로 사진을 한 장씩 떠올린다. 헨리가 한 말이 일리가 있는지 생각하며, 그녀 몸에 난 상처 자국을 자세히 그려본다. 코에서는 피가 흘러나왔고, 뺨에는 피가 묻어 있었다. 배를 침대에 깔고 누워 있는 자세였는데, 머리 밑에 있던 시트가 피로 얼룩져 있었다. 그녀의 알몸은 아무것도 덮여 있지 않았다. 손은 머리 위로 뻗어 있고 손바닥은 아래로 향하고 있었다. 구부린 두 다리는 각도가 각기 달랐다.

벤턴은 머릿속으로 다른 사진 한 장을 떠올리며 의자에서 일어난다. 헨리가 커피를 더 마시고 싶다고 중얼거린다. 그녀는 커피를 더 따라 마시기 위해 부엌으로 간다. 벤턴은 자신의 권총이 부엌 찬장에 있다는 사실을 떠올린다. 그러나 그녀는 권총을 숨길 때 등을 돌리고 있었기 때문에, 어느 찬장에 넣었는지 모를 것이다. 그는 그녀를 유심히 바라본다. 그녀가 하는 행동을 관찰하며, 그녀의 몸에 남아 있던 상형문자 같은 상처 자국을 떠올린다. 범인이 헨리에게 타박상을 입혔기 때문에 그녀의 손등이 벌겋게 변했다. 벤턴은 범인이 여성인지 남성인지 아직 알지 못한다. 손등에는 새로 입은 타박상 자국이 있고, 등 윗부분에는 예전부터 있던 타박상 자국이 나 있었다. 며칠이 지나자, 파열된 혈관 위의 붉은 타박상은 짙은 자주색으로 변했다.

벤턴은 헨리가 커피를 더 따르는 모습을 바라본다. 무의식 상태에서 찍힌 그녀의 사진을 떠올린다. 그녀의 몸매가 아름답다는 사실은 중요하지 않다. 벤턴은 그녀의 외모와 행동이 그녀를 살해하려고 했던 범인을 강렬하게 자극했을 거라고 생각한다. 헨리는 비쩍 말랐지만 남자처럼 보이지는 않았다. 가슴은 풍만했고 아름다운 머릿결을 갖고 있다. 어린이에 대한 이상 성욕을 갖고 있는 사람에게 어필할 정도로 어린 소녀처럼 보일 외모는 아니다. 공격을 당했을 때, 그녀는 분명 성적인 매력을 적극적으로 표현하고 있었을 것이다.

벤턴은 헨리가 양손으로 컵을 잡은 채 가죽 의자에 다시 앉는 모습을 바라본다. 그녀가 생각이 깊지 않다는 사실은 상관없다. 예의 바른 사람이라면 벤턴에게 커피를 더 마실지 물어봤을 테지만, 헨리는 벤턴이 만나본 사람들 가운데 무척이나 이기적이고 둔감한 사람이다. 그녀는 살인 미수 사건이 일어나기 전에도 그랬다. 헨리가 다시 루시 주변을 서성거리지 않았으면 좋겠다. 그러나 그는 그것을 바랄 권리도, 그렇게 만들 권리도 없다고 스스로에게 말한다.

"헨리." 벤턴은 커피를 더 가져오기 위해 자리에서 일어서며 말한다. "오늘 아침에 '사실-확인'을 기록해야 하지 않니?"

"네. 하지만 기억이 안 나요." 그녀는 벤턴을 따라 부엌으로 향한다. "아저씨가 날 믿지 않는 거 알아요."

"왜 그렇게 생각하지?" 그는 커피를 더 따르고 거실로 돌아온다.

"그 의사는 나를 믿지 않았어요."

"아, 그 의사. 그는 너를 믿지 않는다고 말했어." 벤턴은 다시 소파에 앉으며 말한다. "내가 그 의사를 어떻게 생각하는지 너도 잘 알 테지만, 다시 한 번 말해줄게. 그는 여자들이 신경질적이라 생각하고, 여자들을 좋아하지 않아. 여자들을 존중하지도 않고, 바로 그 때문에 여자들을 두려워하지. 응급실 의사이면서도 폭력적인 범죄자나 희생자들에 대해서는 아무것도 몰라."

"그 사람은 내가 자해를 했다고 생각해요." 헨리는 화를 내며 대답한다. "그는 자기가 간호사에게 했던 말을 내가 듣지 못했을 거라고 생각해요."

벤턴은 어떻게 반응해야 할지 조심스럽다. 헨리는 지금 새로운 정보를 말하는 중이고, 그는 다만 그것이 진실이기를 바랄 뿐이다. "나한테 말해봐. 그 의사가 간호사에게 뭐라고 말했는지 듣고 싶구나."

"나는 그 나쁜 놈을 고소할 거예요."

벤턴은 커피를 한 모금 넘기면서 기다린다.

"그를 고소할 거예요." 그녀가 경멸적인 어조로 덧붙인다. "그는 자기가 진료실 안으로 들어올 때 내가 눈을 감고 있었기 때문에, 내가 자기 말을 듣지 못했을 거라고 생각해요. 나는 비몽사몽 중이었고 간호사가 문간에 서 있었어요. 바로 그때 그가 나타난 거예요. 그래서 나는 그곳에 없는 척했죠."

"잠을 자는 척했구나." 벤턴이 말한다.

그녀는 고개를 끄덕인다.

"너는 훈련받은 배우야. 한때 배우로 활동하기도 했잖아."

"지금도 여전히 배우예요. 배우를 그만둔 게 아니라, 지금은 다른 할 일이 있기 때문에 프로덕션 회사에 소속되어 있지 않은 거예요."

"너는 항상 연기에 능했지. 아마 그랬을 거야."

"맞아요."

"그리고 거짓으로 가장하는 것에도 능했지." 그는 잠시 말을 멈춘다. "헨리, 종종 그렇게 가장하니?"

그를 바라보는 그녀의 눈빛이 날카로워진다. "병원에서 자는 척했기 때문에 의사가 하는 말을 들을 수 있었어요. 나는 그가 하는 말을 모두 다 들었어요. 그가 말했어요. '누군가에게 미쳐 있으면 강간당했다고 볼 수 없지. 대가가 끔찍하군.' 그러고 나서 껄껄 웃었어요."

"그를 상대로 소송을 한다 해도 나무라지 않을게." 벤턴이 말한다. "응급실에서 그렇게 말했니?"

"아뇨, 병실에서요. 그날 모든 테스트를 마치고 나를 어떤 층에 있는 입원실로 옮겼어요. 몇 층이었는지는 기억나지 않아요."

"최악이구나." 벤턴이 말한다. "그는 네 병실에 절대 가지 말았어야 했어. 그는 응급실 의사이기 때문에 다른 병실에는 올라갈 수 없어. 호기심이 생겨서 올라갔을 테지만, 올바르지 못한 행동이야."

"그를 고소할 거예요. 그 작자가 너무 싫어요." 그녀는 다시 발가락을 문지른다. 발가락에 난 타박상과 손에 난 타박상이 니코틴 색깔처럼 누렇게 변했다. "그는 덱스트로 헤드(Dextro Head)에 대해서 뭐라고 말했어요. 그게 무슨 뜻인지는 잘 모르겠지만, 나를 욕하거나 놀리는 것 같았어요."

또다시 헨리는 새로운 정보를 말하고 있다. 벤턴은 시간을 갖고 인내심 있게 기다리면, 그녀가 더 많은 것을 기억해내고 더 진실해질 거라는 새로운 희망을 가진다. "넥스트로 헤드는 아편이 들어간 알레르기나 감기 치료약, 기침약 등을 남용하는 사람을 뜻한단다. 불행하게도 10대 중에 많이 있지."

"나쁜 놈." 헨리는 목욕 가운을 움켜쥐며 중얼거린다. "아저씨가 그자를 곤궁에 처하도록 만들 수 없어요?"

"헨리, 그 사람이 너를 강간당했다고 규정한 이유가 뭔지 모르겠니?"

"모르겠어요. 난 강간당했다고 생각하지 않아요."

"병원에서 만났던 법의학 간호사는 기억나니?"

그녀는 천천히 고개를 가로젓는다.

"너는 휠체어를 타고 응급실 근처에 있는 검사실로 들어가서 생체 시료 채취 키트(PERK)를 사용했어. 너, 그게 뭔지 알고 있지? 몇 달 전인 지난 가을에, 루시가 너를 로스앤젤레스에서 만났을 때, 너는 연기에 싫증이 나서 경찰이 되었지. 그리고 루시는 너를 고용했어. 그러니 면봉으로 샘플을 채취하고, 머리카락이나 섬유 조각을 찾아 검사하는 방법에 대해 알고 있을 거야."

"나는 연기에 싫증이 난 게 아니었어요. 단지 잠시 동안 쉬면서 다른 일을 해보고 싶었던 것뿐이에요."

"알았어. 그런데 PERK 기억나니?"

그녀는 고개를 끄덕인다.

"그리고 그 간호사는? 아주 친절한 간호사라고 들었어. 이름은 브렌다. 그녀는 성폭행 흔적과 증거를 검사했지. 그 방은 어린애들도 사용하는 곳이라 동물 인형들로 가득 차 있었어. 벽지에는 곰돌이 푸, 꿀단지, 나무 등의 무늬가 그려져 있고, 브렌다는 간호사 유니폼을 입지 않고 하늘색 정장을 입고 있었어."

"아저씨는 거기 없었잖아요."

"그녀가 나한테 전화로 말해줬어."

헨리는 의자 쿠션 위에 놓인 자신의 맨발을 내려다본다. "아저씨가 그 여자한테 무슨 옷을 입고 있었냐고 물었어요?"

"눈동자는 연한 갈색이고, 검은색 커트 머리야." 벤턴은 헨리가 억누르고 있는 것 혹은 억누르고 있는 척하는 것을 덜어주려고 애쓴다. 지금은 PERK에 대해서 자세히 이야기할 시간이다. "헨리, 정액은 나오지 않았어. 성폭행 흔적도 없었고. 하지만 브렌다는 네 치부에 붙어 있던 섬유를 찾아냈어. 로션이나 보디오일을 바른 것 같은데, 혹시 그날 아침 로션이나 보디오일을 발랐는지 기억나니?"

"아뇨." 그녀는 조용한 목소리로 대답한다. "하지만 바르지 않았다고도 말 못해요."

"브렌다 말에 따르면···." 벤턴이 말한다. "네 피부는 로션이나 오일을 바른 것처럼 미끈거렸고, 좋은 냄새가 났다고 했어. 보디로션에서 나는 좋은 냄새 같은."

"그가 내 몸에 로션을 발라주지는 않았어요."

"그럼, 그 사람이 남자라는 말이니?"

"남자였던 게 분명해요. 아저씨도 남자라고 생각하지 않아요?" 그녀는 불안하면서도 기대에 부푼 목소리로 말한다. 사람들은 자신이나 다른 사람을 기만하려고 할 때 그런 목소리로 말한다. "여자였을 리가 없어요. 여자들은 그런 짓을 하지 않아요."

"여자도 모든 종류의 일을 저지를 수 있지. 우린 현재 범인이 남자인지 여자인지 알 수 없어. 침실 매트리스에서 머리카락 몇 올이 발견되었는데, 검은색 곱슬머리였어. 길이는 15센티미터 정도였고."

"그럼 곧 알게 되겠네요, 그렇죠? 머리카락에서 DNA를 찾아내면 범인이 여자가 아니라는 것을 알아낼 수 있어요."

"유감스럽게도 그럴 수 없어. 그들이 하는 DNA 검사로는 성별을 판명할 수 없어. 인종은 구분할 수 있겠지만, 성별 구분은 불가능해. 그리고 인종을 구분하는 데도 최소 한 달은 걸릴 거야. 그렇다면 네가 보디로션을 발랐는지도 모르겠구나."

"아니에요. 그리고 그 남자도 로션을 발라주지 않았어요. 나는 그 남자가 그렇게 하도록 내버려두지 않았을 거예요. 기회만 있었다면 그 남자와 맞서 싸웠을 거예요. 아마도 그자는 그것을 원했는지도 몰라요."

"그럼 네가 직접 로션을 바른 건 아니란 말이니?"

"그가 바르지도 않았고 나도 바르지 않았다고 분명히 말했잖아요. 그건 아저씨가 상관할 문제가 아니에요."

벤턴은 이해한다. 헨리가 사실을 말하고 있다면, 로션은 그 사고와 아무런 연관이 없다. 벤턴은 갑자기 루시를 떠올린다. 그 애 생각을 하자 연민이 느껴지다 동시에 화가 치밀기도 한다.

"모든 것을 다 말해줘요." 헨리가 말한다. "나에게 무슨 일이 일어났는지 모두 다 말해줘요. 아저씨가 말해주면, 거기에 동의하든 동의하지 않든 그건 내 몫이에요." 그녀가 웃으며 말한다.

"루시가 집으로 왔어." 벤턴이 말하는 내용은 그녀가 이미 알고 있는 정보다. 너무 빨리 너무 많은 사실을 알려줄 필요는 없다. "시간은 낮 12시가 조금 지났을 때였어. 그리고 현관문을 열었을 때, 루시는 경보장치가 작동하지 않는다는 것을 곧바로 알아차렸어. 루시는 너를 불렀지만, 너는 대답하지 않았어. 그리고 수영장으로 이어지는 뒷문이 쾅하고 부딪히는 소리를 듣고, 곧장 그 방향으로 달려갔어. 부엌으로 들어갔을 때, 루시는 수영장으로 이어지는 뒷문이 활짝 열려 있는 것을 보았어."

헨리는 벤턴의 시선을 피해 다시 창밖을 내다본다. "루시가 그 남자를 죽여줬으면 좋겠어요.”

“루시는 범인을 보지 못했어. 범인은 루시가 검은색 페라리를 타고 드라이브웨이에 도착하는 소리를 들었을 수도 있어….”

“범인은 나와 함께 내 방에 있었고, 그런 다음 계단을 내려가야 했어요.” 헨리가 벤턴의 말을 가로막는다. 그녀는 눈을 크게 뜬 채 창밖을 내다본다. 벤턴은 그녀가 사실을 말하고 있다는 느낌이 든다.

“루시는 네가 집에 있는지 확인하기 위해 들렀기 때문에 차를 차고에 주차하지 않았어.” 벤턴이 말한다. “범인이 뒷문으로 빠져나갔을 때, 루시는 급히 현관으로 달려갔어. 그를 뒤쫓지는 않았어. 그래서 범인을 보지 못했어. 그 순간, 루시한테 중요했던 것은 누가 집 안으로 침입했느냐가 아니라 네가 안전한지 확인하는 거였으니까.”

“난 그렇게 생각하지 않아요.” 헨리는 거의 즐거워 보이는 표정으로 말한다.

“왜 동의하지 않는지 말해봐.”

“루시는 검은색 페라리를 몰고 오지 않았어요. 그건 차고 안에 있었어요. 그때 루시가 현관 앞에 주차한 것은 캘리포니아 블루 페라리였어요.”

벤턴은 새로운 정보를 들으면서 침착하고 편안한 모습을 유지한다. “헨리, 너는 아파서 침대에 누워 있었어. 그날 루시가 무슨 차를 몰았는지 확실히 알고 말하는 거니?”

“물론이죠. 검은색 페라리는 문제가 있었기 때문에 루시가 그 차를 몰지 않은 거예요.”

“무슨 문제였는지 이야기해보렴.”

“주차장에서 손상을 입었어요.” 헨리는 타박상 입은 발가락을 다시 자세히 들여다보면서 말한다. “코럴스프링스의 애틀랜틱에서였는데,

우리가 가끔 가서 헬스를 하는 곳이에요."

"그게 언제였는지 말해줄 수 있니?" 순간 벤턴은 긴장했다. 하지만 감정을 드러내지 않고 침착하게 묻는다. 이 새로운 정보는 중요한 것이고, 그는 그 정보가 어떻게 이어질지 직감했다. "네가 헬스클럽에 있는 동안 검은색 페라리가 손상을 입었던 거니?"

"내가 그 헬스클럽에 갔다고는 말하지 않았어요." 그녀가 재빨리 대답한다. 그녀의 적대적인 모습을 보자 벤턴이 의심했던 게 명확해진다.

헨리는 루시의 검은색 페라리를 타고 헬스클럽에 갔다. 하지만 루시의 허락을 받지 않고 갔던 게 분명하다. 루시는 어느 누구에게도 검은색 페라리를 탈 수 있도록 허락하지 않았다. 심지어 루디에게도.

"차가 어떻게 손상되었는지 말해봐." 벤턴이 말한다.

"누군가가 차를 긁었어요. 자동차 열쇠 비슷한 걸로 긁은 것 같았어요. 어떤 모양을 따서." 그녀는 발을 내려다보면서 누렇게 변한 엄지발가락을 당긴다.

"어떤 모양이었는데?"

"그 이후로 루시는 그 차를 운전하지 않으려고 했어요. 긁힌 페라리를 몰고 나가지 않았어요."

"루시가 화가 많이 났던 모양이구나." 벤턴이 말한다.

"긁힌 자국은 수리할 수 있어요. 어떤 것이든 수리할 수 있으니까요. 만약 루시가 그 남자를 죽였다면, 나는 이곳에 올 필요도 없었을 거예요. 나는 그가 다시 나를 찾아올지도 모른다는 걱정을 평생 동안 해야 해요."

"나는 네가 그런 걱정을 할 필요가 없도록 최선을 다하고 있어, 헨리. 하지만 그러려면 네 도움이 필요해."

"앞으로도 영원히 기억나지 않을 수도 있어요." 헨리가 벤턴을 바라본다. "나도 어쩔 수 없어요."

"루시는 세 계단씩 뛰어올라 네가 있는 침실로 갔어." 헨리는 예전에도 이 이야기를 들은 적이 있다. 하지만 벤턴은 자신이 얘기하는 것을 그녀가 감당할 수 있을지 살피면서 조심스럽게 말한다. 벤턴은 헨리가 연기를 하고 있을지도 모른다는 의심이 들었다. 그는 그녀가 하는 말이나 행동이 연기가 아니기를 바랐다. 그게 만약 연기가 아니라면? 그녀는 현실 감각을 잃어버리고 정신병자가 될 수도 있고, 호흡곤란을 일으키며 완전히 망가질 수도 있을 것이다. 그의 말을 듣고 있지만, 그녀의 정신 상태는 정상적이지 않다. "루시가 발견했을 때, 너는 의식이 없었지만 호흡과 심장 박동은 정상이었어."

"나는 아무것도 입고 있지 않았어요." 그녀는 아무런 거리낌 없이 말한다. 오히려 자신이 알몸이었다는 것을 벤턴에게 상기시키는 걸 은근히 즐기는 것 같다.

"너는 아무것도 입지 않고 잠을 자니?"

"그렇게 자는 게 좋아요."

"그날 아침 잠자리에 들기 전에 파자마를 벗었던 게 기억나니?"

"아마 그랬을 거예요."

"그렇다면 범인을 남자라고 가정할 때, 그가 옷을 벗기지 않았단 말이니?"

"그럴 필요가 없죠. 하지만 내가 옷을 입고 있었다면 그가 벗겼겠죠."

"루시는 너를 마지막으로 봤던 시간이 아침 8시쯤이라고 말했는데, 그때 너는 붉은색 새틴 소재 파자마에 황갈색 테리 천 목욕 가운을 입고 있었어."

"맞아요. 왜냐하면 정원에 나가고 싶었거든요. 수영장 옆에 있는 의자에 앉아 햇볕을 쬐고 있었어요."

그것은 또 다른 새로운 정보다. 벤턴이 묻는다. "그게 몇 시였지?"

"루시가 출근하고 난 직후였을 거예요. 루시는 푸른색 페라리를 타고 나갔어요. 아니, 직후는 아니었어요." 그녀는 담담한 어조로 말을 바꾼 다음 창밖을 내다본다. 정원에는 눈이 쌓여 있고, 햇살이 눈부시다. "나는 루시한테 심하게 화를 냈어요."

벤턴은 천천히 자리에서 일어나 장작 몇 개를 벽난로에 던져 넣는다. 불꽃이 굴뚝 위로 피어오르고, 불길이 바짝 마른 소나무 장작을 탐욕스럽게 핥는다. "루시는 네 마음을 아프게 했어." 벤턴은 얇은 망사 커튼을 닫으면서 말한다.

"루시는 주위 사람이 아플 때 잘해주지 않아요." 헨리는 더 집중하고 더 침착하게 대답한다. "루시는 나를 돌보려 하지 않았어요."

"보디로션은 발랐던 거니?" 벤턴이 재차 묻는다. 헨리가 보디로션을 발랐다고 거의 확신했지만, 확실히 해두는 게 나을 것 같았다.

"그게 그렇게 중요한 건가요? 보디로션을 발라주는 건 호의를 보이는 거예요, 그렇지 않아요? 그렇게 하고 싶은 사람이 몇 명이나 되겠어요? 루시는 자신에게 어울리는 일만 할 뿐, 나를 돌보는 데 싫증이 난 거예요. 나는 두통이 심했고, 우리 두 사람은 말싸움을 했어요."

"수영장 옆에서 얼마 동안 앉아 있었지?" 벤턴은 루시에게 정신을 빼앗기지 않기 위해 애쓰면서 묻는다. 루시가 헨리 월든을 만나면서 도대체 무슨 생각을 했는지 신경 쓰고 싶지 않았다. 사회 부적응자들이 얼마나 대단하고 매혹적일 수 있는지, 심지어 지각 있는 사람들에게도 그런 매력을 발산할 수 있다는 걸 그는 잘 알고 있다.

"별로 오래 있지는 않았어요. 기분이 별로 좋지 않았거든요."

"그럼 15분? 아니면 30분 정도?"

"30분 정도였던 것 같아요."

"혹시 다른 사람은 보지 못했어?"

"다른 사람이 있는 걸 알아차리지 못했으니, 아마 아무도 없었을 거예요. 루시는 방으로 들어와서 나를 발견한 다음 어떻게 했나요?"

"911에 신고했어. 그리고 응급 팀이 도착하기 전까지 계속 네 몸 상태를 확인했어." 벤턴이 말한다. 그는 한 가지 이야기, 약간은 위험한 이야기를 덧붙이기로 결심한다. "그리고 사진을 찍었어."

"루시는 총을 갖고 있었나요?"

"응."

"루시가 그를 죽였으면 좋았을 텐데."

"너는 범인을 계속 남자라고 가정하는구나."

"그리고 루시가 사진을 찍었다고요? 나를요?" 헨리가 묻는다.

"너는 의식은 없었지만 안정된 상태였어. 너를 옮기기 전에 루시는 사고 현장을 사진으로 찍어두었어."

"내가 범인에게 당한 것처럼 보였기 때문인가요?"

"네가 이상한 자세로 있었기 때문이야, 헨리. 이렇게." 그는 두 팔을 머리 위로 올린다. "손바닥을 아래로 향하고, 손을 쭉 뻗은 채 얼굴을 침대에 묻고 있었어. 코피가 흐르고, 몸에는 타박상을 입었어. 그리고 나중에 알게 된 것이지만, 오른쪽 엄지발가락이 부러졌어. 발가락이 어떻게 부러졌는지 기억 못하는 것 같구나."

"계단을 내려가다 걸려서 넘어진 것 같아요." 그녀가 말한다.

"기억나니?" 벤턴이 묻는다. 헨리는 지금까지 오른쪽 엄지발가락에 대해서는 아무것도 기억하지 못했다. 혹은 아무것도 인정하지 않았다. "그게 언제였지?"

"수영장에 나갔을 때였는데, 돌계단을 내려가다 다쳤어요. 계단에 발을 잘못 디딘 것 같아요. 약기운이 있는 데다 열도 있었기 때문일 거예요. 울었던 게 기억나요. 그건 기억나요. 정말 너무 아팠거든요. 루시를 부를까 생각했지만 관뒀어요. 루시는 내가 아프거나 다치는 것을 좋아하지 않거든요."

"너는 수영장으로 내려가다 발가락을 다쳤고, 루시를 부를까 생각했지만 부르지 않았어." 벤턴은 이 사실을 분명하게 해두고 싶다.

"그건 동의해요." 헨리가 조롱하듯이 말한다. "내 파자마하고 목욕 가운은 어디 있었나요?"

"침대 근처 의자 위에 깔끔하게 정돈되어 있었어. 네가 접어서 그곳에 둔 거니?"

"아마도요. 내가 이불을 덮고 있었나요?"

벤턴은 헨리가 무슨 생각을 하고 있는지 잘 알지만, 진실을 말해주는 것이 중요하다. "아니. 이불은 침대 아랫부분까지 내려와 있었어."

"나는 아무것도 입고 있지 않았고, 루시는 사진을 찍었다…" 헨리가 말한다. 그녀의 얼굴은 무표정하고, 매섭고 냉담한 눈빛으로 그를 쳐다본다.

"맞아." 벤턴이 말한다.

"그랬군요. 루시는 그렇게 했을 거예요. 어느 순간에든 경찰이니까."

"헨리, 너도 경찰이야. 너라면 어떻게 했을 거 같아?"

"루시는 그렇게 했을 거예요." 헨리는 벤턴의 질문을 피하며 그렇게 말한다.

8

"거기 어디야?" 마리노는 휴대전화 액정에 뜬 루시의 전화번호를 보며 묻는다. "어디 근처야?" 마리노는 굳이 물을 필요가 없어도 우선 어디인지부터 다짜고짜 묻는 버릇이 있다.

마리노는 거의 평생을 경찰로 보냈고, 훌륭한 경찰이 절대 간과하지 않는 것은 바로 위치다. 무전기를 켜고 조난 구조 신호를 듣는다 하더라도, 위치가 어디인지 모르면 아무런 소용이 없다. 마리노는 자신이 루시의 정신적 스승이라고 생각하지만, 루시가 벌써 수년 전에 그 사실을 잊었다는 걸 인정하려 들지 않는다.

"애틀랜틱 헬스클럽이에요." 루시의 목소리가 마리노의 오른쪽 귀로 들린다. "차 안에 있어요."

"경찰 아가씨, 농담하지 마. 쓰레기 매립장에 있는 것처럼 엔진 소리가 요란한데."

"질투하는 모습 보기 좋지 않아요." 루시가 말한다.

마리노는 법의국 커피 라운지에서 몇 걸음 걸어 나오며 주변을 살핀다. 그리고 자기 말을 듣고 있는 사람이 아무도 없는 것을 확인하며 안도감을 느낀다. "루시, 이곳 사정이 별로 안 좋아." 그리고 닫힌 도서관 유리창 안을 들여다보며 안에 누가 있는지 확인한다. 안에는 아무도 없다. "건물을 철거해버렸어." 그는 조그만 휴대전화를 입과 귀로 번갈아 옮기면서 말한다. "너에게 조심하라고 알려주는 거야."

잠시 후, 루시가 대답한다. "아저씨는 나에게 조심하라고 알려주는 게 아니에요. 내가 어떻게 하길 바라요?"

"젠장, 자동차 엔진 소리가 너무 요란해." 그는 루시가 장난으로 선물해준 LAPD 야구모자를 쓴 채 주변을 서성거린다.

"아저씨, 또다시 내 걱정을 하기 시작했군요." 루시의 목소리와 함께 페라리의 요란한 엔진 소리가 들린다. "아저씨가 대단한 일이 아니라고 말했을 때 진작 알았어야 했는데. 정말 큰일이 난 모양이군요. 내가 아저씨랑 이모한테 그곳으로 가지 말라고 경고했잖아요."

"어린 여자애가 사망한 것 이외에도 많은 문제가 있어." 마리노가 조용한 목소리로 대답한다. "곧 문제를 파악할 수 있을 것 같은데, 그 사건이 전부는 아니야. 그렇다고 여자애 사망 사건이 제일 중요한 문제가 아니라는 뜻은 아니고. 물론 그 사건이 제일 중요해. 하지만 그것 말고도 다른 문제가 있어. 우리 두 사람 모두의 친구가…." 그 친구는 벤턴을 뜻한다. "그걸 밝히고 있는 중이야. 그리고 네 이모는 도중에 관둘 것 같아."

"다른 문제가 있다고요? 어떤 문제 말인가요? 예를 들어주세요." 루시의 태도가 변한다. 루시는 진지해지면 목소리가 경직되고 느려지는데, 마리노는 그런 변화가 마치 서서히 마르는 접착제 같다는 생각이 든다.

이곳 리치먼드에 문제가 있다면 바로 마리노 자신이 그 접착제에 들러붙은 것이다. 루시는 마치 접착제처럼 들러붙어서 그를 꼼짝 못하게 한다. "말할 게 있어, 보스." 마리노는 이야기를 계속한다. "내가 계속 서성거리는 이유는 본능 때문이야."

마리노는 루시를 보스라고 부른다. 루시가 자기 보스인 게 편안한 것처럼. 특히 루시의 동의를 얻어내기 어렵다는 것을 느낄 때면 그녀를 보스라고 부른다. "그리고 살인 사건이 일어났다고, 지금 당장 소리치고 싶은 심정이야, 보스." 마리노는 자신이 허세를 부리거나 본능을 자랑삼아 떠벌리거나, 혹은 힘 있는 여자를 보스나 약간 점잖지 못한 호칭으로 부르기 시작하면, 루시와 스카페타가 자신을 불안하게 본다는 것을 잘 알고 있다. 하지만 그 자신도 어쩔 수 없기 때문에, 상황을 더 나쁘게 만들곤 한다. "한 가지 덧붙여서 말하고 싶은 것은 이 구린 도시가 너무 싫다는 거야. 젠장, 나는 이 도시가 너무 싫어. 이 도시의 문제가 뭔 줄 아니? 바로 사람들이 남을 존중하지 않는다는 거야."

"그건 내가 아저씨한테 했던 말이에요." 루시가 마리노에게 말한다. 루시의 목소리가 접착제처럼 빨리 굳어진다. "우리가 그쪽으로 갈까요?"

"아니." 마리노는 자기 생각을 말하면, 루시가 무슨 일을 저지를 것 같은 느낌을 떨쳐버릴 수가 없다. "나는 지금 너한테 조심하라고 알려주는 거야, 보스." 마리노는 아무 말도 하지 말 걸, 하고 마음속으로 후회한다. 루시에게 전화한 게 실수였다는 생각이 든다. 하지만 이모가 힘든 시간을 보내고 있는데 마리노가 한마디도 하지 않았다면, 루시는 마리노를 더 이상 아는 척도 하지 않을 것이다.

마리노가 루시를 처음 봤을 때, 그녀는 열 살이었다. 당시 루시는 통통한 어린애였다. 안경을 끼고 성격은 밉살스러웠다. 두 사람은 서로를 미워했지만, 시간이 지나면서 루시는 마리노를 영웅처럼 숭배했고 두 사람은 친구가 되었다. 그런데 또 시간이 흐르면서 상황은 다시 변했다. 마리노는 어느 지점에서 멈출 줄 알아야 했는데 그러지 못했다. 10년 전만 하더라도 상황은 좋았다. 그때 그는 루시에게 자동차와 오토바이 운전을 가르치고, 술을 가르치고, 누군가가 거짓말을 한다는 걸 간파해내는 방법 그리고 그 밖에 인생에서 중요한 것들을 가르치며 즐거워했다. 그 당시 마리노는 루시를 두려워하지 않았다. 물론 두려움이라는 단어가 그의 감정을 표현하기에 적당한 말은 아니지만 말이다. 어쨌든 루시는 힘을 갖고 있고, 그는 그렇지 못하다. 루시와 통화를 마치고 나면, 마리노는 기운이 빠지고 자신이 초라하게 느껴질 때가 많았다. 루시는 자신이 좋아하는 거라면 무엇이든 할 수 있고, 여전히 많은 돈을 갖고 있고, 주위 사람들에게 명령을 내린다. 하지만 마리노는 그렇지 못하다. 심지어 경찰로 재직할 때에도 루시처럼 권력을 과시하지 못했다. 그러나 마리노는 자기가 루시를 두려워하는 게 아니라고 혼잣말처럼 중얼거린다. 그래, 절대 그렇지 않아.

"아저씨가 필요하다면 우리가 갈게요." 수화기 건너편에서 루시의 목소리가 들린다. "하지만 타이밍이 좋지 않아요. 이곳에도 급한 일이 있어요."

"이미 말했지만, 넌 여기 올 필요 없어." 마리노는 심술궂게 말한다. 마리노가 심술을 부리면, 주위 사람들은 막상 자신의 상황이나 기분보다는 마리노의 상황과 기분을 더 걱정할 수밖에 없다. 마리노의 심술에는 그런 묘한 힘이 있다. "상황이 이렇게 돌아가고 있다는 걸 너한테 알려준 것뿐이야. 네가 올 필요는 없어. 네가 할 수 있는 일도 없고."

"알았어요. 그럼 그만 끊을게요." 루시가 말한다.

이제 마리노의 심술은 루시에게 더 이상 통하지 않는다. 하지만 그는 그 사실을 계속 잊어버리곤 한다.

9

스토킹

루시가 왼손 집게손가락으로 패들을 작동하자 자동차 엔진이 요란한 소리를 내고 rpm이 1000까지 올라간다. 루시는 속도를 늦춘다. 음파 탐지기가 깜박거리고 경보 장치에 빨간 불빛이 들어오는 걸 보니, 경찰 레이더가 저쪽 어딘가에 있는 게 분명하다.

"속도를 높이는 게 아니야." 루시는 옆 좌석에 앉아 있는 루디에게 말한다. 옆 좌석 근처에는 소화기가 있고, 루디는 속력 게시판을 쳐다본다. "10킬로미터밖에 초과하지 않았어."

"난 아무 말도 하지 않았어." 루디는 사이드미러를 흘깃 보면서 대답한다.

"내 말이 맞는지 확인해보자." 루시는 기어를 3단에 놓고 시속 65킬로미터 정도로 달린다. "다음 교차로에 경찰차가 있을 거야. 지금이 기회라면서 우리를 기다리고 있는 게 분명해."

"마리노 아저씨한테 무슨 일 있어?" 루디가 묻는다. "여행가방 챙겨야 하는 거 아냐."

두 사람은 계속 주변을 살핀다. 사이드미러와 백미러를 살피고, 다른 차들을 관찰하고, 야자수와 행인들 그리고 좁고 기다란 길가에 서 있는 건물을 살핀다. 차는 별로 막히지 않고, 포트로더데일 북쪽 폼파노 해변을 끼고 있는 애틀랜틱 대로치고는 양호한 편이다.

"좋았어." 루시가 말한다. 그녀는 선글라스를 낀 채 청색 포드 LTD가 오른쪽으로 꺾어 파워라인 로드로 향하는 것을 바라본다. 파워라인 로드에는 에커드 약국과 할인 정육점이 있다. 그때 갑자기 포드 자동차가 그녀의 왼쪽 차선 뒤로 미끄러져 들어온다.

"네가 저 사람의 호기심을 자극한 거야." 루디가 말한다.

"호기심 가져봐야 득 될 것도 없지." 포드 자동차가 페라리를 따라오자, 루시는 공격적으로 말한다. 루시는 경찰이 무언가 꼬투리를 잡아 경고등을 켜고 차를 멈추게 한 다음, 차 안에 탄 젊은 남녀를 조사하고 싶어 한다는 것을 잘 알고 있다. "오른쪽 차선으로 지나가는 사람들 좀 봐. 그리고 저기 있는 남자는 유효 기간이 지난 스티커를 붙이고 있어." 루시는 그 점을 지적한다. "그런데도 경찰은 우리한테 더 관심을 갖고 있어."

루시는 루디의 기분이 나아지기를 바라면서 백미러로 그의 모습을 확인한다. 루시가 로스앤젤레스에 사무실을 열면서부터 루디는 언짢아했다. 왜 그랬는지는 알 수 없지만, 루시는 루디의 야망과 생각을 잘못 판단했다. 그녀는 루디가 맑은 날이면 카탈리나 섬이 보일 정도로 멋진 전망을 가진 윌셔 대로에 있는 고층 빌딩을 좋아할 거라고 생각했다. 그러나 그 생각은 틀렸다. 완전히 틀렸다. 그녀가 지금까지 해왔던 그 어떤 생각보다 완전히 틀렸다.

남쪽에서 기상 전선이 몰려오고, 하늘은 짙은 안개부터 햇살이 빛나는 회색까지 다양한 층을 이루고 있다. 차가운 공기가 오늘 가끔 듣고 있는 빗방울을 몰아내고, 차량 바퀴에 달린 낮은 철제 프레임에 빗물 자국이 남아 있다. 바로 앞에서는 바다갈매기들이 도로 위를 제멋대로 낮게 날아다닌다. 루시는 계속 운전을 하고, 포드는 그 뒤를 바짝 따라오고 있다.

"마리노 아저씨는 별다른 말 없었어." 루시는 루디가 조금 전에 물은 질문에 대답한다. "리치먼드에 무슨 일이 일어났다는데, 평소처럼 이모가 골치 아픈 문제를 떠맡을 거야."

"이모가 자발적으로 나섰다고 들었어. 이모가 사건에 대해서 컨설팅만 할 거라고 생각했는데, 어떻게 된 일이야?"

"우리가 해야 할 일인지도 확실히 모르겠어. 두고 보면 알게 되겠지. 법의국장 이름도 기억나지 않는데, 그 사람이 우리 이모한테 도움을 요청한 것 같아. 어떤 여자애가 갑자기 사망했는데, 사인을 밝혀내지 못했어. 법의국에서 아무도 그 이유를 밝혀내지 못했으니, 이모에게 도움을 요청한 것은 당연해. 그는 법의국장에 임명된 지 넉 달도 채 되지 않았는데, 중요한 문제가 발생하자 우리 이모한테 전화를 한 거야. 혹시, 네가 이 골치 아픈 문제를 맡아준다면 난 빠질 수 있을 텐데. 그렇지 않아? 이모한테는 섣불리 끼어들지 말라고 했는데, 다른 문제도 있는 것 같아. 자세히는 모르겠지만, 깜짝 놀랄 만한 굉장한 사건이 있는 것 같아. 이모한테 리치먼드로 돌아가지 말라고 했는데, 이모는 내 말을 듣지 않았어."

"너도 이모 말을 듣지 않는 건 마찬가지잖아." 루디가 말한다.

"넌 나에 대해 너무 많은 걸 알고 있어, 루디. 그래서 네가 싫어." 루시는 백미러로 포드 자동차를 쳐다본다.

그 차는 여전히 그녀 뒤를 바짝 뒤따라오고 있다. 운전자는 흑인 남성인 것 같다. 루시는 그 남자를 알고 싶지도, 그에게 관심을 갖고 싶지도 않다. 그런데 갑자기 다른 생각이 머릿속에 떠오른다.

"아, 난 정말 바본가봐." 루시가 탄식하듯 말한다. "레이더도 울리지 않고 있는데, 내가 지금 무슨 생각을 하고 있는 거지? 저 차가 우리 뒤를 바짝 뒤쫓고 있는데도 레이더가 전혀 울리지 않았어. 저 차는 레이더 달린 경찰차가 아니야. 그럴 리가 없어. 그런데도 계속 우리를 따라오고 있어."

"편하게 생각해." 루디가 말한다. "그냥 운전이나 하고, 저 남자는 무시해버려. 저 남자가 어떻게 하는지 봐. 그냥 네 차를 신기해하는 멋쟁이일 거야. 네가 이 차를 구입한 것도 그 때문이잖아. 이런 말 벌써 몇 번째 하고 있는지 모르겠다."

루디는 예전엔 루시에게 잔소리를 늘어놓지 않았다. 두 사람은 FBI 아카데미에서 처음 만나 동료가 되었다. 그리고 파트너, 나중엔 친구가 되었다. 그는 루시가 '마지막 경비구역'이라는 국제 사설 조사 회사를 설립한 직후, 그녀가 개인적으로 그리고 직업적으로 경찰을 떠날 거라고 생각했다. '마지막 경비구역'에서 일하는 직원 가운데 몇몇은 회사가 무슨 일을 하는지 정확히 알지 못했고, 회사의 설립자이자 소유주인 루시를 직접 만나본 적도 없었다. 몇몇 직원은 루디를 만나기는 했지만, 그가 누구인지 무슨 일을 하는지도 몰랐다.

"자동차 번호판 입력해봐."

루디는 손바닥 크기만 한 컴퓨터를 꺼내 로그인했다. 하지만 자동차 번호판이 보이지 않아 번호를 입력할 수 없었다. 그 차는 앞에 번호판이 없다. 루시는 보이지도 않는 번호를 입력하라고 지시한 자신이 바보처럼 느껴졌다.

"네가 저 차 뒤로 가야 해." 루디가 말한다. "저 차가 앞서 가지 않으면

번호판을 볼 수가 없어."

루시는 왼쪽 패들을 만지면서 기어를 2단으로 낮춘다. 이제 그녀는 제한 속도 이하인 시속 8킬로미터로 서행한다. 하지만 그 남자는 계속 뒤를 따라온다. 루시의 차를 추월할 생각이 없는 모양이다.

"좋아, 게임을 시작해보지." 루시가 말한다. "넌 상대를 잘못 고른 거야, 애송이." 그녀는 급하게 좌회전을 해서 몰 주차장으로 들어간다.

"이런 젠장. 어쩌자는 거야? 이제 저 남자는 네가 시비 붙이는 걸 알아차렸을 거야." 루디는 짜증을 내며 말한다.

"이제 번호판을 봐. 놓치지 말고 반드시 확인해."

루디는 몸이 심하게 흔들렸다. 하지만 여전히 차 번호판을 볼 수 없었다. 포드 LTD 역시 급하게 좌회전을 해서 주차장까지 따라왔기 때문이다.

"차 세워." 루디가 루시에게 말한다. 그는 루시에게 질렸다. 완전히 질려버렸다. "지금 당장 차 세워."

루시는 브레이크를 잡고 기어를 중립에 놓는다. 이어서 포드 자동차가 그녀 바로 뒤에 멈춘다. 루디가 차에서 내려 포드 자동차 쪽으로 걸어가자 차창이 내려온다. 루시는 권총을 무릎 위에 올린 채 창문을 열고, 사이드미러로 상황을 확인하며 감정을 억누르려고 애쓴다. 그녀는 자신이 바보처럼 느껴지고, 당황스럽고, 화가 나고, 약간 두려웠다.

"무슨 문제 있어?" 루디가 남자에게 말하는 소리가 들린다. 차에 타고 있는 남자는 히스패닉계의 젊은 남자다.

"나한테 문제가 있냐고? 난 그저 보고 있었을 뿐이야."

"우리는 당신이 보는 걸 원하지 않아."

"여긴 자유로운 나라야. 내 마음대로 보는 게 무슨 문제야? 문제 있는 건 너야. 재수 없는 놈!"

"다른 데 가서 구경 실컷 해. 여기서 당장 꺼져!" 루디는 언성을 높이지 않고 말한다. "한 번만 더 우리를 따라오면, 철창신세 질 줄 알아, 이 나쁜 놈아!"

루디가 어색하게 겁을 주는 모습을 보자, 루시는 크게 소리 내어 웃고 싶은 충동을 느낀다. 땀이 줄줄 흐르고, 심장이 세차게 뛴다. 소리 내어 웃고 싶다. 차에서 내려 그 젊은 히스패닉계 남자를 죽이고 싶고, 울고 싶기도 하다. 그녀는 자신의 감정을 전혀 이해하지 못한다. 그래서 페라리 운전대 뒤에 앉아 꼼짝도 하지 않는다. 남자는 루시가 알아들을 수 없는 말을 하더니 화를 내며 사라진다. 루디는 페라리로 돌아와 차에 올라탄다.

"그것 봐." 루시가 다시 차를 몰고 도로로 접어들자 루디가 말한다. "어떤 펑크족이 네 차에 관심을 가지면, 넌 그걸 국제적인 사건으로 만들어버리지. 우선 경찰차가 너를 따라온다고 생각했어. 경찰차하고 똑같은 검은색 포드 LTD였으니까. 그리고 나서 레이더 탐지기가 작동하지 않는다는 걸 알아차렸고, 이어서 네가 무슨 생각을 한 줄 알아? 너, 무슨 생각했니? 마피아? 마피아가 붐비는 고속도로 한가운데서 우리를 따라온다고 생각한 거야?"

루시는 루디가 화를 내는 걸 탓할 수는 없지만, 가만히 있을 수도 없다. "나한테 소리치지 마." 그녀가 말한다.

"네가 어떤 사람인지 알아? 넌 통제 불능이야. 위험천만하다고."

"이건 다른 문제야." 그녀는 애써 담담한 척하면서 말한다.

"네 말은 뭐든 다 옳지." 루디가 반박한다. "이것도 그 여자 때문이야. 네가 아무나 집 안에 끌어들이는 바람에 어떤 일이 벌어졌는지 똑바로 주시해. 그 여자뿐 아니라 너도 죽을 뻔했어. 정신 차리지 않으면 더 나쁜 일이 일어날지도 몰라."

"루디, 그녀는 스토킹을 당하고 있었던 거야. 그걸 내 잘못으로 돌리지 마. 그건 내 잘못이 아니야."

"스토킹당했다고? 물론 네 말이 맞아. 그녀는 스토킹을 당했고, 그건 네 잘못이야. 지프나 허머 같은 차를 운전하는 건 좋은데, 그런 차는 가끔씩 타야 하는 거 아냐? 그리고 네가 그 여자한테 페라리를 타게 하니까, 자기가 할리우드 연예인이라도 된 것처럼 떠벌리고 다니는 거잖아."

"질투하지 마."

"질투하는 거 아니야!" 그가 소리친다.

"넌 우리가 그 여자를 고용한 이후부터 질투심을 숨겨왔어."

"이건 네가 그 여자를 고용한 문제가 아니야. 그 여자를 왜 고용한 건데? 그 여자가 우리의 로스앤젤레스 고객을 보호라도 할 것 같아? 말도 안 되는 소리! 그런데 왜 그 여자를 고용한 거야? 도대체 뭣 하러?"

"나한테 그런 식으로 말하지 마." 루시는 조용히 말한다. 놀라울 정도로 침착하다. 다른 선택의 여지가 없기 때문이다. 그녀가 퍼붓는다면, 그들은 진짜 싸움을 할 테고, 그는 끔찍한 일을 저지를 것이다.

"난 내가 살고 싶은 대로 살 거야. 내가 원하는 차를 타고 내가 원하는 곳에서 살 거야." 루시는 날카로운 눈빛으로 정면을 응시한다. 길거리를 돌아서 주차장으로 들어가는 차들을 바라본다. "내가 너그럽게 대해주고 싶은 사람에게는 그렇게 대해줄 거야. 나는 그 여자에게 내 검은색 페라리를 몰아도 괜찮다고 허락한 적 없어. 그건 너도 알 거야. 하지만 그녀는 그 차를 몰고 나갔고, 그것이 모든 일의 시발점이 되었어. 그가 그녀를 보았고, 그녀를 따라갔고, 결국 일이 그렇게 된 거야. 그건 어느 누구의 잘못도 아니야. 그녀의 잘못도 아니야. 그녀가 그에게 내 차를 망가뜨리고, 자신을 따라와서 죽이라고 시킨 것은 아니니까."

"좋아. 넌 네가 원하는 대로 살아." 루디가 대꾸한다. "주차장으로 들어가자. 다음번에 네 페라리를 하릴없이 쳐다보는 낯선 사람을 보면 내가 두들겨 패줄 거야. 아니면 총을 쏠 수도 있겠지. 혹은 내가 총에 맞을 수도 있을 거고. 그 편이 더 나을 거야, 그렇지 않아? 빌어먹을 차 때문에 내가 총에 맞는 거지."

"진정해." 루시는 정지 신호를 보고 차를 세우며 말한다. "제발 진정해. 내가 좀 더 잘 처리할 수 있었는데, 그러지 못했어. 나도 인정해."

"처리한다고? 난 네가 어떤 일을 처리하는 거 한 번도 못 봤어. 넌 정말 바보처럼 대처했어."

"루디, 부탁이니까 제발 그만해." 루시는 너무 화가 난 나머지 그에게 실수를 하게 될까봐 두렵다. "나한테 그런 말 하지 마. 더 열 받게 하지 마."

루시는 A1A에서 좌회전을 한 다음, 해변을 따라 천천히 차를 몬다. 10대 청소년 몇몇이 그녀의 차를 쳐다보다 자전거에서 거의 떨어질 뻔했다. 루디는 고개를 가로저으며, 마치 '나 때문이 아니야.'라고 말하는 것처럼 어깨를 으쓱한다. 그러나 페라리에 대해 이야기하는 것은 더 이상 페라리에 대한 이야기가 아니다. 루시가 자신이 사는 방식을 바꾸는 것은 그에게 지는 것이나 마찬가지다. 루시는 그 야수가 남자일 거라고 생각한다. 헨리가 범인을 야수라고 불렀기 때문이다. 루시는 그 야수가 남자일 거라고 믿었다. 그 점에 대해서는 의심의 여지가 없다. 과학적 자료, 증거 자료, 무엇을 보더라도 남자다. 루시는 범인이 남자일 거라고 확신했다.

범인은 건방진 야수이거나 멍청한 야수일 것이다. 윗면이 유리인 침대 테이블 위에 지문을 두 개나 남겼기 때문이다. 멍청하거나 부주의해서 지문을 남겼을 수도 있고, 지문 따위는 상관하지 않는지도 모른다. 지금까지, 부분적으로 남아 있는 그 지문은 자동지문인식시스템(AFIS)

에 저장된 어떤 지문과도 일치하지 않았다. 데이터베이스에 그의 지문이 남아 있지 않다는 것은 그가 체포된 적이 한 번도 없거나 다른 이유 때문에 지문을 찍은 적이 한 번도 없다는 얘기다. 그는 침대에 머리카락 세 올을 남기는 것도 전혀 신경 쓰지 않았다. 검은색 머리카락 세 올을 두고 간 걸 그가 왜 신경 쓰겠는가? 매우 중요한 사건이라 하더라도 미토콘드리아 DNA 분석은 30일에서 90일 정도가 소요된다. 중요한 미토콘드리아 DNA 데이터베이스가 전국적으로 제대로 저장되어 있지도 않기 때문에 검사 결과가 중요한 역할을 할 거라는 확신도 없다. 그리고 혈액과 조직의 핵인 DNA와 달리, 머리카락과 뼈의 미토콘드리아 DNA는 범인의 성별도 규명 못한다. 그 야수가 남긴 증거는 그다지 중요한 것이 아니다. 그가 혐의를 받고 데이터 결과를 직접적으로 비교하지 않는 한 전혀 중요하지 않다.

"알았어. 내가 너무 흥분해서 제정신이 아니었어. 나도 모르는 사이에 그렇게 됐어." 루시는 운전에 정신을 집중하며 말한다. 하지만 자신이 자제력을 잃고 있는지도 모른다는 걱정이 든다. 어쩌면 루디 말이 맞는지도 모른다. "아까 그곳에서 그런 행동을 하지 말았어야 했어. 절대. 난 신중한 편인데, 왜 그렇게 경솔했는지 모르겠어."

"너는 신중하지만 그 여자는 그렇지 않아." 루디는 턱을 바짝 당긴다. 표면이 거울처럼 반사되는 선글라스를 끼고 있기 때문에 그의 눈이 전혀 보이지 않는다. 그가 자기 눈을 보여주려 하지 않자 루시는 마음이 불편하다.

"나는 주차장에서 본 히스패닉계 남자에 대해 말하는 줄 알았어." 루시가 대답한다.

"내가 첫날부터 너한테 말했잖아." 루디가 말한다. "누군가가 네 집에서 사는 것은 위험한 일이라고. 누군가가 너의 전화와 물건을 사용하고, 누군가가 너의 헬리콥터를 혼자 타고, 너하고 나처럼 동일한 규칙을 알고, 훈련을 받지 않은 누군가가 네 집에 있다는 것. 그리고 누군가가 우리가 하고 있는 일에 신경을 쓴다는 것은 위험한 일이야."

"인생의 모든 일을 훈련을 통해 배우는 건 아니잖아." 루시가 말한다. 사랑하는 사람이 정말 걱정하는지에 관해 이야기하는 것보다는 훈련에 대해서 이야기하는 것이 더 쉽다. 그리고 헨리에 대해 이야기하는 것보다는 그 히스패닉계 남자에 대해 이야기하는 편이 더 쉽다. "어쨌든 그렇게 행동하지 말았어야 했어. 미안해."

"넌 삶이 어떤 건지 잠시 잊어버렸던 거야." 루디가 말한다.

"제발 보이스카우트 조항 같은 건 들먹이지 마." 루시는 그의 말을 막으며 힐스보로가 있는 북쪽을 향해 속도를 높인다. 그곳에는 연어색 벽토를 바른 루시의 지중해식 대저택이 있다. 운하와 바다가 만나는 입구가 보이는 멋진 전망을 자랑한다. "나는 네가 객관적일 수 있다고 생각하지 않아. 너는 그 여자 이름조차도 말하지 않고 있어. 이름 대신 '누군가'라는 애매한 호칭으로 부르잖아."

"뭐? 객관적? 너, 말 다했어?" 그의 목소리가 위험할 정도로 잔인해진다. "그 어리석은 나쁜 년이 모든 것을 다 망가뜨렸어. 그리고 넌 그렇게 할 권리가 없었어. 나를 끌어들일 권리가 없었다고. 너한테는 그럴 권리가 없어."

"루디, 이런 싸움 이제 그만하자." 루시가 말한다. "우린 왜 이렇게 싸울까?" 루시는 그를 바라보며 말한다. "모든 게 다 망가진 건 아니잖아."

그는 아무 대답도 하지 않는다.

"우린 왜 이렇게 싸워야 해? 정말 질린다." 그녀가 말한다.

그들은 예전엔 싸우지 않았다. 루시가 로스앤젤레스에 사무실을 열고 로스앤젤레스 경찰로 있던 헨리를 고용하기 전까지, 종종 루디가 부루퉁해서 골을 낸 적은 있지만 루시에게 싸움을 건 적은 없었다. 루디가 곧 분노를 폭발할 것 같다는 예감이 들자, 루시는 마음을 진정시키며 침묵한다.

루시는 슬픈 모습으로 미소를 지으며 고개를 가로젓는다. "맞아, 내가 어리석은지도 몰라." 그녀가 말한다. "나쁜 유전자 때문이야. 내 아버지한테서 비뚤어진 라틴계 유전자를 물려받았으니까. 엄마의 유전자를 물려받은 건 아닐 거야. 엄마 쪽이 훨씬 더 나쁘니까."

루디는 교각이 열리고 요트가 지나가는 모습을 말없이 바라본다.

"우리, 싸우지 말자." 루시가 말한다. "모든 게 망가진 건 아니잖아." 그리고 손을 뻗어 그의 손을 꼭 잡는다. "잠시 휴전하고, 모든 걸 다시 시작하지 않을래? 우리가 벤턴 아저씨를 찾아가서 인질 협상을 할 필요가 있을까? 이제 넌 나의 친구이자 파트너일뿐만이 아니야. 넌 나의 인질이고, 난 너의 인질이야, 그렇지 않아? 넌 일할 곳이 필요하고 난 네가 필요해. 그게 지금 상황이야."

"난 어디에도 꼭 있을 필요는 없어." 루디의 손이 움직이지 않는다. 루시는 그의 손을 잡고 있지만, 그의 손은 꼼짝도 하지 않은 채 아무런 반응도 보이지 않는다. 루시는 힘없이 그의 손을 놓는다.

"그랬구나." 루시는 루디가 자기 손을 잡아주지 않자 상처를 받고, 거부당한 손을 다시 운전대 위로 올린다. "요즘은 늘 그런 두려움을 느끼면서 지냈어. 네가 그만둔다고 이야기할 거라는 두려움. 잘 있어, 시원섭섭하다, 앞으로 잘 지내라고 말한 뒤 떠날 것 같은 두려움."

그녀는 열린 교각 사이를 지나 바다로 향하는 요트를 바라본다. 요트를 탄 사람들은 반바지와 헐렁한 티셔츠를 입고, 매우 부자인 것처럼 여유가 있어 보인다. 루시는 엄청 부자지만, 그 사실을 절대 믿지 않는다. 루시는 요트를 바라볼 때면, 여전히 자신이 가난한 것처럼 느껴진다. 루디를 바라보자, 자신이 더 가난한 것처럼 느껴진다.

"커피 마시지 않을래?" 그녀가 묻는다. "수영장 옆에 앉아서 커피 마시자. 수영장을 한 번도 사용하지 않아서 물이 채워져 있는지도 모르지만. 차라리 집에 수영장이 없었으면 좋겠다는 생각이 드는 걸 보니, 난 정말 바보인가봐." 그녀가 말한다. "나랑 커피 마시자."

"그러든지." 루디는 부루퉁한 어린애처럼 창밖을 내다본다. 루시의 우편함이 시야에 들어온다. "저걸 없애는 게 좋겠어." 우편함을 가리키며 말한다. "넌 집으로 우편물을 받지 않잖아. 우편함으로 배달되는 건 네가 원하지 않는 것뿐일 거야. 특히 요즈음은 더 그렇겠지."

"다음번에 정원사가 오면 없애달라고 할게." 그녀가 말한다. "집에 있는 시간이 거의 없었어. 로스앤젤레스에 사무실을 열고, 다른 일도 무척 많았으니까. 내가 마치 다른 사람이 된 것 같은 느낌이 들 정도야. 텔레비전 드라마 '아이 러브 루시'에 나오는 루시가 된 것 같아. 사탕 공장에서 일하는 루시는 벨트 지나가는 속도가 너무 빨라서 그 속도를 따라잡을 수조차 없어."

"그렇지 않아."

"넌 '아이 러브 루시'를 평생 한 번도 보지 않았을 거야." 루시가 말한다. "이모와 나는 텔레비전 앞에 앉아서 재키 글리슨이 나오는 프로그램이나, '보난자', '아이 러브 루시'를 함께 보곤 했어. 모두 이모가 마이애미에서 자랄 때 보던 프로그램이야." 그녀는 드라이브웨이 거의 끝에 있는 우편함 앞에서 차를 멈춘다. 스카페타는 루시에 비하면 매우 소박하게 살았다. 루시에게 너무 큰 저택에 살지 말라고 충고하기도 했다.

스카페타는 우선 이웃들이 엄청난 부자라고 말했다. 그 집을 구입한 것은 어리석은 결정이었다. 루시가 900만 달러에 구입한 저택은 3층짜리 건물에 면적이 1만 1000제곱미터에 달했다. 토끼를 키울 만큼 잔디밭이 넓지는 않지만 바닥을 돌로 깔고, 조그마한 수영장도 있었다. 분수와 야자수 등의 다른 식물들도 있었다. 이모가 잔소리를 한 것은 당연했다. 이모는 사생활이나 안전을 보장받을 수 없고, 이웃에 부자가 너무 많다고 했다. 하지만 루시는 너무 바빴고, 시간을 쪼개 일하는 것에 신경을 너무 많이 썼고, 헨리를 행복하게 만들어주느라 정신이 팔려 있었다. 이모는 나중에 후회하게 될 거라고 말했다. 루시는 이곳에 이사 온 지 석 달도 채 되지 않았지만, 벌써부터 후회가 막심하다.

루시는 리모컨을 눌러 대문을 연 다음, 다른 리모컨을 눌러 차고 문을 연다.

"왜 이렇게 번거롭니?" 루디는 대문을 트집 잡는다.

"말해." 루시가 화를 내며 말한다. "나도 이곳이 너무 싫으니까."

"네가 알아차리기도 전에, 누군가가 차고로 몰래 들어올지도 몰라." 루디가 말한다.

"그렇다면 죽여버려야지."

"농담하는 거 아니야."

"나도 농담하는 거 아니야." 루시의 말이 끝나자, 그들 뒤로 차고 문이 천천히 닫힌다.

10

속도를 제한하는 이 세상에서는 절대 진가를 발휘할 수 없는 12실린더 검은색 페라리 옆에 루시는 모데나를 주차한다. 루시는 루디와 함께 차에서 내리면서도 검은색 페라리를 쳐다보지 않는다. 자동차 후드의 긁힌 자국을 애써 외면한다. 범인은 아름답게 윤기 나는 검은색 페인트를 긁어서, 커다란 눈과 속눈썹을 그렸다.

"보기 좋은 그림은 아니군." 루디는 페라리 두 대 사이를 빠져나와 집으로 연결되는 통로를 걸어가며 말한다. "하지만 그 여자가 저렇게 했을 가능성도 있지 않을까?" 검은색 페라리의 후드를 가리켰지만, 루시는 보려고도 하지 않는다. "그 여자 짓이 아니라고 장담할 수 없어. 그 여자가 모든 일을 꾸미지 않았다고 확신할 수는 없으니까."

"그녀 짓일 리가 없어." 루시는 손상된 후드를 쳐다보지 않으면서 말한다. "저 차를 구입하기 위해 신청을 하고, 1년 넘게 기다렸어."

"수리할 수 있잖아." 루디는 손을 바지 주머니에 넣으면서 말한다. 루

113

시는 집 안으로 들어가 경보 장치를 해제한다. 경보 장치에는 모든 감지 기능이 있는데, 집 안팎에 카메라도 설치되어 있다. 그러나 카메라는 정보를 저장하지 않는다. 루시는 자신이 집 안에서 하는 사적인 행동을 카메라에 기록하고 싶지 않았다. 루디도 그 점은 이해할 수 있었다. 그 역시 집 안에 있는 몰래카메라가 자신의 행동을 기록하길 바라지 않지만, 요즘은 그나마 기록할 만한 것도 거의 없었다. 그는 혼자 살고 있다. 하지만 루시가 집 안팎에서 일어나는 일을 카메라에 저장하지 않겠다고 결정했을 때, 그녀는 혼자 살고 있지 않았다.

"내용을 저장할 수 있는 카메라로 바꿔야겠어." 루디가 말한다.

"이 집, 처분할 거야." 루시가 대답한다.

루디는 루시를 따라 커다란 부엌으로 가서 넓은 공간을 둘러본 다음, 바다와 접한 운하의 입구를 내다본다. 높이가 6미터나 되는 천장에는 미켈란젤로풍의 그림이 그려져 있고 가운데에는 크리스털 샹들리에가 있다. 다이닝 룸에 있는 유리 식탁은 마치 얼음으로 만든 것처럼 보였고, 지금까지 그가 보아온 어떤 것보다 더 아름답다. 그는 루시가 구입한 테이블, 버터처럼 부드러운 질감의 소파와 가구들, 아프리카 조형 미술품, 코끼리와 얼룩말, 기린과 치타 등을 그린 작품의 가격이 얼마인지 상상하고 싶지도 않다. 루디는 루시가 이따금씩 머물기 위한 용도로 플로리다에 구입한 저택 안에 있는 조명 기구 하나 살 여유도 없고, 실크로 짠 러그 심지어 정원에 심을 나무 한 그루조차 살 만한 여력이 없었다.

"나도 알아." 루시가 말한다. 루디는 주변을 둘러본다. "헬리콥터는 조종할 수 있지만, 이곳에서는 맘 놓고 영화도 볼 수 없어. 난 이 집이 싫어."

"동정해줄 거라고 기대하지 마."

"그만하자." 그녀는 경고하듯이 말한다. 말다툼이라면 이미 충분히 했다.

그는 커피를 찾기 위해 냉장고 문을 열면서 말한다. "먹을 거 뭐 있어?"

"직접 만든 고추요리가 냉동실에 있는데, 금방 해동해서 먹을 수 있어."

"그러면 되겠군. 먹고 나서 헬스클럽에 가지 않을래? 5시 반쯤 어때?"

"그래." 그녀가 대답한다.

두 사람은 수영장으로 이어지는 뒷문을 바라본다. 범인이 그 문을 통해 집 안으로 들어왔다가 다시 그 문으로 빠져나간 지 아직 1주일도 채 지나지 않았다. 문은 닫혀 있지만, 유리 바깥쪽에 무언가가 붙어 있다. 루시는 벌써 그 쪽으로 가고 있다. 루디는 그제야 상황을 알아차린다. 루시는 문을 열고 나가서, 유리에 테이프로 붙인 종이 한 장을 가만히 바라본다.

"뭐야?" 루디가 냉동고 문을 닫으며 묻는다. "도대체 그게 뭐야?"

"또 다른 눈." 루시가 말한다. "지난번과 똑같은 눈 그림이야. 연필로 그린 건데, 넌 헨리가 그렸다고 생각했지. 그녀는 여기에서 수천 킬로미터 떨어져 있는데, 넌 그녀 짓이라고 생각했어. 이제 너도 알겠지?" 루시는 잠금 장치를 해제하고 문을 연다. "범인은 자신이 지켜보고 있다는 걸 나에게 알려주려는 거야." 그녀는 화난 목소리로 말하면서, 바깥으로 나가 그림을 더 자세히 들여다본다.

"건드리지 마!" 루디가 소리친다.

"왜? 내가 그 정도로 멍청하다고 생각해?" 루시도 지지 않고 큰 소리로 말한다.

11

부검

"실례합니다." 자주색 보호복에 얼굴 가리개와 마스크, 머리쓰개와 신발 덮개 그리고 라텍스 장갑을 이중으로 낀 젊은 남자가 말한다. 스카페타에게 다가오는 그의 모습이 마치 우주 비행사를 흉내 낸 것 같다. "시신의 틀니를 어떻게 하면 좋겠습니까?"

스카페타는 자신은 이곳에서 일하는 사람이 아니라고 설명하려 했지만, 머릿속으로 생각하던 말이 입 밖으로 나오기 전에 사라지고 만다. 마치 전염병에라도 걸릴까 두려워 보호복을 입은 것 같은 두 사람이 뚱뚱한 여자 시신을 들것 위에 놓인 파우치에 집어넣는 모습을 가만히 쳐다보던 스카페타는 아무 대꾸도 하지 못한다. 들것은 그녀의 몸무게를 지탱할 수 있을 만큼 충분히 튼튼해 보인다.

"원래 틀니가 있었습니다." 자주색 보호복을 입은 사람이 이번에는 필딩에게 말한다. "틀니를 마분지 상자 안에 넣어두었는데, 시신을 봉합하면서 깜빡 잊었습니다."

"틀니를 다시 파우치 안에 넣는 게 싫은 거겠죠." 스카페타는 이 당혹스러운 문제에 자신이 직접 개입해야겠다고 결심한다. "틀니를 다시 원래 주인의 입에 넣어주세요. 장의사들과 유가족들은 틀니를 다시 입 안에 넣어주기를 바랍니다. 그녀 역시 틀니와 함께 매장되기를 바랄 거고요."

"굳이 시신의 배를 갈라서 다시 봉투를 꺼낼 필요는 없죠." 자주색 보호복을 입은 남자가 말한다. "그게 좋겠네요."

"봉투는 잊으세요." 스카페타가 그에게 말한다. "당신도 자기 틀니를 봉투 안에 넣고 싶은 마음은 추호도 없을 테니까요." 그녀가 말하는 봉투는 두 사람이 뚱뚱한 여자 시신의 텅 빈 내장 안에 넣은 다음 꿰매버린 투명한 비닐봉투를 말한다. 그 봉투 안에는 절단한 다음 원래 자리로 되돌려놓지 못한 신체 기관이 들어 있다. 그 신체 기관을 원래 위치로 되돌리는 것은 법의학자의 임무도 아닐뿐더러 거의 불가능하다. 그것은 쇠고기 스튜를 다시 쇠고기 상태로 되돌려놓는 것과 마찬가지다. "틀니는 어디 있죠?" 스카페타가 묻는다.

"저기 있습니다." 자주색 보호복을 입은 남자가 부검실 반대편에 있는 카운터 위를 가리키며 말한다. "시신 서류와 함께 있습니다."

필딩은 뇌 전두엽을 절단한 이 환자의 문제에 개입하고 싶지 않아 자주색 보호복 입은 남자를 완전히 무시한다. 남자는 교대로 오는 의대생이라고 보기에는 너무 어려 보였다. 포트리에서 온 군인 같았다. 고등학교를 마친 다음 곧바로 입대했을 테고, 전쟁터에서 보게 될 시신 다루는 방법을 배워야 한다는 군의 요구에 따라 이곳 법의국에서 시간을 보내고 있을 것이다. 스카페타는 수류탄에 맞아 사망한 군인도 틀니는 함께 보낸다고 말하고 싶었지만 참았다. 그런 말은 입 밖으로 내뱉는 것보다 담아두는 편이 더 나을 것이다.

"자, 한 번 봅시다." 스카페타는 자주색 보호복을 입은 포트리 군인에게 말한다.

군인과 함께 타일 바닥을 걸어가면서, 스카페타는 방금 전 부검실 안으로 들어온 들것을 지나친다. 그 들것 위에는 총상을 입고 사망한 흑인 남성의 시신이 누워 있었다. 문신으로 뒤덮인 그의 억센 팔이 가슴 위에 얹혀 있다. 그리고 몸에 난 털이 곤두서 있다. 사후 근육이 경직되면서 일어나는 현상이다. 그 때문에 시신은 춥거나 겁에 질린 것처럼 보이기도 한다. 포트리 군인은 카운터 위에 있는 마분지 상자를 집어 스카페타에게 넘겨주려다, 그녀가 장갑을 끼고 있지 않다는 것을 알아차린다.

"장갑을 끼는 게 낫겠어요." 스카페타는 초록색 니트릴 장갑을 넘겨주고, 대신 근처 수술용 카트 위 박스에서 꺼낸 오래된 라텍스 장갑을 고른다. 그녀는 라텍스 장갑을 손에 끼고, 상자 안에 든 틀니를 꺼낸다.

스카페타와 군인은 다시 타일 바닥을 가로질러 치아 없이 죽은 여인에게 돌아간다.

"다음에도 이런 문제가 생기면…." 스카페타가 군인에게 말한다. "틀니를 개인 소지품으로 처리하고 장의사한테 맡기도록 해요. 절대 봉투 안에 넣어서는 안 됩니다. 이 희생자는 틀니를 하기에는 너무 젊군요."

"마약을 복용했을 거라고 생각했습니다."

"어떤 근거에서요?"

"누군가가 그렇게 말했습니다." 자주색 보호복을 입은 남자가 대답한다.

"그렇군요." 스카페타는 들것 위에 누워 있는 거대한 시신을 내려다보며 말한다. "혈관을 수축시키는 마약이에요. 코카인처럼. 그리고 모든 치아가 빠지죠."

"왜 마약이 그런 결과를 낳는지 항상 궁금했습니다." 군인이 말한다.

"여기 새로 오신 분입니까?" 군인이 스카페타를 보면서 묻는다.

"아니, 그 반대예요." 스카페타는 손을 시신의 입 안에 넣으면서 대답한다. "여기서 오랫동안 일했는데, 잠깐 들른 거예요."

군인은 혼란스러운 표정으로 고개를 끄덕인다. "겉으로 보기에도 법의학자처럼 보이십니다." 그는 어색하게 말한다. "틀니를 다시 집어넣지 않은 것은 죄송하게 생각합니다. 정말 제 자신이 바보 같습니다. 국장님께는 비밀로 해주시면 감사하겠습니다." 그리고 고개를 가로저으며 땅이 꺼져라 한숨을 내쉰다. "그러지 않아도 국장님이 마음에 들어 하지 않는데…."

사후 경직은 일어났다가 다시 완화된다. 뚱뚱한 여자의 턱 근육도 스카페타의 손가락이 입 안에 들어갈 수 있을 정도로 이완되었다. 하지만 잇몸이 틀니에 맞지 않는다.

"틀니는 이 여자 것이 아니에요." 스카페타는 틀니를 다시 마분지 상자에 넣은 다음 군인에게 다가간다. "틀니가 너무 커요. 잇몸하고 전혀 맞지 않을 정도로 너무 크다고요. 혹시 남자 틀니가 아닐까요? 틀니를 끼고 있던 시신과 뒤바뀐 건 아니에요?"

군인은 당혹스러워하더니 이내 안도의 한숨을 내쉰다. 그의 잘못이 아니었기 때문이다. "여기는 많은 사람이 들어오고 나가기 때문에 잘 모르겠습니다." 그가 말한다. "이 틀니가 이 여자 것이 아니란 말입니까? 그렇다면 시신 입 안에 억지로 끼워 넣지 않아도 되니 다행이네요."

그때 그곳에 나타난 필딩이 무슨 일이 벌어졌는지 알아차리고는 군인이 들고 있는 마분지 상자 안에 든 밝은 분홍색의 인공 잇몸과 흰색 치아를 내려다본다. "이게 도대체 무슨 일이야?" 필딩이 버럭 소리를 지른다. "누가 뒤죽박죽으로 만든 거야? 자네가 이 마분지 상자에 엉뚱한 시신 번호를 기입했잖아."

필딩은 자주색 보호복을 입고 있는 군인을 노려본다. 군인은 아직 스무 살도 채 되지 않은 듯했다. 푸른색 수술용 모자 밑으로 짧은 금발이 삐져나와 있었다.

"제가 라벨을 붙인 게 아닙니다, 박사님." 그가 자신의 상관인 필딩에게 말한다. "우리가 시신 처리를 시작할 때부터 여기에 있었습니다. 그리고 시신에는 치아가 없었습니다."

"여기라고? 여기 어디?"

"저 카트 위 말입니다." 군인이 수술 기구가 놓여 있는 4번 테이블, 즉 그린 테이블(Green Table)이라고도 부르는 카트를 가리킨다. 마커스 국장의 시체안치소는 스카페타 시절 테이블에 각각 색깔 표시를 붙여 기구를 찾게 했던 시스템을 그대로 따르고 있었다. 그리고 핀셋과 갈비뼈 절단기는 시체안치소에만 있을 것이다. "이 마분지 상자는 카트 위에 놓여 있었고, 나중에 여자의 서류와 함께 옮긴 것입니다." 그리고 부검실 반대편, 죽은 여인의 서류가 가지런하게 정돈되어 펼쳐져 있는 카운터를 바라본다.

"이 테이블에는 다른 시신이 누워 있었어." 필딩이 말한다.

"맞습니다, 박사님. 침대에서 사망한 노인의 시신이었습니다. 그렇다면 틀니는 그 노인의 것 아닐까요?" 자주색 보호복을 입은 군인이 말한다. "카트 위에 있던 게 그의 틀니 아닐까요?"

필딩은 불같이 화를 내며 부검실을 가로질러, 시신 저장실의 거대한 스테인리스 출입문을 홱 잡아당긴다. 그리고 차가운 죽음의 냄새가 풍기는 공간 안으로 사라졌다가, 노인의 입속에서 빼냈을 게 분명한 틀니를 손에 든 채 금방 돌아온다. 필딩은 트랙터에 치인 기사의 피가 묻은 더러운 장갑을 낀 손으로 그 틀니를 쥐고 있었다.

"이 틀니는 노인 입에는 너무 작아." 필딩이 투덜거린다. "도대체 누가 확인도 하지 않고, 이 틀니를 노인 입속에 쑤셔 넣은 거야?" 그는 소란스럽고, 붐비고, 에폭시로 포장된 부검실 안에서 소리친다. 부검실 안에는 피 묻은 네 개의 철제 테이블이 놓여 있고, 투사물과 뼈를 찍은 엑스레이가 불 켜진 라이트 박스에 끼워져 있고, 철제 싱크대와 캐비닛이 보였다. 카운터 위에는 서류와 개인 소지품, 컴퓨터로 프린트해서 마분지 상자와 테스트 튜브 등에 붙일 라벨 따위가 놓여 있다.

부검실 안에 있던 다른 의사와 학생, 군인 그리고 오늘 들어온 시신들은 부국장 필딩에게 할 말이 전혀 없는 듯했다. 스카페타는 너무 충격을 받아 속이 메슥거렸다. 눈앞에서 벌어지는 상황이 도저히 믿기지 않았다. 그녀가 예전에 수장으로 있던 법의국은 통제 불능이었다. 그 안에서 일하는 모든 사람들 역시 마찬가지였다. 그녀는 진흙 묻은 셔츠만 입은 채 들것 위에 누워 있는 트랙터 기사의 시신과 필딩의 피 묻은 장갑 위에 놓인 틀니를 번갈아본다.

"틀니를 제자리에 넣기 전에 깨끗하게 문질러서 씻으세요." 스카페타는 필딩이 틀니를 군인에게 넘겨주기 전에 말한다. "다른 사람의 DNA 흔적, 혹은 여러 사람의 DNA 흔적을 저 여자 시신에 넣을 필요는 없으니까요." 그리고 군인에게 말한다. "이건 의문사는 아니지만, 모든 틀니는 깨끗하게 문질러서 씻어야 해요."

스카페타는 장갑을 벗은 다음, 생물학적 위험 물질을 따로 버리는 밝은 오렌지색 쓰레기통에 넣는다. 마리노는 도대체 어디서 뭘 하는 걸까. 갑자기 궁금해진다. 그녀가 부검실 안을 걸어가는 동안 군인이 무언가를 물어보는 소리가 멀리서 들렸다. 스카페타가 누구인지, 왜 이곳에 왔는지, 무슨 일이 벌어지고 있는지 물어보는 것 같았다.

"이곳 법의국장님이었어." 필딩이 말한다. 그는 당시엔 법의국을 이렇게 운영하지 않았다는 사실을 덧붙여 설명하지는 않았다.

"아, 이럴 수가!" 군인이 놀라서 소리친다.

스카페타가 벽에 설치된 커다란 버튼을 팔꿈치로 누르자, 스테인리스 스틸 문이 활짝 열린다. 드레싱 룸 안으로 들어간 그녀는 캐비닛과 보호복과 가운이 걸려 있는 곳을 지나, 화장실과 세면대가 딸린 여성용 라커룸으로 들어간다. 라커룸의 차가운 형광등 불빛 때문에 거울에 비친 그녀의 모습이 더 창백해 보인다. 그녀는 세면대 앞에 서서 손을 씻다가, 자신이 법의국장으로 일할 때부터 있던 주의 사항을 적은 표지판을 떠올린다. 그녀는 부검실 안에서 신은 신발은 버릴 것, 생물학적 위험 요소가 있는 상태에서 복도 카펫으로 걸어 나가지 말 것 등을 직원들에게 강조했다. 하지만 지금은 그런 것에 관심을 갖고 있는 사람은 아무도 없는 듯했다. 그녀는 신발을 벗고 항박테리아 비누와 뜨거운 물로 신발 바닥을 씻어 종이로 말린 다음, 문을 열고 희끄무레한 푸른색 카펫이 깔린 복도로 나간다.

여성용 라커룸 맞은편에 벽면을 유리로 만든 법의국장 사무실이 보였다. 마커스가 신경 써서 사무실을 개조한 것 같았다. 비서실에는 아름다운 체리목 가구와 미국의 초기 회화가 걸려 있고, 컴퓨터 스크린에는 선명한 푸른색 화면을 배경으로 열대어가 끊임없이 헤엄쳐 다니고 있었다. 비서는 자리에 없었다. 스카페타는 국장실 문을 노크한다.

"네." 국장의 목소리가 저편에서 희미하게 들려온다.

스카페타는 문을 열고 자신이 예전에 사용했던 사무실 안으로 들어간다. 주변을 둘러보지 않으려 했지만, 깨끗하게 정돈된 마커스 박사의 책장과 책상이 눈에 들어온다. 그가 일하는 사무실은 단조롭고 깨끗해 보인다. 하지만 법의국의 다른 공간은 엉망이다.

"마침 잘 오셨습니다." 마커스가 책상 뒤에 있는 가죽 회전의자에 앉은 채 말한다. "자리에 앉으십시오. 질리 폴슨의 시신을 보기 전에 간단히 사건 설명을 해드리겠습니다."

"마커스 박사, 여기는 더 이상 내 사무실이 아니에요." 스카페타가 말한다. "방해할 의도는 없지만 혹시 그런 건 아닐지 걱정이네요."

"그런 걱정은 마십시오." 그는 작고 날카로운 눈빛으로 그녀를 바라본다. "당신은 공인받은 팀으로 이곳에 온 게 아닙니다." 그리고 잉크 얼룩 지우개를 잡으며 말한다. "당신의 의견이 필요한 건은 오직 질리 폴슨 사건뿐입니다. 그러니 이곳이 예전과 달라졌다고 해서 지나치게 신경 쓰지 않기를 바랍니다. 당신은 오래전에 이곳을 떠났습니다. 얼마나 되었죠? 아마 5년은 되었을 겁니다. 그 기간 동안 법의국장 없이 임시 국장만 있었죠. 내가 서너 달 전 이곳으로 부임해왔을 때, 필딩이 임시 국장으로 일하고 있었습니다. 물론 많은 것이 달라졌을 겁니다. 당신과 나는 관리 스타일도 서로 다르고, 그게 바로 주정부가 나를 고용한 이유 중 하나일 겁니다."

"내 경험에 의하면, 법의국장이 시체안치소에 있는 시간이 거의 없으면 문제가 생기기 마련입니다." 스카페타는 그가 듣든 말든 상관하지 않고 말한다. "별다른 문제가 없더라도, 의사는 자신이 하는 일에 관심을 잃게 되고, 심지어 부주의하고 게을러질 수도 있죠. 매일 보는 광경 때문에 스트레스를 받아 파멸할 수도 있고요."

그의 눈빛이 녹슨 구리처럼 차갑고 험악하다. 얇은 입술은 굳게 닫혀 있다. 머리는 서서히 대머리로 변해가고 있었다. 뒤로 보이는 사무실 유리창이 티끌 하나 없이 깨끗하다. 스카페타는 그가 사무실 유리창을 방탄유리로 바꿨다는 걸 알아차린다. 멀리 갈색 버섯처럼 보이는 것은 콜리시엄(Coliseum)이고, 밖에는 가랑비가 추적추적 내리고 있었다.

"당신이 나에게 도움을 청하는 한 장님처럼 모른 척할 수는 없습니다." 그녀가 말한다. "내가 도와야 할 사건이 하나뿐이라 해도 상관없어요. 법정과 다른 곳에서는 모든 것을 우리에게 불리하도록 이용할 수 있다는 사실을 명심해야 해요. 내가 지금 걱정하는 것은 법정이 아니라 다른 곳입니다."

"무슨 수수께끼처럼 말씀하시는군요." 마커스가 작은 얼굴로 스카페타를 바라보면서 말한다. "다른 곳이라니, 그게 무슨 뜻입니까?"

"스캔들이나 법정 소송에 이용될 수도 있다는 뜻입니다. 최악의 경우는 부정이나 잘못된 절차를 통해 증거물을 없애버리는 것이죠. 그런 경우는 소송을 제기할 수가 없습니다."

"이런 일이 일어날지도 모른다고 염려했습니다." 그가 말한다. "그래서 보건부 장관에게 좋은 생각이 아니라고 말했던 겁니다."

"당신이 장관에게 그렇게 말한 것을 탓하지는 않습니다. 전임 책임자가 다시 나타나는 걸 원하는 사람은 아무도 없을 테니까요…."

"불평불만이 많았던 전직 법의국장에게 도움을 청하는 것은 절대 안 된다고 보건부 장관에게 말했습니다." 그가 펜을 집어 들었다가 다시 내려놓으며 말한다. 그 손이 불안하고 초조해 보인다.

"당신이 어떤 기분일지 이해합니다…."

"특히 개혁론자들이 문젭니다." 그는 냉정하게 말한다. "개혁론자들이야말로 최악입니다."

"그렇다면 그 말은…."

"하지만 결국 이렇게 되었으니, 최선을 다해야지요. 그렇지 않습니까?"

"내 말을 자르는군요." 스카페타가 말한다. "당신이 나를 개혁론자라고 부른다면 칭찬으로 듣겠습니다. 틀니 문제로 넘어가볼까요?"

그는 그녀가 심하게 화를 내기라도 하는 것처럼 노려본다.

"방금 시체안치소에서 혼란스러운 상황이 일어난 것을 목격했습니다." 그녀가 말한다. "부주의로 틀니가 엉뚱한 시신한테 가 있었습니다.

그리고 젊은 포트리 군인들한테 너무 많은 자율권을 부여한 것 같습니다. 그들은 의학 공부를 한 것도 아니고, 사실 당신한테 무언가를 배우기 위해 이곳에 온 겁니다. 유가족이 장의 시설로 옮겨진 가족의 시신을 보았는데, 틀니가 없어졌거나 잇몸에 맞지 않는다고 생각해보십시오. 이런 분열이 일어나기 시작하면 멈추기 힘듭니다. 마커스 박사, 언론은 그런 이야기를 좋아합니다. 당신이 살인사건에서 틀니를 혼동해 엉뚱한 시신에 끼워 넣었다면, 그 틀니가 사건과 아무런 상관이 없다 하더라도 당신은 변호사에게 선물을 주는 것과 마찬가지입니다."

"누구의 틀니 말입니까?" 얼굴을 찌푸리며 그가 묻는다. "필딩이 감독하기로 되어 있는데."

"필딩은 할 일이 너무 많아요." 그녀가 대꾸한다.

"이제 그 문제로 가고 있군요. 당신의 전 직속 부하." 마커스는 의자에서 일어난다. 하지만 올려다볼 정도로 키가 크지는 않다. 스카페타 역시 키가 그다지 크지는 않지만, 책상에서 일어나 현미경이 놓인 테이블을 지나가는 그의 모습이 비닐 수의를 입은 것처럼 조그마해 보인다. "벌써 10시군요." 그는 사무실 문을 열면서 말한다. "질리 폴슨 사건을 시작하도록 합시다. 시신은 부패 방지 냉장실에 보관되어 있으니, 그곳으로 가서 일하는 게 좋겠습니다. 거기서는 아무도 방해하지 않을 겁니다. 시신을 다시 부검하기로 결정하셨지요?"

"네. 하지만 나는 증인이 참관하지 않으면 부검하지 않습니다." 스카페타가 분명한 어조로 말한다.

12

루시는 이제 더 이상 3층에 있는 커다란 침실에서 잠을 자지 않고, 아래 층에 있는 훨씬 더 작은 침실에서 문을 잠그고 잠을 잔다. 헨리가 범인 의 습격을 받았던 그 침대에서 잠을 자지 않는 것은 수사상의 이유 때 문이라고, 그녀는 스스로에게 말한다. 그 침실 한가운데에는 머리 쪽에 그림이 그려진 침대가 놓여 있고, 아래로는 바다가 내려다보인다. 루시 는 그 침대가 증거물이라고 생각한다. 그녀와 루디가 까다롭고 빈틈이 없다 해도, 증거물이 사라질 가능성은 얼마든지 있다.

   루디는 루시의 모데나 차량을 몰고 가스를 충전하러 갔다. 가스 충 전을 하러 간다는 것은 부엌 싱크대 위에 놓인 열쇠를 집어 들면서 순 간적으로 꾸며낸 변명일 수도 있다. 루시는 다른 목적이 있을 거라고 의심한다. 그는 그냥 드라이브를 하고 있는 중일 것이다. 그는 누군가 가 자신을 따라오길 바랄지도 모른다. 하지만 자신처럼 건장하고 강한 남자가 따라오지는 않을 것이다. 그러나 눈을 그렸던 야수, 두 번이나 눈 그림을 남긴 남자가 어딘가에 있다. 그는 유심히 쳐다보고 있다. 집 안을 쳐다본다. 헨리가 떠난 사실을 깨닫지 못하고, 집과 페라리를 계속 쳐다본다. 어쩌면 지금 이 순간 집 안을 들여다보고 있는지도 모른다.

루시는 황갈색 카펫을 지나 침대 쪽으로 간다. 침대는 여전히 정리되어 있지 않고, 비싼 실크 커버가 매트리스 끝부분에 미끄러져 내려와 있다. 베개는 한쪽으로 밀어놓았는데, 루시가 급히 계단을 올라와 헨리가 무의식 상태로 침대에 누워 있는 모습을 발견했을 때와 똑같은 위치였다. 처음에 루시는 그녀가 죽었다고 생각했다. 그러자 도대체 무슨 생각을 해야 할지 알 수 없었다. 그녀는 지금도 여전히 무슨 생각을 해야 할지 몰랐다. 당시 겁에 질렸던 그녀는 911에 신고했고, 그 때문에 너무나 많은 혼란이 초래되었다. 그들은 지역 경찰을 대해야 했다. 루시는 경찰이 자기 사생활과 사업에 관여하는 것을 극도로 싫어했다. 개인 사업의 대부분은 정의라는 기준에 입각해서 보면 불법이고, 루디는 여전히 불같이 화를 냈다.

루디는 루시가 겁에 질려 제정신을 잃었다고 탓했다. 실제로 그녀는 제정신이 아니었다. 911에 신고하지 말았어야 했다. 루디의 말이 옳았다. 그들은 스스로 상황을 처리할 수 있었고, 또 그렇게 했어야 했다. 루디는 헨리가 평범한 시민이 아니라고 말했다. 헨리는 그들의 요원 가운데 한 명이었다. 그녀가 알몸으로 누워 있었다 해도 그들과는 상관이 없었다. 그녀는 숨을 쉬고 있었다. 분명히 그랬다. 맥박이나 혈압도 위험할 정도로 높거나 낮지 않았다. 분명히 그랬다. 코피가 약간 났을 뿐 심한 출혈도 없었다. 루시가 헨리를 개인 제트기에 태워 아스펜으로 보내자 벤턴이 의견을 제시했다. 불행하게도, 그가 제시한 생각은 일리가 있었다. 벤턴은 헨리가 범인의 습격을 받아 잠시 무의식 상태였지만 그 이후에 기절을 가장한 것 같다고 추정했다.

"절대 그럴 리가 없어요." 벤턴의 말을 들은 루시는 반박했다. "헨리는 아무런 반응도 보이지 않았어요."

"그녀는 배우야." 그가 말했다.

"지금은 아니잖아요."

"말도 안 돼, 루시. 헨리는 자신의 경력을 바꾸겠다고 결심하기 전까지 인생의 거의 절반을 배우로 살았어. 아마 경찰이 되는 것도 그녀에게는 또 다른 배역일지 모르지. 연기 이외에는 아무것도 할 수 없는지 몰라."

"그렇다면 왜 그랬을까요? 나는 그녀를 만지고, 계속 말을 걸고, 깨우려고 애썼는데 왜 아무런 반응도 보이지 않았을까요? 도대체 왜요?"

"수치심과 분노 때문일 수도 있겠지. 정확한 이유는 아무도 알 수 없어." 벤턴이 말했다. "헨리는 무슨 일이 일어났는지 기억하지 못할 수도 있고 그것을 억누르고 있을 수도 있지만, 그 사건에 대해 어떤 감정을 갖고 있는 게 분명해. 자신을 방어하지 못했던 것에 대해 아마 수치심을 느꼈을 거야. 혹은 너를 혼내주고 싶었을 수도 있고."

"왜 나를 혼내주는 거죠? 나는 아무 짓도 하지 않았어요. 거의 살해당할 뻔했는데, 나를 혼내주겠다는 생각을 도대체 어떻게 할 수 있겠어요?"

"사람의 행동은 알 수 없어."

"절대 그렇지 않아요." 루시는 벤턴에게 말했다. 그녀가 자신의 생각을 굽히지 않을수록 벤턴은 자신이 옳다는 것을 더 확신하는 것 같았다.

루시는 침실을 가로질러 창문 쪽으로 걸어간다. 여덟 개의 창은 너무 높아서 그 절반은 가리개로 가릴 필요도 없었다. 햇빛 가리개는 창 절반 높이까지 내려와 있었다. 루시가 벽에 있는 버튼을 누르자 전기 장치로 움직이는 가리개가 서서히 움직이기 시작한다. 그녀는 햇빛이 가득한 밖을 내다보면서, 뭔가 달라진 것이 있는지 살핀다. 오늘 아침 이른 시간, 그녀와 루디는 마이애미에 있었다. 3일 동안 집에 들어오지 않았고, 그동안 야수는 주변을 어슬렁거리며 정찰할 시간이 충분히 있었을 것이다. 야수는 헨리를 찾으러 돌아왔다. 그리고 안뜰을 가로질러 곧장 뒷문으로 가서, 자신이 그린 그림을 테이프로 붙였다. 헨리에게 자신을 상기시키고 조롱하기 위해서. 경찰에 신고한 사람은 아무도 없었다. 루시는 여기 이웃들이 비열하다고 생각한다. 그들은 이웃이 구타당해서 죽든, 강도를 당하든, 자신의 인생에 불쾌한 일이 벌어지지 않는 한 상관하지 않는다.

루시는 운하 입구 건너편에 있는 등대를 바라보면서, 용기를 내어 이웃집에 갈 수 있을지 생각해본다. 옆집에 사는 여자는 집을 나가는 경우가 거의 없다. 루시는 그 여자의 이름을 모른다. 정원사가 울타리를 손보고 수영장 옆에 있는 잔디를 깎을 때, 유리창 너머에서 그녀는 시끄럽게 소리를 지르며 사진을 찍었다. 만약 자신이 정원을 손봄으로써 그 시끄러운 이웃의 조망권을 훼손하고 성가시게 했다면, 그 여자는 마땅한 증거를 제시해야 한다고 루시는 생각했다. 루시가 현재 90센티미터 높이인 연철로 만든 울타리를 150센티미터로 높였다면 야수가 그렇게 쉽게 안뜰을 통해 집 안으로 들어가지 못했을 테고 헨리가 있던 침실로 올라가지도 못했을 것이다. 그러나 그 시끄러운 이웃은 건축법에 따른 적용 제외를 주장해서 이겼고, 헨리는 거의 살해당할 뻔했다. 그리고 지금 루시는 자동차 후드에 있던 눈과 똑같은 또 다른 그림을 보게 되었다.

3층짜리 저택 아래를 내려다본다. 수영장은 끝자락이 보이지 않고, 그 뒤로 운하의 짙은 푸른색 바다가 보인다. 그리고 해변이 약간 보이고, 청록색 바닷물이 넘실거린다. 루시는 야수가 보트를 타고 왔을지도 모른다고 생각한다. 방파제에 사다리를 놓고 올라와서, 안뜰로 들어갈 수 있었을 것이다. 그가 보트를 타고 왔거나 보트를 소유하고 있다고 는 생각하지 않지만 왠지 그런 생각이 든다. 루시는 모퉁이를 돌아 침 대 가까이 다가간다. 침대 왼쪽의 장식장에는 헨리가 사용하던 콜트 357 매그넘 리볼버가 놓여 있다. 그 스테인리스 스틸 권총은 세상에서 가장 멋진 것으로 루시가 헨리에게 선물해준 거였다. 헨리는 총 사용법 을 알았고, 겁쟁이가 아니었다. 루시는 그 야수가 집 안으로 들어오는 소리를 헨리가 들었을 거라고 확신했다. 헨리는 그를 쏴 죽일 수도 있 었다.

루시는 벽에 있는 버튼을 눌러 햇빛 가리개를 내린다. 그리고 조명을 끄고 침실을 나간다. 침실 바로 옆에는 작은 운동실이 있고, 커다란 드 레스 룸 두 개와 호랑이 눈 색깔의 마노(agate)로 만든 욕조가 설치된 욕실이 있었다. 범인이 운동실이나 드레스 룸 혹은 침실로 들어왔을 거 라고 의심할 만한 이유는 없었다. 루시는 그쪽으로 가며 가만히 서서 자신의 감정을 확인한다. 운동실이나 드레스 룸에 들어갈 때는 아무런 감정도 느껴지지 않았다. 하지만 욕실에 들어가면 뭔가가 느껴졌다. 그 녀는 마치 범인처럼 욕조와 욕실 창문을 바라보고, 그 뒤로 보이는 푸 른 플로리다의 바다를 내려다보았다. 이유를 알 수는 없지만, 마노로 만든 커다란 욕조를 바라볼 때마다 야수도 똑같이 그러는 것 같은 느 낌이 들었다.

루시는 문득 어떤 생각이 떠올라 욕실과 이어진 아치형 통로 쪽으로 돌아간다. 3층 계단을 올라온 야수는 오른쪽 대신 왼쪽으로 방향을 틀 었을 것이다. 그리고 침실이 아니라 욕실로 먼저 들어갔을 것이다. 그 날 아침은 날씨가 맑았다. 유리창으로 눈부신 햇살이 들어오고 있었을 것이다. 그는 욕조를 보면서 머뭇거리다가, 다시 뒤돌아서 조용히 침실로 향했을 것이다. 헨리는 고열에 시달리며 침대에 누워 있었다. 잠을 자기 위해 블라인드를 내렸기 때문에 침실에는 햇빛이 들어오지 않았다.

넌 이 욕실로 들어왔어. 루시는 야수에게 말한다. 넌 이 욕실 바닥에 서서 욕조를 쳐다보았어. 아마 이렇게 화려한 욕조는 본 적이 없겠지. 넌 살인을 저지르기 전에 벌거벗은 여자가 욕조 안에 들어가 여유롭게 목욕하는 모습을 상상하고 싶었겠지. 만약 그런 상상을 했다면, 넌 정말 속물 같은 인간이야. 침실에서 나온 루시는 계단을 내려가 손님용 침실과 서재가 있는 2층으로 향한다.

안락한 영화관을 지나면 커다란 손님용 침실이 나오는데, 루시는 그곳을 서재로 개조한 다음 붙박이 책장을 들여놓고 창문에는 햇빛 가리개를 설치했다. 햇빛 가리개를 치면 서재 안이 캄캄해져서, 햇빛이 있는 날에도 사진을 인화할 수 있을 정도였다. 불을 켜자, 서재에 있는 수백 권의 의학서적과 느슨하게 묶은 서류, 실험 도구 따위가 놓여 있는 긴 테이블이 눈에 들어온다. 한쪽 벽면에는 책상이 있고, 그 책상 중앙에는 짧고 굵은 망원경이 삼각대 위에 놓여 있다. 망원경 옆에는 증거물을 담은 비닐봉투가 있고, 그 봉투 안에는 눈 그림이 들어 있었다.

루시는 테이블 위에 놓인 상자에서 장갑을 꺼낸다. 지문이 남아 있을 가능성이 가장 높은 것은 스카치테이프지만, 종이와 테이프를 변질시킬 수 있는 화학 성분이 들어 있기 때문에 검사는 나중에 하기로 하고 당분간 그대로 보관할 것이다. 뒷문 전체와 그 근처에 있던 유리창을 솔로 문질러 검사한 결과, 루시는 얼룩을 여러 개 채취할 수 있었다. 만약 지문이 나온다면 정원사나 루디 혹은 루시 자신의 지문일 수도 있을 테고, 마지막으로 유리창을 닦은 사람의 지문일 수도 있을 것이다. 그러므로 실망할 필요는 없다. 어쨌든 집 밖에서 채취한 지문에 대단한 의미가 있는 것도 아니다. 중요한 것은 그림에서 발견하는 지문이다.

루시는 장갑을 끼고, 검은색 서류가방의 버클을 열어 SKSUV30 고성능 램프를 꺼낸다. 그 램프를 책상으로 옮긴 다음, 전압 변동 안전장치가 달린 플러그에 꽂는다. 스위치를 누르자, 고강도의 단파 적외선 불빛이 들어온다.

루시는 비닐봉투를 열고 한쪽 구석에 있는 흰색 종이를 잡는다. 종이를 뒤집어 불빛에 비춘다. 연필로 그린 눈이 그녀를 노려본다. 흰색 종이에 밝은 조명을 비추자, 무늬 없는 싸구려 펄프 재질이 그대로 드러난다. 종이를 책상 위에 내려놓자, 연필로 그린 눈이 희미해 보인다. 야수는 종이 뒷면에 테이프를 붙인 다음 그 그림을 루시의 집 창문에 붙였다. 때문에 그 눈은 창문을 통해 집 안을 들여다보게끔 붙어 있었다. 그녀는 오렌지색 보호경을 낀 다음 접안렌즈 밑에 그 그림을 놓고 들여다보았다. 적외선 접안렌즈를 열고 벌집 모양의 화면이 보일 때까지 서서히 포커스 링(focus ring)을 돌려 맞춘다. 그리고 왼손으로 적외선을 조정해 적당한 각도로 맞춘 다음, 종이를 움직여가면서 지문을 찾는다. 만약 현미경으로 지문을 채취하고 싶다면, 닌하이드린이나 시아노아크릴레이트 같은 화학 물질을 이용해야 할 것이다. 적외선을 비추자, 렌즈 밑에 있는 흰색 종이에 창백한 초록색이 감돈다.

루시는 스카치테이프가 화면 한가운데에 오도록 종이를 움직인다. 아무것도 없다. 심지어 얼룩 하나 없다. 로자닐린 염화물이나 크리스털 바이올렛을 이용해 지문 채취를 시도할 수도 있지만, 지금은 그럴 때가 아니다. 좀 더 시간이 지난 뒤에 하는 편이 나을 것이다. 그녀는 책상에 앉아 눈 그림을 내려다본다. 연필로 그린 단순한 눈 그림일 뿐이다. 눈과 눈동자 그리고 속눈썹이 길게 그려져 있다. 여자의 눈인 것 같고, 2B 연필을 사용한 듯하다. 루시는 컴퓨터에 디지털 카메라를 연결한 다음, 그림을 확대해서 사진을 찍고 복사한다.

차고 문 올라가는 소리가 들리자, 루시는 자외선램프와 현미경을 끄고 그림을 다시 봉투 안에 집어넣는다. 책상 위에 설치된 비디오 화면에 루디가 페라리를 후진해서 차고 안으로 들어오는 모습이 보인다. 루시는 루디를 어떻게 대해야 할지 궁리하면서, 서재 문을 닫고 계단을 내려간다. 그녀는 루디가 문 밖으로 걸어 나가 다시는 돌아오지 않을 수도 있다고 상상해본다. 그러면 자신과 자신이 이루어놓은 비밀의 제국이 어떻게 될지 전혀 알 수가 없다. 처음에는 충격을 받고, 당혹스럽고 고통스럽겠지만 결국은 이겨내겠지. 속으로 이렇게 중얼거리며 부엌문을 열자 그녀 앞에 루디가 서 있다. 그가 들고 있는 차 열쇠가 마치 죽은 생쥐의 꼬리 같다.

"우선 경찰을 불러야 할 것 같아." 루시는 열쇠를 건네받으며 말한다. "이건 기술적으로 긴급 상황이야."

"지문이나 중요한 단서를 찾지 못했을 텐데." 루디가 말한다.

"현미경으로는 아무것도 찾지 못했어. 경찰이 그림을 가져가지 않으면, 내가 직접 화학 검사를 해야겠어. 실은, 경찰이 가져가지 않았으면 좋겠어. 할 수 있다면 말이야. 어쨌든 신고는 해야 해. 밖에서 혹시 누구 못 봤어?" 루시는 부엌을 가로질러 가서 수화기를 집어 든다. "조깅하는 여자들 외에는 본 사람 없어?" 전화기 숫자판을 보면서 911을 누른다.

"지금까지 지문이 나오지 않았어." 루디가 말한다. "하지만 끝날 때까지는 끝난 게 아니야. 들쭉날쭉한 글씨는?"

루시는 고개를 가로저으며 수화기에 대고 말한다. "집 주변을 배회하는 사람을 신고하려고요."

"지금 배회하고 있단 말입니까?" 여자 교환원이 침착한 목소리로 묻는다.

"그런 것 같지는 않아요." 루시가 말한다. "예전에 신고했던 주거 침입 사건과 연관이 있는 것 같아요."

교환원이 신고한 사람의 주소와 이름을 확인한다. 교환원이 받고 있는 전화 단말기에 나타난 이름은 루시가 아니라 다른 이름일 것이다. 루시는 그 이름이 기억나지 않는다. 그녀는 여러 부동산을 소유하고 있고, 그 대부분은 차명이다.

"내 이름은 티나 프랭크스입니다." 루시는 지난번 경찰에 신고했을 때와 똑같은 가명을 댔다. 그날 아침 헨리가 누군가에게 습격당했고, 루시는 완전히 겁에 질려서 911에 신고하는 실수를 저지르고 말았다. 루시는 자신의 주소, 아니 정확하게는 티나 프랭크스의 주소를 교환원에게 알려준다.

"지금 당장 경찰 팀을 보내겠습니다." 교환원이 말한다.

"알겠습니다. 혹시 CSI의 존 달레시오라는 분이 근무 중입니까?" 루시는 편안한 마음으로, 아무런 두려움 없이 교환원에게 묻는다. "아마 이 사건에 대해 알고 싶어 할 거예요. 지난번 우리 집에 와서 수사를 했거든요." 그녀는 부엌 한가운데 있는 싱크대 위 과일 그릇에서 사과 두 개를 집어 든다.

루디는 눈을 굴리면서, 911 교환원보다 자신이 CSI의 달레시오를 더 빨리 찾아낼 수 있다는 신호를 보낸다. 루시는 루디를 보고 웃으며, 사과를 바지에 닦아 가볍게 던져준다. 그리고 다른 사과를 가볍게 문질러 닦은 다음, 브로워드 카운티 보안부서가 아니라 마치 배달 음식점이나 세탁소와 통화하는 것처럼 태연하게 사과를 한 입 베어 문다.

"주거 침입 사건을 담당했던 형사가 누구인지 아십니까?" 911 교환원이 묻는다. "대개 형사들과 직접 연락을 하지만 범죄 현장 수사관하고는 연락하지 않거든요."

"확실히 기억나는 건 CSI의 달레시오라는 분이 왔다는 것뿐이에요."

루시가 대답한다. "형사는 우리 집엔 오지 않았고, 피해자가 후송되었을 때 병원으로 왔습니다."

"지금 당장은 찾을 수 없지만, 메시지를 전해줄 수는 있습니다." 말은 그렇게 했지만, 911 교환원의 목소리에는 확신이 없다. CSI의 존 달레시오와 이야기를 나누어본 적도 없고 전화 통화도 한 적이 없기 때문에 확신이 서지 않는 것이리라. 루시가 일하는 세계에서 CSI는 사이버 공간의 수사관(Cyber Space Investigator)을 뜻한다. 루시나 다른 직원들이 사용하는 모든 컴퓨터에는 CSI가 활동하고 있다. 그리고 이번 경우는 물론 브로워드 카운티 보안부서의 컴퓨터를 뜻한다.

"명함을 받았으니 내가 직접 전화해볼게요. 도와주셔서 감사합니다." 루시는 통화를 마치고 수화기를 내려놓는다.

루시와 루디는 서로를 바라보며 부엌에 서서 사과를 먹는다.

"생각해보면 우스워." 루시는 경찰이 개입한 이 상황을 루디가 우습게 생각해주길 바라는 마음으로 말한다. "경찰은 너무 형식적이야. 혹은 더 나쁠 수도 있고. 그래서 우릴 웃기지."

루디가 근육질 어깨를 으쓱한다. 그리고 사과를 한 입 베어 먹고, 입가에 묻은 과즙을 손등으로 닦아낸다. "지역 경찰이 개입하는 건 항상 바람직한 일이야. 물론 제한된 범위 내에서 그렇지만. 언제 그들의 도움이 필요할지 모르거든." 그는 마치 게임을 하듯 말한다. "넌 달레시오한테 도움을 요구했고, 그 사실이 기록되었을 거야. 그를 찾아내기 어려운 건 우리 잘못이 아니지. 경찰은 달레시오가 도대체 누구인지, 일을 그만둔 사람인지 혹은 해고된 사람인지 알아내기 위해 애를 쓰겠지. 혹시 그를 만난 사람이 있을까? 그는 전설이 될 테고 계속 사람들 사이에서 회자되겠지."

"달레시오 그리고 티나 프랭크스도." 루시가 사과를 씹어 먹으며 말한다.

"사실….." 그가 대꾸한다. "네가 티나 프랭크스나 다른 가명의 인물이라는 것을 증명하는 것보다 오히려 루시 파리넬리라는 사실을 증명하기가 훨씬 더 어려울 거야. 우리에게는 우리의 신분을 증명할 가짜 출생증명서 그리고 가짜 신분증이 있지. 내 진짜 출생증명서가 있는지는 나도 잘 모르겠어."

"이제는 내가 정말 누구인지도 잘 모르겠어." 루시는 그에게 키친타월을 건네주며 말한다.

"그건 나도 마찬가지야." 루디가 사과를 한 입 크게 베어 문다.

"네가 말한 것처럼, 네가 누구인지도 잘 모를 것 같아. 경찰이 오면 문을 열어주고, CSI 달레시오를 불러달라고 해."

"멋진 계획이야." 루디가 미소 짓는다. "지난번에도 계획이 멋지게 성공했지."

루시와 루디는 주거지나 자동차 같은 중요한 곳에 증거물 봉투와 사건 현장 키트를 비치해두고 있다. 그들이 발목까지 오는 검은색 가죽 부츠를 신고, 검은색 폴로셔츠와 검은색 카고 바지 그리고 뒤에 법의국이라는 노란색 글씨가 적힌 방수 점퍼를 입고, 카메라와 다른 기본 장비를 든 채 제스처를 취하는 모습은 놀랍기만 하다. 단순한 계획일수록 대개 최고의 계획인 경우가 많다. 헨리를 발견한 루시는 겁에 질려서 911에 전화를 걸어 구급차를 부른 다음 루디에게 전화했다. 경찰이 루시 집에 도착하고 몇 분이 지난 후, 루디는 옷을 갈아입은 채 현관으로 들어갔다. 그리고 자신이 범죄 현장 수사팀에 새로 부임한 사람이고, 직접 수사할 것이기 때문에 경찰은 집 안에 있을 필요가 없다고 말했다. 경찰들은 순순히 응했다. 경찰의 눈에는 범죄 현장을 조사하는 조사원이 베이비시터 정도로밖에 보이지 않기 때문이다. 루시는 그 끔찍한 일이 일어난 날 아침, 자신의 신분을 티나 프랭크스라고 밝혔다. 헨리 역시 가명을 사용했다. 다른 도시에 사는데 잠시 플로리다를 찾아온 거라고 말했던 것이다. 그리고 루시가 샤워하는 동안, 깊이 잠들어 있던 헨리가 범인이 침입하는 소리를 듣고 기절했다고 했다. 헨리는 병적인 흥분 증세와 호흡 항진 증세가 있기 때문에 범인들에게 쉽게 습격을 당했을 거라고 했다. 루시는 앰뷸런스를 불렀다. 그러나 루시는 침입자를 보지 못했다. 집 안 곳곳을 둘러보았지만, 도난당한 물건은 아무것도 없었다. 헨리가 성폭행을 당했을 가능성은 거의 없지만, 병원에서 검사를 받아야 했다. 그런 경우 사람들은 대부분 그렇게 한다. 그렇지 않은가? 텔레비전에 나오는 모든 경찰도 그렇게 한다.

"CSI 달레시오가 이 집 외에는 어느 곳에도 나타나지 않는다는 사실을 경찰이 알아내는 데 얼마나 오랜 시간이 걸릴지 궁금하군." 루디가 말한다. 재밌는 모양이다. "브로워드 보안부서가 전 지역을 맡고 있는 게 정말이지 다행이야. 텍사스만큼이나 넓으니 누가 들어오고 나가는지 알 수가 없겠지."

루시는 손목시계를 보면서, 보안관이 도착할 시간을 확인한다. "중요한 건, 우리가 미스터 달레시오를 개입시켜서 그의 감정을 건드리지 않았다는 거야."

껄껄 웃는 걸 보니 루디는 기분이 훨씬 좋아진 것 같다. 두 사람이 움직일 때면 루디는 오랫동안 짜증을 내는 법이 없다. "좋아, 경찰이 곧 도착할 거야. 넌 피해 있어. 범인이 남긴 눈 그림은 경찰한테 주지 않을게. 그리고 달레시오 전화번호를 건네면서, 지난번 주거 침입 사건을 신고했을 때 그와 이야기를 했으니 이번에도 CSI와 이야기하는 편이 더 나을 거라고 말할게. 그러면 경찰은 달레시오의 음성 메일을 듣고, 너의 친애하는 전설적인 달레시오가 전화를 걸어, 자기가 사건을 맡을 거라고 통보하면, 경찰은 이곳을 떠나겠지."

"내 서재에는 경찰을 들이지 마."

"서재 문은 잠갔지?"

"응." 루시가 말한다. "달레시오와 관련해서 걱정되는 일이 있으면 나한테 전화해. 내가 돌아와서 경찰들을 대할 테니까."

"어디를 가려고?" 루디가 묻는다.

"이웃들한테 인사라도 해야지." 루시는 그렇게 말하며 밖으로 나간다.

13

분해실은 작은 크기의 임시 시체보관소로, 사람이 서서 드나들 수 있는 높이의 냉장실과 싱크대와 캐비닛이 각각 두 개씩 있다. 소재는 모두 스테인리스 스틸이고, 유독한 냄새와 미생물을 환기구를 통해 밖으로 배출하는 특수 시설이 갖추어져 있다. 분해실의 벽과 바닥은 모두 미끄러지지 않는 아크릴 소재로, 방수 기능에 마찰과 표백을 견딜 수 있다.

이 특수한 공간의 중심부에는 운반이 가능한 부검 테이블이 있다. 브레이크 장치가 있는 회전 바퀴로 움직이는 카트 위에 시신을 놓을 수 있게 판이 붙어 있는 간단한 물건이다. 사람들이 더 이상 시신을 들어 올릴 필요가 없도록 만든 기구지만 실제로는 그렇지 않다. 시체안치소 안에서 일하는 사람들은 여전히 무거운 시신을 들어 올리느라 고군분투하고 있고 앞으로도 그럴 것이다. 테이블을 기울여 싱크대에 고정시킨 다음 시신의 체액을 빼내지만, 오늘 아침에는 그런 과정이 필요하지 않다. 빼낼 것이 전혀 남아 있지 않기 때문이다. 필딩이 질리 폴슨을 처

139

음으로 부검한 2주 전, 시신에서 나온 체액을 모두 씻어냈다.

오늘 아침, 부검 테이블은 아크릴 페인트를 칠한 바닥 한가운데 놓여 있고, 검은색 파우치에 담긴 질리 폴슨의 시신이 반짝거리는 철제 테이블 위에 마치 누에처럼 누워 있다. 분해실에는 밖을 내다볼 수 있는 창문이 하나도 없고 감시 창문만 몇 개 달려 있다. 그나마 너무 높은 곳에 있어서 창밖을 내다볼 수도 없다. 8년 전, 이 건물로 이사 오면서 스카페타는 창문을 잘못 디자인한 걸 불평하지 않았다. 부풀어 오르고, 시퍼렇게 변하고, 구더기가 우글거리고, 심한 화상을 입어 마치 숯처럼 변한 시신을 부검하는 이곳에서 밖을 내다볼 필요는 없기 때문이다.

조금 전 이 방으로 들어온 스카페타는 여성용 라커룸에서 생물학적 위험을 방지할 수 있는 적절한 복장으로 갈아입었다. "당신이 맡은 다른 사건을 중단시켜서 미안해요." 그녀는 필딩에게 말한다. 올리브색 바지에 검은색 재킷을 입은 위트비가 머릿속에 떠오른다. "하지만 법의국장은 내가 혼자서 부검할 거라고 생각할 거예요."

"그가 얼마나 설명해주었습니까?" 필딩이 얼굴 마스크를 쓴 채 말한다.

"실은, 아무 얘기도 해주지 않았어요." 스카페타는 장갑을 끼면서 말한다. "어제 그가 플로리다로 전화해서 나한테 말해준 것 이외에 더 알아낸 사실은 아무것도 없어요."

필딩은 얼굴을 찌푸리며 땀을 흘리기 시작한다. "박사님은 그냥 국장님 사무실에만 계실 줄 알았습니다."

스카페타는 이 방에 도청 장치가 있을지도 모른다는 생각이 문득 떠오른다. 이곳에서 법의국장으로 일할 때, 그녀는 부검실에서 다양한 도청 장치를 찾아내려고 애썼지만 별다른 소용이 없었다. 부검실에서 들리는 소음이 너무 심해 송신기나 녹음 장치의 소리가 거의 들리지 않는 경우가 빈번했기 때문이다. 그런 기억을 떠올리면서 그녀는 싱크대로 가서 물을 튼다. 철제 싱크대에 물이 콸콸 쏟아진다.

"물은 왜 트시는 겁니까?" 필딩이 시신 파우치의 지퍼를 열면서 묻는다.

"일하는 동안 물소리를 배경 음악으로 틀면 좋을 것 같아서요."

필딩이 고개를 들어 그녀를 쳐다본다. "이곳은 안전합니다. 거의 확실해요. 국장님은 그렇게 영리한 사람이 아닙니다. 게다가, 그 사람은 분해실에 들어온 적이 아마 한 번도 없고, 분해실이 어디에 있는지도 모를 겁니다."

"사람들은 자신이 좋아하지 않는 상대를 평가 절하하는 경향이 있죠." 스카페타는 시신 파우치를 여는 필딩을 도와주며 말한다.

시신을 2주 동안 냉장 보관했기 때문에 부패 과정은 상당히 지연되었다. 하지만 수분이 완전히 빠져나가서 마치 미라처럼 변했다. 시신에서 고약한 냄새가 풍겼지만 스카페타는 그것을 개인적으로 받아들이지 않는다. 나쁜 냄새는 시신이 말을 하는 또 다른 방법일 뿐, 어떤 나쁜 의도도 없기 때문이다. 시신의 모습과 냄새 그리고 질리 폴슨이 사망한 것은 그녀 자신으로서도 어쩔 수 없는 일이다. 시신은 창백하고 푸르죽죽하고 핏기가 없다. 얼굴은 수분이 빠져나가 바짝 말랐고, 눈을 약간 뜨고 있다. 눈꺼풀 아래 있는 눈의 공막이 메말라서 검게 변했다. 갈색으로 변한 입술은 닫혀 있고, 긴 금발 머리가 얼굴 주변과 턱 밑에 엉겨 있다. 스카페타는 목에 어떤 외상도 없고, 부검 도중 생긴 상처도 없다는 것을 알아차린다. 부검을 하다보면 목에 단추 구멍 같은 작은 상처가 생기기도 하는데, 이는 경험이 적거나 부주의한 법의학자가 혀나 후두를 제거하기 위해 목 안에 있는 조직을 뒤집으려다 잘못해서 피부 표면을 찌를 때 발생한다. 부검 도중 목에 생긴 상처 자국을 유가족에게 설명하는 것은 쉽지 않다.

Y자 절개는 쇄골 끝에서 시작해 흉골에서 만나 아래로 내려오고, 배꼽에서 작은 원을 그린 다음 치골에서 끝난다. 절개 부위가 꼰 실로 봉합되어 있어 필딩은 그것을 다시 외과용 메스로 절단하기 시작한다. 마치 손바느질로 만든 인형의 속을 여는 것 같다. 스카페타는 카운터 위에 놓인 파일 폴더를 집어 들고, 질리 폴슨의 부검감정서와 초기 수사 보고서를 훑어본다. 질리 폴슨은 키가 161센티미터에 몸무게는 47킬로그램이었다. 살아 있었더라면 2월에 만 열다섯 살이 되었을 것이다. 눈동자는 푸른색이었다. 필딩이 작성한 부검감정서에는 '일반적인 범주 안'이라는 표현이 반복적으로 사용되었다. 신장과 폐 그리고 다른 모든 신체 기관은 건강한 여느 소녀들처럼 양호한 상태였다.

그러나 필딩은 상처 자국 하나를 찾아냈다. 그 상처 자국은 지금 더욱 뚜렷해졌다. 혈액이 빠져나간 상태에서, 타박상으로 인해 조직에 고여 있던 피가 창백한 피부와 대조를 이루며 더 선명해졌기 때문이다. 필딩은 신체 모형의 손끝 부분에 타박상 자국을 그려 넣었다. 스카페타는 그 파일을 다시 카운터 위에 내려놓는다. 필딩이 시신의 가슴팍 빈 공간에 넣어두었던 비닐봉투를 꺼낸다. 부검을 마치고 제자리로 넣지 못한 신체 기관이 든 봉투다. 스카페타는 가까이 다가가 바라보며, 시신의 작은 손을 들어 올린다. 질리 폴슨의 손은 오그라들었고, 창백하고, 차갑고, 축축하다. 스카페타는 시신의 손을 뒤집어 타박상 자국을 확인한다. 손과 팔이 힘없이 흐느적거린다. 사후 경직이 진행되다 중단되었기 때문에, 시신은 더 이상 뻣뻣하지 않다. 죽음을 거부하기에는 너무 멀리 가버린 듯했다. 타박상 흔적은 유령처럼 창백한 피부 때문인지 더 진한 붉은색으로 보인다. 붉은 기운이 엄지손가락 마디에서 새끼손가락 마디까지 넓게 퍼져 있다. 다른 손에도 비슷한 타박상 흔적이 남아 있다.

"이상합니다, 그렇죠?" 필딩이 말한다. "누군가가 희생자를 붙든 것 같습니다. 하지만 왜 그랬을까요?" 그가 시신 파우치 윗부분에 묶여 있는 끈을 풀자, 안에 들어 있던 시신의 얼굴에서 고약한 냄새가 풍긴다. "이런! 박사님께서 이 사건을 통해 뭘 얻을 수 있을지 모르겠습니다만, 어쨌든 좋으실 대로 하십시오."

"그냥 테이블 위에 두면 내가 알아서 할게요. 누군가가 희생자를 감금했을 수도 있어요. 시신은 어떻게 발견되었죠? 시신이 어떤 자세로 발견되었는지 자세히 설명해줘요." 스카페타는 팔꿈치까지 닿는 고무장갑을 찾기 위해 싱크대로 가면서 묻는다.

"저도 잘 모릅니다. 집으로 돌아와 시신을 발견한 희생자의 어머니가 딸을 소생시키기 위해 애썼답니다. 그녀는 질리가 바닥을 보고 누워 있었는지, 천장을 보고 누워 있었는지, 혹은 옆으로 누워 있었는지 잘 기억이 나지 않는다고 말했습니다. 그리고 손이 어떻게 놓여 있었는지도 전혀 기억나지 않는다고 했습니다."

"사망 후 피부에 생기는 반점은요?"

"전혀 없었습니다. 사망한 직후에 발견되었거든요."

심장 박동이 중지되면 중력의 법칙에 따라 혈액이 몸의 저부(低部)에 있는 모세혈관 내로 침강해 분홍색을 띠게 된다. 그리고 무언가가 피부 표면을 누르고 있으면 그 부분이 희게 변한다. 사람들은 항상 시신을 빠른 시간 내에 찾기를 바라지만, 오히려 시간이 늦어져서 생기는 이점도 있다. 서너 시간 정도 늦는 것이 적당한데, 그때쯤이면 눌린 자국이 희게 변하고 사후 경직이 시작된다. 사람들이 나중에 시신을 움직이거나 주변 환경을 변화시킨다 해도, 시신이 사망한 시점에서 눌린 부분은 그대로 남아 있다.

스카페타는 질리 폴슨의 아랫입술을 부드럽게 당겨 벌린 다음, 그녀의 입을 막거나 혹은 질식시키기 위해 얼굴을 침대에 대고 눌렀을 때 생긴 상처 자국이 있는지 확인한다.

"나는 이미 봤으니, 박사님이나 실컷 보십시오." 필딩이 말한다. "다른 상처는 찾아내지 못했습니다."

"혀에는 상처가 없었나요?"

"혀를 깨문 것 같지는 않았습니다. 혀가 어디 있는지는 말하고 싶지 않습니다."

"말하지 않아도 짐작이 가네요." 그렇게 말하고 냉장 봉투 안으로 손을 집어넣자 물컹한 신체 기관이 만져진다.

필딩은 장갑 낀 손을 철제 싱크대 위로 콸콸 쏟아지는 물에 헹군 다음 타월로 닦는다. "마리노는 함께 오지 않았군요."

"그 사람이 어디 있는지 나도 몰라요." 스카페타는 그다지 즐겁지 않은 표정으로 말한다.

"마리노는 부패한 시신이라면 질색을 하죠."

"시신을 좋아하는 사람이 있다면 오히려 걱정이죠."

"죽은 어린애의 시신을 좋아하는 사람도 걱정스럽기는 마찬가지입니다." 필딩은 카운터에 기댄 채 스카페타를 쳐다보며 덧붙인다. "나는 할 수 없지만 박사님은 뭔가를 찾아내기 바랍니다. 나는 완전히 절망해서 포기했습니다."

"점상출혈이 있었나요? 희생자의 눈빛이 너무 소름 끼쳐서 지금으로서는 아무 말도 할 수 없을 것 같네요."

"여기로 왔을 때, 눈이 심하게 충혈된 상태였습니다." 필딩이 대답한다. "점상출혈이 있었는지는 확신할 수 없지만, 어쨌든 나는 전혀 보지 못했습니다."

스카페타는 질리 폴슨이 시체안치소에 처음 들어왔을 때의 모습을 상상해본다. 당시 그 애는 죽은 지 몇 시간이 지났고, 얼굴과 눈은 벌겋게 충혈되어 있었을 것이다. "폐부종은요?"

"약간 있었습니다."

스카페타는 혀를 찾았다. 그런 다음 그것을 싱크대로 가져가서 물에 헹구고, 주정부가 구입한 매우 값싼 테리천 타월로 물기를 닦는다. 그녀는 외과용 램프를 가까이 당겨 불을 켠다. 그리고 램프를 혀 쪽으로 구부린다. "렌즈 있어요?" 다시 타월로 물기를 닦으며 램프로 가져간다.

"예, 잠깐만요." 필딩은 서랍을 열고 확대경을 찾아 건넨다. "혹시 보이는 것 있습니까? 나는 아무것도 못 봤는데."

"혹시 희생자에게 발작 병력이 있었나요?"

"내가 들은 바로는 그렇지 않습니다."

"상처 자국은 전혀 보이지 않아요." 스카페타는 혀를 깨문 자국이 있는지 찾는 중이었다. "입 밖으로 제거하기 전에, 혀의 물기를 닦았나요?"

"예, 몸 구석구석의 물기를 모두 닦아냈습니다." 필딩은 다시 카운터 쪽으로 가서 몸을 기대며 말한다. "분명 아무것도 발견하지 못했습니다. 실험실에서 조사한 결과, 성폭행을 당한 흔적은 전혀 발견되지 않았습니다. 연구실에서 무엇을 발견했는지는 전혀 모르지만요."

"당신이 작성한 부검보고서에는 시신이 파자마를 입은 채 시체안치소로 들어왔다고 적혀 있더군요. 윗옷은 안쪽 면이 바깥으로 뒤집어져 있었고요."

"맞습니다." 필딩은 파일을 들고 훑어보기 시작한다.

"모든 것을 일일이 사진으로 찍어두었더군요." 당연히 해야 할 일을 했다는 말투다.

"물론이죠." 필딩이 웃으며 대답한다. "누구한테 배웠는데요…."

스카페타는 필딩을 잠깐 흘겨본다. 이보다 더 잘 가르쳐주었는데, 하지만 그런 말을 입 밖에 내지는 않는다. "혀에 대해서는 놓친 점이 아무것도 없으니 다행이네요." 그녀는 질리 폴슨의 부패해가는 신체 기관이 담긴 비닐봉투 안에 혀를 다시 집어넣는다. "시신을 뒤집어봐야겠어요. 그러려면 시신을 파우치에서 꺼내야겠죠?" 그들은 순서에 따라 일을 진행한다. 필딩이 시신의 팔을 붙잡고 들어 올리면 스카페타가 시신 밑에 있는 파우치를 당긴다. 필딩이 얼굴이 아래를 향하도록 시신을 돌리자, 스카페타는 파우치를 접는다. 무거운 파우치를 접어 들것 위에 올리는 소리가 요란하다. 스카페타와 필딩은 질리의 등에 남아 있는 타박상 자국을 동시에 바라본다.

"이럴 수가!" 필딩이 불안한 목소리로 말한다.

동전 크기만 한 불그스름한 타박상 자국이 왼쪽 견갑골 바로 밑에 남아 있었다.

"맹세하지만, 시신을 파우치에 넣을 때는 이 타박상 자국이 없었습니다." 시신 가까이 다가간 필딩이 타박상 자국을 더 자세히 보기 위해 외과용 램프를 구부리며 말한다. "젠장, 내가 이 타박상 자국을 보지 못하고 놓쳤다니, 도저히 믿을 수가 없군."

"어떤 상황인지 당신도 알 거예요." 스카페타는 그렇게만 말할 뿐 자신의 생각을 드러내지 않는다. 필딩을 나무라봐야 아무 소용도 없다. 이미 시간이 너무 늦었다. "타박상은 항상 시신을 부검한 이후에 더 선명하게 나타나는 법이죠."

외과용 카트에서 메스를 가져온 스카페타는 붉게 얼룩진 자국이 사후에 생긴 인공적인 것인지 확인하기 위해 불그스름한 부위를 깊게 절개한다. 하지만 결과는 그렇지 않은 것으로 판명됐다. 아래쪽 부드러운 조직에 혈액이 퍼져 있었다. 그것은 희생자의 혈압이 아직 남아 있을 때 어떤 외상으로 인해 혈관이 파괴되었다는 뜻이다. 멍이나 타박상은 외상으로 인해 혈관이 파괴된 것이다. 필딩은 불그스름한 타박상 자국 옆에 15센티미터 플라스틱 자를 대고 사진을 찍기 시작한다.

"침대 커버는 어떤 상태였죠? 확인했어요?"

"보지 못했습니다. 경찰이 가져와서 실험실에 넘겨주었습니다. 이미 말씀드렸지만, 정액은 검출되지 않았습니다. 젠장, 내가 이 타박상 자국을 놓치다니, 도저히 믿을 수가 없군."

"침대 시트나 베개 등에서 폐부종 액이 나왔는지 확인해봐야겠어요. 만약 검출된다면 그 얼룩을 긁어서 섬모상피세포가 있는지 확인해야 해요. 만약 그게 나온다면 질식사를 뒷받침하는 증거가 되겠죠."

"이런 젠장." 필딩이 말한다. "내가 타박상을 놓치다니. 그렇다면 박사님은 이게 살인사건이 분명하다고 생각하십니까?"

"누군가가 희생자를 누른 것 같아요." 스카페타가 말한다. "희생자의 얼굴은 바닥을 향해 있었고, 범인은 있는 힘을 다해 무릎으로 등 윗부분을 누르고 팔은 머리 위로 밀어 올렸을 거예요. 손바닥은 침대 쪽을 향해 있었을 거고요. 이 희생자는 질식해서 죽었고, 이건 살인사건이 분명해요. 누군가가 가슴팍이나 등에 올라타 누르면 숨을 쉴 수가 없어요. 아주 끔찍한 살해 방법이죠."

14

루시의 이웃집은 흰색 콘크리트와 유리로 지은 저택으로 지붕이 평평
했다. 자연과 교감하며 하늘과 땅과 바다를 그대로 보여주는 저택을
보면서, 루시는 예전에 핀란드에서 보았던 건물을 떠올린다.

　앞뜰에는 분수가 있고, 키 큰 야자수와 선인장 주변으로는 크리스마
스를 위해 장식한 화려한 조명등이 늘어섰다. 높다란 이중 유리문 근처
에는 얼굴을 찌푸린 초록색 풍선 인형이 있었다. 그 우스꽝스러운 모습
을 보자 루시는 집 안에 과연 사람이 살고 있을지 의구심이 들었다. 대
문 왼쪽 윗부분에는 잘 띄지 않게 설치한 몰래카메라가 보였다. 루시는
초인종을 누르며 폐쇄회로 화면에 나타날 자신의 모습을 상상한다. 아
무런 대답도 들리지 않자 루시는 다시 한 번 초인종을 누른다. 여전히
아무 대답도 들리지 않는다.

　난 당신이 집에 있다는 걸 알아. 아침 신문도 가져갔고 우편함의 깃
발도 올라가 있으니까. 루시는 마음속으로 생각한다. 난 당신이 나를

보고 있다는 걸 알아. 아마 부엌 의자에 앉아서 비디오 화면을 통해 나를 보고 있겠지. 그리고 인터폰 수화기를 들고 내가 숨 쉬는 소리 혹은 말하는 소리를 듣고 있겠지. 이 바보야, 난 그 두 가지를 모두 하고 있는 중이야. 어서 인터폰 받아, 그러지 않으면 하루 종일 이곳에 서서 기다릴 거야.

그렇게 5분이 흐른다. 루시는 육중한 대문 앞에서 기다리며, 집주인이 비디오 화면을 보면서 무슨 생각을 할지 상상한다. 그리고 청바지에 티셔츠, 운동화 차림인 자신의 모습이 위협적일 리 없다고 결론 내린다. 그러나 초인종을 계속 눌러서 집주인을 분명 화나게 했을 것이다. 집주인은 샤워를 하고 있을 수도 있다. 인터폰 화면을 보고 있지 않을 수도 있다. 루시는 초인종을 한 번 더 누른다. 그녀는 문을 열어주지 않을 것이다. 바보, 당신이 문을 열어주지 않을 거라는 걸 나도 알아. 루시는 마음속으로 내뱉는다. 내가 바깥에 서 있다 심장마비에 걸려도 당신은 상관하지 않겠지. 하지만 난 당신이 문을 열도록 만들어야겠어. 두어 시간 전, 루디가 히스패닉계 남자를 겁주기 위해 가짜 신분증을 꺼내던 모습이 생각난다. 좋아, 그럼 가짜 신분증을 내밀면 당신이 어떻게 하는지 보기로 하지. 루시는 딱 달라붙은 청바지 뒷주머니에서 검은색 지갑을 꺼낸다. 그리고 그다지 비밀스럽지 않은 몰래카메라로 배지를 들이댄다.

"안녕하십니까?" 루시는 큰 소리로 말한다. "경찰입니다. 놀라지 마십시오. 옆집에 사는 이웃인데 직업이 경찰인 것뿐입니다. 제발 문 좀 열어주십시오." 초인종을 한 번 더 누른다. 가짜 신분증은 계속 카메라를 향해 들고 있다.

땀이 흐른다. 루시는 뜨거운 햇빛 때문에 눈을 가늘게 뜬다. 귀를 기울이며 기다리지만 아무 소리도 들리지 않는다. 가짜 신분증을 한 번 더 카메라에 비추려는 순간, 갑자기 여자 목소리가 들린다.

"원하는 게 뭐죠?" 대문 왼쪽의 몰래카메라와 연결된 스피커를 통해 여자 목소리가 흘러나온다.

"가택 침입을 당했습니다." 루시가 대답한다. "바로 옆집에서 무슨 일이 일어났는지 알고 싶어 할 것 같아서요."

"당신이 경찰이라면서요." 여자는 남부 억양이 강한 불친절한 목소리로 힐책하듯 말한다.

"두 가지 모두입니다."

"두 가지 모두라니요?"

"나는 경찰이기도 하고, 당신의 이웃이기도 합니다. 이름은 티나라고 합니다. 문 좀 열어주십시오."

침묵이 흐른다. 그리고 10초 후, 집 안에서 대문을 향해 나오는 사람의 모습이 얼핏 보인다. 이윽고 테니스복 차림에 조깅화를 신은 40대 여자가 다가온다. 그 이웃이 문을 열어주는 데 영원처럼 긴 시간이 걸릴 것만 같다. 하지만 그녀는 경보 장치를 해제하고 유리문 하나만 연다. 루시를 집 안으로 들일 의사가 전혀 없다는 듯 현관에 서서 차가운 시선으로 노려본다.

"용건 있으면 빨리 말해요." 부인이 말한다. "나는 낯선 사람을 좋아하지 않고, 이웃집에 누가 사는지도 관심 없어요. 내가 여기에 사는 이유는 이웃을 원치 않기 때문이에요. 당신도 아는지 모르지만, 여기는 이웃끼리 어울리는 곳이 아니에요. 사람들은 사생활을 보호받고 간섭받지 않기 위해서 이곳으로 이사를 오죠."

"그게 무슨 말이죠?" 루시는 천천히 작업을 시작한다. 자기만의 틀에 갇혀 사는 이웃에게 약간은 순진한 척을 한다. "당신이 그렇다는 건가요, 아니면 이웃이 그렇다는 건가요?"

"뭐라고요?" 이웃집 부인의 적대감은 순간 당혹감으로 변한다. "무슨 말을 하는 거죠?"

"우리 집에서 사건이 일어났습니다. 그리고 범인이 돌아왔어요." 루시는 그 사실을 이웃집 부인이 잘 알고 있는 것처럼 말한다. "오늘 아침 이른 시간인데, 몇 시였는지는 확실하지 않아요. 어제는 거의 하루 종일 여기에 있지 않았고, 밤이 되어서야 헬리콥터를 타고 보카(Boca)에 착륙했거든요. 범인이 누구를 노리는지 확실히 알지만, 그래도 부인이 걱정됩니다. 혹시라도 범인이 부인을 공격하면 안 되니까요."

"어머!" 부인이 놀란다. 그녀의 집 뒤에는 근사한 보트가 선착장에 매여 있다. 그녀는 상황을 이해했다. 범인에게 공격을 당하는 것이 얼마나 불운하고 끔찍한 일인지. "경찰이면서 어떻게 저런 집에 살 수 있죠?" 연어색 벽토를 바른 루시의 지중해식 저택을 쳐다보지도 않은 채 묻는다. "그리고 설마 헬리콥터도 갖고 있는 건 아니겠죠?"

"아, 이제야 따뜻하게 대해주시는군요." 루시는 안도의 한숨을 내쉬며 말한다. "얘기하자면 너무 길지만, 모두 할리우드와 연관이 있습니다. 로스앤젤레스에서 이곳으로 이사 온 지 얼마 되지 않았거든요. 비벌리힐스에 계속 살아야 했지만, 그 빌어먹을 영화 때문에 이렇게 됐어요. 영화 계약을 하고 로케이션 촬영을 할 때 어떤 상황이 벌어지는지 부인도 잘 아실 겁니다."

"바로 옆집에서요?" 부인은 눈을 동그랗게 뜨며 묻는다. "당신 집에서 영화를 찍고 있단 말인가요?"

"이런 얘기를 여기 서서 계속하는 건 별로 좋지 않을 것 같군요." 루시는 조심스럽게 주변을 둘러본다. "잠깐 들어가도 될까요? 그리고 이 모든 얘기는 비밀로 하겠다고 약속해주세요. 만약 말이 새나가면… 아마 상상이 갈 거예요."

"물론이죠!" 부인은 손가락으로 루시를 가리키며 이를 드러내고 환하게 웃는다. "당신이 유명인사라는 건 알고 있었어요."

"아니에요! 그렇지는 않아요." 루시는 흰색 가구를 최소한으로 배치한 거실로 들어가며 겁먹은 목소리로 말한다. 1, 2층을 연결한 유리벽 밖으로 화강암 포석을 깐 안뜰과 수영장 그리고 7미터 길이의 고속 모터보트가 내려다보인다. 루시는 허영심 강한 이 이웃집 부인이 보트를 운전하기는커녕 출발이라도 시킬 수 있을지 의심스럽다. 보트의 이름은 잇츠 세틀드(It's Settled). 관세가 없는 카리브 섬의 그랜드케이맨이 기항지였다.

"멋진 보트군요." 루시는 바다와 하늘 사이에 떠 있는 듯한 흰색 소파에 앉으며 말한다. 그리고 낮은 유리 테이블에 휴대전화를 내려놓는다.

"이탈리아에서 만든 거예요." 부인은 비밀스러우면서도 그다지 우호적이지 않은 미소를 지으며 말한다.

"보트를 보니 칸이 생각나네요." 루시가 말한다.

"아, 칸 영화제 말이군요."

"아뇨. 그것보다는 보트와 요트가 정박해 있는 칸의 모습이 떠오릅니다. 오래된 클럽하우스를 지나 1번 강변길로 가면, 포세이돈과 암피트리테 보트 대여점이 있죠. 그곳에서 일하는 폴이라는 멋진 청년이 이 노란색 폰티액을 운전하는 모습은, 남프랑스에서 볼 수 있는 특이한 풍경이지요. 보트 보관소를 지나 4번 강변길로 가서, 등대를 향해 끝까지 걸어가보세요. 그렇게 많은 망구스타와 레오파트 보트가 늘어서 있는 모습을 평생 동안 본 적이 없어요. 스즈키 엔진을 단 조디액 보트는 한 번 본 적이 있지만, 그렇게 큰 보트는 처음 봤어요. 아마 당신은 그곳에 가볼 시간이 있을 것 같군요." 루시는 선착장에 있는 고속 모터보트를 보며 말한다. "저 보트를 타고 시속 16킬로미터 이상으로 달리면 보안관과 관세청 직원들이 당신을 체포할 거예요."

부인은 멍청해 보인다. 얼굴은 예쁘지만 루시가 보기엔 그다지 매력적이지 않다. 엄청 부유하고, 하고 싶은 것은 뭐든 다 하고, 보톡스와 콜라겐 시술, 피부과에서 제공하는 모든 새로운 피부 개선 치료법에 중독된 것처럼 보인다. 벌써 몇 년 전부터 얼굴을 찡그릴 수 없을지도 모른다. 하긴 그렇지 않더라도 얼굴을 찡그릴 필요가 없을 것이다. 화난 표정을 지을 일이 거의 없을 테니까.

"이미 말했지만, 내 이름은 티나입니다. 당신은….."

"케이트라고 불러요. 친구들은 나를 그렇게 부르죠." 응석받이 귀부인이 대답한다. "이곳에서 7년째 살고 있는데, 제프 이외에는 아무런 문제도 없었어요. 다행히 그는 케이맨 섬에서 자신의 삶을 살고 있죠. 그러니까, 당신은 진짜 경찰이 아니라는 거죠?"

"조금이라도 오해를 불러일으켰다면 사과드립니다. 하지만 당신이 문을 열게 할 다른 방법이 떠오르지 않았어요, 케이트."

"경찰 배지를 봤어요."

"카메라에 들이댔으니 아마 보셨겠죠. 그건 가짜예요. 하지만 어떤 배역을 맡아 연습할 때면, 되도록 맡은 역할처럼 행동하려고 노력하죠. 감독님도 우리가 촬영하고 있는 집 말고 다른 집에도 들어가보고, 경찰 배지를 제시해보고, 특수요원이 타는 경찰차도 운전해보고, 다른 여러 가지 일을 해보라고 권합니다."

"나도 알아요!" 케이트는 이번에도 루시를 향해 손가락을 겨누며 말한다. "스포츠카가 여러 대 있는 것도 당신이 맡은 배역 때문이겠군요, 그렇죠?" 키가 크고 날씬한 부인이 흰색 의자에 앉으며 쿠션을 무릎 위에 올린다. "그런데 얼굴이 많이 알려진 것 같지는 않네요."

"얼굴을 알리지 않으려고 애써 노력하거든요."

케이트가 얼굴을 약간 찡그린다. "그래도 어디에선가 본 듯한 얼굴인데. 이름은 티나고, 성은 뭐죠?"

"티나 망구스타예요." 루시는 자신이 가장 좋아하는 보트 상표를 댄다. 조금 전 칸에 대해 이야기하면서 언급한 보트 상표를 부인이 기억하고 있을 것 같지는 않았다. 오히려 망구스타라는 이름을 어디선가 들어본 듯한 느낌이 들 것이다.

"아, 그렇군요. 들어본 것 같네요." 케이트가 들뜬 목소리로 말한다.

"아직 큰 배역을 맡지는 않았지만, 꽤 유명한 영화에 출연했습니다. 지금은 잠시 휴식 기간을 갖고 있죠. 오프오프브로드웨이(Off-Off Broadway)에서 연극을 시작했고, 비주류 저예산 영화로 옮겼죠. 트럭이 몰려오고 영화를 찍느라 난리법석을 떨어도 화내지 마세요. 하지만 불행하게도, 촬영은 여름이 되어야 시작합니다. 우리를 뒤쫓는 놈들 때문에 당분간은 아무 촬영도 하지 않을 거예요."

"안됐군요." 커다란 흰색 의자에 앉은 케이트가 몸을 앞으로 기울이며 말한다.

"네."

"저런." 케이트의 눈빛이 어두워지고 걱정스러운 표정을 짓는다. "범인은 웨스트코스트에서 당신을 따라왔나요? 당신은 헬리콥터가 있다고 했죠?"

"물론입니다." 루시가 대답한다. "스토킹을 당해본 경험이 없는 사람은 그 악몽이 어떤지 진심으로 이해 못해요. 어느 누구에게도 일어나서는 안 될 일이죠. 나는 이곳으로 오는 것이 최선이라고 생각했어요. 그런데 그자는 우리를 따라왔고, 우리를 찾아냈어요. 나는 범인이 남자라고 거의 확신하고 있어요. 범인은 한 명이고, 남자일 확률이 매우 높아요. 그리고 저는 필요할 땐 헬리콥터를 이용하지만, 항상 웨스트코스트에서 타는 것은 아니에요."

"혼자 살지는 않죠?" 케이트가 묻는다.

"다른 여배우와 함께 지냈는데, 스토커 때문에 다시 할리우드로 돌아갔어요."

"잘생긴 남자친구는요? 실은, 그 남자가 배우나 유명인일 거라고 생각했거든요. 그 남자가 누구인지 궁금하던 참이었어요." 부인이 기이한 미소를 짓는다. "겉모습을 보면 완전히 할리우드 배우 같던데, 어느 영화에 출연했어요?"

"그는 문제만 일으키는 나쁜 남자예요."

"만약 그가 당신한테 못되게 굴면, 나한테 와서 말해요." 부인이 무릎 위에 놓인 쿠션을 가볍게 두드린다. "그럴 땐 어떻게 해야 하는지 잘 알고 있거든요."

루시는 기다란 보트가 햇빛을 받아 환하게 빛나는 모습을 내다본다. 혹시 케이트의 전남편은 보트도 없이 케이맨 섬에 있는 국세청을 피해 숨어 지내는 것은 아닐까? "지난주에 범인이 우리 집을 침입했는데, 그 자일지도 모른다는 생각이 들어요…."

주름 하나 없는 케이트의 얼굴이 멍해진다. "그렇다면 그 스토커가 한 짓이란 말이에요? 나는 그자를 본 적도 없고 알지도 못하지만, 정원사와 수영장 관리인 그리고 건설 노동자들이 돌아다니고 있었어요. 그리고 경찰차와 앰뷸런스도 분명히 봤어요. 누군가가 죽었을지도 모른다는 두려운 생각이 들었어요. 그런 일이 일어나면 동네 전체를 망치게 되죠."

"당신은 그때 집에 있었군요. 같이 지내던 여배우는 침대에서 자고 있었어요. 그 전에는 바깥에 나가 일광욕을 즐겼을 거고요."

"맞아요, 그 여자가 일광욕하는 모습을 봤어요."

"그래요?"

"네, 분명히 봤어요." 케이트가 대답한다. "위층에서 운동을 하다, 그녀가 부엌문에서 나오는 모습을 우연히 봤거든요. 파자마에 목욕 가운을 입고 있던 모습이 분명히 기억나요. 그런 옷차림이었으니, 잠을 자다 나온 게 분명해요."

"시간이 언제쯤이었는지 기억나세요?" 루시가 말한다. 그동안 테이블 위에 올려둔 루시의 휴대전화가 그들의 대화를 계속 녹음하고 있다.

"글쎄요, 9시쯤이었을 거예요. 저기 수영장 옆에 앉아 있었어요." 케이트가 루시의 집을 가리키며 말한다.

"그러고 나서요?"

"나는 엘리프티컬 머신(elliptical machine: 스텝퍼의 일종인 유산소 운동 기구-옮긴이)으로 운동을 하고 있었어요." 케이트가 말한다. 그녀는 자기 이외에는 아무것도 생각하지 않는 것 같다. "아침 텔레비전 프로그램을 보느라 정신이 없었던 것 같아요. 아니, 전화 통화를 하고 있었어요. 다시 창밖을 내다봤을 때 그 여자는 없었어요. 다시 집 안으로 들어간 게 분명했어요. 내가 말하고 싶은 것은, 그 여자는 수영장 옆에 오래 있지 않았다는 거예요."

"운동은 얼마나 했나요? 그리고 당신이 그녀를 내려다본 지점을 볼 수 있게 저한테 운동실을 보여줄 수 있을까요?"

"좋아요, 함께 가요." 케이트가 커다란 흰색 의자에서 일어나며 말한다. "뭐 좀 마실래요? 미모사(mimosa) 차를 마시면서 스토커와 영화, 헬리콥터에 대한 이야기를 나누도록 하죠. 엘리프티컬 머신은 보통 30분 정도 해요."

루시는 테이블에 놓인 휴대전화를 집어 든다. "마시는 건 아무 거나 괜찮습니다."

15

스카페타가 법의국 주차장에 세워둔 렌터카에서 마리노를 만난 것은
11시 반이었다. 잔뜩 긴 먹구름이 마치 하늘을 향해 휘두르는 성난 주
먹처럼 보인다. 먹구름 사이로 이따금씩 햇살이 비치고, 갑작스러운 바
람에 그녀의 옷과 머리칼이 날린다.

"필딩은?" 마리노가 SUV 차 문을 열면서 묻는다. "박사는 내가 운전
하길 바라는 것 같군. 어떤 나쁜 놈이 여자애를 붙잡고 질식사시켰다
고? 이런 쳐 죽일 놈! 그렇게 어린 여자애를 죽이다니. 희생자가 꼼짝도
못하고 당한 걸 보면, 범인은 분명 뚱뚱한 돼지 같은 놈일 거요."

"필딩은 오지 않을 거예요. 운전은 당신이 하는 게 좋겠어요. 숨을 쉴
수 없게 되면, 사람들은 공황 상태에 빠지고 심한 몸부림을 처요. 따라
서 범인이 반드시 뚱뚱한 체격이라고 단정 지을 수는 없어요. 그냥 그
여자애를 제압할 수 있을 정도로 체구가 크고 힘이 셌을 거예요. 희생
자는 무의식 상태에서 질식사했어요."

"범인을 잡으면 그대로 되갚아줘야 해. 몸집 큰 교도관 두 명이 놈을 제압하면 숨을 쉴 수 없겠지. 그래야 얼마나 고통스러운지 깨달을 거요." 두 사람은 차에 탄다. 마리노가 시동을 켠다. "내가 직접 나서서 그 놈을 죽여버리겠소. 어린 여자애한테 그런 짓을 하다니, 나쁜 놈 같으니라고."

"범인 죽이는 일은 나중으로 미루기로 하죠. 그 전에 할 일이 너무 많아요. 희생자 어머니에 대해 아는 거 있어요?"

"필딩이 함께 오지 않은 걸 보고, 박사가 그 애 어머니한테 전화했다고 생각했소."

"전화를 걸어서 이야기를 나누고 싶다고 했는데, 통화를 해보니 그 애 어머니가 약간 이상하다는 생각이 들었어요. 자기 딸이 감기 때문에 죽었다고 생각하고 있어요."

"그 여자에게 전부 말할 거요?"

"뭐라고 말해야 할지 모르겠어요."

"한 가지는 확실합니다. 박사가 희생자의 집을 방문하면, FBI가 바짝 긴장할 거요. 그들이 사건을 진행하고 있는데, 박사가 갑자기 사건 현장에 나타났으니 말이요." 마리노는 붐비는 자동차 사이로 천천히 움직이면서 말한다.

스카페타는 FBI가 어떻게 생각하든 상관하지 않는다. 그녀는 차창 너머로 '바이오테크 Ⅱ'라고 불리는 짙은 붉은색 벽돌로 장식한 회색 건물을 바라본다. 시체안치소 주차장을 보자 하얀색 이글루가 바깥에 붙어 있는 것 같은 느낌이 든다. 어쩌면 이곳에 오랫동안 머물지도 모른다. 버지니아 주 리치먼드에서 죽음의 현장, 아니 범행 현장으로 향하는 것이 이상하게 느껴지지 않는다. 그녀는 FBI나 마커스 국장 혹은 다른 어떤 사람이 자신의 희생자 가족 방문에 대해 어떻게 생각하든 아무 상관이 없었다.

"마커스 박사도 긴장할 거요." 마리노가 스카페타의 머릿속을 들여다본 듯 비꼰다. "그자에게 질리 폴슨이 살해됐다고 말했소?"

"아뇨."

스카페타는 질리 폴슨 부검을 마치고, 손을 씻고, 다시 옷을 갈아입고, 현미경 슬라이드를 본 뒤에도 마커스를 찾지 않았다. 그와 통화도 하지 않았다. 필딩이 마커스에게 그 사실을 전하며 스카페타에게 전화하라고 말했을 수도 있지만, 마커스는 그러지 않을 것이다. 그는 질리 폴슨 사건에 가능한 한 개입하지 않으려 한다. 스카페타는 마커스가 플로리다에 있는 자신에게 전화하기 오래전부터, 열네 살짜리 소녀가 살해된 사건에서 발을 빼려 했다고 믿는다. 그걸 비껴가지 않으면 여러 문제에 부딪힐 거라고 생각했는지도 모른다. 그리고 자신의 전임자였던 스카페타를 부르는 것은 그 무엇보다 안전한 피뢰침이었을 것이다. 그는 질리 폴슨이 살해되었다고 의심했을 수도 있다. 하지만 어떤 이유에서든 그 사건으로 자신의 손을 더럽히지 않겠다고 결심한 게 분명하다.

"담당 형사는 누구예요?" 스카페타가 마리노에게 묻는다. 두 사람은 95번 도로를 빠져나와 4번 스트리트로 향하는 신호를 기다리는 중이다. "우리가 아는 사람인가요?"

"아니. 우리가 이곳에서 일할 때 있었던 사람은 아니오." 마리노는 신호를 받고 급작스럽게 액셀러레이터를 밟으며 오른쪽 차선으로 들어간다. 리치먼드로 돌아온 마리노는 과거 이곳에서 운전하던 방식으로 차를 몰고 있다. 뉴욕에서 경찰 생활을 처음 시작했을 때도 이런 식으로 운전했다.

"그 사람에 대해 아는 거 있어요?"

"충분히 알고 있소."

"그 모자 하루 종일 쓰고 있을 거예요?"

"이 모자가 어때서? 이것보다 더 좋은 모자라도 있단 말이오? 게다가, 내가 이 모자를 쓰고 다니는 걸 알면 루시도 기뻐할 거요. 경찰청 건물이 바뀐 것 알고 있소? 예전에는 9번 스트리트에 있었잖소. 그런데 지금은 제퍼슨 호텔 근처에 있는 농업부 건물로 이전했소. 건물에 페인트를 칠한 것 말고는 변한 게 거의 없는데, 그들도 뉴욕 경찰처럼 야구 모자를 쓰게 해야겠소."

"여기 있는 동안은 계속 쓰고 있겠군요."

"내 야구모자에 대해서는 더 이상 트집 잡지 마쇼."

"FBI가 개입했다는 건 누구한테 들었어요?"

"그 형사한테 들었소. 이름은 브라우닝. 살인사건을 맡은 지는 얼마 되지 않았소. 그 전에는 다양한 도시 재개발 사건을 맡았던 인물이오. 재수가 없으려니 정말이지 설상가상이군." 마리노는 수첩을 펼쳐 확인한 다음, 브로드 스트리트를 향해 차를 몬다. "12월 4일 목요일, 브라우닝은 DOA(dead on arrival: 도착시 이미 사망 – 옮긴이)라는 무전을 받고, 지금 우리가 가고 있는 주소로 향했소. 저기에 있던 스튜어트 서클 병원이 지금은 고급 아파트 건물로 바뀌었소. 박사가 떠난 후에 그렇게 되었는데, 혹시 알고 있었소? 박사라면 예전에 병원 입원실이던 곳에서 살고 싶소? 난 절대 사양이오."

"왜 FBI가 개입했는지 알고 있어요? 혹시 그 부분에 대해 내가 더 기다려야 할 게 있나요?"

"리치먼드 시가 FBI를 초대했소. 도저히 납득이 가지 않소. 리치먼드 경찰이 왜 그들을 초대해서 간섭을 받는지, 혹은 FBI가 왜 기꺼이 이곳으로 왔는지 이해가 되지 않소."

"브라우닝은 어떻게 생각해요?"

"그 친구는 이 사건에 특별히 적극적이지 않소. 그 여자애가 발작이나 비슷한 증세를 일으켰다고 생각하더군."

"그 생각은 틀렸어요. 희생자 어머니는요?"

"그 여자는 약간 다른데, 자세히 알아보겠소."

"희생자 아버지는요?"

"이혼하고 사우스캐롤라이나 주 찰스턴에 살고 있는데, 의사요. 아이러니하지 않소? 의사라면 시체안치소가 어떤 곳인지 누구보다 잘 알 텐데, 자기 어린 딸이 시신 파우치에 담겨 2주 동안이나 보관되어 있잖소. 누가 시신을 수습하고 어디에 매장해야 할지 결정하지 못했기 때문이라더군. 그 사람들이 도대체 무엇 때문에 싸우고 있는지 모르겠소."

"그레이스에서 오른쪽으로 돌아요." 스카페타가 말한다. "그리고 계속 직진하면 돼요."

"고맙군. 여러 해 동안 이 도시를 운전하고 다녔는데, 박사가 안내해주지 않으면 힘들 것 같소."

"내가 옆에 없을 때는 어떻게 길을 찾는지 모르겠군요. 브라우닝 형사에 대해 더 이야기해봐요. 그 사람이 질리 폴슨의 집에서 뭘 찾아냈나요?"

"그 애는 파자마를 입은 채 침대에 누워 있었소. 등을 위로 하고. 희생자 어머니는 박사가 상상하는 대로 신경질적인 여자요."

"희생자는 침대 커버를 덮고 있었나요?"

"침대 커버는 밑으로 내려와 있었소. 거의 바닥까지. 희생자 어머니는 약국에서 돌아왔을 때와 똑같은 상태였다고 브라우닝 형사에게 말했소. 하지만 박사도 알겠지만, 그 여자 기억에 문제가 있는 것 같소. 거짓말을 하고 있는지도 모르지."

"뭐에 대해서요?"

"정확하게는 잘 모르겠소. 브라우닝 형사와 통화한 사실들을 근거로 추정한 것뿐이오. 그녀와 이야기를 나누려면 모든 것을 원점에서 시작해야 할 거요."

"누군가가 집 안으로 침입한 증거는 없나요?" 스카페타가 묻는다. "그렇게 생각할 만한 단서는 없나요?"

"브라우닝은 그런 단서를 전혀 찾아내지 못한 것 같소. 이미 말했지만, 그 친구는 이 사건에 속도를 내고 있지 않아. 그건 절대 좋은 일이 아니지. 형사가 속도를 내지 않으면, 범죄 현장 기술팀도 사건을 신속히 진행하지 않으니까. 누군가가 침입한 흔적이 없다면, 어디서부터 지문 채취를 시작할 생각이오?"

"설마 그들이 아직 지문 채취도 하지 않았다는 뜻은 아니죠?"

"아까도 말했지만, 모든 것을 원점에서 시작해야 할 거요."

두 사람은 팬(Fan) 지구로 들어선다. 남북전쟁 이후 리치먼드 시에 합병된 이 지역은 부채꼴 모양으로 생겨서 팬이라는 이름이 붙었다. 좁은 골목길이 이어지다 갑자기 막다른 골목이 나오곤 했다. 골목은 스트로베리, 체리, 플럼 같은 과일 이름이었다. 잇대서 지은 같은 모양의 집들을 멋지게 복원했는데, 넓은 베란다와 고전적인 기둥, 아름다운 철세공품 등으로 그럴듯하게 장식했다. 폴슨의 저택은 다른 집보다 더 특이하고 화려해 보였다. 정면은 평평한 벽돌로 장식했고 앞쪽 현관이 넓었다. 망사르 슬레이트 지붕(프랑스 건축가 망사르가 고안한 지붕. 경사가 완만하게 내려오다 급하게 꺾이는 것이 특징 – 옮긴이)을 보자 스카페타는 필박스(pillbox: 테가 없는 둥근 여성용 모자 – 옮긴이)가 생각난다.

두 사람은 청색 미니밴 근처에 주차하고 차에서 내린다. 두 사람은 오래되고 낡아 보이는 벽돌 보도를 따라 걸어간다. 늦은 아침 공기는 차가웠고, 금방이라도 눈이 내릴 것처럼 하늘이 흐릿했다. 스카페타는 비가 내려서 땅이 얼어붙지 않기를 바랐다. 리치먼드는 혹독한 겨울 날씨에 전혀 적응을 못한다. 그래서 시민들은 눈이 올 거라는 말만 듣고도 식료품 가게와 슈퍼마켓으로 달려가곤 한다. 강풍이 불거나 폭설이 내리면 오래된 나무가 뿌리째 뽑혀 날아가고 지상 위의 송전선도 오래 견디지 못한다. 그래서 스카페타는 자신이 머무르는 동안 도로가 빙판길로 변하는 일이 절대 없기를 간절히 바랐다.

대문에 달린 문고리는 파인애플 모양이었다. 마리노가 문고리를 세 번 톡톡 두드린다. 문고리 두드리는 소리가 크고 날카롭지만, 심각한 일로 방문한 것인 만큼 그 소리가 민감하게 들리지는 않는다. 빠른 속도로 다가오는 발소리가 들리고, 이어서 대문이 활짝 열린다. 앞쪽에 서 있는 여자의 얼굴이 작고 가늘다. 음식을 전혀 먹지 못하고 물만 마시며 계속 운 것처럼 얼굴이 퉁퉁 부어 있다. 평소라면, 금발로 염색한 그녀는 훨씬 더 예뻐 보였을 것이다.

"들어오세요." 여자가 코 막힌 소리로 말한다. "감기에 걸렸지만 전염되지는 않아요." 여자의 흐릿한 눈을 보자 스카페타는 마음이 아프다. "의사한테 이런 말을 하다니, 너무 우습네요. 저하고 통화했던 의사 선생님이죠?" 마리노가 그나마 검은색 작업복을 입고 LAPD 야구모자를 쓰고 있어서 다행이었다.

"스카페타라고 합니다." 스카페타는 손을 내민다. "따님 사건은 유감입니다."

폴슨 부인이 눈물을 글썽인다. "안으로 들어오실 거죠? 요즘 집 안을 거의 치우지 못했어요. 방금 커피를 끓였는데…."

"좋습니다." 마리노가 자기소개를 한다. "브라우닝 형사에게 이야기는 들었지만, 필요하다면 처음부터 수사를 다시 시작할 생각입니다."

"커피는 어떻게 드시겠어요?"

마리노는 평소처럼 너스레를 떨지 않고 점잖게 폴슨 부인을 대한다.

"블랙으로 마실게요." 스카페타가 말한다. 그들은 폴슨 부인을 따라 오래된 소나무 원목을 깐 복도를 걸어간다. 복도 오른쪽의 작은 거실 에는 초록색 가죽 소파와 놋쇠로 만든 벽난로 도구들이 놓여 있다. 왼 쪽엔 잘 사용하지 않는 것 같은 응접실이 있다. 그 응접실의 냉기가 훅 끼쳐오는 것 같다.

"코트를 받아드릴까요?" 폴슨 부인이 묻는다. "현관에서 커피를 어떻 게 마실지 묻고, 부엌으로 가면서 코트를 받아줄지 묻다니, 너무 언짢 게 생각 마세요. 제가 요즘 정상이 아니라서."

스카페타와 마리노가 코트를 벗어 건네자, 폴슨 부인이 부엌에 있는 나무 옷걸이에 건다. 옷걸이에 빨간색 손뜨개 스카프가 걸려 있다. 이 유는 알 수 없지만, 스카페타는 질리의 스카프일 거라는 생각이 든다. 부엌은 10년 이상 그대로 쓰고 있는 듯했다. 오래된 부엌 가구는 모두 흰색이고, 바닥은 유행이 지난 흰색과 검은색의 체크 무늬였다. 부엌 창문 너머로 나무 울타리를 두른 좁은 뜰이 내다보인다. 검은색 울타리 뒤로 보이는 낮은 슬레이트 지붕에는 낙엽이 쌓였고, 처마는 이끼로 가 득 덮여 있다.

폴슨 부인은 커피를 따르고, 마리노와 스카페타는 울타리와 이끼 낀 처마가 내다보이는 식탁에 앉는다. 부엌은 너무나 깨끗하고 잘 정돈되 어 있다. 냄비와 프라이팬이 정육점에서 사용하는 철제 고리에 걸려 있 고, 설거지대와 싱크대는 물기 없이 깨끗하다. 키친타월 근처에 기침약 이 놓여 있는데, 처방전 없이 누구나 살 수 있는 것이었다. 스카페타는 블랙커피를 한 모금 마신다.

"어디서부터 시작해야 할지 모르겠어요." 폴슨 부인이 말한다. "오늘 아침 브라우닝 형사와 통화를 하긴 했지만, 당신들이 누구인지 잘 모르겠습니다. 그 사람 말로는 외부에서 오신 전문가라고 하더군요. 그러고 나서 당신 전화를 받았어요." 그녀가 스카페타를 쳐다본다.

"그렇다면 브라우닝이 당신에게 전화를 한 거군요." 마리노가 말한다.

"네, 아주 친절하게 대해주셨어요." 부인은 뭔가 흥미로운 점을 찾아내듯 마리노를 쳐다본다. "잘 모르겠어요, 왜 이렇게 많은 사람이…" 다시 눈물을 글썽인다. "이렇게 와주셔서 감사합니다. 이런 일이 일어났는데, 아무도 신경 쓰지 않는다는 게 아직 믿기지 않아요."

"사람들은 분명 신경을 쓰고 있습니다." 스카페타가 말한다. "그 때문에 우리가 이곳에 온 것이고요."

"어디 사세요?" 부인의 시선은 마리노에게 고정되어 있다. 커피를 한 모금 마신 다음 그를 유심히 쳐다본다.

"사우스플로리다. 마이애미 약간 위쪽에 살고 있습니다."

"그렇군요. 로스앤젤레스에서 오셨다고 생각했는데." 부인이 마리노의 로스앤젤레스 경찰 야구모자를 쳐다보며 말한다.

"로스앤젤레스하고도 연결이 되어 있습니다." 마리노가 말한다.

"정말 놀랍군요." 그러나 정말 놀라는 표정은 아니다. 스카페타는 폴슨 부인에게서 뭔가 다른 모습을 알아차리기 시작한다. "기자하고 다른 여러 사람들이 계속 전화를 걸어요. 며칠 전에도 그 사람들이 이곳을 다녀갔어요." 부인이 의자에 앉은 채 몸을 돌리며 집 앞을 가리킨다. "높은 안테나가 달린 방송국 차량이 왔어요. 정말 부당한 처사라고 생각해요. 며칠 전엔 FBI 요원이 왔는데, 질리한테 무슨 일이 일어났는지 아무도 모르기 때문이라고 말하더군요. 그렇게 나쁘지는 않을 거라고 그 요원이 말했는데, 그게 무슨 뜻인지 모르겠어요. 그녀는 이것보다 더 좋지 않은 사건을 많이 봐왔다고 하더군요. 이것보다 더 나쁜 사건이 무엇인지 모르겠지만요."

"의례적으로 하는 말일 겁니다." 스카페타는 온화하게 말한다.

"질리한테 일어난 일보다 더 나쁜 게 뭐죠?" 폴슨 부인이 눈물을 글썽이며 묻는다.

"질리한테 무슨 일이 일어났다고 생각하십니까?" 마리노가 커피 잔 테두리를 만지며 묻는다.

"난 질리한테 무슨 일이 일어났는지 알아요. 감기에 걸려서 죽었잖아요." 폴슨 부인이 대답한다. "하느님이 질리를 데려간 이유를 모르겠어요. 누구라도 내게 그 이유를 가르쳐주었으면 좋겠어요."

"다른 사람들은 질리가 감기 때문에 사망했다고 생각하지 않는 것 같던데요." 마리노가 말한다.

"우리는 그런 세상에 살고 있어요. 사람들은 모두 복잡한 드라마가 일어나기를 바라죠. 내 딸은 감기 때문에 침대에 누워 있었어요. 올해에는 많은 사람이 감기 때문에 사망했죠." 부인이 스카페타를 쳐다본다.

"폴슨 부인, 당신의 딸은 감기 때문에 사망하지 않았습니다. 부인께서는 이미 이런 이야기를 들었을 게 분명합니다. 필딩 박사와 이야기를 했을 텐데…, 그렇죠?" 스카페타가 말한다.

"네, 맞아요. 사건이 일어난 직후 그 사람하고 통화했어요. 하지만 감기로 사망하지 않았다는 걸 어떻게 알 수 있죠? 기침도 안 하고 열도 없고 몸이 좋지 않다고 불평도 못하는 시신을 보고, 어떻게 그렇게 단정할 수 있죠?" 부인이 울기 시작한다. "내가 기침약을 사러 나갔을 때, 질리는 열이 37.8도까지 올랐고, 기침을 심하게 해서 숨이 막힐 지경이었습니다. 내가 한 거라고는 자동차를 몰고 캐리 스트리트로 가서 기침약을 더 사온 것밖에 없어요."

스카페타는 싱크대 위에 놓인 기침약 병을 다시 한 번 쳐다본다. 폴슨 부인의 집으로 향하기 직전, 필딩의 사무실에서 본 슬라이드가 생각났다. 슬라이드에는 섬유소와 림프구 잔여물과 폐 조직을 확대한 사진이 있었다. 거기서 폐포(肺胞)가 열려 있는 것을 볼 수 있었다. 기관지 폐렴은 감기의 일반적인 합병증으로, 특히 노인과 어린이에게 흔히 나타난다. 질리도 기관지 폐렴을 앓았지만, 폐 기능을 손상시킬 정도는 아니었다.

"폴슨 부인, 우리는 따님이 감기로 사망했는지 여부를 판단할 수 있습니다." 스카페타가 말한다. "폐의 상태를 보면 알 수 있죠." 자세한 그래픽을 폴슨 부인에게 보여주고 싶지는 않다. 질리가 폐렴으로 사망했다면, 폐가 균일하게 딱딱해졌거나 혹은 하나로 뭉쳐서 덩어리를 이루었을 것이다. "따님이 항생제를 복용했습니까?"

"네, 첫 번째 주에 복용했습니다." 부인이 커피 잔을 들어 올린다. "나는 딸아이가 회복할 거라고 생각했습니다. 그냥 감기 기운이 약간 남아 있다고 생각했죠."

마리노는 의자를 뒤로 밀며 말한다. "두 분은 계속 이야기를 나누십시오. 괜찮다면 나는 집 안을 둘러보고 싶소만."

"둘러볼 게 있을지 모르겠습니다만, 그렇게 하세요. 형사님 말고도 이미 몇몇 사람들이 집 안을 둘러봤어요. 딸아이 방은 저 뒤쪽에 있습니다."

"알겠습니다." 마리노의 발소리가 멀어진다. 그의 부츠가 오래된 원목 마루를 무겁게 울린다.

"질리는 건강이 회복되고 있었습니다." 스카페타가 말한다. "폐 검사 결과를 보면 알 수 있죠."

"하지만 딸아이는 여전히 허약했어요."

"따님은 감기로 사망하지 않았습니다, 폴슨 부인." 스카페타는 분명한 어조로 말한다. "당신이 그 사실을 이해하는 게 매우 중요합니다. 만약 따님이 감기로 사망했다면, 내가 굳이 이곳에 올 필요도 없었을 겁니다. 당신을 도와주려는 것이니, 몇 가지 질문에 대답해주시기 바랍니다."

"그럼 당신은 이곳 출신이 아닌가요?"

"원래 마이애미 출신입니다."

"아, 그렇군요. 나는 항상 마이애미에 가고 싶었어요. 특히 날씨가 이렇게 우중충할 때면 더욱 그랬죠." 부인은 커피를 더 따르기 위해 자리에서 일어선다. 힘겹게 일어나서, 뻣뻣한 다리를 끌고 기침약 근처에 있는 커피 메이커로 향한다. 폴슨 부인이 딸을 침대에 뉘어놓고 살해했을 가능성을 배제할 수는 없지만, 그럴 가능성은 희박해 보인다. 폴슨 부인은 딸과 체중이 비슷해 보였다. 질리를 눌러 질식시킨 범인이 누구든, 반항하는 질리를 제압할 정도로 체중이 나가고 힘이 센 사람일 것이다.

"나는 질리를 데리고 마이애미나 로스앤젤레스 같은 특별한 곳으로 가고 싶었어요." 폴슨 부인이 말한다. "하지만 비행기 타는 것도 무서워하고, 차멀미까지 해서 아무 데도 가지 못했어요. 꾹 참고 갔더라면 좋았을 것을."

커피 주전자를 들고 있는 부인의 가늘고 작은 손이 떨린다. 스카페타는 폴슨 부인의 손과 손목과 다른 부위를 관찰하며, 오래된 상처나 타박상 자국이 있는지 확인한다. 그러나 벌써 2주가 지났다. 그녀는 수첩을 꺼내 '경찰이 범행 현장에 와서 폴슨 부인과 이야기를 나눌 때 혹시 상처 자국이 있었는지 확인'이라고 쓴다.

"질리가 야자수와 홍학을 곳곳에서 볼 수 있는 마이애미를 너무나 좋아했기 때문에 더 후회가 돼요." 폴슨 부인이 말한다.

부인은 식탁으로 와서 유리잔에 커피를 채운 다음, 커피 메이커에 다시 주전자를 끼운다. "질리는 이번 여름에 아버지랑 시간을 보낼 계획이었어요." 부인이 지친 모습으로 등받이가 수직인 참나무 의자에 앉는다. "그냥 찰스턴에 가기로 했어요. 아직 찰스턴에도 한 번 가보지 못했거든요." 그러고는 팔꿈치를 식탁 위에 올린다. "질리는 바다에도 가보지 못했어요. 이따금 그림이나 텔레비전에서 바다를 보기는 했는데, 나는 텔레비전 보는 것도 잘 허락하지 않았어요. 내가 그렇게 잘못한 건가요?"

"따님 아버지가 찰스턴에 사나요?" 스카페타는 그녀가 무슨 말을 하는지 알면서도 모르는 척 묻는다.

"작년 여름에 그곳으로 이사 갔습니다. 그곳에서 의사로 일하고 있는데, 해변에 있는 저택에 살고 있어요. 그는 이곳저곳으로 이사를 자주 다니죠. 사람들은 비싼 요금을 지불하고 그의 저택에서 치료를 받고 정원을 구경하죠. 물론 그는 정원 관리는 전혀 하지 않고, 그런 것엔 신경도 쓰지 않는 사람이에요. 귀찮은 일은 돈을 주고 사람을 고용해서 시키죠. 장례 치르는 일도 마찬가지고요. 그는 이미 변호사를 선임했어요. 나는 딸아이가 이곳 리치먼드에서 살기를 바랐지만, 그는 딸아이와 함께 찰스턴에서 살기를 원했어요."

"무슨 과 의사인가요?"

"모든 질병을 보는 일반 개업의인데, 외과 의사이기도 해요. 찰스턴에는 커다란 공군 기지가 있는데, 남편은 매일 그곳에 들른대요. 그 얘기를 하면서 굉장히 허풍을 떨었습니다. 모든 파일럿은 각각 70달러를 내고 비행하기 전 자신의 몸 상태를 점검한대요. 그러니 남편이 잘 지낼 수밖에요." 부인은 의자를 약간 흔들면서, 거의 숨도 쉬지 않고 말한다.

"폴슨 부인, 12월 4일 목요일에 일어난 일을 말해주세요. 우선 그날 아침 이야기부터." 스카페타는 자신이 뭔가를 하지 않으면 상황이 어떻게 진행될지 짐작이 갔다. 폴슨 부인은 같은 이야기를 반복할 것이다. 중요한 질문과 세부 사항에 대해서는 언급을 피할 테고, 자신의 이상한 남편에 대해서만 집착할 것이다. "그날은 아침 몇 시에 일어났죠?"

"항상 아침 6시에 일어나요. 그날도 6시에 일어났습니다. 여기에 알람시계가 들어 있기 때문에 시간을 맞출 필요도 없죠." 부인이 자신의 머리를 만지며 말한다. "나는 아침 6시에 태어났어요. 내가 항상 6시에 일어나는 건 바로 그 때문이죠. 난 확신해요…."

"그러고 나서요?" 스카페타는 상대방의 말을 자르는 걸 싫어하지만, 이러지 않으면 폴슨 부인은 하루 종일 본론을 벗어난 이야기만 중얼거릴 것이다. "침대에서 나왔습니까?"

"물론 침대에서 나왔어요. 나는 일어나자마자 항상 이곳 부엌에 와서 커피를 올려요. 그리고 침실로 돌아가서 잠깐 동안 성서를 읽지요. 질리가 학교에 가는 날이면 점심 도시락을 챙겨서 7시 15분에 집을 나서야 하죠. 딸아이는 친구 부모님 차를 타고 학교에 다녔어요. 그런 면에서는 아주 운이 좋았죠. 딸아이 친구 어머니가 기꺼이 매일 아침 차로 아이들을 학교까지 바래다주었거든요."

"지금부터 2주 전인 12월 4일…." 스카페타는 다시 대화를 제자리로 돌린다. "당신은 6시에 일어나, 커피를 올리고, 침실로 돌아가 성경을 읽었나요? 그러고 나서요?" 이렇게 묻자 폴슨 부인은 분명하게 고개를 끄덕인다. "침대에 앉아 성서를 읽었나요? 얼마 동안이요?"

"30분은 넘게 읽었을 겁니다."

"따님은 확인했나요?"

"나는 딸아이를 위해 기도했어요. 기도를 하는 동안은 아이를 깨우지 않죠. 그리고 7시 15분쯤 아이 방으로 갔는데, 침대 커버는 한데 뭉쳐져 있고, 아이는 침대에 누워 곤히 자고 있었어요." 부인이 울기 시작한다. "'질리? 사랑스러운 내 딸 질리? 어서 일어나 따뜻한 밀크림(Cream of Wheat)을 마셔야지?'라고 말했어요. 그러자 아이가 눈을 뜨고, 예쁜 푸른 눈동자를 반짝이며 말했어요. '엄마, 어젯밤에 기침을 너무 심하게 해서 가슴이 아파.' 그때 기침약이 떨어졌다는 생각이 문득 들었어요." 부인은 갑자기 말을 멈추었다. 두 눈에서 눈물이 흘러내린다. "그런데 이상하게 그때 개가 계속 짖어댔어요. 왜 지금까지 그 생각을 못했는지 모르겠네요."

"무슨 개 말인가요? 개를 키웠나요?" 스카페타는 수첩에 메모를 한다. 하지만 많은 것을 기록하지는 않는다. 그녀는 보고 듣는 방법을 잘 터득했다. 그저 사람들이 거의 알아볼 수 없는 몇몇 단어를 휘갈겨 쓸 뿐이다.

"그런 건 아니에요." 폴슨 부인이 말한다. 목소리가 갑자기 높아지고 입술이 가늘게 떨린다. "스위티가 도망쳤어요! 하느님도 무심하시지." 더 큰 소리로 울면서 몸을 들썩인다. "내가 딸아이와 이야기할 때, 강아지가 정원에 있었는데, 나중에 보니 사라졌어요. 경찰이나 앰뷸런스 차량이 들어온 다음, 대문을 닫지 않았기 때문이죠. 그들은 개의치 않았어요. 다른 어떤 것도 개의치 않았죠."

스카페타는 가죽 수첩을 천천히 덮으면서 식탁 위에 펜을 내려놓는다. 그리고 폴슨 부인을 쳐다본다. "스위티는 무슨 종인가요?"

"원래 남편이 키우던 개였는데 그냥 두고 갔어요. 그 사람은 6개월 전 내 생일 때 집을 나갔어요. 어떻게 그런 짓을 할 수 있는 거죠? 남편이 말하더군요. '스위티가 사회복지 시설에서 죽는 걸 원치 않으면 당신이 직접 키워.'"

"스위티는 무슨 종인가요?"

"남편은 강아지한테 신경도 쓰지 않았는데, 이유가 뭔지 아세요? 자기 자신 이외에는 아무에게도 신경 쓰지 않는 것, 그게 바로 이유죠. 그런데 질리는 그 개를 너무나 사랑했어요. 스위티가 없어진 걸 딸아이가 알았다면….” 부인은 눈물을 흘리며 입술을 핥는다. “질리는 정말 마음 아파했을 거예요.”

“폴슨 부인, 스위티는 무슨 종입니까? 그리고 실종 신고는 했나요?”

“신고라고요?” 부인이 눈을 깜박거리더니 잠시 스카페타를 똑바로 쳐다본다. 그리고 갑자기 웃음을 터뜨릴 것 같은 표정으로 말한다. “경찰에 신고하라고요? 스위티는 경찰 때문에 집을 나갔는데, 그들한테 신고하라고요? 신고라고 할 수 있을지는 모르겠지만, 경찰 한 명한테 말했습니다. 누구였는지 기억나지는 않지만, 강아지가 없어졌다고요.”

“스위티를 마지막으로 본 게 언제였죠? 그리고 폴슨 부인, 당신이 얼마나 당혹스러운지 잘 알지만, 내가 묻는 질문에 잘 대답해주기 바랍니다.”

“스위티가 당신과 무슨 상관이 있는 거죠? 강아지가 죽은 것도 아닌데 당신이 왜 실종된 강아지를 걱정하죠? 설사 강아지가 죽었다고 해도, 의사하고 죽은 강아지는 아무런 관계도 없잖아요.”

“나는 모든 것에 관심이 있습니다. 당신이 내게 말해줄 수 있는 모든 이야기를 듣고 싶어요.”

바로 그때, 마리노가 부엌으로 들어선다. 스카페타는 그의 육중한 발걸음 소리를 듣지 못했다. 그가 그렇게 요란한 소리를 내며 들어오는데 아무 소리도 듣지 못했다는 사실에 그녀는 깜짝 놀란다. “마리노.” 그녀는 그를 똑바로 쳐다보며 말한다. “폴슨 가족이 키우던 강아지에 대해 알고 있어요? 스위티라는 강아지가 실종됐대요. 스위티는… 무슨 종이죠?” 폴슨 부인을 쳐다보며 다시 묻는다.

“바셋하운드. 아직 어린 강아지예요.”

“박사, 이리 와서 잠깐 도와주시오.” 마리노가 말한다.

16

루시는 3층 운동실에 있는 웨이트 기구를 둘러보고 창밖을 내다본다. 자신에게 필요한 모든 것을 구비한 케이트의 운동실에서는 운하의 아름다운 전망, 연안경비대 본부와 등대, 그 뒤로 보이는 바다 그리고 루시의 개인 저택 대부분이 내려다보인다.

남쪽으로 난 창문으로는 루시의 집 뒤쪽이 보인다. 자신의 부엌, 다이닝 룸, 거실, 안뜰, 수영장 그리고 방파제가 모두 보인다는 사실에 루시는 약간 무기력해진다. 루시는 두 집 사이를 구분하는 낮은 담을 따라 나 있는 좁은 길을 내려다본다. 그 야수가 수영장 문을 열고 들어왔다고 여겨지는 곳은 바로 삼나무 목재를 깐 그 좁은 통로다. 헨리는 그 수영장 문을 잠그지 않은 상태로 그냥 두었다. 범인은 그렇게 들어왔을 수도, 보트를 타고 도착했을 수도 있다. 루시는 그가 보트를 타고 왔다고는 믿지 않지만, 그럴 가능성도 고려해야 한다. 방파제에 기대놓은 사다리는 접혀 있지만, 누군가가 벽을 타고 올라와 루시의 집으로 들어

173

올 생각이었다면 가능성은 충분히 있다. 보통 사람이라면 잠금 장치가 된 그 사다리를 단념하겠지만 스토커나 강도, 강간범 그리고 살인자들은 그렇지 않을 것이다. 그들에게는 총이 있기 때문이다.

엘리프티컬 머신 옆의 테이블에는 무선전화기가 놓여 있고, 전화선은 벽에 설치된 잭에 꽂혀 있다. 전화 잭 옆에는 일반적인 크기의 소켓이 있다. 루시는 지퍼를 열고 플러그 어댑터처럼 생긴 송신기를 꺼낸 다음, 그것을 소켓에 꽂는다. 이 조그만 염탐 장비는 누르스름한 흰색으로, 벽에 붙어 있는 소켓과 같은 색깔이다. 따라서 케이트는 그것을 알아차리지 못할 테고 설사 알아차린다 해도 개의치 않을 것이다. 설령 그 어댑터에 플러그를 꽂는다 해도 아무런 문제가 없다. 플러그에 꽂아 전력을 연결하더라도 기능은 정상적으로 작동하기 때문이다. 루시는 잠시 가만히 서서 무슨 소리가 들리지 않는지 귀를 기울이며 운동실에서 나온다. 케이트는 부엌이나 1층 어딘가에 있을 것이다.

저택 남쪽은 굉장히 넓은 침실이다. 침실에는 차양 달린 침대가 놓여 있고, 맞은편 벽에는 대형 벽걸이 텔레비전이 걸려 있다. 바다가 내려다보이는 쪽에는 통유리로 된 창문이 나 있다. 이 침실에서는 루시의 저택 뒤쪽과 위층 계단까지 훤히 내려다보인다. 루시는 못마땅한 심정으로 침실을 둘러본다. 베드 테이블에는 지저분한 샴페인용 술잔, 전화기, 로맨스 소설책이 놓여 있고, 테이블 옆 바닥에는 빈 샴페인 병이 있다. 루시가 햇빛 가리개를 열어둔다면, 부자 이웃 케이트는 루시의 집에서 무슨 일이 벌어지는지 훤히 내려다볼 수 있을 것이다. 하지만 루시는 햇빛 가리개를 대부분 가려둔다. 루시는 그걸 다행스럽게 생각하며 안도의 한숨을 내쉰다.

헨리가 살해당할 뻔했던 아침을 떠올리며 루시는 그때 햇빛 가리개를 열어두었는지 가려두었는지 생각해내려고 애쓴다. 그때 문득 베드 테이블 밑에 있는 전화 잭을 찾아낸다. 순간, 플레이트를 벗겨내고 다시 끼울 수 있을지 생각해본다. 루시는 귀를 기울이고 승강기 소리가 들리는지, 계단에서 발소리가 들리는지 확인한다. 아무 소리도 들리지 않는다. 그녀는 바닥에 앉아 주머니에서 작은 나사 드라이버를 꺼낸다. 플레이트에 고정된 나사는 단단히 고정되어 있지도 않고 겨우 두 개뿐이다. 그녀는 금방 나사를 풀고, 케이트의 발소리가 들리는지 확인한다. 그리고 다른 것과 비슷해 보이는 평범한 베이지색 플레이트를 끼워넣는다. 케이트의 전화 통화를 몰래 엿들을 수 있는 미니어처 전송기다. 잠시 후, 루시가 전화선을 다시 꽂고 뒤꿈치를 들며 침실에서 나오자, 케이트가 옅은 오렌지색 샴페인이 가득 담긴 술잔 두 개를 들고 승강기에서 나온다.

"집이 정말 멋지군요." 루시가 말한다.

"당신 집도 너무나 멋지겠죠." 케이트는 샴페인 술잔을 루시에게 건네며 말한다.

그렇겠지, 충분히 몰래 엿보았을 테니까. 루시는 마음속으로 생각한다.

"언제 집 구경 한 번 시켜주세요." 케이트가 말한다.

"언제든지요. 그런데 집을 비우는 시간이 워낙 많아서요." 알싸한 샴페인 향기가 코끝을 자극한다. 루시는 더 이상 술을 마시지 않는다. 얼마나 나쁜 것인지 알기 때문에 술을 끊은 터였다.

케이트는 불과 15분 전보다 한결 느슨해 보이고 눈은 더욱 빛난다. 아래층에 있는 동안 벌써 술을 마신 것 같다. 루시는 자신의 술잔엔 샴페인이 들어 있지만, 그녀의 술잔에는 보드카가 들어 있을지도 모른다고 생각한다. 케이트의 술잔에 든 것은 색깔이 더 연해 보인다. 게다가 그녀는 약간 취한 것 같다.

"운동실에서 밖을 내다봤어요." 루시는 술잔을 든 채 말한다. 케이트가 술을 한 모금 마신다. "당신은 우리 집에 드나드는 사람을 모두 볼 수 있겠더군요."

"마음만 먹으면 그럴 수 있죠." 부인이 술을 마셔서 기분이 좋아진 사람처럼 말을 길게 늘인다. "하지만 남의 일에 참견하는 건 내 취미가 아니죠. 다른 할 일도 많고, 내 인생도 감당하기 힘들거든요."

"화장실을 잠깐 사용해도 될까요?" 루시가 묻는다.

"그러세요. 저쪽 밑에 있어요." 저택 북쪽을 가리키며 말하는 부인의 몸이 약간 흔들린다.

욕실 안으로 들어가자 스팀 샤워와 커다란 욕조, 비데 달린 변기 두 개가 보인다. 루시는 술잔에 담긴 술을 절반 정도 변기에 붓고 물을 내린다. 그리고 잠시 기다리다 케이트가 몸을 약간 흔들면서 술을 마시고 있는 계단 위로 올라간다.

"어떤 샴페인을 가장 좋아하세요?" 루시는 침대 옆에 있던 빈 술병을 떠올리며 묻는다.

"당신이 좋아하는 건 하나 이상인가요?" 케이트가 웃음을 터뜨린다.

"네, 서너 가지 있어요. 가격에 따라 다르죠."

"정말이에요. 남편과 내가 파리에 있는 리츠 호텔에서 광란의 밤을 보냈다고 말했던가요? 물론, 말하지 않았겠죠. 내친김에 지금 이야기해줄까요? 우리가 빨리 친해진 것 같은 느낌이 드네요." 부인이 말을 할 때 약간 침이 튄다. 그녀가 루시에게 다가와 팔을 잡고 만진다. "그때 우린… 잠깐만 기다려요." 그리고 루시의 팔을 계속 붙든 채 술을 한 모금 더 마신다. "몬테카를로에 있는 호텔 드 파리에 있었어요. 혹시 거기에 투숙해본 적 있어요?"

"엔조를 몰고 한 번 가본 적이 있습니다." 루시는 거짓말을 한다.

"은색과 검은색 가운데 어느 엔조 말인가요?"

"빨간색 엔조인데, 이곳엔 없습니다." 완전히 거짓말은 아니다. 애초에 엔조가 없으니, 이곳에도 없는 것이니까.

"어쨌든 당신도 몬테카를로에 가보셨군요. 호텔 드 파리에서…" 케이트가 루시의 팔을 만지면서 말한다. "나와 남편 제프는 카지노에 갔어요."

루시는 고개를 끄덕이며 샴페인을 마시는 것처럼 술잔을 든다. 하지만 실제로는 마시지 않는다.

"2유로짜리 슬롯머신을 했는데, 운이 따랐어요." 부인이 술잔을 비우고 루시의 팔을 만진다. "팔이 아주 강인하군요. 그래서 나는 제프에게 '자기야, 축하해줘.'라고 말했어요. 그때만 하더라도 제프를 '나쁜 놈'이 아닌 '자기'라고 불렀거든요." 그리고 웃으면서 텅 빈 크리스털 술잔을 쳐다본다. "그래서 우린 비틀거리며 스위트룸으로 올라갔어요. 윈스턴 처칠 스위트룸, 아직도 기억나네요. 우리가 뭘 주문했는지 알아맞혀볼래요?"

루시는 지금 당장 그녀에게서 벗어날까 아니면 지금보다 더 상황이 나빠지길 기다릴까 고민한다. 부인이 차갑고 앙상한 손으로 루시의 팔을 잡아 자기 몸 쪽으로 당긴다. "돔(Dom)?" 루시가 묻는다.

"돔 페리뇽? 오, 그건 아니에요. 그건 소다수, 남자들이 좋아하는 소다수에 불과해요. 난 그런 걸 좋아하지 않아요. 우린 장난기가 발동해서 560유로 정도 하는 크리스털 로제를 주문했어요. 물론 560유로는 호텔 드 파리에서 판매하는 금액이죠. 마셔본 적 있어요?"

"기억나지 않는군요."

"분명히 기억날 거예요. 크리스털 로제를 맛보면, 다른 샴페인은 마실 수 없죠. 우리는 그것으로도 만족하지 못하고, 루즈 뒤 샤또 마르고

를 마셨어요." 부인은 술이 약간 취한 상태였지만, 완벽한 프랑스어로
말한다.

　"내 잔에 남은 것 마실래요?" 케이트가 팔을 붙들고 당기자, 루시는
자기 술잔을 내밀며 말한다. "여기요, 바꿔 드릴게요." 그리고 반 정도
남은 술잔을 그녀의 텅 빈 술잔과 맞바꾼다.

17

그는 그녀가 자기 보스에게 할 말이 있어서 왔던 때를 기억한다. 그녀가 화물 승강기를 타고 그곳에 왔다는 건, 중요한 일이 있다는 뜻이었다.

화물 승강기는 새로 만든 무시무시한 장치로, 보통 것처럼 녹슨 철제 문이 옆으로 열리고 닫히는 게 아니라 마치 턱을 악물 듯 위에서 아래로 닫혔다. 물론, 계단도 있었다. 주(州) 건물에는 화재용 계단이 있게 마련이다. 하지만 해부실로 가기 위해 계단을 이용하는 사람은 거의 없고, 에드거 앨런 포그도 물론 예외는 아니었다. 그는 자신이 일하는 지하실과 시체안치소를 오르내릴 때는 항상 승강기를 이용했다. 승강기 안에서 긴 철제 레버를 잡아당길 때마다 마치 산 채로 잡아먹히는 것 같은 느낌이 들곤 했다. 철제로 만든 물결 모양의 승강기 바닥은 허연 유골 먼지로 잔뜩 덮였고, 밀실공포증을 불러일으키는 좁은 공간에는 항상 들것이 놓여 있었다. 포그가 승강기 안에 무엇을 두든지 신경 쓰는 사람은 아무도 없었다.

하지만 그녀는 신경을 썼다. 불행하게도, 그랬다.

그 특별한 아침, 포그는 할리우드 아파트의 안락의자에 앉아 손수건으로 티 볼 배트를 닦으며, 초록색 수술복 위에 흰색 수술 가운을 입은 채 직원용 승강기에서 내리는 그녀를 떠올린다. 그는 자신이 일하는 지하실의 갈색 타일 바닥 위를 너무나 조용히 지나가던 그녀의 모습을 절대 잊을 수 없다. 그녀는 바닥에 고무를 댄 신발을 신고 있었다. 신발 바닥이 미끄럽지도 않고, 부검실에서 시신을 절개하며 오랫동안 서 있기 편해서였을 것이다. 그녀는 의사다. 사람들은 시신을 절개하는 그녀의 일을 대단하다고 생각했다. 하지만 그는 초라한 존재였다. 고등학교도 마치지 않았지만, 이력서에는 고등학교를 졸업했다고 썼다. 사람들이 그런 거짓말에 대해 물어보는 경우는 거의 없으니까.

"승강기에 들것을 그냥 두는데, 앞으로는 그러지 말아요." 그녀는 포그의 감독관인 데이브에게 말했다. 데이브는 검은 두 눈 밑에 타박상을 입은 듯한 얼룩이 있는 게으른 사람으로, 검게 염색한 머리는 거칠고 뻣뻣했다. "그 들것은 화장장에서 사용하는 것이라 승강기 안에 항상 허연 먼지가 쌓이게 돼요. 보기에도 좋지 않을뿐더러 위생상으로도 좋지 않아요."

"예, 알겠습니다." 데이브가 대답했다. 그는 천장에 매달린 체인과 도르래를 이용해, 분홍색 포르말린 통에 담긴 분홍색 시신을 끌어올리고 있었다. 시신의 귀 양쪽에는 커다란 갈고리가 걸려 있었다. 에드거 앨런 포그가 일할 당시에도 그런 방식으로 시신을 들어 올렸다. "하지만 지금은 승강기 안에 없습니다." 데이브가 들것을 바라보며 대답했다. 바닥 한가운데 놓인 들것엔 긁힌 자국과 움푹 파인 자국이 남아 있고, 이음새 부분은 녹이 슬었다. 들것 위에는 비닐로 만든 반투명 덮개가 덮여 있었다.

"생각난 김에 얘기하는 거예요. 이 건물에서 일하는 분 가운데 그 승강기를 이용하는 사람은 거의 없지만, 그래도 불쾌감을 주지 않도록 항상 청결을 유지해야죠." 그녀가 말했다.

그때, 포그는 그녀가 자신이 하는 일을 불쾌하게 여긴다는 것을 알았다. 그녀가 한 말을 도대체 달리 어떻게 해석할 수 있단 말인가? 하지만 그런 시신이 없다면 의과대학 학생들이 무엇으로 해부를 해본단 말인가. 그거야말로 아이러니다. 그리고 에드거 앨런 포그가 담당한 시신으로 공부하지 않았더라도, 시신이 없다면 케이 스카페타는 과연 지금 어디에 있을까? 물론 그가 한창 일할 때, 그녀는 버지니아에 있지 않았다. 그녀는 버지니아가 아닌 볼티모어에서 의과대학을 다녔고, 포그보다 열 살 정도 나이가 많았다.

그녀는 아무 말도 하지 않고 그를 지나갔다. 하지만 그녀가 건방지다고 나무랄 수는 없었다. 그녀는 이런저런 일로 해부실에 들를 때마다 이렇게 말했다.

"잘 지내요, 에드거 앨런?"

"좋은 아침, 에드거 앨런!"

"데이브 어디 있어요, 에드거 앨런?"

하지만 이번엔 아무런 말도 하지 않고, 수술 가운 주머니에 손을 찔러 넣은 채 갈색 타일이 깔린 그곳을 재빠르게 지나갔다. 포그에게 아무 말도 하지 않은 것은 그를 보지 못했기 때문일 수도 있었다. 스카페타가 그를 만나러 온 것도 아니었다. 혹시 보았다 하더라도, 화장장 옆에서 방금 자신이 분쇄한 유골 가루와 재를 자기가 좋아하는 티 볼 배트로 쓸어 담고 있는 모습이었을 것이다.

그러나 중요한 것은 그녀가 그를 보지 않았다는 사실이었다. 그렇다. 그녀는 보지 않았다. 반면, 그는 화장용 화덕이 있는 어둑한 콘크리트 공간 구석에서, 데이브가 시신에 갈고리를 걸고 있는 메인 룸을 바로 내려다볼 수 있었다. 데이브가 동력을 이용해 갈고리와 체인을 천천히 작동시키자, 연분홍색 시신이 허공으로 올라오기 시작했다. 시신의 팔과 무릎을 위로 잡아 당겨서 마치 큰 통 안에 앉아 있는 것처럼 보였다. 시신 왼쪽 귀에 달랑거리는 철제 인식표가 천장에서 비치는 형광등 불빛을 받아 반짝였다.

포그는 그녀가 걸어가는 걸 지켜보면서 마음속으로 약간 자부심을 느꼈다. 스카페타가 말했다. "데이브, 신축 건물로 이전하면 해부용 시신을 더 이상 이런 방식으로 처리하지 않을 거예요. 다른 시신과 마찬가지로 냉장고에 보관할 거예요. 이건 중세 암흑시대 때나 사용했던 모욕적인 방식이에요. 이건 옳지 못해요."

"예, 알겠습니다. 냉장고가 더 낫겠군요. 그렇지만 큰 통에 포르말린을 붓고 시신을 넣으면 더 많은 시신을 보관할 수 있습니다." 데이브가 말했다. 그가 스위치를 끄자, 체인이 갑자기 멈추었다. 분홍색 여자 시신이 마치 거꾸로 자전거를 타는 것 같은 자세로 멈췄다.

"차지하는 공간만 고려하면 그렇지요. 시신 처리용 냉장고를 설치하면 공간이 더 필요할 겁니다. 모두가 공간을 얼마나 더 차지하느냐만 생각하죠." 스카페타가 턱을 만지면서 자신의 왕국을 둘러보았다.

에드거 앨런 포그는 그 당시 생각했던 것을 떠올린다. 큰 통이 놓여 있는 갈색 타일 바닥, 화장장 화덕, 방부 처리한 이곳이 지금 이 순간은 당신의 왕국이겠지. 그러나 당신이 이곳에 오지 않는 99퍼센트의 시간 동안, 이 왕국은 내 것이야. 그리고 이곳으로 들어와서, 물기를 빼고, 통에 담아 불태워지고, 굴뚝을 통해 정처 없이 사라지는 것은 내가 다루는 대상이자 내 친구들이야.

"방부 처리되지 않은 시신이 있기를 바랐는데." 스카페타가 데이브에게 말하는 동안, 분홍색 시신이 머리 위에서 흔들거렸다. "부검 시연을 취소해야 할 것 같군요."

"에드거 앨런이 일을 너무 빨리 처리해버려서요. 박사님께서 오늘 아침 시신이 필요하다는 말을 전할 겨를도 없이, 그가 시신을 방부 처리하고 큰 통에 넣어버렸습니다." 데이브가 말했다. "현재로선 방부 처리하지 않은 시신은 없습니다."

"행불자 시신인가요?" 스카페타는 흔들거리는 시신을 보며 물었다.

"에드거 앨런?" 데이브가 큰 소리로 불렀다. "이 시신, 행불자지, 그렇지?"

에드거는 그렇다고 거짓말을 했다. 스카페타가 본인이 직접 기증 의사를 밝히지 않는 한 찾아갈 사람이 있는 시신을 부검 시연에 사용하지 않는다는 사실을 알고 있었기 때문이다. 그러나 고인이 된 이 늙은 여자는 개의치 않을 것이다. 전혀 개의치 않을 것이다. 그녀가 원한 것은 올바르지 못한 것을 하느님께 되갚아주는 것밖에 없었다. 그것뿐이었다.

"괜찮을 것 같네요." 스카페타가 말했다. "취소하는 건 싫어요."

"정말 죄송합니다." 데이브가 말했다. "방부 처리한 시신으로 부검 시연을 하는 게 좋지 않다는 것은 저도 알고 있습니다."

"그런 걱정은 하지 말아요." 스카페타는 데이브의 팔을 가볍게 툭툭 치면서 말했다. "오늘은 사건이 없다는 것 알아요? 이런 날 경찰 아카데미 학생들이 찾아오다니…. 어쨌든 이 시신을 위로 올려주세요."

"알겠습니다. 곧 올려 보내드리겠습니다." 데이브가 윙크를 하며 말했다. 그는 스카페타에게 이따금 장난을 치곤 했다. "기증 시신이 흉년이네요."

"보통 사람들이 자기가 어디에서 최후를 맞는지 모르는 게 다행이에요. 만약 알게 된다면 시신 기증은 절대 하지 않을 걸요." 그녀는 승강기로 돌아가면서 말했다. "신축 건물로 이전하면 이 점부터 개선해야 해요, 데이브."

포그는 데이브가 방금 전에 도착한 그 기증 시신에서 갈고리 떼는 작업을 도와주었다. 그들은 스카페타가 몇 분 전, 먼지가 쌓여 있다고 불평한 그 더러운 들것 위로 시신을 옮겼다. 포그는 분홍색 시신이 실린 들것을 밀고 갈색 타일 바닥을 지나, 직원용 승강기를 타고 1층으로 올라갔다. 죽은 여인은 자신이 이렇게 부검될 거라고는 꿈도 꾸지 않았을 거라는 생각이 문득 떠올랐다. 이렇게 되리라고는 상상도 하지 않았을 텐데, 결국 이렇게 되는 것일까? 그는 그녀에게 많은 이야기를 했다. 심지어 그녀가 죽기 전에도 많은 이야기를 하지 않았던가? 들것에 실린 그녀를 끌고 무거운 공기를 가르며 갈 때, 자신이 덮은 비닐 덮개가 부스럭거리지 않았던가? 그리고 부검실로 이어진 2중문으로 향할 때, 흰색 타일 바닥에 바퀴가 덜커덕거리며 요란하게 울리지 않았던가?

"엄마, 아네트 부인은 그렇게 되었어." 에드거 앨런 포그는 안락의자에 앉은 채 말한다. 푸른 머리칼의 아네트 부인 사진이 허벅지 위에 펼쳐져 있다. "너무나 부당하고 끔찍한 이야기라는 것 나도 알아. 그렇지? 하지만 실제로는 그렇지 않았어. 고마운 줄도 모르고 메스를 들이대는 의대 학생들보다는 젊은 경찰들이 빙 둘러 있는 게 훨씬 낫지. 근사한 이야기야. 그렇지 않아, 엄마? 아주 근사한 이야기지."

18

침실은 꽤 넓었다. 싱글베드 옆에는 테이블이 있고, 옷장 옆에 장식장을 놓을 수 있을 정도로 공간이 넓었다. 고풍스럽지도 않고 새것처럼 보이지도 않는 떡갈나무로 만든 가구가 꽤 근사해 보인다. 침대 머리 주변에 댄 패널에는 아름다운 풍경을 담은 포스터들이 붙어 있다.

질리 폴슨은 시에나의 두오모 계단에서 잠을 자고, 로마의 팔라티네 언덕에 있는 도미티안 궁전 아래에서 잠이 깼을 것이다. 그리고 단테의 동상이 있는 피렌체의 산타크로체 광장 근처의 전신 거울 앞에 서서 옷을 입고 긴 금발 머리를 빗었을 것이다. 그녀는 단테가 누구인지 몰랐을 수도 있고, 세계 지도에서 이탈리아를 찾아낼 수 없었는지도 모른다.

마리노는 뒤뜰이 내다보이는 창문 옆에 서 있었다. 그는 창문과 걸쇠에 문제가 있음을 금방 알아챘다. 창문은 바닥에서 1.2미터 높이밖에 되지 않았고, 손가락으로 걸쇠를 누르자 쉽게 열렸다.

"그들은 이걸 알아차리지 못했소." 마리노가 말한다. 흰색 면장갑을 긴 그가 엄지손가락으로 걸쇠를 누르며 창문이 얼마나 쉽게 열리는지 보여준다.

"브라우닝 형사가 이걸 알아차렸어야 했는데." 스카페타 역시 장갑을 끼면서 말한다. 면장갑은 그녀의 핸드백 옆주머니에 오랫동안 넣어둔 탓에 약간 더러웠다. "내가 받은 보고서에는 창문 잠금 장치가 망가졌다는 내용은 없었어요. 억지로 부순 거죠?"

"아닙니다." 마리노가 창문을 다시 닫으며 대답한다. "그냥 오래돼서 망가진 거요. 질리가 창문을 연 적이 한 번이라도 있는지 모르겠소. 범인이 질리가 학교에서 돌아왔고 어머니가 잠깐 밖에 나간 것을 우연히 알아차렸다고는 믿기 힘드오. '창문을 부수고 침입해야 하는데 걸쇠가 망가져 있으니 운수대통이군!' 이랬을 가능성은 거의 없소."

"이 창문이 잠기지 않는다는 사실을 누군가가 알았을 거예요."

"나도 그렇게 추측합니다만."

"그렇다면 이 집에 대해 잘 알고 있거나, 이 집을 지켜보면서 정보를 모을 수 있는 사람일 거예요."

"그렇소." 마리노는 장식장으로 걸어가 맨 위에 있는 서랍을 연다. "우선 이웃들에 대해 알아봐야겠소. 질리의 침실이 가장 잘 보이는 이웃집부터." 그리고 낡은 걸쇠가 달린 창문을 보며 고개를 끄덕인다. 창문 밖으로 보이는 뒤뜰 울타리 건너편으로 이끼 낀 슬레이트 지붕이 눈에 들어온다. "경찰이 저 집에 누가 사는지 알아봤나 확인해봐야겠군." 마리노가 경찰을 폴리스라 부르지 않고 캅(cop)이라고 부르니 좀 이상하다. "저기 사는 사람은 이 집에 누가 얼쩡거렸는지 볼 수 있었을 거요. 박사가 보면 관심을 가질 거라 생각했소."

마리노가 서랍에서 남성용 검은색 가죽 지갑을 꺼낸다. 바지 뒷주머니에 넣고 다닌 지갑처럼 약간 접혀 납작해 보였다. 안에는 만기가 지난 버지니아 주 운전면허증이 들어 있었다. 면허증에 적힌 이름은 프랭클린 애덤 폴슨. 생년월일은 1966년 8월 14일. 주소는 사우스캐롤라이나 주 찰스턴이었다. 그 외에는 신용카드나 현금은 물론, 아무것도 들어 있지 않았다.

"희생자 아버지예요." 스카페타는 운전면허증의 사진을 유심히 보면서 말한다. 미소를 짓고 있는 금발 남자는 턱 선이 강한 인상을 주었고, 눈동자는 회색이 도는 푸른색에 미남이었다. 하지만 왠지 냉정해 보였다. 분명 대단한 사람이겠지만, 스카페타는 이유도 없이 마음이 불안해진다.

"좀 이상한 생각이 드는군." 마리노가 말한다. "이 서랍에 성스러운 보물이라도 넣어둔 것 같소. 이 러닝셔츠들을 보시오." 그리고 가지런하게 개어 정돈한 흰색 속옷을 들어 올린다. "남자용 라지 사이즈인데, 질리의 아버지 물건인가보군. 어떤 것은 더럽고 어떤 것은 구멍까지 나 있소. 그리고 편지도 있소." 마리노는 열 장이 넘는 편지봉투를 스카페타에게 건넨다. 그중엔 축하 카드도 있는데, 발신자 주소는 모두 찰스턴이었다. "그리고 이것도 있소." 마리노가 면장갑을 낀 굵은 손으로 줄기가 긴 빨간 장미 말린 것을 끄집어낸다. "박사도 나와 똑같은 생각이오?"

"아주 오래된 것 같지는 않군요."

"바로 그거요." 조심스럽게 그것을 다시 서랍에 넣으며 마리노가 말한다. "이삼 주 정도? 박사는 정원에서 장미를 가꾸니 잘 알겠군." 스카페타가 마치 장미 전문가라도 되는 것처럼 말한다.

"잘 모르겠지만, 몇 달이 지난 것처럼 보이지는 않네요. 완전히 마르지 않은 상태예요. 마리노, 여기서 뭘 할 생각이에요? 지문 채취? 그건 벌써 했어야 해요. 도대체 그 사람들이 여기서 뭘 했는지 모르겠어요."

"가설만 세웠겠지." 마리노가 말한다. "차에서 가방을 가져와 사진 좀 찍어야겠소. 지문 채취도 하고. 창문과 창문틀, 특히 서랍 맨 위 칸을 중점적으로 조사해야겠소."

"그러는 게 좋겠어요. 지금 범죄 현장을 엉망으로 만들어서는 안 돼요. 너무 많은 사람들이 이곳을 다녀갔어요." 스카페타는 문득 자신이 질리의 침실이 범죄 현장이라고 말한 것을 깨닫는다. 그녀가 그곳을 범죄 현장이라고 부른 것은 이번이 처음이다.

"2주가 지나긴 했지만 밖에 나가서 한 번 찾아봐야겠군." 마리노가 말한다. "스위티를 쉽게 찾을 수 있을 것 같지는 않소. 실종된 강아지가 실제로 있었는지 여부도 판단하기가 힘들고. 브라우닝 형사는 그것에 대해 일언반구도 하지 않았소."

스카페타가 부엌으로 돌아오자, 폴슨 부인은 여전히 식탁에 앉아 있다. 미동도 하지 않은 채 여전히 그 자리에 앉아 밖을 내다본다. 그녀는 자기 딸이 감기로 죽었을 거라고 실제로 믿지는 않을 것이다. 그렇게 믿는 게 가능하기나 한가?

"FBI가 왜 따님의 죽음에 관심을 가지고 있는지 설명 들은 적 있어요?" 스카페타는 작은 테이블 건너편에 마주 앉아 묻는다. "경찰이 당신한테 뭐라고 말했나요?"

"모르겠어요. 난 그런 건 텔레비전에서 보지 않거든요." 부인은 기어들어가는 목소리로 중얼거린다.

"그런 거라니요?"

"경찰이나 FBI가 나오는 범죄 드라마. 그런 건 절대 보지 않아요."

"하지만 당신은 FBI가 이번 사건에 개입하고 있다는 사실을 알고 있잖아요." 스카페타는 폴슨 부인의 정신이 정상인지 더욱 의심스럽다. "FBI와 이야기해보았습니까?"

"아까도 말했지만, 그 여자가 나를 만나러 왔어요. 그녀는 기본적으로 물어볼 게 있다고, 당황스러울 텐데 성가시게 해서 미안하다고 말했어요. 그녀는 내가 당황스러울 거라고 말했어요. 바로 이곳에 앉아 있었는데, 질리와 남편 프랭크, 그 밖의 의심스러운 사람들에 대해 물어봤어요. 질리가 낯선 사람과 이야기한 적이 있느냐, 아버지와 통화했느냐, 이웃은 어떤 사람들이냐 등등. 특히 남편에 대해서 많은 질문을 했어요."

"그들이 왜 그랬다고 생각합니까? 남편에 대해서는 어떤 질문을 했죠?" 스카페타는 강인한 턱 선과 푸른 눈동자의 금발 남자를 떠올린다.

폴슨 부인이 마치 벽에 무언가가 있는 것처럼 스토브 왼쪽을 오랫동안 바라본다. 하지만 벽에는 아무것도 없다. "그녀가 남편에 대해 왜 그렇게 물었는지 잘 모르겠어요." 몸이 굳어지고, 목소리에는 긴장감이 감돈다.

"남편은 지금 어디 있나요? 지금, 어디 있죠?"

"찰스턴에 있어요. 우린 애초에 이혼하는 게 나았을 거예요." 부인이 손톱을 물어뜯기 시작한다. 뭐라도 있는 것처럼 다시 벽 쪽을 바라본다. 하지만 벽에는 아무것도 없다. 아무것도.

"질리는 아버지와 가깝게 지냈나요?"

"아버지를 거의 숭배했어요." 폴슨 부인은 눈을 크게 뜬 채 조용히 심호흡을 한다. 그녀의 머리가 갑자기 불안정하게 흔들리기 시작한다. "애 아버지 잘못은 아니에요. 거실 창가에 있는 소파는 평범한 격자무늬에 불과하지만, 그이가 즐겨 앉았다는 점에서 너무나 특별하죠. 그이는 거기서 텔레비전을 보고 신문을 읽었어요." 부인이 심호흡을 한다. "남편이 떠나자 질리는 오랫동안 그 소파에 누워 있곤 했어요. 내가 그만 일어나라고 아무리 말해도 듣지 않았어요." 이번엔 한숨을 쉰다. "그이는 좋은 아버지가 아니에요. 그렇지 않나요? 사람들은 자신이 가질 수 없는 것을 사랑하죠."

질리의 침실 쪽에서 마리노의 발소리가 들린다. 이번에는 무겁고 투박한 부츠 소리가 더욱 크게 들린다.

"사람들은 자신을 사랑해주지 않는 대상을 사랑하죠." 폴슨 부인이 말한다.

스카페타는 부엌으로 돌아온 뒤로는 메모를 하지 않는다. 수첩에 손을 올리고 볼펜을 잡고 있지만 쓰지는 않는다. "FBI 요원 이름이 뭐였죠?" 그녀가 묻는다.

"이름은 카렌이었는데, 성은 잘 기억나지 않아요." 부인은 눈을 감고 떨리는 손으로 이마를 만진다. "요즈음 건망증이 심해져서요. 뭐였더라… 맞아요, 웨버. 카렌 웨버였어요."

"리치먼드 FBI 사무국에서 나왔습니까?"

마리노가 한 손에는 검은색 플라스틱 낚시 도구함을 들고, 다른 한 손에는 야구모자를 든 채 부엌 안으로 들어온다. 드디어 야구모자를 벗었다. 살해당한 질리의 어머니에 대한 예의인 듯했다.

"그랬던 것 같아요. 어딘가에 명함이 있을 거예요. 어디에 두었더라?"

"따님이 빨간 장미를 갖고 있었던 걸 아십니까?" 마리노가 부엌문 근처에서 묻는다. "침실에 빨간 장미 한 송이가 있었습니다."

"뭐라고요?" 폴슨 부인이 묻는다.

"가서 보시겠어요?" 스카페타는 식탁에서 일어서며 말한다. 폴슨 부인이 앞으로 일어날 일을 감당해내기를 바라면서, 그녀는 약간 망설인다. "몇 가지 설명할 게 있습니다."

"네, 같이 가보기로 하죠." 자리에서 일어서자 폴슨 부인의 다리가 후들거린다. "빨간 장미라고요?"

"질리가 아버지를 마지막으로 본 게 언제였죠?" 스카페타가 묻는다. 마리노가 앞장서고, 두 사람은 그를 따라 질리의 침실로 향한다.

"추수감사절 때였어요."

"질리가 아버지를 만나러 갔나요, 아니면 그가 이곳으로 왔나요?" 스카페타는 최대한 공격적이지 않은 목소리로 묻는다. 문득 몇 분 전보다 복도가 더 좁고 어두컴컴해 보인다.

"장미에 대해서는 전혀 모르겠어요." 폴슨 부인이 말한다.

"불가피하게 서랍을 열어봤습니다." 마리노가 말한다. "우리가 그런 일을 해야 한다는 걸 이해해주시기 바랍니다."

"어린애가 감기로 사망하면 이런 일을 하나요?"

"경찰이 벌써 서랍을 조사했겠죠." 마리노가 말한다. "경찰이 방 안을 둘러보고 사진을 찍을 때, 당신은 다른 곳에 있었을 겁니다."

마리노는 폴슨 부인이 죽은 딸아이의 침실로 들어갈 수 있도록 길을 비켜준다. 부인은 문 왼쪽에 놓인 장식장으로 향한다. 마리노는 주머니를 뒤져 면장갑을 꺼낸 다음, 뭉툭한 손에 끼고 첫 번째 서랍을 연다. 그리고 활짝 피지도 못하고 시들어버린 장미를 집어 올린다. 편의점에서 1달러 50센트에 살 수 있는, 투명 비닐에 싸서 파는 장미였다.

"나는 전혀 모르는 일이에요." 폴슨 부인이 장미를 빤히 쳐다보며 말한다. 그녀의 얼굴이 시든 장미처럼 벌겋게 달아오른다. "질리가 어디서 이 장미를 받았는지 도무지 모르겠어요."

마리노는 즉각적인 반응을 보이지 않는다.

"약국에서 돌아왔을 때, 혹시 침실에 있는 장미를 보지 못했습니까?" 마리노가 묻는다. "따님이 병석에 누워 있어서 누군가가 장미를 선물한 게 아닐까요? 혹시 남자친구는 없었습니까?"

"전혀 모르겠어요." 폴슨 부인이 대답한다.

"알겠습니다." 마리노는 장미를 장식장 위에 놓으며 말한다. "당신은 약국에서 돌아와 이곳으로 왔습니다. 자, 먼저 주차한 시점에서부터 시작해봅시다. 집으로 와서 어디에 주차했죠?"

"집 앞에 했어요. 보도 바로 옆."

"항상 그곳에 주차합니까?"

부인은 고개를 끄덕이며 시선을 침대 위로 보낸다. 침대는 단정하게 정돈되어 있다. 위에는 그 이상한 남편의 눈동자 색깔과 비슷한, 회색이 도는 푸른빛 퀼트가 덮여 있다.

"폴슨 부인, 좀 앉으시겠습니까?" 스카페타가 마리노를 재빨리 쳐다보며 권한다.

"자, 여기 의자에 앉으시죠." 마리노가 의자를 권하며 말한다.

마리노는 시든 장미와 부드러운 쿠션 침대가 있는 침실에 두 여자를 두고 밖으로 나간다.

"난 이탈리아 출신이에요." 스카페타는 벽에 붙어 있는 엽서를 보면서 말한다. "거기서 태어나지는 않았지만, 할아버지가 베로나에서 태어나셨지요. 이탈리아에 가본 적 있어요?"

"남편은 이탈리아에 가본 적이 있어요." 폴슨 부인이 엽서에 대해 한 말은 그게 전부였다.

스카페타는 폴슨 부인을 바라본다. "힘들다는 거 잘 압니다." 부드럽게 말한다. "하지만 당신이 우리한테 많은 이야기를 해줄수록, 우리도 당신한테 더 많은 도움을 줄 수 있어요."

"질리는 감기 때문에 죽었어요."

"그렇지 않습니다, 폴슨 부인. 질리는 감기로 죽지 않았습니다. 나는 질리의 시신을 보았고, 슬라이드 조직을 확인했습니다. 따님은 폐렴에 걸렸지만, 거의 회복한 상태였어요. 따님의 손 윗부분과 등에 타박상

자국이 남아 있었습니다."

부인의 얼굴이 굳어진다.

"따님이 어떻게 타박상을 입었는지 짐작이 가나요?" 스카페타가 묻는다.

"아뇨. 어떻게 그런 일이 일어날 수 있죠?" 침대를 쳐다보는 부인의 눈에 눈물이 가득 고여 있다.

"따님이 어디에 부딪혔나요? 혹시 침대 같은 데서 떨어진 게 아닐까요?"

"전혀 모르겠어요."

"그럼 차근차근 하나씩 생각해봅시다." 스카페타가 말한다. "약국으로 갈 때 현관문을 잠갔나요?"

"현관문은 항상 잠급니다."

"집으로 돌아왔을 때 문이 잠겨 있었나요?"

마리노가 혼자 시간을 보내는 동안, 스카페타는 나름 사건에 접근을 시도한다. 두 사람은 마치 호흡을 맞추며 춤추듯, 사전 계획 없이도 쉽게 일을 진행한다.

"그랬던 것 같아요. 열쇠로 현관문을 열고 들어왔어요. 질리한테 돌아왔다고 말했는데, 아무런 대답이 없었어요. 그래서 난 질리가 자고 있을 거라고… 자고 있을 거라고 생각했어요. 잠을 자야 했으니까요." 부인은 울먹이면서 말한다. "질리가 스위티와 함께 자고 있을 거라고 생각했어요. 그래서 질리한테 말했어요. '질리, 침대 안에서 스위티랑 함께 자는 건 아니겠지?'"

19

부인은 평소처럼 외투걸이 아래 있는 테이블 위에 열쇠를 두었다. 현관문을 통해 들어온 햇빛이 패널 장식을 댄 현관홀을 어둑하게 비췄다. 코트를 벗어 외투걸이에 걸자 흰 먼지가 떠다니는 게 보였다.

"계속 큰 소리로 질리를 불렀어요." 부인은 스카페타에게 말한다. "나 집에 왔어. 스위티랑 함께 있니? 스위티? 스위티는 어디 있어? 스위티랑 함께 침대에 누워 있구나, 그렇지?' 강아지가 떼를 썼겠지요. 바셋하운드는 다리가 짧아서 혼자 침대에 올라가거나 내려올 수 없으니까요."

부인은 부엌으로 들어가서 비닐봉투를 식탁 위에 내려놓았다. 밖에 나간 김에 웨스트캐리 스트리트에 있는 쇼핑센터에 들러 장을 보았다. 비닐봉투에서 닭고기수프 캔 두 개를 꺼내 스토브 근처에 두었다. 그리고 냉동고에 있는 닭다리를 꺼내 싱크대에 담그고 해동했다. 집은 조용했다. 부엌에 걸린 벽시계가 똑딱거리는 단조로운 소리가 들렸다. 평소에는 신경 쓸 일이 너무 많기 때문에 그 시계 소리를 듣지 못했다.

부인은 서랍에서 스푼을 꺼내고, 찬장에서 물 잔을 꺼냈다. 잔에 수돗물을 채우고, 스푼과 기침약을 챙겨 질리의 방으로 향했다.

"질리의 방에 가서 말했어요." 부인은 여자 의사에게 말한다. "'질리? 도대체 뭐 하는 거야?' 하지만 내가 본 것은… 도저히 말이 되지 않았어요. '파자마는 왜 벗은 거야? 그렇게 몸에서 열이 많이 나니? 맙소사, 체온계는 어디 있어? 설마 열이 더 오른 건 아니겠지?'"

질리는 얼굴을 침대에 묻은 채 누워 있었다. 가녀린 등과 엉덩이와 다리가 모두 드러난 채였다. 실크처럼 부드러운 금발 머리는 베개 위에 흩어져 있었다. 팔은 위로 올려 침대 머리 쪽으로 뻗었고, 다리는 개구리처럼 접혀 있었다.

세상에, 어떻게 이럴 수가. 아무런 경고도 없이, 부인의 손이 심하게 떨리기 시작했다.

침대 위의 퀼트와 시트, 담요는 모두 밑으로 내려와 매트리스 끝부분과 침실 바닥에 엉클어져 있었다. 스위티는 침대에 없었다. 바닥에 떨어진 침대 커버에도 스위티는 없었다. 폴슨 부인은 정신이 번쩍 들었다. 순간, 기침약과 물 잔, 스푼이 바닥으로 떨어졌다. 하지만 그녀는 놀라지 않았다. 그것들이 바닥으로 떨어졌다는 사실조차 알아차리지 못했다. 물 잔과 기침약과 스푼이 바닥을 굴러다녔다. 부인은 소리를 질렀다. 부인은 질리의 어깨를, 딸아이의 따뜻한 어깨를 잡았다. 하지만 그 손이 마치 자신의 손이 아닌 것처럼 느껴졌다. 부인은 질리의 몸을 흔들었다. 몸을 뒤집어 똑바로 눕힌 다음, 계속해서 흔들어 깨우며 소리를 질렀다.

20

루디는 한동안 집을 비웠고, 루시는 브로워드 보안부서의 범죄보고서 사본을 부엌에서 읽고 있다. 별다른 내용은 없다. 집 주변을 배회하던 사람이 있었고, 그가 그 집에서 일어난 주택 침입 사건과 연관이 있을지도 모른다는 내용이었다.

보고서 옆에는 커다란 마닐라 봉투가 놓여 있다. 봉투 안에는 문에 붙어 있던, 연필로 그린 눈 그림이 들어 있었다. 경찰은 그것을 가져가지 않았다. 모두 루디 덕분이다. 이제 루시는 그 그림에 대해 철저히 조사할 수 있을 것이다. 창문 너머로 이웃집을 바라보던 루시는, 케이트가 술이 깼는지 궁금해진다. 집 안을 돌아다니다 술이 깼을 수도 있다. 샴페인 냄새를 떠올리자 구역질이 나고 끔찍한 생각이 든다. 루시는 그녀가 샴페인을 핑계로 낯선 이웃의 팔을 만지는 이유를 알고 있다. 술기운이 퍼질수록 상대방이 더 멋져 보이기 때문이다. 루시는 그 모든 것을 알기 때문에 다시는 그 이웃집에 가지 않을 것이다. 그곳에 갔던 기억을 떠올리자 몸이 움츠러들고 몹시 후회가 된다.

루디가 어디론가 외출한 게 고맙다. 이웃집에서 무슨 일이 있었는지를 루디가 알면, 두 사람은 다시 침묵을 하게 될 것이다. 그 침묵은 더 깊어질 테고, 마침내 두 사람은 심하게 다투며 또 다른 나쁜 기억을 만들 게 분명하다. 루시는 술에 취했을 때 자신이 원하는 것을 말한다고 생각했다. 하지만 그건 자신이 원하던 게 아예 아예 마음에 없거나 무관심했던 일에 대한 말이었다는 걸 나중에 깨닫곤 했다. 그나마 자신이 했던 말이 기억나면 다행이었다. 그러나 아무것도 기억나지 않는 경우도 많았다. 루시는 이제 20대지만 벌써부터 너무 많은 것을 잊어버렸다. 그녀는 자신이 마지막으로 잊어버렸던 기억을 떠올린다. 너무나 추웠던 뉴욕의 1월 어느 날 밤, 그녀는 그리니치빌리지에서 파티를 즐기다 짧은 반바지만 입는 채 30층 높이의 아파트 발코니로 나갔다. 하지만 그리니치빌리지가 어디인지 아직도 기억나지 않고, 알고 싶지도 않았다.

왜 발코니로 나갔는지 여전히 기억나지 않지만, 욕실로 가려다 방향을 잘못 잡아 엉뚱한 문을 열고 들어갔던 것 같다. 그리고 혹시라도 발코니를 욕조로 착각하고 넘어갔더라면 30층 높이에서 떨어져 죽었을지도 모른다. 이모는 부검감정서를 작성했을 테고, 여러 법의학 검사를 통해 술에 취해서 자살을 시도했다고 결론 내렸을 것이다. 그리니치빌리지 어딘가에서 만났던 낯선 사람의 낯선 아파트에서 잠을 자던 루시가 화장실에 가려다 화를 당했다고는, 어떤 실험을 통해서도 밝혀지지 않을 것이다. 그러나 그건 다른 얘기다. 더 이상 생각할 것도 없다.

그 이후, 다른 사건은 일어나지 않았다. 한동안 술에 의존했지만, 이제는 더 이상 술을 마시지 않는다. 술 냄새를 맡으면 사랑하지도 않던 연인들의 시큼한 냄새가 떠오른다. 술에 취하지 않았다면 그들을 사랑하지도 않았을 것이다. 루시는 이웃집을 내다보고, 부엌을 나와 2층 침실로 올라간다. 루시는 헨리를 보면서 술을 마시지 말아야겠다고 결심했다. 적어도 그 점에 대해서는 그녀에게 감사해야 한다.

서재 안으로 들어간 루시는 불을 켜고 검은색 서류가방을 연다. 크기는 일반 서류가방하고 비슷하지만, 겉이 울퉁불퉁하고 심하게 낡았다. 그리고 안에는 세계 어디에서나 무선 수신기에 접근할 수 있는 '글로벌 리모트 감시 센터'가 들어 있다. 그녀는 배터리가 충전되어 있는지, 네 개의 채널이 작동하는지, 더블 테이프 데크(deck)의 녹음 기능에 이상이 없는지 확인한다. 그리고 전화선으로 연결된 감시 센터에 플러그를 꽂고 수신기를 켠 다음, 헤드폰을 끼고 케이트가 운동실이나 침실에서 누군가와 통화하고 있는지 확인한다. 그녀는 아무하고도 통화하고 있지 않았다. 녹음된 것도 전혀 없었다. 루시는 서재에 있는 테이블에 앉아 수면 위와 야자수 위에서 반짝이는 햇살을 내다본다. 그리고 귀를 기울인다. 민감도 레벨을 맞추고, 기다린다.

몇 분 동안 침묵이 흐르자, 루시는 헤드폰을 벗어 테이블 위에 내려놓는다. 그리고 자리에서 일어나 크라임사이트 이미저(Krimesite Imager: 범죄 현장 영상기기 – 옮긴이)를 설치해놓은 테이블로 감시 센터를 옮긴다. 구름이 태양을 가리자 방 안의 조명이 변한다. 더 많은 구름이 햇빛을 가려 조명이 어두워지자 서재의 불빛이 자동으로 밝아진다. 루시는 흰색 면장갑을 낀다. 봉투에 든 눈 그림을 꺼내 깨끗한 검은색 종이 위에 내려놓은 다음 다시 자리에 앉는다. 그리고 헤드폰을 끼고, 지문 키트에서 닌하이드린 캔을 꺼낸다. 캔 뚜껑을 딴 다음 그림에 분사하고, 습기를 약간 가한다. 스프레이는 발포제가 들어 있지 않은 친환경 제품이지만, 사람에게는 그다지 유익하지 않다. 스프레이를 뿌리자 폐가 따끔거리고 기침이 났다.

루시는 다시 헤드폰을 벗고 자리에서 일어나, 화학약품 냄새가 나는 축축한 종이를 들고 스팀다리미가 세워져 있는 탁자로 향한다. 전원을 켜자 다리미는 빠른 속도로 뜨거워진다. 스팀을 시험하기 위해 버튼을 누르자 휙 소리를 내며 스팀이 나온다. 눈 그림을 탁자에 내려놓고, 스팀다리미를 종이에서 10센티미터 높이로 유지한 다음 스팀 버튼을 누른다. 몇 초가 지나자 종이는 보라색으로 변한다. 루시는 보라색 지문 자국을 곧바로 알아차린다. 그건 자신이 남긴 지문이 아니었다. 루시는 창문에서 그림을 뗄 때 종이의 어느 부분을 만졌는지 확실히 기억한다. 심지어 맨손으로 종이를 만지지도 않았다. 브로워드에서 온 경찰도 그 그림을 만진 적이 없다. 루디가 그 그림을 보여주지도 않았기 때문이다. 루시는 테이프 자국에 스팀을 가하지 않도록 주의한다. 스카치테이프는 통기성이 없고 닌하이드린에 반응하지도 않을뿐더러, 테이프에 묻어 있을지도 모르는 부착물들이 스팀에 녹을 수도 있기 때문이다.

루시는 다시 테이블로 돌아와 자리에 앉는다. 헤드폰을 끼고, 안경을 쓰고, 보라색 반점이 있는 종이를 렌즈 밑으로 밀어 넣는다. 그런 다음 기계의 전원을 켜고, UV 램프를 켜고, 밝은 초록색이 펼쳐져 있는 접안렌즈를 들여다본다. 코끝에서 화학약품과 종이 타는 불쾌한 냄새가 난다. 눈을 그린 연필 자국에 가는 흰색 선이 있고, 홍채 근처엔 희미한 산마루 모양의 지문 자국이 남아 있다. 루시가 초점을 맞추며 렌즈를 통해 보이는 이미지를 가능한 한 선명하게 만들자, 산마루 모양이 약간의 특징을 드러낸다. 이 정도면 FBI의 통합자동지문검색시스템(IAFIS)에서 검색해볼 만하다. 헨리가 살해당할 뻔한 사건이 일어난 이후, 루시는 침실에서 채취한 지문을 검색했지만 허사였다. 그 야수의 열 손가락 지문이 파일에 들어 있지 않았기 때문이다. 하지만 이번엔 IAFIS 데이터에 들어 있는 20억 개가 넘는 지문을 상대로 꼭 찾아내고야 말 것이다. 그리고 침실에서 채취한 지문과 그림에서 채취한 지문을 반드시 비교해봐야 한다. 루시는 현미경 렌즈 위에 디지털 카메라를 올린 다음 사진을 찍기 시작한다.

5분도 지나지 않아서, 루시는 다른 지문의 사진을 찍고 있다. 이번엔 산마루 모양이 부분적으로 남아 있는 지문이었다. 바로 그때, 헤드폰에서 사람 목소리가 들렸다. 루시는 볼륨을 높이고 민감도 레벨을 올리며 자신이 듣는 소리가 녹음되고 있는지 확인한다.

"지금 뭐 하고 있어?" 케이트의 술 취한 목소리가 루시의 헤드폰에 선명하게 들린다. 그녀는 몸을 앞으로 숙이며 감시 센터의 모든 것이 잘 돌아가고 있는지 확인한다. "오늘은 테니스 칠 수 없어." 케이트는 분명치 않은 발음으로 말한다.

케이트는 지금 운동실에 있다. 러닝머신이나 다른 기계 소리는 들리지 않는다. 루시는 케이트가 술에 취한 상태로 운동을 하리라고는 생각하지 않는다. 그러나 케이트는 술이 너무 취해서 이쪽을 몰래 감시할 수 없다. 그녀는 창문 너머로 루시의 집을 내려다보고 몰래 감시하는 것 이외에는 별달리 할 일이 없어 보인다. 어쩌면 몰래 감시하고 술을 마시는 것보다 더 좋은 일을 찾지 못했는지도 모른다.

"아니, 감기 든 것 같아. 내 목소리 들으면 너도 알잖아. 지금은 그나마 많이 나아진 거야. 자고 일어났을 때는 코가 막혀서 목소리도 나오지 않았거든."

루시는 녹음기의 빨간색 불빛을 가만히 바라본다. 그리고 렌즈 밑에 놓인 종이를 유심히 살핀다. 종이는 열 때문에 약간 말려 올라갔다. 종이 위에 남아 있는 보라색 얼룩은 남자의 지문처럼 보일 정도로 크다. 하지만 그건 가정에 지나지 않는다. 중요한 것은 지문이 남아 있다는 것이고, 그게 야수 같은 그림을 루시의 집 창문에 붙인 그 야수의 지문일 수도 있다는 사실이다. 그 야수는 루시의 집에 침입해서 헨리를 살해하려 했던 범인일 것이다. 루시는 그자가 남긴 보라색 자국, 그자의 흔적, 그자의 끈적끈적한 피부에서 나온 아미노산을 가만히 바라본다.

"우리 옆집에 영화배우가 사는데, 어떻게 생각해?" 케이트의 목소리가 헤드폰을 낀 루시의 머리를 울린다. "아니, 전혀 놀라지 않았어. 그럴 거라고 짐작했거든. 여러 사람과 멋진 차들이 드나들고, 예쁜 여자들이 살았거든. 그 집 가격이 얼마인지 알아? 800만, 900만, 아니 1000만 달러는 할 걸? 그리고 집 안은 얼마나 화려한데. 거기 사는 사람들도 너무나 화려해."

그자는 지문을 남겨도 상관하지 않는다. 그런 생각이 들자 루시는 마음이 공허해진다. 만약 그자가 지문에 신경을 쓴다면, 루시 편에서는 오히려 더 나을 것이다. 그건 그자가 전과자라는 뜻이니까. 하지만 그자는 아무 걱정도 하지 않는다. IAFIS나 다른 데이터에 열 손가락 지문이 등록되어 있지 않기 때문에. 자신의 지문과 일치하는 데이터가 없다는 사실을 알기 때문에. 두고 보면 알게 되겠지. 루시는 생각한다. 열 때문에 끝이 말려 올라간 종이의 보라색 흔적을 보자, 마치 야수가 바로 그곳에 있는 것 같다. 마치 범인이 자신을 쳐다보는 것 같고, 케이트가 자신을 쳐다보는 것 같다. 마음속에서 분노가 치밀어 오른다. 무언가가 찌르듯 마음속 깊은 곳에 숨어 있던 분노가 치밀어 오른다.

"이름이 티나였는데… 믿겨져? 성은 생각나지 않아. 그 여자가 분명 말해줬을 텐데. 자기 남자친구에 대해서도 말해줬고, 습격당한 여자가 다시 할리우드로 돌아갔다는 얘기도 해줬어…."

보라색 얼룩이 시야에서 희미해진다. 루시는 볼륨을 높이고 케이트가 헨리에 대해 하는 이야기에 귀를 기울인다. 케이트는 헨리가 습격당한 것을 어떻게 알았을까? 그 사건은 뉴스를 통해 보도되지 않았다. 루시가 케이트에게 말한 것은 스토커에 관한 이야기뿐이었다. 누군가가 습격당한 것에 대해서는 일언반구도 하지 않았다.

"아주 귀엽게 생겼어. 금발에, 얼굴도 예쁘고 몸매도 좋아. 예쁘고 날씬하고. 모두 전형적인 할리우드 배우처럼 생겼어. 확실하게는 잘 모르겠지만, 그 남자는 그 여자 애인 같아. 티나 남자친구. 왜냐고? 그건 거의 확실해. 만약 그 남자가 다른 여자 남자친구였다면, 그 여자가 집을 떠날 때 함께 가지 않았겠어? 습격 사건이 일어나고 경찰차하고 앰뷸런스가 온 뒤에, 그 여자는 이곳을 떠났어."

젠장, 케이트는 앰뷸런스까지 보았다. 들것이 운반되는 것을 보고 헨리가 습격당했다고 생각했을 것이다. 내 생각이 틀렸어. 사건과 연결해서 생각한 게 아니라고. 루시는 화가 치밀어 오르고, 좌절감과 극단적인 공포가 점점 더 커진다. 도대체 뭐가 잘못된 거지. 루시는 테이블 위에 놓인 서류가방 안에 든 테이프 녹음기를 바라보며 귀를 기울인다. 도대체 뭐가 잘못된 거지. 문득 히스패닉계 남자가 페라리를 따라왔을 때 저질렀던 어리석은 행동이 생각난다.

"나도 그게 궁금했어. 왜 뉴스에 전혀 안 나온 걸까? 뉴스를 봤지만 나오지 않았어." 케이트의 말이 계속 이어진다. 아까보다 술을 더 많이 마신 탓인지 목소리가 더 불분명하다. "맞아, 그렇게 생각할 수도 있어." 분명치 않은 발음을 더 굴려가며 강조한다. "영화배우 습격 사건은 뉴스에 나오지도 않았어. 내가 추측하기엔, 비밀리에 이곳에 있기 때문에 언론이 눈치 채지 못한 것 같아. 그러면 이야기의 앞뒤가 맞지."

"제발 중요한 걸 말해봐." 루시는 방 안에서 혼자 중얼거린다.

알아내야 해, 루시. 단서를 찾아야 해!

그 침대 위에 있던 길고 검은 곱슬머리. 젠장, 난 그 여자한테 묻지도 않았어.

루시는 헤드폰을 벗어 테이블 위에 내려놓는다. 방 안을 둘러보는 동안, 테이프 녹음기는 케이트가 상대방과 나누는 대화를 계속 녹음한다. "젠장!" 루시는 큰 소리로 내뱉는다. 케이트의 전화번호도, 성도 모른다. 시간과 에너지를 들여도 알아낼 것 같지 않다. 설령 루시가 전화하더라도 그녀는 받지 않을 것이다.

루시는 컴퓨터가 있는 다른 테이블로 옮겨가 간단한 서류를 만든다. 로스앤젤레스에서 6월에 시사회를 가질 자신의 첫 영화 〈점프 아웃〉의 VIP 티켓이다. 시사회 이후에는 배우와 그들의 특별한 친구들을 초대해 파티를 벌일 것이다. 루시는 반짝이는 인화지에 티켓을 프린트한 다음 크기에 맞도록 잘라 봉투에 넣고 다음과 같은 글을 동봉한다. '케이트, 함께 이야기 나누어서 즐거웠어요! 평범한 영화 퀴즈 하나 낼게요. 길고 검은 곱슬머리를 가진 이 사람은 누구일까요? 알아맞힐 수 있겠어요?' 그리고 휴대전화 번호를 적어 넣는다.

루시는 서둘러 바깥으로 나가 케이트의 집에 도착한다. 하지만 케이트는 문을 열어주기는커녕 인터폰도 받지 않는다. 술을 너무 많이 마신 탓에 의식을 잃었는지도 모른다. 루시는 그 봉투를 케이트의 우편함에 집어넣는다.

21

복도 쪽 욕실 안에 있는 폴슨 부인은 자신이 왜 그곳에 있는지 알지 못한다.

그곳은 오래된 욕실로, 1950년대 초반 이후로는 수리를 하지 않은 것처럼 보인다. 바닥은 푸른색과 흰색 타일이 바둑판무늬로 깔려 있고, 세면대와 변기와 욕조는 모두 평범한 흰색 도기로 만들었다. 욕조에는 분홍색과 보라색의 꽃무늬 샤워 커튼이 달려 있다. 질리의 칫솔이 세면대 위 칫솔꽂이에 꽂혀 있고, 가운데가 움푹 들어간 치약은 절반 정도 사용한 것 같다. 부인은 자신이 어떻게 욕실 안으로 들어왔는지 모른다.

폴슨 부인은 칫솔과 치약을 보고 더 크게 소리 지른다. 얼굴에 차가운 물을 뿌려보지만 효과가 없다. 몸을 가누지 못한 채 욕실을 나와 질리의 방으로 돌아가자, 마이애미에서 온 이탈리아계 여의사가 그곳에서 기다리고 있다. 덩치 큰 경찰은 사려 깊게도 침대 발치에 의자를 놓아두었다. 그는 땀을 뻘뻘 흘리고 있다. 부인은 창문이 열려 있음을 알아차린다. 방 안 공기는 차갑지만 경찰의 얼굴은 벌겋게 달아올라 있다.

"마음 편히 가지십시오." 검은색 옷을 입은 경찰이 미소를 지으며 말한다. 미소를 지어도 친절해 보이지 않는 얼굴이지만, 부인은 그의 모습이 마음에 든다. 이유는 알 수 없지만 그가 마음에 든다. 그를 쳐다보거나 가까이 갈 때면 무언가가 느껴진다. "자리에 앉으십시오, 폴슨 부인. 마음을 편히 가지도록 노력해보십시오." 그가 말한다.

"당신이 창문을 열었나요?" 부인은 의자에 앉아 두 손을 무릎 위에 내려놓으며 말한다.

"당신이 약국에서 돌아왔을 때, 창문이 열려 있었는지 궁금합니다." 그가 대답한다. "이 방으로 들어왔을 때, 창문이 열려 있었습니까, 아니면 닫혀 있었습니까?"

"이 방은 쉽게 더워져요. 오래된 집이라 난방 조절이 어렵거든요." 부인은 경찰과 여의사를 올려다보며 말한다. 침대 근처에 앉아 그들을 바라보니 마음이 편치 않다. 불안하고 겁이 나고 왠지 자신이 작아진 듯하다. "질리는 항상 창문을 열어두곤 했어요. 내가 집에 돌아왔을 때도 아마 열려 있었을 거예요. 기억을 더듬어볼게요." 커튼이 가볍게 움직인다. 얇고 가벼운 흰색 커튼이 차가운 허공에서 마치 유령처럼 하늘거린다. "맞아요, 커튼이 열려 있었던 것 같아요."

"잠금 장치가 망가진 걸 알았습니까?" 덩치 큰 경찰이 똑바른 자세로 서서 내려다보며 묻는다. 부인은 그의 이름이 기억나지 않는다. 뭐였더라? 마리나, 그 비슷한 이름이었는데.

"아뇨." 부인이 대답한다. 목소리에서 두려움이 느껴진다.

여의사는 창문가로 걸어가서 흰색 면장갑을 낀 손으로 창문을 닫은 다음, 정원을 내다본다.

"이맘때는 정원이 별로 아름답지 않아요." 폴슨 부인은 가슴이 털썩 내려앉는 것처럼 말한다. "봄에 보면 정말 아름다운데."

"그렇겠군요." 여의사가 대답한다. 그녀는 폴슨 부인이 아름답지만 약간 무서워 보인다는 생각이 든다. 이제는 모든 것이 무서워 보인다. "난 정원 가꾸는 걸 좋아해요. 당신은요?"

"네, 나도 좋아합니다. 그런데… 누군가가 창문을 통해 들어왔다고 생각해요?" 폴슨 부인이 창문틀에 쌓인 검은 먼지를 보면서 묻는다. 유리창 안팎에 테이프 자국 같은 게 남아 있다.

"지문을 채취했소." 덩치 큰 경찰이 말한다. "경찰이 왜 신경을 쓰지 않았는지 모르지만, 나는 지문을 몇 개 채취했고 그걸 확인해볼 예정입니다. 당신 지문도 비교 분석을 위해 채취하겠습니다. 경찰이 이미 당신의 지문을 채취해 갔습니까?"

그녀는 고개를 가로저으며, 창문과 창문틀에 남아 있는 먼지를 쳐다본다

"폴슨 부인, 옆집에는 누가 삽니까?" 검은색 옷을 입은 덩치 큰 경찰이 묻는다. "울타리 건너편에 있는 저 오래된 집 말입니다."

"나이 든 노파가 사는데, 꽤 오랫동안 보지 못했습니다. 벌써 몇 년째 보지 못한 것 같아요. 마지막으로 저 집에서 사람을 본 게 아마 6개월 전일 겁니다. 맞아요, 6개월 전 정원에서 토마토를 딸 때 보았어요. 울타리 근처에 작은 텃밭이 있는데, 작년 여름에 토마토가 아주 많이 열렸거든요. 울타리 너머로 누군가 지나가는 소리가 들렸는데, 뭘 하고 있었는지는 모르겠어요. 어쨌든 울타리 너머에 있던 사람이 그다지 친절한 사람은 아니라는 느낌이 들었어요. 저 집에서 팔구 년째 살고 있는 노파였는지도 모르죠. 나이가 지긋했으니 지금은 돌아가셨는지도 모르지만."

"만약 살아 있다면, 경찰이 그녀를 찾아갔을까요?" 덩치 큰 경찰이

묻는다.

"당신도 경찰 아닌가요?"

"이곳에 다녀갔던 경찰하고는 다릅니다. 부인, 우리는 그들과 같지 않습니다."

"아, 그렇군요." 부인은 그렇게 말하지만 차이점을 전혀 구분하지 못하는 것 같다. "글쎄요, 브라운 형사가…."

"브라우닝 형사 말이군요." 검은색 옷을 입은 경찰이 말한다. 폴슨 부인은 바지 뒷주머니에 구겨 넣은 그의 야구모자를 본다. 그는 머리를 완전히 밀었다. 그녀는 부드러운 그의 머리를 손으로 만지는 상상을 한다.

"경찰은 나한테 이웃에 대해 분명히 물었어요." 부인이 대답한다. "나는 노파가 옆집에 살고 있거나 예전에 살았다고 말했어요. 옆집에 누가 살고 있는지는 확실히 모르겠어요. 경찰한테도 그렇게 말했던 것 같아요. 옆집에서 들리는 소리도 거의 없고, 울타리 틈새로 보면 잡초가 무성하게 우거져 있어요."

"당신은 약국에서 집으로 돌아왔습니다." 여의사가 다시 그 지점으로 돌아간다. "그러고 나서요? 차례대로 천천히 설명해주세요, 폴슨 부인."

"사온 물건을 부엌에 내려놓은 다음 질리한테 갔어요. 나는 질리가 자고 있는 줄 알았어요."

잠시 후, 여의사가 또 다른 질문을 한다. 의사는 폴슨 부인이 왜 질리가 자고 있다고 생각했는지, 질리가 어떤 자세로 있었는지 알고 싶어한다. 그녀의 질문이 혼란스럽다. 모든 질문이 갑작스러운 경련처럼 고통스럽다. 왜 그것이 중요한 것일까? 어떤 의사들이 이런 질문을 하는 것일까? 의사는 매력적이면서도 유능해 보인다. 짙은 청색 바지 정장에 청색 블라우스를 입은 그녀는 몸집이 크지는 않지만 강해 보이고, 반듯한 얼굴에 짧은 금발 머리다. 그녀의 손은 튼튼하지만 우아해 보이고,

반지는 끼고 있지 않다. 폴슨 부인은 그 손으로 질리의 시신을 검사하는 모습을 상상하며 다시 울음을 터뜨린다.

"나는 질리를 흔들었어요. 질리를 흔들어 깨우려 했어요." 부인은 계속 같은 말을 반복한다. 왜 파자마가 바닥에 있는 거니? 왜 그런 거야? 아, 세상에, 이럴 수가!

"방에 들어갔을 때 뭘 보았는지 자세히 설명해주십시오." 여의사는 같은 질문을 다른 방식으로 묻는다. "부인이 힘들어하는 건 잘 압니다. 마리노? 부인께 휴지와 물 한 잔 가져다주겠어요?"

스위티는 어디 있지? 어머나, 스위티는 어디 있지? 다시는 침대에서 함께 자지 마!

"질리는 자고 있는 것처럼 보였어요." 폴슨 부인이 말한다.

"누운 자세였나요, 아니면 엎드린 자세였나요? 침대 위에서 어떤 자세로 누워 있었나요? 매우 힘들다는 건 알지만, 기억을 더듬어보십시오." 여의사가 말한다.

"모로 누워 자고 있었어요."

"당신이 방 안으로 들어왔을 때, 따님은 모로 누워 자고 있었나요?" 여의사가 묻는다.

저런, 스위티가 침대 위에 오줌을 누었군. 스위티? 어디 있어? 침대 밑에 숨어 있는 거니, 스위티? 너 또 침대에 있었구나, 그렇지? 절대 그러면 안 돼! 혼내줄 거야! 숨으려 해도 아무 소용없어!

"아니에요." 폴슨 부인이 울면서 말한다.

질리, 그만 일어나. 어서 일어나. 이럴 리가 없어! 이럴 리가 없어!

여의사는 그녀의 눈을 들여다보면서 의자에 앉아 있다. 그리고 그녀의 팔을 붙들고 무언가를 이야기한다.

"아니에요." 폴슨 부인은 자제력을 잃고 흐느껴 운다. "질리는 아무것도 입고 있지 않았어요. 질리는 절대 아무것도 입지 않고 자지 않아요. 옷을 갈아입을 때도 항상 문을 잠그곤 했어요."

"괜찮아요." 여의사가 부인에게 말한다. 그녀의 눈길과 손길은 따뜻하고, 눈에는 두려움이 없다. "숨을 깊게 내쉬세요. 그래요. 심호흡을 해요. 좋아요. 천천히, 깊게 숨을 쉬어요."

"이러다 설마 심장마비에 걸리는 건 아니겠죠?" 폴슨 부인이 겁에 질려 소리친다. "그들이 내 어린 딸을 데려갔어요. 질리는 가버렸어요. 아, 내 딸 질리는 어디 있을까요?"

검은색 옷을 입은 덩치 큰 경찰이 휴지와 물 잔을 들고 문간에서 묻는다. "그들이 누굽니까?"

"질리는 감기 때문에 죽지 않았어요, 그렇죠? 아니에요, 절대 아니에요. 내 불쌍한 어린 딸은 감기 때문에 죽지 않았어요. 그들이 내게서 딸을 빼앗아갔어요."

"그들이 누굽니까?" 경찰이 묻는다. "한 명이 아닌 여러 사람이 이 사건과 관계있다고 생각합니까?" 그가 방 안으로 들어오자, 여의사는 물 잔을 건네받는다.

여의사는 폴슨 부인이 천천히 물을 마실 수 있도록 도와준다. "좋아요, 천천히 마셔요. 천천히 숨을 내쉬고 마음을 편안하게 가지도록 해봐요. 함께 있어줄 사람 있어요? 집에 혼자 있으면 좋지 않아요."

"그들이 누굽니까?" 부인은 목소리를 높여 경찰이 했던 질문을 반복한다. "그들이 누굽니까?" 의자에서 일어나려 하지만 다리가 말을 듣지 않는다. 이제 더 이상 자기 다리가 아닌 것처럼 느껴진다. "그들이 누구인지 말해줄게요." 슬픔이 분노로 변한다. 자신이 너무나 두려워하는 끔찍한 분노로. "그가 이곳으로 불러들인 사람들. 그들이에요. 그들이 누구인지 프랭크에게 물어봐요. 그는 알고 있을 테니까."

22

법의학자 주니어스 아이즈는 증거물 실험실에서, 알코올램프 안에 든 텅스텐 필라멘트를 잡고 있다.

그는 수백 년 동안 거장들이 사용해온 도구 만드는 기술을 자신도 무척 좋아한다는 사실에 자긍심을 느꼈다. 무엇보다 그 덕분에 르네상스 시대의 순수 과학자가 된 듯했고, 과학과 역사, 아름다움과 여자를 사랑하게 된 듯했다. 뻣뻣하고 섬세한 와이어의 짧은 가닥을 핀셋으로 집어 올려 회색 금속이 밝은 붉은색으로 백열하는 것을 쳐다보던 그는 금속이 깊은 감명을 받았거나 분노했을 거라고 상상한다. 그는 와이어가 불에 타지 않도록 빼낸 다음 그 끝을 아질산나트륨에 담근다. 그리고 텅스텐을 그을리고 산화시켜 뾰족하게 만든다. 접시에 물을 한 방울 떨어뜨리자, 끝이 뾰족한 와이어가 쉬익 소리를 내며 냉각된다.

와이어를 스테인리스 스틸 소재의 니들 홀더에 끼워 죄던 그는 이번엔 도구를 만드는 시간이 지연될 거라는 사실을 알아차린다. 도구를 만드는 데 시간이 걸린다는 것은 당분간 일에서 벗어나 다른 무언가에 집중할 수 있고 다시 통제력을 찾을 수 있다는 걸 의미한다. 현미경의 쌍안렌즈를 들여다보자, 50배로 확대한 혼란과 수수께끼가 고스란히 남겨져 있다.

"이건 이해가 안 돼." 그는 어느 누구에게랄 것도 없이 중얼거린다.

그는 자신이 새로 만든 텅스텐 도구를 사용해 몇 시간 전 트랙터에 치여 죽은 남자의 시신에서 채취한 페인트 조각과 유리 조각을 능숙하게 조작한다. 희생자 유가족은 누군가를 상대로 소송을 제기할 것이다. 법의국장이 그 점을 염려하고 있다는 것은 누구나 알고 있는 사실이다. 만약 그렇지 않다면 증거물은 부주의로 발생한 사고사와 아무런 연관이 없을 것이다. 문제는 무언가를 찾아내야 하지만, 아이즈가 찾아낸 증거물이 사건의 정황과 맞지 않는다는 점이다. 이럴 때면 자신이 예순세 살이라는 사실이, 2년 전에 은퇴할 수도 있었다는 사실이 새삼 떠오른다. 현미경 팀 이외에는 더 이상 있을 자리가 없기 때문에 증거물 팀장 자리로 승진할 수 있는 기회를 계속 거절했던 것도 생각났다. 그가 하는 일은 예산이나 인사 문제와 무관했지만 법의국장과의 관계는 그 어느 때보다 최악이었다.

그는 유리 슬라이드 위에서 페인트나 금속 입자를 다루기 위해 자신이 새롭게 개발한 텅스텐 도구를 이용해 현미경의 편광에 비춘다. 다른 부스러기와 섞여 있는 입자는 회색과 갈색이 도는 일종의 이상한 먼지 같은 것으로, 예전에 봐왔던 것과는 사뭇 달라 보인다. 그는 2주 전, 이번 건과 완전히 무관한 사건의 증거물을 조사하면서 이와 유사한 것을 보았다. 그는 열네 살짜리 소녀의 갑작스러운 의문사는 트랙터 기사의 죽음과 무관할 거라고 생각했다.

아이즈는 상체를 고정한 채 눈도 깜빡거리지 않는다. 비듬 크기 정도의 페인트 부스러기는 빨간색, 흰색, 푸른색이다. 자동차나 트랙터의 페인트가 아닌 게 확실하다. 시어도어 위트비라는 이름의 트랙터 기사가 사고사를 당했던 트랙터의 페인트도 아닐 것이다. 페인트 부스러기와 이상한 회갈색 먼지는 그의 얼굴에 난 상처에 묻어 있었다. 동일하지는 않지만, 그와 유사한 페인트 부스러기와 회갈색 먼지가 열네 살짜리 소녀의 입속에서도 발견되었다. 여자애의 경우는 주로 혀에 있었다. 아이즈는 그 먼지가 가장 마음에 걸렸다. 정말 이상한 먼지였다. 그것 비슷한 먼지는 한 번도 본 적이 없었다. 형태는 마른 진흙처럼 불규칙하고 딱딱했다. 하지만 분명 진흙은 아니었다. 갈라진 틈과 기포가 있고, 부드러운 부분도 있다. 바싹 마른 행성의 표면처럼 테두리가 얇고 투명하다. 어떤 입자에는 구멍이 나 있기도 하다.

"도대체 이게 뭐지? 뭔지 모르겠군. 이렇게 이상한 물질이 어떻게 두 사건에 동시에 남아 있을 수 있지? 두 사건이 서로 연관되어 있을 리는 없어. 무슨 일이 일어났는지 도무지 모르겠군."

그는 끝부분에 바늘이 달린 핀셋을 집어 슬라이드 위에 놓인 입자에서 면 섬유를 조심스럽게 채취한다. 렌즈를 통해 빛이 지나가고, 확대된 섬유 조직은 구부린 흰색 실의 끄트머리처럼 보인다.

"내가 이 면봉을 얼마나 싫어하는지 알아?" 그는 휑한 연구실에서 또 혼잣말을 한다. "면봉이 얼마나 고통스러운 건지 알아?" 허공을 향해 묻는다. 연구실에는 검은색 카운터톱(countertop), 병리 작업대, 연구원들이 개별적으로 일하는 공간, 열 대가 넘는 현미경과 렌즈, 화학 작업복 등이 놓여 있다.

연구원 대부분은 자신의 책상에 앉아 일하지 않고 같은 층에 있는 다른 연구실에서 일한다. 그들은 원자흡광기, 가스크로마토그래피, 질량분석기, 엑스레이 회절분석기, 푸리에 적외선분광광도계, 전자스캔

현미경(SEM), 에너지를 분산하는 X레이 분광기와 기타 다른 기구들을 이용해 연구에 몰두한다. 끊임없이 밀려드는 업무에 적은 예산을 받는 상황이지만 연구원들은 자신이 할 수 있는 일을 한다. 마치 경주마처럼 앞으로 내달리며 업무에 정진한다.

"당신이 면봉을 얼마나 싫어하는지 모두들 잘 알고 있죠." 아이즈 근처에 있던 키트 톰슨이 말한다.

"내 짧은 인생 동안 모은 섬유 조각을 모두 합치면 커다란 누비이불을 만들 수 있을 거야." 아이즈가 말한다.

"그렇겠네요. 커다란 누비이불 만들 날을 기다릴게요." 키트가 대답한다.

아이즈는 다른 섬유 조각을 집는다. 그 섬유 조각은 잡기가 쉽지 않다. 텅스텐 바늘을 움직이자, 아주 약한 공기의 움직임에도 섬유가 이동한다. 그는 다시 초점을 맞추고 확대 비율을 40배로 낮춘다. 밝은 불빛을 들여다보면서 숨도 거의 쉬지 않고, 보이는 단서를 찾으려고 애쓴다. 공기의 방해 때문에 섬유 조직이 움직이면 마치 살아서 달아나는 것처럼 잡을 수 없는 것도 물리학 법칙일까? 왜 섬유 조직은 중력의 법칙에 따라 밑으로 내려오지 않는 것일까?

대물렌즈를 몇 밀리미터 뒤로 물리자, 그가 만든 끝이 뾰족한 핀셋이 시야에 들어온다. 둥근 모양의 빛이 서커스에서 볼 수 있는 밝게 불타오르는 원을 연상케 한다. 한순간, 눈이 아플 정도로 환한 빛이 비친다. 마치 코끼리의 묘기와 광대가 보이는 듯하다. 나무로 만든 구경꾼 자리에 앉아서 커다랗게 부풀려 만든 분홍색 사탕이 둥둥 떠오르는 것을 본 기억이 난다. 다른 섬유 조각을 부드럽게 잡으려 하지만, 공기 때문에 슬라이드 위로 떠다닌다. 그는 다른 섬유 부스러기가 들어 있는 조그마한 비닐봉투를 들고 갑자기 흔든다. 그 부스러기는 큐팁(Q-tip: 면봉 – 옮긴이) 유형의 오염 물질로서, 증거물의 가치가 없다.

마커스 법의국장은 쓰레기를 함부로 버리는 사람이다. 도대체 그 사람은 뭐가 잘못된 것일까? 아이즈는 연구원들이 항상 증거물을 테이프로 모으기 때문에, 면봉은 제발, 제발 사용하지 말라는 메모를 수도 없이 마커스에게 보냈다. 면봉은 천사의 입맞춤보다 더 가벼운 엄청난 수의 섬유 조각을 묻힐 수 있고, 다른 증거물과 한데 섞일 수 있기 때문에 사용을 엄격히 제한해달라고 부탁했다.

검은색 벨벳 바지에 묻은 흰색 앙고라 고양이의 털 같다고, 아이즈는 마커스 국장에게 몇 달 전 메모를 써 보낸 적이 있다. 으깬 감자요리에 들어 있는 후추를 골라내는 것 같다고. 커피에 탄 크림을 다시 스푼으로 꺼내는 것 같다고. 그리고 다른 어설픈 비유와 과장된 표현을 적기도 했다.

"지난주에 나는 그 사람한테 잘 들러붙지 않는 테이프를 두 개나 보냈어." 아이즈가 말한다. "포스트잇처럼 잘 들러붙지 않는 테이프는 머리카락이나 섬유 조직을 손상시키거나 흘리지 않기 때문에 섬유 조직을 채취하는 데 가장 좋은 것이라고 다시 한 번 상기시켜주었지. 엑스레이 회절 분석과 다른 실험 결과들을 방해하는 건 두말할 필요도 없고. 그래서 우리가 하루 종일 앉아 샘플에서 그것을 채취하느라 공을 들이는 거라고."

키트가 병뚜껑을 열면서 그를 보고 얼굴을 찡그린다. "으깬 감자요리에 들어 있는 후추를 골라내는 것 같다고요? 마커스 국장님께 그런 메모를 보냈다고요?"

아이즈는 열성적일 때는 자신이 생각하는 것을 정확히 말한다. 그는 자기 머릿속에 든 생각을 다른 사람이 모두 알아 들을 수 있도록 말한다는 사실을 잘 인식하지도 못하고, 그다지 신경 쓰지도 않는다.

"중요한 점은 이거야." 아이즈가 말한다. "마커스 국장이나 다른 사람이 그 어린 여자애의 입 안을 면봉으로 철저하게 조사했어. 하지만 혀까지 조사할 필요는 없었지. 혀를 절단했으니까. 그렇지 않아? 절단한 혀를 도마 위에 올려놓았다면, 혀에 남아 있는 찌꺼기를 분명하게 볼 수 있었을 거야. 테이프를 이용해 채취할 수도 있었지만 그는 계속 면봉을 사용했고, 그 때문에 요즘 내가 하는 일은 면섬유 조직을 골라내는 일밖에 없다고."

어떤 개인 특히 어린애의 혀를 도마 위에 올리면, 그 대상은 익명이된다. 예외 없이 그렇다. 시신을 부검할 때는 굳이 그 이름을 언급하지 않는다. 질리 폴슨의 목구멍에 손을 넣어 메스로 세포 조직을 비추고, 질리의 목구멍과 질리의 혀를 제거하고, 그 어린 소녀의 입에서 목구멍 조직과 혀를 꺼낸다고 말하지 않는다. 그리고 어린 티미의 왼쪽 눈에 바늘을 찌르고 독소 실험을 위해 투명한 액체를 뽑아낸다고도 말하지 않는다. 존스 부인의 두개골 윗부분을 톱으로 잘라내 뇌를 제거하고 파열된 동맥을 찾아낸다고 말하지도 않는다. 혹은 덩치가 너무 크고 건장한 근육질인 포드 씨의 입을 열 수가 없어 턱의 저작근(mastoid muscle)을 절단하는 데 두 명의 의사가 필요하다고 말하지도 않는다.

이런 생각이 마치 어두운 새의 그림자처럼 아이즈의 머릿속을 지나간다. 하지만 위를 올려다보면, 아무것도 없고 의식만 남아 있다. 그는 이런 진실에서 더 멀리 나아갈 수 없다. 왜냐하면 사람들은 작은 조각으로 나뉘어 결국 그의 현미경 슬라이드 위에서 삶을 마감하기 때문이다. 어두운 새를 너무 노려보지 않는 게 나을 것이다. 그 새의 그림자는 너무나 끔찍하기 때문이다.

"마커스 국장님은 너무 바쁘고 무척 중요한 분이라 부검을 하지 않는다고 생각했어요." 키트가 말한다. "사실, 법의국장으로 임명된 뒤 그분을 본 횟수가 한 손으로 셀 수 있을 정도죠."

"그런 건 상관없어. 그는 법의국 책임자로서 정책을 결정하고 있으니까. 면봉 혹은 다른 값싼 대안을 결정하는 장본인이기도 하지. 내가 생각하기에 모든 건 그 사람 잘못이야."

"마커스 국장님은 그 소녀를 부검하지도 않았어요. 구건물에서 사망한 트랙터 기사의 부검도 하지 않았고요." 키트가 말한다. "그가 부검했을 리가 없어요. 주변 인물들에게 지시만 했을 거예요."

"내가 개발한 '아이즈 픽(Eise Pick)'은 어때?" 아이즈는 텅스텐 바늘을 날렵하고 조심스럽게 만지며 그녀에게 묻는다.

그는 자신이 직접 만든 텅스텐 바늘을 좋아했다. 그리고 동료들 책상 위에 마술처럼 놓아두었다.

"다른 아이즈 픽은 언제든 사용할 수 있어요." 키트는 별로 내키지 않는 듯하다. 하지만 의구심을 애써 감추며 침묵을 지킨다. 그를 불편하게 만들고 싶지 않기 때문이다. "혹시 알아요? 내가 이 머리카락을 봉입하지 않을 거라는 걸요." 그녀는 퍼마운트(Permount) 병의 뚜껑을 닫으며 말한다.

"그 아픈 여자애한테서는 머리카락을 몇 올이나 얻었지?"

"세 개요." 키트가 대답한다. "머리카락에서 DNA가 나올지는 모르지만, 지난주에는 사람들이 아무 관심도 보이지 않았어요. 그래서 내가 이 머리카락이나 다른 머리카락을 봉입하지 않으려는 거예요. 요즘은 모두가 이상해요. 내가 이곳에 왔을 때 제시는 증거물 실험실에 있었어요. 사람들이 모든 침구류를 실험실로 가져갔죠. 첫 번째 실험에서 찾아내지 못한 DNA를 찾고 있었던 게 분명해요. 제시는 나한테 쌀쌀맞게 대했지만 나는 그냥 무슨 일이 있냐고 물었을 뿐이에요. 뭔가 이상한 일이 일어나고 있어요. 우리 두 사람 모두 알고 있듯이, 증거물 실험실에 1주일 전부터 침구류가 있었다고요. 내가 이 머리카락을 어디에서 찾았겠어요? 이상해요. 이제 곧 연휴인데, 아직 크리스마스 선물도 준비하지 못했다니까요."

그녀는 끝부분에 바늘이 달린 핀셋을 투명한 비닐 소재의 작은 증거물 봉투 안에 넣는다. 머리카락은 길이가 13센티미터에서 15센티미터 정도에 검은색 곱슬이다. 아이즈는 키트가 머리카락을 슬라이드 위에 올린 다음 크실렌(xylene) 한 방울을 떨어뜨리고 슬라이드 덮개를 얹는 것을 지켜본다. 무게감도 거의 없고 잘 보이지도 않는 그 증거물은 입 안에서 페인트 조각과 이상한 회갈색 먼지가 검출된 그 소녀가 사용하던 침구에서 발견한 것이다.

"마커스 국장님은 스카페타 국장님하고 달라요." 키트가 말한다.

"두 사람이 너무나 다르다는 것을 깨닫는 데 5년씩이나 걸린 거야? 스카페타 박사님이 완전히 변신해서 늙고 왜소한 모습으로 사무실 구석에 있다고 생각하다, 이제야 두 사람이 완전히 다른 사람이라는 걸 깨달은 거군. DNA 분석도 하지 않고 말이야. 어찌나 영리한지 텔레비전 드라마 주인공으로 나서도 손색이 없겠군."

"그렇게 웃기지 마세요." 키트는 큰 소리로 웃으며 말한다. 너무 심하게 웃는 바람에 증거물이 날아갈까봐 현미경에서 약간 뒤로 물러난다.

"크실렌 냄새를 너무 오랫동안 맡아서 암에 걸렸을지도 몰라."

"설마요." 그녀는 심호흡을 하며 말한다. "내가 말하고 싶은 건, 스카페타 박사님이 사건을 맡았다면 슬라이드에서 섬유 조각을 검출하지는 않았을 거라는 사실이에요. 아시겠지만, 스카페타 박사님은 지금 이곳에 계세요. 죽은 질리 폴슨 때문에 이곳으로 오셨다는 소문이 돌고 있어요."

"날 놀리는군." 아이즈는 키트의 말을 믿을 수가 없다.

"다른 사람보다 항상 먼저 퇴근하고, 사람들과 어울리지 않기 때문에, 그런 비밀을 모르시는 거예요." 그녀가 말한다.

"웃고 떠들면서 럼주를 마신 게로군." 아이즈가 오후 5시만 되면 연구실을 떠나는 것은 사실이다. 하지만 그는 연구실에 제일 먼저 출근한다. 늦어도 6시 15분 전에는 항상 도착한다. "그 거물 박사님은 어떤 이유로든 절대 이곳에 초청될 분이 아니야."

"거물 박사님이라고요? 그런 호칭은 어디서 나온 거예요?"

"사람들이 그렇게 부르곤 했지."

"그분을 잘 모르시는군요. 그분을 아는 사람은 그런 호칭을 사용하지 않아요." 키트는 슬라이드를 현미경에 올리며 말한다. "나라면 당장 그분을 초청할 거예요. 2주 아니, 단 2분도 지체하지 않았을 거예요. 이 머리카락은 다른 두 올과 마찬가지로 검은색으로 염색한 거예요. 내가 한 실험은 잊어버리세요. 작은 조각은 보이지 않고, 머리카락 표면에 곱슬머리를 펴주는 제품이 묻어 있는 것 같아요. 아마 미토콘드리아 같아요. 갑자기, 내 머리카락 세 올의 DNA 검사를 올마이티 보드 연구실로 보내래요. 기다리라고만 하는데, 너무 이상해요. 스카페타 박사님이 그 불쌍한 여자애가 살해당했다는 사실을 알아냈을지도 몰라요. 일이 그렇게 진행되고 있는지도 모른다고요."

"그 머리카락을 봉입하지 마." 아이즈가 말한다. 과거에는 DNA가 법의학 그 자체였다. 그리고 지금 DNA는 만능 해결책, 100만 장 넘게 팔린 레코드, 슈퍼스타와 같은 존재로, 큰돈을 벌어들이고 모든 영광을 누린다.

"걱정하지 마세요. 아무것도 봉입하지 않아요." 키트는 현미경을 들여다보며 말한다. "염색한 머리인데, 경계선이 없는 게 이상해요. 염색한 이후에 머리가 전혀 자라지 않았다는 뜻이죠. 1마이크론도 자라지 않았어요."

그녀가 대물렌즈 밑에 있는 슬라이드를 움직이자, 아이즈는 관심 있게 쳐다본다. "모근이 없다고? 헤어 아이론으로 잡아당기거나, 구부리거나, 휘게 하거나, 손상을 입힌 게 아닐까? 혹은 머리끝을 태우거나, 테이프를 붙이거나, 끝부분을 떼어낸 게 아닐까? 혹은 자르거나, 평평하게 펴거나 구부린 건?" 그가 말한다.

"매우 깨끗한 상태고 모근도 없어요. 끝부분은 구부려서 잘랐어요. 머리카락 세 올 모두 검은색으로 염색했고, 모근이 없는 점이 이상해요. 세 올 모두 끝부분을 잘랐어요. 한 올이 아니라 세 올 모두 그래요. 머리 모근 부분을 잡아당긴 것도 아니고, 머리카락이 자연스럽게 빠진 것도 아니에요. 모두 가위나 칼로 잘라낸 거예요. 머리 양쪽 끝을 왜 모두 잘랐는지 알겠어요?"

"미용실에서 곧바로 나왔거나, 잘린 머리가 옷이나 머리에 묻어 있는 경우겠지. 바닥에 깐 러그 같은 곳에 아직 머리카락이 남아 있을 거야."

키트는 얼굴을 찡그린다. "스카페타 박사님이 이 건물에 계신다면, 찾아가서 그냥 인사라도 하고 싶어요. 박사님이 떠나던 상황이 너무 싫었어요. 내가 생각하기에는, 그건 버지니아 주가 남북전쟁 이후로 전쟁에서 두 번째로 패한 거나 마찬가지예요. 마커스 국장님은 너무 바보 같아요. 요즘은 몸이 좋지 않아요. 아침에 일어나면 두통과 관절염 때문에 힘들어요."

"스카페타 박사님이 리치먼드로 돌아올지도 모르지." 아이즈가 자신의 생각을 말한다. "어쩌면 정말 이곳에 왔는지도 모르고. 적어도 그분이 우리한테 샘플을 보낼 때는, 라벨을 잘못 붙이는 경우도 없었고, 어디서 온 샘플인지도 정확하게 알 수 있었지. 사건에 대해 토론하는 것도 꺼리지 않았고, 우리를 제너럴 모터스의 로봇처럼 대하지도 않았지.

그리고 증거물을 테이프나 포스트잇으로 채취할 수 있게 했지. 자네 말이 맞아. 요즘 이곳에서 일하는 사람들 모두가 엉망이야."

"이건 흐릿한 외피 섬유가 분명해요." 키트는 검은색으로 염색한 머리를 확대해 보면서 말한다. 확대한 검은 머리가 마치 짙은 색 겨울나무처럼 굵게 보인다. "누군가가 이 머리카락을 검은색 잉크에 담근 것 같아요. 경계선이 없는 걸 보면, 최근에 염색을 했거나 염색하지 않은 밑 부분을 잘라낸 것 같아요."

키트는 슬라이드를 움직여 초점과 확대 비율을 맞추면서 메모한다. 그 염색한 머리카락에서 단서를 찾기 위해 최선을 다한다. 머리카락은 많은 단서를 주지 않을 것이다. 머리카락 표피에 나타난 특징이 염색 과정에서 흐릿해졌기 때문이다. 마치 산마루 모양의 지문이 흐릿해지듯. 염색하거나 탈색한 머리, 흰 머리는 현미경 분석을 해도 별로 소용이 없다. 그리고 사람들 가운데 절반은 머리를 염색하거나, 탈색하거나, 파마를 하거나, 흰 머리다. 하지만 요즘 법정의 판사들은 머리카락으로 누가, 언제, 어디서, 무엇을, 어떻게, 왜 했는지 알아내기를 기대한다.

아이즈는 텔레비전 드라마와 영화가 자신이 일하는 분야에 끼친 영향이 마음에 들지 않는다. 그가 만나는 사람들은 그의 직업을 부러워하고 그가 하는 일이 흥미진진할 거라고 생각한다. 하지만 사실은 그렇지 않다. 그는 사건 현장에도 가지 않고, 총도 갖고 있지 않다. 총을 갖고 다닌 적은 한 번도 없다. 특별한 전화를 받지도 않고, 특별한 제복을 입지도 않고, 특별한 범죄 현장용 차량을 타고 가서 섬유 조각이나 지문 혹은 DNA를 채취하지도 않는다. 그런 일을 담당하는 것은 경찰과 범죄 현장 기술자들이다. 그리고 의료 검시관과 시신 조사관들이 그런 일을 한다. 삶의 방식이 더 단순하고 일반 대중이 법의학자에게 관심을 갖지 않았을 때는, 피트 마리노 같은 살인사건 전문 형사들이 낡은 차를 몰고 범죄 현장으로 가서 직접 증거를 수집했다. 그들은 무엇을 수집해야 하고 무엇을 그냥 두어야 하는지 잘 알고 있었다.

주차장 전체를 진공청소기로 빨아들이지 말 것. 불쌍한 여인의 침실 전체를 190리터짜리 비닐봉투에 담아서 가져오지 말 것. 그것은 사금을 체로 거르지도 않고 강둑 전체를 집으로 가져오는 것과 마찬가지다. 요즘 자행되고 있는 실수는 바로 게으름이다. 그러나 더 골치 아픈 다른 문제들도 있다. 아이즈는 자신이 은퇴해야 한다는 생각이 계속 들었다. 그는 연구할 시간도 없고, 서류 때문에 성가신 잔소리를 들어야 한다. 그의 분석은 완벽하기 때문에 그가 작성한 서류도 완벽하다. 하지만 눈의 피로와 불면증으로 괴로워하고 있다. 사건이 해결되고 범인이 합당한 벌을 받을 때에도 사람들이 그에게 감사를 표하거나 신뢰감을 보여준 적이 거의 없다. 우리는 도대체 어떤 세상에서 살고 있는 걸까? 세상은 더 나빠졌다. 분명 그랬다.

"스카페타 박사님을 우연히라도 보게 되면 마리노 안부를 물어봐 줘." 아이즈가 말한다. "그가 이곳에 올 때면 우린 서로 친구처럼 지내고, FOP(Fraternal Order of Police: 경찰공제조합 – 옮긴이) 라운지에서 함께 맥주를 마시곤 했지."

"마리노 형사도 이곳에 있어요." 키트가 말한다. "스카페타 박사님과 함께 이곳에 왔대요. 아, 목구멍이 간지럽고 몸이 욱신거려요. 감기 걸린 건 아니어야 할 텐데."

"마리노가 이곳에 왔다고? 당장 전화해야겠군. 세상에, 이럴 수가! 그럼, 마리노도 그 아픈 여자애 사건을 수사하고 있겠군."

그들 사이에서 질리 폴슨은 이제 '그 아픈 여자애'로 통한다. 실명을 사용하는 것보다 그렇게 부르는 편이 기억하기가 더 쉽다. 그래서 희생자가 발견된 장소나 희생자에게 가해진 상처에 따라 그 이름을 대신해

부르곤 한다. 여행가방 여인, 톱 여인, 쓰레기 매립지 아기, 좀도둑, 덕트 테이프 남자 등등. 아이즈는 이들의 실명(實名)을 들으면 거의 누구인지 모른다. 그러는 편이 오히려 낫다.

"스카페타 박사님이 그 아픈 여자애의 입 속에 들어 있던 빨간색, 흰색, 파란색의 페인트 조각과 이상한 먼지에 대해 의견을 제시하면, 나도 수긍할 거야." 아이즈가 말한다. "그건 빨간색, 흰색, 파란색 페인트를 칠한 금속 조각이 분명해. 페인트를 칠하지 않은 반짝거리는 금속 조각도 있었어. 그리고 다른 것들도. 그 다른 것들이 무엇인지는 잘 모르겠어." 슬라이드 위에 있는 증거물을 다루면서 그가 말한다. "다음엔 SEM/EDX를 이용해서 아픈 여자애 집에서 나온 빨간색, 흰색, 파란색의 물질이 무슨 금속인지 알아내야겠어. 마리노를 찾아내서 시원한 맥주라도 몇 잔 사줘야겠군. 덕분에 나도 좀 마시고."

"시원한 맥주 얘기는 그만하세요. 속이 울렁거리니까요." 키트가 말한다. "면봉과 테이프에 묻은 것 그리고 증거물에서 뭔가를 찾아낼 수는 없을 거예요. 시체안치소에서 그 모든 걸 언제 보내줄지도 모르겠고요."

"미세한 박테리아는 우리한테 도착할 즈음이면 모두 죽어 있을 거야." 아이즈는 그녀를 올려다보며 말한다. "자세히 들여다봐, 모두 작은 발가락 꼬리표를 달고 있을 테니까. 그런데 얼굴이 창백해 보이는군." 아이즈는 키트가 갑자기 아플까 걱정이다. 키트가 출근하지 않으면 연구실이 너무 적적해지는데. 아무래도 키트는 몸이 좋지 않은 것 같다. 분명히 그렇게 보이는데도 모른 척하는 것은 옳지 않다. "잠깐 쉬는 게 어때? 독감 주사는 맞은 거야? 내가 맞으러 갔을 때는 벌써 끝나버렸던데."

"저도 마찬가지예요. 어딜 가도 주사를 맞을 수 없었어요." 키트는 자리에서 일어서며 말한다. "따뜻한 차라도 마셔야겠어요."

23

루시는 일을 하면서 다른 사람을 잘 믿지 않는다. 루디에게 많이 의지하지만, 일에 있어서만큼은 신뢰하지 않는다. 특히 요즘은 헨리에 대한 그의 감정 때문에 더욱 그를 신뢰할 수 없다. 루시는 서재에 앉아 자신이 검색한 IAFIS 지문 검색 결과를 확인하면서, 머리에 헤드폰을 끼고 케이트의 일상적인 전화 통화 녹음을 건성으로 듣고 있다. 시간은 목요일 이른 아침, 크리스마스가 1주일 앞으로 다가왔다.

어제 늦은 시간, 케이트가 루시의 휴대전화에 메시지를 남겼다. '티켓 보내준 거 너무 감사해요.' 그리고 '수영장 관리인은 누구죠? 유명인인가요?' 하고 물었다. 루시의 수영장을 관리해주는 여자가 있지만 유명인은 아니다. 그녀는 살갗이 거무스름한 50대로, 키가 너무 작아서 수영장의 부유물을 걷어내는 그물채를 사용하지도 못할 것처럼 보인다. 그녀는 영화배우도 아니고 야수도 아니다. IAFIS 검색 결과 루시에게는 운이 따르지 않았다. 지문이 일치하는 사람은 나타나지 않았다.

그것은 곧 검색이 수포로 돌아갔다는 것을 의미한다. 지문이 일치할 확률은 굉장히 낮다. 특히 지문이 부분적으로 남아 있는 경우는 더욱 그렇다.

모든 사람의 열 손가락 지문은 유일무이하다. 예를 들어, 어떤 사람의 왼쪽 엄지손가락 지문은 오른쪽 엄지손가락 지문과 일치하지 않는다. 파일에 열 손가락 지문이 없을 경우, 만약 범인이 한 범죄 현장에 오른쪽 엄지손가락 지문을 남기고 다른 범죄 현장에 같은 지문을 남긴다면, IAFIS는 범인의 지문을 검색할 수 있다. 두 개의 지문은 모두 IAFIS에 입력되고, 그러면 두 지문은 완벽하게 일치한다.

그나마 약간 운이 따랐다. 그녀가 눈 그림에서 채취한 지문은 헨리가 습격당한 침실에서 채취한 지문과 일치했다. 루시는 그 사실을 알고도 그다지 놀라지 않았다. 집 안에 침입했던 야수는 눈 그림을 붙인 야수와 일치했다. 아마도 그녀의 검정 페라리를 긁은 야수와도 일치할 것이다. 그러나 그 차에서는 지문이 나오지 않았다. 도대체 몇 명의 야수가 눈 그림 주변을 돌아다니는 걸까? 지문 검색으로 범인을 알아내지는 못했지만, 한 야수의 짓이 분명하다. 그녀가 알고 있는 사실은, 동일한 야수가 모든 문제를 일으키고, 그 야수의 열 손가락 지문이 IAFIS나 다른 기록에 등록되어 있지 않다는 것이다. 그리고 헨리를 계속 스토킹하고, 그녀가 이곳에서 멀리 떨어져 있다는 사실을 그가 알아서는 안 된다는 것이다. 그는 헨리가 곧 돌아올 거라 생각할 수도 있고, 그녀의 최근 행적에 대해서 알고 있을지도 모른다.

자신이 눈 그림을 창문에 테이프로 붙였다는 사실을 알게 되면 헨리가 겁에 질려 다시는 돌아오지 않을 거라고, 야수는 생각할 것이다. 야수에게 중요한 것은 자신이 그녀를 제압한다는 것이다. 스토킹은 그게 전부다. 스토킹이란 다른 사람에 대한 제압에 다름 아니다. 어떤 의미에서, 스토커는 상대방에게 손끝도 대지 않고 심지어 상대방을 만나지도 않고 상대방을 인질로 만든다. 루시가 아는 한 야수는 헨리를 만난 적이 없다. 루시가 알기에는 그렇다. 하지만 루시가 아는 것은 대체 무엇일까? 그다지 많지는 않았다.

어젯밤 컴퓨터 검색을 통해 찾은 다양한 자료를 훑어보며, 루시는 이모에게 전화를 해야 할지 말지 망설인다. 루시가 스카페타에게 전화한 지도 꽤 오래되었다. 그럴듯한 변명거리도 없지만, 루시는 여러 가지 핑계를 만들었다. 그녀와 이모는 모두 사우스플로리다에서 많은 시간을 보냈지만 한 시간도 함께 보낸 적이 없다. 스카페타는 지난여름 델레이에서 라스올라스로 이사했고, 루시는 이모가 이사 간 집에도 한 번밖에 가보지 않았다. 그때가 벌써 몇 달 전이다. 시간이 지날수록 전화하기가 더 힘들었다. 물어보지 않은 질문들이 두 사람 사이를 맴돌아 분위기가 어색하겠지만, 루시는 이런 상황에서 이모에게 전화하지 않는 것은 옳지 않다고 마음먹는다. 그래서 전화를 건다.

"모닝콜입니다." 이모가 전화를 받자 루시가 말한다.

"성대모사가 그 정도밖에 안 되면 아무도 속이지 못해." 스카페타가 대답한다.

"무슨 뜻이야?"

"호텔 프런트 직원 목소리 같지도 않고, 내가 모닝콜을 부탁한 적도 없거든. 어떻게 지냈어? 지금은 어디에 있어?"

"아직 플로리다에 있어." 루시가 말한다.

"아직도? 곧 떠날 거니?"

"모르겠어. 그럴지도 모르지."

"어디로?"

"잘 모르겠어."

"그렇구나. 무슨 사건 맡고 있어?"

"스토킹 사건."

"스토킹 사건은 아주 힘들어."

"장난 아니야. 이번 사건은 더욱 그래. 하지만 사건에 대해서는 이야기할 수 없어."

"물론 그렇겠지."

"이모도 이모가 맡은 사건에 대해 이야기하지 않잖아."

"일반적으로는 말하지 않지."

"새로운 소식이라도 있어?"

"전혀 없어. 언제쯤 볼 수 있을까? 9월 이후로는 본 적이 없구나."

"나도 알아. 고약한 대도시 리치먼드에서 뭘 하고 있는 거야?" 루시가 묻는다. "요즘 그곳에서는 무슨 일로 서로 싸워? 새로운 기념물이라도 생겼어? 얼마 전 제방(堤防)에다 예술작품을 전시하지 않았어?"

"한 여자애의 죽음에 어떤 일이 있었는지 알아내려고 애쓰는 중이야. 어젯밤에는 필딩과 저녁을 먹기로 했었어. 필딩 기억나지?"

"물론이지. 필딩 아저씨는 어떻게 지내? 아직 그곳에서 일하는지 몰랐네."

"그렇게 잘 지내지는 못해."

"나를 헬스클럽으로 데려가서 함께 웨이트 운동했던 거 기억나?"

"이제는 헬스클럽에도 가지 않아."

"그래? 정말 충격인걸. 필딩 아저씨가 헬스클럽에 가지 않는다고? 그건 마치… 뭐라고 비유해야 할지 모르겠네. 정말 말도 안 돼. 너무 충격을 받아서 말도 안 나와. 이모가 떠난 후 무슨 일이 일어났는지 알겠군. 모든 상황과 모든 사람이 타락했어."

"오늘 아침에는 그렇게 아첨하지 마. 기분이 별로 좋지 않거든."

루시는 약간 죄의식을 느낀다. 스카페타가 아스펜에 가지 못한 게 자신의 잘못이기 때문이다.

"벤턴 아저씨하고는 통화했어?" 루시는 아무렇지 않게 묻는다.

"일하느라 바빠."

"그렇다고 전화도 못할 건 없잖아." 루시는 죄의식 때문에 속이 쓰리다.

"지금으로서는 전화도 할 수 없어."

"아저씨가 이모한테 전화하지 말라고 했어?" 루시는 벤턴의 별장에 있는 헨리의 모습을 떠올린다. 그녀는 엿들을 것이다. 엿들을 게 분명하다. 루시는 죄의식과 불안감으로 괴롭다.

"어제 필딩의 집엘 찾아갔는데, 문을 열어주지 않았어." 스카페타가 화제를 돌린다. "집에 있으면서도 문을 열어주지 않았다는 느낌이 들어."

"그래서 어떻게 했어?"

"그냥 왔어. 뭐, 필딩이 잊어버렸겠지. 스트레스도 심하고 다른 일로 정신이 없었을 게 분명해."

"그게 아닐지도 몰라. 필딩 아저씨는 이모를 만나고 싶지 않았을 수도 있어. 이모를 만나기에는 시간이 너무 늦었을 수도 있고. 모든 게 뒤죽박죽되었을 수도 있고. 내가 직접 조엘 마커스 국장의 뒷조사를 해봤어." 루시는 잠시 뜸을 들이다 말한다. "이모가 요구하지 않았다는 건 나도 알아. 이모라면 요구하지 않았을 거야. 내 말이 맞지?"

스카페타는 아무 대답도 하지 않는다.

"이모, 그는 이모에 대해 너무 많은 것을 알고 있을지도 몰라. 이모도 그에 대해 알아두는 게 좋을 거야." 루시는 그렇게 말하면서도 마음이 불편하다. 화가 나고 마음이 아프지만, 그런 감정을 어쩔 수가 없다.

"올바른 일이라고 생각하지는 않지만, 나한테 말한 건 잘했어." 스카페타가 말한다. "사실, 그 사람하고 일하는 게 쉽지만은 않거든."

"무엇보다 가장 흥미로운 점은 그에 대해 알려진 게 거의 없다는 사실이야." 루시는 기분이 약간 나아진다. "샬럿츠빌에서 태어났는데, 아버지는 공립학교 교사였고, 어머니는 1965년에 교통사고로 사망했어. 버지니아 대학교에서 학사를 마치고 의과대학원에 진학했어. 그리고 그곳에서 수련을 받았지만, 4개월 전 법의국장으로 임명되기 전까지 버지니아 의대 병원에서 일한 적은 없어."

"나한테 알려주기 위해 비싼 비용이 드는 뒷조사나 국방부 컴퓨터를 해킹하는 일 따위는 할 필요 없어. 내가 이런 이야기를 귀 기울여 들어야 하는지도 잘 모르겠고."

"그런데 그 사람이 법의국장으로 임명된 건 정말 이상하고 도저히 이해가 되지 않아." 루시가 말한다. "마커스는 한동안 메릴랜드 주에 있는 작은 병원에서 병리학자로 일했는데, 40대 초반이 되어서야 법의학자 수련 과정을 거쳤고 시험도 통과했어. 그리고 첫 번째 자격시험에서는 낙제했어."

"어디에서 법의학자 수련 과정을 거쳤는데?"

"오클라호마시티."

"그걸 귀 기울여 들어야 할지 잘 모르겠구나."

"뉴멕시코 주에서 한동안 법의학자로 일했는데, 1993년에서 1998년까지는 간호사와 이혼한 것 이외에 뭘 했는지 모르겠어. 아이는 없고. 1999년 세인트루이스로 이사했고, 리치먼드로 오기 전까지 그곳 법의국에서 일했어. 12년 된 볼보 자동차를 타고 다니고, 집을 구입한 적도 한 번 없어. 그 사람이 지금 세 들어 사는 집이 헨리코 카운티에 있고, 윌로 론(Willow Lawn) 쇼핑센터에서 멀리 떨어져 있지 않다는 걸 알면, 이모도 관심을 가질 거야."

"난 이런 이야기 들을 필요 없어." 스카페타가 말한다. "그것으로 충분해."

"체포된 적은 한 번도 없어. 이모가 알고 싶을 거라고 생각했어. 교통법규를 몇 번 어긴 적은 있지만, 대단한 사건은 없었어."

"이건 옳지 않아." 스카페타가 말한다. "난 이런 이야기를 들을 필요가 없어."

"알았어." 루시는 이모가 자신의 감정을 상하게 할 때 내는 목소리로 말한다. "어쨌든 그렇다는 얘기야. 훨씬 더 많은 걸 알아낼 수도 있지만, 우선 이것만 이야기할게."

"루시, 네가 날 도와주려고 애쓴다는 거 알아. 넌 정말 대단해. 난 네가 내 뒷조사를 하는 거 바라지 않아. 그는 좋은 사람이 아니야. 하지만 그가 어떤 사람인지는 아무도 몰라. 그의 윤리 의식이나 능력에 직접적으로 영향을 미치는 위험한 사안을 찾아내지 않는 한, 나는 그의 인생 경력에 대해 알 필요가 없어. 무슨 말인지 이해하겠니? 더 이상 그에 대해 뒷조사하지 마."

"그 사람은 위험인물이야." 루시가 확신에 찬 목소리로 말한다. "그런 패배자가 그런 막강한 자리에 앉다니. 그 사람은 위험한 인물이야. 도대체 누가 그자를 법의국장에 임명한 거야? 그리고 그 이유는 뭘까? 그가 얼마나 이모를 미워할지 충분히 상상할 수 있어."

"너와 이런 이야기 하고 싶지 않아."

"주지사는 여자야." 루시가 이야기를 계속한다. "왜 여자 주지사가 마커스 같은 패배자를 임명한 걸까?"

"더 이상 이런 이야기 하고 싶지 않아."

"물론, 정치가들이 직접 사람을 뽑지 않고 사인만 하는 경우도 많아. 법의국장 임명하는 것보다 더 중요한 일이 있었겠지."

"루시, 나를 화나게 만들려고 전화한 거니? 도대체 나한테 왜 이러는 거야? 제발 이러지 마. 그러지 않아도 힘드니까."

루시는 아무 말도 하지 않는다.

"루시? 듣고 있는 거야?" 스카페타가 묻는다.

"응, 듣고 있어."

"이렇게 전화 통화하는 거 너무 싫어." 스카페타가 말한다. "9월 이후로는 너를 보지 못했어. 네가 나를 피하고 있다는 생각이 들어."

24

강박증

그는 무릎 위에 신문을 펼친 채 거실에 앉아 쓰레기 트럭 오는 소리를 듣는다.

디젤 엔진 소리가 요란하다. 쓰레기 트럭은 드라이브웨이 끝부분에 멈추어 서고, 디젤 엔진 소리에 윙윙거리는 수압 리프트 소리가 더해진다. 쓰레기통에 담긴 잡동사니가 거대한 철제 쓰레기 트럭 속으로 요란한 소리를 내며 떨어진다. 이어서 덩치 큰 남자들이 텅 빈 쓰레기통을 다시 드라이브웨이에 내려놓고, 쓰레기 트럭은 덜컹거리며 골목을 따라 내려간다.

마커스는 거실에 놓인 커다란 가죽 소파에 앉아 있다. 쓰레기 트럭을 기다리는 동안 머리가 어지럽고, 숨도 제대로 쉴 수가 없고, 가슴이 두근거렸다. 그가 거주하는 중산층 동네인 웨스트햄그린에서 쓰레기를 수거하는 날은 월요일과 목요일, 시간은 아침 8시 반경이다. 그는 쓰레기 수거를 하는 이틀 동안은 항상 직원회의에 늦고, 얼마 전에는 아예 출근조차 하지 않았다.

쓰레기 수거 인부는 자신들을 쓰레기 수거자가 아닌 위생 엔지니어라고 부른다. 하지만 그들이 스스로를 어떻게 부르든, 정치적으로 어느 것이 옳든, 커다란 검은색 옷에 커다란 가죽 장갑을 낀 덩치 큰 남자들을 뭐라고 부르든, 그건 중요하지 않다. 마커스는 쓰레기 수거하는 사람들과 쓰레기 트럭을 두려워했다. 넉 달 전 이곳으로 이사하고 난 뒤부터 두려움은 더 심해졌다. 샬럿츠빌의 정신과 의사와 상담을 시작한 후로는 그나마 나아지고 있었는데.

마커스는 소파에 앉은 채 심장 박동이 느려지고, 어리럼증과 메스꺼움이 가라앉고, 예민했던 신경이 차분해지기를 기다린다. 잠시 후, 파자마와 욕실 가운, 슬리퍼를 신은 채 자리에서 일어난다. 쓰레기를 버리기 전에 옷을 입어봐야 아무 소용도 없다. 끔찍한 소리와 쓰레기 트럭이 덜커덩거리는 소리 그리고 덩치 큰 남자들을 보면 땀을 비 오듯 흘리기 때문이다. 쓰레기를 수거하고 그들이 떠날 때쯤이면, 완전히 땀에 젖어 추위에 떨며 얼굴은 하얗게 질려 있다. 마커스는 거실의 참나무 원목 바닥을 가로질러, 초록색 쓰레기 트럭이 골목길을 돌아가는 모습을 창밖으로 내다본다. 그리고 쓰레기 트럭이 사라졌는지, 쓰레기 트럭이 다니는 경로를 알면서도 혹시 되돌아오지는 않는지 확인하기 위해 끔찍한 소음에 귀를 기울인다.

잠시 후, 쓰레기 트럭은 몇 블록 떨어진 곳에 멈출 것이고, 인부들은 트럭에서 내려 쓰레기통을 비울 것이다. 그리고 패터슨 스트리트로 향할 것이다. 마커스는 쓰레기 트럭이 그다음에는 어디로 향하는지 알지도 못하고, 신경 쓰지도 않는다. 그는 인부들이 아무렇게나 내버려둔 쓰레기통을 창밖으로 내다보면서, 지금 밖으로 나가는 것은 안전하지 않다고 생각한다.

마커스는 아직 밖에 나갈 수 있을 만큼 기분이 나아지지 않는다. 그는 침실로 가서 경보 장치가 작동하고 있는지 확인하고, 파자마와 목욕 가운을 벗고 샤워를 시작한다. 샤워는 금세 끝난다. 몸이 깨끗하고 따뜻해진다. 수건으로 몸을 닦고 출근복으로 갈아입는다. 그는 습격을 받지 않은 것에 감사한다. 그리고 다른 사람들이 보는 곳에서 갑자기 습격을 당하면 어떻게 될지 생각하지 않으려고 애쓴다. 그렇다. 그런 일은 일어나지 않을 것이다. 집에 있거나 사무실 근처에 있는 한, 문을 걸어 잠그고 있는 한 안전하게 폭풍을 피할 수 있다.

부엌에서 오렌지색 알약 하나를 먹는다. 오늘 아침 벌써 클로노핀 한 알과 항우울제를 먹었지만, 클로노핀 0.5밀리그램을 또 복용한다. 지난 삼사 개월 동안, 하루에 3밀리그램까지 복용량이 많아졌다. 그는 신경안정제인 벤조디아제핀에 의존하는 게 그다지 기분이 좋지 않다. 샬럿츠빌에 있는 정신과 의사는 걱정하지 말라고 말했다. 알코올이나 마약을 남용하지 않는 한 클로노핀 복용은 아무 문제가 없다고. 마커스는 알코올이나 마약은 손에 대지도 않는다. 직업을 잃거나 창피를 당할지도 모른다는 두려움 때문에 쩔쩔 매는 것보다는 클로노핀을 복용하는 편이 훨씬 더 낫다. 그는 스카페타처럼 부유하지도 않고, 그녀가 담담하게 받아들이는 굴욕도 견디지 못할 것이다. 마커스는 스카페타에 이어 버지니아 주 법의국장으로 임명되기 전까지는 클로노핀이나 항우울제가 필요하지 않았다. 하지만 정신과 의사의 진단에 따르면, 지금은 여러 정신적 장애를 앓고 있다. 그것은 하나가 아닌 둘 이상의 장애 증세를 보인다는 얘기다. 세인트루이스에 살 때는 때때로 직업을 잃고 거의 꼼짝도 하지 않았지만, 그럭저럭 이겨나갈 수 있었다. 스카페타를 알기 이전의 삶은 그럭저럭 견딜 만했다.

그는 거실 창밖으로 쓰레기통을 다시 한 번 내다보면서, 커다란 쓰레기 트럭과 인부들의 소리에 귀를 기울인다. 하지만 아무 소리도 들리지 않는다. 오래된 회색 모직 코트를 걸치고 검은색 가죽 장갑을 낀 그는 현관에 멈추어 서서 자신의 기분이 어떤지 확인한다. 기분이 괜찮은 것 같아 경보 장치를 해제하고 문을 연다. 서둘러 드라이브웨이 끝으로 가서 쓰레기 트럭이 보이는지 골목 위아래를 확인하지만, 아무 소리도 들리지 않고 쓰레기 트럭도 보이지 않는다. 그제야 기분이 좋아진 그는 쓰레기통을 원래 있던 자리인 차고 옆으로 옮긴다.

그는 집으로 다시 들어가 코트와 장갑을 벗는다. 이제는 훨씬 더 침착해지고 기분이 상쾌하다. 손을 깨끗하게 씻고 다시 스카페타를 떠올린다. 자신이 원하던 대로 일이 진행돼서 안도감이 느껴진다. 그는 지난 수개월 동안 스카페타에 대해 이런저런 이야기를 들었다. 하지만 자신은 정작 그녀에 대해 몰랐기 때문에 불평을 할 수도 없었다. 보건부 장관은 이렇게 말했다. "그 여자 자리를 채우는 건 힘들 겁니다. 아마 불가능할지도 몰라요. 당신이 그 여자가 아니라는 이유만으로 당신을 존중하지 않는 사람들도 있을 겁니다." 마커스는 아무 대답도 하지 않았다. 그런 상황에서 도대체 무슨 말을 할 수 있겠는가? 마커스는 스카페타를 알지 못했다. 새로 부임한 주지사가 마커스를 법의국장으로 임명한 뒤 함께 커피를 마시자며 자신의 사무실로 초대했을 때, 마커스는 그 제안을 거절할 수밖에 없었다. 그녀가 제안한 시간은 월요일 아침 8시 반, 웨스트햄그린의 쓰레기 수거일과 겹쳤기 때문이다. 물론 그는 왜 주지사와 커피를 함께 마시지 못했는지 설명할 수 없다. 하지만 어쨌든 그건 절대 불가능했다. 거실에 앉아 쓰레기 트럭과 인부들의 소리에 귀를 기울이면서, 그는 주지사의 제안을 거절한 이후 버지니아에서 자신의 삶이 어떻게 될지 궁금해했었다. 그 여성 주지사는 마커스가 여성이 아니고 스카페타가 아니기 때문에 그를 존중하지 않을지도 몰랐다.

마커스는 새로 부임한 주지사가 스카페타를 옹호하는지 정확하게 알지 못했다. 하지만 아마도 그럴 것이다. 세인트루이스를 떠나 버지니아 주 법의국장 직을 수락했을 때, 그는 자신에게 무슨 일이 닥칠지 전혀 알지 못했다. 그가 일하던 세인트루이스 법의국에는 법의학자 여섯 명에 연구원들도 많았다. 그들은 모두 스카페타에 대해 알고 있었고, 그 여자 덕분에 미국에서 손꼽히는 곳이 된 버지니아 법의국에서 그녀 후임으로 일하는 것은 너무나 큰 행운이라고 말했다. 그리고 당시 주지사와 스카페타의 관계가 좋지 않았던 게 유감이라면서, 마커스에게 스카페타 자리를 맡으라고 종용했다.

마커스와 함께 일하던 법의국 직원들은 그가 다른 곳으로 가길 원했다. 마커스도 그 사실을 알고 있었다. 그들은 버지니아 법의국이 많은 사람들 가운데 왜 하필이면 마커스에게 관심을 갖게 되었는지 도무지 이해할 수 없었다. 그가 유력 인사들에게 대항하거나 정치적이지 않고, 존재감이 없다는 이유 말고는 다른 이유를 생각할 수 없었다. 그들은 마커스에게 온 기회는 결국 날아갈 거라고, 결국 제자리에 있게 될 거라고 여겼다. 마커스는 당시 사람들이 뭐라고 수군거리는지 알고 있었다.

하지만 그는 버지니아로 옮겼고, 한 달도 되지 않아 주지사와의 관계가 어색해졌다. 그건 전적으로 웨스트햄그린의 쓰레기 수거 때문이었지만 그는 스카페타 탓이라고 생각했다. 그는 스카페타 때문에 저주를 받았던 것이다. 그는 항상 그 여자에 대한 이야기를 들었다. 자신이 그 여자가 아니라는 이유로 불평을 들어야 했다. 그는 스카페타와 그녀가 이룩한 모든 일을 미워하게 되었다. 일은 뒷전이었다. 그리고 사소한 방법으로 자신의 불만을 드러냈다. 스카페타와 관련된 일이라면 그림, 화분, 책, 병리학자, 시신 등 무엇이든 무시하고 게을리했다. 스카페타가 법의국장이라면 그 모든 게 훨씬 더 좋아졌을 것이다. 그는 스카페타는 가공의 인물이자 사기꾼이자 패배자라는 것을 증명하는 데 몰두했다. 하지만 자신이 전혀 모르는 사람을 파괴할 수는 없었다. 그는 스카페타를 알지 못했기 때문에 그녀에 대한 부정적인 말조차 한마디도 할 수가 없었다.

그러다 질리 폴슨이 사망했고, 희생자의 아버지가 보건부 장관에게 전화를 했다. 보건부 장관은 주지사에게 전화를 했고, 주지사는 즉시 FBI 최고 책임자에게 전화를 했다. 그 모든 것은 주지사가 전국테러리스트위원회를 이끌고, 질리의 아버지인 프랭크 폴슨이 국토안보부와 관련이 있었기 때문이다. 만약 질리 폴슨이 미국 정부의 적에 의해 살해당한 것으로 드러나면, 얼마나 끔찍하겠는가?

FBI는 즉시 그 사건을 맡기로 하고, 지역 경찰의 수사에 개입했다. 누가 무슨 일을 하는지 아는 사람은 아무도 없었다. 어떤 증거물은 지역 연구실로 보내지고 어떤 증거물들은 FBI 연구실로 보내지고, 또 어떤 증거물들은 아예 채취도 하지 않았다. 프랭크 폴슨은 모든 사실이 밝혀지기 전까지 딸의 시신이 시체안치소 밖으로 나오지 않기를 바랐다. 그런 와중에 프랭크 폴슨과 그의 아내 사이가 좋지 않았다는 사실이 밝혀지면서 열네 살짜리 소녀의 죽음은 너무 복잡하게 뒤얽히며 정치적 이슈로 떠올랐다. 마커스는 자신이 어떻게 해야 할지 보건부 장관에게 물어보는 것 이외에 다른 선택의 여지가 없었다.

"사태가 정말 악화되기 전에…." 보건부 장관이 말했다. "실력자를 초빙해야 합니다."

"사태는 벌써 충분히 악화되었습니다." 마커스 국장이 대답했다. "리치먼드 경찰은 FBI가 개입했다는 소식을 듣자마자, 뒤로 물러서서 손을 놓았습니다. 설상가상으로, 우리는 그 여자애가 왜 죽었는지 모릅니다. 그 애가 사망한 것은 의심스럽지만, 현재로서는 사인이 밝혀지지 않았습니다."

"우리에겐 지금 당장 컨설턴트가 필요해요. 이 지역 출신이 아닌 사람, 정면에서 사건에 맞설 수 있는 사람이 필요합니다. 주지사가 이 사건 때문에 전국적으로 체면을 구기면, 나뿐 아니라 여러 사람의 목이 날아갈 겁니다."

"스카페타 박사가 어떨까요?" 마커스가 제안했다. 미리 생각도 하지 않았는데 막상 자기 입에서 그녀 이름이 튀어나오자 스스로도 깜짝 놀랐다. 하지만 그냥 아무 생각 없이 제안한 것뿐이다.

"정말 좋은 생각이에요." 보건부 장관도 동의했다. "그녀를 압니까?"

"곧 알게 되겠지요." 마커스가 대답했다. 그는 자신이 이토록 뛰어난 전술가라는 사실에 깜짝 놀랐다.

마커스는 자신이 얼마나 뛰어난 전술가인지 그때까지는 알지 못했다. 그는 스카페타를 비판한 적이 한 번도 없다. 그녀에 대해서도 전혀 모른다. 다만 그녀를 컨설턴트로 초빙하라는 권유를 강력하게 받았을 뿐이다. 더욱이 그녀에 대한 부정적인 말을 한마디도 한 적이 없기 때문에, 직접 전화를 걸 수도 있었다. 그것이 바로 그저께의 일이다. 그는 곧 스카페타를 알게 될 것이다. 그리고 그녀를 비판하고 그녀에게 창피를 줄 수도 있을 것이다. 자신이 원하는 대로 할 수 있을 것이다.

그는 질리 폴슨 사건의 문제점과 법의국의 다른 여러 상황에 대해서도 그녀를 탓할 것이다. 그리고 주지사는 마커스가 함께 커피를 마시자던 제안을 거절했다는 사실을 잊어버릴 것이다. 혹시라도 주지사가 다시 월요일이나 화요일 아침 8시 반에 보자고 하면, 법의국 직원회의가 8시 반이고, 직원회의를 주재하는 것은 매우 중요한 일과이기 때문에 커피는 나중에 마셨으면 좋겠다고 둘러댈 것이다. 처음에는 왜 그런 생각을 못했는지 모르겠다.

마커스는 거실에서 수화기를 집어 들며 텅 빈 길거리를 내다본다. 앞으로 3일 동안은 쓰레기 수거를 걱정하지 않아도 된다는 생각에 안도감이 느껴진다. 그는 몇 년째 사용하고 있는 조그만 검은색 주소록을 만지며 흐뭇해한다. 그 주소록에 적힌 이름과 주소 가운데 절반은 지워져 있다. 그는 다이얼을 누르고, 창밖으로 파란색 구형(舊形) 시보레 임팔라(Impala)가 지나가는 모습을 쳐다본다. 문득 어머니가 흰색 구형 임팔라를 언덕 끝에 있는 눈구덩이에 처박곤 하던 기억이 떠오른다. 그가 샬럿츠빌에서 자랄 때, 어머니는 해마다 같은 언덕 눈구덩이에 차를 처박곤 했다.

"네, 스카페타입니다."

"마커스입니다." 그는 권위적이지만 기분 좋은 목소리로 말한다. 그에게는 여러 가지 목소리가 있지만, 지금 이 순간은 기분 좋은 목소리를 선택한다.

"네." 그녀가 대답한다. "좋은 아침이에요. 필딩 박사한테 질리 폴슨에 대한 재검사 결과를 들었나요?"

"네, 잘 들었습니다. 그가 당신의 의견을 말해주더군요." 그는 '당신의 의견'이라는 말을 강조하면서, 그녀의 반응을 기대한다. '당신의 의견'이라는 말은 계산이 빠른 변호사들이나 사용하는 용어이기 때문이다. 반면 검사라면 '당신의 결론'이라고 말할 것이다. 경험과 전문가의 의견이 정당하다는 것을 인정해주는 표현이다. 하지만 '당신의 의견'이라는 말에는 모욕이 감춰져 있다.

"당신이 그 증거물에 대한 이야기를 들었는지 궁금하군요." 그는 주니어스 아이즈에게서 온 이메일을 떠올리며 말한다.

"아뇨, 듣지 못했습니다."

"놀랍군요." 마커스가 불길한 목소리로 말한다. "우리가 회의를 하는 것도 그 때문입니다." 회의를 소집한 건 어제지만 그는 이제야 그녀에게 그 사실을 알려준다. "오늘 아침 9시 반까지 내 사무실로 오기 바랍니다." 푸른색 구형 임팔라가 두 집 떨어진 차고로 들어가는 모습을 쳐다보던 그는 차의 주인이 누구인지, 왜 그곳에 주차하는지 궁금했다.

그의 제안이 마음에 내키지 않는 듯 스카페타는 잠시 망설인다. "물론이죠. 30분 후에 도착할게요."

"어제 오후에 뭘 했는지 물어봐도 되겠습니까? 내 사무실에서는 보지 못했는데." 그는 흑인 노파가 푸른색 구형 임팔라에서 내리는 모습을 바라보며 묻는다.

"서류 정리를 하고, 전화할 데가 많았습니다. 왜 그러세요, 필요한 거라도 있어요?"

마커스는 흑인 노파와 푸른색 구형 임팔라를 보면서 약간의 현기증을 느낀다. 그 대단한 스카페타가 마치 상관에게 하듯이, 뭔가 필요한 것이 있는지 묻는다. 어쨌든 마커스는 그녀의 상관이다. 지금 당장은 그렇다. 그는 그 사실이 믿기지 않는다.

"지금으로서는 당신한테 필요한 게 아무것도 없습니다." 그가 말한다. "회의실에서 봅시다." 그리고 전화를 끊는다. 스카페타보다 전화를 먼저 끊으면서 희열을 느낀다.

오래된 갈색 구두를 신은 그는 또각또각 소리를 내며 부엌으로 가서, 디카페인 커피를 한 잔 더 준비한다. 아까 탄 커피는 쓰레기 트럭과 인부들 때문에 마시는 걸 깜빡해서 차갑게 식어버렸다. 그는 식은 커피를 싱크대에 부어버린 다음, 새 커피를 올려놓고 거실로 돌아와 구형 임팔라를 확인한다. 가장 좋아하는 커다란 가죽의자에 앉아 항상 내다보는 창문 너머로, 흑인 노파가 차 뒷좌석에서 식료품이 든 봉투를 꺼내는 모습을 쳐다본다. 그녀는 가사 도우미가 틀림없을 것이다. 흑인

가사 도우미가 어린 시절 자신의 어머니와 똑같은 차를 모는 걸 보자 짜증이 난다. 임팔라도 한때는 꽤 좋은 차였다. 아랫부분에 파란색 줄무늬가 있는 흰색 임팔라를 몰 수 있는 사람은 그다지 많지 않았다. 언덕 끝부분에서 눈구덩이에 처박힐 때를 제외하고는 그 차가 자랑스러웠다. 어머니는 운전 실력이 그다지 좋지 않았다. 어머니는 임팔라를 운전해서는 안 되었다. 임팔라는 먼 거리를 달릴 수 있고 쉽사리 놀라는 아프리카 영양 수놈의 이름을 딴 것이다. 그래서인지 어머니는 가만히 서서도 깜짝깜짝 놀라곤 했다.

늙은 가사 도우미는 임팔라 뒷좌석에서 비닐봉투를 천천히 꺼낸다. 그리고 현관으로 천천히 걸어가 봉투를 내려놓는다. 그런 다음 다시 차로 돌아가서 봉투를 더 꺼낸 다음 엉덩이로 차 문을 닫는다. 마커스는 창밖을 내다보면서, 저 차도 한때는 좋은 차였다고 생각한다. 노파가 운전하는 임팔라는 40년은 된 것 같지만 아직도 멀쩡해 보인다. 1963년형과 1964년형 임팔라를 마지막으로 보았던 때가 언제지? 오늘 그 차를 보면서 깜짝 놀랐지만, 그는 왜 그랬는지 이유를 알지 못한다. 커피를 마시러 부엌으로 간다. 20분 후면 자기 밑에서 일하는 의사들은 부검을 하느라 바쁠 테고, 그는 어느 누구와도 이야기할 필요가 없을 것이다. 가만히 기다리자, 심장 박동이 다시 빨라지고 신경이 곤두서기 시작한다.

심장이 빨리 뛰고 몸이 떨리고 경련이 일어나는 게 처음에는 디카페인 커피에 남아 있는 카페인 때문이라고 생각한다. 하지만 커피는 몇 모금밖에 마시지 않았다. 그는 다른 무슨 일이 일어나고 있음을 깨닫는다. 길 건너편에 있는 임팔라를 생각하자, 마음이 불편하고 기운이 빠진다. 자신이 쓰레기 수거 때문에 집에 있는 동안은 가사 도우미가 그 차를 운전하지 않았으면 싶다. 다시 거실로 돌아와 가죽 의자에 앉아 몸을 기댄다. 애써 마음을 진정시키려 하지만, 심장 박동이 너무 세차서 흰 셔츠의 가슴 부분이 미세하게 움직이는 것을 볼 수 있다. 그는 심호흡을 하고 눈을 감는다.

이곳으로 이사 온 지 넉 달이 지났지만 임팔라를 본 것은 오늘이 처음이다. 가느다란 운전대는 푸른색일 테고 조수석에는 에어백이 없을 것이다. 그리고 오래된 푸른색 안전벨트는 어깨 멜빵이 없어 배 부위를 압박할 것이다. 그 임팔라 차량의 내부를 상상해본다. 하지만 그가 상상하는 차는 길 건너편에 있는 임팔라가 아니라 어머니가 운전하던, 아랫부분에 줄무늬가 있는 흰색 임팔라다. 커다란 가죽 의자에 앉은 그는 옆에 둔 커피도 잊어버린 채 가만히 눈을 감는다. 얼마 후 자리에서 일어나 몇 번씩이나 창밖을 내다봤지만, 푸른색 임팔라는 더 이상 보이지 않는다. 그는 경보 장치를 켜고 현관문을 잠근 다음 차고로 걸어간다. 순간, 임팔라는 존재하지도 않고 자신은 임팔라를 보지 않았을 수도 있다는 두려움이 엄습한다. 그러나 임팔라는 분명히 있었다.

몇 분 후, 천천히 차를 몰고 가던 그는 서너 집 떨어진 곳에 차를 세우고, 임팔라가 있던 텅 빈 드라이브웨이 쪽을 들여다본다. 지금까지 만들어진 자동차 가운데 가장 안전성이 높은 자신의 볼보 자동차에 앉아 텅 빈 드라이브웨이를 들여다보던 그는 결국 차에서 내린다. 유행에 민감하지는 않지만 깔끔한 긴 회색 코트에 회색 모자를 쓰고, 세인트루이스에 살기 이전부터 착용하던 검은색 가죽 장갑을 끼고 있다. 그는 자신이 점잖아 보인다는 것을 의식하면서 초인종을 누른다. 그리고 잠시 가만히 있다가 한 번 더 초인종을 누른다. 이윽고 문이 열린다.

"무슨 일이세요?" 문을 열어준 여자가 말한다. 50대로 보이는 그녀는 테니스 운동복에 테니스화를 신고 있다. 친숙하고 우아해 보이는 인상이지만, 친절해 보이지는 않는다.

"조엘 마커스라고 합니다." 그는 기분 좋은 목소리로 말한다. "길 건너 편에 사는데, 방금 전 우연히 푸른색 구형 임팔라를 보게 되었습니다." 그는 그녀의 집을 다른 집으로 착각했다고 말할 준비를 하며, 그녀가 푸른색 구형 임팔라에 대해서는 전혀 모른다고 대답하기를 기대한다.

"아, 워커 부인 말이군요. 그녀는 죽을 때까지 그 차를 몰 거예요. 아마 신형 캐딜락과 바꿔준다고 해도 사양할 걸요." 친숙한 인상을 가진 이웃이 미소를 지으며 대답하자, 마커스는 안도한다.

"그렇군요." 마커스가 말한다. "그냥 궁금해서 물어보았습니다. 구형 차를 수집하고 있어서요." 물론 그는 구형차를 수집하지 않는다.

"그 차를 수집할 수는 없을 거예요." 부인이 명랑한 목소리로 말한다. "워커 부인은 그 차를 너무나 사랑하거든요. 당신을 직접 만난 적은 없지만, 누구신지 알 것 같군요. 새로 오신 법의관 맞죠? 그 유명한 여성 법의관 후임으로 오셨다고 들었는데, 그 여자 분 이름이 뭐였더라? 그 분이 버지니아를 떠나게 되어서 무척 놀라고 실망했었는데, 무슨 일이 있었던 거예요? 이런, 이렇게 추운 곳에 계속 서 계시게 하다니, 제가 예의가 없군요. 안으로 들어오시겠어요? 굉장히 매력 있는 여자였는데, 이름이 뭐였더라?"

"그럼 바빠서 이만." 마커스는 다른 목소리로 대답한다. 이번에는 뻣뻣하고 긴장한 목소리다. "실례합니다만, 주지사하고의 약속에 늦어서요." 냉담하게 거짓말을 하고 자리를 떠난다.

25

우연한 만남

흐린 회색 하늘에 차가운 햇빛이 희미하게 비친다. 주차장을 가로지르는 스카페타의 검은색 긴 코트 자락이 펄럭거린다. 자신이 예전에 일하던 건물을 향해 재빨리 걸음을 옮기던 그녀는 법의국장 전용인 1번 주차 공간이 비어 있는 것을 보자 짜증이 난다. 마커스는 아직 도착하지 않았다. 평소처럼 이번에도 지각이다.

"안녕하세요, 브루스." 스카페타는 책상에 앉아 있는 경비원에게 인사한다.

브루스가 스카페타를 보며 미소를 짓고 손을 흔들어준다. "출근 사인은 제가 해드리겠습니다." 그가 버튼을 누르자, 법의국 건물로 이어지는 두 번째 문이 열린다.

"마리노는 도착했나요?" 그녀는 걸어가면서 묻는다.

"아직 못 봤습니다." 브루스가 대답한다.

어젯밤 필딩이 문을 열어주지 않아서 그녀는 현관에 선 채 그에게 전화를 걸었다. 하지만 그녀가 갖고 있던 필딩의 집 전화번호는 불통이었다. 그러고 나서 마리노에게 전화를 했지만, 시끄러운 목소리와 웃음소리 때문에 거의 통화를 할 수가 없었다. 마리노가 술집에 있는 것 같았지만 스카페타는 어디냐고 묻지 않았다. 대신 필딩을 만나지 못하면 곧장 호텔로 돌아갈 거라고만 말했다. 그러자 마리노는 이렇게 대답했다. 알겠소, 박사. 나중에 필요하면 다시 전화하시오.

그런 뒤 스카페타는 필딩의 집 현관문과 뒷문을 열어보았다. 하지만 모두 잠겨 있었다. 초인종을 누르고, 문을 두드려보았지만 대답이 없었다. 점점 더 불안해졌다. 그녀 밑에 있던 부국장이면서 최고의 조력자이자 친구였던 필딩의 집 차고에는 그의 차도 있었다. 방수포를 씌운 그 차는 필딩이 애지중지하던 빨간색 무스탕일 게 분명했다. 방수포 끝을 들어 올려 확인해보자, 불길한 예감은 들어맞았다. 그날 아침 법의국 6번 주차 공간에서 그 무스탕을 보았기 때문에, 필딩이 지금도 그 차를 몰고 있는 건 확실했다. 그러나 그 차가 차고에 있다 하더라도, 필딩이 집에 있으면서 문을 열어주지 않았다고는 확신할 수 없었다. 차가 한 대 더 있을 수도 있다. SUV를 새로 구입했을지도 모른다. SUV 혹은 다른 차량을 몰고 외출했다가 집으로 돌아오는 시간이 늦어질 수도 있고, 그녀를 저녁식사에 초대한 사실을 까맣게 잊어버렸는지도 모른다.

그런 생각을 하면서 필딩이 돌아오기만 기다리던 스카페타는 이윽고 그에게 무슨 일이 일어났을지도 모른다는 걱정이 들기 시작했다. 사고가 나서 다쳤을 수도 있고, 심한 알레르기 때문에 발진이 났거나 과민성 쇼크에 빠졌는지도 모른다. 혹은 자살을 했을 수도 있다. 스카페타가 자기 시신을 처리해줄 거라 믿고 그녀가 오는 시간에 맞춰 자살을 시도했을지도 모른다. 자살을 하면, 누군가가 그 시신을 처리해줘야 한다. 모든 사람이 스카페타는 어떤 상황에서든 잘 처리해줄 거라고 생각했다. 그 때문에 그녀는 침대에서 권총으로 자살한 사람 혹은 알약을 과다 복용해서 자살한 사람 등의 시신을 처리해야 하는 끔찍한 운명을 떠맡게 되었다. 스카페타에게도 한계가 있다는 걸 아는 유일한 사람은 루시일 것이다. 하지만 루시는 이모에게 거의 아무 말도 하지 않는다. 그녀가 루시를 마지막으로 본 것은 지난 9월이었다. 무슨 일이 있는 게 분명하다. 하지만 루시는 스카페타 이모가 그것을 처리할 수 있을 거라고 생각하지 않는다.

"마리노를 찾을 수가 없네요." 스카페타는 브루스에게 말한다. "그를 보면 내가 찾고 있다고 전해주세요. 회의에 들어가야 하거든요."

"주니어스 아이즈는 마리노가 어디 있는지 알 겁니다." 브루스가 말한다. "증거물 연구실에서 일하시는 분 말입니다. 어젯밤 마리노하고 만나는 것 같던데. 아마 FOP 라운지로 갔을 겁니다."

스카페타는 한 시간 전 마커스가 자신에게 전화를 걸어 증거물에 대해 했던 말을 떠올린다. 이번 회의는 분명 그 증거물 때문에 소집한 게 분명할 텐데, 마리노를 찾을 수가 없다. 어젯밤 그는 예전에 자주 다니던 FOP에서, 증거물 전문가인 아이즈와 함께 술을 마셨을 것이다. 스카페타는 상황이 어떻게 돌아가는지 알 수 없었다. 게다가 마리노는 전화를 받지 않았다. 그녀는 불투명 유리문을 열고, 자신이 예전에 일하던 건물의 대기실로 들어간다.

스카페타는 폴슨 부인이 무릎에 올려놓은 책을 꼭 잡은 채 공허한 눈으로 의자에 앉아 있는 모습을 보고 깜짝 놀란다. "폴슨 부인?" 스카페타는 걱정 어린 모습으로 그녀에게 다가간다. "왜 여기에 있어요?"

"문을 열 때까지 이곳에서 기다리라고 했습니다." 폴슨 부인이 말한다. "법의국장이 아직 출근하지 않았다며 이곳에서 기다리라고 했어요."

스카페타는 폴슨 부인이 마커스가 주재하는 회의에 참석한다는 사실을 듣지 못했다. "함께 안으로 들어가요." 스카페타가 폴슨 부인에게 말한다. "마커스 박사와 만나기로 했나요?"

"그런 것 같아요."

"나도 그 사람하고 만나기로 했어요." 스카페타가 말한다. "우리 두 사람 모두 같은 회의에 참석할 것 같군요. 자, 어서 안으로 들어가요."

폴슨 부인은 지치고 고통스러운 모습으로 천천히 자리에서 일어난다. 스카페타는 대기실에 약간의 생기를 불어넣어주는 화분이 몇 개만이라도 있었으면 좋겠다고 생각한다. 화분이 있으면 사람들은 덜 외롭다고 느끼는데, 세상에서 시체안치소처럼 외로운 곳은 아무 데도 없을 것이다. 시체안치소는 누군가를 기다릴 만한 장소가 못 된다. 스카페타는 창문 옆에 있는 버저를 누른다. 창문 반대편에는 카운터톱 있고, 회색과 푸른색이 섞인 카펫이 깔려 있고, 행정실로 이어지는 출입구가 보인다.

"무슨 일로 오셨습니까?" 인터폰에서 여자 목소리가 울려 퍼진다.

"스카페타입니다." 그녀는 자신의 이름을 댄다.

"들어오십시오." 여자 목소리가 들리고, 창문 오른쪽에 있는 유리문이 찰칵 소리를 내며 열린다.

스카페타는 폴슨 부인이 먼저 들어가도록 문을 잡아준다. "오래 기다리지 않았는지 모르겠네요." 스카페타가 부인에게 말한다. "기다리게 해서 미안해요. 부인이 오시는 줄 알았더라면, 내가 미리 와서 기다렸거나 편안한 곳에서 커피를 마시며 기다릴 수 있도록 조처했을 텐데."

"주차 공간이 부족하기 때문에 일찍 오라고 하더군요." 폴슨 부인이 사무실을 둘러보며 대답한다. 바깥쪽 사무실에서는 직원이 컴퓨터로 일을 처리하고 있다.

스카페타는 폴슨 부인이 법의국에 온 게 이번이 처음이라는 걸 알 수 있었다. 놀랄 일도 아니다. 마커스는 유가족과 많은 대화를 나눌 타입도 아니고, 그렇지 않아도 업무 때문에 지친 필딩은 감정적으로 힘들어하는 그들과의 만남을 꺼렸을 것이다. 스카페타는 폴슨 부인을 회의에 참석시키는 데는 정치적인 목적이 있고, 자신을 화나게 하거나 불쾌하게 만들기 위해서일지도 모른다는 의구심이 든다. 책상에 앉아 있던 직원이 마커스 박사는 약간 늦을 테니 회의실에 먼저 들어가도 좋다고 말한다. 스카페타는 그 직원이 책상을 떠난 적이 한 번도 없다는 생각이 문득 들었다. 그녀가 사무실로 들어올 때, 사람이 아니라 마치 책상이 일을 하고 있는 것 같은 느낌이었다.

"들어가요." 스카페타는 폴슨 부인의 등을 가볍게 만지며 말한다. "커피 마시겠어요? 커피 한 잔 마시고, 회의실에 들어가도록 해요."

"질리는 아직 이곳에 있어요." 부인이 겁먹은 눈빛으로 주변을 둘러보며 뻣뻣하게 걸음을 옮긴다. "내가 질리를 데려가게 허락하지 않을 거예요." 그러고는 쥐고 있던 책을 비틀면서 울기 시작한다. "질리가 아직 이곳에 있는 건 부당해요."

"그들이 무슨 이유를 대던가요?" 스카페타는 폴슨 부인과 함께 회의실을 향해 천천히 걸어가면서 묻는다.

"모두 남편 때문이에요. 질리는 아버지를 무척 따랐고, 남편은 질리를 데려가겠다고 말했어요. 딸아이도 원했고요." 부인의 울음소리가 더 커지고, 스카페타는 커피 머신으로 가서 일회용 컵에 커피를 따른다. "질리는 이번 학기가 끝나는 대로 찰스턴에 가서 살고 싶다고 판사한테 말했어요. 남편은 질리가 찰스턴에 와서 살기를 원했어요."

스카페타는 커피 두 잔을 들고 회의실로 들어가서, 이번엔 윤이 나는 긴 테이블 한가운데에 자리를 잡는다. 커다란 회의실 안에는 그녀와 폴슨 부인 이외에는 아무도 없다. 폴슨 부인은 구석에 있는 신체 해부도와 인체 모형을 멍하니 바라본다. 커피 잔을 입으로 가져가는 폴슨 부인의 손이 떨린다.

"남편의 가족은 찰스턴에다 시신을 매장해요." 폴슨 부인이 말한다. "몇 대째 내려오는 전통이죠. 하지만 우리 가족은 이곳에 있는 할리우드 공동묘지에 묻죠. 그가 무슨 음모를 꾸미고 있는지 모르겠어요. 왜 이렇게 힘들어야 하는 거죠? 난 이미 너무 많이 힘들었어요. 남편이 질리를 원하는 건 나를 괴롭힐 수 있고, 나에게 복수할 수 있고, 나를 난처하게 만들 수 있기 때문이에요. 그는 나를 미치게 만들겠다고, 그래서 나를 병원에 가두어버리겠다고 항상 말하곤 했어요. 이번엔 분명 그렇게 할 거예요."

"두 분은 서로 통화를 하나요?" 스카페타가 묻는다.

"그는 나와 이야기하지 않아요. 단지 명령만 할 뿐이죠. 그는 모든 사람들로부터 좋은 아버지라고 인정받고 싶어 하지만, 내가 딸아이를 생각하는 것처럼 대해주지는 않아요. 질리가 죽은 건 남편 잘못이에요."

"부인은 전에도 그렇게 말했어요. 그의 잘못이 뭐죠?"

"나는 그가 무슨 짓을 했는지 알아요. 그는 나를 파괴하고 싶어 해요. 그는 질리를 데려가려 했어요. 그리고 이제 질리를 영원히 데려갔어요. 그는 내가 미쳐버리길 바라요. 아무도 진실을 보지 못하지만, 진실은 분명히 있어요. 사람들은 내가 미쳤다고 말하고, 남편을 불쌍하게 생각하죠. 하지만 진실은 분명히 존재합니다."

회의실 문이 열리자 두 사람은 고개를 돌리고 문 쪽을 바라본다. 회의실로 들어온 사람은 30대 후반이나 40대 초반의 잘 차려입은 여자였다. 적절한 식이요법과 운동을 병행하는 듯하고, 금발 머리는 주기적으로 잘 관리하는 것처럼 보였다. 그 여자가 가죽 가방을 테이블 위에 내려놓으며, 마치 구면인 것처럼 두 사람을 향해 미소를 지으며 가볍게 목례한다. 그리고 가죽 가방의 걸쇠를 풀어 파일 폴더와 법률 용지를 꺼낸 다음 자리에 앉는다.

"FBI 특수요원 웨버입니다." 스카페타를 보며 말한다. "스카페타 박사님이시죠? 이곳에 오셨다고 들었습니다. 폴슨 부인, 오늘은 좀 어떠십니까? 부인이 올 거라고는 예상 못했네요."

폴슨 부인은 책에 끼워두었던 티슈를 꺼내 눈가를 닦는다. "안녕하세요." 그녀가 웨버에게 인사를 한다.

스카페타는 FBI가 왜 이 사건에 개입했는지, 혹은 이 사건에 강제로 개입된 것은 아닌지 특수요원 웨버에게 단도직입적으로 물어보고 싶은 충동을 억누를 수 없다. 하지만 지금은 질리의 어머니가 같은 테이블에 앉아 있었다. 스카페타는 간접적인 방법을 시도한다.

"리치먼드 지국에서 오셨습니까?"

"콴티코 본부에서 왔습니다." 웨버가 대답한다. "행동과학 팀 소속입니다. 콴티코에 새로 들어선 과학수사 연구실 보셨습니까?"

"아뇨, 아직 보지 못했습니다."

"정말 대단해요."

"분명히 그럴 테지요."

"폴슨 부인, 오늘은 무슨 일로 이곳에 오셨습니까?" 특수요원 웨버가 묻는다.

"모르겠어요." 부인이 대답한다. "감정서 때문에 왔습니다. 질리가 끼고 있던 귀걸이하고 가죽 팔찌를 돌려준다고 했어요. 그리고 법의국장이 나를 직접 만나겠다고 했대요."

"회의에 참석할 건가요?" FBI 요원이 묻는다. 매력적이고 탄탄한 그녀의 얼굴에 당혹스러운 표정이 스쳐 지나간다.

"질리의 감정서와 소지품 때문에 오신 거예요?" 스카페타는 그 질문을 하자마자 실수를 했다는 생각이 든다.

"네. 9시에 와서 찾아가라고 들었어요. 지금까지는 이곳에 올 수가 없었거든요. 수수료가 있다고 해서 수표를 써왔습니다." 폴슨 부인은 겁에 질린 눈빛으로 말한다. "내가 이곳에 잘못 들어온 것 같군요. 회의에 대한 이야기는 전혀 듣지 못했거든요."

"그럼, 이곳에 오신 김에 한 가지만 물어볼게요, 폴슨 부인." 특수요원 웨버가 말한다. "그저께 했던 이야기 기억납니까? 당신은 남편이, 아니 전남편이 조종사라고 말했습니다. 맞습니까?"

"아뇨, 그는 조종사가 아니에요. 그가 조종사라고 말한 적 없습니다."

"그렇군요. 그가 조종사 자격을 갖고 있다는 기록을 전혀 찾을 수가 없었거든요." 특수요원 웨버가 말한다. "그래서 약간 당황했습니다." 그리고 가볍게 미소를 짓는다.

"많은 사람이 그가 조종사일 거라고 생각하죠." 폴슨 부인이 말한다.

"이해할 만해요."

"그는 조종사들과 함께 어울리는 걸 좋아해요. 군인 조종사들을 좋아합니다. 특히 여자 조종사들을 좋아하죠. 나는 그가 뭘 원하는지 알아요." 폴슨 부인이 기운 빠진 목소리로 말한다. "장님이나 귀머거리 혹은 바보가 아닌 이상 그가 뭘 원하는지 알 수 있어요."

"좀 더 자세히 설명해줄 수 있겠어요?" 특수요원 웨버가 묻는다.

"그는 조종사들의 신체검사를 해줘요. 상상이 갈 거예요." 폴슨 부인이 말한다. "그게 남편이 병원에서 하는 짓이에요. 조종복을 입은 여자가 병원 안으로 들어오면, 그다음은 상상이 갈 거예요."

"그가 여자 조종사들을 성희롱했다는 이야기를 들으셨어요?" 특수요원이 음울한 목소리로 묻는다.

"그는 항상 사실을 부인하고 발뺌하죠." 폴슨 부인이 덧붙여 말한다.

"공군으로 일하는 시누이가 있는데, 남편하고 관련이 있는지 항상 궁금했어요. 남편보다 나이가 훨씬 많은 시누이예요."

바로 그때, 마커스가 회의실로 들어온다. 소매 없는 러닝셔츠에 흰색 셔츠를 입고, 폭이 좁은 청색 넥타이를 맸다. 그의 시선이 스카페타를 지나 폴슨 부인에게 고정된다.

"초면인 것 같은데요." 그는 권위적이면서도 따뜻한 목소리로 말한다.

"폴슨 부인, 이분이 법의국장 마커스 박사이십니다." 스카페타가 그를 소개해준다.

"혹시 두 분 가운데 한 분이 폴슨 부인을 부른 겁니까?" 마커스는 스카페타와 특수요원 웨버를 번갈아 보며 묻는다. "나로서는 당황스럽군요."

폴슨 부인이 자리에서 일어난다. 마치 팔다리가 각기 다른 메시지를 보내는 것처럼 행동이 굼뜨다. "무슨 상황인지 잘 모르겠지만, 난 그저 서류와 질리의 귀걸이와 팔찌를 받으러 온 것뿐이에요."

"죄송합니다, 내가 실수한 것 같군요." 스카페타가 폴슨 부인을 따라 자리에서 일어나며 말한다. "폴슨 부인이 기다리는 걸 보고 이곳으로 모셔왔어요. 사과드립니다."

"괜찮습니다." 마커스가 폴슨 부인에게 말한다. "오늘 아침에 들를 거라는 이야기는 들었습니다. 따님 일은 정말 유감스럽게 생각합니다." 짐짓 친절해 보이는 미소를 지으며 말한다. "따님 사건을 최우선으로 처리하고 있습니다."

"네." 폴슨 부인이 대답한다.

"건물 밖까지 안내해드리겠습니다." 스카페타는 폴슨 부인에게 문을 열어주며 말한다. "정말 유감입니다." 두 사람은 회색과 푸른색이 섞인 카펫 위를 걷는다. 커피 머신을 지나 복도로 걸어간다. "저 때문에 당황했거나 불쾌하지 않았길 바랍니다."

"질리가 어디 있는지 말해줘요." 폴슨 부인이 복도 한가운데서 발걸음을 멈추며 말한다. "난 알아야 해요. 질리가 정확히 어디에 있는지 말해줘요."

스카페타는 망설인다. 그런 질문을 흔히 받지만, 대답하기는 간단하지 않다. "질리는 저 문 반대편에 있습니다." 그녀는 몸을 돌리고 복도 끝에 있는 일련의 문을 가리키며 말한다.

"관에 누워 있겠군요. 소나무 관에 대한 이야기를 들었어요." 폴슨 부인이 눈물을 글썽이며 말한다.

"아닙니다, 따님은 관에 누워 있지 않아요. 이곳에는 소나무 관 같은 것은 없습니다. 따님 시신은 냉장고에 들어 있습니다."

"내 어린 딸이 너무 춥겠군요." 부인이 울음을 터뜨린다.

"질리는 추위를 느끼지 못합니다, 폴슨 부인." 스카페타는 다정하게 말한다. "어떤 불편함이나 고통도 느끼지 않으니 걱정 마세요."

"질리를 보셨나요?"

"네, 봤습니다." 스카페타가 대답한다. "따님의 시신을 부검했습니다."

"질리가 고통스러워했던 건 아니죠? 그렇죠?"

그러나 스카페타는 폴슨 부인에게 그렇다고 말할 수 없다. 그렇게 말한다면 거짓말이 될 것이다. "아직 해야 할 검사가 많이 남아 있습니다." 그녀가 대답한다. "당분간 연구실에서 검사가 진행될 거예요. 질리한테 무슨 일이 일어났는지 확인하기 위해 모든 사람이 열심히 일하고 있습니다."

스카페타는 흐느껴 우는 폴슨 부인을 부축해 복도 끝에 있는 행정사무실까지 데려간다. 그리고 폴슨 부인이 요구한 감정서 복사본과 질리의 유품인 하트 모양 귀걸이와 가죽 팔찌를 건네주라고 책상에 앉아 있는 직원에게 말한다. 질리가 입고 있던 파자마와 침구 등은 사건 증거물이기 때문에 당분간 되돌려줄 수 없다. 스카페타가 회의실로 돌아가기 위해 걷고 있는데, 마리노가 나타난다. 얼굴이 벌겋게 달아오른 채 급히 복도를 걸어오고 있다.

"나도 오늘 아침은 엉망이었는데, 당신도 그런 것 같군요." 스카페타가 마리노에게 말한다. "계속 연락했는데, 내 메시지 받았어요?"

"폴슨 부인이 도대체 여기서 뭐 하는 거요?" 마리노는 화가 단단히 난 표정으로 말한다.

"질리의 유품과 감정서 사본을 받으러 왔대요."

"시신을 누가 가져갈지도 결정하지 않은 판국에 꼭 그걸 받아가야 한단 말이오?"

"폴슨 부인은 질리의 최근친자예요. 그녀한테 무슨 감정서를 주겠다는 건지 모르겠어요. 이곳에서 무슨 일이 벌어지고 있는지 정말 알 수가 없어요." 스카페타가 말한다. "FBI 요원이 회의실에 나타났어요. 누가 더 왔는지, 혹은 누가 앞으로 올지도 모르겠어요. 방금 들은 건데, 프랭크 폴슨이 여성 조종사를 성희롱했다는 말이 있어요."

"휴." 마리노는 서두르는 데다 너무나 이상하게 행동하고 있다. 게다가 술 냄새도 풍기고 몰골이 말이 아니었다.

"괜찮아요?" 스카페타가 묻는다. "내가 지금 무슨 말을 하고 있는 거지? 마리노, 설마?"

"별것 아니니 신경 쓰지 마시오." 마리노가 심드렁하게 대답한다.

26

마리노는 커피에 설탕을 잔뜩 넣는다. 정제된 백설탕을 먹는 걸 보면 몸 상태가 최악임에 틀림없다. 백설탕은 그의 식이요법에서 엄격하게 금지된 최악의 식품이기 때문이다.

"정말 자기 자신한테 그렇게 하고 싶어요?" 스카페타가 묻는다. "곧 후회할 거예요."

"도대체 폴슨 부인이 여기서 뭘 하는 거요?" 마리노는 설탕 한 숟가락을 더 넣은 다음 커피를 젓는다. "시체안치소로 가다 애 엄마가 복도를 걸어가는 걸 봤소. 설마 폴슨 부인이 질리의 시신을 본 건 아니겠지? 그런데 대체 폴슨 부인이 여기서 뭘 하는 거요?"

마리노는 어제와 마찬가지로 검은색 카고 바지에 방수 점퍼, LAPD 야구모자를 쓰고 있다. 면도도 하지 않은 상태에 눈은 충혈되어 피곤해 보인다. FOP 라운지에서 술을 마신 후, 예전에 볼링장에서 어울리다 술을 마시고 함께 자던 여자들 가운데 한 명을 만나러 갔을 것이다.

"내키지 않으면 회의에 참석하지 않는 게 더 나을지도 몰라요." 스카페타가 말한다. "그들이 당신한테 회의에 참석해달라고 요청한 적도 없으니, 기분도 좋지 않은 당신과 함께 회의에 참석해서 상황을 악화시킬 필요는 없겠죠. 백설탕을 먹으면 어떻게 되는지 본인도 잘 알잖아요."

"휴." 마리노는 닫힌 회의실 문을 쳐다본다. "그렇소, 이 나쁜 놈들한테 내 기분이 어떤지 가르쳐줘야겠소."

"도대체 무슨 일이 있었던 거예요?"

"박사에 대한 소문이 돌고 있소." 마리노는 화난 표정으로 목소리를 낮추며 말한다.

"어디서 소문이 돈단 말이에요?" 그녀는 소문을 좋아하지도 않고 거의 신경 쓰지도 않는다.

"박사가 다시 이곳으로 돌아올 것이다, 그 때문에 여기로 온 것이다, 이런 얘기." 마리노는 나무라는 표정으로 그녀를 쳐다보며 설탕을 너무 많이 탄 커피를 마신다. "도대체 박사가 나한테 숨기는 게 뭐요?"

"나는 이곳으로 돌아오지 않을 거예요." 그녀가 말한다. "쓸데없는 소문을 곧이곧대로 믿다니 놀랍군요."

"난 여기로 돌아오지 않을 거요." 마리노는 마치 소문이 그녀에 대한 게 아니라 자신에 대한 것인 듯 말한다. "절대 돌아오지 않을 거요. 그러니 그런 생각일랑 하지도 마쇼."

"그런 생각은 하지도 않아요. 지금 당장 그런 생각은 집어치워요." 스카페타는 회의실로 걸어가 짙은 목재 문을 연다.

마리노는 원하면 스카페타를 따라갈 수도 있고, 커피 머신 옆에서 하루 종일 설탕을 먹을 수도 있다. 그녀는 그를 부추기거나 감언이설로 꾀지도 않을 것이다. 마리노 심기가 왜 그렇게 불편한지 궁금하지만, 지금 당장은 참아야 한다. 지금 그녀는 마커스, FBI 요원, 어젯밤 자신을 기다리게 했던 그리고 지난번 봤을 때보다 더 심하게 염증을 앓던 잭 필딩과 함께 회의에 참석해야 한다. 스카페타가 의자에 앉는 동안, 어느 누구도 그녀에게 말을 걸지 않는다. 그녀는 마치 심문을 받고 있는 것 같은 생각이 든다.

"자, 회의 시작합시다." 마커스가 말문을 연다. "FBI 프로파일링 팀에서 온 특수요원 웨버하고는 인사를 나눈 줄 압니다." 마커스는 스카페타에게 말하며 웨버의 팀 이름을 잘못 언급한다. 프로파일링 팀이 아니라 행동과학 팀이다. "우리는 지금 중요한 사건을 맡고 있습니다." 마커스의 표정이 험상스럽다. 안경 너머로 보이는 그의 눈빛이 차갑게 번쩍인다. "스카페타 박사, 당신은 질리 폴슨의 시신을 다시 부검했습니다. 그리고 트랙터 기사인 위트비도 검사했습니다. 맞습니까?" 마커스가 목소리를 높이며 묻는다.

필딩은 파일 폴더를 내려다볼 뿐 아무 말도 하지 않는다. 얼굴은 벌겋게 달아올랐다.

"그를 검사했다고는 할 수 없습니다." 스카페타는 마커스에게 대답한 다음, 필딩을 한 번 쳐다본다. "그리고 그런 걸 왜 묻는지 전혀 모르겠군요."

"그를 만졌습니까?" 특수요원 카렌 웨버가 그녀에게 묻는다.

"FBI는 트랙터 기사의 죽음에도 개입하고 있습니까?" 스카페타가 묻는다.

"그럴 수도 있습니다. 개입하지 않길 바라지만 그렇게 될 수도 있습니다." 특수요원 웨버가 묻는다. 마치 전 법의국장 스카페타에게 질문하는 걸 즐기는 것처럼 보인다.

"그를 만졌습니까?" 이번에는 마커스가 질문한다.

"네." 스카페타가 대답한다. "만졌습니다."

"그리고 당신도 그를 만졌지?" 마커스가 필딩에게 말한다. "당신이 외부 검사를 한 다음 부검을 시작했고, 어느 시점에서 스카페타 박사가 분해실에 합류해 질리 폴슨의 시신을 재검사했지?"

"네, 맞습니다." 필딩이 중얼거린다. 파일을 보다 시선을 다른 곳으로 향하지만, 특별히 누구를 쳐다보는 것은 아니다. "이건 허튼짓입니다."

"방금 뭐라고 말했나?" 마커스가 필딩에게 묻는다.

"국장님은 내 말을 분명히 들었습니다. 이건 허튼짓입니다." 필딩이 말한다. "어제도 그렇게 말했고, 오늘 아침에도 같은 말을 하고 있잖습니까. 이건 허튼짓이에요. 나라면 FBI나 다른 사람의 방해를 받으면서 일하지는 않겠습니다."

"유감스럽게도 이건 허튼짓이 아니야, 필딩. 증거물에 중요한 문제가 생겼어. 질리 폴슨의 시신에서 나온 증거물 중에 트랙터 기사인 위트비의 시신에서 나온 증거물과 일치하는 것이 있어. 두 시신이 동시에 오염되지 않은 한, 그런 일은 있을 수 없지. 어쨌든 난 당신이 왜 위트비 사건에서 증거물을 찾고 있는지 이해할 수가 없군. 그건 단순한 사고였어. 그는 살해된 게 아니야. 내 말이 틀렸다면 말해보게."

"아직 뭐라고 단언할 입장은 아닙니다." 필딩이 대답한다. 얼굴과 손이 너무 벌겋게 달아올라 보기 민망할 정도다. "그 사람은 트랙터에 깔려 숨졌지만 어떻게 그런 일이 벌어졌는지 밝혀내야 합니다. 내가 그의 죽음을 목격한 건 아니니까요. 유성 물질이 나오는지 확인하기 위해 얼굴에 난 상처를 면봉으로 닦아봤습니다. 예를 들면, 트랙터에 치인 게 아니라 누군가가 와서 얼굴을 가격했을 수도 있기 때문입니다."

"그래서 어떻게 됐소? 어떤 증거물이 나왔소?" 마리노가 묻는다. 방금 지나친 양의 설탕을 섭취해서 생체 리듬에 충격을 준 것치고는 놀라울 정도로 침착하다.

"솔직하게 말하면, 이건 당신이 관여할 사안이 아닙니다." 마커스가 마리노에게 말한다. "스카페타 박사가 어디에 가든 당신과 동행해야 한다니까, 당신이 회의에 참석한 것은 인정하겠습니다. 하지만 회의실에서 말한 내용이 절대 밖으로 새나가서는 안 된다는 점을 주지하기 바랍니다."

"물론이오." 마리노가 특수요원 웨버를 보며 웃는다. "이 영광을 누구의 덕으로 돌려야 할까?" 마리노가 웨버에게 묻는다. "그쪽 해병대 단장하고는 아는 사이오. 콴티코는 FBI보다 해병대로 더 유명하다는 걸 사람들이 기억 못하는 건 우스운 일이오. 혹시 벤턴 웨슬리에 대해 들어본 적 없소?"

"물론 들어봤어요."

"그가 프로파일링에 대해 쓴 글을 읽어본 적 있소?"

"그분의 연구 성과에 대해서는 잘 알고 있어요." 웨버는 법률 용지를 만지면서 대답한다. 잘 손질된 긴 손톱에는 짙은 빨간색 매니큐어가 칠해져 있다.

"좋소. 그렇다면 그가 프로파일링은 중국 요릿집에서 나오는 점괘 과자 정도의 신뢰성밖에 없다고 생각한다는 걸 알겠군." 마리노가 말한다.

"나는 비난을 받으러 이곳에 온 게 아닙니다." 특수요원 웨버가 마커스에게 말한다.

"이런, 미안하게 됐군." 마리노가 마커스에게 말한다. "저 여자를 화나게 할 의도는 없었소. FBI 프로파일링 전문가의 도움을 받으면 증거물에 대한 모든 정보를 얻을 수 있을 거라고 확신하오."

"그만하면 됐습니다." 마커스가 화를 내며 말한다. "프로답게 행동하지 못할 거면 당장 나가주십시오."

"아니, 아니. 난 신경 쓰지 마시오." 마리노가 말한다. "나는 여기 조용히 앉아서 듣고만 있겠소. 회의를 진행하시지요."

잭 필딩이 고개를 가로저으며 파일 폴더를 내려다본다.

"진행은 내가 하겠습니다." 스카페타가 말한다. 그녀는 이제 더 이상 친절하지도 않고, 심지어 정치적인 모습도 가장하지 않는다. "마커스 박사, 당신이 질리 폴슨 사건 증거물에 대해 언급한 것은 이번이 처음이군요. 그 사건 때문에 나를 리치먼드로 불러놓고, 증거물에 대해서는 왜 일절 언급하지 않은 거죠?" 그녀는 마커스를 쳐다본 다음 필딩을 본다.

"나한테 묻지 마십시오." 필딩이 말한다. "면봉 검사를 했지만, 연구실에서 보고서는커녕 전화 한 통 받지 못했습니다. 그런 건 흔히 있는 일이 아닙니다. 사건에 대한 이야기도 어제 늦은 시간에 차에 타려는데, 국장님이 전화해서 알게 됐습니다."

"그건 나도 늦은 시간에 알게 되었기 때문이야." 마커스가 필딩의 말을 가로챈다. "아이스인지 아이즈인지 하는 연구원이 항상 나한테 연구 결과를 보고하는데, 지금까지 연구실에서 알아낸 것 가운데 특별히 도움이 될 만한 것은 전혀 없었습니다. 머리카락 몇 올과 페인트 조각 등의 부스러기를 찾아냈는데, 페인트 조각은 자동차 안이나 폴슨 부인의 집에서 묻었을 것으로 생각합니다. 자전거나 장난감에서 묻었을 수도 있겠지요."

"페인트 조각이 자동차에서 묻은 것인지 알아내야 해요." 스카페타가 말한다. "아니면 집 안에 있는 다른 어느 것에서 묻은 것인지 알아낼 수 있어야 해요."

"중요한 건 DNA가 없다는 것입니다. 면봉 조사 결과 DNA는 나오지 않았습니다. 만약 이 사건이 살인사건이라면, 치아나 입 안을 조사해서 나온 DNA는 매우 중요할 겁니다. 페인트 조각에서 DNA가 나올지 관심을 기울이고 있었는데, 트랙터 기사의 시신에서 질리 폴슨의 시신에서 나온 것과 동일한 증거물이 나왔다는 놀라운 결과를 어젯밤 이메일을 통해 알게 되었습니다." 마커스가 필딩을 노려본다.

"그렇다면 어떻게 두 사람의 시신에서 동일한 증거물이 나왔을까요?" 스카페타가 묻는다.

마커스는 천천히 손을 올리고 어깨를 과장되게 으쓱한다. "그걸 왜 나한테 묻습니까? 당신이 말해보십시오."

"어떻게 된 것인지는 나도 몰라요." 그녀가 대답한다. "시신 부검을 마친 다음 우리는 장갑을 버렸어요. 하지만 그건 상관없어요. 질리 폴슨의 시신을 면봉으로 검사하지 않았기 때문이죠. 깨끗이 닦아 부검하고, 다시 깨끗이 닦아 2주 동안 시신 파우치에 넣어 보관하던 질리 폴슨의 시신을 재부검하면서, 면봉으로 검사한다는 건 말이 되지 않습니다."

"물론 당신은 질리 폴슨의 시신을 면봉으로 검사하지 않았을 겁니다." 마커스는 자신이 매우 대단한 인물이고 스카페타는 대수롭지 않은 사람인 것처럼 거드름을 피우며 말한다. "하지만 당신이 위트비의 시신 부검을 아직 마치지 않은 상태에서, 질리 폴슨의 시신 부검을 진행했을 수도 있지요."

"위트비의 시신을 면봉으로 검사한 다음, 질리 폴슨을 검사했습니다." 필딩이 말한다. "질리 폴슨의 시신을 면봉으로 검사하지는 않았습니다. 그건 분명합니다. 그리고 질리 폴슨에게는 위트비나 다른 사람에게 옮길 만한 증거물이 남아 있지 않았습니다."

"이건 내가 설명할 일이 아닙니다." 마커스가 단호하게 말한다. "도대체 무슨 일이 일어났는지 모르지만, 분명 어떤 일이 일어났습니다. 이번 사건이 법정으로 갈 경우를 대비해 변호사를 상대할 수 있도록 모든 가능한 시나리오를 고려해야만 합니다."

"질리 사건은 법정으로 갈 겁니다." 특수요원 웨버가 자신은 그 사실을 분명하게 알고 있고, 마치 그 소녀와 개인적으로 친분이 있는 것처럼 말한다. "연구실에서 증거물이 뒤섞였을 수도 있죠." 그러곤 잠시 곰곰이 생각한다. "샘플에 라벨을 잘못 붙였거나 어떤 샘플이 다른 샘플을 오염시켰을 수도 있고요. 같은 병리학자가 두 사건의 증거물 분석을 맡았나요?"

"아이즈라는 사람이 두 가지를 함께했습니다." 마커스가 대답한다. "그가 증거물을 검사했고 지금도 진행하고 있지만, 머리카락은 아닙니다."

"머리카락을 두 번이나 언급했는데, 어떤 머리카락 말인가요?" 스카페타가 묻는다. "어디에서 머리카락을 채취했단 말인가요?"

"질리 폴슨 사건 현장에서 머리카락 몇 올을 채취했습니다." 마커스가 대답한다. "침대보에서 채취한 걸 겁니다."

"그 머리카락이 트랙터 기사의 머리카락이 아니기를 빌어야겠군." 침묵을 지키고 있던 마리노가 말문을 연다. "어쩌면 그럴 수도 있지. 그가 질리 폴슨을 살해하고 죄의식을 견디지 못해 트랙터에 치여 자살했을 수도 있으니까. 그럼 사건은 분명하게 해결될 텐데…."

마리노의 말이 우스꽝스럽다고 생각하는 사람은 아무도 없다.

"질리 폴슨의 침구에 섬모상피세포가 있는지 확인해달라고 했는데, 결과가 나왔나요?" 스카페타가 필딩에게 묻는다.

"베개에서 나왔습니다." 필딩이 말한다.

스카페타는 긴장이 풀린다. 그 생물학적인 증거는 질리가 질식사했을 가능성을 제시하지만, 그 사실에 스카페타는 마음이 아프다. "그렇게 사망하는 건 너무 끔찍해요. 너무나 끔찍해요."

"실례합니다만, 혹시 내가 모르는 거라도 있나요?" 특수요원 웨버가 말한다.

"질리 폴슨은 살해당했소." 마리노가 대답한다. "그거 이외에는 당신이 모르는 게 없을 거요."

"더 이상 못 참겠군요." 웨버가 마커스에게 말한다.

"물론이오." 마리노가 마커스에게 말한다. "당신이 나를 이곳에서 쫓아내지 않으면, 나는 여기에 앉아 내가 하고 싶은 말은 뭐든지 할 거요."

"우리가 이곳에서 마음을 터놓고 대화하고 있는 만큼…." 스카페타가 특수요원에게 말한다. "FBI가 왜 이 사건에 개입하고 있는지 당신한테 직접 듣고 싶군요."

"이유는 아주 간단합니다. 리치먼드 경찰이 우리의 도움을 요청했기 때문이죠." 특수요원 웨버가 말한다.

"왜요?"

"그건 그들에게 물어봐야 할 것 같네요."

"난 지금 당신한테 묻는 거예요." 스카페타가 그녀에게 말한다. "누군가가 당장 나에게 털어놓고 말하지 않으면, 나는 이 사무실에서 나가 다시는 돌아오지 않겠습니다."

"이건 그렇게 간단한 문제가 아니오." 마커스가 가늘고 눈꺼풀이 두꺼운 눈으로 그녀를 쳐다보며 말한다. 스카페타는 그 눈을 보며 도마뱀을 떠올린다. "당신은 이미 이 사건에 개입했습니다. 당신은 트랙터 기사를 부검했고, 지금은 증거물이 오염됐을 가능성이 제기되고 있습니다. 유감스럽게도, 당신이 사무실을 나갔다 들어오고 하는 건 쉽지 않을 겁니다. 선택권은 이제 더 이상 당신에게 있지 않습니다."

"이건 허튼짓이야." 필딩이 수포가 생겨 벌겋게 부어오른 손을 내려다보며 중얼거린다.

"FBI가 왜 개입하고 있는지 말해주겠소." 마리노가 나선다. "박사가 정말 알기를 원한다면, 리치먼드 경찰이 뭐라고 설명할지 말해주겠소.

이 소리를 들으면 아마 당신이 상처를 받을 텐데…" 마리노는 특수요원 웨버에게 말한다. "그건 그렇고, 자네 옷이 너무 멋져 보인다고 내가 말했던가? 빨간 구두도 멋있고. 멋져 보이긴 하지만 범인을 뒤쫓아야 하는 상황이 발생하면 어쩌지?"

"이제 그만 좀 하시죠." 웨버가 불만을 토로한다.

"이제 그만 좀 하시죠!" 필딩이 갑자기 주먹으로 테이블을 내리치고 자리에서 일어난다. 그리고 테이블에서 물러나 이글거리는 눈빛으로 주변을 둘러본다. "이젠 질렸습니다. 관두겠습니다. 무슨 말인지 알겠습니까? 엉터리 국장 같으니라고." 필딩이 마커스에게 말한다. "관두겠습니다. 당신도 이쯤에서 그만둬." 그리고 집게손가락으로 특수요원을 가리킨다. "멍청한 당신네 FBI 요원들은 마치 신처럼 굴지만, 실제로는 아무것도 몰라. 만약 당신네들 침대에서 이런 일이 일어났다면 살인사건에 개입하지 않겠지. 난 관두겠습니다!" 그러곤 회의실 문으로 간다. "마리노, 난 당신이 알고 있다는 걸 알아요." 그가 마리노를 노려보며 말한다. "스카페타 박사님께 사실대로 말해줘요. 어서요. 누군가는 말해줘야 해요."

필딩은 문을 박차고 나가서 요란하게 닫는다.

잠시 침묵이 흐른 후, 마커스가 특수요원 웨버에게 말한다. "불상사가 벌어졌군요. 사과드립니다."

"저 사람 신경 쇠약인가요?" 웨버가 묻는다.

"나한테 할 말 있어요?" 스카페타가 마리노를 보며 묻는다. 그가 자신이 알고 있는 정보를 자기에게 알려주지 않는다는 생각이 들자 마음이 언짢다. 밤새 술을 마셨더라도 그 사실을 알려주었더라면 상황이 달라졌을 수도 있다.

"내가 들은 바에 의하면, FBI가 이 사건에 관심을 갖게 된 것은 질리의 아버지가 국토안보부의 끄나풀이기 때문이오. 찰스턴에서 테러리스트 경향이 있는 조종사를 밀고하는 인물이지. 그곳에 초대형 C-17 화물 비행기가 들어온 이후 테러리스트 문제가 큰 걱정거리가 됐지. 테러리스트 조종사가 갑자기 비행기를 폭파하면 난감한 일이니까."

"당장 입을 다무는 게 좋을 것 같군요." 특수요원 웨버가 마리노에게 말한다. 그녀의 손은 여전히 법률 용지 위에 놓여 있지만, 하얗게 질려 있다. "당신은 이 사건에 개입하지 마세요."

"아, 난 개입해야겠소이다." 야구모자를 벗은 마리노가 대머리 부분만 제외하고 약간 남아 있는 짧게 자른 머리를 만지면서 대답한다. "미안하오. 오늘 아침에는 시간이 없어서 면도를 하지 못했소." 까칠한 턱을 만지자 사포 느낌이 난다. "나와 병리학자 아이즈 그리고 브라우닝 형사가 FOP 라운지에서 이야기를 나누었는데, 기밀이기 때문에 자세히 말하지는 않겠소."

"지금 당장 입 다물어요." FBI 특수요원 웨버가 마치 입을 벙긋한 죄로 그를 체포할 것처럼 말한다. 마치 마리노가 반역죄라도 저지를 거라고 생각하는 것 같다.

"괜찮으니까 계속 말해봐요." 스카페타가 말한다.

"FBI와 국토안보부는 서로 관계가 좋지 않지." 마리노가 말한다. "사법부 예산의 상당 부분이 국토안보부로 배정되는데, FBI가 더 많은 예산을 지원받기를 바란다는 걸 모르는 사람은 아마 없을 거요. 방금 전에 나한테 뭐라고 하셨더라?" 마리노는 특수요원 웨버를 냉담하게 쳐다본다. "국회에 일흔 명가량의 로비스트가 있는데, 그들 모두가 돈을 더 지원받기 위해 애쓰는 동안, 당신들은 모든 사람의 관할권을 간섭하고 돌아다니는 거 아니오?"

"우리가 왜 여기서 이런 이야기를 듣고 있어야 하는 거죠?" 특수요원 웨버가 마커스 국장에게 말한다.

"FBI는 계속 프랭크 폴슨의 뒤를 캐고 다닐 거요." 마리노가 스카페타에게 말한다. "박사 말이 맞소. 그자에 대한 이런저런 소문이 돌고 있소. 조종사를 담당하는 외과의로서 특권을 남용한 것 같은데, 그가 국토안보부의 끄나풀이라는 관점에서 보면 깜짝 놀랄 일이지. 그가 안보부의 지지를 얻고 있기 때문에, 조종사 특히 군대 조종사들은 그에게 신체검사 받는 걸 분명 싫어했을 거요. 그리고 FBI는 안보부의 잘못을 폭로하고 바보로 만드는 걸 무엇보다 좋아하지. 그러던 차에 주지사가 FBI에 전화를 걸어 문을 열어준 거요." 마리노는 특수요원을 쳐다본다. "주지사는 자신이 어떤 도움을 요청했는지조차 제대로 모르고 있을걸. 주지사는 FBI가 하려는 일이 다른 연방 수사기관을 엉터리로 만드는 거라는 것도 모르고 있을 거요. 다시 말해서, 이건 모두 권력과 돈 때문이오. 그게 전부 아니겠소?"

"아닙니다, 그게 전부는 아니에요." 스카페타가 완강한 목소리로 대답한다. 그녀의 태도는 분명하고 확신에 차 있다. "이건 고통스럽고 끔찍한 죽음을 당한 열네 살짜리 소녀에 대한 것이에요. 질리 폴슨 살해사건에 관한 거라고요." 자리에서 일어나 서류가방을 닫고, 가방의 가죽 손잡이를 잡는다. 그리고 마커스와 특수요원 웨버를 보며 말한다. "그게 다예요."

27

브로드 스트리트에 도착할 때쯤, 스카페타는 그에게 진실을 들을 준비를 한다. 그가 무엇을 원하든, 그건 중요하지 않다. 그는 곧 진실을 말해줄 것이다.

"당신은 어제 다른 뭔가를 했어요." 스카페타가 말한다. "FOP 라운지에서 사람들과 어울려 술 마신 이야기를 하는 게 아니에요."

"박사가 무슨 말을 하는지 모르겠소." 조수석에 앉아 야구모자를 깊게 눌러쓴 마리노는 침울해 보인다.

"아니에요, 내가 무슨 말을 하는지 당신은 잘 알아요. 당신은 어제 그 여자를 만나러 갔어요."

"박사가 도대체 무슨 말을 하는지 모르겠소." 그는 차창을 내다보며 말한다.

"아니에요, 당신은 잘 알고 있어요." 스카페타는 빠른 속도로 브로드 스트리트를 달리며 말한다. 지금은 마리노나 다른 어떤 사람이 운전을 하겠다고 나서도 허락하지 않을 것이다. "마리노, 난 당신이 어떤 사람인지 알아요. 당신은 예전에도 그랬어요. 다시 그런 일을 했다면, 나한테 말해줘요. 우리가 그 집에 있을 때, 그녀가 당신을 바라보는 눈빛을 봤어요. 당신도 그 눈빛을 분명히 보았을 테니, 아마 기분이 좋았겠죠. 난 그것도 눈치 못 챌 정도로 바보는 아니에요."

마리노는 차창만 내다볼 뿐 아무 대답도 하지 않는다. 모자를 더 깊이 눌러쓰며 그녀를 외면한다.

"말해봐요, 마리노. 폴슨 부인을 만나러 갔어요? 어디서 만났나요? 사실대로 말해줘요. 난 무슨 일이 있어도 당신이 사실대로 털어놓게 만들 거예요. 내가 그렇게 할 거라는 거 당신도 잘 알잖아요." 스카페타는 노란색 신호등에서 갑자기 차를 멈춘다. 그리고 마리노를 쳐다본다. "알았어요. 입을 다물고 있는 걸 보니 알겠군요. 오늘 아침 사무실에서 그녀를 우연히 만났을 때, 당신이 그렇게 이상하게 행동한 것도 바로 그 때문이겠죠, 그렇죠? 당신은 어젯밤 그녀와 함께 있었어요. 어쩌면 당신이 원하는 대로 되지 않았는지도 모르죠. 그래서 오늘 아침 사무실에서 그녀를 보자 깜짝 놀란 거예요."

"그런 게 아니오."

"그럼 말해봐요."

"수지는 이야기할 상대가 필요했고 나는 정보가 필요했던 것뿐이오. 그래서 우리는 서로를 도와준 것뿐이오." 마리노는 차창을 보며 말한다.

"수지라고요?"

"그녀가 나를 도와줬소." 마리노가 이야기를 계속한다. "나는 국토안보부와 그녀의 전남편에 대한 정보를 얻었소. 전남편이 여자를 밝힌다는 사실과 FBI가 그의 뒤를 캐고 있을지도 모르는 이유에 대해서도 알게 되었소."

"뒤를 캐고 있을지도 모른다고요?" 스카페타는 프랭클린 스트리트에서 좌회전한 다음, 리치먼드에서 처음 근무할 때 사용했지만 지금은 허물어지고 있는 옛 건물로 향한다. "회의실에서는 확신에 찬 것처럼 말하더니, 그럴지도 모른다니, 그럼 혼자서 추측한 거란 말이에요? 도대체 무슨 말을 하는 거예요?"

"그녀가 어젯밤 내 휴대전화로 전화했소." 마리노가 대답한다. "우리가 도착했을 때보다 훨씬 더 많이 허물었군." 그는 앞에 있는 철거 현장을 보며 말한다.

콘크리트 건물은 처음 보았을 때보다 한층 더 작고 볼품없어 보인다. 스카페타는 14번 스트리트로 향하면서 속도를 늦추고 주차할 공간을 찾는다.

"캐리로 올라가야 할 것 같군요." 그녀가 단호하게 말한다. "캐리에서 한두 블록 올라가면 유료 주차장이 있어요. 아니, 적어도 예전에는 있었어요."

"이런 젠장. 건물까지 바로 가서 길가에 주차해요." 마리노가 말한다. "나머지는 나한테 맡기고." 그러곤 검은색 천 서류가방을 열고 빨간색 법의국장 이름표를 꺼낸다. 그가 조수석 대시보드 위에 이름표를 내려놓는다.

"도대체 그걸 어디서 구한 거예요?" 스카페타는 도저히 믿기지가 않는다. "도대체 어떻게?"

"사무실 앞에 있는 여자들하고 수다를 떨면 이런 일도 일어나기 마련이오."

"이건 옳지 못해요." 그녀는 고개를 가로젓다 말고 이내 끄덕이며 덧붙인다. "하긴, 이런 게 있던 시절이 그립군요." 예전에는 주차가 아무런 문제도 되지 않았지만 지금은 불편하기만 하다. 예전엔 그녀가 원하는 곳이면 어떤 범행 현장이나 어떤 장소든 마음대로 갈 수 있었다. 차가 붐비는 출퇴근 시간에도 법정에 갈 수 있었고, 불법 지역에도 차를 몰고 갈 수 있었다. 그건 바로 빨간색 바탕에 커다란 흰색 글자가 적힌 법의국장 이름표가 있었기 때문이다. "폴슨 부인이 어젯밤 왜 당신한테 전화했죠?" 스카페타는 폴슨 부인을 도저히 '수지'라고 부를 수가 없다.

"말을 하고 싶어서요." 마리노는 차 문을 열면서 말한다. "자, 그 얘기는 이제 그만합시다. 그런데 부츠는 왜 안 신고 온 거요?" 마리노가 스카페타를 물끄러미 쳐다보며 묻는다.

28

마리노는 어젯밤부터 줄곧 수지 생각만 했다. 긴 머리를 어깨까지 빗어 내린 모습과 금발인 점이 마음에 들었다. 금발은 그가 언제나 가장 좋아하는 타입이었고, 지금도 마찬가지다.

그녀의 집에서 처음 만났을 때, 마리노는 그녀의 턱 선과 도톰한 입술이 좋았다. 그리고 자신을 바라보는 그 눈빛이 마음에 들었다. 그녀는 그가 중요하고 강한 남자라는 느낌을 갖게 해주었다. 아직 아무도 자기 문제를 해결해주지 못했지만, 그녀는 마리노가 문제를 어떻게 해결해야 할지 알고 있다고 믿는 눈빛이었다. 그 문제를 해결하기 위해서는 신을 찾아야겠지만 그녀는 그렇게 하지 않을 것이다. 신은 마리노처럼 쉽게 마음을 움직이지 않을 테니까 말이다.

마리노는 그녀의 시선에서 많은 것을 느낄 수 있었다. 스카페타와 함께 질리의 침실을 조사하는 동안, 그녀가 다가왔다. 마리노는 그녀가 접근하는 것을 느낄 수 있었다. 순간, 성가신 일이 생길 것 같았다. 스카페타가 이 사실을 눈치 챈다면 귀찮게 잔소리를 할 게 분명했다.

마리노와 스카페타는 붉은 진흙길을 함께 걸어간다. 스카페타가 구두를 신고도 불평 한마디 없이 진흙길을 걷는 모습을 볼 때마다 마리노는 깜짝 놀라곤 한다. 마리노는 조심스럽게 걸음을 옮기지만 발은 미끄러지고 붉은 진흙이 검은색 부츠에 들러붙는다. 하지만 스카페타는 부츠를 신지 않았다는 사실조차 의식하지 않는 것 같다. 그녀는 굽이 낮고 끈으로 매는 검은색 구두를 신고 있었다. 구두는 점잖아 보일 뿐더러 입고 있는 옷과도 잘 어울렸다. 두 사람이 절반 정도 철거된 구 건물을 향해 걸어가는 동안, 그녀의 바지 아랫단과 롱코트에 진흙이 튀었다.

마리노와 스카페타가 엉거주춤한 자세로 진흙길을 걸어오자 인부들이 일손을 멈춘다. 그중 모자를 쓴 덩치 큰 남자가 그들을 쳐다본다. 클립보드를 들고 있던 그 남자가 마치 관광객을 내모는 것처럼 손을 흔들며 그들을 향해 걸어온다. 마리노는 할 얘기가 있다는 듯 그 남자를 향해 걸음을 옮긴다. 클립보드를 들고 있는 남자가 마리노의 LAPD 야구모자를 쳐다보며 관심을 보인다. 마리노는 모자가 또 말썽이라고 혼자 중얼거린다. 모자가 소속을 말해주기 때문에, 굳이 자기소개를 할 필요도 없고 신분을 속일 수도 없다.

"마리노 형사요." 마리노는 클립보드를 들고 있는 남자에게 말한다. "이분은 법의학자 스카페타 박사."

"아, 그렇군요." 클립보드를 든 남자가 말한다. "테드 위트비 사건 때문에 오셨군요." 그러곤 고개를 가로젓는다. "도저히 믿을 수가 없습니다. 그의 가족 소식은 들으셨지요?"

"말해주시오." 마리노가 말한다.

"부인이 첫 아이를 임신 중입니다. 테드에게는 두 번째 결혼이었는데…. 그런데 저기 있는 저 남자 보입니까?" 그가 철거 중인 건물을 향해 몸을 돌리더니, 회색 옷을 입고 크레인에서 내리는 한 남자를 가리킨다. "저 사람이 샘 스타일스입니다. 저 사람하고 테드 사이에 문제가 있었죠. 테드의 부인 말에 따르면, 샘이 테드의 트랙터에 너무 가까이 레킹볼(wrecking ball: 건물 해체용 철구 – 옮긴이)을 돌리는 바람에 그가 바닥으로 떨어져 트랙터에 치였답니다."

"왜 그 사람이 바닥에 떨어졌다고 생각하죠?" 스카페타가 묻는다.

스카페타가 자신이 본 것과 다르다는 점을 궁금해하는 게 분명하다고 마리노는 생각한다. 그녀는 위트비가 트랙터에 치이기 직전 그를 보았다. 그때 위트비는 선 자세로 엔진을 만지고 있었다. 그녀가 본 게 옳은지도 모른다.

"정말 그럴 거라고는 생각하지 않습니다." 클립보드를 들고 있는 남자가 스카페타에게 말한다. 마리노와 비슷한 연배이지만, 머리숱이 많고 주름도 많다. 피부는 카우보이처럼 검게 그을렸고, 눈동자는 밝은 푸른색이다. "분명히 말씀드릴 수 있는 건, 이제 과부가 된 위트비 부인이 사람들한테 그렇게 말하며 돌아다닌다는 사실입니다. 물론 그녀가 원하는 건 돈이죠. 항상 그런 식 아닙니까? 그녀가 불쌍하지 않은 건 아니지만, 사람을 죽게 했다고 무작정 누군가를 비난하는 건 옳지 않습니다."

"사건이 일어날 때 이곳에 있었나요?" 스카페타가 묻는다.

"사건 지점에서 60미터도 채 떨어져 있지 않았습니다." 남자는 절반 정도 철거된 건물의 정면을 가리키며 말한다.

"직접 목격했나요?"

"아닙니다. 내가 알기로는, 정확히 본 사람은 아무도 없습니다. 엔진이 고장 나 주차장 뒤에서 손을 보고 있었죠. 트랙터에서 뛰어내렸다는

데, 나머지는 정확히 알 수 없습니다. 우린 운전석이 빈 채 트랙터가 굴러가는 모습을 목격했죠. 트랙터는 주차장 출입문 근처에 있는 노란색 기둥을 들이받고 멈추었습니다. 그런데 테드가 심한 상처를 입은 채 바닥에 깔려 있더군요. 피를 정말 심하게 흘렸는데, 정말 끔찍했습니다."

"그 사람한테 다가갔을 때 의식이 있었나요?" 스카페타는 평소처럼 질문하면서 검은색 수첩에 메모한다. 어깨에는 긴 줄이 달린 검은색 나일론 가방을 메고 있다.

"말하는 소리는 듣지 못했습니다." 클립보드를 들고 있는 남자가 얼굴을 찡그리며 시선을 돌린다. 그리고 힘들여 침을 삼키며 목청을 가다듬는다. "눈을 크게 뜬 채 숨을 쉬려고 애쓰더군요. 그 모습이 머릿속에 또렷합니다. 아마 앞으로도 한동안 그럴 겁니다. 그는 숨을 쉬려 애썼고 얼굴은 창백했습니다. 그러고 나서 곧바로 숨을 거두었죠. 경찰과 앰뷸런스가 도착했지만, 아무도 어쩔 수 없었습니다."

마리노는 진흙길에 서서 가만히 듣기만 한다. 너무 오랫동안 바보처럼 입을 다물고 있자 마음이 불편하다. 마리노는 마침내 몇 가지 물어보는 게 좋겠다고 결심한다. 스카페타는 마리노를 바보처럼 느끼게 만든다. 물론 의도적으로 그러는 것은 전혀 아니다. 그 점이 마리노에게는 더 고역이다.

"샘 스타일스라는 사람 말이오." 마리노는 기중기에 매달린 채 가볍게 흔들리는 레킹볼과 정지해 있는 크레인을 가리키며 말한다. "테드가 트랙터에 치일 때 어디 있었소? 그 근처에 있었소?"

"그건 말도 안 됩니다. 테드가 레킹볼 때문에 트랙터에 치였다는 것은 말도 안 되는 우스꽝스러운 생각입니다. 레킹볼에 사람이 맞으면 어떻게 되는지 압니까?"

"그다지 보기 좋을 것 같지는 않군." 마리노가 말한다.

"머리를 맞으면 박살이 납니다. 트랙터에 치이기도 전에 즉사합니다."

스카페타는 그 모든 이야기를 받아 적는다. 종종 주의 깊게 주변을 둘러보면서 다른 것도 메모한다. 스카페타가 사무실을 비웠을 때, 마리노는 그 메모를 우연히 본 적이 있다. 그녀의 머릿속에 무슨 생각이 들어 있는지 궁금했기 때문이다. 하지만 그가 알아볼 수 있는 단어는 하나뿐이었다. 그것도 자기 이름인 마리노뿐이었다. 그녀는 악필일뿐더러 메모할 때는 자기만의 줄임말을 썼다. 때문에 그 메모를 해독할 수 있는 사람은 그녀의 비서 로즈뿐이었다.

스카페타는 클립보드를 들고 있는 남자에게 이름을 묻는다. 그는 버드 라이트라고 대답한다. 마리노는 버드 라이트나 밀러 라이트 혹은 미켈롭 라이트 같은 맥주를 좋아하지는 않지만 기억하기 쉬운 이름이라고 생각한다. 스카페타는 토양 샘플을 채취해야 한다며 시신이 발견된 정확한 지점을 가르쳐달라고 말한다. 그러나 버드 라이트는 조금도 이상하게 생각하지 않는 것 같다. 마치 아름다운 여성 법의학자와 LAPD 야구모자를 쓴 덩치 큰 경찰이 건설 현장 노동자가 트랙터에 치여 사망할 때마다 사건 현장에서 토양 샘플을 채취하는 거라고 생각하는 듯하다. 그들은 진흙길을 걸어 다시 건물 가까이로 다가간다. 그러는 동안 내내 마리노는 수지를 생각한다.

어젯밤 마리노는 FOP 라운지에서 위스키를 마시며 주니어스 아이즈와 솔직한 대화를 나누었다. 브라우닝 형사는 벌써 집으로 갔고, 아이즈와 계속 이야기를 나누고 있을 때 휴대전화가 울렸다. 전화벨이 울리기 전까지 마리노는 기분이 꽤 좋았다. 전화를 받지 말았어야 했다. 휴대전화를 꺼두었어야 했다. 필딩이 문을 열어주지 않자 스카페타는 그에게 전화를 했고, 마리노는 그녀에게 필요하면 다시 전화하라고 말했다. 전화벨이 울렸을 때 마리노가 그 전화를 받은 것은 바로 그 때문이었다. 하지만 그는 술이 거나하게 들어가면 낯선 사람에게도 쉽게 문을 열어주고, 낯선 사람의 전화도 쉽게 받는 경향이 있다.

"마리놉니다." 마리노는 시끄러운 FOP 라운지에서 전화를 받았다.

"수잔 폴슨이에요. 성가시게 전화 드려서 죄송해요." 그녀가 울음을 터뜨린다.

그 뒤에 그녀가 무슨 말을 했는지는 중요하지 않다. 마리노는 진흙길을 걸어가면서 그녀가 한 말을 기억해보려 한다. 하지만 잘 기억이 나지 않는다. 스카페타는 어깨에 멘 가방에서 나무로 만든 텅 디프레서(tongue depressor: 의사가 구강이나 목구멍을 검사 때 혀를 누르는 기구 ─ 옮긴이)와 냉동용 비닐봉투를 끄집어낸다. 마리노는 어젯밤 일어난 일 가운데 가장 중요한 부분이 기억나지 않았다. 아마 앞으로도 절대 기억해내지 못할 것이다. 수지의 집에는 위스키와 버번위스키 등 다양한 술이 있었다. 마리노를 거실로 안내했을 때, 그녀는 청바지와 부드러운 분홍색 스웨터를 입고 있었다. 그녀는 창문 커튼을 닫은 다음, 마리노가 앉은 소파 옆자리에 앉아 고약한 전남편과 국토안보부에 대해 그리고 전남편이 가끔씩 집으로 초대했던 여자 조종사와 다른 부부들에 대해 이야기했다. 그 부부들이 대단히 중요한 인물이기라도 한 것처럼 그녀는 계속 그들에 대해 말했다. 마리노가 그 부부들이 누구냐고 묻자 그녀는 그냥 '그들'이라고만 대답했다. 수지는 마리노에게 직접적으로 대답하려 하지 않았다. 계속 같은 말만 반복하며, 자기 전남편인 프랭크에게 물어보라고 했다.

난 지금 당신한테 묻고 있는 거요.

프랭크한테 물어보세요. 그가 모든 것을 알고 있으니 그에게 물어보세요.

그들이 이곳에 온 이유가 뭐요?

곧 알게 될 거예요.

마리노는 뒤로 물러서서 지켜보고, 스카페타는 라텍스 장갑을 낀 다음 흰색 종이 뭉치를 꺼낸다. 사건 현장에 남아 있는 것이라고는 커다란 주차장 출입문 옆에 있는 진흙투성이 아스팔트뿐이다. 스카페타가 진흙투성이 도로를 둘러보는 동안, 마리노는 어제 아침 렌트한 차를 타고 옛날 얘기를 하면서 이곳을 지나가던 기억을 떠올린다. 어제 아침으로 돌아갈 수 있다면. 돌아갈 수만 있다면. 갑자기 속이 메스껍고 불편하다. 머리는 욱신거리고 심장 박동이 빨라진다. 차가운 공기를 들이마신다. 그러자 철거 중인 건물의 콘크리트와 먼지 냄새가 훅 끼친다.

"정확하게 뭘 찾고 있는지 물어봐도 되겠습니까?" 버드가 스카페타를 쳐다보며 묻는다.

스카페타는 더러운 진흙과 모래가 있는 곳에 텅 디프레서를 문지른다. 그곳에 피가 묻어 있을 수도 있다. "이곳에 뭐가 있는지 확인하는 거예요."

"텔레비전 드라마는 약간 봤습니다. 마누라는 열심이지만, 나는 가끔씩밖에 못 보거든요."

"텔레비전에 나오는 걸 모두 믿어서는 안 돼요." 스카페타는 봉투에 좀 더 많은 진흙을 담은 다음, 텅 디프레서를 톡톡 턴다. 그리고 봉투를 봉하고 마리노가 알아볼 수 없는 글자로 메모를 한다. 이어서 길바닥에 똑바로 세워놓은 나일론 키트에 봉투를 집어넣는다.

"이 진흙을 가져가서 마법 같은 기계에 넣는 것 아닙니까?" 버드가 농담하듯 말한다.

"마법은 일어나지 않습니다." 스카페타는 출입문 근처 주차장에 쪼그리고 앉아 다른 흰색 꾸러미를 열면서 말한다. 법의국장으로 일할 때, 그녀는 매일 아침 그 문을 열고 건물 안으로 들어가곤 했다.

오늘 아침, 마리노는 벌써 몇 차례나 가슴이 고동치고 눈앞이 번쩍번쩍하는 것 같다. 마치 고장 난 텔레비전 화면이 켜졌다 꺼지기를 반복하는 듯하다. 그 속도가 너무 빨라서 희미한 화면만 나올 뿐 아무것도 보이지 않는다. 입술과 혀. 손놀림과 감은 눈. 그리고 그녀를 향한 입술. 그가 확실하게 알고 있는 것은, 오늘 아침 5시 7분 잠에서 깨어나 보니, 옷도 걸치지 않은 채 그녀의 침대 위에 누워 있었다는 사실뿐이다.

스카페타는 고고학자처럼 일한다. 마리노는 고고학자가 일하는 방식에 대해 어느 정도 알고 있다. 그녀는 어느 지점의 진흙 윗부분을 조심스럽게 걷어낸다. 아마도 짙은 피의 얼룩을 본 모양이라고 마리노는 생각한다. 긴 코트 자락이 더러운 바닥에 끌리지만 그녀는 개의치 않는다. 그녀는 중요한 일이 아니면 전혀 개의치 않는다. 마리노는 스카페타가 수지와 함께 보낸 하룻밤을 이해해줄지 상상해본다. 그녀는 커피를 끓이고, 오랫동안 서성거리며 그것에 대해 얘기할 것이다. 하지만 욕실로 들어가 문을 잠그거나 그 안에서 울지도 않을 것이고, 당장 집에서 나가라고 소리치지도 않을 것이다.

마리노는 주차장을 재빨리 빠져나와 다시 진흙길을 걷다가 발이 미끄러진다. 그리고 미끄러진 채 불평을 해대다 뱃속에 든 것을 토하기 시작한다. 몸을 잔뜩 숙이고 토하자, 갈색 액체가 부츠 위로 쏟아진다. 몸이 부들부들 떨린다. 스카페타가 팔꿈치를 만지는 게 느껴진다. 마리노는 자기가 곧 죽을지도 모른다고 생각한다. 그때 더욱 강하고 확신에 찬 손길이 분명하게 느껴진다.

"괜찮아요?" 스카페타가 마리노의 팔을 잡으며 침착하게 말한다. "차 안으로 들어가요. 내 어깨에 손을 얹고, 진흙길 조심해요."

마리노는 코트 자락으로 입가를 닦는다. 그녀에게 몸을 의지한 채 발걸음을 옮기는데 눈물이 고인다. 그는 두 사람이 처음 만났던, 철거 중인 건물의 붉은 진흙길을 철퍽철퍽 소리를 내며 지나간다.

"박사, 내가 만약 그 여자를 강간했다면 어떻게 되는 거요?" 마리노가 말한다. 속이 메슥거려 죽을 것 같다. "내가 만약 그랬다면 어떻게 되는 거요?"

29

호텔 방 안은 너무 덥다. 히터 온도 맞추는 것을 이미 포기한 스카페타
는 침대에 누워 있는 마리노를 쳐다본다. 마리노는 검은색 카고 바지와
검은색 셔츠를 입은 채 누워 있다. 야구모자는 장식장 위에 그리고 부
츠는 바닥에 덩그러니 놓여 있다.

"뭐든 먹어야 해요." 스카페타는 창가에 놓인 의자에 앉아 말한다.

카펫에는 진흙 묻은 검은색 나일론 범죄 현장 키트가 놓여 있고, 빈
의자 위에는 역시 진흙 묻은 그녀의 코트가 걸쳐져 있다. 방 안 곳곳이
붉은 진흙투성이다. 자신의 흔적에 시선이 닿을 때마다 스카페타는 범
행 현장이 떠오른다. 그리고 수잔 폴슨의 침실과 지난 열두 시간 동안
일어났을지도 모르는 범행이 생각난다.

"지금 당장은 아무것도 못 먹겠소." 마리노가 누운 채 말한다. "그 여
자가 경찰에 신고하면 어떻게 되는 거지?"

스카페타는 마리노에게 헛된 희망을 줄 의도는 없다. 사건에 대해 아

무것도 모르기 때문에 더더욱 아무것도 해줄 수 없다. "일어나 앉을 수 없어요, 마리노? 앉아 있는 게 더 나을 거예요. 먹을 것 좀 주문해야겠어요."

스카페타가 자리에서 일어나 침대 옆에 놓인 전화기 쪽으로 가자, 마른 진흙 부스러기가 바닥에 떨어진다. 그녀는 정장 재킷 주머니에 든 안경을 찾아 코끝에 걸친 다음 전화기에 적힌 구내 번호를 확인한다. 룸서비스 번호를 찾지 못해 다이얼 '0'을 눌러 교환원에게 룸서비스를 연결해달라고 한다.

"생수 큰 걸로 세 병 보내주세요." 그녀가 주문한다. "뜨거운 얼 그레이 홍차 두 잔, 구운 베이글 하나, 오트밀 한 그릇. 아뇨, 그거면 됐습니다."

마리노는 침대에서 일어나 앉은 자세를 취하고, 등 뒤에 베개를 받친다. 스카페타는 자신을 쳐다보는 마리노의 시선을 느끼며 다시 자리에 앉는다. 머릿속에서 수십 마리의 말이 각기 다른 방향을 향해 내달리는 것처럼 정신이 아득하다. 그녀는 페인트 조각과 다른 증거물에 대해 생각하고, 나일론 가방에 든 토양 샘플에 대해 생각하고, 질리와 트랙터 기사에 대해 생각하고, 루시가 무엇을 하고 있을지 생각하고, 벤턴이 무엇을 하고 있을지 생각하고, 마리노가 강간범일지도 모른다고 상상한다. 그는 예전에도 여자 문제에 관한 한 어리석었다. 아니, 얼간이였다. 공과 사를 구분하지 못했다. 증인이나 피해자들과 성적으로 관련이 되었을 때는 특히 더 그랬다. 그랬던 적이 한두 번이 아니다. 그리고 자신이 감당할 수 없을 만큼 대가를 치르곤 했다. 그러나 지금까지 강간으로 고소된 적은 한 번도 없었고, 자신이 강간을 저지른 것 때문에 걱정한 적도 없었다.

"이 상황을 해결하기 위해서는 최선을 다해야 해요." 스카페타가 말문을 연다. "사실, 나는 당신이 수잔 폴슨을 강간했다고 믿지 않아요.

문제는 그 여자가 당신에게 강간을 당했다고 믿는지, 아니면 그랬다고 믿고 싶어 하는지 여부예요. 만약 후자라면, 우리는 그 동기를 찾아야 할 거예요. 당신이 마지막으로 기억하는 것부터 시작하기로 하죠. 마리노?" 그리고 그를 똑바로 쳐다본다. "만약 당신이 그 여자를 강간했다면, 우린 그 상황에 맞서야 해요."

마리노는 침대에 앉은 자세로 그녀를 물끄러미 쳐다본다. 얼굴은 벌겋게 달아올랐고, 눈빛은 두려움과 고통으로 흐릿하고, 오른쪽 관자놀이는 혈관이 터질 것처럼 부어올랐다. 가끔씩 그는 혈관을 손으로 만진다.

"어젯밤 있었던 일을 나한테 자세히 말하고 싶지 않다는 건 알아요. 하지만 당신이 아무 말도 하지 않으면, 나도 당신을 도울 수 없어요. 내가 결벽증 환자인 것도 아니고." 원래 두 사람 사이라면 그런 말이 우스워야 한다. 그러나 당분간 두 사람 사이에서는 어떤 말도 우스꽝스럽지 않을 것이다.

"내가 할 수 있을지 모르겠소." 마리노는 그녀의 시선을 외면한다.

"당신이 실제로 저지른 것보다 내가 더 끔찍하게 상상하고 있을 수도 있죠." 그녀는 조용하지만 객관적인 어조로 말한다.

"그건 맞소. 당신은 나에 대해 아니까."

"맞아요." 그녀가 말한다. "기분이 좀 나아졌으면 좋겠네요." 그녀는 약간 미소를 짓는다. "어쩌면 당신이 머릿속으로 상상하는 것만큼 힘들 수도 있어요."

30

상상하는 것은 힘들지 않다. 하지만 최근 몇 년 동안, 마리노는 스카페타가 다른 남자, 특히 벤턴과 관계하는 모습을 상상하는 걸 그다지 좋아하지 않았다.

마리노는 창밖을 내다본다. 그가 묵고 있는 싱글 룸은 3층에 있기 때문에 창밖으로 길가는 보이지 않고 회색 하늘만 보인다. 호텔 방 안에 있는 자신이 어린애가 된 것 같은 느낌이 든다. 이불 밑에 들어가 한숨 푹 자고 나면 아무 일도 없었던 것처럼 원래대로 되돌아갈 것만 같다. 잠에서 깨어나면, 아무 일도 없었다는 듯 스카페타 박사와 함께 리치먼드에서 사건을 수사하고 있을 것만 같다. 마리노는 호텔 방에서 눈을 뜰 때, 그녀가 옆에서 자신을 바라보기를 얼마나 간절히 바랐는지 모른다. 그런데 지금 그녀가 호텔 방에서 그를 쳐다보고 있다. 어디에서부터 시작해야 할지 곰곰이 생각한다. 그러자 다시 어린애 같은 욕구가 그를 사로잡고, 목소리가 입 밖으로 나오지 않는다. 목소리가 마치 어둠 속을 빠져나오려는 개똥벌레처럼 심장과 입 사이 어딘가에 막혀 있는 것 같다.

스카페타에 대한 그의 생각은 아주 오래되었다. 솔직히 말하면, 두 사람이 처음 만났던 때까지 거슬러 올라간다. 그는 자신이 해본 가장 능수능란하고 특이한 섹스를 상상했다. 하지만 그녀에게 그걸 알려줄 생각은 전혀 없었고, 알릴 수도 없었다. 그럼에도 불구하고 그는 그녀와의 관계에서 무슨 일이 벌어질 것 같은 기대를 저버리지 못했다. 그러나 만약 그 얘기를 하면 스카페타는 두 번 다시 그를 보려 하지 않을 것이다. 그렇게 되면 모든 게 사라진다. 모든 게 사라지고 말 것이다. 자신이 기억하는 것을 자세히 고백하면, 그녀는 그를 외면할 것이다. 그렇게 되면 모든 게 사라진다. 더 이상의 환상도 존재하지 않고, 다시는 그런 환상도 품지 못할 것이다. 그는 거짓말을 할까 망설인다.

"당신이 FOP 라운지에 갔던 시점으로 되돌아가봅시다." 스카페타는 마리노에게 시선을 고정한 채 말한다. "거기엔 몇 시에 도착했죠?"

FOP 라운지에 대해서는 말할 수 있다. "7시경에 도착했소. 아이즈는 미리 와 있었소. 잠시 후 브라우닝 형사가 왔고, 우리는 무언가를 먹었소."

"자세히 말해줘요." 그녀는 그를 똑바로 쳐다보며, 의자에 꼼짝도 하지 않고 앉아서 말한다. "거기서 뭘 먹었는지, 그날 아침과 오후에는 뭘 먹었는지 말해봐요."

"FOP 라운지에서 먹기 전에는 아무것도 먹지 않은 것 같소."

"어제 아침은 먹었어요?" 그녀는 중범죄자를 상대하듯이 일관성과 인내심을 갖고 말한다.

"호텔 방에서 커피를 마셨소." 마리노가 대답한다.

"간식이나 점심은요?"

"먹지 않았소."

"그것에 대한 잔소리는 나중에 하도록 하죠." 그녀가 말한다. "아침에 커피만 마시고 하루 종일 아무것도 먹지 않다가 저녁 7시경 FOP 라운지로 갔다? 그럼 공복에 술을 마신 건가요?"

"우선 맥주 두어 잔으로 시작했소. 그러고 나서 스테이크와 샐러드를 먹었고."

"감자나 빵은 먹지 않았나요? 탄수화물은 섭취하지 않았나요? 당신은 식이요법을 하는 중이에요."

"어젯밤 내가 유일하게 잘 지킨 습관이 그거요."

스카페타는 아무 대답도 하지 않는다. 그녀는 저탄수화물이 별로 좋은 식이요법이라고 생각하지 않는다. 하지만 침대에 앉아 있는 그에게 식이요법에 대한 잔소리를 늘어놓고 싶지는 않다. 그는 지금 술 때문에 속이 쓰리고, 고통스럽고, 겁에 질려 있다. 어쩌면 강간을 저질렀을지도 모르고, 그 때문에 기소를 당할지도 모르는 위험에 처해 있다.

마리노는 회색 하늘을 내다보면서, 리치먼드 경찰차가 자신을 찾아 거리를 헤매는 모습을 상상한다. 최악의 경우, 브라우닝 형사가 직접 구속 영장을 갖고 올 수도 있다.

"그러고 나서요?" 스카페타가 묻는다.

마리노는 리치먼드 경찰차 뒷좌석에 앉아 있는 자신의 모습을 상상하며, 브라우닝이 수갑을 채울지 어떨지 생각해본다. 마리노의 직업을 존중해준다면 아무런 구속도 가하지 않고 뒷좌석에 앉히겠지만, 그렇지 않다면 손목에 수갑을 채울 것이다. 마리노는 브라우닝 형사가 자신에게 수갑을 채워야 옳다고 결론 내린다.

"당신은 저녁 7시부터 맥주를 두어 잔 마시고 나서 스테이크와 샐러드를 먹었어요." 스카페타는 자신만의 손쉬운 방법으로 마리노를 계속 몰고 간다. "맥주는 정확히 몇 잔 마셨죠?"

"넉 잔이었던 것 같소."

"같았던 게 아니라, 정확히 몇 잔이었나요?"

"여섯 잔." 그가 대답한다.

"잔이었나요, 병이었나요, 아니면 캔이었나요? 그리고 크기는요?"

"버드와이저 여섯 병. 레귤러 사이즈. 나한테는 그렇게 많은 양이 아니오. 그 정도는 충분히 마실 수 있소. 내가 여섯 병 마시는 건 박사가 반 잔 마시는 거랑 마찬가지요."

"그렇지 않아요." 그녀가 대답한다. "맥주병 숫자는 조금 후에 이야기하도록 하죠."

"그런 잔소리라면 듣고 싶지 않소." 마리노는 그녀를 보며 중얼거리다가, 아무 말도 없이 계속 쳐다본다.

"당신은 맥주 여섯 병, 스테이크 1인분, 샐러드 한 접시를 주니어스 아이즈하고 브라우닝 형사와 함께 FOP 라운지에서 먹었어요. 내가 리치먼드로 돌아올 거라는 소문을 들은 건 언제죠? 아이즈하고 브라우닝과 이야기를 나누는 동안 그런 이야기가 나온 거겠죠?"

"박사는 지금 이것저것 종합해서 추론하고 있소." 마리노는 심술궂게 말한다.

아이즈와 브라우닝은 마리노 반대편에 앉았고, 세 사람은 함께 맥주를 마셨다. 붉은색 유리잔 안에 촛불이 켜져 있었다. 아이즈는 마리노에게 스카페타를 어떻게 생각하는지 솔직한 의견을 물었다. 그녀가 정말 대단한 법의국장인가? 실제로는 어떤 사람인가? 실제로는 대단한 법의학자지만 그렇게 행동하지 않지. 마리노는 정확히 그렇게 대답했다. 마리노는 자신이 했던 말을 정확히 기억했다. 아이즈와 브라우닝이 스카페타에 대해 이야기할 때, 그녀가 다시 법의국장으로 임명되어 리치먼드로 돌아오는 것에 대해 이야기할 때 어떤 느낌이 들었는지 정확히 기억했다. 마리노는 모욕을 당한 것 같아 화가 났다. 스카페타가 자신에게 그런 일에 대해 언질조차 주지 않은 게 섭섭했다. 그가 맥주에서 버번위스키로 바꾼 것은 바로 그때였다.

난 항상 그녀가 섹시하다고 생각했어. 얼간이 아이즈가 그렇게 말하자 마리노는 버번위스키를 들이켰다. 그렇게 생각했던 사람이 한둘이 아니었지. 몇 분 후 아이즈는 가슴에 손을 얹으며 덧붙였다. 그녀가 입은 가운 안으로 손을 넣어 안아봤으면 좋겠다고. 자네는 그녀와 아주 오랫동안 일했지, 그렇지 않나? 너무 오랫동안 함께 일하다 보면, 더 이상 외모가 눈에 들어오지 않지. 브라우닝은 스카페타를 직접 보지는 못했지만 이야기를 들었다면서, 이를 드러내고 씩 웃었다.

마리노는 무슨 말을 해야 할지 몰라서 위스키를 마셨다. 그리고 다시 한 잔을 더 주문했다. 아이즈가 그녀의 벗은 몸을 상상한다는 생각이 들자, 당장이라도 한 방 먹이고 싶었다. 물론 그에게 한 방 먹이지는 않았다. 가만히 자리에 앉아서 술을 마셨다. 그리고 스카페타가 가운을 벗어 의자 위에 걸치거나 문에 달린 옷걸이에 거는 모습을 상상하지 않으려고 애썼다. 그녀가 범행 현장에서 정장 재킷을 벗고, 블라우스 소매 단추를 푸는 모습을 상상하지 않으려고 애썼다. 그녀는 시신이 자신을 기다리는 범행 현장에서 필요한 일은 무엇이든 한다. 자기 자신에 대해 항상 자연스러웠다. 자기 모습을 의식하지 않았다. 재킷을 벗고 몸을 움직일 때도 남들이 어떻게 볼지 신경 쓰지 않았다. 그녀에게는 할 일이 있고, 죽은 자들이 자기 모습을 어떻게 보던 전혀 개의치 않았다. 하지만 그들은 죽은 사람들이고, 마리노는 시신이 아니다. 그녀는 어쩌면 그를 죽은 사람이라고 생각하는지도 모른다.

"다시 한 번 말하지만, 난 리치먼드로 돌아올 계획이 없어요." 스카페타는 의자에 앉아 다리를 꼰 채 말한다. 그녀의 짙은 청색 바지 끝부분에 진흙이 묻어 있다. 구두에도 진흙이 잔뜩 묻어 있다. 아침만 하더라도 반짝반짝 빛나던 구두라고 믿기지 않을 정도였다. "게다가 내가 그런 계획을 갖고 있으면서도 당신한테 말하지 않았을 리가 없잖아요. 그렇지 않아요?"

"혹시라도 모르잖소."

"아니에요, 그럴 리가 없어요."

"난 이곳으로 돌아오지 않을 거요. 특히 지금 당장은 절대 돌아오지 않을 거요."

그때 문을 노크하는 소리가 들리자 마리노의 심장 박동이 빨라진다. 경찰과 감옥과 법정이 그의 머릿속을 스쳐 지나간다. 이윽고 문밖에서 들리는 목소리를 들은 마리노는 안도의 한숨을 내쉰다. "룸서비스입니다."

"내가 나갈게요."

마리노는 침대에 가만히 앉아 있다. 시선은 그녀가 작은 호텔 방을 가로질러 문 쪽으로 걸어가는 모습을 따라간다. 만약 그가 침대에 앉아 있지 않고 그녀 혼자 방에 있다면, 누구냐고 묻고 문에 난 구멍을 들여다볼 것이다. 그러나 마리노가 함께 있고 그의 총집에 콜트 280 반자동권총이 있기 때문에, 그녀는 아무 걱정도 하지 않는 듯하다. 총을 쏘지는 않더라도 누군가를 엄청 때려주고 싶다. 예전에 복싱을 하던 때처럼 커다란 주먹으로 누군가의 턱과 명치를 날릴 수 있다면 기분이 풀릴 것 같다.

"오늘은 기분이 어떠십니까?" 유니폼을 입은 여드름투성이 청년이 카트를 밀고 들어오면서 말한다.

"좋아요." 스카페타는 바지 주머니에 손을 넣어, 깨끗하게 접힌 10달러짜리 지폐를 꺼낸다. "이제 그만 가셔도 됩니다." 그에게 지폐를 건네며 말한다.

"감사합니다. 좋은 하루 되십시오." 청년이 방을 나가고, 문이 조용히 닫힌다.

마리노는 침대에 가만히 앉아 움직이지 않는다. 눈으로 그녀의 모습을 살핀다. 그리고 베이글과 오트밀이 든 헐렁한 랩 포장지를 쳐다본다. 그녀가 작은 버터 용기를 뜯는다. 그리고 오트밀에 버터를 섞은 다음, 그 위에 소금을 뿌린다. 그녀가 버터 용기를 하나 더 뜯는다. 그리고 베이글에 버터를 바르고, 차를 두 잔 따른다. 차에는 설탕을 타지 않는다. 카트에는 설탕이 전혀 없었다.

"자, 여기요." 그녀가 오트밀과 차를 침대 옆 테이블 위에 올려주며 말한다. "먹어요." 그리고 카트로 걸어가서 베이글을 가져다준다. "많이 먹을수록 좋아요. 기분이 좋아지면 기억력도 기적처럼 회복될 거예요."

오트밀을 보자 속이 좋지 않다. 하지만 마리노는 오트밀 그릇을 들고 천천히 한 숟가락 뜬다. 걸쭉한 오트밀에 숟가락을 담그는데, 스카페타가 텅 디프레서로 진흙을 뜨던 모습이 떠오른다. 그러자 또다시 역겨움과 후회가 밀려온다. 차라리 술이 더 취해서 그 짓을 할 수 없었다면 좋았을 것을. 그러나 그는 그 짓을 했다. 오트밀을 보자 자신이 어젯밤 그 짓을 저질렀다는 확신이 들었다.

"못 먹겠소." 그가 말한다.

"먹어요." 그녀는 마치 판사처럼 꼿꼿한 자세로 의자에 앉아 그를 쳐다보며 말한다.

오트밀을 떠먹자 의외로 맛이 꽤 괜찮다. 음식이 아래로 내려가는 느낌이 좋다. 그는 자신도 모르는 사이에 오트밀 한 그릇을 다 먹고, 베이글을 먹기 시작한다. 오트밀과 베이글을 먹는 동안, 자신을 바라보는 그녀의 시선이 느껴진다. 스카페타는 아무 말도 하지 않는다. 하지만 그는 그녀가 왜 아무 말도 하지 않고 자신을 쳐다보는지 잘 알고 있다. 그는 아직 사실을 말하지 않았다. 그가 자세히 말하지 않은 사실은 분명 환상과는 거리가 멀다. 그 사실을 그녀가 알게 되는 순간, 그에게는 더 이상 아무런 기회도 없을 것이다. 그러자 베이글이 목에 걸려 넘어가지 않는다.

"기분이 좀 나아졌어요? 차도 좀 마셔요." 그녀가 말한다. 짙은 색 정장을 입고 회색 창문 아래 있는 의자에 꼿꼿하게 앉은 그녀는 정말 판사 같다. "베이글을 마저 먹고 차는 적어도 한 잔은 마시도록 해요. 당신한테는 지금 음식이 필요해요. 몸에는 수분이 부족하고. 나한테 애드빌(Advil: 진통제 상품명 – 옮긴이)이 있어요."

"애드빌을 복용하면 좋겠군." 그는 음식을 씹으며 말한다.

스카페타가 나일론 가방에 들어 있는 애드빌 약통을 꺼내자, 알약 달그락거리는 소리가 들린다. 마리노는 음식을 먹고 차를 벌컥벌컥 마신다. 갑작스럽게 허기가 느껴진다. 그리고 다시 자신에게 다가오는 그녀를 본다. 그녀가 베개에 기대어 앉아 있는 그에게 다가온다. 그리고 어린아이는 열 수 없도록 고안한 약통 마개를 연다. 알약 두 개를 꺼내 그의 손바닥 위에 내려놓는다. 그의 커다란 손바닥에 비해, 그녀의 손은 섬세하고 강인하면서도 작다. 두 사람의 손이 가볍게 부딪힌다. 순간, 그 느낌이 그가 평생 동안 느꼈던 다른 어떤 감촉보다 더 좋다.

"고맙소." 마리노가 말하자 그녀는 다시 의자로 돌아가 앉는다.

그녀는 꼭 그래야 한다면 한 달 동안이라도 그 의자에 앉아 있을 거라고 마리노는 생각한다. 내가 그녀를 한 달 동안 의자에 앉아 있도록 만들면 어떨까. 그러면 내가 다른 곳으로 가도 좋다고 말할 때까지, 그녀는 꼼짝도 하지 않을 거야. 그녀가 나를 저런 식으로 바라보지 않았으면 좋겠는데.

"기억력은 좀 나아졌어요?" 그녀가 묻는다.

"어떤 건 영원히 잊어버렸소. 종종 그런 일이 있잖소." 그는 찻잔을 비우며 말한다. 그리고 알약이 목구멍에 걸리지 않도록 정신을 집중한다.

"어떤 건 영원히 돌아오지 않죠." 그녀가 마리노의 말에 동의한다. "완전히 사라져버리지도 않고요. 단지 말하기 힘든 것도 있죠. 당신은 아이즈 그리고 브라우닝 형사와 함께 버번위스키를 마셨어요. 그러고 나서요? 버번위스키를 마시기 시작했던 게 몇 시쯤이죠?"

"아마 8시 반이나 9시쯤이었을 거요. 휴대전화가 울렸는데, 수지였소. 그녀는 불안해하면서 나에게 할 얘기가 있다고 했소. 집에 들를 수 있냐고." 그는 잠시 말을 멈추고 스카페타의 반응을 살핀다. 그녀는 아무 말도 하지 않는다. 생각에 잠겨 있다.

"얘기 계속해봐요." 그녀가 말한다.

"박사가 무슨 생각을 하고 있는지 알아. 술을 마신 상태에서, 그녀 집에 가지 말았어야 한다고 생각하겠지."

"내가 무슨 생각을 하고 있는지 당신은 전혀 몰라요." 그녀는 의자에 앉아 대답한다.

"나는 맨 정신이었소."

"몇 잔밖에 마시지 않았으니까요." 그녀가 덧붙여 말한다.

"맥주와 버번위스키 두어 잔밖에 마시지 않았소."

"두 잔이라고요?"

"석 잔 이상은 아니오."

"맥주 여섯 병은 알코올 180cc하고 같아요. 위스키 석 잔은 알코올 120cc에서 150cc가량인데, 바텐더와 얼마나 친한 사이인지에 따라 약간씩 다르죠. 술을 마신 게 세 시간 정도라고 가정해요. 알코올 섭취량은 어림잡아 적어도 300cc는 넘어요. 일반적으로 우리 몸은 한 시간에 30cc의 알코올을 분해할 수 있죠. 따라서 FOP 라운지를 나올 때쯤에는 적어도 210cc의 알코올이 체내에 축적되어 있었겠죠."

"젠장. 그렇게 계산해주지 않아도 알고 있소. 하지만 나는 취하지 않았소. 분명하게 말하지만, 나는 맨 정신이었소."

"당신은 맨 정신이었다고 하지만, 법적으로는 술에 취한 상태였어요. 아니, 법적으로 술 취한 상태 이상이었어요." 의사 면허와 변호사 면허를 모두 갖고 있는 그녀가 말한다. "내 계산에 의하면, 혈중 알코올 농도는 0.1 이상이에요. 어쨌든 당신은 그녀의 집까지는 무사히 도착했군요. 그때가 몇 시였죠?"

"10시 반 정도였을 거요. 매 순간마다 손목시계를 들여다보지는 않으니까, 더 정확하게는 모르겠소." 기분이 음울해진 마리노는 침대에 놓인 베개에 몸을 더 깊숙이 기댄다. 그다음에 일어난 일이 그의 마음속 깊은 곳에 어둡게 자리 잡고 있었다. 그는 그 어둠 속으로 들어가고 싶지 않았다.

"계속 얘기해봐요." 스카페타가 말한다. "기분은 좀 어때요? 차나 음식 더 먹을래요?"

마리노는 고개를 가로젓는다. 방금 전에 먹었던 알약이 목구멍 어딘가에 붙어 있는 것 같다. 알약을 또 먹어야겠군. 온몸이 안 좋기 때문에 알약 두 개가 목구멍에 걸려 있다 해도 잘 알아차리지 못할 것이다.

"두통은 좀 나아졌어요?"

"정신과 의사한테 가본 적 있소?" 마리노가 갑자기 말한다. "지금 내 심정이 바로 그렇소. 실제로는 정신과 의사한테 가본 적이 없어서 정확히 이런 기분일지는 잘 모르겠지만, 어쨌든 지금 정신과 의사랑 함께 앉아 있는 것 같소. 박사라면 알 것 같은데." 그는 자신이 왜 그런 말을 했는지 알 수 없다. 하지만 자신도 모르게 그 말이 입 밖으로 나오고 말았다. 갑자기 힘이 빠지고 화가 난다. 어둠 속에서 빠져나올 수 있는 일이라면 뭐든 할 것처럼 마음이 급해진다.

"내 얘기는 하지 마세요." 그녀가 대답한다. "난 정신과 의사도 아니고, 당신은 충분히 지각이 있는 사람이에요. 이건 당신이 왜 그런 일을 했는지, 혹은 왜 그런 일을 하지 않았는지에 대한 게 아니에요. 무슨 일을 했느냐가 중요해요. 바로 그게 문제라고요. 정신과 의사들은 무엇에 대해서는 그다지 신경 쓰지 않아요."

"나도 알고 있소. 뭘 했느냐가 문제다, 이거 아니오. 박사, 난 뭐가 뭔지 모르겠소. 정말이오." 마리노는 거짓말을 한다.

"다시 시작해봐요. 당신은 그녀 집에 도착했어요. 렌트한 차도 없는데 어떻게 갔죠?"

"택시로."

"영수증 갖고 있어요?"

"코트 주머니에 들어 있을 거요."

"영수증이 남아 있다면 좋을 거예요." 그녀가 말한다.

"주머니 안에 분명히 있을 거요."

"나중에 찾아보기로 하죠. 그다음엔 무슨 일이 있었죠?"

"택시에서 내려 대문으로 갔소. 초인종을 눌렀고, 그녀가 문을 열어줬소." 어둠이 마치 곧 들이닥칠 폭풍처럼 그의 눈앞까지 와 있다. 그는 심호흡을 한다. 머리가 욱신거린다.

"마리노, 괜찮아요." 그녀는 조용히 말한다. "말해도 괜찮아요. 무슨 일이 있었는지 정확하게 기억하도록 해요. 우리가 하려는 건 그것밖에 없어요."

"그녀는… 그녀는 부츠를 신고 있었소. 낙하산 부대의 부츠, 앞부분에 철제 장식이 있는 검은색 가죽 부츠였소. 군용 부츠. 그리고 커다란 얼룩무늬 전투복 티셔츠를 입고 있었소." 어둠이 그를 삼킨다. 어둠이 그의 모두를, 그가 미처 알지 못했던 부분까지 온통 집어삼킨다. "그것 말고는 아무것도 입고 있지 않아서 충격을 받았소. 도대체 그녀가 왜 그렇게 입고 있었는지 모르겠소. 난 박사가 미루어 짐작하는 것처럼 그런 생각은 하지 않았소. 그녀가 현관문을 닫고 나에게 손을 올렸소."

"어디다 손을 올렸나요?"

"그녀가 말했소. 우리가 아침에 자기 집에 들어서던 순간 나를 원했다고." 그는 약간 과장해서 말한다. 하지만 그리 과장한 것도 아니다. 그녀가 정확히 어떻게 말했는지는 기억나지 않지만, 아무튼 그렇게 알아들었기 때문이다. 그녀가 그를 원했다. 스카페타와 마리노가 질리에 대해 물어보기 위해 집 안으로 들어왔을 때, 처음 본 바로 그 순간 그녀가 그를 원했다.

"당신은 그녀가 손을 올렸다고 말했어요. 정확히 신체 부위 어디에다 손을 올렸나요?"

"주머니에, 주머니에다."

"앞주머니요, 아니면 뒷주머니요?"

"앞주머니." 그는 시선을 아래로 떨어뜨리며, 자신의 검은색 카고 바지 앞주머니를 쳐다본다.

"지금 입고 있는 것과 같은 바지였나요?" 스카페타가 말한다. 시선이 절대 그에게서 떠나지 않는다.

"맞소, 이 바지요. 바지를 갈아입을 여유가 없었소. 오늘 아침 내 호텔 방으로 돌아오지 못했으니까. 택시를 타고 곧장 시체안치소로 갔소."

"그 이야기는 나중에 하도록 하죠." 그녀가 말한다. "그녀가 당신 주머니에 손을 올렸다, 그러고 나서요?"

"왜 이 모든 것을 알려고 하는 거요?"

"당신은 그 이유를 알고 있어요. 그것도 정확히." 그녀는 그를 바라보면서 예의 그 침착하고 조용한 목소리로 말한다.

수지는 마리노의 바지 주머니 깊숙이 손을 집어넣으며 집 안으로 끌어들였다. 그러곤 발로 문을 닫으면서, 그가 너무나 잘생겼다며 소리 내어 웃었다. 택시를 타고 그녀의 집으로 갈 때 헤드라이트 앞에 밀려오던 안개처럼, 마리노의 머릿속에도 안개가 밀려왔다. 그는 낯선 곳으로 가고 있다는 것을 알면서도 그곳으로 갔다. 그녀는 그의 바지 주머니에 손을 깊숙이 넣었고, 그를 거실로 끌어들였고, 소리 내어 웃었고, 얼룩무늬 티셔츠와 군용 부츠 이외에는 아무것도 입고 있지 않았다. 그녀는 그렇게 다가왔고, 그는 그녀가 자기를 원한다고 느꼈다. 그리고 그녀도 그가 자기를 원한다는 걸 알았을 것이다.

"그녀는 부엌에서 버번위스키를 내왔소." 그는 자기 목소리에 귀를 기울인다. 호텔 방 안에 아무것도 없는 것 같다. 그는 망연한 상태에서 스카페타에게 말한다. "그녀가 술을 따랐고, 나는 더 이상 마시면 안 된다고 말했소. 그렇게 말하지 않았을 수도 있는데, 왜 그랬는지 잘 모르겠소. 그녀가 나에게 술을 권했소. 그러니 난들 어쩌겠소? 왜 얼룩무늬 군용 티셔츠를 입고 있느냐고 묻자, 프랭크가 좋아하던 옷이라고 했소. 프랭크가 그녀한테 그 옷을 입히고 함께 즐겼던 모양이오."

"그가 수지에게 그 군복을 입히고 즐길 때, 질리도 그 근처에 있었나요?"

"그게 무슨 소리요?"

"질리 얘기는 나중에 하죠. 프랭크와 수지는 무엇을 하며 즐겼대요?"

"게임을 했다고 했소."

"어젯밤 그녀가 당신과 함께 게임을 하자고 그러던가요?" 스카페타가 묻는다.

방이 어두워지고, 마리노는 그 어둠을 느낀다. 그는 자신이 한 짓을 용납할 수 없다. 스스로도 도저히 이해할 수 없다. 사실대로 말하면, 환상은 영원히 사라질 것이다.

"마리노, 이건 중요한 사안이에요." 그녀는 목소리를 낮추며 말한다. "그 게임에 대해 말해줘요."

마리노는 침을 삼킨다. 알약이 목구멍 깊숙한 곳에 걸린 듯 쓰라리다. 차를 더 마시고 싶지만 몸을 움직일 수 없다. 그녀에게 홍차나 다른 것을 가져다달라고 말하고 싶다. 하지만 그녀는 강인한 손을 팔짱 낀 채 의자에 꼿꼿이 앉아 있다. 긴장한 표정이 전혀 엿보이지 않는다. 진흙 묻은 정장을 입고 허리를 곧게 편 자세로 편안하게 앉아 있다. 예리한 눈빛으로 쳐다보면서 그의 말에 귀를 기울인다.

"자기를 찾아보라고 했소." 마리노는 다시 말문을 연다. "술을 마시고 있던 나는 그게 무슨 뜻이냐고 물었소. 그녀는 자기가 욕실이나 침실, 혹은 문 뒤에 숨을 테니 시간을 재라고 말했소. 그리고 나한테 5분 동안 기다리라고 했소. 정확히 5분이 지나면, 자기를 찾으라고. 마치… 마치 내가 자기를 죽이기라도 할 것처럼. 나는 옳지 못한 일이라고 생각했소. 실제로 그녀한테는 말하지 않았지만." 그는 다시 숨을 깊게 들이마신다. "그녀가 나한테 계속 술을 따라주는 바람에 말하지 않은 건지도 모르겠소."

"그때가 몇 시였죠?"

"도착하고 한 시간 정도 지났소."

"10시 반쯤 당신이 현관문으로 들어가자마자 그녀는 당신 주머니에 손을 넣었어요. 그러고 나서 순식간에 한 시간이 지나갔다고요? 그 한 시간 동안 아무 일도 없었어요?"

"우리 두 사람은 거실 소파에 앉아 술을 마셨소." 마리노는 스카페타의 눈을 쳐다보려 하지 않는다. 그는 이제 두 번 다시 그녀를 쳐다보지 못할 것이다.

"불은 켜져 있었나요? 커튼은 열려 있었나요, 아니면 닫혀 있었나요?"

"불은 꺼져 있었고, 벽난로에 모닥불이 타고 있었소. 커튼이 열려 있었는지는 기억나지 않는데…." 그는 곰곰이 생각한다. "닫혀 있었소."

"소파에 앉아 뭘 했죠?"

"이야기를 나누다 그렇게 된 것 같소."

"추측해서 대답하지 말아요. 그리고 당신이 무슨 말을 하는지 모르겠군요. 그렇게 되었다는 게 무슨 뜻이죠?" 스카페타가 묻는다. "키스하고 애무했다는 뜻인가요? 옷은 벗었어요? 성관계는 했어요? 오럴 섹스는?"

마리노는 얼굴이 벌겋게 달아오르는 것을 느낀다. "아니오. 그러니까, 첫 번째 부분은 했소. 거의 키스만. 사람들이 하는 것처럼, 그렇게 됐단 말이오. 우리는 소파에 앉아 그 게임에 대해 이야기했소." 얼굴이 점점 더 달아오른다. 벌겋게 달아오른 그 얼굴을 스카페타가 보고 있다. 그걸 알기에 그는 더욱 그녀를 똑바로 쳐다볼 수가 없다.

불은 꺼져 있었고, 벽난로에서 비친 불빛이 그녀의 창백한 살갗 위로 너울거렸다. 그녀가 움켜잡자 그는 아팠고 또 한편으론 흥분했다. 하지만 나중엔 단지 아픈 느낌밖에 없었다. 마리노가 아프니 조심하라고 말하자, 그녀는 큰 소리로 웃으며 자신은 거친 것이 좋다고 했다. 그러곤 아주 거친 게 좋다며 자기를 깨물어달라고 했다. 그는 그러고 싶지 않았다. 그래서 그러지 않겠다고 말했다. 그러자 그녀는 분명 좋아하게 될 거라고, 아플 정도로 깨물어주는 걸 분명 좋아하게 될 거라고 말했다. 그러는 동안에도 벽난로의 불빛은 내내 그녀의 살갗을 비추었고,

그는 키스를 하며 그녀를 즐겁게 해주려고 애쓰는 한편 통증을 참기 위해 계속 다리를 꼬았다. 겁쟁이처럼 굴지 말아요. 그녀는 계속 그렇게 말하며 소파에 앉아 있는 그를 힘껏 밀치고 바지 지퍼를 열려 했다. 하지만 그는 지퍼를 내리지 못하게 막았다. 그녀의 하얀 치아에 벽난로 불빛이 비쳤다. 마치 그녀가 이를 드러내 보이며 자신을 위협하는 것 같았다.

"게임은 소파에서 시작했나요?" 스카페타는 멀찌감치 떨어진 의자에 앉아 묻는다.

"거기에서는 게임에 대해서만 얘기했소. 잠시 후, 나는 자리에서 일어났고, 이미 말한 대로 그녀가 나를 침실로 데려가더니 문 뒤에서 5분 동안 기다리라고 했소."

"술은 계속 마시고 있었나요?"

"그녀가 한 잔 더 따라준 것 같소."

"추측해서 말하지 말아요. 큰 잔으로 마셨나요, 작은 잔으로 마셨나요? 그때까지 몇 잔이나 마신 거죠?"

"그녀는 뭐든 화끈했소. 그래서 술도 큰 잔으로 마셨지. 그녀가 문 뒤에서 기다리라고 할 때까지 적어도 석 잔은 마셨을 거요. 여기서부터는 갑자기 기억이 희미하오." 그가 말한다. "게임을 시작한 후부터는 모든 게 희미해. 게임이 너무나 좋았는지도 모르지."

"그건 좋은 게 아니에요. 기억하려고 애써봐요. 우린 그게 뭔지 알아내야 해요. '왜'가 중요한 게 아니라 '무엇'이 중요해요. 마리노, 난 동기는 상관하지 않아요. 날 믿어요. 난 예전에도 당신한테 온갖 얘기를 다 들었어요. 실제로 본 적도 있고요. 난 쉽게 충격을 받을 사람이 아니에요."

"그야 나도 잘 알지, 박사. 하지만 난 그렇지 않소. 내가 쉽게 충격을 받는 사람이라고는 생각하지 않았지만, 이제는 그런 것 같소. 손목시계를 보려고 하는데, 그것조차도 너무나 힘들었던 게 기억나는군. 시력이 예전만은 못하겠지만, 아무튼 시계가 흐릿해 보였소. 나는 긴장하고 흥분한 상태였소. 사실대로 말하면, 내가 왜 그렇게 말려 들어갔는지 정말 모르겠소."

문 뒤에서 땀을 뻘뻘 흘리며 기다리던 그는 손목시계를 똑바로 보려고 애썼다. 그리고 마음속으로 숫자를 세기 시작했다. 60가량 세다가 잊어버리고 다시 숫자를 세다 이윽고 5분이 지나갔다. 그가 느낀 감정은 여자와 함께 있으면서 느끼는 흥분이 아니었다. 여자와 함께 있으면서 그런 흥분을 느낀 적은 이제껏 단 한 번도 없었다. 그가 문 뒤에서 나오자, 집 안 전체가 칠흑처럼 어두웠다. 자신의 손도 얼굴 가까이 가져오지 않으면 잘 보이지 않을 정도였다. 벽을 따라 걸어가면서, 그는 그녀가 자신의 기척을 듣고 있다는 걸 알 수 있었다. 그리고 바로 그 순간, 아무리 술에 취했다 하더라도 심장이 세차게 박동하고 숨이 거칠어지는 것을 깨달았다. 그는 흥분했고 두려웠다. 하지만 그 사실을 스카페타에게 알리고 싶지 않다. 그는 걸음을 내딛다 균형을 잃고 복도에 쓰러졌다. 순간, 권총을 찾았지만 케이스에는 권총이 들어 있지 않았다. 그는 자신이 얼마나 오랫동안 그렇게 있었는지 모른다. 잠깐 잠이 들었을 수도 있다.

다시 정신을 차렸을 때, 그는 다시금 권총이 없어졌다는 사실을 깨달았다. 심장은 여전히 세차게 박동하고 있었다. 그는 꼼짝도 하지 않은 채 숨을 죽이고 마룻바닥에 앉아 있었다. 굵은 땀방울이 눈 아래로 흘러내렸다. 그곳이 어디인지 알아내기 위해 숨을 참으며 귀를 기울였다. 주변은 칠흑처럼 어두웠다. 마치 검은색 천이 둘러싸고 있는 듯했다. 이윽고 그는 발소리를 죽이면서 움직이기 시작했다. 누군가가 그곳

어딘가에 있고, 마리노에게는 권총이 없었다. 마리노는 두 팔을 휘저으며 앞으로 나아갔다. 하지만 벽은 손에 와 닿지 않았다. 놈을 못 잡으면 총에 맞을 수도 있다는 사실을 알기에, 그는 재빨리 덤벼들 준비를 하며 촉각을 곤두세웠다.

그는 고양이처럼 천천히 움직였다. 머릿속 생각을 온통 상대방에게 집중했다. 자신을 이끈 게 무엇인지, 그 집으로 어떻게 들어왔는지 그리고 상대방은 누구이고 자신을 도와줄 사람은 누구인지 생각했다. 도대체 모두들 어디에 있단 말인가? 젠장, 모두들 도망쳤단 말인가? 그는 도망치지 못하고 유일하게 남아 있는 사람인지도 모른다. 그에게는 권총도 없고 무전기도 없었다. 게다가 자신이 어디에 있는지조차 알 수 없었다. 그때 무언가가 그를 내리쳤다. 순간 눈앞이 번쩍했고, 잠시 후 심한 통증이 느껴졌다. 주변은 다시 칠흑처럼 어두웠고, 끔찍한 소음이 들렸다.

"무슨 일이 일어났는지 모르겠소." 마리노는 자신의 목소리가 정상적인 것을 깨닫고 놀란다. 마음속은 제정신이 아니었기 때문이다. "그냥 기억이 나질 않소. 일어나 보니, 그녀의 침대에 누워 있었소."

"옷은 입고 있었나요?"

"아니."

"옷하고 소지품은 어디에 있었죠?"

"의자 위에."

"의자 위에요? 깨끗하게 정돈되어 있었나요?"

"그렇소, 옷가지와 권총이 꽤 깨끗하게 정돈되어 있었소. 침대에서 일어났을 때 아무도 보이지 않았소." 그가 말한다.

"침대 옆자리는… 누군가 잠을 잔 흔적이 있었나요?"

"침대 커버는 아래로 내려와 있고, 엉망이었소. 정말이지 엉망이었소.

하지만 아무도 보이지 않았소. 주변을 둘러보았지만, 내가 어디에 있는지 전혀 알 수 없었소. 그때 문득 택시를 타고 그녀의 집으로 왔던 기억이 나더군. 전날 밤 그녀가 얼룩무늬 티셔츠와 부츠만 신은 채 문을 열어주던 게 기억났소. 침대 테이블에 버번위스키 잔과 수건이 놓여 있더군. 수건에 피가 묻어 있는 걸 보고 겁이 덜컥 났소. 몸을 일으키려고 했지만 그럴 수가 없어서 그냥 침대에 앉아 있었소. 도저히 몸을 일으킬 수가 없었소."

마리노는 찻잔이 가득 차 있다는 걸 깨닫는다. 스카페타가 의자에서 일어나 자기 찻잔을 채워준 것을 기억하지 못하는 건 아닐까. 혹시 기억난다 하더라도 확신이 서지 않았다. 마치 오늘 아침에 앉아 있던 바로 그 침대에 앉아 있는 것 같은 착각이 든다. 스카페타와 호텔 방에서 이야기를 시작한 지 세 시간이 지났다는 것을 시계를 보고서야 알아차린다.

"그녀가 당신한테 약을 먹였을 수도 있다고 생각해요?" 스카페타가 묻는다. "불행하게도, 지금 시점에서는 약물 테스트를 해도 도움이 되지 않을 거예요. 시간이 너무 많이 흘렀거든요. 어떤 약물인지에 따라 다르지만."

"그거 잘됐군. 약물 검사라…. 그녀가 아직 신고하지 않았다면 내가 경찰에 자진 출두하는 게 좋겠군."

"피 묻은 수건에 대해서 얘기해봐요." 그녀가 말한다.

"그게 누구 피였는지 모르오. 내 피였을 수도 있지. 입이 아팠으니까." 마리노가 입가를 만진다. "정말 엄청 아팠소. 그녀가 나를 아프게 했지만, 내가 할 수 있는 말은… 그녀를 보지 못했기 때문에 내가 뭘 했는지 모른다는 거요. 그녀는 욕실에 있었소. 그녀 이름을 크게 부르자, 그녀가 나한테 소리쳤소. 집 밖으로 나가라고…. 그녀도 이 모든 걸 얘기하고 있겠지."

"피 묻은 수건을 가져온 건 아니겠죠?"

"어떻게 택시를 부르고 그 집에서 나왔는지도 모르겠소. 사실, 그 집에서 나온 것도 기억나지 않소. 물론 수건은 가져올 생각조차 하지 못했소."

"당신은 곧장 시체안치소로 왔어요." 스카페타는 그 부분이 이상하다는 듯이 얼굴을 약간 찡그린다.

"세븐일레븐에 들러서 커피를 마셨소. 그러고 나서 택시기사에게 몇 블록 이전에 세워달라고 했소. 조금 걷다 보면 머리가 맑아질 거라고 생각했는데, 약간 도움이 되기는 하더군. 정신을 차린 후 사무실로 들어오다 그녀와 마주친 거요."

"법의국 건물로 오기 전에 휴대전화 메시지 확인했어요?"

"아마 그랬을 거요."

"그러지 않았다면 법의국에서 회의가 있다는 사실을 알았을 리가 없겠죠."

"아니오, 회의에 대해서는 이미 알고 있었소." 마리노가 말한다. "FOP 라운지에서 아이즈가 마커스에 대한 정보를 건네주더군. 이메일에 대해서…" 그는 기억을 더듬는다. "아, 이제야 기억이 나는군. 마커스가 아이즈한테 전화를 걸어서는 이메일을 확인했다, 내일 아침 회의를 소집할 것이다, 혹시 필요할 경우 설명을 요청할 수도 있으니 아침에 출근해 있어라, 이렇게 말했다고 했소."

"그렇다면 회의가 있다는 사실을 어젯밤에 미리 알았군요." 스카페타가 말한다.

"맞소. 회의가 있다는 사실을 어젯밤 처음 들었고, 아이즈가 박사도 회의에 참석한다고 말했던 것 같소. 그랬으니까 내가 거기에 있었겠지."

"회의가 아침 9시 반에 있다는 것도 알고 있었나요?"

"분명히 알고 있었소. 기억이 희미한 건 미안하지만, 박사, 회의에 대해서는 분명히 알고 있었소." 마리노는 스카페타를 바라본다. 그녀가 무슨 생각을 하고 있는지 도저히 추측할 수가 없다. "왜 그러시오? 회의가 무슨 큰 문제라도 되는 거요?"

"마커스가 나한테 회의가 있다고 알려준 건 오늘 아침 8시 반이에요." 그녀가 대답한다.

"그자가 박사 발등에 불을 떨어뜨렸군. 왜 그렇게 급히 박사한테 연락한 거지?" 마리노가 말한다. 그는 마커스가 밉다. "비행기를 타고 플로리다로 돌아갑시다. 그놈은 엿이나 먹으라지."

"오늘 아침 당신과 마주쳤을 때, 폴슨 부인이 말을 걸던가요?"

"나를 보더니 그냥 지나쳤소. 마치 모르는 사람처럼 말이오. 박사, 도대체 어떻게 된 건지 이해가 되지 않소. 어떤 일이 일어나긴 했는데, 그게 좋지 않은 일이라는 것밖에 모르겠소. 내가 정말 나쁜 짓을 저질렀는지 겁이 나 죽겠소. 그런 짓을 저지르고 결국 이렇게 된 거요. 결국 이렇게."

스카페타가 천천히 의자에서 일어난다. 얼굴은 피곤해 보이지만 정신은 날카롭고, 눈에는 근심이 어려 있다. 마리노는 그녀가 자신으로서는 도무지 이해하지 못할 어떤 연결고리를 찾고 있다는 것을 느낀다. 창밖을 내다보는 그녀의 눈빛에 생각이 가득하다. 룸서비스 카트로 가서 찻잔에 남아 있는 차를 마저 마신다.

"그녀가 당신을 다치게 했어요, 그렇죠?" 그녀가 침대 근처에 서서 그를 내려다보며 말한다. "그녀가 어떻게 했는지 보여줘요."

"그건 안 돼! 절대!" 마리노가 애처로운 소리로 말하자, 10년은 더 늙은 것처럼 보인다. "그럴 순 없어."

"내가 당신을 도와주기 바란다면 보여줘요. 예전에도 볼 것 못 볼 것 다 봤으니 괜찮아요."

마리노는 손으로 얼굴을 가린다. "그럴 수 없소."

"경찰을 부르면, 그들이 경찰서로 데려가서 상처를 사진으로 찍을 거예요. 그러면 사건이 시작되는 거죠. 만약 그게 당신이 원하는 거라면, 아주 나쁜 계획은 아니에요. 그녀가 벌써 경찰에 신고했는지 모르지만, 난 그렇지 않을 거라고 생각해요."

마리노는 얼굴 가린 손을 내린 다음 그녀를 올려다본다. "왜?"

"왜 그녀가 신고하지 않았을 거라고 생각하느냐고요? 아주 간단해요. 사람들은 당신이 지금 버지니아에 머물고 있다는 걸 알아요. 브라우닝 형사도 당신이 이곳에 머물고 있다는 걸 알고 있고, 당신의 전화번호도 갖고 있는데, 왜 당신을 체포하러 나타나지 않는 걸까요? 질리 폴슨의 어머니가 911에 전화해서 당신이 자길 강간했다고 말했다면, 당장 경찰이 들이닥쳤을 거예요. 그리고 사무실에서 당신과 마주쳤을 때, 왜 소리치지 않았을까요? 당신이 그녀를 강간했다 해도, 그녀는 소란을 피우지 않을 거고, 경찰에도 신고하지 않을 거예요."

"난 절대 경찰에 신고하지 않을 거요." 그가 말한다.

"이제야 이해한 것 같군요." 그녀는 다시 의자로 가서 나일론 키트를 집는다. 그리고 지퍼를 열고 디지털 카메라를 꺼낸다.

"이런 젠장." 마리노는 디지털 카메라가 마치 권총이라도 되는 것처럼 노려본다.

"희생자는 바로 당신인 것 같아요." 그녀가 말한다. "그녀는 당신이 자신한테 무슨 짓을 했을 거라고 생각하길 바라는 것 같아요. 왜 그럴까요?"

"그걸 내가 어찌 알겠소? 난 모르오."

"마리노, 당신은 술에 취했지만 멍청하지는 않아요."

마리노는 디지털 카메라를 쳐다본다. 그리고 진흙 묻은 바지를 입은 채 호텔 방 한가운데 서 있는 그녀를 바라본다.

"우리는 그 여자 딸의 죽음을 알아내기 위해 이곳에 왔어요, 마리노. 그녀는 분명 돈이나 관심 또는 다른 어떤 것을 원하고 있어요. 나는 그게 뭔지 알아내고 싶어요. 난 분명히 알아내고 말 거예요. 어젯밤 그녀가 당신 몸에 무슨 짓을 했는지, 셔츠와 바지를 벗고 보여줘요."

"박사, 지금 뭘 생각하는 거요?" 그는 검은색 폴로셔츠를 머리 위로 잡아당기며 말한다. 옷감이 살에 닿자 통증이 느껴진다. 가슴팍에 물린 자국과 입술로 빤 자국이 남아 있다.

"맙소사! 가만히 좀 있어요. 이럴 수가! 왜 나한테 미리 말하지 않았어요? 처치를 하지 않으면 상처가 덧날·거예요. 이러면서도 그 여자가 경찰에 신고할까봐 두렵다고요? 정말 제정신이에요?" 그녀는 마리노 주변을 돌아다니며 사진을 찍는다. 특히 상처 부위를 클로즈업해서 찍는다.

"난 내가 그녀한테 무슨 짓을 했는지 모르오." 마리노는 약간 침착해진 목소리로 대답한다. 그리고 스카페타에게 상처를 보여준 게 생각보다 나쁘지 않다는 걸 깨닫는다.

"이 정도 상처의 절반 정도만 입혔어도, 치아가 성하지 않을 거예요."

마리노는 치아를 유심히 점검한다. 평소 때와 아무런 차이도 없고 이상도 없다. 치아가 멀쩡한 것이 고마울 따름이다.

"등은 어때요?" 그녀가 그를 내려다보며 묻는다.

"등은 아프지 않소."

"확인해볼 테니 앞으로 숙여요."

마리노는 몸을 앞으로 숙인다. 그녀가 등 뒤에서 조심스럽게 베개를 빼내는 게 느껴진다. 그녀의 따뜻한 손이 어깨에 와 닿는다. 그녀가 맨살에 손을 대고, 더 자세히 볼 수 있게 등을 앞으로 민다. 마리노는 그녀가 예전에도 자기 맨등에 손을 댄 적이 있는지 생각해본다. 그랬다. 그녀는 한 번도 그의 맨등을 만진 적이 없었다.

"성기는 어때요?" 그녀는 아무렇지도 않게 묻는다. 그가 아무런 대답도 하지 않자 다시 묻는다. "마리노, 그녀가 당신의 성기에도 상처를 입혔나요? 내가 사진을 찍고 치료해야 하지 않나요? 아니면, 세상 사람의 절반인 보통 남자들처럼 당신에게도 성기가 있다는 걸 모른 척하고 있을까요? …그녀가 성기에 상처를 입힌 게 분명하군요. 그렇지 않으면 금방 아니라고 대답했을 테니까. 맞아요?"

"맞소." 그는 손으로 사타구니를 가리며 중얼거린다. "맞소. 여기가 아파 죽겠소. 하지만 박사 말은 이미 충분히 알아들었소. 내가 그녀한테 무슨 짓을 했는지는 모르지만, 그녀는 나한테 상처를 입혔소."

그녀는 침대 발치에 앉아 그를 쳐다본다. "우선 말로 설명해봐요. 그러고 나서 바지를 벗어야 할지 결정할게요."

"그녀가 온몸을 깨물었소. 온몸에 멍이 들 정도로."

"난 의사예요." 스카페타가 말한다.

"그건 나도 잘 알고 있소. 하지만 내 담당의사는 아니지."

"당신이 죽으면 내 환자가 되겠죠. 만약 그녀가 당신을 죽였다면, 누가 당신의 시신을 보고 모든 것을 알아내겠어요? 하지만 당신은 죽지 않았고, 난 그 점이 너무나 감사해요. 하지만 당신은 공격을 당했고, 죽을 정도의 상처를 입었어요. 지금 말은 이렇게 하지만, 이 모든 얘기가 너무나 우스꽝스럽군요. 당신이 치료를 받아야 할지 그리고 사진을 찍어야 할지 판단할 수 있도록, 나한테 보여줄 수 없어요?"

"어떤 치료?"

"베타딘(Betadine: 소독약의 일종 – 옮긴이)만으로 치료할 수 있어요. 약국에 가서 사올게요."

마리노는 그녀가 자기 알몸을 보면 어떻게 될지 상상해본다. 그녀는 그의 알몸을 한 번도 본 적이 없고 그의 몸이 어떤지도 모른다. 평균 이하일 수도 있고 그저 평범할 수도 있다. 그러나 무엇을 기대한단 말인가? 그녀가 어떤 유형을 좋아하고 어떤 유형에 익숙한지도 모르면서. 따라서 바지를 벗는 것은 현명하지 못하다. 그러나 경찰차 뒷좌석에 앉아 구치소로 실려 가는 모습과 사진을 찍고 법정으로 가는 모습을 떠올리자 그는 마지못해 바지 단추를 풀고 지퍼를 내린다.

"박사가 웃으면 남은 평생 동안 박사를 미워할 거요." 마리노의 얼굴은 벌겋게 달아오르고 온몸에서 땀이 비 오듯이 흐른다.

"불쌍한 사람." 스카페타가 말한다. "나쁜 건 당신이 아니라 그 여자예요."

31

차가운 비가 세차게 내린다. 스카페타는 속도를 늦추며 수잔 폴슨의 집 앞에 차를 주차한다. 그리고 몇 분 동안 시동을 켜둔 채 가만히 앉아 있다. 와이퍼가 차창에 떨어지는 비를 빠르게 밀어낸다. 울퉁불퉁한 벽돌이 깔린 현관으로 이어진 길을 바라보며 스카페타는 어젯밤 그곳을 지나갔을 마리노의 모습을 상상한다. 그 이외에는 별달리 생각나는 것이 없었다.

마리노는 자기 생각보다 그녀에게 많은 것을 말해주었고, 그녀는 그가 짐작하는 것보다 상황이 더 나쁘다는 걸 깨달았다. 그는 모든 것을 세세하게 말하지는 못했지만, 어쨌든 많은 것을 털어놓았다. 그녀는 와이퍼를 끄고 빗방울이 차창에 부딪혀 흘러내리는 모습을 바라본다. 비가 너무 세차게 내려서 빗소리밖에 들리지 않고, 차창에 떨어진 비가 물결 모양의 얼음처럼 보인다. 수잔 폴슨은 지금 집에 있다. 그녀의 미니밴이 보도 근처에 세워져 있고, 집에는 불이 켜져 있기 때문이다. 이런 날씨에는 외출하지 않을 것이다.

스카페타의 렌터카에는 우산도 없고, 그녀는 모자도 쓰고 있지 않았다. 차에서 나오자 빗소리가 더욱 크게 들린다. 집으로 이어진 미끄럽고 오래된 벽돌 길을 서둘러 걸어가자 빗물이 그녀의 얼굴을 세차게 때린다. 이 집에 살던 여자애는 죽었고, 그 애의 어머니는 이상한 성적 취향을 갖고 있다. 그녀가 성적으로 이상하다고 간주하는 것은 어쩌면 지나칠 수도 있지만, 스카페타는 마리노가 생각하는 것보다 훨씬 더 화가 나 있었다. 아니, 마리노는 스카페타가 화난 것을 알아차리지 못했을 수도 있다. 하지만 그녀는 엄청 화가 났고, 폴슨 부인은 스카페타가 화를 내면 어떻게 변하는지 곧 보게 될 터였다. 그녀는 현관문에 달린 파인애플 모양의 문고리를 세게 두드리면서, 폴슨 부인이 문을 열어주지 않으면 어떻게 할지 곰곰이 생각한다. 필딩이 그랬던 것처럼 집에 없는 척할 수도 있기 때문이다. 스카페타는 파인애플 모양의 문고리를 다시 한 번 천천히, 힘껏 두드린다.

폭풍을 몰고 오는 먹구름처럼 순식간에 밤이 찾아온다. 현관문 앞에 서 있는 동안, 입에서는 허연 입김이 나오고 여기저기 빗물이 튄다. 고리를 계속해서 두드린다. 그녀는 끝까지 그곳에 서 있을 작정이었다. 당신은 이 상황에서 빠져나갈 수 없어. 내가 돌아서서 갈 거라고는 생각하지 마. 코트 주머니에서 종이를 꺼내, 어제 이곳에 왔을 때 휘갈겨 써둔 전화번호를 찾는다. 어제 스카페타는 폴슨 부인을 조용하고 부드럽게 대해주었고, 그녀에게 닥친 일을 안타깝게 여겼다. 휴대전화로 전화를 걸자 집 안에서 벨이 울린다. 그녀는 있는 힘을 다해 다시 문고리를 세차게 두드린다. 문고리가 깨진다 해도 상관없었다.

1분 후, 스카페타는 다시 전화를 건다. 집 안에서 다시 전화벨이 울린다. 하지만 아무도 받지 않는다. 스카페타는 전화를 끊고 생각한다.

당신은 분명 집에 있어. 집에 없는 척하지 마. 스카페타는 현관에서 물러나 집 앞쪽으로 난 창문을 들여다본다. 창문에는 흰색 커튼이 쳐져 있고, 실내에는 부드럽고 따뜻한 조명이 켜져 있다. 창문 오른쪽에서 누군가의 그림자가 지나간다. 어떤 사람의 형체가 창문을 지나가다 잠시 걸음을 멈추고, 다시 돌아서서 사라진다.

스카페타는 다시 문고리를 두드리면서 전화를 건다. 이번에는 자동응답기가 나온다. 스카페타는 메시지를 남긴다. "폴슨 부인, 케이 스카페타입니다. 제발 문을 열어주십시오. 매우 중요한 일입니다. 지금 현관문 앞에 서 있습니다. 당신이 집에 있다는 거 압니다." 통화를 끝내고 다시 문을 두드린다. 그림자가 다시 움직인다. 이번에는 창문을 지나 왼쪽으로 움직이더니 현관문을 열어준다.

"어머나, 세상에!" 폴슨 부인은 깜짝 놀란다. 하지만 정말 놀란 것처럼 보이지는 않는다. "누군지 몰랐어요. 폭풍의 기세가 대단하군요. 어서 안으로 들어오세요. 모르는 사람일 때는 문을 열어주지 않거든요."

스카페타는 빗물을 뚝뚝 흘리며 거실로 들어와 비에 젖은 롱코트를 벗는다. 머리에서 빗물이 떨어지자 손으로 얼굴을 닦는다. 마치 샤워를 마쳤을 때처럼 머리가 완전히 젖었다.

"이러다 폐렴에 걸리면 어떡해요?" 폴슨 부인이 말한다. "이런, 내가 의사한테 괜한 말을 했군요. 어서 부엌으로 가서 따뜻한 걸 마시도록 해요."

스카페타는 작은 거실을 둘러본다. 벽난로 주변에 쌓인 재와 타다 남은 장작 조각, 창문 밑에 놓인 격자무늬 소파, 거실 반대편에 있는 출입구. 스카페타의 눈길을 알아차린 폴슨 부인의 얼굴에 긴장감이 스친다. 그녀의 얼굴은 예쁘지만 천박하고 거칠어 보인다.

"왜 여기 온 거죠?" 폴슨 부인이 아까와 다른 목소리로 말한다. "도대체 무슨 일로 온 거죠? 질리 때문에 이곳에 온 걸로 알고 있는데, 지금은 그렇지 않은 것 같군요."

"질리 때문에 오지 않은 건 분명합니다." 스카페타는 거실 한가운데서 말한다. 마룻바닥에 빗물이 떨어진다. 그녀는 폴슨 부인이 알아차릴 수 있도록 주변을 자세히 둘러본다.

"당신에게는 그렇게 말할 권리가 없어요." 폴슨 부인이 재빨리 말한다. "지금 당장 나가주셔야 할 것 같네요. 당신이 이 집에 있을 이유가 없어요."

"난 나가지 않을 거예요. 원하면 경찰에 신고해도 괜찮습니다. 어젯밤 일어난 일에 대해 부인과 이야기하기 전까지는 절대 나가지 않겠습니다."

"지금 당장 경찰을 부를 거예요. 그 남자가 한 짓과 내가 겪은 일을 생각하면 경찰을 불러야 해요. 그가 여기로 와서 자기 좋을 대로 했으니까요. 나를 해칠 사람이라는 걸 알았어야 했는데. 그는 그렇고 그런 사람이었어요."

"그렇게 해요." 스카페타가 말한다. "경찰을 부르세요. 나도 할 말이 있으니까. 사실, 할 말이 아주 많아요. 괜찮다면 집 안을 둘러보도록 하죠. 나는 부엌이 어디인지, 질리의 방이 어디인지 잘 알죠. 이 문간을 지나 왼쪽으로 돌면, 당신 침실이 나오지요." 스카페타는 그 쪽으로 걸어가며 말한다.

"내 집 안에서 돌아다니지 말아요." 폴슨 부인이 소리친다. "지금 당장 나가요. 당신이 집 안을 뒤질 이유는 없어요."

폴슨 부인의 침실은 질리의 침실보다 크지만, 그다지 차이가 나지는 않는다. 침실 안에는 더블베드가 놓여 있다. 침대 양쪽에 조그마한 앤티크 호두나무 테이블이 놓여 있고, 장식장 두 개가 벽 쪽으로 붙어 있다. 작은 욕실로 들어가는 문과 붙박이장 문이 보였다. 붙박이장 바닥에는 검은색 가죽 군용 부츠가 놓여 있다. 붙박이장 문 앞에서, 스카페타는 정장 재킷 주머니에서 면장갑을 꺼내 끼고 부츠를 내려다본다. 그리고 옷걸이에 걸린 옷을 자세히 살펴본 다음 갑자기 몸을 돌려 욕실로 들어간다. 욕조에는 군용 얼룩무늬 티셔츠가 걸쳐져 있다.

"그 사람이 당신한테 무슨 말을 했군요. 그렇죠?" 폴슨 부인이 침대 발치에 서서 말한다. "당신은 그걸 믿고요. 경찰이 누구 말을 믿을지 두고 봅시다. 경찰은 당신 말이나 그의 말을 믿지 않을 거예요."

"당신이 군인 놀이 하는 걸 질리가 얼마나 자주 보았죠?" 스카페타는 그녀를 똑바로 쳐다보며 묻는다. "남편은 군인 놀이 하는 걸 아주 좋아했겠죠? 혹시 남편한테서 군인 놀이를 배웠나요? 아니면, 본인 스스로 그런 몹쓸 놀이를 만들어냈나요? 질리가 보는 앞에서 얼마나 자주 그 놀이를 했고, 질리가 집에 있을 때 누구와 함께 그 놀이를 했죠? 혹은 여러 사람과 함께 그룹 섹스를 했나요? 다른 사람들도 당신 그리고 남편과 함께 그 게임을 했습니까?"

"어떻게 감히 나한테 그런 말을 할 수 있죠?" 그녀는 증오와 분노에 일그러진 얼굴로 소리친다. "난 그런 게임에 대해서는 아무것도 몰라요."

"그럴 만한 정황이 충분하고, 앞으로 더 많은 증거가 밝혀지겠죠." 스카페타는 침대 가까이 다가가 커버를 잡아당긴다. "침대 커버를 갈지 않은 것 같아 다행이군요. 저기, 시트에 핏자국이 남아 있는 거 보이죠? 저게 만약 당신 피가 아니라 마리노의 피라면 과연 어떻게 될까요?" 스카페타는 오랫동안 그녀를 쳐다본다. "그는 피가 났는데, 당신은 그렇지 않아요. 그 점이 수상합니다. 그리고 피 묻은 수건도 이 근처 어딘가에 있을 겁니다." 그리고 주변을 둘러본다. "수건을 이미 빨았을 수도 있지만 상관없습니다. 세탁을 했다 하더라도 우리가 원하는 건 찾아낼 수 있으니까요."

"내가 오히려 피해자인데, 당신은 그 남자보다 더 악독하군요." 폴슨 부인이 대꾸했지만 표정은 완전히 바뀌었다. "여자라면 약간의 동정심이라도 있을 줄 알았는데."

"다른 사람한테 상처를 입히고, 그 사람한테 잘못을 돌리는 사람에게 동정심을 가지라고요? 폴슨 부인, 생각이 있는 여자라면 그런 사람을 동정하지 않을 거예요." 스카페타는 침대에서 커버를 벗기기 시작한다.

"도대체 뭘 하는 거죠? 당장 그만둬요."

"앞으로 더 많은 걸 하게 될 테니, 가만히 지켜보세요." 그녀는 시트와 베개를 당겨 둘둘 만다.

"그러지 말아요. 당신은 경찰이 아니에요."

"난 경찰보다 더한 사람이에요. 믿어도 좋습니다." 스카페타는 시트와 베개를 둘둘 말아 매트리스 위에 내려놓는다. "다음엔 뭘 하지?" 그리고 주변을 둘러본다. "오늘 아침 법의국 사무실에서 마리노와 마주쳤을 때 당신은 알아차리지 못했겠지만, 그는 어제 입었던 바지를 그대로 입고 있었어요. 속옷도 갈아입지 않았죠. 어제 입던 속옷을 오늘도 그대로 입었어요. 남자가 성관계를 하면 적어도 속옷에 뭔가가 묻고, 어떤 경우에는 바지에도 뭔가가 묻는다는 사실을 알고 있을 거예요. 하지만 그는 그렇지 않았어요. 그의 속옷이나 바지에는 아무것도 남아 있지 않았고, 당신이 상처를 낸 곳에 핏자국만 남아 있었죠. 그리고 사람들이 당신이 누구와 함께 있는지, 혹은 누구와 싸우거나 로맨틱한 시간을 보내고 있는지 커튼 너머로 볼 수 있다는 사실을 당신은 모르는 것 같네요. 집 안에 불이 켜져 있거나 벽난로에 모닥불이 타고 있으면, 길 건너편에 있는 이웃들이 집 안을 얼마든지 들여다볼 수 있죠."

"우리 두 사람 사이에서 시작된 일이고, 그건 이미 끝났어요." 폴슨 부인은 마침내 결정을 내린 듯했다. "그저 남녀가 서로 즐긴 것에 지나지 않아요. 내가 그에게 실망해서 약간 화가 났을 수도 있죠. 내 옷도 벗기지 않은 채 가만히 있더군요. 그는 덩치만 컸지 제대로 하지 못했어요."

"당신이 계속 버번위스키를 따라줬을 때는 그렇지 않았을 텐데요." 스카페타가 말한다. 그녀는 마리노가 그렇게 하지 않았다는 것을 거의 확신했다. 그가 그렇게 했으리라고는 상상조차 할 수 없다. 문제는 마리노 자신이 그렇게 했을 거라고 여긴다는 것이다. 그 때문에 그와는 더 이상 이야기를 나눌 여지가 없었다.

스카페타는 붙박이장 앞에 웅크리고 앉아 부츠를 집은 다음 침대 위에 내려놓는다. 불길해 보이는 부츠가 아무것도 깔려 있지 않은 매트리스 위에 내려놓자 꽤 커 보인다.

"남편의 부츠예요." 폴슨 부인이 말한다.

"만약 이 부츠를 신었다면, 당신의 DNA가 안에 남아 있을 거예요."

"너무 커서 난 신을 수 없어요."

"내가 하는 말을 알아들었군요. DNA로 많은 걸 알아낼 수 있을 거예요." 스카페타는 욕실로 들어가서 군용 얼룩무늬 티셔츠를 집어 든다. "이것도 남편의 옷이겠군요."

폴슨 부인은 아무 말도 하지 않는다.

"원한다면 부엌으로 가죠." 스카페타가 말한다. "따뜻한 걸 마시면 좀 나아질 겁니다. 커피도 좋고요. 어젯밤 두 사람은 어떤 위스키를 마셨죠? 그에게 술을 따라주면서 당신도 함께 마셨다면 지금 속이 별로 좋지 않겠군요. 마리노는 오늘 컨디션이 좋지 않더군요. 아주 나빴습니다. 곧 치료를 받을 겁니다." 스카페타는 그렇게 말한 다음 빠른 걸음으로 부엌으로 향한다.

"그게 무슨 뜻이죠?"

"그가 병원에 가야 한다는 뜻입니다."

"벌써 병원에 갔나요?"

"일일이 검사를 받고 사진을 찍었습니다. 몸 상태가 좋지 않거든요."
스카페타는 부엌으로 들어가며 말한다. 그저께 기침약이 놓여 있던 자리에서 가까운 곳에 커피 메이커가 놓여 있다. 기침약은 어디에도 보이지 않는다. 스카페타는 면장갑을 벗어 정장 재킷 안에 집어넣는다.

"그 사람은 자신이 했던 행동에 대해 책임을 져야 해요."

"그런 이야기는 그만둬요." 스카페타가 말한다. 유리 커피 주전자에 물이 한 방울씩 떨어진다. "이제 거짓말은 그만하는 게 좋을 겁니다. 당신이 입은 상처가 있다면 보여주십시오."

"상처가 있다 해도 경찰한테나 보여줄 겁니다."

"커피는 어디 있죠?"

"당신이 무슨 생각을 하는지 잘 모르겠지만, 그건 진실이 아니에요."
폴슨 부인은 냉동고 문을 열고 커피 봉투를 꺼내 주전자 옆에 놓는다.
그리고 찬장을 열어 필터 박스를 찾아주면서, 스카페타가 직접 커피를 끓이도록 내버려둔다.

"요즘은 진실을 찾아내기가 힘들죠." 스카페타는 커피 봉투를 열고 커피 메이커에 필터를 끼운다. 그리고 커피 봉투 안에 든 작은 스푼으로 커피 양을 조절한다. "왜 그런지는 나도 잘 모르겠습니다. 질리한테 일어난 일에 대해서도 진실을 찾아내지 못한 것 같아요. 그리고 어젯밤 일어난 일에 대한 진실도 우리를 비껴갈 것 같고요. 폴슨 부인, 나는 당신이 진실을 말하는 걸 듣고 싶습니다. 내가 오늘 밤 이곳에 들른 이유도 바로 그 때문입니다."

"난 마리노에 대해서 아무 말도 하지 않을 작정이었어요." 그녀는 참담한 표정으로 말한다. "내가 말하려고 했다면, 당신은 믿을 건가요? 사실, 나는 그도 즐겼을 거라고 생각했어요."

"즐겼다고요?" 스카페타는 싱크대에 기대 팔짱을 낀다. 커피가 한 방울씩 떨어지고, 커피 향이 부엌 안에 퍼지기 시작한다. "그의 몸 상태를 보고 나서도 그가 즐겼다고 생각할지 의심스럽군요."

"당신은 내 몸 상태가 어떤지 몰라요."

"당신이 움직이는 걸 보면 알 수 있어요. 그는 당신한테 상처를 입히지 않았어요. 사실, 그는 버번위스키를 마신 이후 거의 아무것도 하지 않았습니다. 당신이 내게 그렇게 말하지 않았나요?"

"그 사람하고 무슨 상관이라도 있나요? 그래서 찾아온 건가요?" 그녀는 교활한 표정으로 스카페타를 쳐다본다. 두 사람 관계에 대한 호기심을 드러내며 눈빛을 반짝인다.

"상관이 있기는 하지만, 당신이 생각하는 것하고는 다릅니다. 내가 변호사 자격증이 있다는 사실을 당신에게 말했던가요? 침입이나 강간을 당했다고 누명을 씌우면 어떻게 되는지 알고 싶습니까? 혹시 교도소에 가본 적 있습니까?"

"질투하고 있군요. 어떤 상황인지 알겠습니다." 폴슨 부인이 음흉한 미소를 짓는다.

"당신이 뭘 원하는지 생각해보시죠. 하지만 교도소에 갈 수도 있다는 걸 잊지 마세요, 폴슨 부인. 강간을 당했다고 주장해도 곧 거짓으로 드러나고 말 겁니다."

"강간당했다고 신고하지 않을 테니, 그런 걱정은 하지 말아요." 폴슨 부인의 얼굴이 더욱 굳어진다. "나를 강간할 수 있는 사람은 아무도 없어요. 그 남자에 대해 말하자면, 덩치 큰 어린애였어요. 난 그도 재미있을 거라고 생각했어요. 하지만 내 생각이 틀렸어요. 당신이 의사든 변호사든, 그를 가져도 좋아요."

커피가 만들어지자, 스카페타는 컵이 어디 있는지 묻는다. 폴슨 부인은 찬장에서 찻잔 두 개와 차 스푼 두 개를 꺼낸다. 두 사람이 선 채로 커피를 마시고 있는데, 폴슨 부인이 갑자기 울기 시작한다. 아랫입술을 깨물며 눈물을 흘린다.

"교도소에는 가지 않을 거예요." 그녀는 고개를 가로저으며 말한다.

"나도 마찬가지입니다. 당신이 교도소에 가는 걸 바라지 않습니다." 스카페타는 커피를 한 모금 마시며 말한다. "그에게 어떻게 했는지 말해보세요."

"그냥 사적인 거였어요." 폴슨 부인은 스카페타를 쳐다보려 하지 않는다.

"누군가에게 피를 흘리게 하고 타박상을 입혔다면, 사적인 게 아니라 범죄입니다. 거친 섹스를 하는 게 버릇인가요?"

"당신은 엄격한 청교도인가보군요." 폴슨 부인은 식탁으로 걸어가 자리에 앉는다. "세상엔 당신이 들어보지도 못한 많은 일이 벌어지고 있죠."

"당신 말이 맞을지도 모르죠. 게임에 대해 얘기해주시죠."

"그에게 물어봐요."

"그 게임에 대해 마리노한테 들었어요." 스카페타는 커피를 한 모금 삼키며 말한다. "당신은 꽤 오랫동안 그 게임을 즐겼습니다. 그렇죠? 게임을 시작한 건 남편 프랭크와 함께였나요?"

"당신에게 대답할 필요는 없을 것 같군요." 그녀는 식탁에 앉아 말한다. "그래야 할 이유가 없어요."

"우리가 질리의 장식장 안에서 장미를 발견했을 때, 당신은 남편이 그것에 대해 알 거라고 말했어요. 무슨 뜻으로 그렇게 말한 거죠?"

그녀는 대답을 피한다. 두 손으로 커피 잔을 만지는 그녀의 표정이 화가 나고 증오심으로 가득 차 있다.

"폴슨 부인, 남편이 질리한테 무슨 짓을 했다고 생각합니까?"

"누가 그 장미를 두고 갔는지 모르겠어요." 그녀는 어제처럼 똑같은 지점을 바라보며 말한다. "나는 그곳에 장미를 두지 않았어요. 예전에도 질리의 방에서 그것을 본 적이 없고요. 나는 종종 질리의 장식장을 열어봤어요. 그 전날에도 장식장을 열고, 빨랫감과 다른 물건들을 정리해주었어요. 질리는 물건을 잘 정리하지 않았거든요. 하지만 그런 건 본 적이 없어요. 질리가 몰래 넣어두었을 리도 없고요." 폴슨 부인은 갑작스럽게 말을 멈춘 다음, 벽을 바라보며 침묵 속으로 빠져든다.

스카페타는 그녀를 지켜보며 기다린다. 1분 동안 이어지는 침묵이 무겁게만 느껴진다.

"부엌에서는 정말 최악이었어요." 폴슨 부인이 마침내 다시 말문을 연다. "질리는 음식을 꺼낸 다음, 그냥 싱크대 위에 올려두곤 했어요. 심지어 아이스크림도 그냥 두었어요. 내가 얼마나 많은 음식을 내다 버렸는지 알아요?" 그녀의 얼굴이 슬픔으로 일그러진다. "질리가 우유를 싱크대 위에 올려놓고 반나절 동안 두는 바람에 항상 개수대에 버려야 했어요." 언성이 높아졌다가 다시 낮아지고, 목소리가 떨리기 시작한다. "하루 종일 누군가의 뒤를 따라다니며 물건을 치우는 게 어떤 건지 알아요?"

"알아요." 스카페타가 말한다. "내가 이혼한 이유 가운데 하나도 바로 그거예요."

"남편도 별로 다르지 않았어요." 폴슨 부인이 시선을 돌리며 말한다. "두 사람 사이에서 내가 했던 일은, 두 사람을 따라다니며 물건을 정리한 게 전부예요."

"만약 남편이 질리한테 무언가를 했다면, 어떤 짓을 했다고 생각해요?" 스카페타가 묻는다. 그녀는 예, 아니오로 대답할 수 있는 간단한 질문을 하지 않으려고 애쓴다.

폴슨 부인은 눈도 깜박이지 않고 벽을 쳐다본다. "그는 자기만의 방식으로 무언가를 했어요."

"분명하게 말하지만, 질리는 죽었습니다."

폴슨 부인의 눈에 눈물이 글썽인다. 그녀는 손으로 눈물을 닦으며 벽을 바라본다. "사건이 일어났을 때 남편은 이곳에 있지 않았어요. 내가 아는 한, 그는 집 안에 없었어요."

"언제 그 일이 일어났죠?"

"내가 약국에 갔을 때였어요. 바로 그때 무언가가 일어났어요." 그녀는 다시 손으로 눈물을 닦아낸다. "집으로 돌아왔을 때, 창문이 열려 있었어요. 약국에 갈 때는 창문이 열려 있지 않았어요. 남편이 창문을 열었다는 말은 아니에요. 그냥 남편하고 상관이 있을 거라는 뜻이에요. 그가 접근하는 대상은 모두 죽거나 파멸하죠. 그의 직업이 의사라는 걸 생각하면 모순이지만요."

"이제 그만 가봐야겠습니다, 폴슨 부인. 쉽지 않은 이야기였다는 거 잘 압니다. 내 휴대전화 번호를 갖고 있으니, 중요한 일이 있으면 전화 주시기 바랍니다."

그녀는 고개를 끄덕이며 다시 흐느끼기 시작한다.

"남편 이외에 우리가 모르는 누군가가 집 안으로 들어왔을 수도 있어요. 남편이 아는 사람일 수도 있고, 함께 게임을 했던 사람일 수도 있어요."

스카페타가 출입문으로 걸어가도 폴슨 부인은 자리에서 일어나지 않는다.

"머릿속에 떠오르는 사람 없어요?" 스카페타가 묻는다. "질리는 감기로 죽지 않았습니다." 그녀는 반복해서 말한다. "우리는 질리한테 무슨 일이 일어났는지, 정확히 무슨 일이 일어났는지 알아야만 합니다. 조만간 알게 될 거예요. 당신도 그렇게 생각하죠?"

그러나 폴슨 부인은 벽만 바라보고 있을 뿐이다.

"언제든지 전화해요." 스카페타가 말한다. "이제 가봐야겠습니다. 필요한 게 있으면 전화해요. 커다란 쓰레기봉투 두 개 있어요?"

"싱크대 밑에 있으니 찾아보세요. 무슨 일 때문에 그러는지는 모르겠지만, 아마 필요 없을 거예요." 그녀는 작은 목소리로 중얼거린다.

스카페타는 싱크대 밑의 서랍을 열고 상자에 들어 있는 쓰레기봉투 넉 장을 끄집어낸다. "가져갈게요. 나도 이 봉투가 필요 없기를 바랍니다."

그녀는 침실로 가서 둘둘 만 침구와 부츠, 티셔츠를 비닐봉투 안에 담는다. 그리고 거실로 가서 코트를 입은 다음, 비닐봉투 네 개를 들고 다시 빗속으로 나간다. 봉투 두 개는 침구가 들어 있어 무겁고, 다른 봉투에는 티셔츠와 부츠가 각각 들어 있다. 보도 위에 고인 물이 구두에 튀어 차갑게 발을 적신다. 길은 어느새 빙판으로 변해 미끄러웠다.

32

아더 웨이(Other Way) 라운지 안은 어두컴컴하다. 그곳에서 일하는 여직원들은 이제 더 이상 에드거 앨런 포그를 힐끔거리며 곁눈질하지 않는다. 처음에는 호기심으로 그를 쳐다보았지만 곧 경멸스러운 눈빛으로 바뀌었고, 마침내 무관심해져서 더 이상 신경을 쓰지 않았다. 그는 체리 줄기로 매듭을 만들면서 시간을 보낸다.

에드거 앨런 포그는 아더 웨이 라운지에서 블리딩 선셋(Bleeding Sunset)이라는 칵테일을 마시고 있다. 보드카와 다른 음료를 혼합해 만든 것으로, 술잔 아래쪽에 오렌지색과 붉은색이 감돈다. 블리딩 선셋은 그 이름처럼 해넘이 풍경을 연상케 하는데, 술잔을 기울여 내용물을 섞으면 전체가 오렌지색으로 변한다. 그리고 얼음이 녹으면, 술잔 안에 남아 있는 칵테일이 어렸을 때 마시던 오렌지 음료 같다. 초록색 빨대를 꽂고 플라스틱 오렌지 통 안에 든 음료를 마시면, 빨대가 마치 줄기처럼 보인다. 오렌지 음료는 희석되어 맛이 없지만, 플라스틱 오렌지를 볼 때마다 늘 신선하고 맛있을 것만 같았다. 사우스플로리다로 갈 때마다 어머니가 플라스틱 오렌지를 사 주었지만, 맛을 보고는 매번 실망했다.

사람들은 플라스틱 오렌지와 그 안에 든 음료와 같은 존재인지도 모른다. 겉으로 보이는 모습과 실제로 음료를 마셔보는 것은 다르다. 그는 잔을 들어 바닥에 남아 있는 오렌지색 칵테일을 돌리며 섞는다. 블리딩 선셋을 한 잔 더 주문할지 생각하면서, 현금이 얼마나 남아 있고, 술에는 취하지 않았는지 곰곰 생각해본다. 술에는 취하지 않았다. 그는 평생 동안 술에 취한 적이 한 번도 없었다. 그는 술에 취할까봐 블리딩 선셋이나 다른 칵테일을 마실 때마다 자신이 섭취하는 알코올 양을 계산하고 그 결과를 걱정한다. 그의 어머니는 뚱뚱했다. 시간이 지날수록 살이 더 쪘는데, 한때는 미인이었기 때문에 그런 모습이 더욱 안타까웠다. 그녀는 비만은 가족 내에서 서서히 전염되고, 계속 먹으면 자신의 말을 이해할 수 있을 거라고 말하곤 했다.

"한 잔 더 주세요." 에드거 앨런 포그가 그곳에서 일하는 사람에게 말한다.

아더 웨이는 조그마한 술집으로, 검은색 식탁보가 덮인 테이블이 이곳저곳에 흩어져 있다. 테이블 위에는 초가 놓여 있지만, 그가 왔을 때 그 초가 켜져 있던 적은 한 번도 없다. 그리고 구석에 당구대가 놓여 있지만, 그가 왔을 때 당구를 치는 사람은 아무도 없었다. 이 술집에 오는 손님은 당구에 관심이 없고, 빨간색 천이 깔린 흠집 난 당구대는 이 술집이 개점하기 전부터 있었던 것처럼 보인다. 아더 웨이도 예전에는 다른 곳에 있었을 것이다. 다른 모든 것이 그런 것처럼.

"한 잔 더 주십시오." 그가 말한다.

이곳에서 일하는 여자들은 웨이트리스가 아니라 호스티스다. 그들은 호스티스처럼 대접받기를 바란다. 아더 웨이를 드나드는 남자들은 그 여자들을 경멸하지 않는다. 그들은 호스티스이고 남자들을 존중해주기 때문이다. 포그에게는 그들이 자신을 너무나 존중해주고, 안으로 들어와 핏빛 나는 블리딩 선셋에 돈은 쓰라고 호의를 베푸는 것 같은 느낌이 들 정도다. 그는 어둠 속을 둘러보다 빨강 머리 여자에게 시선을 던진다. 몸에 꽉 끼는 검은색 짧은 점퍼를 입었다. 그 안에 블라우스를 받쳐 입어야 하지만 아무것도 없다. 점퍼는 가려주어야 할 곳을 거의 가리지 못하고 있다. 그는 그녀가 테이블을 치우거나 음료를 갖다줄 때를 제외하고는 몸을 숙이는 것을 한 번도 보지 못했다. 그녀는 특별한 남자에게만 무언가를 보여주기 위해 몸을 숙인다. 특별한 남자란 팁을 잘 주고 여자들을 상대로 이야기 풀어나가는 방법을 아는 자들이다. 점퍼에는 가슴을 가려주는 천이 있는데, 타이핑 용지만 한 그 검은색 4각형 천에는 검은색 끈 두 개가 달려 있다. 가슴 가리개 천은 헐렁하다. 몸을 굽히고 대화에 끼어들거나 빈 잔을 가져갈 때면, 가슴을 흔들며 키득거리기도 하고 심지어 훤히 드러내 보이기도 한다. 그러나 술집 안은 어둡다. 매우 어둡다. 그녀는 그가 앉아 있는 테이블에서는 몸을 구부리지 않았고, 앞으로도 그럴 것이다. 게다가 그가 앉아 있는 자리에서는 그녀가 잘 보이지도 않는다.

그는 출입문 근처에 있는 자리에서 일어선다. 블리딩 선셋을 한 잔 더 달라고 소리 지르고 싶지도 않고, 한 잔 더 마시고 싶은지 어떤지도 잘 알 수 없기 때문이다. 그는 초록색 빨대가 꽂힌 플라스틱 오렌지를 계속 생각한다. 그것을 보고 실망하던 기억을 떠올릴수록, 더 억울하다는 생각이 든다. 그는 테이블 옆에 서서 주머니에 손을 넣고 20달러짜리 지폐를 꺼낸다. 아더 웨이 술집에서는 돈이 전부인 것 같다. 개에게는 먹이가 전부이듯. 뾰족한 하이힐을 신고 타이트한 미니스커트를 입은 빨강 머리 여자가 가슴을 흔들며 다가온다. 가까이에서 보자 늙은 여자다. 쉰일곱이나 쉰여덟 혹은 예순인지도 모른다.

"그만 가려고요?" 그녀가 테이블에 놓인 20달러짜리 지폐를 재빠르게 잡아채면서 그를 쳐다보지도 않고 말한다.

그녀의 오른쪽 눈 근처에 있는 사마귀는 아이라이너로 가린 것 같다. 그는 술을 더 마실 수도 있지만 그렇게 하지 않았다. "한 잔 더 마시려고 했는데." 그가 말한다.

"우리가 몰랐네요." 그녀의 웃음소리가 마치 고양이의 고통스러운 울음소리 같다. "잠깐만 기다려요, 금방 가져다줄 테니."

"너무 늦었습니다." 그가 말한다.

"베시, 내가 마시던 위스키 어디 있지?" 근처 테이블에서 조용해 보이는 남자가 묻는다.

포그는 예전에도 그를 본 적이 있다. 은색 신형 캐딜락을 운전하던 모습이었다. 그는 나이가 무척 많아서, 여든 살 정도로 보인다. 연한 하늘색 아마포 양복에 연한 하늘색 넥타이를 매고 있다. 베시는 재빨리 그에게 간다. 포그는 아직 그 자리에 있다. 하지만 자리에 없는 사람 취급을 당한다. 베시는 그가 벌써 가버린 것처럼 재빨리 다른 사람에게 달려간다. 그는 육중한 문을 열고 밖으로 걸어 나와 자갈이 깔린 주차장으로, 어둠 속으로, 보도에 서 있는 검은 올리브나무와 야자수를 지나간다. 짙은 나무 그늘에 서서, 노스 26번 애버뉴 건너편에 있는 셸(Shell) 주유소를 쳐다본다. 불이 켜진 노란색의 거대한 조개 모형을 보자 마치 미풍이 불어오는 것 같은 느낌이 든다. 기분이 좋아진 그는 몇 분 동안 가만히 서서 조개 모형을 올려다본다.

불 켜진 조개 모형을 보고 있자니 다시 플라스틱 오렌지가 떠오른다. 이유는 잘 알 수 없지만, 어머니가 주유소에서 주로 그 음료를 사주었기 때문일 것이다. 버지니아에서 플로리다로 차를 몰고 갈 때면, 그녀는 종종 그 음료를 한 사람에 하나씩 사주었다. 그는 해마다 여름이 되면 돈 많은 외할머니를 만나러 플로리다의 베로(Vero) 해변으로 가곤 했다. 그와 그의 어머니는 항상 드리프트우드 여관에 머물렀는데, 말 그대로 유목(driftwood)으로 지어진 것처럼 보였다는 것 이외에는 거의 기억이 나지 않는다. 그리고 밤에는 낮 동안 바다에서 사용한 구명 뗏목 위에서 잠을 자곤 했다.

구명 뗏목은 크기가 그다지 크지 않아서, 바다에서 사용할 때처럼 팔다리가 밖으로 나왔다. 그는 그 구명 뗏목을 거실 한가운데 깔고 잠을 잤고, 어머니는 문을 잠근 채 침실에서 잠을 잤다. 에어컨은 침실에만 설치되어 있었다. 날이 너무 더워 땀을 뻘뻘 흘리던 기억이 났다. 그리고 태양에 그을린 피부가 구명 뗏목에 달라붙던 기억도 났다. 몸을 움직일 때마다 상처에 붙인 밴드가 떨어져나가는 느낌이 들었다. 1주일이 1년처럼 길게만 느껴졌다. 그들은 그렇게 휴가를 보냈다. 그들은 1년에 단 한 번 휴가를 보냈다. 항상 여름에, 그것도 8월에.

포그는 자동차 헤드라이트가 다가왔다, 테일 램프가 멀어져가는 모습을 바라본다. 밝은 흰색과 붉은색 눈빛이 어두컴컴한 밤을 배경으로 지나간다. 그는 고개를 들어 왼쪽을 바라보면서 신호등이 바뀌기를 기다린다. 신호등이 바뀌자 차량이 속도를 늦춘다. 그는 동쪽으로 난 차도를 가로질러, 주차된 자동차 사이로 서둘러 걸어간다. 셸 주유소에 도착한 그는 고개를 들어 어둠 속에서 높이 떠 있는 조개 모형을 쳐다본다. 헐렁한 반바지를 입은 노인 하나가 직접 주유를 하고 있다. 다른 주유구에서는 구겨진 정장을 입은 늙은 남자가 주유를 하고 있다. 포그는 어두운 곳을 따라 조용히 유리문으로 다가간다. 안으로 들어가자 종이 울린다. 그는 음료 자판기 쪽으로 간다. 카운터에 서 있는 여자는 과자 한 봉지, 맥주 여섯 개들이 팩을 계산하면서도 그를 쳐다보지 않는다.

커피 자판기 근처에 청량음료 자판기가 있다. 그는 가장 큰 플라스틱 컵 다섯 개와 뚜껑을 들고 카운터로 걸어간다. 컵에는 만화 그림이 그려져 있고, 뚜껑에는 음료를 마실 수 있도록 구멍이 뚫려 있다. 그는 컵과 뚜껑을 카운터에 내려놓는다.

"초록색 빨대가 달린 플라스틱 오렌지 없어요?" 그는 카운터 뒤에 있는 여자에게 묻는다.

"뭐라고요?" 그녀는 얼굴을 찡그리며 컵을 하나 들어 올린다. "여기에는 없어요. 음료는 필요 없습니까?"

"네, 필요 없습니다." 그가 말한다.

"컵과 뚜껑만 있으면 됩니다."

"컵만 따로 판매하지는 않습니다."

"컵만 필요해서요." 그가 말한다.

그녀는 안경 너머로 그의 얼굴을 쳐다본다. 그는 그녀가 자기 얼굴에서 무엇을 보고 있는지 궁금하다. "컵만 따로 판매하지 않는다고 말씀드렸습니다."

"오렌지 음료가 있으면 살게요." 그가 대답한다.

"어떤 오렌지 음료 말입니까?" 그녀의 인내심이 흔들린다. "저 뒤에 있는 냉장고 보여요? 저기에 있는 음료 중에서 고르세요."

"오렌지처럼 생긴 플라스틱 통 안에 든 건데, 초록색 빨대가 달려 있어요."

그녀의 찡그린 얼굴이 놀란 표정으로 변한다. 밝은 립스틱을 바른 그녀의 입술에 미소가 떠오르는 걸 보며, 그는 호박 등(燈)을 떠올린다. "아, 그 오렌지 음료…. 깜빡했네요. 이제야 알겠습니다. 그런데 판매하지 않은 지 벌써 몇 년이 지났어요. 까맣게 잊고 있었군요."

"그럼, 컵하고 뚜껑만 사겠습니다." 그가 고집을 부린다.

"내가 졌네요. 교대 시간 끝이라 봐드리는 거예요."

"밤새 일했군요."

"빨대 달린 오렌지 음료 때문에 좀 더 일해야 해요." 그녀가 웃으며 말한다. 그때 헐렁한 반바지를 입은 노인이 주유비를 내러 상점 안으로 들어온다. 그녀는 그에게 시선을 돌린다.

포그는 그 노인에게 아무런 관심도 갖지 않는다. 포그는 그녀를 바라본다. 낚싯줄 같은 백금색으로 염색한 머리, 부드럽고 주름진 옷감 같은 그녀의 분 바른 피부를 바라본다. 손으로 피부를 만지면 나비 날개 같은 감촉이 느껴질 것이다. 그녀의 이름표에는 에디스라고 적혀 있다.

"빈 컵은 개당 50센트고 뚜껑은 공짜로 줄게요." 에디스가 그에게 말한다. "기다리는 손님이 있어서요." 그녀가 계산대 키보드를 두드리자 서랍이 자동으로 열린다.

포그는 5달러짜리 지폐를 에디스에게 건네준다. 잔돈을 받을 때, 그의 손이 그녀의 손과 가볍게 부딪힌다. 차갑고, 생기 있고, 부드럽고, 피부가 늘어진 게 느껴진다. 그녀는 나이에 걸맞게 피부가 늘어졌다. 그는 다시 습기 찬 밖으로 나와 신호등을 기다렸다, 몇 분 전 지나온 길을 다시 걸어간다. 그리고 아까 지나온 검은 올리브나무와 야자수 밑에서 머뭇거리며, 아더 웨이 술집 출입문을 쳐다본다. 술집 안으로 들어가는 사람도, 술집에서 나가는 사람의 모습도 보이지 않는다. 그는 재빨리 걸어가 차에 올라탄다.

33

"그에게 말해줘야 해." 마리노가 말한다. "박사가 생각하는 대로 결과가 드러나지 않는다 해도, 그는 돌아가는 상황을 알아야 하오."

"그러다가 일이 잘못되기 십상이에요." 스카페타가 대꾸한다.

"그러다가 일이 해결되는 수도 있소."

"이번에는 그렇지 않아요."

"그럼, 맘대로 하시오."

마리노는 브로드 스트리트에 있는 마리오트 호텔 객실 침대 위에 누워 있다. 스카페타는 지난번에 앉았던 그 의자를 이번엔 좀 더 가까이 당겨 앉는다. 스카페타가 강변 남쪽의 백화점에서 구입한 흰색 면 파자마를 입은 마리노는 덩치는 크지만 덜 위협적으로 보인다. 얇고 부드러운 파자마 밑으로 베타딘을 발라 짙은 오렌지색으로 변한 상처 자국이 희미하게 비친다. 하지만 그는 상처가 그다지 아프지 않다고 강변한다. 스카페타는 진흙 묻은 짙은 청색 바지 정장 대신 황갈색 코듀로이 바지

327

에 짙은 청색 터틀넥 스웨터를 입고 로퍼(loafer)를 신었다. 그녀가 자신의 방에 마리노가 있는 걸 원치 않았기 때문에 두 사람은 그의 호텔 방에 있었다. 그녀는 그의 호텔 방이 꽤 안전하다고 생각했고, 룸서비스로 샌드위치를 주문해 먹은 다음 이야기를 나누는 중이었다.

"박사가 왜 그에게 가지 않는지 그 이유를 난 아직 잘 모르겠소." 마리노가 넌지시 운을 떼운다. 스카페타와 벤턴의 관계에 대한 마리노의 호기심은 꽤 끈질기다. 스카페타는 마리노가 항상 그 부분에 관심을 갖고 있다는 걸 눈치 챌 수 있었고, 그의 그런 관심이 신경을 건드렸다. 그의 관심을 무마하려 애써봐도 아무런 소용이 없었다.

"아침에는 우선 토양 샘플을 연구실로 가져다줘야겠어요." 그녀가 마리노에게 말한다. "어떤 실수가 있었는지 곧 알게 되겠죠. 실수가 있다 해도, 내가 벤턴에게 할 얘기는 없어요. 이번 실수는 그 사건과 연관이 없어요. 그저 실수일 뿐이에요. 아주 기분 나쁜."

"하지만 박사는 그걸 믿지 않소." 마리노는 스카페타가 뒤에 받쳐준 베개에 기댄 채 그녀를 쳐다보며 말한다. 얼굴색도 좋아지고 눈빛도 더 밝아 보인다.

"내가 뭘 믿는지 모르겠어요." 그녀가 말한다. "어떻게 해도 이치에 닿지가 않아요. 트랙터 기사에게서 발견된 증거물이 실수가 아니라면, 그걸 어떻게 설명할 수 있죠? 어떻게 질리 폴슨 사건에서 똑같은 증거물이 나올 수 있죠? 당신은 어떻게 생각해요?"

마리노는 어둠과 시내의 불빛으로 가득 찬 유리창에 시선을 고정한 채 곰곰 생각한다. "어떻게 생각해야 할지 모르겠소." 그가 말한다. "분명히 맹세하지만, 내가 회의 때 말했던 걸 제외하고는 아무것도 생각나지 않소. 그리고 그건 현명한 행동이었소."

"누구? 당신 말인가요?" 그녀는 무미건조하게 묻는다.

"진심이오. 위트비의 시신에서 질리와 똑같은 증거물이 어떻게 나올 수 있단 말이오? 우선, 질리는 위트비가 사망하기 2주 전에 죽었소. 그런데 왜 2주 후에 그의 시신에서 똑같은 증거물이 묻어 있을까? 상황이 좋아 보이지는 않소." 그가 단호하게 말한다.

스카페타는 기운이 없어진다. 두려움 같은 것이 스멀스멀 올라온다. 논리적으로 설명하면, 오염 물질이 누군가에 의해 옮겨졌거나 라벨을 잘못 붙인 경우뿐이다. 증거물 봉투 또는 테스트 튜브를 엉뚱한 봉투에 넣었거나 샘플에 라벨을 잘못 붙였을 것이다. 잠시라도 한눈을 팔거나 집중하지 않으면 그런 일이 일어날 수 있다. 이렇게 잘못된 경로를 통해 얻어진 결과 때문에 혐의자가 풀려날 수도 있고, 법정으로 갈 수도 있고, 감옥으로 갈 수도 있고, 사형 집행실로 갈 수도 있다. 스카페타는 틀니에 대해 생각해본다. 포트리에서 온 군인이 엉뚱한 틀니를 뚱뚱한 여자의 시신에 억지로 끼워 넣던 모습을 떠올린다. 한눈을 팔면 그런 일은 언제든 발생할 수 있다.

"박사가 왜 벤턴에게 가지 않는지 그 이유를 난 아직 잘 모르겠소." 마리노가 침대 옆에 놓인 물 잔을 잡으며 말한다. "내가 맥주 몇 병을 마신 게 뭐 잘못됐소?"

"그렇게 잘한 일은 아니죠." 그녀는 무릎 위에 파일 폴더를 올려놓은 채 보고서 사본을 천천히 훑어본다. 그녀가 질리와 트랙터 기사에 대해 이미 알고 있는 사실에서 무언가 새로운 것을 알아내야 한다. "알코올은 상처를 회복시키는 데 방해가 돼요." 그녀가 말한다. "어쨌든 술은 당신한테 별반 도움이 되지 않는다고요."

"어젯밤엔 그랬지."

"당신이 하고 싶은 대로 해요. 간섭하지 않을 테니까."

마리노는 머뭇거린다. 스카페타가 자신에게 어떻게 하라고 말해주길 바란다. 하지만 그녀는 그러지 않을 것이다. 그에게 어떻게 하라고 말해주지 않을 것이다. 예전엔 그랬지만 그건 시간 낭비였을 뿐이다. 스카페타에게 마리노는 마치 폭탄을 안고 비행기를 조종하는 사람 같았다. 마리노는 손을 무릎에 올려놓은 채 전화기를 쳐다본다.

"기분은 좀 어때요?" 스카페타가 보고서 페이지를 넘기며 묻는다. "애드빌 더 필요해요?"

"괜찮소. 맥주를 몇 병 안 마신다고 나을 것도 없을 텐데."

"그렇다고 좋을 건 뭐가 있겠어요?" 그녀는 다음 페이지를 넘겨, 위트비의 파열되고 손상된 장기에 대해 적은 긴 리스트를 자세히 읽어 내려간다.

"그 여자가 경찰에 신고하지 않을 거라고 확신하오?" 마리노가 그녀에게 묻는다.

스카페타는 그의 시선을 느낀다. 그의 눈은 마치 희미한 전등 불빛 같지만 그녀는 두려워하는 그를 나무라지 않는다. 그를 비난하면 오히려 상황이 더 나빠질 게 분명하기 때문이다. 법정에 가면 그는 파멸할 것이다. 단지 남자라는 이유만으로, 덩치 큰 남자라는 이유만으로 리치먼드 법정은 그에게 유죄를 선고할 수도 있다. 그리고 폴슨 부인은 불쌍해 보이고 난감한 척 가장하는 데 능숙하다. 그녀를 떠올리자 스카페타는 마음속에서 분노가 끓어오른다.

"신고하지 않을 거예요." 스카페타가 말한다. "더 이상 허세를 부리지 못하게 했거든요. 오늘 밤, 그 여자는 내가 자기 집에서 가져온 증거물에 대한 악몽을 꿀 거예요. 무엇보다도, 그 게임에 대한 꿈을 꾸겠죠. 그녀는 경찰이든 다른 어느 누구든 자기 집에서 벌어진 게임에 대해 알기를 원치 않아요." 그녀는 무릎 위에 놓인 보고서에서 시선을 든다. "질리가 살아 있을 때도, 폴슨 부인이 어젯밤 했던 그 게임을 했을까요? 한 번 추측해봐요. 본능적으로 어떤 느낌이 들어요?"

"그 여자는 자기가 원하는 건 뭐든 할 것 같소." 마리노는 밋밋한 어조로 대답한다. 목소리에서 후회와 분노가 느껴지지만, 수치심 때문에 그런 감정을 드러내지는 못한다.

"그 여자가 술이 취했나요?"

"하늘을 날 것처럼 기분이 들떠 있었소." 그가 대답한다.

"알코올이나 다른 약물 중독은 아닐까요?"

"마리화나를 피우거나 코로 마약을 흡입하는 모습은 보지 못했소. 하지만 내가 보지 못한 것도 많겠지."

"누군가가 프랭크 폴슨에게 말할 거예요." 스카페타는 다른 보고서를 보면서 말한다. "내일 나오는 결과에 따라, 루시한테 도움을 청할지 결정해야 될 거예요."

마리노의 얼굴이 밝아지고, 몇 시간 만에 처음으로 미소를 짓는다. "아, 정말 대단한 생각이오. 루시는 조종사니까, 이번 사건에 이용하면 되겠군."

"바로 그거예요." 스카페타는 페이지를 넘기며 조용히 깊은 숨을 들이마신다. "아무것도 없네요." 그녀가 말한다. "질리 사건에 대해 더 알 수 있는 게 아무것도 없어요. 질리는 질식사했고, 입 안에서 페인트 조각과 금속 조각이 나왔어요. 위트비의 상처는 트랙터에 치인 것과 일치하고요. 무엇보다도, 우리는 위트비가 폴슨 가족과 어떤 연관이 있는지 찾아내야 해요."

"그 여자는 알 거요." 마리노가 말한다.

"그 여자한테 절대 전화하지 말아요." 스카페타는 지금 상황에서 어떻게 해야 하는지 마리노에게 말해준다. 절대 수잔나 폴슨에게 전화해서는 안 된다고. "행운을 과신하지 말아요." 그녀는 마리노를 올려다보며 말한다.

"전화한다고 말한 적 없소. 그 여자는 그 트랙터 기사하고 아는 사이일지도 모르오. 그와 함께 그 게임을 했을 수도 있고. 같은 성도착자 클럽에 가입했을 수도 있소."

"두 사람은 서로 가까운 동네에 살지 않았어요." 스카페타는 위트비의 폴더에 적힌 내용을 보며 말한다. "그는 공항 근처에 살았어요. 별로 중요한 문제는 아니지만. 내가 내일 연구실에 가 있는 동안, 당신이 좀 알아봐줘요."

마리노는 아무런 대답도 하지 않는다. 리치먼드 경찰이라면 어느 누구와도 이야기를 하고 싶지 않았다.

"직접 걸어서 안으로 들어가야 해요." 그녀는 파일 폴더를 덮으며 말한다.

"어디 안으로 들어가란 말이오?" 그는 침대 옆에 놓인 전화기를 바라본다. 다시 맥주 생각을 하고 있는지도 모른다.

"당신도 알잖아요."

"난 박사가 그렇게 말할 때가 정말 싫소." 그는 심술궂게 말한다. "한두 마디 말로 무언가를 이해해야 하는 게 싫소. 몇 마디 덧붙여서 자세히 말해주면 정말 고맙겠소."

그녀는 무릎 위의 파일 폴더에 손을 올리며 즐거운 표정을 짓는다. 그녀가 옳은 말을 할 때마다 그는 까다롭게 군다. 그녀는 그의 다음 말을 기다린다.

"알겠소." 그는 오랫동안의 침묵을 견디지 못하고 말한다. "어디 안으로 들어가란 말이오? 난 지금 제정신이 아니니, 어디로 걸어 들어가야 하는지 말해달란 말이오."

"당신이 두려워하는 것 안으로 걸어 들어가야 해요. 당신은 폴슨 부인이 신고했을까봐 여전히 두려워하고 있어요. 그래서 경찰이 무서운 거예요. 하지만 그녀는 신고하지 않았고, 앞으로도 신고하지 않을 거예요. 그런 생각을 극복하면 두려움이 사라질 거예요."

"두려움 때문이 아니라 어리석음 때문이오." 그가 반박한다.

"좋아요. 그렇다면 브라우닝 형사나 다른 사람한테 전화해요. 전화하지 않으면 당신이 어리석은 거예요. 난 그만 내 방으로 갈게요." 그녀는 그렇게 덧붙인 다음 의자에서 일어나 창가로 다가간다. "8시에 로비에서 만나요."

34

그녀는 혼자 호텔 방 침대에 기대어 와인을 한 잔 마신다. 그렇게 좋은 와인은 아니지만, 뒷맛이 강한 카베르네 와인을 한 방울도 남기지 않고 다 마신다. 아스펜은 리치먼드보다 두 시간이 빠르고, 벤턴은 지금 저녁을 먹거나 회의를 할 수도 있을 것이다. 혹은 그가 맡은 사건을 바쁘게 진행할 수도 있다. 그는 자신이 맡은 비밀 사건에 대해서는 그녀와 전혀 이야기하지 않으려 한다.

스카페타는 등 뒤에 놓인 베개를 다시 정리해 세우고, 빈 와인 잔을 침대 옆 전화기 근처에 내려놓는다. 그리고 전화기를 바라보다, 텔레비전을 보면서 켜야 할지 말아야 할지 잠시 망설인다. 텔레비전을 켜지 않기로 결정한 다음, 다시 전화기를 보고 수화기를 들어 올린다. 그리고 벤턴의 휴대전화 번호를 누른다. 그는 집으로 전화하지 말라고 했다. 그것도 진심으로. 그 점을 분명히 했다. 별장으로는 전화하지 말라고, 집 전화는 받지 않을 거라고.

그건 말도 안 돼요, 왜 집 전화를 받지 않는다는 거죠? 그녀는 그렇게 대꾸했다. 지금부터 벌써 몇 달 전의 일이었다.

정신을 다른 곳에 빼앗기고 싶지 않소. 집 전화는 받지 않을 거요. 전화해야 할 때는 반드시 휴대전화로 연락해요. 개인적으로 받아들이지 말고 그냥 그렇게 해요. 당신도 잘 알잖소. 그는 이렇게 대답했다.

휴대전화 신호음이 두 번 울리자 벤턴이 전화를 받는다.

"뭐 하고 있어요?" 그녀는 침대 맞은편에 놓인 텅 빈 텔레비전 화면을 바라보며 묻는다.

"잘 지냈소?" 그는 부드럽게 말하지만 거리감이 느껴진다. "서재에 있소."

그녀는 아스펜 별장 3층의 침실을 개조해서 만든 그의 서재를 상상한다. 컴퓨터 화면을 보면서 책상 앞에 앉아 있는 모습을 상상한다. 그는 사건을 수사하고 있다. 그가 집에서 일을 하고 있다는 사실을 알자, 스카페타는 기분이 한결 나아진다.

"오늘 너무 힘들었어요." 그녀가 말한다. "당신은 어땠어요?"

"무슨 일이 있었는지 말해봐요."

그녀는 마커스 국장에 대한 이야기를 시작하지만, 자세히 털어놓고 싶지는 않다. 이어서 마리노에 대한 이야기를 하려 하는데 말이 입 밖으로 나오지 않는다. 머리는 천천히 돌아가고, 무슨 이유 때문인지 괜히 짜증이 난다. 너무 보고 싶지만 그에게 짜증이 나고, 많은 이야기를 하고 싶지도 않다.

"당신은 어떻게 지냈는지 얘기해봐요." 그녀는 대신 이렇게 말한다. "스키 탔어요?"

"아니."

"눈 와요?"

"몇 분 전부터." 그가 말한다. "지금 어디에 있소?"

"어디 있냐고요?" 그녀는 짜증이 난다. 며칠 전하고 똑같은 질문을 반복하고 있기 때문이다. 마음의 상처를 받자 화가 난다. "내가 어디에 있는지 기억나지 않아서 그렇게 묻는 거예요? 난 지금 리치먼드에 있어요."

"내가 물은 건 그런 뜻이 아니오."

"누구하고 함께 있어요? 회의나 다른 모임에 참석하고 있는 거예요?" 그녀가 묻는다.

"그래." 그가 대답한다.

그는 다른 사람과 함께 있어 말을 제대로 못했던 것이다. 그녀는 전화한 것이 내심 미안하다. 말하는 게 안전하지 않을 때 그가 어떻게 행동하는지 그녀는 잘 알고 있다. 차라리 전화하지 않았더라면 좋았을 거라는 생각이 든다. 스카페타는 벤턴이 서재에 있는 모습을 상상하면서, 그가 무슨 생각을 하고 있을지 궁금해진다. 아마 도청을 걱정하고 있는지도 모른다. 그녀는 전화하지 말았어야 했다. 어쩌면 단지 바빠서, 너무 바빠서 그녀와의 대화에 집중하지 못한다고 믿는다.

"알았어요." 그녀가 말한다. "전화해서 미안해요. 이틀 동안이나 통화하지 않았잖아요. 하지만 당신이 일을 하고 있다는 거 이해하고, 나도 피곤해요."

"피곤해서 전화한 거요?"

벤턴은 그녀를 놀리고 있다. 아무렇지 않은 듯 농담을 걸고 있지만 동시에 아픔이 느껴진다. 물론 그는 그녀가 피곤해서 전화했다고 생각하지 않을 것이다. 그녀는 이런 생각을 하며 미소를 짓고, 수화기를 귀에 가까이 갖다 댄다. "내가 피곤하면 어떻게 되는지 알아요?" 그녀는 농담을 한다. "피곤할 땐 나 자신을 통제할 수 없다고요." 수화기 너머로 소음이 들린다. 사람 목소리, 여자 목소리인 것 같기도 하다. "옆에 누구 있어요?" 그녀는 다시 묻는다. 더 이상 농담이 아니었다.

오랫동안 침묵이 이어지고, 흐릿한 목소리가 다시 들린다. 벤턴이 텔레비전이나 라디오를 켜두었을 수도 있다. 이윽고 아무 소리도 들리지 않는다.

"벤턴?" 그녀가 말한다. "듣고 있어요? 벤턴?" 그녀는 중얼거린다. "이런." 그리고 수화기를 내려놓는다.

35

어두운 거리

할리우드 플라자에 있는 퍼블릭스(Publix: 미국의 대형 유통 업체 – 옮긴이)는 분주하다. 에드거 앨런 포그는 비닐봉투를 손에 든 채, 주변에 사람이 없는지 유심히 살피면서 주차장을 가로지른다. 주위에는 아무도 보이지 않는다. 누군가 있다 하더라도, 그는 상관하지 않을 것이다. 그를 기억하거나 생각해줄 사람은 아무도 없을 테니까. 지금까지 그랬던 사람은 아무도 없다. 게다가 그는 항상 옳은 일만 한다. 주차장에 비치는 높은 가로등 불빛을 따라 걸어가면서, 그는 자신이 세상에 우호적인 존재라고 생각한다. 그는 어두운 곳을 따라 걷는다. 씩씩하게 걷는 그는 전혀 불안해 보이지 않는다.

그의 흰색 자동차는 사우스플로리다에 있는 2만 대의 여느 흰색 자동차와 비슷해 보인다. 그는 주차장 한쪽 구석에 자동차를 주차해두었다. 양쪽에 주차된 자동차도 모두 흰색이었다. 왼쪽에 주차했던 흰색 링컨은 보이지 않는다. 하지만 마치 운명처럼 그 자리에 또다시 흰색

338 흔적

자동차가 주차되어 있다. 이번에는 흰색 크라이슬러가 그 자리를 차지했다. 이렇게 마법처럼 흰색 자동차가 늘어서 있는 걸 보면, 포그는 누군가가 자신을 보살펴주고 인도해주고 있음을 깨닫는다. 어떤 눈이 그를 지켜보고 있다. 그는 그 눈, 모든 신들의 신, 올림포스 산 꼭대기에 앉아 있는 절대적인 신의 도움을 받고 있다. 그 신은 다른 모든 신들보다 더 큰 존재이고, 어떤 유명 영화배우나 저명인사보다 더 큰 존재이다. 마치 그녀처럼. 마치 거물처럼.

그는 리모컨으로 차 문을 연 다음, 트렁크를 열고 다른 가방을 꺼낸다. 그리고 흰색 자동차 앞자리에 앉아, 자신이 그 임무를 잘 해낼 수 있는지 고심한다. 주차장에 서 있는 가로등 불빛은 그의 자동차가 주차된 곳까지 비치지 않는다. 가만히 앉아 기다리자, 어둠에 묻힌 주변의 사물이 서서히 드러난다. 그는 자동차 열쇠를 꽂은 다음, 음악을 듣기 위해 시동을 켠다. 그리고 좌석 옆에 있는 버튼을 눌러 좌석을 최대한 뒤로 민다. 일을 하기 위해서는 최대한의 공간이 필요하기 때문이다. 가슴이 뛰기 시작한다. 그는 비닐봉투에서 두꺼운 고무장갑과 과립 설탕 한 봉지, 소다수 한 병, 알루미늄 포일, 테이프, 박하 껌 한 통을 꺼낸다. 오후 6시에 아파트를 나온 이후, 그의 입에서는 고약한 담배 냄새가 계속 남아 있다. 지금은 담배를 피울 수 없다. 담배를 한 대 더 피우면 입 안에 남아 있는 고약한 냄새가 없어질 텐데. 그는 껌 하나의 포장지를 벗기고 동그랗게 말아 입 안에 넣는다. 이어 껌 두 개의 포장지를 벗기고 똑같이 동글게 말아 입 안에 넣는다. 동그랗게 만 껌 세 개가 입 안에서 녹을 때까지 기다린다. 마치 턱으로 바늘을 찌르듯 침샘에서 침이 따끔거리며 한꺼번에 나온다. 그는 커다랗고 딱딱한 껌을 씹기 시작한다.

그는 껌을 씹으며 어둠 속에 앉아 있다. 랩 음악에 질리자 다른 채널로 돌리다 어덜트 록(adult rock) 음악이 나오는 채널에 고정한다. 그는 글러브 박스를 열고 안에 든 지프락 비닐 파우치를 꺼낸다. 그리고 마치 인간의 두피처럼 생긴 검은 머리카락 다발이 든 비닐 파우치를 살짝 누른다. 그 부드러운 곱슬머리 가발을 조심스럽게 꺼내 어루만지며 조수석에 놓인 물건들을 살펴본다. 그는 이윽고 차를 출발시킨다.

할리우드 시내의 파스텔 색조 같은 불빛이 마치 꿈처럼 떠다니고, 야자수에 장식한 작은 흰색 조명등이 은하수처럼 빛난다. 그는 할리우드 시내를 지나가며, 옆 좌석에 놓인 물건에서 에너지를 느낀다. 그는 할리우드 대로에서 동쪽으로 돌아, A1A 고속도로를 향해 제한 속도 이하인 시속 3.2킬로미터로 달린다. 길가에는 연한 분홍색 테라코타 건물인 대형 할리우드 비치 리조트가 보이고, 반대편에는 바다가 펼쳐져 있다.

36

넓은 대양에 새벽이 온다. 푸르스름한 수평선이 마치 태양이 알에서 깨어나는 것처럼 오렌지색과 분홍빛으로 물들고 있다. 루디는 루시의 저택 드라이브웨이로 초록색 차량을 몰고 가서 리모컨으로 차고 문을 연다. 그리고 본능적으로 주변을 둘러보며 무슨 소리가 들리지 않는지 귀를 기울인다. 이유는 알 수 없지만, 그는 오늘 아침 너무나 불안해 잠자리에서 일어나자마자 곧 루시의 집을 확인하기로 결심했다.

검은색 철제문이 천천히 올라가며 문이 열린다. 철제문은 둥글기 때문에 간격을 두고 말려 올라가지만, 겉으로 보기에는 곡선처럼 보이지 않는다. 루디는 루시의 집 곡선 철제문을 볼 때마다 디자인에 결함이 있다는 생각을 종종 했다. 하지만 가장 큰 결함이자 실수는 그녀가 이 저택을 구입한 것이리라. 루시가 마치 부패한 마약 딜러처럼 산다는 생각도 들었다. 그러나 페라리를 모는 것은 달랐다. 그는 최고급 자동차와 최고급 헬리콥터를 갖고 싶어 하는 마음을 이해할 수 있다. 그래서 루디는 자신이 직접 비행하는 허머 헬리콥터를 좋아한다. 하지만 로켓이나 탱크를 원하는 것과 거대하고 화려한 요트를 원하는 것은 다르다.

드라이브웨이로 들어오면서는 주변을 둘러보았지만, 차고 문을 지나 차에서 내릴 때에는 신경을 쓰지 않는다. 신문을 가지러 가자, 우편함에 깃발이 올라가 있다. 루시는 집에서 우편물을 받지도 않고, 집에 있으면서 깃발을 올려두지도 않는다. 집에 있더라도 절대 깃발을 올려두지 않는다. 모든 우편물은 할리우드에서 남쪽으로 30분 거리에 있는 트레이닝캠프와 사무실로 온다.

그는 이상한 생각이 들어 우편함 쪽으로 간다. 한 손에는 신문을 들고, 다른 한 손으로는 이른 아침부터 따갑게 내리쬐는 햇볕을 받아 곤두선 머리카락을 쓸어 넘긴다. 면도와 샤워도 해야겠다. 그는 밤새 식은땀을 흘리며 잠을 설쳤고, 어떻게 해도 마음이 편해지지 않았다. 그는 주변을 둘러보며 생각한다. 밖에는 아무도 없다. 조깅을 하는 사람도, 개를 산책시키는 사람도 없다. 그가 이웃들을 보면서 알아낸 사실은, 다른 사람과 어울리지도 않고 부유한 저택 생활을 전혀 즐기지도 않는다는 사실이었다. 현관문 근처에 앉아 있거나 풀장에서 수영을 하는 것도 거의 보지 못했다. 요트를 갖고 있는 사람들도 바다로 나가는 경우가 드물었다. 이상한 동네라는 생각이 들었다. 너무나 불친절하고, 특이하고, 불쾌한 곳이었다.

루시는 하고 많은 곳 가운데 왜 하필 이곳으로 이사 왔을까? 왜 하필 이곳이란 말인가? 왜 하필 이렇게 고약한 이웃이 있는 곳으로 왔단 말인가? 루시, 넌 너 자신의 모든 규칙을 어겼어. 그렇게 생각하며 우편함을 열던 그는 순간 깜짝 놀란다. 반사적으로 3미터가량 물러났다. 그 안을 들여다보기 전부터 아드레날린이 솟았다.

"젠장!" 그가 말한다. "이런 젠장!"

37

시내 교통은 평소처럼 막힌다. 마리노는 몸을 움직이기가 둔해서 스카페타가 차를 몰고 있다. 그가 통증을 느끼는 가장 큰 이유는 그녀에게 보여주지 않은 부위에 난 상처 때문이다. 몇 분 전, 그는 다리를 약간 구부리고 어정쩡한 자세로 SUV에 올라탔다. 그녀는 상황을 파악했다. 민감한 조직이 빨갛게 변해 소리 없는 아우성을 지르는 것 같았다. 마리노는 당분간 그런 자기 모습을 보여주지 않을 것이다.

"기분은 좀 어때요?" 스카페타는 또 한 번 묻는다. "난 당신이 말해줄 거라고 믿어요." 그녀는 우회해서 말한다. 그에게 더 이상 옷을 벗으라고 요구하지는 않을 것이다. 그가 부탁한다면 봐주겠지만, 그럴 필요가 없기 바란다. 게다가, 그가 그래달라고 요구하는 일은 절대 없을 것이다.

"나아진 것 같소." 마리노는 9번 스트리트에 있는 오래된 경찰 청사를 차창 밖으로 내다보며 대답한다. 그 건물은 예전부터 페인트가 벗겨지고 건물 가장자리의 타일이 떨어져나가 보기가 좋지 않았다. 아무런

343

소리도 들리지 않고 텅 비어 있는 지금은 더 보기 흉했다. "내가 저곳에서 그렇게 오랜 시간을 낭비했다는 게 믿기지가 않소." 그가 덧붙여 말한다.

"그런 말 마세요." 그녀가 왼쪽 깜빡이를 넣자 요란한 시계처럼 찰칵찰칵 소리가 난다. "그런 이야기로 하루를 시작하지 않기로 해요. 상처가 더 심하게 부어오르면 나한테 반드시 말해요. 나한테 있는 그대로 얘기하는 게 아주 중요해요."

"나아졌소."

"다행이네요."

"오늘 아침엔 내가 요오드를 직접 발랐소."

"잘했어요." 그녀가 말한다. "샤워를 마친 다음 항상 요오드를 바르도록 해요."

"이제 더 이상 심한 통증은 없소. 정말이오. 계속 생각해봤는데, 혹시 그 여자한테 에이즈 같은 병이 있으면 어떡하지? 그 여자가 에이즈에 걸렸는지 알아낼 수 있을까?"

"불행하게도 알 수는 없어요." 스카페타는 클레이 스트리트를 따라 천천히 차를 몰면서 말한다. 왼쪽에 보이는 거대한 주차장 한가운데 갈색 콜리시엄이 웅크리고 있다. "기분이 좀 나아질지는 모르겠지만, 난 그 여자 집 안에서 에이즈나 섹스를 통해 감염되는 다른 질병에 대한 처방전은 보지 못했어요. 그렇다고 그녀가 HIV 음성이라는 뜻은 아니에요. 양성이면서 모를 수도 있죠. 당신이 지금까지 가깝게 지내온 여자들도 마찬가지예요. 그러니 당신 스스로 감염이 되었을 수도 있다고 걱정하는 걸 테고."

"분명히 말하지만, 난 걱정하고 싶지 않소." 마리노가 대답한다. "상대방이 이빨로 무는 데 어떻게 콘돔을 사용할 수 있고, 어떻게 스스로를 방어할 수 있겠소? 상대방이 이빨로 물면 안전하게 성관계를 할 수 없단 말이오."

"변명치고는 대단하군요." 스카페타는 4번 스트리트로 차를 돌리면서 말한다. 휴대전화가 울리고, 루디의 번호가 뜨자 걱정이 앞선다. 루디가 그녀에게 전화하는 경우는 극히 드물다. 그는 생일 축하 인사나 나쁜 소식을 전할 때만 전화를 하곤 했다.

"응, 루디." 그녀는 건물 뒤에 있는 주차장을 천천히 돌면서 말한다. "무슨 일이야?"

"루시하고 연락이 안 돼서요." 그의 힘찬 목소리가 귓전에 울린다. "연락을 해도 휴대전화를 받지 않아요. 오늘 아침 헬리콥터를 타고 찰스턴으로 갔거든요." 루디가 말한다.

스카페타는 옆 좌석에 앉은 마리노를 건너다본다. 어젯밤 스카페타가 호텔 방에서 나간 다음, 그가 루시에게 전화를 한 게 분명하다.

"어떻게 이런 일이…" 루디가 말끝을 흐린다.

"루디, 무슨 일이야?" 스카페타가 묻는다. 시간이 흐를수록 더 초조해진다.

"누군가가 루시의 우편함에 폭발물을 설치했습니다." 그는 재빠르게 대답한다. "너무 많은 일이 벌어지고 있으니, 루시하고 이야기를 해보셔야 해요."

방문객 주차장을 향해 가던 스카페타는 차를 멈춰 세운다. "언제, 무슨 폭발물을 설치한 거야?" 그녀가 묻는다.

"발견한 지 아직 한 시간도 채 지나지 않았습니다. 잠시 둘러보러 왔는데, 우편함 깃발이 올라가 있더라고요. 그래서 우편함을 열어보니, 커다란 플라스틱 컵이 있었어요. 컵은 오렌지색 마커로 칠하고, 뚜껑에는 초록색 테이프가 붙어 있었습니다. 컵 안에 든 내용물이 보이지 않아서, 차고로 가서 긴 막대를 가져왔습니다. 천장 높은 곳에 있는 조명을 갈 때 사용하는 막대요. 그 막대를 이용해 컵을 꺼냈습니다."

차를 주차하는 데 오랜 시간이 걸린다. 루디의 말을 듣는 동안에는 차가 거의 움직이지 않는다. "그걸 어떻게 했어?"

"폭파시켰으니 걱정 마십시오. 잘 아시겠지만, 병에 든 화학 폭발물이었습니다. 알루미늄 포일로 포장한 소형 폭발물."

"폭발 반응을 촉진하는 금속이지." 스카페타는 폭발물을 분석하기 시작한다. "대형 할인마트나 철물점에서 구입할 수 있는 욕실 세제 가운데 염화수소가 들어 있는 세재로 폭발물을 만들 수도 있어. 불행하게도, 폭발물을 제조하는 방법이 인터넷에 올라와 있으니까."

"염소 같은 산성 냄새가 났어요."

"과립 형태의 수영장용 염소나 소다수 같은 걸 거야. 그것 역시 많이 사용하니까. 화학 분석을 해보면 알 수 있겠지."

"곧 분석해볼 테니 걱정 마십시오."

"컵에 남아 있는 증거물은?" 그녀가 묻는다.

"지문이 남아 있는지 확인해서 IAFIS에 의뢰할 겁니다."

"이론적으로는, 오염되지 않은 지문을 채취하면 DNA를 확인할 수 있어. 시도해볼 만해."

"컵과 테이프에 묻은 물질을 면봉으로 닦아내 조사할 테니 걱정 마십시오."

그가 걱정하지 말라고 말할수록, 스카페타는 더 걱정이 되었다.

"경찰에는 신고하지 않았습니다." 루디가 덧붙여 말한다.

"내가 너한테 그런 충고까지 할 입장은 아닌 것 같구나." 그녀는 루디와 그 주변 사람들에게 충고하는 것을 이미 포기했다. 루시와 그녀 주변에 있는 사람들의 법칙은 보통 사람들의 법칙과 다를뿐더러 더 특이하고 더 위험하다. 그리고 합법적인 규칙을 어길 때도 종종 있다. 스카페타는 루시가 왜 밤을 새워 일하는지 더 이상 자세히 물어보지도 않는다.

"이번 건은 다른 일하고 연관이 있을 수도 있습니다." 루디가 말한다. "루시는 이번 일을 당신하고 상의해야 해요. 루시한테 전화를 걸어주세요. 그러면 루시가 곧바로 나한테 전화할 겁니다."

"루디, 네가 하고 싶은 대로 해. 내가 원하는 건 다른 폭발물이 없었으면 좋겠다는 거야. 범인이 누구든, 목표물이 하나였으면 좋겠어." 그녀가 말한다. "그런 폭발물이 얼굴 근처에서 폭발해 기도와 폐가 손상돼 사망한 사람의 시신을 부검한 적이 있거든."

"압니다. 나도 압니다."

"다른 희생자가 있는지, 또는 잠재적인 희생자가 생길 수 있는지 분명하게 확인할 수 있는 방법을 찾아봐. 너 혼자 해결해야 하는 게 걱정이다만." 스카페타는 경찰에 신고할 생각이 없다면 사람들이 다치지 않도록 루디가 책임을 져야 한다는 사실을 우회적으로 말한다.

"어떻게 처리해야 하는지 잘 알고 있으니 걱정 마세요." 그가 말한다.

"맙소사." 스카페타는 전화를 끊고 마리노를 쳐다보며 말한다. "도대체 무슨 일이 벌어지고 있는 거죠? 당신이 어젯밤 루시한테 전화한 게 분명해요. 루시가 무슨 일이 벌어지고 있는지 얘기하던가요? 루시를 마지막으로 본 게 9월이에요. 상황이 어떻게 돌아가는지 모르겠어요."

"염소 폭발물이라고 했소?" 옆 좌석에 있는 마리노는 누군가가 루시 뒤를 쫓는다면 언제라도 덤벼들 준비가 되어 있는 사람이었다.

"화학 반응 폭발물이에요. 슈퍼마켓에서 쉽게 구할 수 있는. 몇 년 전 북부 버지니아에서 일어난 폭발물 사건 기억하죠? 할 일 없고 시간만 많은 어린애들이 우편함에 폭발물을 설치하는 바람에 여자 한 명이 사망했었죠."

"젠장." 마리노가 말한다.

"쉽게 구할 수 있고 위험천만한 물건이에요. 화학 반응 폭발물이 루시의 얼굴 앞에서 폭발했을 수도 있어요. 루시가 직접 우편함을 열어보지 않아서 천만다행이에요. 루시에게 무슨 일이 있는지 모르겠어요."

"루시의 집에서 말입니까?" 마리노는 더욱 화를 내며 말한다. "플로리다에 있는 루시의 집에서 폭발물이 터졌단 말이오?"

"어젯밤 루시가 뭐라던가요?"

"이곳에서 일어난 사건과 프랭크 폴슨에 대해 말했을 뿐이오. 그게 전부요. 루시는 조심하겠다고 했소. 그 저택에는 카메라와 감시 장비가 잔뜩 있는데, 그런 집에서 폭발물이 터졌단 말이오?"

"어서 내려요." 스카페타는 차 문을 열며 말한다. "가면서 자세히 말해줄게요."

38

창가에 놓인 책상에 따뜻한 아침 햇살이 비친다. 루디는 책상에 앉아 컴퓨터 자판을 두드리고 있다. 자판을 두드리던 그가 잠시 멈추고 기다린다. 그러고 나서 또다시 재빨리 자판을 두드리고 잠시 기다린다. 화살표를 누르고 표시 화면을 올리며, 인터넷에 분명히 있을 거라고 믿는다. 뭔가가 인터넷에 있다. 어떤 정신이상자가 그 뭔가를 보고 일을 저질렀다. 루디는 폭발물이 아무렇게나 만들어지지 않는다는 사실을 잘 알고 있다.

루디가 두 시간 동안 트레이닝캠프에서 한 일이라고는 인터넷을 검색한 것밖에 없었다. 근처에 있는 사설 과학수사 연구실에서는 지문을 검색했고, 부분 지문을 IAFIS에서 검색했다. 그리고 벌써 결과도 나왔다. 마치 루시의 페라리를 6단 기어로 놓고 모는 것처럼 루디의 신경이 요란한 소리를 지르고 있었다. 그는 전화 다이얼을 누르고 수화기를 턱에 괸 채, 자판을 두드리며 비디오 화면을 바라본다.

"필." 루디는 수화기에 대고 말한다. "〈캣 인 더 햇(Cat in the Hat)〉 그림이 그려진, 커다란 플라스틱 컵. 대용량 컵입니다. 컵 뚜껑은 원래 흰색입니다. 네, 맞습니다. 편의점이나 주유소에서 파는 커다란 컵. 주로 셀프서비스 음료를 마실 때 사용하는 컵입니다. 그런데 〈캣 인 더 햇〉이라니, 너무 이상하지 않습니까? 출처를 알아낼 수 있을까요? 아닙니다, 농담 아닙니다. 특허로 등록된 것 아닌가요? 하지만 최근 영화는 아닙니다. 작년 크리스마스, 맞습니까? 아뇨, 난 보지 않았습니다. 작년에 개봉한 영화인데, 어디에서 〈캣 인 더 햇〉 컵을 구할 수 있었을까요? 최악의 경우, 범인은 그 컵을 예전부터 갖고 있었을 수도 있어요. 하지만 어쨌든 시도는 해봐야죠. 네, 지문은 나왔습니다. 그자는 신경조차 쓰지 않았습니다. 아무런 거리낌 없이 집 안 여러 곳에 지문을 남겼습니다. 창문에 테이프로 붙여둔 그림에서도 지문이 나왔고요. 헨리가 습격당했던 침실에서도 지문이 채취됐습니다. 폭발물에서도요. 그리고 IAFIS에 입력해봤는데, 믿겨집니까? 아직 없어요. 앞으로도 나오지 않을지 모릅니다. 다른 사건에서 채취한 부분 지문과 일치하는지 조사 중입니다. 지금으로서는 그게 전부입니다."

그는 전화를 끊고 다시 컴퓨터로 돌아온다. 루시는 프랫 앤드 휘트니(Pratt & Whitney: 미국의 항공기 엔진 제조 업체 – 옮긴이)가 가진 제트 터번보다 더 많은 인터넷 검색 엔진을 갖고 있지만, 인터넷에 있는 정보가 자신과 관계있을 거라고 걱정한 적은 한 번도 없었다. 얼마 전까지만 해도, 걱정할 이유가 없었다. 할리우드와 관련이 없는 한 일반적으로 대중의 관심을 불러일으키지 않기 때문이다. 하지만 당시 루시는 할리우드에 걸려들었고, 이어서 헨리에게 걸려들었고, 상황은 극적으로 나쁘게 치달았다. 모든 게 헨리 탓이야. 루디는 자판을 두드리면서 중얼거린다. 실패한 여배우 헨리가 경찰이 되겠다고 결심하면서부터,

루시가 그녀를 고용하면서부터 일이 꼬인 것이다.

루디는 '케이 스카페타'와 '조카'라는 새로운 검색어를 입력한다. 흥미로운 검색이 될 것이다. 그는 연필을 손가락 사이로 돌리면서, 지난 9월 AP 통신에 실린 기사를 읽는다. 그것은 매우 짧은 기사였다. 세인트루이스에 거주하던 조엘 마커스 박사를 버지니아 주의 신임 법의국장으로 임명했다는 것 그리고 오랫동안의 혼돈과 공석 끝에 케이 스카페타의 후임자가 되었다는 내용이다. 그리고 스카페타 박사가 버지니아 주를 떠난 후 전직 FBI 요원인 그녀의 조카 루시 파리넬리가 설립한 '마지막 경비구역'이라는 사설 수사기관의 컨설턴트로 일하고 있다는 내용도 실려 있었다.

루디는 기사를 읽으면서, 사실과 다르다고 생각한다. 스카페타는 루시의 회사에서 일하지 않는다. 물론 두 사람이 종종 같은 사건에 개입하지 않는 것은 아니지만 말이다. 스카페타는 절대 루시 밑에서 일하지 않을 테고, 루디는 그것을 비난할 수 없을 것이다. 루디는 자신이 어떻게 루시 밑에서 일하게 됐는지 이해할 수가 없다. 신문 기사 내용은 모두 잊어버린 채, 루시에게 화를 냈던 일만 기억났다. 그리고 조엘 마커스와 관련된 신문 기사에 어떻게 그녀의 이름과 마지막 경비구역이라는 회사명이 실리게 되었는지 화가 났다. 마지막 경비구역은 홍보할 필요가 없다. 루시가 연예 산업에 진출한 이후 회사 홍보를 한 적은 한 번도 없었다. 온갖 가십거리가 신문과 텔레비전과 잡지를 통해 새어나왔을 뿐이다.

루디는 다른 검색을 시도한다. 눈을 가늘게 뜬 채 자신이 생각지도 못한 게 있는지 찾아보면서, 손으로는 쉴 새 없이 자판을 두드린다. '헨리에타 월든'이라는 검색어를 치고는 문득 시간 낭비라는 생각이 들었다. 그가 처음 만났을 때, 그녀는 젠 토머스인지 뭔지 하는 평범한 가명을 사용하는 이류 여배우였다. 시선을 컴퓨터 화면에 고정한 채 펩시콜라 잔을 집던 그는 자신에게 찾아온 행운이 믿기지 않는다. 검색 결과가 세 건 있었다.

"제발 중요한 사실이 나오기를." 텅 빈 사무실에서, 첫 번째 결과를 클릭하며 그는 중얼거린다.

100년 전에 사망한 헨리에타 태프트 월든이라는 이름의 여자는 버지니아 주 린치버그에 거주하던 부유한 노예 폐지론자였다. 남북전쟁이 일어날 무렵 버지니아에 노예 폐지론자가 있었다니, 루디는 믿기지가 않았다. 아마도 대단히 용기 있는 여자였던 모양이다. 루디는 다음 검색 결과를 클릭한다. 두 번째 검색 결과로 나온 헨리에타 월든은 현재 생존한 인물로, 경주마를 키우며 버지니아의 전원에 사는 노인이었다. 최근 NAACP(National Association for the Advancement of Colored People: 전국 유색인 지위 향상 협회 – 옮긴이)에 100만 달러의 기부금을 냈단다. 이 헨리에타 월든은 첫 번째 검색 결과에 나온 여자의 직계 자손일 거라는 생각이 들었다. 젠 토머스가 이 노예 폐지론자와 나이 지긋한 생존자인 헨리에타 월든이라는 사람에게서 이름을 빌려온 것일지도 모른다는 의구심이 머릿속에 떠오른다. 만약 그랬다면, 그 이유는 무엇일까? 헨리의 아름다운 금발과 오만한 태도가 눈앞에 어른거린다. 그녀는 왜 흑인의 권익을 보호하는 데 열성적인 여자들에게서 영감을 받은 것일까? 자유로운 할리우드 기질 때문이었을지도 모른다는 생각이 들었다. 루디는 세 번째 검색 결과를 클릭한다.

세 번째 검색 결과는 〈할리우드 리포터〉에 실린 내용으로, 10월 중순에 발행된 것이었다.

자신의 실제 역할을 맡은 여배우

로스앤젤레스 경찰로 일하던 전직 여배우 헨리 월든이 유명 국제 사설 수사 기관인 마지막 경비구역에 입사했다. 마지막 경비구역의 대표인 루시 파리넬리는 전직 FBI 요원으로 헬리콥터와 페라리 자동차를 소유하고 있으며, 저명한 여성 법의학자 케이 스카페타의 조카이기도 하다. 할리우드에 본부를 둔 마지막 경비구역은 플로리다에 지점이 있고 최근 로스앤젤레스에 지점을 개설하면서 유명인들을 보호하는 영역으로 활동 범위를 넓혀가고 있다. 그들의 고객은 특급 비밀이지만, 대중음악계의 최고 스타들이 포함된 것으로 알려져 있다. 글로리아 러스틱 같은 유명 배우와 래트 리들리 같은 래퍼들도 고객 명단에 포함된 것으로 알려져 있다.

"내가 맡았던 역할 가운데 가장 흥분되고 도전적인 일이에요." 월든은 새로이 맞게 된 모험에 대해 이렇게 말했다. "연예계에 몸담은 경험이 있으니 누구보다 스타들을 더 잘 보호할 자신이 있어요."

이 금발 미녀는 배우 시절에 활동을 거의 하지 않았기 때문에 '연예계에 몸담았다'는 표현은 약간 과장된 것이다. 그녀의 가족이 거부라는 사실은 잘 알려져 있다. 때문에 돈이 필요한 것은 아닐 것이다. 월든은 〈Quick Death〉, 〈Don't be there〉 같은 대작에 단역으로 출연한 것으로 알려져 있다. 독자들은 월든을 조심하시기를. 그녀는 총을 소지하고 있다.

루디는 그 기사를 프린트한다. 의자에 앉아 키보드에 손을 올려놓은 채 컴퓨터 화면을 바라보던 루디는 루시가 이 기사에 대해 알고 있을지 곰곰이 생각해본다. 이 기사를 보고 루시가 어떻게 화를 내지 않았겠는가? 만약 이 기사를 보았다면, 왜 몇 달 전에 헨리를 해고하지 않았을까? 그리고 루시는 왜 그에게 아무 말도 하지 않았을까? 루시가 그런 규칙을 깼을 거라고는 상상조차 하기 힘들다. 만약 루시가 그랬다면,

그에게는 대단한 충격이다. 철저하게 계획된 경우를 제외하고, 마지막 경비구역에서 일하는 직원이 언론과 인터뷰를 하는 건 있을 수 없는 일이기 때문이다. 알아낼 방법은 하나뿐이라고 결론 내린 루디는 수화기를 집어 든다.

"나야." 루시가 전화를 받자 루디가 말한다. "지금 어디야?"

"세인트오거스틴. 주유소에 잠깐 들렀어." 루시가 조심스러운 목소리로 말한다. "폭발물에 대한 소식은 이미 알고 있어."

"그 일로 전화한 건 아니야. 이모한테 들었나보군."

"마리노 아저씨가 전화했어. 그런 사소한 이야기를 나눌 시간은 없어." 그녀는 화난 목소리로 말한다. "다른 일이라도 있어?"

"네 친구가 우리 회사와 관련된 일로 인터뷰한 사실 알고 있었어?"

"그녀가 내 친구인 것하고는 아무 상관없는 일이야."

"그 이야기는 나중에 하도록 하고." 루디는 애써 침착한 척하지만, 마음속에서는 분노가 들끓는다. "대답해봐. 알고 있었어?"

"기사에 대해서는 아무것도 몰라. 무슨 기사를 말하는 건데?"

루디는 수화기에 대고 그 기사를 읽어준다. 그리고 루시가 어떻게 반응할지 기다린다. 그녀는 어떻게든 반응할 테고, 그러면 루디의 기분이 조금 나아질지도 모른다. 이 모든 상황이 공정하지 않다는 걸 루시도 이제 인정해야만 할 것이다. 루시가 아무 대답도 하지 않자, 루디가 묻는다. "내 말 듣고 있는 거야?"

"응, 듣고 있어." 그녀가 갑작스럽고 퉁명스럽게 대답한다. "몰랐어."

"자, 이제 너도 알게 됐군. 이제 상황은 완전히 달라진 거야. 그녀의 부유한 가족과 연관이 되어 있는지, 그 윌든 가족과 다른 누군가가 진상을 알고 있는지 조사해야 해. 그리고 최악의 경우, 정신이상자인 범인이 이 기사를 보았다고 가정하면, 이유는 무엇일까? 두말할 필요도 없이, 그 여자가 배우였을 때 사용한 이름은 노예 폐지론자의 이름이고, 그녀는 버지니아 출신이야. 너도 그런 셈이고. 네가 그녀한테 걸려든 건 우연이 아니었어."

"말도 안 돼. 넌 지금 제정신이 아니야." 루시가 몹시 화를 내며 말한다. "그녀는 로스앤젤레스 경찰에서 일했어. 안전 팀 소속이었고…."

"모두 엉터리야." 루디가 말한다. 그는 더 이상 참지 않고 루시에게 화를 낸다. "넌 경찰과 인터뷰를 했고, 헨리는 그곳에 함께 있었어. 넌 그 여자가 개인 신변 보호에 경험이 없다는 걸 알면서도 그녀를 고용한 거야."

"휴대전화로 이런 이야기 하고 싶지 않아. 위험할 수도 있어."

"나 역시 그러고 싶진 않아. 정신과 의사하고 얘기해봐." 정신과 의사는 벤턴 웨슬리를 뜻하는 암호다. "진심으로 말하는데, 그에게 전화해보는 게 어때? 그에게 무슨 생각이 있을지도 모르니까. 내가 곧 이메일 보낼 거라고 그에게 전해줘. 똑같은 지문을 채취했어. 창문에 눈 그림을 붙인 정신이상자가 우편함에 조그만 선물을 두고 갔더군."

"정말 놀랍군. 도대체 누가 그런 짓을 했을지, 정신과 의사하고 이미 얘기했어." 그러고 나서 그녀는 말한다. "그가 이곳에서 하는 일을 모니터해줄 거야."

"좋은 생각이야. 깜빡 잊고 있었는데, 테이프에 머리카락이 붙어 있는 걸 찾아냈어. 화학 폭발물에 붙어 있던 테이프에서."

"자세히 설명해봐."

"길이는 15센티미터 정도, 고불고불하고 짙은 색깔의 머리카락이야. 조금 있다가 집으로 전화해줘. 해야 할 일이 너무 많아." 루디가 말한다. "네 친구는 뭔가를 알고 있을 거야. 이번만큼은 네가 그 여자한테 사실을 말하도록 만들 수 있겠지."

"그 여자를 내 친구라고 부르지 마." 루시가 말한다. "더 이상 이번 일로 싸우지 않기로 하자."

39

케이 스카페타가 법의국 건물로 향하는 동안, 마리노는 아무렇지도 않게 걷기 위해 최선을 다하며 천천히 그녀를 뒤따라간다. 의자에 꼿꼿이 앉아 있던 브루스가 험악한 표정을 짓는다.

"지시 사항이 있었습니다." 브루스는 스카페타의 눈을 피하며 말한다. "국장님이 방문객을 들여보내지 말라고 하셨습니다. 설마 박사님을 들여보내지 말라는 뜻은 아닐 텐데, 혹시 국장님과 만나기로 하셨습니까?"

"그렇지 않아요." 스카페타는 느긋하게 말한다. 그런 상황이 놀랍지도 않았다. "아마 나를 들여보내지 말라는 뜻이겠죠."

"저런, 죄송하게 됐습니다." 브루스는 몹시 당황한 듯 얼굴이 붉게 달아오른다. "잘 지냈어, 마리노 형사?"

마리노는 다리를 벌린 채 책상에 기댄다. 바지는 평소보다 더 헐렁하게 내려와 있다. 달아나는 범인을 뒤쫓는다면 바지가 벗겨질 정도였다.

"잘 지냈네." 마리노가 대답한다. "실제로는 난쟁이만 하면서 자신이 꽤나 크다고 생각하는 국장 양반이 우리를 건물 안으로 들여보내지 않겠다고? 정말 그렇다는 건가, 브루스?"

"국장님은…." 브루스는 말을 하려다 갑자기 멈춘다. 대부분의 사람들처럼 브루스도 직장을 잃고 싶지는 않을 것이다. 그는 멋진 푸른색 제복을 입고, 총기를 소지하고, 멋진 건물에서 일하고 있다. 마커스 국장을 견디기 힘들다 해도, 브루스는 자신이 현재 있는 직장에서 계속 일하는 편이 더 나을 것이다.

"휴." 마리노는 책상에서 물러서며 한숨을 내쉰다. "난쟁이 양반을 실망시키고 싶진 않지만, 어쨌든 우린 그를 보러 온 게 아니야. 연구실에 넘겨줄 증거물이 있네. 그런데 자네가 정확히 어떤 명령을 받았는지 궁금하군. 국장이 어떤 말을 했는지 말이야."

"국장님은…." 브루스가 말문을 열다 말고 고개를 가로저으며 갑자기 멈춘다. 역시 자신의 직장을 잃고 싶지 않은 것이다.

"괜찮아요." 스카페타가 말한다. "어떤 뜻인지 분명히 들었으니까요. 나한테 말해줘서 고마워요. 누구라도 그럴 거예요."

"국장님이 박사님께 직접 말했어야 하는데." 브루스는 다시 말을 멈추더니 주변을 둘러본다. "잘 아시겠지만, 스카페타 박사님이 이곳에 돌아오셔서 모든 사람이 기뻐하고 있습니다."

"거의 모든 사람이겠죠." 그녀가 미소 지으며 말한다. "그건 아무 문제도 아니에요. 아이즈에게 우리가 도착했다고 전해주겠어요? 우릴 기다리고 있을 거예요." 그녀는 '있을'이라는 단어를 강조한다.

"예, 박사님." 브루스가 약간 기운을 내며 말한다. 그가 수화기를 집어 들고 내선 번호를 누른 다음 메시지를 전한다.

스카페타와 마리노는 승강기 앞에 서서 약 일이 분 동안 기다린다.

마그네틱 카드를 갖고 있거나 그 카드를 가진 사람이 승강기를 보내주지 않으면, 하루 종일 기다려봐야 아무 소용도 없을 것이다. 이윽고 승강기 문이 열리고, 두 사람은 승강기에 올라탄다. 스카페타는 검은색 가방을 어깨에 멘 채 3층 버튼을 누른다.

"그놈이 박사를 내쫓은 것 같군." 마리노가 말한다. 승강기가 올라가면서 약간 좌우로 흔들거린다.

"그런 것 같군요."

"그렇지? 그럼, 박사는 어떻게 할 생각이오? 그자가 일을 이런 식으로 처리하게 내버려둬서는 안 돼. 박사에게 리치먼드에 와달라고 부탁하더니, 이제는 뭣처럼 대접하지 않소? 내가 주지사라면 그를 해임할 거요."

"곧 해임될 거예요. 그래도 내가 할 일은 해야죠." 그녀가 대답한다. 승강기의 스테인리스 스틸 문이 열리자, 주니어스 아이즈가 복도에서 그들을 기다리고 있다.

"주니어스, 기다려줘서 고마워요." 스카페타가 악수를 청하며 말한다. "다시 만나서 반갑습니다."

"아, 나도 반갑습니다." 그는 약간 당황스러워하며 말한다.

아이즈는 이상하게 생긴 데다 눈빛이 창백했다. 윗입술 한가운데 난 선명한 상처 자국이 코까지 이어져 있었다. 스카페타는 언청이로 태어난 사람들에게서 그런 자국을 여러 번 본 적이 있다. 외모 말고도, 스카페타는 오래전 연구실에서 종종 그를 만날 때마다 그가 독특한 인물이라고 생각했다. 당시 그와 많은 이야기를 나누지는 않았지만 사건에 대해 이따금 조언을 해주곤 했다. 법의국장으로 일할 당시, 그녀는 연구실에서 일하는 모든 직원을 상냥하게 대해주었고, 그들을 존중했다. 하지만 과도하게 친절을 베풀지는 않았다. 아이즈와 함께 미로 같은 흰 복도를 걸어가며, 스카페타는 연구실 창문을 통해 그곳에서 일하는 직원들을 들여다본다. 법의국장으로 일할 때, 그녀는 사람들이 자신을 차갑고 위협적인 인물로 여겼다는 걸 잘 알고 있다. 법의국 수장으로서 직원들을 존중했지만 애정을 보여주지는 않았기 때문일 것이다. 그건 정말 힘든 일이었다. 너무나 힘들었지만, 국장이라는 자리가 원래 그런 위치라 그럴 수밖에 없었다. 하지만 이제는 그렇게 살 필요가 없다.

"어떻게 지냈어요, 주니어스?" 그녀가 묻는다. "당신과 마리노가 FOP 라운지에서 늦게까지 함께 있었다는 걸 알아요. 최근 사건의 증거물에 대해 지나치게 스트레스를 받지 않았으면 해요. 혹시라도 그걸 해결할 사람이 있다면, 그건 바로 당신일 거예요."

아이즈가 그녀를 쳐다본다. 그의 얼굴에 못 믿겠다는 표정이 지나간다. "그러길 바랍니다." 당혹스럽게 대답한다. "분명히 말하지만, 나는 증거물을 뒤섞는 실수를 저지르지 않았습니다. 누가 무슨 말을 한다 해도 상관없습니다. 내가 실수하지 않은 건 분명한 사실입니다."

"당신은 증거물을 실수로 뒤섞을 사람이 아니죠." 그녀가 말한다.

"감사합니다. 박사님이 그렇게 말씀해주시니 힘이 나는군요." 그가 목에 건 카드를 벽에 부착된 센서에 갖다 대자 잠금 장치가 풀린다. 그가 문을 연다. 그리고 증거물 부서로 들어가면서 덧붙인다. "이렇게 말해도 소용없겠지만, 나는 라벨을 잘못 붙이지도 않았습니다. 절대 그런 적 없습니다. 단 한 번도. 내가 증거물을 올바로 밝혀내지 못한 경우는 법정이 판단을 잘못 내렸을 때뿐입니다."

"나도 이해해요."

"키트 기억나십니까?" 아이즈는 마치 키트가 바로 근처에 있는 것처럼 말한다. "사실 키트는 아파서 출근을 못했습니다. 세상 사람들 가운데 절반은 감기에 걸렸죠. 하지만 박사님께 안부를 전해달라고 했습니다. 박사님이 왔는데, 인사를 못 드려서 무척 서운해할 겁니다."

"나도 서운하다고 전해줘요." 스카페타가 말한다. 그들은 아이즈가 일하는 공간인 긴 검은색 카운터톱으로 향한다.

"조용하게 통화할 만한 곳 있나?" 마리노가 아이즈에게 묻는다.

"물론이지. 팀장 사무실이 모퉁이 쪽에 있어. 오늘은 법정에 나갔으니, 가서 편히 사용해."

"두 사람이 알아서 해결하도록 하고 난 이만." 마리노는 그렇게 말한 다음 천천히 멀어진다. 마치 오랜 시간 힘든 여행을 마치고 돌아온 카우보이처럼 다리가 O자형으로 약간 휘어져 있다.

아이즈는 깨끗한 흰색 종이로 카운터톱을 덮고, 스카페타는 검은색 서류가방에서 토양 샘플을 꺼낸다. 그가 스카페타에게 의자를 가져다주고 현미경 앞에 앉는다. 그녀가 옆에 앉자 검사용 장갑 한 켤레를 건네준다. 이 과정의 첫 번째 단계는 아주 단순하다. 아이즈는 작은 철제 주걱을 봉투 안에 집어넣는다. 그리고 깨끗한 면에 미량의 붉은색 진흙과 더러운 모래를 닦아낸 다음, 현미경에 올린다. 그가 렌즈를 들여다보며 슬라이드를 천천히 움직여 초점을 맞추는 동안 스카페타는 가만히 지켜보고 있다. 그녀에게는 유리 위에 놓인 붉은색 진흙 말고는 아무것도 보이지 않는다. 아이즈는 슬라이드를 빼내고 그것을 흰색 종이 위에 올린 다음, 같은 방법으로 서너 개의 슬라이드를 더 준비한다.

스카페타가 건물 철거 현장에서 채취한 진흙을 두 번째 봉투에 담을 때, 아이즈가 무언가를 찾아냈다.

"이렇게 눈으로 보지 못했다면 믿지 않았을 겁니다." 그가 쌍안 현미경에서 눈을 떼고 말한다. "박사님도 직접 보십시오." 의자를 뒤로 밀고 그녀에게 자리를 내준다. 현미경 가까이 가서 렌즈를 들여다보자, 모래와 다른 무기질, 식물과 벌레 조각, 담배 조각 등 더러운 주차장에서 전형적으로 나타나는 쓰레기들이 보인다. 그리고 칙칙한 은 조각이 부분적으로 섞인 금속 조각도 몇 개 보였다. 은 조각이 들어 있는 것은 이례적인 경우다. 끝부분에 뾰족한 바늘이 달린 게 있는지 살펴보자, 주변에서 몇 개가 발견된다. 스카페타는 그 금속 조각을 조심스럽게 덜어낸다. 이윽고 슬라이드 위에 정확히 세 개의 금속 조각이 보였다. 모두 가장 흔한 규토나 자갈 조각 혹은 다른 부스러기보다 약간 더 컸다. 두 개의 금속 조각은 빨간색이고 나머지 하나는 흰색이다. 텅스텐 바늘을 약간 더 옆으로 움직이자, 그녀의 관심을 끄는 또 하나의 물질이 보인다. 그녀는 그게 무언인지 곧바로 알아차렸지만 설명은 나중에 하기로 한다. 확신이 선 이후에 말하고 싶었다.

크기는 미세한 페인트 조각만 하고, 색깔은 회색을 띤 노란색이다. 형태는 특이한데, 무기질도 아니고 인공적인 것도 아니다. 사실, 망치 모양의 머리를 가진 선사시대의 새처럼 보인다. 눈은 하나뿐이고, 얇은 목과 뭉툭한 몸체를 가진 새.

"평평한 얇은 판입니다. 동심원처럼 보이는데, 나무의 나이테 같은 뼈의 단층이죠." 스카페타는 그 조각을 약간 움직이며 말한다. "그리고 우리가 보고 있는 구멍은 작은 관의 홈과 통로로서, 작은 혈관들이 지나가는 곳입니다. 현미경으로 보면 부채꼴 모양이 물결치는 것 같은 모습이죠. 내가 추정하기엔 칼슘 인산염으로 변형된 것처럼 보입니다. 다시 말해서, 뼛조각입니다. 주변 상황을 고려해보면 그리 놀랍지도 않습니다. 그 건물에는 뼛가루가 상당히 많이 남아 있었을 테니까요."

"정말 터무니없군요." 아이즈가 반가운 표정으로 말한다. "내가 그 물질에 얼마나 골몰했는지 모를 거예요. 질리 폴슨 사건에서도 똑같은 것을 발견했거든요. 내가 좀 봐도 되겠습니까?"

그녀는 의자를 뒤로 밀며 물러난다. 약간 안도하긴 했지만 혼란스럽기는 마찬가지였다. 사망한 트랙터 기사에게서 페인트 조각과 뼛가루가 나온 것은 이해되지만, 죽은 질리 폴슨의 시신에서 그런 물질이 나왔다는 건 납득할 수 없다. 그녀의 입 안에서 그런 증거물이 나온 것을 도대체 어떻게 설명할 수 있겠는가?

"동일한 물질이 맞습니다." 아이즈는 확신에 차서 말한다. "질리 폴슨의 슬라이드를 보여드리겠습니다. 아마 믿기지 않을 겁니다." 그리고 책상 위에 놓인 파일에서 두꺼운 봉투를 집어 들고 테이프를 벗긴 다음 슬라이드 마분지를 꺼낸다. "질리 폴슨의 슬라이드를 너무 자주 봐서 손에 닿는 곳에 뒀죠." 그가 현미경에 슬라이드를 올린다. "붉은색과 흰색과 푸른색의 페인트 조각인데, 어떤 것은 금속 조각에 붙어 있고, 어떤 것은 그렇지 않습니다." 슬라이드를 움직이면서 초점을 맞춘다. "페인트는 한 겹인데, 에폭시 에나멜이거나 그게 변형된 것일 수도 있습니다. 그러니까, 원래는 흰색이었는데 페인트를 덧칠했을 수도 있다는 뜻이죠. 빨간색과 흰색, 푸른색을 덧입힌 것이지요. 한 번 들여다보십시오."

아이즈가 폴슨 사건의 증거물에서 다른 미세한 조각들을 힘겹게 덜어내자, 슬라이드 위에 빨간색과 흰색, 푸른색의 페인트 조각만 남는다. 페인트 조각은 어린애들이 가지고 노는 블록놀이 도구처럼 커다랗고 밝아 보이지만, 모양이 불규칙하다. 어떤 것은 칙칙한 은에 붙어 있고, 어떤 것은 페인트 조각이다. 페인트의 색깔과 질감은 스카페타가 토양 샘플에서 본 것과 동일한 듯했다. 마음속에 자리 잡고 있던 불신감이 더욱 커진다. 아무 생각도 나지 않았다. 머릿속이 마치 메모리가 부족한 컴퓨터처럼 천천히 움직인다. 논리적인 연관성을 전혀 찾을 수가 없다.

"박사님이 뼛가루라고 말한 것입니다." 아이즈가 슬라이드를 빼내고 다른 슬라이드를 올리며 말한다.

"질리 폴슨의 시신에서 이게 나왔단 말이에요?" 도저히 믿기지 않아 그녀는 그 점을 확인한다.

"물론입니다. 슬라이드를 보셨잖아요."

"동일한 뼛가루예요."

"뼛가루가 얼마나 많은지 생각해보십시오. 지하 분해실 뼛가루를 모두 모으면 산더미처럼 쌓일 겁니다." 아이즈가 말한다.

"이 조각 중 몇몇은 오래된 것 같고, 골막이 부서지기 시작할 때 자연적으로 떨어져 나온 것처럼 보여요." 스카페타가 말한다. "가장자리가 동그랗게 서서히 마모된 것 보이죠? 이런 뼛조각은 해골 부스러기와 함께 나왔거나, 유해를 발굴한 경우에나 볼 수 있어요. 뼈에 외상을 입지 않으면 뼛조각에도 외상이 남아 있지 않죠. 하지만 뼛조각 중 몇몇은 손상을 입어 부서진 것처럼 보여요." 그녀는 손상된 뼛조각을 따로 덜어내며 말한다. 뼛조각의 색깔도 약간 더 밝아 보인다.

아이즈는 몸을 숙이고 가까이에서 본 다음 다시 뒤로 물러난다. 스카페타는 다시 렌즈를 들여다본다.

"사실, 나는 이 조각이 불에 탄 거라고 생각해요. 조각이 얼마나 미세한지 보이죠? 가장자리가 약간 검게 변한 게 있는데, 불에 타 숯으로 변한 것 같아요. 손을 갖다 대면 피부에 있는 기름기가 조각에 달라붙겠지만, 뼛가루는 달라붙지 않을 거예요." 그녀는 호기심 어린 표정으로 말한다. "우리가 보고 있는 것 가운데 일부는 유골에서 나온 겁니다." 그리고 가장자리가 숯으로 변한, 푸른색이 감도는 흰색 조각을 들여다보며 말한다. "하얗게 부서진 것처럼 보이지만, 반드시 열을 가해 부쉈다고 장담할 수는 없어요. 지금까지 화장하지 않은 뼛가루에 관심을 기울일 이유는 한 번도 없었어요. 원소 분석 결과가 나오면 알게 되겠죠. 화장한 뼛가루는 칼슘 기준이 달라지고, 인산염 기준이 높아지죠."

그녀는 쌍안 렌즈에서 눈을 떼지 않은 채 설명한다. "그리고 옛 건물에 화장장이 있었기 때문에 건물 잔해에서 화장한 유골 가루가 나올 가능성이 충분히 있어요. 그 화장장에서는 수십 년 동안 수많은 시신들이 화장되었죠. 하지만 내가 가져온 토양 샘플에서 유골 가루가 나온 것은 약간 당혹스럽네요. 그 토양은 건물 뒷문 쪽과 가까운 인도에서 채취했거든요. 건물 뒷면과 뒤쪽 주차장은 아직 허물기 전이에요. 해부실 구역은 아직 그대로 두었기 때문이죠. 구건물의 뒷문 기억나요?"

"물론입니다."

"바로 그곳에서 토양을 채취했어요. 왜 주차장에서 화장한 유골 가루가 나왔을까요? 누군가가 건물 밖으로 묻혀 나온 게 아니라면."

"누군가가 해부실 구역으로 갔다가 유골 가루를 묻힌 채 주차장으로 갔단 말입니까?"

"잘 모르겠지만, 그럴 가능성도 있어요. 위트비 씨의 피 묻은 얼굴은 인도 바닥에 있었을 게 분명하고, 바닥에 있던 더러운 오물이 그의 얼굴 상처에 묻었을 겁니다."

"그럼 다시 뼛가루로 돌아가보시죠." 아이즈가 어리둥절해하면서 말한다. "유골이 화장한 것이 아니라면, 어떻게 가루가 되었단 말입니까?"

"이미 말했지만, 나도 정확히는 모르겠어요. 하지만 화장한 유골은 길바닥에 있는 오물과 섞여 있을 수도 있고, 그 위를 지나가는 트랙터나 자동차 그리고 사람들에게 묻을 수도 있어요. 뼛가루는 그렇게 손상된 것일 수도 있지 않을까요? 나도 그 답은 알 수가 없네요."

"하지만 왜 질리 폴슨의 시신에서 화장한 유골 가루가 나왔을까요?" 아이즈가 묻는다.

"맞아요." 그녀는 머릿속을 정리하고 생각의 실마리를 잡으려고 애쓴다. "위트비의 시신에서는 나오지 않았죠. 불에 탄 것처럼 보이는 뼛가루는 위트비 사건에서는 검출되지 않았습니다. 우리는 지금 질리 폴슨의 증거물을 보고 있으니까요."

"질리 폴슨의 입에서 유골 가루가 나왔다? 정말 귀신이 곡할 노릇이군! 도저히 설명할 수가 없습니다. 박사님은 설명할 수 있겠습니까?"

"그래요. 왜 그녀의 시신에서 뼛가루가 나왔는지 단서조차 잡을 수 없어요." 그녀가 대답한다. "질리 폴슨의 집에서 많은 증거물을 가져왔다고 들었는데, 또 어떤 것들을 찾아냈죠?"

"침구를 가져왔을 뿐입니다. 키트와 함께 분석실에서 열 시간 동안이나 일했습니다. 나는 섬유 조직을 골라내느라 반평생을 보낼 거예요. 마커스 국장이 면봉으로 검출한 증거물을 무더기로 가져다주기 때문이죠. 그는 면봉 증거물을 쌓아놓고 있는 게 분명합니다." 아이즈가 불평을 늘어놓는다. "물론 침구에서는 DNA가 검출되었습니다."

"그건 알고 있어요." 스카페타가 말한다. "섬모상피세포를 찾고 있었는데 발견했다고 들었습니다."

"머리카락도 찾아냈어요. 검은색으로 염색한 머리카락이 시트에 묻어 있었습니다. 그래서 키트가 무척 화를 냈죠."

"검출된 DNA는 물론 사람의 것이겠죠?"

"네, 그렇습니다. 미토콘드리아 분석 결과를 기다리는 중입니다."

"애완견의 털은 나오지 않았나요?"

"나오지 않았습니다." 그가 대답한다.

"집에서 가져온 침구나 파자마에서도 애완견 털이 나오지 않았나요?"

"나오지 않았습니다. 혹시, 부검용 톱에서 나온 뼛가루 아닐까요?" 아이즈는 뼛가루에 계속 집착한다. "그것 역시 구건물에서 나올 수 있으니까요."

"내가 본 건 그것과 전혀 달라요." 스카페타는 의자에 몸을 기댄 채 아이즈를 쳐다본다. "부검용 톱에서 나온 뼛가루라면 미립자가 부스러기와 섞여 있고, 톱날에서 나온 금속 조각도 섞여 있겠죠."

"알겠습니다. 내 머리가 터지기 전에, 알고 있는 것을 이야기해도 되겠습니까?"

"네, 그러시죠." 그녀가 말한다.

"박사님이 뼈 전문가라는 점은 인정합니다." 그는 슬라이드를 질리 폴슨의 폴더에 다시 집어넣는다. "하지만 페인트에 대해서는 나도 좀 알죠. 질리 폴슨과 트랙터 기사 두 사건에서, 페인트의 보호막이나 초벌칠 원료는 나오지 않았습니다. 때문에 자동차 페인트는 아니라는 걸 알 수 있습니다. 그리고 페인트 밑에 있는 금속 조각은 자석에 붙지 않기 때문에, 쇠를 포함하고 있지 않습니다. 첫날 실험 결과, 그 금속은 알루미늄으로 드러났습니다."

"어떤 알루미늄 재질에 빨간색, 흰색, 파란색 에나멜페인트를 칠한 것이군요." 스카페타가 곰곰이 생각하며 말한다. "그리고 뼛가루가 섞였다…."

"전 포기했습니다." 아이즈가 말한다.

"당분간은 나도 마찬가지예요." 스카페타가 대답한다.

"사람의 뼛가루가 확실할까요?"

"오래된 것이라면, 확실히 알 수 없을 거예요."

"오래된 거라면, 어느 정도를 말씀하시는 거죠?"

"수십 년은 말할 것도 없고, 삼사 년이 지나도 확인하기 힘들죠." 그녀가 대답한다. "면봉으로 지문을 닦아내면, STR와 미토콘드리아를 알아낼 수 있는데, 샘플이 너무 오래되지 않았거나 상태가 나쁘지 않을 경우에만 가능해요. DNA를 조사할 때 중요한 것은 양보다 질입니다. 하지만 행운이 따를 것 같지는 않네요. 우선, 유골에서 DNA를 기대하는 것은 거의 불가능합니다. 정확히는 잘 모르겠지만, 현미경으로 본 뼛가루는 불에 태운 것은 아닌 것 같지만, 꽤 오래된 것 같은 느낌이 들어요. 심하게 부식된 것처럼 보였거든요. 그 뼛가루를 연구실로 보내 미토콘드리아 검사를 의뢰하거나 STR를 시도해볼 수도 있지만, 그랬다가는 작은 양의 샘플을 그나마 다 써버릴 것 같군요. 아무런 성과도 얻을 수 없다는 걸 알면서 샘플을 다 써버릴 수는 없잖아요?"

"DNA는 제 전문 분야가 아닙니다. 만약 그랬다면, 우리 부서 예산이 몇 십 배는 더 높아졌겠죠."

"어쨌든 내가 결정할 문제는 아닙니다." 그녀는 자리에서 일어서며 말한다. "만약 내게 결정권이 있다면, 나중에 필요한 경우를 대비해 증거물을 본래 모습대로 보존해야 한다고 생각해요. 중요한 것은 아무런 연관도 없는 두 사건에서 뼛가루가 나왔다는 점이에요."

"네, 그게 중요하죠."

"이 기쁜 소식을 마커스 국장님께 전해야겠군요." 스카페타가 말한다.

"그 사람은 내가 보내는 이메일을 굉장히 좋아하는데, 한 통 더 보내야겠군요." 아이즈가 말한다. "스카페타 박사님께도 좋은 소식을 전해드리고 싶은데, 증거물을 모두 검사하려면 꽤 오랜 시간이 걸릴 것 같습니다. 이 모든 증거물을 유리판에 올리고, 잘 건조시킨 다음, 체로 걸러서 작은 입자를 분리해야 합니다. 2분마다 체로 거르는 것을 확인해야 하기 때문에 여간 힘든 게 아닙니다. 체를 자동으로 흔들어 입자를 거르는 기구도 있지만, 비용이 너무 비싸서 포기했습니다. 증거물을 건조시키고 체로 거르는 데 삼사 일이 걸리고, 현미경과 전자스캔현미경 등 가능한 한 모든 방법을 시도하죠. 그런데 제가 손으로 직접 만든 기구 혹시 받으셨습니까? 이곳에서는 '아이즈 픽'이라는 애칭으로 통합니다만."

그가 책상에 몇 개 놓인 것 가운데 하나를 들고 천천히 돌려본다. 텅스텐이 구부러지지 않고 적당히 뾰족한지 확인하기 위해서다. 그러고는 마치 장미꽃이라도 주는 양 자랑스럽게 스카페타에게 선물한다.

  "고마워요, 주니어스." 그녀가 말한다. "정말 고마워요. 이제야 드디어 받게 되는군요."

40

스카페타는 페인트가 칠해진 알루미늄과 뼛가루에 대한 생각을 더 이상 하지 않기로 한다. 어떤 관점에서도 그 문제를 제대로 파악할 수 없기 때문이다. 빨간색, 흰색, 파란색의 페인트 조각과 고양이 비듬보다 더 작은 사람의 뼈로 추정되는 증거물에 계속 집착하다가는 조만간 기진맥진해버릴 것 같다.

이른 오후의 날씨는 흐리다. 비를 머금은 하늘이 곧 무너질 것처럼 공기가 무겁게 느껴진다. 스카페타와 마리노가 SUV 차량에서 나오며 차 문을 닫자 약한 소음이 울린다. 폴슨 부인의 이웃집에 불이 꺼진 것을 본 스카페타는 자신감이 없어진다. 슬레이트 지붕에는 이끼가 끼어 있다.

"그가 오는 게 확실해요?" 스카페타가 마리노에게 묻는다.

"올 거라고 말했소. 열쇠가 어디 있는지도 가르쳐주었고. 우리가 와도 괜찮다고 분명히 말했소."

"그렇다면 집 안으로 들어가도 주거 침입은 아니겠군요." 그녀는 현관문으로 이어진, 균열이 생긴 보도를 내려다보며 말한다. 현관에는 폭풍우를 막기 위해 알루미늄으로 만든 문이 있고, 그 뒤에 유리창 달린 목재 문이 따로 있다. 작고, 오래되고, 손질하지 않은 흔적이 역력하다. 커다란 목련나무가 집을 뒤덮고, 수년 동안 가지치기를 하지 않은 가시투성이 관목의 잎과 무성한 솔잎과 솔방울이 하수구를 막고 마당에 쌓여 남아 있는 잔디를 덮었다.

"꼭 그런 뜻은 아니오." 마리노는 조용한 길거리를 둘러보며 대답한다. "열쇠를 둔 장소와 경보 장치가 없다는 사실을 말해줬을 뿐이오. 그가 나한테 왜 그런 말을 했는지 알겠소?"

"그건 중요하지 않아요." 말은 그렇게 했지만, 그녀는 그게 중요하다는 것을 잘 안다. 어떤 상황이 그들을 기다리고 있을지 이미 직감할 수 있다.

부동산 중개업자는 괜히 수고스럽게 나타나거나 사건에 개입하고 싶지 않은 듯했다. 그래서 두 사람은 별다른 기대도 하지 않고 집 주변을 서성거렸다. 스카페타는 코트 주머니에 손을 넣은 채 어깨에 가방을 멨다. 증거물 연구실에서 건조 중인 토양 샘플을 빼놓은 터라 가방은 한결 가벼웠다.

"유리창 너머로라도 들여다봐야겠군." 마리노가 다리를 벌린 채 조심스럽게 천천히 보도를 걸어가며 말한다. "같이 갈 거요, 아니면 차에서 기다릴 거요?" 뒤도 돌아보지 않은 채 스카페타에게 묻는다.

그들은 도시 인명록에 대해 아는 게 전혀 없었다. 하지만 마리노가 부동산 중개업자를 통해 알아본 것만으로도 충분했다. 중개업자는 그 집을 1년이 지나도록 아무에게도 소개해준 적이 없었다. 집주인은 버니스 토월이라는 여자였다. 사우스캐롤라이나 주에 사는 그녀는 집을 수리하는 데 한 푼도 쓰지 않고, 집을 팔 수 있도록 가격을 낮춰주지도 않았다. 부동산 중개업자의 말에 따르면, 그 집을 사용하는 것은 토월 부인의 남편이 손님들을 묵게 하는 경우뿐이라고 했다. 하지만 손님들이 얼마나 자주 그 집에서 묵는지는 아무도 몰랐다. 리치먼드 경찰도 그 집을 조사하지 않았는데, 실질적인 거주자가 없어 질리 폴슨 사건과 무관하다고 생각했기 때문이다. 마찬가지 이유로, FBI도 토월 부인의 방치된 집에 아무런 관심을 기울이지 않았다. 하지만 마리노와 스카페타는 그 집에 관심을 가졌다. 살인사건이 일어나면 모든 것에 관심을 기울여야 하기 때문이다.

스카페타는 그 집을 향해 걸어간다. 비 내린 뒤에 생긴 이끼가 콘크리트에 얇은 막을 형성해 길이 미끄러웠다. 내 집이라면 바닥을 깨끗이 닦을 텐데. 스카페타는 마리노에게 가까이 다가가면서 생각한다. 마리노는 작고 경사진 현관에 서서, 한쪽 눈을 가린 채 유리창 안을 들여다보고 있다.

"만약 우리가 빈집털이범이라면 범행 장소로 좋을 것 같군요." 그녀가 말한다. "열쇠는 어디 있죠?"

"저기 관목 아래 있는 화분에." 그는 손질하지 않은 커다란 회양목과 그 밑에 가려서 거의 보이지 않는 흙 묻은 화분을 가리키며 말한다. "저 밑에 열쇠가 있소."

스카페타는 현관을 벗어나 나뭇가지 사이에 손을 집어넣는다. 화분에는 10센티미터 정도 빗물이 고여 있었다. 늪에 고인 물처럼 냄새가 고약하다. 화분을 치우자, 흙과 곰팡이로 뒤덮인 네모난 알루미늄 포일이 보인다. 포일을 펼치자 오래된 동전처럼 변색된 구리 열쇠가 나왔다. 한동안 아무도 이 열쇠를 만진 것 같지 않았다. 적어도 몇 달 혹은 더 오랫동안 화분 밑에 있었던 듯하다. 스카페타는 현관으로 돌아가서 마리노에게 열쇠를 건넨다. 자신이 직접 열쇠를 열고 집 안으로 들어가고 싶지는 않았기 때문이다.

문이 삐걱거리며 열리자, 곰팡이 냄새가 난다. 집 안은 춥고, 시가 냄새가 남아 있는 것 같았다. 마리노가 전등 스위치를 찾아서 아래위로 움직여봤지만, 불은 켜지지 않는다.

"여기요." 스카페타는 면장갑을 건넨다. "다행히 당신한테 맞는 장갑이 있네요."

"다행이군." 그가 커다란 손에 장갑을 끼는 동안, 스카페타도 장갑을 낀다.

벽 쪽으로 붙은 테이블 위에 전등이 하나 놓여 있다. 스카페타가 스위치를 누르자 불이 켜진다. "최소한 전기는 들어오는데, 전화는 가능한지 모르겠군요." 그녀는 오래된 검은색 수화기를 들어 올리며 말한다. 수화기를 귀에 대보지만 아무 소리도 들리지 않는다. "불통이에요." 그녀가 말한다. "오래된 시가 냄새가 계속 나는 것 같아요."

"후각이 예민해졌거나 추워서 코가 얼어붙은 것 아니오?" 마리노가 코를 킁킁거리며 말한다. 마리노가 버티고 서자 거실이 작아 보인다. "시가 냄새는 모르겠고, 먼지하고 곰팡이 냄새만 나는 것 같소. 하지만 나는 못 맡고 박사만 냄새를 맡았던 적이 한두 번이 아니니까."

스탠드 불빛 아래 서 있던 스카페타는 창문 근처에 놓인 꽃무늬 천 소파 쪽으로 걸어간다. 구석에 파란색 의자가 하나 놓여 있다. 그리고 나무로 만든 짙은 색 커피 테이블 위에 잡지가 쌓여 있다. 그 쪽으로 걸어가 잡지를 훑어본다. "이런 잡지가 있다니 의외군요." 그녀는 〈버라이어티〉를 보면서 말한다.

"뭔데 그러시오?" 마리노가 가까이 다가와 흑백 주간지를 들여다본다.

"연예계 뉴스를 다루는 주간지가 있다니, 이상해요." 스카페타가 말한다. "작년 11월에 발행된 것이지만." 그녀는 잡지에 적힌 날짜를 확인한다. "그래도 이상해요. 토월 부인이 영화계와 무슨 연관이 있는지 모르겠군요."

"세상 사람 가운데 절반이 영화배우에 열광하는 것처럼 그 여자도 그런가보지." 마리노는 그다지 관심을 보이지 않는다.

"세상 사람 가운데 절반은 〈피플〉이나 〈엔터테인먼트 위클리〉 같은 걸 읽지 〈버라이어티〉를 읽지는 않아요. 이건 하드코어 잡지예요." 그녀는 여러 잡지의 표지를 훑어보며 말한다. "〈할리우드 리포터〉, 〈버라이어티〉, 〈버라이어티〉, 〈할리우드 리포터〉…. 약 2년 전 것까지 있는데 6개월 전 것부터 없는 걸 보니, 구독 기간이 만기된 것 같아요. 우편 주소는 이 집이고, 수신인은 에디스 아네트 부인. 혹시 아는 이름이에요?"

"아니."

"부동산 중개업자가 이 집에 누가 살았었는지 말하지 않던가요? 토월 부부가 이 집에 살았나요?"

"부동산 중개업자가 말한 건 아니지만, 토월 부인이 살았던 것 같은 느낌이 들었소."

"느낌이 아니라 분명하게 알아야 해요. 그 사람한테 전화해서 물어봐야겠군요." 그녀는 검은색 가방에서 커다란 비닐 쓰레기봉지를 꺼내 요란한 소리를 내며 벌린 다음 〈버라이어티〉와 〈할리우드 리포터〉를 담는다.

"그걸 가져갈 거요?" 마리노가 문간에 서서 그녀에게 등을 돌린 채 말한다. "이유는?"

"지문이 남아 있는지 확인하려고요."

"그건 절도요." 마리노가 종잇조각을 펼치고 거기에 적힌 번호를 읽는다.

"주거 침입이나 절도나 마찬가지예요." 그녀가 말한다.

"중요한 단서가 된다 해도 우리에게는 압수수색 영장이 없소." 마리노가 장난을 친다.

"내가 이 잡지를 그냥 뒀으면 좋겠어요?" 그녀가 묻는다.

마리노는 문간에 서서 어깨를 으쓱한다. "우리는 뭔가를 찾았고, 열쇠가 어디 있는지 알고 있소. 나중에 영장을 발부받아 집 안으로 몰래 들어오면 되오. 예전에도 그렇게 한 적이 있잖소."

"난 공식적으로는 그렇게 인정하지 않을 거예요." 그녀는 잡지 담은 봉투를 바닥에 내려놓으며 말한다. 소파 왼쪽에 놓인 작은 테이블로 다가가자, 다시 시가 냄새가 풍긴다.

"나한테도 공식적으로 인정하지 않을 일이 많지." 그는 전화번호를 휴대전화에 입력하며 대꾸한다.

"게다가 이곳은 당신 관할 지역이 아니잖아요. 영장을 발부받을 수도 없다고요."

"걱정 마시오. 브라우닝 형사하고는 돈독한 사이니까." 그는 다른 곳을 쳐다보며 가만히 기다린다. 그의 어조로 보건대 음성 메시지를 남기는 모양이다. "짐, 나 마리노야. 이 집에서 마지막으로 거주했던 사람이 누구지? 그리고 에디스 아네트가 누구인지, ASAP에 전화해서 알아봐 주게." 그리고 자신의 휴대전화 번호를 불러주고 스카페타에게 말한다. "그 친구는 이곳에서 우릴 만날 생각이 없는 것 같소. 하긴 그를 탓할 수도 없지. 워낙 우중충한 곳이라서."

"정말 우중충한 곳이에요." 스카페타는 소파 왼쪽에 놓인 테이블 서랍을 열면서 말한다. 서랍 안에 동전이 가득 차 있다. "하지만 그 이유 때문에 오지 않은 건 아닐 거예요. 당신과 브라우닝은 아주 돈독한 사이 같군요. 그저께는 그에게 체포될까봐 두려워했으니 말이에요."

"그건 그저께 일이고." 마리노는 어두컴컴한 복도로 향하며 말한다. "괜찮은 사람이니 걱정 마시오. 나는 수색영장이 필요하고, 곧 영장을 받을 거요. 박사는 할리우드 잡지나 재미있게 읽으시오. 그런데 조명 스위치는 도대체 어디 있는 거야?"

"다 합치면 50달러는 되겠네요." 스카페타가 서랍 안에 든 동전을 만지자 짤랑거리는 소리가 난다. "그런데 모두 25센트짜리뿐, 다른 동전은 없어요. 25센트짜리 동전으로 살 수 있는 게 뭐가 있죠? 신문?"

"그 가비지 패치(Garbage-Patch)가 50센트요." 마리노는 지역 신문인 〈타임스 디스패치〉를 헐뜯듯이 말한다. "어제 호텔 앞에 있는 자동판매기에서 뽑았는데, 〈워싱턴 포스트〉보다 두 배나 비쌌소."

"아무도 살지 않는 곳에 돈을 두는 건 흔치 않은 일인데." 스카페타는 서랍을 닫으며 말한다.

복도의 불은 꺼져 있다. 하지만 스카페타는 마리노를 따라 부엌으로 들어간다. 싱크대에는 더러운 접시가 가득 쌓여 있다. 접시에 기름이 허옇게 굳어 있는 걸 보자 이상한 생각이 든다. 냉장고 문을 열자, 얼마 전까지 누군가가 머물렀다는 확신이 점점 더 커져간다. 선반 위에는 오렌지주스와 두유 통이 놓여 있었다. 유통 기한이 이달 말까지였다. 냉동실 안에 든 육류 포장지를 보니 약 3주 전에 구입한 것이었다. 찬장과 식료품 저장실에서 더 많은 음식을 발견할수록 머리가 움직이기 전에 마음이 점점 더 불안해진다. 스카페타는 복도 끝으로 가서 침실을 둘러본다. 거기에서도 분명히 시가 냄새가 났다. 순간, 그녀의 내부에서 아드레날린이 힘차게 솟아오른다.

더블베드에는 짙은 청색의 싸구려 스프레드가 덮여 있고, 스프레드를 걷자 주름지고 더러운 침구가 드러난다. 짧은 머리카락이 침구 위에 흩어져 있었다. 일부는 빨강 머리고 다른 것은 색깔이 더 짙고 곱슬곱슬한 것으로 보아 음모인 듯했다. 말라서 굳은 얼룩을 본 스카페타는 그게 무엇인지 확실하게 알 것 같다. 침대는 창문과 마주보고 있다. 창문을 통해서는 목재 울타리와 폴슨 부인의 집이 훤히 내다보인다. 그리고 질리 방의 짙은 색 창틀이 보인다. 침대 옆 테이블에는 검은색과 노란색이 섞인 도자기 재떨이가 깨끗한 상태로 놓여 있다.

스카페타는 자신이 해야 할 일을 하느라, 시간이 흘러가고 그림자가 드리우고 지붕에 비가 듣는 소리도 알아차리지 못한다. 모든 옷장과 서랍장을 조사하다 시든 빨간 장미가 비닐에 그대로 싸여 있는 것을 발견한다. 옷장 안에는 남자용 코트, 재킷, 양복 등이 옷걸이에 걸려 있었다. 모두 우중충한 색깔에 유행이 지난 옷들이다. 어두운 색깔의 바지와 셔츠를 깔끔하게 접어 정돈했고, 남성용 속옷과 양말은 모두 오래된 싸구려 제품이다. 우중충한 흰색 손수건 열두어 장이 반듯하게 접혀 있었다.

이어서 스카페타는 바닥에 앉은 채 침대 밑에 있는 마분지 상자를 끌어당긴다. 상자 안에는 오래된 책들이 들어 있다. 영안실 관리자와 장의사를 위한 잡지 그리고 관과 수의, 유골함과 방향제 사진이 실린 월간지 등등. 잡지는 적어도 8년 전에 발행된 것이었다. 모든 잡지를 살펴보았지만 수취인 주소는 벗겨져 보이지 않았고 알파벳과 우편번호 일부만 남아 있었다. 때문에 그녀가 알고자 하는 것은 확인할 수 없었다.

그녀는 마분지 상자 안을 하나하나 살펴보면서, 주소가 온전히 남아 있는 잡지가 있는지 확인한다. 그러다 마침내 상자 맨 밑바닥에서 주소를 발견한다. 바닥에 앉아 주소를 읽던 그녀는 당황해서 큰 소리로 마리노를 부른다. 그리고 발치에 있는 잡지를 들여다본다. 표지에는 뚜껑을 경주용 자동차처럼 만든 특이한 관이 실려 있었다.

"마리노! 어디 있어요?" 그녀는 주변을 둘러보고 귀를 기울인다. 그리고 복도 안쪽으로 걸어간다. 숨소리는 거칠어지고, 가슴이 요동쳤다. "맙소사!" 그녀는 복도를 따라 재빨리 걸어가며 중얼거린다. "도대체 어디로 간 거예요, 마리노?"

마리노는 현관 밖에서 휴대전화로 통화를 하고 있다. 그녀의 눈빛을 본 마리노도 낌새를 알아차린다. 스카페타는 잡지를 그에게 보여준다. "응, 여기 있을 거야." 마리노는 휴대전화에 대고 말한다. "오늘 밤 계속 이곳에 있을 것 같은 느낌이 드는군."

마리노는 통화를 마친다. 눈빛이 담담하다. 하지만 사냥감 냄새를 맡고 그것을 찾듯 매섭다. 잡지를 받아든 그는 아무 말도 하지 않고 자세히 살펴본다. "브라우닝 형사가 올 거요." 마리노가 그녀에게 말한다. "지금 수색영장을 발부받고 있는 중이오." 그리고 잡지 뒷면에 있는 우편 주소를 확인한다. "이런 젠장! 박사의 옛날 사무실 주소잖소. 이럴 수가!"

"말도 안 돼요." 그녀가 말한다. 오래된 슬레이트 지붕에 빗물 듣는 소리가 들린다. "내 밑에서 일한 직원이 그럴 리가."

"혹은 박사의 부하 직원과 아는 사람일 수도 있소. 주소는 법의국 건물이오." 그는 다시 한 번 주소를 확인한다. "연구실이 아니라 분명히 법의국 주소요. 날짜는 1996년 6월. 박사가 그곳에서 근무할 때가 분명해. 사무실에서 이 잡지를 정기 구독한 거요." 그리고 거실 테이블에 놓인 전등 가까이 가서 잡지를 뒤적인다. "그렇다면 누가 이 잡지를 구독했는지 알아내야겠군."

"나는 그런 잡지를 정기 구독한 적이 없어요." 그녀가 대답한다. "장의 잡지는 받아본 적이 없다고요. 절대로. 직원에게 그 잡지를 구독하도록 승인한 적도 없고요."

"누구인지 전혀 모르겠소?" 마리노는 먼지 쌓인 테이블 전등 밑에 잡지를 내려놓는다.

스카페타는 해부실에서 일하던 조용한 청년을 떠올린다. 수줍음을 잘 타던 그 빨강 머리 청년은 장애 때문에 일을 그만두었다. 그가 퇴직한 이후, 그녀는 그에 대해 생각해본 적이 단 한 번도 없었다. 그를 생각할 이유가 아무것도 없었기 때문이다.

"생각이 떠올랐어요." 그녀는 침울한 목소리로 대답한다. "그의 이름은 에드거 앨런 포그."

41

루시의 저택 안에는 아무도 없다. 그는 자신이 세운 계획을 망쳤다는 실망스러운 사실을 깨닫는다. 계획을 망친 게 분명했다. 그렇지 않다면 집 주변에서 어떤 일이 일어난 흔적이나 범죄 현장 테이프 같은 것을 찾아냈을 것이다. 혹은 뉴스에서 그 소식을 들었을 수도 있다. 그러나 천천히 차를 몰며 그녀가 사는 집을 지나갈 때, 우편함엔 아무 문제가 없는 것처럼 보인다. 작은 금속 깃발은 내려와 있고, 집에는 아무도 없는 것 같다.

블록을 돌아 A1A 도로로 다시 진입하던 그는 우편함 깃발이 계속 마음에 걸린다. 그가 오렌지 음료 통을 넣을 때, 우편함 깃발은 분명히 올라가 있었다. 염소 폭발물이 아직도 그 우편함 안에 들어 있을지도 모르고, 가스가 부풀어 올라 곧 폭발할지도 모른다는 생각을 하자 가슴이 두근거린다. 혹시라도 폭발물이 여전히 우편함에 들어 있다면 어떻게 될까? 그걸 알아내야만 한다. 그 사실을 확인하지 않고서는 잠도 자지 않을 것이고, 식사도 하지 않을 것이다. 마음 깊숙한 곳에서 분노가 치밀어 오른다. 그가 몰아쉬는 거친 숨소리처럼 예전부터 익숙한 분노가. A1A를 벗어나 베이 드라이브(Bay Drive)로 들어서자 흰색 페인트를 칠한 단층 주택이 줄지어 서 있다. 그는 주차장 안으로 들어가 차에서 내린다. 그리고 걷기 시작한다. 검은색 긴 곱슬머리 가발이 눈앞을 가린다. 머리칼을 쓸어 넘기며 그는 해가 뉘엿뉘엿 넘어가는 길을 따라 걸어간다.

그는 종종 가발 냄새를 맡곤 한다. 다른 생각을 하거나 바쁠 때 가끔씩. 코끝을 자극하는 그 냄새는 말로 표현하기 힘들다. 굳이 표현하자면, 플라스틱 냄새라고 하는 편이 가장 적절할 것이다. 가발은 인조털이 아닌 사람의 머리카락으로 만든 것이기 때문에, 플라스틱 냄새라는 표현이 다소 당혹스럽긴 하다. 가발에서 플라스틱 냄새가 나서는 안 된다. 하지만 그가 맡고 있는 것은 플라스틱을 만들 때 나는 화학약품 냄새다. 어두운 하늘을 배경으로 야자수 잎이 흔들리고, 해가 넘어가는 구름 주변에 창백한 오렌지색 석양이 물든다. 보도를 따라 걸어가다 블록 틈 사이에 난 풀을 내려다본다. 그는 길거리에 늘어선 멋진 집들을 보지 않으려고 애쓴다. 이런 동네에 사는 사람들은 범죄를 두려워하고 낯선 사람을 금방 알아보기 때문이다.

루시의 연어색 저택에 도착하기 전, 그는 석양을 배경으로 우뚝 선 흰색 대저택을 지나가면서 그 집에 살고 있는 여자에 대해 궁금해한다. 그는 그 여자를 세 번 보았다. 파멸해도 변명의 여지가 없는 여자였다. 루시의 연어색 저택 뒤 방파제에 숨어 있던 늦은 밤, 그는 3층 침실 창가에 있는 그녀를 보았다. 방 안에 있는 침대와 다른 가구들이 보이고, 텔레비전은 켜져 있었다. 사람들이 달리고 오토바이가 빠른 속도로 질주하는 모습이 텔레비전 화면으로 보였다. 창문 앞에 선 그녀는 실오라기 하나 걸치지 않았다. 유리창에 눌려 납작해진 그녀의 가슴이 기이하기만 했다. 그녀는 혀로 유리를 핥으면서 역겨운 몸짓을 했다. 처음에는 그녀가 방파제에 서 있는 자신을 볼까봐 걱정했지만, 밤에 보트를 타고 나간 사람들에게 보여주기 위해 연기를 하는 듯한 그녀는 거의 비몽사몽이었다. 에드거 앨런 포그는 그녀의 이름이 알고 싶었다.

그는 그 여자가 정원으로 나가면서 뒷문을 잠그고 경보 장치를 해제했는지 궁금했다. 혹은 수영을 마치고 집 안으로 들어온 다음, 다시 경보 장치를 작동시키는 걸 잊어버렸는지도 모른다. 어쩌면 수영장에 가지 않았을지도 모른다. 그는 그 여자가 집 밖으로 나오는 것을 한 번도 보지 못했다. 안뜰에 나오거나 보트 근처로 가는 것도 보지 못했다. 그녀가 절대 집 밖으로 나오지 않는다면, 상황이 힘들어질 것이다. 그는 주머니에 든 흰색 손수건을 꺼내 얼굴을 닦고 주변을 둘러본 다음 드라이브웨이로 걸어가 그녀의 이웃집 우편함 쪽으로 향한다. 마치 이곳에 사는 주민처럼 느긋하게 행동한다. 하지만 그는 자신이 쓰고 있는 긴 가발이 자기 머리카락이 아니라는 것을 잘 안다. 흑인이나 자메이카인의 머리카락도 아니지만, 이 지역에 사는 백인의 머리카락도 분명 아니다.

예전에 이곳에 올 때도 그는 가발을 쓰고 있었다. 가발 때문에 사람들의 시선을 받을까봐 걱정했지만, 자기 모습을 그대로 보여주는 것보다는 차라리 가발을 쓰는 게 더 나을 것 같았다. 우편함은 텅 비었다. 그는 실망하지도 않고, 안도의 한숨을 내쉬지도 않는다. 화학약품 냄새도 나지 않고, 손상된 흔적도 보이지 않았다. 우편함 안의 색 바랜 검은색 페인트 조각조차 손상되지 않았다. 어쨌든 그는 자신이 만든 폭발물이 아무런 효과도 없었다는 사실을 인정해야만 했다. 누군가가 폭발물을 발견하고 그것을 치웠다는 사실에 기분이 약간 좋아진다. 그렇다면 그녀는 적어도 폭발물에 대한 이야기를 들었을 것이다. 따라서 아무것도 하지 않은 것보다는 낫다는 생각이 든다.

시간은 저녁 6시. 나체 여인의 집이 어둠을 배경으로 밝게 빛나기 시작한다. 그는 정교한 쇠창살과 거대한 현관 유리문 너머 분홍색 콘크리트 보도를 몰래 훔쳐본다. 포그는 느긋하게 걸어가면서, 유리문 건너편에 있을 그녀에 대해 생각한다. 그는 그녀가 커다란 창문에 몸을 밀착시키는 모습을 증오하고, 그녀의 추하고 역겨운 모습을 증오하고, 그 추하고 역겨운 몸을 남에게 과시하는 것을 증오한다. 그런 사람은 자신들이 세상을 지배하고, 인색하게 자기 몸을 보여주면서 남들에게 호의를 베푼다고 생각한다. 그 나체의 여인은 인색하다. 단지 보여줄 뿐이다. 그게 전부다.

포그의 어머니는 그 나체 여인 같은 사람들을 '끈덕지게 괴롭히는 여자'라고 부르곤 했다. 그의 어머니도 '끈덕지게 괴롭히는 여자'였다. 그 때문에 그의 아버지는 술을 과하게 마신 다음, 차고 서까래에 목을 매자살하는 길을 선택했다. 포그는 '끈덕지게 괴롭히는 여자'들에 대해 너무나 잘 알고 있다. 허리에 연장 벨트를 차고 작업용 부츠를 신은 남자가 나체 여인의 집 현관문을 두드리며 그런 짓거리를 그만두라고 요구한다면, 그 여자는 불같이 화를 내고 겁에 질려 경찰을 부를 것이다. 나체 여인 같은 사람들은 그렇게 행동한다. 그들은 매일같이 그렇게 하면서도 그것에 대해 아무런 생각도 하지 않는다.

많은 날이 그냥 지나가도록 그는 자신이 시작한 일을 끝마치지 못했다. 너무 긴 시간이었다. 며칠이 몇 주가 되고, 석 달이 되었다. 하지만 이미 죽어버린 사람의 시간을 셈하는 것은 주제넘은 짓이다. 이미 목숨을 잃고 지하 분해실의 먼지 쌓인 상자에 누워 있는 모든 사람의 시간을 셈하는 것은 주제넘은 짓이다. 그는 자신의 은밀한 공간인 분해실에서 상자의 숫자를 세느라 고군분투했다. 한꺼번에 두세 구의 화장한 유골을 나르며 계단을 올랐다. 숨이 턱밑까지 올라와 거의 숨을 쉴 수조차 없었다. 상자를 주차장으로 옮겨서 내리고, 다시 돌아가 더 많은 상자를 날랐다. 그 모든 상자를 자신의 자동차에 싣고, 마지막으로 커다란 쓰레기봉투에 담았다. 그리고 지난 9월, 자신이 일하는 건물을 철거할 거라는 끔찍한 소식을 들었다.

그러나 발굴해낸 뼈와 뼛가루를 담은 상자는 같은 것이 아니다. 그 둘은 절대 똑같지 않다. 그 모든 사람들은 이미 끝났다. 하지만 스스로 끝낸 것은 분명 아니다. 포그는 그 힘과 영광을 느꼈다. 그런 감정을 느꼈을 때 짧은 순간이나마 정당하다는 생각이 들었다. 그는 자신의 빨강 머리 가발에서 나는 희미한 플라스틱 냄새를 맡으며 차 안으로 들어간다. 그리고 흰색 저택의 주차장을 나와, 사우스플로리다의 초저녁 거리를 달린다. 아더 웨이 라운지를 향해 차를 몬다.

42

플래시 불빛이 마치 기다란 노란색 연필처럼 어두운 뒤뜰을 비춘다. 창 가에 서서 밖을 내다보던 스카페타는 이 시간에 그 경찰에게 행운이 있 기를 기대해보지만 의구심이 앞선다. 그녀의 머릿속에 떠오른 생각이 과대망상이거나 사실과 거리가 먼 것처럼 느껴지기도 한다. 아마 피곤 한 탓일 수도 있을 것이다.

"그가 아네트 부인과 함께 살았는지 기억나지 않습니까?" 브라우닝 형사가 묻는다. 그는 침실에 있는 소박한 의자에 앉아 메모 용지 위에 놓인 펜을 톡톡 두드리며 껌을 씹고 있다.

"나는 그 사람을 잘 몰라요." 스카페타는 어둠 속에서 움직이는 기다 란 불빛을 유심히 바라보며 대답한다. 창문 주변으로 스며드는 차가운 바람이 느껴진다. 경찰이 아무것도 알아내지 못할 수 있다는 걱정이 앞 선다. 질리의 입과 트랙터 기사의 시신에서 나온 유골 가루를 생각하 자, 경찰이 무엇을 찾아낼 수 있을지 걱정된다. "그 사람이 누군가와 함

385

께 살았다 해도, 그걸 내가 어떻게 알 수 있었겠어요? 제대로 한 번이라도 대화를 나누었는지조차 기억나지 않는데."

"하긴 그처럼 이상한 사람과 이야기를 했을 리가 없지요."

"유감스럽게도, 사람들은 분해실에서 일하는 그들을 약간 이상하다고 생각하죠. 법의국 직원들조차 그들이 하는 일을 혐오스럽다고 생각해요. 나는 직원들을 파티나 야유회에 초대했고, 7월 4일 독립기념일에는 우리 집에 부르기도 했어요. 하지만 그들이 참석했는지는 잘 모르겠어요." 그녀가 말한다.

"그 사람은 그 자리에 나타났습니까?" 브라우닝 형사가 껌을 씹으며 묻는다. 스카페타는 그의 요란한 껌 씹는 소리를 들으며 창밖을 내다보고 서 있다.

"잘 기억나지 않아요. 에드거 앨런이 다녀갔지만 아무도 알아차리지 못했을 수도 있죠. 내가 너무 불친절했을 수도 있고. 하지만 그는 법의국 직원들 가운데 가장 존재감이 없었어요. 외모가 어땠는지도 거의 기억나지 않아요."

"과거의 겉모습보다는 현재가 중요합니다. 현재 그의 외모가 어떤지 아무런 단서도 없어요." 브라우닝이 메모지를 넘기며 말한다. "당시 그는 빨강 머리에 키가 작았다고 말씀하셨습니다. 키는 어느 정도였나요? 175센티미터 혹은 180?"

"키는 170센티미터 정도였고, 몸무게는 아마 60킬로그램 정도였을 거예요." 그녀는 기억을 더듬으며 말한다. "눈동자 색깔은 기억나지 않아요."

"법의국 인사 기록에 의하면 갈색이에요. 하지만 키와 몸무게를 거짓으로 말한 걸 보면 눈동자 색깔도 갈색이 아닐 수 있습니다. 인사 기록에는 키 182센티미터에 몸무게 82킬로그램이라고 적혀 있습니다."

"그런데 왜 나한테 물어본 거죠?" 그녀는 고개를 돌리고 그를 똑바로 쳐다보며 묻는다.

"그릇된 정보를 알려줬다고 당신을 추궁하기 전에 기억을 더듬어볼 수 있는 기회를 준 거죠." 형사가 껌을 씹으며 윙크한다. "게다가 자신이 갈색 머리라고 썼습니다." 펜으로 메모지를 톡톡 두드리며 말한다. "그렇다면 당시, 그 친구 같은 남자가 분해실에서 시신을 방부 처리하고 무슨 짓을 저질렀을지도 모르겠군요?"

"팔구 년 전인가요?" 그녀는 다시 어두운 창밖을 내다본다. 울타리 반대편으로 보이는 질리 폴슨의 방에 불이 켜져 있다. 폴슨의 집 안뜰에서도 경찰이 수색을 하고, 질리의 방에서도 조사를 벌이고 있다. 에드거 앨런 포그는 기회가 있을 때마다 그 창문을 들여다보았을 것이다. 그리고 그 집에서 벌어지는 게임을 보며 환상을 품고 수음을 했을 것이다. "당시 그의 연봉은 2만 2000달러도 되지 않았을 거예요."

"그러다가 갑자기 일을 그만뒀군요. 어쩔 수 없는 어떤 이유로 말입니다. 흔히 있는 일이죠."

"포름알데히드 노출 때문이었죠. 거짓은 아니었어요. 나는 그의 의료 진단서를 검토했고, 당시 그와 이야기를 나누었어요. 그는 포름알데히드로 인한 호흡기 질환을 앓고 있었어요. 엑스레이와 생체 검사 결과 폐 섬유증도 앓았고. 기억하건대, 혈액 내 산소 농도가 심각하게 떨어졌고, 폐활량 수치도 떨어져 호흡기 기능이 현저히 악화되었죠."

"폐, 뭐라고요?"

"폐활량이요. 그걸 측정하는 기계가 있습니다. 숨을 내쉬고 들이마시면, 그걸 수치로 측정하죠."

"그렇군요. 예전에 담배 피웠을 때 그 기계로 측정했으면 수치가 엄청 낮았겠군요."

"계속 담배를 피웠다면 아마 수치가 매우 낮을 겁니다."

"그렇다면 에드거 앨런 포그에게 문제가 있겠군요. 그에게 여전히 문제가 있을 거라고 추정할 수 있을까요?"

"더 이상 포름알데히드나 다른 자극적인 물질에 노출되지 않았다면, 질병이 더 이상 심해지지는 않았을 겁니다. 하지만 상처 자국이 남아 있기 때문에 완치된 것은 아니죠. 상처 자국은 영구적이기 때문에, 여전히 문제가 있을 수 있죠. 얼마나 심각한지는 모르겠습니다만."

"의사를 찾아가 치료를 받았을 겁니다. 예전 인사 기록에서 그를 치료해준 의사 이름을 알아낼 수 있지 않을까요?"

"기록이 아직 남아 있다면, 버지니아 주 공문서 보관소에 있을 거예요. 나한테는 권한이 없으니 마커스 국장한테 물어보세요."

"스카페타 박사님, 내가 정말 알고 싶은 것은 그의 증세가 얼마나 심각한지입니다. 아직 의사의 진료를 받고 처방전 약을 먹어야 할 정도로 아플까요?"

"물론 처방전 약을 먹어야겠죠. 하지만 그렇지 않을 수도 있습니다. 자신의 건강에 대단히 유의한다면, 무엇보다 감기나 독감 같은 전염성 질병을 앓는 사람들 근처엔 가지 않을 거예요. 보통 사람들과 비교해서 폐 건강이 별로 좋지 않기 때문에 호흡기 질환을 앓게 되면 곤란하거든요. 그렇게 되면 건강이 심각하게 나빠지고, 폐렴에 걸릴 수도 있어요. 천식에도 쉽게 걸릴 수 있기 때문에, 그와 관련된 것은 뭐든지 조심할 거예요. 예를 들어, 처방전 약인 스테로이드를 복용할 수도 있고, 알레르기 방지 주사를 맞을 수도 있죠. 민간요법 같은 종류의 치료를 받을 수도 있고. 물론 아무것도 하지 않을 수도 있고요."

"모두 다 옳은 말씀입니다." 그는 펜을 두드리고 껌을 요란하게 씹으며 말한다. "그럼 만약 누군가와 몸싸움을 하게 되면, 숨을 크게 몰아쉬겠군요."

"아마 그럴 거예요." 이런 이야기가 한 시간 동안 계속되는 바람에 스카페타는 매우 지쳤다. 하루 종일 거의 아무것도 먹지 못한 데다 남은 에너지마저 모두 써버렸다. "그는 건강할 수도 있어요. 하지만 신체적인 활동은 제한될 거예요. 단거리 달리기를 하거나 테니스를 치지는 못했겠죠. 스테로이드를 계속 복용하다 오랫동안 끊었다면 살이 쪘을 수도 있고요. 지구력도 좋지 않을 겁니다." 기다란 플래시 불빛이 집 뒤에 있는 창고를 훑고 지나가다 출입문에 고정된다. 제복을 입은 경찰이 볼트 절단기를 자물쇠에 갖다 댄다.

"질리 폴슨이 독감에 걸렸을 때, 그가 무슨 짓을 했다면 이상하다고 생각하십니까? 감기가 옮을까봐 걱정하지 않았을까요?" 브라우닝 형사가 묻는다.

"아뇨." 그녀는 볼트 절단기를 들고 있는 경찰을 내다보며 대답한다. 창고 문이 갑자기 활짝 열리더니, 플래시 불빛이 어두운 창고 안을 비춘다.

"왜 그렇습니까?" 바로 그때, 스카페타의 휴대전화가 진동한다.

"마약 중독자들은 금단 현상으로 고통받을 때 간염이나 에이즈에 대해 생각하지 않습니다. 그리고 연쇄강간범이나 연쇄살인자들은 강간을 하거나 살인을 저지를 때 성관계로 전이되는 질병에 대해 생각하지 않습니다." 그녀는 주머니에서 휴대전화를 꺼내며 말한다. "에드거 앨런이 어린 여자애를 살해하고 싶은 욕망에 사로잡혔다면 감기 따위는 걱정도 하지 않았을 겁니다. 잠깐 실례할게요." 그녀는 휴대전화를 받는다.

루디였다. "저예요. 꼭 말씀드려야 할 일이 있어서 전화 드렸습니다. 박사님이 리치먼드에서 맡고 있는 사건이 현재 우리가 플로리다에서 수사하고 있는 사건과 연관되어 있어서요. IAFIS가 두 사건이 연관되어 있다는 걸 밝혀냈습니다."

"우리라니, 누구?"

"루시와 제가 함께 맡고 있는 사건인데, 박사님께서는 모르는 건입니다. 설명하자면 너무 깁니다. 하지만 루시는 박사님이 아는 걸 바라지 않습니다."

스카페타는 루디의 이야기를 가만히 듣고만 있다. 도저히 믿기지 않아 아무 말도 할 수가 없다. 창밖을 바라보자, 어두운 색 옷을 입은 덩치 큰 남자가 손에 플래시를 든 채 집 뒤에 있는 창고에서 걸어 나오는 모습이 보인다. "무슨 사건인데?" 스카페타가 루디에게 묻는다.

"그 사건에 대해서는 말씀 드릴 수 없습니다." 그는 잠시 말을 멈추고 뜸을 들인다. "그런데 루시하고 연락이 안 됩니다. 뭘 하고 있는지 모르지만, 지난 두 시간 동안 휴대전화를 받지 않습니다. 사실, 우리 회사 신입 사원이 살인미수 사건을 당했습니다. 피해자는 여성이고요. 그리고 루시의 집에서 사건이 발생했습니다."

"맙소사!" 그녀는 두 눈을 감는다.

"너무 이상합니다. 처음에는 관심을 얻기 위한 범행이라고 생각했는데, 폭발물에 남아 있던 지문이 루시 집 침실에서 채취한 것과 일치합니다. 그리고 리치먼드 사건에서 채취한 지문하고도 일치합니다."

"두 사람이 맡고 있는 그 사건… 그 여자한테 정확히 무슨 일이 일어났지?" 스카페타가 묻는다. 복도에서 마리노의 육중한 부츠 소리가 들린다. 브라우닝 형사가 문 쪽으로 향한다.

"감기로 몸이 아파서 침대에 누워 있었는데, 그 이후로는 정확히 모릅니다. 범인이 집 안에 침입했고, 루시가 돌아오자 달아났습니다. 희생자인 그 여자는 의식이 없었고, 쇼크 상태에 빠져 발작을 일으켰습니다. 무슨 일이 일어났는지 전혀 기억을 못합니다. 침구는 벗겨져 있었고, 여자는 침대에 얼굴을 묻은 채 나체로 누워 있었습니다."

"외상은 입지 않았어?" 마리노와 브라우닝 형사가 침실 밖에서 이야기를 나눈다. '뼈'라는 소리가 들린다.

"타박상 말고는 없었습니다. 벤턴은 그 여자가 손과 가슴, 등에 타박상을 입었다고 말했습니다."

"그렇다면 벤턴도 이 사건에 대해 알고 있군. 나만 빼고 모두 알고 있었어." 그녀는 화를 내며 말한다. "루시는 나한테 이 얘기를 숨겼어. 왜 나한테 말하지 않은 거지?"

루디는 망설인다. 말하기 곤란한 것처럼 보인다. "사적인 이유일 겁니다."

"무슨 말인지 알겠군."

"죄송하지만 저는 말씀드릴 수 없습니다. 정말 죄송합니다. 지금 한 얘기도 말해서는 안 되지만, 박사님이 맡은 사건과 연관이 있어서 어쩔 수 없었습니다. 저는 이번 사건처럼 등골이 오싹하고 기이한 사건은 한 번도 보지 못했습니다. 우리가 다루고 있는 사건은 도대체 무엇일까요? 마약 중독자일까요?"

마리노가 침실로 들어와 스카페타를 똑바로 쳐다본다. "마약 중독자일 수 있어." 스카페타는 루디에게 말한 다음 마리노를 쳐다본다. "에드거 앨런 포그라는 이름의 백인 남성일 가능성이 있어. 나이는 30대 중반. 처방전 기록도 있어." 그녀가 말한다. "조제약 기록에 나와 있겠지만, 호흡기 질환 때문에 스테로이드를 복용하고 있을 수도 있어. 지금 말할 수 있는 건 그게 전부야."

"그것만으로도 충분합니다." 루디가 힘찬 목소리로 말한다.

스카페타는 통화를 끝내고 마리노를 계속 바라본다. 문득, 날씨와

계절에 따라 햇빛이 변하는 것처럼 자신의 규칙도 변해간다는 생각이 든다. 과거에는 어떤 방식으로 보였던 것이 지금은 다른 방식으로 보이고, 앞으로 오랜 시간이 지나면 또 다른 방식으로 보일 것 같다. 마지막 경비구역이 해킹해서 찾아낼 수 없는 기록은 거의 없다. 지금 시점에서는, 야수 같은 범인을 뒤쫓는 것이 전부다. 규칙 따윈 필요 없다. 그녀가 이곳 침실에 서서 느끼는 의심과 죄의식 따윈 필요 없다. 그녀는 휴대전화를 주머니 안에 찔러 넣는다.

"여기에서 질리의 침실이 보여요." 스카페타가 마리노와 브라우닝 형사에게 말한다. "만약 폴슨 부인이 집에서 그 게임을 했다면, 그는 창문을 통해 볼 수 있었을 겁니다. 그리고 혹시라도 질리의 방에서 무슨 일이 벌어졌다면, 그 역시 그걸 볼 수 있었을 거예요."

"그렇다면?" 마리노가 말한다. 그의 눈빛은 강렬하고 분노에 차 있다.

"내가 말하고 싶은 건, 이상한 본성을 가진 사람도 있다는 거예요." 그녀는 덧붙여 말한다. "누군가가 희생되는 걸 보면 그 사람을 다시 희생시키고 싶은 생각이 드는 거죠. 이상한 본성을 가진 사람이 창문을 통해 성폭력을 목격하면 심한 자극을 받을 수도 있어요."

"무슨 게임 말입니까?" 브라우닝 형사가 그녀의 말을 막으며 묻는다.

"박사." 마리노가 말한다. 그의 눈빛은 마치 먹이를 발견한 사냥꾼처럼 강렬하다. "저 창고에 엄청난 게 있소. 박사도 한 번 보는 것이 좋을 것 같소."

"전화로는 다른 사건에 대해 이야기한 겁니까?" 브라우닝 형사가 묻는다. 그들은 좁고 어두컴컴한 복도를 따라간다. 스카페타는 먼지와 곰팡이 냄새 때문에 질식할 것만 같다. 루시에 대해서는 생각하고 싶지 않다. 그 애가 사적이라 여기고 경계를 분명히 한 것에 대해 생각하지 않으려 한다. 그리고 루디와 통화한 얘기를 마리노와 브라우닝 형사에게 들려준다. 브라우닝 형사는 흥분하고, 마리노는 아무 말도 하지 않는다.

"그렇다면 포그가 플로리다에 있을 수도 있습니다." 브라우닝이 말한다. "그럴 가능성이 높습니다." 그는 머릿속에 떠오르는 여러 가지 생각 때문에 혼란스러워 보인다. 부엌에서 걸음을 멈추고 그가 덧붙인다. "금방 나가겠습니다." 그리고 벨트에 고정된 휴대전화를 꺼낸다.

청색 점프슈트를 입고 야구모자를 쓴 범행 현장 기술자가 부엌의 전등 스위치에 쌓인 먼지를 털어내고 있다. 부엌 반대편 거실에서는 경찰들의 목소리가 들린다. 뒷문 근처에는 '증거물'이라는 꼬리표가 붙은 커다란 검은색 쓰레기봉투가 보인다. 그걸 보자 스카페타는 문득 아이즈를 떠올린다. 그는 에드거 앨런 포그가 남긴 쓰레기를 분류하느라 바쁠 것이다.

"그자가 장의사에서 일한 적이 있소?" 마리노가 스카페타에게 묻는다. 뒷문 뒤에 있는 뜰은 잡초가 무성하고 젖은 낙엽이 수북하게 쌓여 있다. "창고에 박스가 가득 쌓여 있는데, 모두 유골처럼 보이는 것이 들어 있소. 한동안 이곳에 있었던 것 같은데, 오랫동안 보관한 것처럼 보이지는 않소. 그자가 상자들을 이곳 창고로 옮겨놓았을 수도 있소."

스카페타는 창고에 도착하기 전까지 아무 말도 하지 않는다. 그리고 경찰에게 플래시를 빌려서 창고 안을 비춘다. 플래시를 비추자, 경찰이 열어둔 커다란 비닐봉투가 보인다. 봉투 밖으로 분필 가루 같은 흰색 재가 흩어져 있고, 싸구려 금속 상자와 시가 박스는 흰색 먼지로 뒤덮여 있다. 상자 가운데 몇 개는 움푹 들어가 있다. 창고 문 한쪽에 서 있던 경찰이 길이 조절이 가능한 막대를 들고 창고 안으로 들어온다. 그리고 재로 가득 찬 봉투에 막대를 밀어 넣는다.

"그자가 이 사람들을 직접 화장했다고 생각합니까?" 경찰이 스카페타에게 묻는다. 그가 플래시로 어두운 창고 안을 비추다, 오래된 양피지 색깔의 기다란 뼈와 해골에 불빛을 고정한다.

"아뇨." 그녀가 대답한다. "자신만의 화장장이 없는 한 그렇지 않습니다. 이것은 전형적인 유골이에요." 그녀는 유골이 반쯤 담긴, 움푹 들어간 상자에 플래시를 비춘다. 상자는 비닐봉투 안에 들어 있다. "시신을 화장하면 이것처럼 평범하고 값싼 상자에 담아 유족에게 건네줍니다. 더 비싸고 좋은 상자를 원할 경우 돈을 더 내고 구입하지요." 불에 태우지 않은 기다란 뼈와 해골에 불빛을 비추자, 해골의 텅 빈 검은 눈이 그녀를 노려본다. "시신을 재로 만들기 위해서는 1000도에서 1100도에 이르는 높은 온도가 필요합니다."

"불에 타지 않은 저 뼈들은 어떻게 된 거죠?" 브라우닝 형사가 기다란 뼈와 해골을 가리키며 묻는다. 손에 막대를 들고 있지만 겁을 먹고 있는 모습이 역력하다.

"최근 이 근처에서 도굴 사건이 있었는지 확인해봐야겠습니다." 스카페타가 대답한다. "이 유골들은 꽤 오래된 것 같아요. 최근 시신에서 나온 뼈는 아닌 게 확실합니다. 그리고 시신이 부패했다면 뼈에서 냄새가 날 텐데, 이 유골에서는 아무런 냄새도 나지 않아요."

"시신을 보고 성적 흥분을 느끼는 정신이상자로군." 마리노가 창고 안에 플래시를 비추며 한마디 던진다. 유골의 양으로 보아, 수년 동안 유골을 계속 모으다 최근에 이 창고로 옮긴 것 같았다.

"난 잘 모르겠어요." 스카페타는 플래시를 끄고 창고 밖으로 나가며 말한다. "하지만 그가 계속 사기를 쳤을 가능성은 충분히 있어요. 유골을 산이나 바다, 정원이나 고인이 가장 좋아하던 낚시터에 뿌려달라는 부탁과 함께 수수료를 받은 다음, 실제로 이행하지는 않은 거죠. 돈만 받고 유골은 다른 곳에 처박아둔 것 같아요. 그리고 이 창고 안에 쌓아둔 것 같은데, 정확한 건 아직 아무도 몰라요. 이런 일은 예전에도 일어난 적이 있어요. 그자는 내 직원으로 일하는 동안 이런 짓을 시작했을 수도 있어요. 주변에 있는 화장장에 연락해서 그가 어떤 목적을 갖고 들락거렸는지 확인해봐야겠어요. 물론 그들은 그런 혐의를 인정하지 않을 테지만요." 스카페타는 젖은 낙엽을 밟으며 걸어간다.

"그렇다면 이 모든 게 돈 때문이란 말입니까?" 막대를 든 경찰이 스카페타를 따라가면서, 믿기지 않는다는 표정으로 묻는다.

"죽음에 집착해서 이런 짓을 시작했을 수도 있어요." 그녀는 안뜰을 따라 걸어가며 대답한다. 비는 어느새 멈췄고 바람은 잠잠해졌다. 구름에 가려졌던 초승달이 에드거 앨런 포그가 살았던 집의 이끼 낀 슬레이트 지붕 위에 사금파리처럼 희미하게 빛난다.

43

밖에는 안개가 자욱하게 끼어 있다. 스카페타를 비추는 근처 가로등 불빛이 아스팔트 위에 긴 그림자를 드리우고, 그녀는 축축하게 젖은 어두운 뜰 너머로 보이는, 현관문 양쪽에 있는 불 켜진 창문을 바라본다.

　이 동네에 사는 이웃이나 차를 타고 이곳을 지나가는 사람들은 집 안에 불이 켜져 있는지 그리고 빨강 머리 남자가 오가는지 알아차렸어야만 했다. 그자에게 차가 있을 수도 있지만, 브라우닝 형사는 포그에게는 자동차 기록이 없다고 몇 분 전에 말해주었다. 물론 그건 특이한 경우다. 만약 그에게 차가 있다면, 자기 이름으로 번호판을 등록하지 않았다는 것을 뜻한다. 자기 차가 아닐 수도 있고, 번호판을 훔쳤을 수도 있다. 물론 그에게 차가 없을 가능성도 있다.

　작고 가벼운 휴대전화가 이상하리만큼 무겁게 느껴진다. 루시에게 전화해야 한다는 압박감이 든다. 한편으론 이런 상황에서 그 애에게 전화하는 것이 다소 두렵기도 하다. 루시의 사적인 상황이 어떤 것이든,

스카페타는 그걸 자세히 아는 게 두렵다. 루시의 사생활이 바람직한 경우는 거의 없었기 때문이다. 스카페타는 루시가 인간관계를 잘 형성하지 못하는 것은 자기 책임이라고 탓하고 걱정하면서 많은 시간을 보냈다. 하지만 걱정하는 것 이외에는 별달리 방법이 없는 것 같았다. 지금 벤턴은 아스펜에 있고, 루시는 그 사실을 알아야 한다. 스카페타와 벤턴이 사이가 좋지 않았다는 것을, 그들이 다시 함께한 이후부터 계속 그랬다는 것을.

스카페타가 루시에게 전화를 걸 때, 현관문이 열리고 어둠이 짙게 깔린 문 밖으로 마리노가 나온다. 스카페타는 마리노가 범죄 현장에서 빈손으로 나오는 모습을 보고 깜짝 놀란다. 리치먼드에서 형사로 일할 때, 그는 범죄 현장에서 나올 때마다 트렁크를 가득 채울 정도로 많은 증거물 봉투를 들고 나왔다. 하지만 리치먼드는 이제 더 이상 그의 관할 구역이 아니었다. 그래서 더 이상 들고 나올 게 없는 것이다. 경찰이 증거물을 수거하고, 라벨을 붙이고, 연구실로 넘기도록 놔두는 것이 현명하다. 경찰은 일을 적절히 처리할 것이고, 중요한 것을 빠뜨리거나 중요하지 않은 것을 너무 많이 가져가는 실수를 범하지도 않을 것이다. 하지만 천천히 보도를 걸어오는 마리노의 모습을 바라보던 스카페타는 무력감을 느낀다. 그녀는 루시의 음성 메시지로 넘어가기 전에 전화를 끊는다.

"뭘 하려고요?" 그녀는 가까이 다가온 마리노에게 묻는다.

"담배 한 대 피웠으면 좋겠소." 그는 길 양쪽으로 이따금씩 불이 켜진 집들을 둘러보며 말한다. "그 겁 없는 부동산 중개업자한테서 전화가 왔소. 버니스 토월이 누구인지 알아냈는데, 딸이라고 하는군."

"아네트의 딸이란 말이에요?"

"그렇소. 그러니 토월 부인은 이 집에 살았던 사람에 대해서는 아무것도 모르오. 이 집은 몇 년째 계속 비어 있었다는군. 유언장에 뭔가 이상한 점이 있는 것 같은데, 정확하게는 잘 모르겠소. 가족들한테 일정 금액 밑으로는 집을 팔지 못하도록 유언을 남겼는데, 짐의 말로는 절대 그 가격은 받지 못할 거라는군. 집 안에 밴 시가 냄새를 맡았더니 담배 생각이 간절하오."

"손님들은요? 토월 부인이 손님들을 집에 머물게 한 건가요?"

"이 우중충한 집에 언제 마지막으로 손님이 왔는지 아무도 기억 못하는 것 같소. 추측하건대, 그자는 버려진 건물에 사는 부랑자처럼 행동했던 것 같소. 돈도 안 내고 살다가, 누군가가 오면 급히 도망치는 거지. 그리고 집에 아무도 없는 것을 확인하면 다시 돌아오고. 도대체 그걸 누가 알겠소? 그런데 박사는 뭘 하려고?"

"호텔로 돌아가야 할 것 같아요." 그녀는 SUV 차 문을 열고 불 켜진 집을 다시 한 번 쳐다본다. "오늘 밤은 우리가 할 수 있는 일이 없을 것 같네요."

"호텔 바가 언제까지 여는지 모르겠군." 마리노는 조수석 문을 열면서 말한다. 그리고 바짓단을 접어 올린 다음 발판에 발을 딛고 조심스럽게 SUV에 올라탄다. "젠장, 잠은 안 오고 정신은 말똥말똥하네. 담배한 개비 피우고 맥주 몇 잔 마신다고 해서 몸이 망가지는 건 아니지 않소. 그럼 잠이 잘 올 텐데."

스카페타는 차 문을 닫고 시동을 건다. "바가 문을 닫았으면 좋겠네요." 그녀가 대답한다. "술을 마시면 오히려 상황이 더 나빠질 거예요. 머릿속으로 생각을 할 수 없기 때문이죠. 무슨 일이 있었던 거예요, 마리노?" 커브를 돌자, 에드거 앨런 포그가 살던 집의 불빛이 차창 뒤로 보인다. "그자가 저 집에 살고 있었는데, 아무도 몰랐을까요? 나무 창고에 유골이 잔뜩 쌓여 있는데, 그자가 창고로 가는 모습을 아무도 보지 못했을까요? 정말 아무도 보지 못했을까요? 폴슨 부인은 그자가 창고 주변을 서성거리는 걸 한 번도 보지 못했대요? 어쩌면 질리는 봤을 수도 있겠네요."

"그냥 그 여자 집으로 가서 물어보는 게 어떻겠소?" 마리노는 마치 상처 자국을 가리듯 커다란 손을 무릎 위에 올린 채 차창 밖을 내다보며 말한다.

"시간이 거의 자정이에요."

마리노는 빈정거리며 웃는다. "옳은 말이오. 예의는 지켜야지."

"알았어요." 스카페타는 좌회전을 해서 그레이스 스트리트로 들어간다. "준비 단단히 해요. 그 여자가 당신을 보고 무슨 말을 할지도 모르니까요."

"오히려 그 여자가 내 입에서 무슨 말이 나올지 걱정해야 할 거요."

스카페타는 유턴을 해서 작은 벽돌집이 있는 길가에 주차된 푸른색 미니밴 뒤에 차를 세운다. 거실에만 불이 켜져 있고, 흐릿한 커튼 사이로 불빛이 비친다. 그녀는 폴슨 부인을 현관문으로 나오게 할 안전한 방법을 생각한다. 그리고 먼저 전화를 하는 것이 현명하다고 판단한다. 폴슨 부인의 전화번호가 남아 있기를 바라면서 최근 통화 기록을 검색한다. 하지만 그녀의 전화번호는 남아 있지 않다. 이어서 수잔 폴슨을 처음 만날 때 가지고 있던 종잇조각을 찾아내기 위해 가방을 뒤진다. 그리고 전화번호를 누르면서 폴슨 부인의 침대 옆에 놓인 전화기가 울리는 것을 상상한다.

"여보세요?" 폴슨 부인의 목소리는 불편하고 피로한 것처럼 들린다.

"케이 스카페타입니다. 지금 부인 집 앞에 있는데 얘기할 것이 있습니다. 문 좀 열어주기 바랍니다."

"지금 몇 시죠?" 그녀는 혼란스럽고 겁먹은 목소리로 묻는다.

"문 좀 열어주십시오." 스카페타는 SUV에서 내리며 말한다. "당신 집 앞이에요."

"알았어요, 알았어요." 그녀는 전화를 끊는다.

"차 안에 있어요." 스카페타는 마리노에게 말한다. "그 여자가 문을 열어주고 난 다음 차에서 내려요. 만약 그 여자가 창밖으로 당신을 본다면, 우리를 집 안으로 들이지 않을 거예요."

마리노는 어두운 차 안에 조용히 앉아 있고, 그녀는 차 문을 닫은 뒤 현관 쪽으로 걸어간다. 폴슨 부인이 집 안을 지나가면서 현관으로 향하는지 조명이 연이어 켜진다. 스카페타는 기다린다. 거실 커튼 뒤로 그림자가 떠다닌다. 커튼이 움직인다. 폴슨 부인이 밖을 내다본다. 이윽고 부인이 커튼을 닫고 문을 열어준다. 지퍼로 잠그는 붉은색 플란넬 긴 옷을 입은 그녀의 머리카락은 베개에 눌려 달라붙고 눈은 부어 있다.

"이 시간에 무슨 일이죠?" 부인이 스카페타를 집 안으로 들이면서 묻는다. "왜 온 거죠? 무슨 일인가요?"

"울타리 건너편 집에 살던 남자에 대해 알아요?"

"어떤 남자요?" 부인은 당혹스럽고 두려워하는 것 같다. "무슨 울타리 말인가요?"

"저쪽 울타리 옆에 있는 집 말입니다." 스카페타는 울타리 건너편 집을 가리키며 마리노가 나타나기를 기다린다. "저 집에 한 남자가 살았습니다. 폴슨 부인, 당신은 누군가가 저곳에 살았다는 걸 분명히 알고 있었을 텐데요."

그때 노크 소리가 들리자, 폴슨 부인은 깜짝 놀라며 가슴을 쓸어내린다. "맙소사! 지금 뭐 하는 거죠?"

스카페타가 문을 열어주자 마리노가 집 안으로 들어온다. 얼굴이 벌겋게 달아오른 채 폴슨 부인을 쳐다보려 하지 않는다. 마리노는 잠시 후 문을 닫고 거실 안으로 걸음을 옮긴다.

"이런, 말도 안 돼!" 폴슨 부인이 갑자기 화를 내며 말한다. "난 저 사람이 여기 있는 걸 원치 않아요." 그녀가 스카페타에게 말한다. "저 사람을 내보내요."

"울타리 건너편에 살던 남자에 대해 이야기해주세요." 스카페타가 말한다. "당신은 저 집에 불이 켜져 있는 걸 분명히 보았을 거예요."

"그자가 자기 이름을 에드거 앨런 혹은 앨이라고 했소, 아니면 다른 이름을 댔소?" 마리노가 폴슨 부인에게 말한다. 벌겋게 달아오른 그의 얼굴이 굳어 있다. "우리한테 거짓말할 생각은 하지 마쇼, 수지. 우린 지금 기분이 별로 좋지 않으니까. 그자가 자기 이름이 뭐라고 했지? 두 사람은 서로 사이가 좋았을 텐데."

"분명히 말하지만, 나는 저 집에 살았던 남자에 대해 아무것도 몰라요." 그녀가 말한다. "왜죠? 혹시 그 사람이…? 맙소사!" 그녀의 눈빛은 두려움으로 빛나고 눈물이 글썽인다. 그녀는 거짓말에 능숙하다. 사실을 말하고 있는 것처럼 보이지만, 스카페타는 그녀를 믿지 않는다.

"그자가 이 집에 온 적 있소?" 마리노가 그녀에게 묻는다.

"없어요!" 부인이 허리에 손을 올리며 고개를 양쪽으로 가로젓는다.

"아, 그래요?" 마리노가 말한다. "우리가 누구에 대해 얘기하는지도 모르면서 어떻게 그렇게 대답하지? 우리가 말한 자는 우유 배달부일 수도 있고, 당신과 게임을 하기 위해 잠깐 들렀던 사람일 수도 있소. 우리가 누구에 대해 얘기하는지도 모르면서, 어떻게 그자가 당신 집에 온 적이 한 번도 없다고 대답하는 거요?"

"이런 이야기 듣고 싶지 않아요." 폴슨 부인이 스카페타에게 말한다.

"질문에 대답하세요." 스카페타는 그녀를 쳐다보며 말한다.

"분명히 말하지만…."

"분명히 말하지만, 그자의 지문이 질리의 침실에서 나왔소." 마리노는 그녀 가까이 다가가면서 공격적으로 말한다. "당신은 당신의 그 게임을 즐기기 위해 그 빨강 머리 놈을 불러들였소. 그렇지 않소, 수지?"

"아니에요!" 눈물이 부인의 뺨을 타고 흘러내린다. "아니에요! 저기에는 아무도 살지 않아요! 노파가 살았는데, 수년째 집을 비워뒀어요. 누군가가 가끔씩 머물렀지만, 살았던 사람은 아무도 없었어요. 맹세해요! 지문이라니, 말도 안 돼! 불쌍한 내 딸, 불쌍한 내 딸." 부인은 흐느끼며 말한다. 너무 심하게 울어서 아랫니가 드러난다. 떨리는 두 손으로 뺨을 감싼다. "그자가 불쌍한 내 딸한테 무슨 짓을 한 거죠?"

"질리를 죽였소." 마리노가 말한다. "수지, 그자에 대해 말해주시오."

"안 돼!" 부인이 울부짖는다. "질리!"

"자리에 앉아요, 수지."

부인은 그 자리에 선 채 손으로 얼굴을 가리며 오열한다.

"자리에 앉으시오!" 마리노는 짐짓 화를 내며 그녀에게 명령한다. 스카페타는 보기엔 거북하지만 그가 연기를 계속하도록 그냥 내버려둔다.

"앉으시오." 마리노는 소파를 가리키며 말한다. "생전 처음으로 진실이라는 걸 한 번 말해보시오. 질리를 위해서."

폴슨 부인은 창가에 놓인 격자무늬 소파에 털썩 주저앉는다. 두 손으로 얼굴을 가린 채 운다. 눈물이 흘러 목과 옷을 적신다. 스카페타는 폴슨 부인 맞은편 차가운 벽난로 앞을 서성거린다.

"에드거 앨런 포그에 대해 말해보시오." 마리노가 큰 소리로 천천히 말한다. "수지, 내 말 듣고 있는 거요? 들려요? 그자가 당신의 어린 딸을 죽였소. 당신은 상관하지 않을지 모르겠지만, 질리는 너무나 심한 고통을 당했소. 질리가 끔찍하게 당했다고 들었소. 당신이 한 일이라고는 엉망이 된 질리를….”

“그만해요!” 부인이 마리노의 말을 막으며 소리 지른다. 벌건 두 눈을 커다랗게 뜬 채 증오심에 가득 차 그를 노려본다. “그만해요! 그만해! 빌어먹을 당신이… 당신이….” 흐느끼면서 말하고, 떨리는 손으로 콧물을 훔친다. “불쌍한 질리.”

마리노는 안락의자에 앉는다. 그와 폴슨 부인은 스카페타가 함께 있다는 걸 잊은 듯했다. 하지만 마리노는 그 사실을 분명히 알고 있다. 자신이 연기를 하고 있다는 것도. “수지, 우리가 그자를 데려오길 바라오?” 마리노가 갑자기 침착한 어조로 묻는다. 그리고 몸을 앞으로 숙이며 커다란 허벅지에 팔뚝을 올린다. “정말 뭘 원하는 건지 말해보시오.”

“좋아요.” 부인은 고개를 끄덕이며 운다. “말할게요.”

“우릴 도와주시오.”

부인은 고개를 가로저으며 계속 운다.

“우리를 도와주지 않을 거요?” 마리노는 의자에 몸을 기대며, 벽난로 앞에 서 있는 스카페타를 쳐다본다. “박사, 폴슨 부인이 우리를 돕지 않을 것 같군. 그자가 체포되길 원하지 않는 것 같소.”

“아니에요.” 폴슨 부인이 흐느끼며 말한다. “난… 몰라요. 그냥 보기만 했어요. 어느 날 밤, 집 밖으로 나갔을 때 울타리에서…. 스위티를 찾기 위해 울타리로 갔는데, 그 울타리 건너편 뜰에 남자가 있었어요.”

“그자의 집 뒤뜰 말이군.” 마리노가 말한다. “당신 집 울타리 맞은편에 있는 뜰.”

“그 사람이 울타리 뒤에 있었어요. 울타리 사이로 손을 집어넣어 스위티를 쓰다듬고 있었어요. 나는 그 사람한테 인사했어요. 안녕하세요. 맞아요, 그렇게 말했어요….” 부인은 가쁜 숨을 몰아쉰다. “빌어먹을. 그자가 그랬어요. 스위티를 쓰다듬고 있었어요.”

"그자는 당신에게 뭐라고 했소?" 마리노가 조용한 목소리로 묻는다. "그자가 뭐라고 했소?"

"그 사람이…." 부인의 목소리가 커졌다가 다시 잦아든다. "…스위티가 좋다고 했어요."

"그자가 어떻게 당신 애완견 이름을 안 거요?"

"그 사람은 스위티가 좋다고 말했어요."

"그자가 당신 애완견 이름이 스위티라는 걸 어떻게 안 거요?" 마리노가 묻는다.

부인은 바닥을 내려다보며 거칠게 숨을 몰아쉰다. 울음은 어느 정도 잦아들었다.

마리노가 말한다. "내가 생각하기에, 그자가 당신 애완견도 해친 것 같소. 왜냐하면 당신 애완견을 좋아했으니까. 그 뒤로 당신은 스위티를 보지 못했겠군. 그렇지 않소?"

"그 사람이 스위티를 빼앗아갔어요." 부인이 무릎 위에 올린 손을 움켜쥔다. 손마디가 핏기 없이 창백하다. "그자가 모든 것을 빼앗아갔어요."

"그자가 울타리 너머로 스위티를 쓰다듬었던 그날 밤, 당신은 무슨 생각을 했소? 거기 있는 남자를 어떻게 생각했소?"

"그 사람의 목소리는 크지 않고 저음이었어요. 친절하지도 불친절하지도 않은 느린 목소리. 그 사람에 대해 어떻게 생각했는지는 잘 모르겠어요."

"당신은 그자한테 아무 말도 하지 않았소?"

폴슨 부인은 무릎 위에 올린 주먹을 불끈 쥔 채 바닥을 내려다본다. "내 이름은 수지인데, 옆집에 사느냐고 물었던 것 같아요. 그 사람은 그 집에 잠깐 머무르는 거라고 대답했어요. 그게 전부예요. 나는 스위티를 안고 집으로 들어왔어요. 부엌문을 통해 들어오다 질리를 보았어요. 질리는 자기 방에서 창밖을 내다보고 있었어요. 내가 스위티를 안고 들어오는 걸 보고 있었죠. 내가 부엌문으로 들어가자마자, 질리가 달려와서 스위티를 데려갔어요. 질리는 스위티를 매우 좋아했어요." 부인은 입술을 꼭 깨문 채 바닥을 내려다본다. "그 애는 스위티가 없어졌을까봐 무척 걱정했어요."

"질리가 창밖을 내다볼 때 커튼이 열려 있었소?" 마리노가 묻는다.

폴슨 부인은 눈도 깜박이지 않은 채 바닥을 응시한다. 주먹을 너무 세게 쥐어서 손톱이 손바닥을 파고 들어갈 것 같다.

마리노가 벽난로 앞에 서 있는 스카페타를 쳐다보자 그녀가 말한다. "괜찮습니다, 폴슨 부인. 진정하시고 좀 더 마음을 편안히 가지도록 해 보세요. 그자가 울타리 너머로 스위티를 쓰다듬은 게 질리가 사망하기 얼마 전이죠?"

폴슨 부인은 눈물을 닦은 다음 눈을 감는다.

"며칠 전? 몇 주 전? 아니면 몇 달 전인가요?"

폴슨 부인은 눈을 뜨고 스카페타를 쳐다본다. "당신이 왜 다시 왔는지 모르겠군요. 내가 오지 말라고 했는데."

"이건 질리에 관한 문제예요." 스카페타는 폴슨 부인이 생각하고 싶지 않은 것에 생각을 집중하기를 바라며 말한다. "우린 당신이 울타리 너머로 보았던 남자에 대해 알아야 해요. 스위티를 쓰다듬었던 그 남자에 대해서요."

"내가 다시는 오지 말라고 했잖아요."

"내가 여기 있는 걸 원치 않으신다니 유감이네요." 스카페타는 벽난로 앞에 서서 조용한 목소리로 말한다. "당신은 그렇게 생각하지 않겠지만, 나는 지금 당신을 돕기 위해 애쓰고 있어요. 우리 모두 당신 딸에게 무슨 일이 있었는지 밝혀지길 바라요. 그리고 스위티한테도요."

"아니." 부인은 건조한 눈빛으로 스카페타를 이상하게 쳐다보며 말한다. "당신은 나가주세요." 마치 마리노는 나갈 필요가 없다는 듯한 말투다. 그녀는 심지어 자신에게서 1미터도 채 떨어져 있지 않은 소파 왼쪽 의자에 마리노가 앉아 있다는 사실조차 모르는 것 같다. "만약 이 집에서 나가지 않으면 경찰을 부르겠어요. 경찰에 신고하겠어요."

당신은 마리노와 단둘이 있고 싶은 거야. 스카페타는 생각한다. 게임은 현실보다 더 쉬우니까. 마리노하고 게임을 더 하고 싶은 거야. "경찰이 질리의 방에서 증거물을 가져갔던 것 기억해요?" 스카페타가 묻는다. "질리의 침구를 가져갔던 것 기억해요? 수많은 증거물들이 연구실로 보내졌어요."

"나는 당신이 여기 있는 게 싫어요." 부인은 소파에 앉아 꼼짝도 하지 않고 말한다. 그러곤 야해 보이는 예쁜 얼굴로 스카페타를 냉담하게 쳐다본다.

"연구원들이 증거를 찾고 있죠. 질리의 침구에 묻은 것, 질리의 파자마에 묻은 것, 당신의 집에서 가져간 모든 것을 검사하고 있어요. 그리고 질리의 시신도. 내가 그 애의 시신을 부검했죠." 스카페타는 예쁘면서도 천박해 보이는 폴슨 부인의 얼굴을 바라보며 계속한다. "하지만 연구원들은 개털을 찾아내지 못했어요. 한 올도."

폴슨 부인이 그녀를 노려본다. 얕은 갈색 물속에서 움직이는 작은 물고기처럼 그녀의 눈 속에서 어떤 생각이 떠오르는 듯하다.

"개털은 한 올도 나오지 않았어요. 바셋하운드 강아지 털은 전혀 나오지 않았다고요." 스카페타는 벽난로 앞에 서서 폴슨 부인을 내려다보며, 조용하면서도 분명한 목소리로 말한다. "스위티는 지금 없어요. 왜냐하면 아예 존재하지도 않았으니까. 이 집에는 원래부터 강아지가 없었다고요."

"저 여자한테 나가라고 말해요." 폴슨 부인은 마리노를 쳐다보지 않고 그에게 말한다. "이 집에서 나가게 해요." 마치 마리노가 자기 동지이거나 자기 남자인 것처럼 말한다. "당신네 의사들은 자기가 원하는 대로 사람을 다루죠." 그녀가 스카페타에게 말한다. "당신네 의사들은 자기가 원하는 대로 사람을 다뤄요."

"왜 강아지에 대해 거짓말을 했던 거요?" 마리노가 묻는다.

"스위티는 사라졌어요." 그녀가 대답한다. "사라진 거라고요."

"당신 집에 강아지가 있었는지는 곧 알게 되겠지." 마리노가 말한다.

"질리는 창밖을 자주 내다보기 시작했어요. 스위트 때문에, 스위티를 찾으려고. 창문을 열고 스위티를 불렀어요." 폴슨 부인은 주먹 쥔 손을 내려다보며 말한다.

"강아지는 원래부터 없었소. 안 그렇소, 수지?" 마리노가 묻는다.

"질리는 창문을 자주 여닫곤 했어요. 스위티 때문에. 스위티가 뜰에 있으면, 질리는 창문을 열고 큰 소리로 웃으며 불렀어요. 잠금 장치가 망가졌어요." 폴슨 부인이 천천히 손바닥을 펴면서, 손톱자국으로 생긴 초승달 모양의 상처를 내려다본다. 붉은 피가 초승달 모양으로 번져 나온다. "잠금 장치를 수리했어야 했는데." 그녀가 말한다.

44

다음 날 아침 10시, 루시는 잡지를 든 채 초조하고 착잡한 모습으로 대기실에서 서성거린다. 루시는 텔레비전 근처에 앉아 있는 헬리콥터 조종사가 약속 시간에 맞춰 서둘러 나가거나 긴급한 전화를 받고 나가길 바란다. 병원 건물 인근에 있는 그 집의 거실을 서성거리면서, 오래된 유리창 너머로 역사적인 배러 스트리트를 내다본다. 봄이 오기 전까지는 여행객들이 찰스턴에 몰려오지는 않을 것이다. 그래서인지 길거리에도 사람들이 별로 보이지 않는다.

15분 전, 루시가 초인종을 울리자 뚱뚱한 중년 여자가 그녀를 대기실로 안내해주었다. 현관문 바로 옆에 있는 대기실은 한때 화려했던 이 집 거실의 일부분인 것 같았다. 중년 여자는 연방항공국(FAA)의 서식을 주며 작성하라고 말한 다음, 윤기 나는 긴 계단 위로 올라갔다. 루시가 작성해야 할 서식은 커피 테이블 위에 그대로 놓여 있다. 루시는 서식을 작성하다 곧 그만둔 터였다. 테이블에서 다른 잡지를 꺼낼까 하다 그만둔다. 헬리콥터 조종사가 서식을 작성하며 이따금 그녀를 흘끔 쳐다본다.

"이런 말 한다고 기분 나쁘게 생각하지는 마세요." 조종사가 친절한 목소리로 말한다. "서식을 작성하지 않았다는 걸 알면 폴슨 박사가 좋아하지 않을 겁니다."

"그렇다면 당신은 요령을 알고 있겠군요." 루시는 자리에 앉으며 말한다. "난 서식을 작성하는 데 서툴거든요. 고등학교 때부터 그랬어요."

"나도 마찬가지였습니다." 헬리콥터 조종사가 루시의 말에 대꾸한다. 그는 짧게 자른 머리에 건장한 청년으로, 갈색 눈동자에 미간이 좁았다. 몇 분 전 자기소개를 했을 때, 주 방위군에서 블랙 호크(Black Hawk)를 몰고, 개인 회사에서 제트 레인저(Jet Ranger)를 몬다고 말했다. "지난번에 서식을 작성할 때 알레르기 칸 작성하는 걸 깜빡 잊어버렸어요. 알레르기 주사를 맞고 있었거든요. 주사 효과가 너무 좋아서 나한테 알레르기가 있다는 사실을 종종 잊어버리는데, 컴퓨터가 오류를 찾아냈죠."

"대단하군요." 루시가 말한다. "컴퓨터에 한 번 오류가 발생하면 몇 달 동안 애를 먹죠."

"이번엔 예전 서식 복사본을 가져왔어요." 그가 접힌 노란색 종이를 들어 올리며 말한다. "서식을 채우는 답은 항상 동일합니다. 일종의 트릭이죠. 하지만 내가 당신 입장이라면 그 서식을 채울 겁니다. 서식을 채우지 않고 들어가면 그가 좋아하지 않을 테니까요."

"한 가지 실수를 해서요." 루시가 서식을 집으며 말한다. "도시 이름을 엉뚱한 칸에 썼거든요. 다시 작성해야 하는데."

"저런."

"아까 그 부인이 오면 서식을 한 부 더 달라고 해야겠어요."

"아주 오래전부터 이곳에 있던 여자죠." 헬리콥터 조종사가 말한다.

"그걸 어떻게 알아요?" 루시가 묻는다. "당신은 젊어 보이는데, 아주 오래전부터 이곳에서 일했던 사람인 걸 어떻게 알죠?"

남자는 이를 드러내고 웃으면서 희롱을 걸기 시작한다. "내가 비행을 얼마나 많이 했는지 알면 아마 깜짝 놀랄 겁니다. 이 지역에서는 거의 보지 못했는데, 주로 어디에서 비행을 하시죠? 당신이 입은 비행복은 군용처럼 보이지 않는데."

루시가 입은 검은색 비행복은 한쪽 어깨에 미국 국기가 달려 있고, 다른 쪽 어깨에는 특이한 패치가 달려 있다. 푸른색과 황금색의 패치는 루시가 직접 디자인한 것으로, 독수리 주위를 별이 둘러싸고 있는 모양이다. 오늘 루시가 단 가죽 이름표에는 'P. W. 윈스턴'이라는 이름이 적혀 있다. 나일론 소재 이름표는 붙였다 뗐다 할 수 있기 때문에 필요할 때마다 바꿔 달 수 있다. 그녀는 어디에서 무엇을 하는지에 따라 이름이 달라지곤 한다. 루시의 친아버지가 쿠바 출신이기 때문에 굳이 꾸미지 않더라도 히스패닉이나 이탈리아 또는 포르투갈계처럼 보였다. 오늘 루시는 사우스캐롤라이나 주 찰스턴에 있고, 일반적인 미국 억양에 비해 약간 다정하게 들리는 남부 악센트가 있는 예쁜 백인 여자 행세를 하고 있다.

"파트 91에서 주로 비행합니다." 루시가 말한다. "내가 모시는 보스는 4-30기종을 소유하고 있죠."

"정말 운이 좋은 남자군요." 헬리콥터 조종사는 감탄한 모습으로 말한다. "정말 부유한 사람이네요. 4-30기종은 정말 대단하죠. 비행해보니 어떻던가요? 그 기종에 익숙해지는 데 얼마나 걸렸습니까?"

"아주 멋져요." 루시는 그가 더 이상 말을 걸지 않았으면 좋겠다. 헬리콥터에 대해서는 하루 종일 이야기를 나눌 수 있지만, 지금은 어떻게

든 프랭크 폴슨의 집에 비밀 송신 장치를 설치해야 했기 때문이다.

루시를 대기실로 안내해준 뚱뚱한 여자가 다시 나타나더니, 헬리콥터 조종사에게 따라오라고 말한다. 그리고 서식을 다 채웠는지, 정확하게 작성했는지 확인한다.

"혹시 머큐리 항공사에 올 일이 있으면, 주차장 근처 격납고에 사무실이 있으니 찾아오세요. 그곳에 할리 오토바이를 세워두거든요." 그가 루시에게 말한다.

"나와 오토바이 취향이 비슷하네요." 루시는 의자에 앉은 채 그에게 말한다. 그리고 안내 데스크 여자에게 말한다. "서식 작성을 하다 망쳤는데, 새 것 하나만 더 주세요."

여자가 의심스러운 눈길로 루시를 쳐다본다. "잘못된 서식은 버리지 마세요. 일련번호가 잘못될 수도 있으니까요."

"네, 그러죠. 여기, 테이블 위에 있습니다." 루시는 이어서 남자 조종사에게 말한다. "최근 스포스터(Sportster)를 V-로드(Rod)로 바꾸었어요. 아직 비행할 만했는데 말이죠."

"대단하네요! 4-30기에 V-로드까지! 내가 꿈꾸는 삶을 살고 있군요." 그가 부러운 눈으로 루시를 쳐다보며 말한다.

"당신도 언젠가는 몰게 되겠죠. 고양이 문제도 행운을 빌어요."

남자 조종사는 소리 내어 웃는다. 그가 계단을 올라가면서 웃음기 없는 뚱뚱한 여자에게 말하는 소리가 들린다. 그는 아내가 처녀 시절부터 키우던 고양이를 워낙 좋아해서 결혼 이후에도 침대에 같이 재우는데, 그 때문에 종종 발진이 생긴다고 여자에게 설명했다. 루시는 계단 아래에서 1분 정도 꼼짝도 하지 않았다. 그 여자가 서식을 가지고 대기실로 돌아오려면 꽤 오랜 시간이 걸릴 것이다. 루시는 면장갑을 끼고 재빨리 대기실 모퉁이로 가서, 잡지에 남긴 지문을 모두 지운다.

첫 번째로 설치한 도청기는 담배꽁초만 한 크기였다. 그녀는 무선 마이크가 달리고 방수 기능이 있는, 평범해 보이는 초록색 플라스틱 튜브 안에 그것을 끼워 넣는다. 대부분의 도청기는 다른 물건처럼 보이도록 위장을 해야 하지만, 종종 평범하게 보여야 할 경우도 있다. 루시는 그 초록색 튜브를 커피 테이블 위에 놓인, 잎사귀 무성한 밝은 색 화분 안에 설치한다. 그리고 재빨리 주방으로 가서 식탁 위에 놓인 초록색 화분에 다른 도청기를 설치한다. 바로 그때, 계단을 내려오는 여자 발소리가 들린다.

45

벤턴은 별장의 3층 침실을 서재로 사용하고 있다. 그는 책상에 놓인 컴퓨터 앞에 앉아 루시가 몰래카메라를 작동시키기를 기다린다. 펜처럼 생긴 몰래카메라는 무선 호출기같이 생긴 셀 회로에 연결되어 있다. 루시는 이미 샤프펜슬처럼 보이는 고감도 음성 전송기를 설치했을 것이다. 책상 위 컴퓨터 오른쪽에 놓인 서류가방에는 모듈 음성 인지 모니터 시스템이 내장되어 있다. 서류가방은 열려 있고, 안에 든 테이프 녹음기와 리시버도 준비 상태다.

찰스턴은 지금 오전 10시 28분. 아스펜보다 두 시간이 빠르다. 벤턴은 헤드폰을 낀 채 책상 앞에 앉아 초조하게 컴퓨터의 검은 화면을 바라본다. 거의 한 시간 전부터 계속 기다렸다. 루시는 어제 밤늦게 찰스턴에 도착하자마자 벤턴에게 전화를 걸어 예약을 끝냈다고 말했다. 폴슨 박사는 너무 바쁘다고 했다. 그래서 루시는 전화를 받은 여자에게 자신이 무척 급하다고 말했다. 이틀 후면 의료증명서 만기가 끝나기 때

413

문에 당장 신체검사를 받아야 한다고 했다. 폴슨 박사 사무실에서 일하는 여자는 왜 만기가 끝날 때까지 그냥 있었는지 궁금한 모양이었다.

루시는 자기가 꾸민 연극을 벤턴에게 자랑스럽다는 듯 설명했다. 루시는 말을 더듬으며 겁먹은 목소리로 말했다. 헬리콥터 주인이 계속 나를 데리고 다니며 비행하는 바람에 신체검사를 받을 틈이 없었어요. 그리고 물론 개인적인 문제도 있었다고 말했다. 만약 제때 신체검사를 받지 못하면 불법 비행을 하는 것이기 때문에 해고될 수도 있어요. 루시는 자신이 가장 두려워하는 게 바로 해고당하는 것이라고 말했다. 마침내 그 여자는 루시의 부탁을 들어주었다. 그녀는 폴슨 박사와 연락하더니, 다음 날 아침 10시로 약속을 잡았다. 그리고 지금이 바로 그 시간이다. 폴슨 박사는 루시의 곤궁한 처지를 알고 선약을 취소했다. 그녀에게 호의를 베풀어준 셈이다.

지금까지는 모든 게 계획한 대로 잘 진행되고 있다. 루시는 예약을 잡았고, 지금쯤 비행 외과 의사의 병원에 와 있을 것이다. 벤턴이 책상에 앉아 창밖을 내다보자, 30분 전보다 더 많은 눈이 내리고 있다. 어젯밤 어두워질 무렵부터 내리기 시작하더니, 밤새 눈이 내렸다. 그는 이제 눈이 지겹다. 그의 별장이 지겹다. 그리고 아스펜이 지겹다. 헨리가 그의 삶에 개입한 이후부터 모든 것이 지겨워졌다.

헨리 월든은 반사회적 이상성격자이자 나르시시스트이자 스토커다. 벤턴에게 월든은 시간 낭비다. 사고 후 스트레스에 대해 상담을 해주었지만 아무런 소용도 없었다. 헨리 때문에 큰 피해를 입은 루시에게 화가 나기도 했고, 한편으로는 안타까운 마음이 들기도 했다. 헨리는 루시를 유혹했을 뿐만 아니라 이용했다. 헨리는 자신이 원하는 것을 얻었다. 하지만 플로리다에 있는 루시의 저택에서 습격당한 일은 계획에 포함되어 있지 않았을 것이다. 그것뿐 아니라 자신이 계획하지 않은 많은 사건들이 일어났을지도 모른다. 어쨌든 헨리는 루시에게서 원하던 것을 얻어냈다. 그리고 이제 벤턴을 우롱하고 있다. 그는 여배우로서 실패하고 수사 요원으로서도 실패한 헨리라는 이름의 여자에게 우롱당하기 위해 스카페타와 함께 아스펜에서 보내려던 휴가를 양보했다는 사실에 화가 났다. 그는 스카페타와 함께 보낼 시간을 포기했다. 그 시간을 포기하지 않을 수 없었다. 어쨌든 그랬다. 상황은 이미 좋지 않았다. 그들의 관계가 이렇게 끝날지도 모른다. 하지만 벤턴은 스카페타를 탓할 수 없다. 두 사람 사이가 끝날 거라는 생각은 견디기 어렵지만, 그녀를 탓할 수는 없다.

벤턴은 경찰이 사용하는 소형 무전기처럼 생긴 전송기를 들어 올린다. "내 말 들려?" 그는 루시에게 말한다.

만약 루시가 그 소리를 듣지 못한다면, 귀 안에 꽂은 무선 수신기를 통한 전송도 받지 못할 것이다. 귀 안에 꽂은 수신기는 사람들의 눈에 띄지 않는다. 물론, 폴슨 박사가 귀를 검사하는 동안에는 수신기를 빼야 하므로 재빠르고 기민하게 대처해야 할 것이다. 일반 수신기는 유용하지만 위험이 따른다고 벤턴은 루시에게 경고했다. 네가 내 말을 들을 수 있으면 좋겠어. 내가 너한테 신호를 보낼 수 있으면 굉장히 도움이 될 거야. 하지만 그러려면 위험이 따르지. 의사가 신체검사를 하다 수신기를 찾아낼 수도 있으니까. 그러자 루시는 신호를 받고 싶지 않다고 말했다. 하지만 벤턴도 고집을 꺾지 않았다.

"루시? 내 말 들리니?" 벤턴은 다시 말한다. "네 모습도 보이지 않고 목소리도 들리지 않아서 확인하는 거야."

그때 갑자기 비디오 화면이 작동한다. 그는 컴퓨터 화면에 나타난 이미지를 유심히 쳐다본다. 루시의 발소리가 들린다. 그녀가 계단을 올라가자 나무 계단이 아래위로 움직인다. 헤드폰에서는 루시의 발소리와 숨소리가 들린다.

"네 모습도 선명하고 소리도 잘 들려." 벤턴은 전송기를 입 가까이 대고 말한다. 목소리와 비디오 화면과 녹음기 라이트가 준비 상태에서 작동 상태로 바뀐다.

루시의 주먹이 화면에 나타나더니 문을 노크하는 소리가 크고 선명하게 들린다. 벤턴은 책상에 앉아 화면을 주시한다. 문 열리는 소리가 들리고 화면에 흰 가운이 나타난다. 이어서 남자의 목이 보이고, 무뚝뚝하게 인사하는 폴슨 박사의 얼굴이 보인다. 박사가 몸을 약간 뒤로 빼면서 루시에게 자리에 앉으라고 말한다. 루시가 움직이자, 펜 카메라에 잡힌 작은 검사실과 흰 종이를 간 진료대가 화면에 나타난다.

"이건 첫 번째 작성한 서식이고, 이건 두 번째 다시 작성한 서식이에요." 루시가 서식을 건네며 말한다. "죄송합니다. 저 때문에 차질이 생기지 않기를 바랍니다. 제가 서식 작성에 서툴러서요. 고등학교 때도 그랬죠." 루시가 요란하게 웃으며 말한다. 폴슨 박사는 두 개의 서식을 꼼꼼하게 살핀다.

"크고 선명해." 벤턴은 송신기에 대고 말한다.

루시가 손을 펜 카메라 앞에 대자 컴퓨터 화면에 그 손이 나타난다. 귀에 낀 작은 수신기를 통해 벤턴의 목소리를 듣고 있음을 알리는 신호다.

"대학은 다녔습니까?" 폴슨 박사가 루시에게 묻는다.

"아뇨. 가고 싶었지만…."

"안됐군요." 박사가 웃음기 없는 얼굴로 말한다. 작은 무테안경을 낀 그는 매우 매력적인 남자로 보인다. 그가 잘생겼다고 말하는 사람도 더러 있을 것 같다. 키는 루시보다 약간 더 컸다. 벤턴이 화면으로 보기엔 180센티미터에서 185센티미터 정도에 마르고 건장한 것 같다. 루시의 비행복 앞주머니에 있는 펜 카메라에 잡힌 모습은 그랬다.

"헬리콥터를 조종하기 위해서 대학을 갈 필요는 없죠." 루시는 확신 없는 목소리로 말한다. 삶에 확신이 없고, 소심한 사람을 훌륭하게 연기한다.

"비서 말에 따르면, 개인적인 문제가 있다고요?" 폴슨 박사는 여전히 서식을 훑어보며 말한다.

"네, 약간요."

"어떤 건지 말해봐요." 그가 말한다.

"남자친구 문제예요." 루시는 불안하고 수줍게 말한다. "결혼하기로 했는데 잘되지 않았어요. 제 스케줄 때문에요. 여섯 달이면 다섯 달은 비행을 하니까요."

"남자친구가 그걸 견디지 못하고 헤어진 거군요." 폴슨 박사는 컴퓨터가 놓인 책상에 서류를 놓으며 말한다. 루시는 몸을 움직여 펜으로 위장한 비디오카메라로 그의 모습을 능숙하게 찍고 있다.

"좋아." 벤턴은 잠긴 문을 쳐다보면서 말한다. 산책을 나간 헨리가 언제 들어올지 모르기 때문에 벤턴은 문단속을 해두었다. 그녀에게 출입 불가능한 지역은 아무 데도 없으니까.

"우린 헤어졌어요." 루시가 대답한다. "난 괜찮아요. 하지만 다른 건… 스트레스가 심하지만 견딜 만해요."

"신체검사를 막바지까지 미룬 것도 그 때문입니까?" 폴슨이 루시에게 가까이 다가가며 묻는다.

"그런 것 같아요."

"그건 현명한 행동이 아닙니다. 신체검사를 받지 않으면 비행을 할 수 없죠. 비행 외과 의사는 전국적으로 주재해 있고, 당신은 미리 신경을 써야 했습니다. 오늘 신체검사를 받지 못했다면 어떻게 됐겠습니까? 오늘은 급히 친구 아들만 진찰해주고 나머지 시간은 쉬기로 했는데, 당신 사정을 듣고 예약을 한 겁니다. 내가 거절했다면 어떻게 됐겠습니까? 서식에 적힌 날짜가 정확하다면, 당신의 신체검사 유효 기간은 내일 끝나는군요."

"맞아요, 선생님. 막바지까지 기다린 게 어리석었다는 건 알고 있습니다. 선생님께 얼마나 감사한지 모르겠어요…."

"나는 시간이 촉박한 사람입니다. 그러니 얼른 검사를 마치고 나가기 바랍니다." 박사가 혈압측정기를 꺼내더니 루시에게 소매를 걷어 올리라고 말한다. 그리고 루시의 팔뚝 윗부분에 가압대를 감고 공기를 주입하기 시작한다. "힘이 세군요. 운동을 많이 합니까?"

"그러려고 노력해요." 루시는 떨리는 목소리로 말한다. 1600킬로미터 떨어진 콜로라도 주 아스펜에서 컴퓨터로 그 모습을 지켜보는 벤턴은 긴장감을 느낀다. 얼굴 표정도 바뀌지 않고 심지어 눈빛을 반짝이거나 입술을 꼭 다물지도 않았지만, 그 역시 루시만큼 긴장한다.

"그가 널 만지고 있어." 벤턴이 테이프 리코더로 전송한다. "널 만지기 시작했다고."

"네." 루시가 대답한다. 폴슨 박사에게가 아니라 벤턴에게. 그녀는 카메라 렌즈 앞으로 손을 가볍게 내밀면서 덧붙인다. "네, 운동을 많이 해요."

46

"130에 80." 폴슨이 가압대를 풀면서 말한다. "보통 이렇게 혈압이 높습니까?"

"아뇨, 전혀." 루시는 충격을 받은 것처럼 말한다. "정말 그렇게 높게 나왔어요? 대개는 혈압이 너무 낮아서 110에 70이었는데."

"긴장됩니까?"

"병원에 오는 걸 싫어해서요." 루시가 말한다. 진료대에 앉은 그녀는 박사와 눈높이를 맞추기 위해 몸을 약간 뒤로 젖힌다. 폴슨이 자신에게 말을 하고, 겁을 주고, 마음대로 조종하려는 모습을 벤턴에게 그대로 보여줘야 한다. "약간 긴장되는 것 같아요."

폴슨이 루시의 목 윗부분에 손을 갖다 댄다. 루시의 귀 아랫부분을 만지는 그의 손이 따뜻하고 건조하다. 머리카락이 귀를 덮고 있기 때문에, 폴슨은 루시의 귓속에 숨겨진 수신기를 보지 못할 것이다. 그가 루시에게 긴장을 풀라고 말하면서, 림프선을 천천히 만진다. 루시는 허리를 펴고 앉은 자세로 계속 긴장 상태를 유지하기 위해 애쓴다. 맥박이 빨리 뛰고 있다는 것을 그도 알아차릴 것이다.

"긴장 푸세요." 폴슨이 루시의 갑상선에 손을 갖다 대며 말한다. 신체검사에 대해서는 모든 것을 알고 있다는 생각이 루시의 머리를 스친다. 어린 시절 케이 이모에게 신체검사에 대해 물어봤지만 만족스러운 답을 듣지는 못했다. 하지만 나중에 의사들이 왜 환자를 만지고 관찰하는지 알게 되었다.

폴슨이 루시의 림프선에 다시 손을 갖다 대며 좀 더 가까이 다가온다. 머리 위에서 그의 숨소리가 가볍게 느껴진다.

"가운밖에 입지 않았군." 벤턴의 목소리가 루시의 왼쪽 귀에 선명하게 들린다.

하지만 지금 내가 할 수 있는 건 아무것도 없어. 루시는 마음속으로 생각한다.

"최근에 피곤하다거나 몸이 좋지 않다고 느낀 적 없습니까?" 폴슨은 분명하면서도 약간 위협적인 어조로 묻는다.

"아뇨. 하지만 비행을 너무 많이 했으니 약간 피곤할 수도 있죠." 루시는 겁을 먹은 것처럼 연기하면서 말을 더듬는다. 폴슨이 그녀의 무릎을 약간 누른다. 이어서 반대편 무릎도 누르지만, 불행하게도 카메라에는 그 모습이 포착되지 않는다.

"죄송한데, 화장실에 좀 다녀올게요." 루시가 말한다. "금방 돌아올게요."

폴슨은 뒤로 물러선다. 갑자기 정신이 번쩍 든 듯 루시에게 다녀오라고 말한다. 루시가 자리에서 일어나 재빨리 출입문으로 걸어가는 동안, 그는 컴퓨터 쪽으로 가서 루시가 올바르게 작성한 서식을 들어 올린다. "세면대에 놓인 비닐봉투 안에 컵이 들어 있습니다." 그가 진료실을 나가는 루시에게 말한다. "거기다 소변을 받으세요."

"네, 알겠습니다."

"끝마치고 변기 위에 두면 됩니다."

그러나 루시는 화장실을 사용하지 않고 변기 물만 내리면서, 벤턴에게 미안하다고 말한다. 그녀가 귀에 꽂은 수신기를 빼 주머니에 넣으면서 한 말은 그게 전부였다. 소변을 받아 변기 위에 올려두지도 않았다. 자신의 어떤 생물학적인 자료도 남길 생각이 없기 때문이다. 자신의 DNA가 데이터베이스에 기록되어 있지는 않겠지만, 그렇지 않다고 단정할 수도 없다. 루시는 자신의 DNA와 지문이 국내외 데이터베이스에 수록되지 않도록 수년 동안 엄격하게 관리해왔다. 그럼에도 그녀는 항상 최악의 시나리오를 대비하는 버릇이 몸에 배어 있었다. 병원에 들어온 이후, 루시는 자신이 전직 FBI 요원이자 전직 ATF 요원인 루시 파리넬리임을 확인해줄 지문은 하나도 남기지 않았다.

루시는 최악의 시나리오를 기대하면서 검사실로 돌아간다. 순간, 맥박도 빨라진다.

"림프선이 약간 부은 것 같습니다." 폴슨 박사가 말한다. 루시는 그가 거짓말을 하고 있음을 안다. "마지막으로 병원에 갔던 게 언제입니까? 병원에 가는 걸 좋아하지 않는다고 했으니, 한동안 신체검사를 받지 않았겠군요. 혈액 검사도 받지 않았겠죠?"

"림프선이 부었다고요?" 루시는 그의 예상대로 겁에 질린 모습을 보여준다.

"최근엔 몸 상태가 괜찮았습니까? 고열이나 피로감 같은 증상을 느끼지 않았습니까?" 그가 또다시 루시 가까이 오며 왼쪽 귀에 검이경(otoscope, 檢耳鏡)을 집어넣는다. 그의 얼굴이 루시의 뺨 가까이 다가온다.

"아픈 적은 없었어요." 루시가 대답한다. 그는 검이경을 루시의 오른쪽 귀로 움직이며 상태를 확인한다.

그가 검이경을 내려놓은 다음, 안구를 관찰하기 위해 검안경(ophthalmoscope, 檢眼鏡)을 들어 올린다. 그리고 불과 몇 센티미터 떨어진 거리에서 루시의 눈을 들여다보며 청진기를 집어 든다. 루시는 두렵다기보다 화가 난다. 하지만 두려운 척 연기를 한다. 사실, 검사실 구석에 앉아 있는 루시는 전혀 두렵지 않다.

"비행복 지퍼를 허리까지 내려요." 그는 여전히 딱딱한 어조로 말한다.

루시는 그를 쳐다보다 잠시 후 말한다. "미안하지만 화장실에 좀 다시 가야겠어요."

"그렇게 해요." 그는 초조한 목소리로 말한다. "하지만 진료 시간이 늦어지고 있습니다."

루시는 서둘러 화장실에 갔다가 1분도 채 지나지 않아 물을 내리고, 다시 귀에 수신기를 꽂고 돌아온다.

"죄송합니다." 루시가 말한다. "여기 오기 전에 다이어트 코크를 많이 마신 게 실수였던 것 같네요."

"비행복 지퍼를 내려요." 폴슨이 루시에게 명령조로 말한다.

루시는 망설인다. 지금부터가 어려운 도전이다. 하지만 그녀는 어떻게 해야 하는지 알고 있다. 루시는 비행복 지퍼를 허리까지 내리면서, 펜 카메라의 위치를 조정한다. 비행복 안에 테이프로 고정한 와이어의 각도가 올바르게 잡히도록 조작한다.

"수직으로 잡히지 않았어." 벤턴의 목소리가 귀에 들린다. "10도 정도 더 내려봐."

루시는 비행복 허리 주위를 솜씨 좋게 조절한다. 폴슨 박사가 말한다. "스포츠 브라도 벗어요."

"브라도 벗어야 하나요?" 루시는 겁에 질린 목소리로 말한다. "예전에는 그러지 않았는데…."

"윈스턴 양, 시간 없으니 얼른 벗어요." 그가 청진기를 귀에 꽂고 가까이 다가오면서 심장 박동 소리에 귀를 기울인다. 루시는 진료대에 얼어붙은 것처럼 꼼짝도 하지 않고 앉아서 스포츠 브라를 위로 당겨 올린다.

그가 한쪽 가슴 그리고 다른 쪽 가슴 밑에 청진기를 갖다 댄다. 루시는 조용히 앉아 있다. 루시의 숨이 거칠어지고 심장 박동이 빨라진다. 두려운 게 아니라 화가 나서 그런 것이다. 하지만 폴슨은 루시가 두려워서 그런 거라고 생각한다. 루시는 벤턴이 어떤 화면을 보고 있을지 궁금하다. 폴슨은 아무 관심도 없는 척하며 몸을 만지고, 루시는 비행복 허리 주위를 만지며 펜 카메라를 조절한다.

"오른쪽 아래로 10도 정도." 벤턴이 루시에게 지시한다.

루시가 능숙하게 펜 카메라를 조절하는 동안, 폴슨은 몸을 앞으로 기대며 청진기를 등 쪽으로 가져간다. "숨을 깊게 내쉬어요." 그가 말한다. 그리고 한 손으로는 루시의 몸을 누른 채 다른 한 손으로는 그녀의 몸을 만지면서 진찰한다. "혹시 상처 자국이나 태어나면서부터 있는 반점 같은 거 있습니까?" 그녀의 등에 손을 올린 채 묻는다.

"아뇨, 없어요." 루시가 대답한다.

"아마 있을 겁니다. 맹장 수술이나 절제 수술 자국 같은 것도 없습니까?"

"없어요."

"그걸로 충분해." 벤턴의 목소리가 귀에 들린다. 그의 차분한 어조에 분노가 묻어 있다.

그러나 이걸로는 충분하지 않다.

"이제 자리에서 일어나 한 발로 서봐요." 폴슨 박사가 말한다.

"옷 입어도 될까요?"

"아니, 아직."

"그걸로 충분해." 벤턴의 목소리가 다시 루시의 귀에 들린다.

"자리에서 일어나요." 폴슨이 명령조로 말한다.

루시는 진료대에 앉아 비행복을 위로 올린 다음, 팔을 소매에 넣고 지퍼를 올린다. 그러나 시간이 없어 브라 후크를 잠그지 못했다. 루시는 그를 노려본다. 불안에 떨고 두려워하던 그녀가 연기를 멈추자, 그 역시 갑작스러운 변화를 알아차린다. 루시는 진료대에서 일어나 그에게 가까이 다가간다.

"자리에 앉아요." 루시가 그에게 말한다.

"지금 뭐 하는 거야?" 박사가 깜짝 놀라며 묻는다.

"자리에 앉아!"

하지만 그는 루시를 노려보며 꼼짝도 하지 않는다. 그녀와 마주쳤던 모든 얼간이가 그랬듯이 그 역시 겁을 먹은 표정이다. 더 겁을 주기 위해 가까이 다가간 루시는 가슴 주머니에서 펜 카메라를 꺼내고 연결된 와이어를 보여준다. "주파수 테스트." 루시가 벤턴에게 말한다. 루시가 아래층 대기실과 주방에 전송기를 몰래 설치해뒀기 때문에 벤턴은 주파수를 확인할 수 있다.

"잘 들려." 벤턴의 목소리가 들린다.

루시는 생각한다. 좋아, 이제 시작하자. "당신이 얼마나 골치 아픈 상황에 처해 있는지 알고 싶지 않을 거야." 루시가 폴슨에게 말한다. "지금 실제 상황을 누가 듣고 또 보고 있는지 알고 싶지도 않겠지. 자리에 앉아. 똑바로!" 루시가 펜 카메라를 다시 주머니에 넣자 감추어진 렌즈가 똑바로 그를 향한다.

그는 책상 앞에 놓인 의자를 꺼내 비틀거리며 자리에 앉는다. 그리고 하얗게 질린 얼굴로 루시를 쳐다본다. "당신 누구야? 지금 뭐 하는 거야?"

"빌어먹을 놈, 난 너를 만나게 될 운명이었어!" 루시는 분노를 억누르려고 애쓰며 말한다. 분노를 억누르는 것보다 겁먹은 것처럼 연기하는 게 오히려 더 쉽게 느껴졌다. "이런 더러운 짓을 네 딸하고도 한 거야? 질리하고도 한 거야? 이 더러운 놈아, 질리한테도 치근거렸어?"

그가 강렬한 눈빛으로 루시를 노려본다.

"내 말 잘 들어. 국토안보부에 신고할 거야."

"내 사무실에서 당장 나가!" 박사는 루시를 덮칠 태세다. 긴장된 근육과 눈빛을 보면 알 수 있다.

"괜히 허튼 수작 부리지 마." 루시가 경고한다. "내가 괜찮다고 말할 때까지 의자에서 꿈쩍할 생각도 하지 마. 질리를 마지막으로 본 게 언제였지?"

"도대체 무슨 소리를 하는 거야?"

"장미." 벤턴이 루시에게 신호를 보낸다.

"내가 묻는 말에나 대답해." 루시가 말한다. 마음 한편으로는, 벤턴에게도 똑같은 말을 하고 싶다. "당신의 전처가 이야기를 퍼뜨리고 있어. 국토안보부 끄나풀이니, 그 정도는 알고 있겠지?"

박사의 입술은 바짝 바르고, 크게 뜬 두 눈은 겁에 질려 있다.

"당신 전처는 당신 때문에 질리가 죽었다고 강력히 주장하고 있어. 그걸 알고 있나?"

"장미." 벤턴의 목소리가 다시 들린다.

"질리가 사망하기 얼마 전, 당신은 질리를 만나러 왔어. 당신이 질리에게 장미를 주었다는 걸 우린 알고 있어. 질리의 방에 있는 모든 증거물을 조사했으니까."

"그 방에 장미가 있었다고?" 폴슨이 루시에게 묻는다.

"그 친구가 자세히 설명하도록 유도해." 벤턴이 말한다.

"말해봐." 루시가 폴슨 박사에게 말한다. "장미는 어디서 구했지?"

"몰라. 당신이 무슨 소리를 하고 있는지 모르겠어."

"괜히 시간 낭비 하지 마."

"그러면 국토안보부에 알리지 않을 거요?"

루시는 소리 내어 웃으며 고개를 가로젓는다. "당신 같은 나쁜 사람은 처단을 해야. 당신이 지은 죄를 덮어둘 수 있다고 생각해? 정말 그래? 질리에 대해서 말해. 국토안보부 얘기는 차후에 하도록 하지."

"그거 꺼요." 박사가 펜 카메라를 가리키며 말한다.

"질리에 대해서 말하면 끄도록 하지."

그가 고개를 끄덕인다.

루시는 펜을 조작해 끄는 척한다. 그가 두려운 눈빛으로 루시를 바라본다. 그녀를 믿지 못하는 눈치다.

"장미에 대해서 얘기해봐." 루시는 벤턴의 지시대로 말한다.

"하느님께 맹세하건대, 장미에 대해서는 아무것도 모릅니다." 그가 대답한다. "나는 절대 질리를 해치지 않았습니다. 내 전처가 뭐라고 하던가요? 그 악덕한 여자가 뭐라고 하던가요?"

"물론 수잔나에게는 할 말이 많겠지." 루시는 그를 노려본다. "그 여자 말에 따르면, 질리가 죽은 건 당신 때문이래. 질리는 살해되었어."

"아닙니다! 절대 그렇지 않아요!"

"당신은 질리하고 군인 놀이를 했어, 그렇지? 질리에게 얼룩무늬 군복과 부츠를 신겼어, 그렇지? 당신은 성적으로 타락한 사람들을 집으로 끌어들여 더러운 게임을 했어, 그렇지?"

"이럴 수가…." 박사가 두 눈을 감은 채 신음 소리를 낸다. "나쁜 여자 같으니. 그건 우리 두 사람 일입니다."

"우리 두 사람?"

"수지와 나. 부부는 그럴 수도 있잖습니까."

"그리고 또 누가 있었지? 다른 사람들과 함께 그 게임을 했지?"

"내 집에서 했을 뿐입니다."

"정말 돼지보다 못한 인간이군." 루시는 위협적으로 말한다. "어린 딸 앞에서 그런 짓을 하다니!"

"FBI에서 나왔습니까?" 박사가 두 눈을 크게 뜨며 묻는다. 그 눈빛이 마치 상어의 그것처럼 증오로 가득 차 있다. "역시 그렇군. 언젠가 이런 일이 일어날 줄 알았소. 좀 더 조심했어야 했는데. 누군가가 나를 노리고 있어."

"FBI가 당신한테 내 옷을 벗기고 신체검사를 하게 유도했다?"

"나는 아무 상관없습니다."

"미안하지만 상관이 있는 것 같군." 루시는 빈정거리며 대답한다. "얼마나 상관이 있는지 곧 알게 될 거야. 난 FBI 요원이 아니야. 당신은 운이 억세게도 없는 것 같군."

"이게 다 질리와 관련된 거요?" 박사는 아까보다 덜 긴장한 모습이다. 참담한 표정을 지으며 거의 꼼짝도 하지 않는다. "나는 내 딸아이를 사랑했소. 분명히 말하지만, 지난 추수감사절 이후로 질리를 보지 못했소."

"강아지." 벤턴이 루시에게 신호를 보낸다. 순간, 루시는 귀에서 수신기를 빼내고 싶다.

"당신이 국토안보부 끄나풀이기 때문에 누군가가 당신 딸을 살해했다고 생각해?" 루시는 좀 더 조심스럽게 말할 수도 있지만, 어떻게든 결국은 그가 실토하도록 만들 것이다. "이봐, 괜히 상황을 더 악화시키지 말고 사실대로 말해!"

"누군가가 질리를 살해했다…." 박사가 루시의 말을 그대로 따라한다. "믿을 수 없습니다."

"믿어."

"그럴 리가 없어요."

"당신 집에 누가 게임을 하러 왔지? 에드거 앨런 포그 알아? 당신 집 뒤에 있는, 아네트 부인의 집에 살던 남자."

"아네트 부인은 압니다." 폴슨이 말한다. "우리 병원의 환자였거든요. 우울증을 앓았는데, 몹시 괴로워했습니다."

"이건 중요한 사안이야." 벤턴이 마치 루시가 모르는 것처럼 말한다. "그가 털어놓고 있으니 친구처럼 말을 들어줘."

"리치먼드에 있을 때 환자였다고?" 루시가 폴슨에게 묻는다. 친구가 되어주고 싶은 마음은 추호도 없지만, 목소리를 낮추고 관심을 보이는 척한다. "그게 언제였지?"

"언제였냐고요? 정말 오래전이에요. 리치먼드 집을 그 여자한테서 구입했습니다. 그 여자는 리치먼드에 집을 여러 채 소유하고 있었죠. 2000년에는 그 골목에 있는 모든 집을 소유할 정도로 부동산 부자였는데, 가족들 사이에 재산 분할 문제가 생겨 결국 집을 팔게 되었습니다. 그래서 내가 그 집을 구입했죠. 값을 조금 깎아주더군요."

"그 여자를 별로 좋아하지 않는 것처럼 들리는군." 루시는 마치 폴슨 박사와 친한 사이인 것처럼, 얼마 전까지만 해도 자신에게 치근거렸던 사람이 아닌 것처럼 말한다.

"그녀는 아무 때나 우리 집과 병원을 드나들곤 했습니다. 우울증 때문에 괴롭다며 항상 불만을 토로했습니다."

"그 여자는 어떻게 됐지?"

"오래전에 사망했습니다. 8년이나 10년 전쯤."

"왜 죽었지?" 루시가 묻는다. "사인은?"

"건강이 좋지 않았어요. 암에 걸렸습니다. 자택에서 사망했죠."

"더 자세하게." 벤턴이 말한다.

"자세히 알고 있어?" 루시가 말한다. "집에서 혼자 있을 때 죽었어? 장례식은 성대하게 치렀나?"

"그런 건 왜 물어보는 겁니까?" 폴슨 박사가 의자에 앉아 루시를 쳐다보며 묻는다. 그녀가 친절하게 대해주자 기분이 한결 나아진 듯하다.

"질리의 죽음과 연관되었을 수도 있으니까. 난 당신이 말하지 않은 것들에 대해 알고 있어. 내가 질문을 하지."

"조심해." 다시 벤턴의 목소리가 들린다. "계속 친밀하게 대해."

"좋아요, 물어보시죠." 폴슨 박사가 거만하게 말한다.

"그 여자의 장례식에 참석했나?"

"장례식을 치렀는지 기억나지 않습니다."

"장례식을 치렀을 게 분명해." 루시가 말한다.

"그 여자는 하느님을 증오하고, 하느님을 탓했습니다. 질병 때문에 심한 고통을 겪었고, 주변에 아무도 없었기 때문이죠. 당신도 그 여자에 대해 알면 이해할 겁니다. 아주 고약한 늙은이였죠. 의사들은 아무리 많은 돈을 준다 해도 그런 여자를 치료하고 싶지 않을 겁니다."

"집에서 죽었나? 암 때문에 고통받다 집에서 혼자 죽었나?" 루시가 묻는다. "그리고 호스피스의 도움은?"

"없었습니다."

"그렇게 부유한데, 아무런 의학적 도움도 받지 않고 집에서 혼자 죽었다고?"

"그런 셈입니다. 그런데 이 모든 게 도대체 무슨 상관입니까?" 박사가 검사실 내부를 둘러보며 말한다. 기민하고 더 대담해진 것 같다.

"상관이 있어. 잘 대처하고 있군. 아주 좋아." 루시는 그를 안심시킴과 동시에 위협한다. "아네트 부인의 진료 기록을 보고 싶으니, 보여줘. 컴퓨터에 있는 진료 기록을 보여달라고."

"그녀의 기록은 폐기했습니다. 사망했으니까요." 박사가 조롱하는 눈빛으로 루시를 쳐다본다. "그런데 재미있는 것은, 아네트 부인이 시신을 병원에 기증했다는 겁니다. 하느님을 증오하고 장례식을 원하지 않아서 그랬다고 들었습니다. 어떤 불쌍한 의대생이 그녀의 시신을 해부했겠죠. 그렇게 추하고 늙은 시신을 해부하게 될 의대생이 불쌍하다는 생각이 들었습니다." 박사는 좀 더 침착하고 확신에 찬 모습이다. 그가 자신감을 보일수록, 루시의 증오심은 담즙처럼 차오른다.

"강아지에 대해서 물어봐." 벤턴의 목소리가 루시의 귀에 들린다.

"질리가 키우던 강아지는 어떻게 됐지?" 루시가 폴슨 박사에게 묻는다. "당신 부인은 강아지가 없어진 게 당신하고 상관이 있다고 하던데."

"내 부인이 아니라 전처입니다." 그가 분명하게 말한다. 눈빛은 강렬하고 냉담하다. "그리고 그 여자는 개를 키운 적이 없습니다."

"그럼 스위티는?" 루시가 묻는다.

루시를 쳐다보는 그의 눈에서 뭔가가 스친다.

"스위티는 어디 있지?" 루시가 묻는다.

"스위티라는 애칭을 쓸 수 있는 사람은 나하고 질리뿐입니다." 박사가 능글맞게 웃으며 말한다.

"웃지 마." 루시가 경고한다. "이 상황에서 웃을 일은 아무것도 없으니까."

"수지는 나를 스위티라고 불렀습니다. 항상 그렇게 불렀습니다. 나는 질리를 스위티라고 불렀고."

"대답은 그걸로 충분해." 벤턴의 목소리가 들린다. "다음으로 넘어가."

"강아지는 없었습니다." 폴슨이 말한다. "그건 말도 안 되는 소리야." 박사는 대화에 몰입해 있다. 하지만 루시는 어떤 이야기가 이어질지 알고 있다. "당신, 도대체 누구야?" 그가 묻는다. "펜 카메라 이리 줘." 그러곤 의자에서 일어서며 말한다. "당신은 나를 고소하려는 멍청한 여자에 지나지 않아. 그렇지? 이런 일을 해서 돈을 받는 것 같은데, 이게 얼마나 어리석은 짓인지 알아? 나한테 펜 카메라를 줘."

루시는 팔을 아래로 내린 채 서 있다.

"나와." 벤턴의 목소리가 들린다. "지금 당장."

"여자 조종사 몇 명이 함께 일을 꾸민다고 해서 얼마나 벌겠어?" 폴슨이 루시 앞에 버티고 선다. 루시는 무슨 일이 일어날지 예상한다.

"나와." 벤턴이 힘주어 말한다. "끝났어."

"카메라를 원해?" 루시가 폴슨에게 묻는다. "녹음기를 원해?" 루시에게는 녹음기가 없다. 녹음기는 벤턴에게 있다. "정말 원해?"

"아무 일도 없었던 것처럼 덮어둘 수 있어." 폴슨이 웃음을 지으며 말한다. "그걸 나한테 줘. 당신은 원하는 정보를 얻었어, 안 그래? 그러니 모든 걸 없었던 것으로 하고, 그걸 나한테 넘겨줘."

루시는 벨트에 장착된 셀 회로를 가볍게 두드린다. 회로는 비행복 안에 있는 작은 구멍과 연결되어 있다. 그녀가 스위치를 눌러 회로를 끄자, 벤턴의 컴퓨터 화면에 아무것도 나타나지 않는다. 그는 듣고 말할 수는 있지만, 컴퓨터 화면에는 더 이상 아무것도 보이지 않는다.

"그러지 마." 벤턴의 목소리가 루시의 귀에 들린다. "당장 나와."

"스위티라니, 웃기는군." 루시가 폴슨을 조롱한다. "누군가가 당신을 스위티라고 부른다니, 상상이 안 돼. 정말 역겨워. 카메라하고 녹음기를 원한다면, 이리 와서 가져가시지."

폴슨이 루시에게 돌진하며 주먹을 휘두른다. 하지만 이내 신음 소리를 내며 바닥에 넘어지고 만다. 루시는 그 위에 올라타서, 오른쪽 무릎으로 그의 오른쪽 팔을 누르고 왼쪽 손으로 그의 왼쪽 팔을 누른다. 그런 다음 팔을 비틀며 힘껏 등을 압박한다.

"놔줘." 그가 소리친다. "아파 죽겠어!"

"루시! 안 돼!" 벤턴의 목소리가 들리지만, 루시는 듣지 않는다.

루시는 폴슨의 뒷머리를 움켜쥔 채 숨을 가쁘게 몰아쉰다. 분노가 솟구친다. 이어서 그의 머리카락을 움켜쥐고 머리를 잡아당긴다. "오늘, 즐거운 시간이었기를 바라, 스위티." 루시는 그의 머리를 계속 잡아당기며 말한다. "친딸한테까지 치근거리다니, 네 머리를 부숴도 속이 시원하지 않아. 변태 성욕자들이 섹스 게임을 하러 당신 집에 왔을 때, 그들을 그냥 내버려둔 거야? 작년 여름, 그 집에서 나오기 직전, 질리한테 치근거린 거야?" 루시는 그의 머리를 힘껏 바닥에 대고 누른다. "이 더러운 놈, 도대체 몇 사람이나 망친 거야?" 그의 머리를 힘껏 바닥에 박는다. 너무 세게 박아서 머리가 부서질 정도다. 그가 신음 소리를 내며 울먹인다.

"루시! 그만해!" 벤턴의 목소리가 루시의 귀에 날카롭게 들린다. "그만 나가!"

루시는 번쩍 정신이 든다. 순간, 자신이 무엇을 하고 있는지 알아차린다. 그를 죽여서는 안 된다. 절대 안 된다. 루시는 그에게서 떨어진다. 그리고 그의 머리를 발로 걷어차려다 이내 멈춘다. 숨을 가쁘게 몰아쉬고 땀을 뻘뻘 흘린다. 그를 발로 차 죽이고 싶다는 욕망이 밀려온다. 루시라면 얼마든지 그렇게 할 수 있다. "움직이지 마." 그녀는 으르렁거리며 그에게서 물러선다. 그를 얼마나 죽이고 싶은지 깨닫자, 심장 박동이 빨라진다. "움직이지 말고, 거기 그대로 누워 있어. 꼼짝도 하지 마!"

루시는 책상으로 가서 자신이 작성한 가짜 서류를 집어 든 다음, 문으로 가서 손잡이를 돌린다. 그는 얼굴을 바닥에 댄 채 누워 있다. 꼼짝도 하지 않는다. 코에서 흘러나온 피가 흰색 타일 위에 선명한 붉은색으로 번진다.

　"넌 이제 끝장이야." 루시는 문간에 서서 말한다. 뚱뚱한 비서가 어디 있는지 확인하기 위해 계단을 내려다본다. 하지만 아무도 보이지 않는다. 병원은 쥐 죽은 듯이 조용하다. 폴슨이 애초 계획했던 대로 병원 안엔 그들 두 사람뿐이다. "넌 끝장이야. 죽지 않은 걸 다행으로 알아." 루시는 그렇게 말하며 문을 닫고 나온다.

47

트레이닝캠프 안에 있는 좁은 통로를 따라서 다섯 명의 무장 요원이 들어온다. 그들은 부시넬 스코프(Bushnell scope)가 달린 베레타 스톰 9밀리 소총으로 무장했다. 플래시 불빛이 시멘트 지붕의 작은 벽토 집을 여러 방향에서 비추고 있다.

집은 낡아서 상태가 좋지 않고, 잡초가 무성하게 자란 안뜰에는 산타클로스 인형과 눈사람, 사탕 막대 등이 어지럽게 흩어져 있다. 야자수에는 색색의 조명등이 엉성하게 달려 있고, 집 안에서는 개 짖는 소리가 멈추지 않고 계속 들린다. 요원들은 멜빵에 소총을 메고 있기 때문에, 총부리가 약 40도가량 아래로 향하고 있다. 요원들은 검은색 옷만 입은 채 방탄조끼를 걸치지 않았는데, 현장을 급습할 때 방탄조끼를 입지 않는 경우는 거의 드물다.

루디는 벽토를 바른 집 안에서 조용히 기다린다. 테이블을 뒤집고 의자를 거꾸로 놓아 부엌으로 이어지는 좁은 통로를 막았다. 그는 얼룩무늬 군복 바지와 테니스화를 신고, AR-15로 무장했다. AR-15는 스톰처럼 가벼운 소총은 아니지만, 총열이 50센티미터에 이르고 상대방을 30미터까지 날려 보낼 수 있는 강력한 무기다. 문간에 있던 그는 싱크대 위의 깨진 창문 쪽으로 다가가 밖을 내다본다. 집에서 40미터 정도 떨어진 대형 쓰레기통 뒤에서 무언가 움직이는 게 보인다.

그는 AR-15를 싱크대 모퉁이에 대고, 총열을 창턱에 고정한다. 자신의 첫 번째 희생양이 쓰레기통 뒤에서 웅크리고 있는 모습이 보인다. 검은색 옷을 입은 몸의 일부가 드러난다. 루디가 방아쇠를 당기자 찰칵소리와 동시에 요원이 소리를 지른다. 이어서 다른 요원이 어딘가에서 나타나더니 야자수 뒤에 있는 쓰레기통으로 다가간다. 루디는 그를 겨누고 쏜다. 그 요원은 고함을 지르거나 어떤 소리도 내지 않는다. 루디는 창문에서 문간으로 옮겨가, 뒤집어진 테이블과 의자를 발로 걷어찬다. 그렇게 자신이 만든 장애물들을 차고 나와 집 정면으로 가서는 거실 창문을 부수고 총을 쏘기 시작한다. 5분도 채 지나지 않아서 다섯 명의 요원이 고무 총탄을 맞았다. 하지만 루디가 무전기로 그만하라고 명령할 때까지 계속 앞으로 전진한다.

"자네들은 아무 쓸모가 없어." 루디가 땀을 뻘뻘 흘리며 요원들에게 말한다. 그는 트레이닝캠프에서 가상 전투 용도로 사용하는 집 안에 있었다. "자네들은 모두 죽었어. 한 명도 빠짐없이 전부. 집합!"

루디가 현관 밖으로 나가자, 검은색 옷을 입은 요원들이 크리스마스 장식을 한 안뜰로 모여든다. 루디는 그들에게 믿음을 주어야 한다. 적어도 그들은 통증을 드러내지 않았다. 하지만 루디는 방탄조끼도 입지 않은 채 몸에 고무 총탄이 박히면 얼마나 아픈지 잘 알고 있다. 고무 총탄을 맞으면 고꾸라져서 마치 어린애처럼 울게 되지만, 이 신입 요원들은 비장한 표정으로 고통을 참고 있다. 루디는 작은 리모컨을 눌러 집 안에서 들리던 개 짖는 소리를 멎게 한다.

루디는 문간에 서서 요원들을 바라본다. 모두 숨을 거칠게 쉬며 땀을 뻘뻘 흘리고 있다. 자신들에게 화가 나 있는 듯하다. "어떻게 된 거지?" 루디가 묻는다. "답은 뻔해."

"우리가 망쳤습니다." 한 요원이 대답한다.

"이유는?" 루디는 AR-15를 밑으로 내린 채 묻는다. 굵은 땀방울이 그의 근육질 가슴과 검게 그을린 팔뚝으로 흘러내린다. "대답은 한 가지뿐이다. 자네들이 잘못해서 모두 죽은 것이다."

"대장님이 전투 소총을 가지고 있을 거라고는 예상 못했습니다. 권총을 갖고 있을 거라고 예상했습니다." 한 여성 요원이 얼굴에 떨어지는 땀을 소매로 닦으며 말한다. 그녀는 긴장감과 육체적으로 힘든 전투 훈련 때문에 숨을 거칠게 몰아쉬고 있다.

"절대 상황을 예상하지 마라." 루디가 요원들에게 말한다. "나는 완전 자동 기관총을 갖고 있을 수도 있다. 그리고 자네들은 치명적인 실수를 범했다. 예전에도 그 얘기를 한 적이 있으니, 무슨 말인지 알고 있을 것이다."

"우리가 대장님과 대적한 게 실수입니다." 한 요원이 말하자, 모두 웃음을 터뜨린다.

"의사소통을 잘못했다." 루디가 천천히 말한다. "앤드루." 그는 옷에 진흙이 묻은 한 요원에게 말한다. "내가 부엌 창문 뒤에서 총을 쏠 때, 자넨 왼쪽 어깨 방향으로 돌자마자 동료들에게 경고해야 했어. 그렇지 않나?"

"그렇습니다."

"왜 그렇게 하지 못했나?"

"한 번도 총에 맞아본 적이 없기 때문인 것 같습니다."

"많이 아팠지, 안 그런가?"

"심하게 아팠습니다."

"맞아. 자넨 총을 맞을 거라고 예상하지 못했던 거야."

"그렇습니다. 훈련을 하면서 총알에 맞을 거라고 말해준 사람은 아무도 없었습니다."

"그 때문에 우리는 이곳에서 전투 연습을 한 것이다." 루디가 말한다. "어떤 나쁜 일이 실제로 일어났을 때, 대부분 어떤 말도 듣지 못한 채 당하게 된다. 자네들은 고무 총탄에 맞아 죽을 듯이 아프고 나서야 비로소 조심하게 된 것이다. 그리고 자네들은 무전기로 동료들에게 경고를 하지 않았다. 그래서 모두가 죽게 된 것이다. 개가 짖는 소리 들었나?"

"네, 들었습니다." 몇몇 요원이 대답한다.

"개가 심하게 짖는 소리를 들었을 것이다." 루디가 급하게 말한다. "그 사실을 무전기를 켜고 동료들에게 알렸나? 개가 짖었다는 것은 집 안에 있는 놈이 자네들이 오고 있다는 걸 알고 있다는 뜻이다. 혹은 어떤 단서가 될 수도 있단 말이다."

"알겠습니다."

"이상." 루디는 그들을 해산시킨다. "그만 나가도록. 나는 이곳을 치우고 자네들 장례식을 준비해야 하니까."

루디는 집 안으로 들어가 문을 닫는다. 신입 요원들에게 말하는 동안, 그의 벨트에 장착한 무전기가 두 번 진동했다. 누구에게서 온 무전인지 확인했다. 두 번 모두 그의 컴퓨터 전문가에게서 온 것이었다. 루디는 그에게 전화를 건다.

"무슨 일이야?" 루디가 묻는다.

"프레드니손(Prednisone: 부신피질 호르몬제의 일종 – 옮긴이)이 곧 떨어질 것 같아. 26일 전 CVS에서 처방전을 받았어." 그가 루디에게 주소와 전화번호를 불러준다.

"문제는 그가 리치먼드에 있지 않을 것 같다는 거야." 루디가 대답한다. "이제 그가 다음번에는 어디에서 약을 구입할지 알아내야 해. 프레드니손이 떨어지면 몹시 힘들어하겠지."

"리치먼드에서는 매달 같은 약국에서 처방전을 제출하고 약을 받았으니, 아마 그 약을 계속 거기서 구입할 거야."

"그에게 처방전을 써준 의사는?"

"스탠리 필폿." 그는 루디에게 의사의 전화번호를 알려준다.

"사우스플로리다나 다른 곳에서 처방전을 받은 기록은 없어?"

"전국적으로 조사했지만 리치먼드뿐이었어. 아까도 말했지만, 닷새만 지나면 약이 떨어질 거고, 다른 통로를 통해 약을 구하지 않는 한 그를 찾을 수 있을 거야."

"수고했어." 루디는 부엌 냉장고를 열어 물병을 꺼내면서 말한다. "나도 계속 조사해볼게."

48

눈 덮인 거대한 산맥을 배경으로 날고 있는 자가용 제트기가 마치 장난감 비행기처럼 보인다. 점프슈트에 소음방지용 귀마개를 낀 보선공(linesman, 保線工)이 오렌지색 원뿔을 흔들며, 비치제트기(Beechjet)가 천천히 이동하도록 신호를 보낸다. 제트기의 터빈 엔진이 윙 소리를 낸다. 자가용 제트기 주차장 안에서 벤턴은 루시의 비행기가 도착하는 소리를 듣는다.

아스펜의 일요일 오후, 모피 코트를 걸치고 값비싼 여행 가방을 든 부유한 사람들이 커다란 벽난로 앞에서 커피나 따뜻한 사과 주스를 마시고 있다. 집으로 돌아갈 예정인 그들은 비행기가 연착된다며 불평하고 있었다. 예전에 자신들이 이용했던 일반 비행기에 대해서는 까맣게 잊은 것 같았다. 그들은 번쩍이는 금시계와 다이아몬드로 치장하고, 피부는 보기 좋을 정도로 햇볕에 그을어 아름다웠다. 어떤 사람들은 애완견을 데리고 여행을 했는데, 주인의 자가용 비행기처럼 견공들도 멋진

439

모습으로 훌륭하게 치장했다. 벤턴은 비치제트기의 문이 열리고 계단이 내려오는 걸 지켜본다. 루시가 가방을 든 채 머뭇거림 없이 계단을 내려오는 모습이 보인다. 운동으로 다져진 몸매가 우아하고 자신감이 넘친다. 그녀는 간섭할 권리가 없는 경우에도 자신이 가고 싶은 곳이면 어디든 갔다.

루시는 이곳에 올 권리가 없다. 그래서 벤턴은 루시에게 오지 말라고 말했다. 그녀의 전화가 왔을 때, 벤턴은 오지 말라고 분명히 말했다. 지금 당장은 안 된다고, 지금은 때가 아니라고 말했다.

물론 그들은 언쟁을 벌이지 않았다. 몇 시간 동안이고 언쟁을 할 수도 있지만, 감정적으로 흥분해서 오랫동안 같은 말만 반복하며 싸우는 것은 두 사람 모두의 기질에 맞지 않았다. 그들은 빠른 시간 내에 논쟁에 종지부를 찍곤 한다. 벤턴은 시간이 지날수록 자신과 루시 사이에 공통점이 많다는 것을 깨달으며 내심 즐거워해야 할지 어떨지 확신이 서지 않는다. 두 사람 사이의 공통점은 확실히 더 많아지고 있다. 시간이 지날수록. 쉼 없이 계속된 그의 분석에 의하면, 그 공통점은 자신과 케이와의 관계에서 비롯된 것이라고 할 수 있다. 스카페타는 조카 루시를 무조건적으로 사랑한다. 벤턴은 케이가 왜 자신을 똑같이 무조건적으로 사랑하는지 이해할 수가 없다. 하지만 이제 곧 그 이유를 깨닫게 될지도 모른다.

루시는 양손에 가방을 든 채, 어깨로 문을 밀고 안으로 들어온다. 벤턴을 보자 그녀는 깜짝 놀란다.

"내가 도와줄게." 벤턴은 루시의 가방을 받아들며 말한다.

"여기에서 보게 될 줄은 몰랐어요." 그녀가 말한다.

"그렇게 됐구나. 만났으니 잘해보자."

모피와 가죽으로 온몸을 두른 부자들은 루시와 벤턴이 불행한 커플이라고 생각할지도 모른다. 돈 많은 중년의 남자와 아름답고 젊은 애인 혹은 아내라고 생각할 것이다. 어떤 사람들은 루시가 그의 딸이라고 생각할지도 모른다는 생각이 문득 들었지만, 벤턴은 루시의 아버지처럼 행동하지 않는다. 그렇다고 루시의 애인인 것처럼 행동하지도 않는다. 굳이 내기를 걸고 선택하라면, 주변 사람들이 그들을 전형적인 부자 커플로 볼 거라는 생각이 들었다. 벤턴은 모피를 입거나 금시계를 끼거나 눈에 띄게 부유해 보이지는 않지만, 실제로는 매우 부자다. 벤턴은 조용하게 남의 눈에 띄지 않는 삶을 오랫동안 살아왔다.

"차를 렌트했어요." 시골 오두막집처럼 보이는 터미널을 빠져나가며 루시가 말한다. 터미널 안에는 가죽으로 만든 가구와 유럽의 미술품들이 전시되어 있다. 터미널 정면에는 청동으로 만든 커다랗고 사나워 보이는 독수리 조각상이 서 있다.

"그럼 렌터카 가져와." 벤턴이 그녀에게 말한다. 희미한 입김이 산뜻하고 차가운 공기에 서린다. "마룬벨즈에서 보자."

"뭐라고요?" 루시는 긴 코트에 카우보이모자를 쓴 안내원들을 못 본 척하며 발걸음을 멈춘다.

벤턴의 잘생긴 얼굴은 햇볕에 그을려 강인해 보인다. 그가 루시를 쳐다본다. 기분이 좋은 듯 처음에는 눈웃음을 짓더니 미소가 곧 입가로 번진다. 커다란 독수리 조각상 옆에 있는 차도에 서서, 그가 루시를 아래위로 훑어본다. 루시는 카고 바지에 스키 재킷을 입고 부츠를 신었다.

"차 안에 설상화가 있어." 그가 말한다.

벤턴은 루시를 바라본다. 그녀의 머리카락이 바람에 흩날린다. 지난번 봤을 때보다 머리가 길었다. 짙은 갈색 머리에 마치 불기운이 닿은 것처럼 붉은 기운이 돈다. 벤턴은 루시의 눈을 볼 때마다 마치 핵 원자로나 활화산을 들여다보는 것 같고, 그리스 신화의 이카로스가 태양을 향해 날아가며 보았을 법한 것을 보는 듯한 느낌이 들었다. 루시의 눈은 빛과 변덕스러운 기분에 따라 달라진다. 지금은 밝은 초록색 눈동자다. 반면, 케이의 눈동자는 푸른색이다. 케이의 눈빛도 강렬하지만, 느낌이 다르다. 눈동자의 다양한 음영이 더 미묘하고, 안개처럼 부드럽기도 하고, 금속처럼 차갑기도 하다. 지금 이 순간, 그녀가 그 어느 때보다 그립다. 루시를 보자니 잠시 잊고 있던 고통이 아프게 밀려온다.

"걸으면서 이야기하고 싶었는데." 그가 주차장으로 걸어가며 루시에게 말한다. 그는 항상 마음속 생각을 솔직하게 말한다. "우선 이야기부터 해야 해. 설상차를 빌려주는 마룬벨즈에서 만나자. 고도가 높아서 공기가 희박한데 괜찮겠니?"

"그 정도는 나도 잘 알아요." 루시는 등을 돌린 채 멀어져 가는 벤턴을 향해 말한다.

49

도로 양쪽에는 눈 쌓인 산맥이 펼쳐져 있고, 늦은 오후의 나지막한 그림자가 넓게 드리워져 있다. 오른쪽 산마루에서는 눈이 내린다. 로키 산맥에는 어둠이 일찍 찾아오기 때문에 오후 3시 반이 지나면 스키를 타거나 설상화를 신을 수 없다. 도로는 빙판길이고 공기는 살을 엔다.

"좀 더 일찍 돌아왔어야 하는데." 벤턴이 설상화 앞에 스키폴을 찍으면서 말한다. "우리 두 사람이 함께 가면 위험해. 둘 다 언제 그만두어야 할지 모르고 계속 탈 테니까."

벤턴은 네 번째 눈사태 경고문이 나올 때까지 타자고 제안했지만, 두 사람은 거기에 만족하지 못하고 마룬 호수 방향으로 계속 올라가다 호수가 보이기 불과 1킬로미터를 남기고 되돌아왔다. 너무 어두워지기 전에 내려와야 했기 때문이다. 게다가 춥고 배가 고팠다. 루시도 몹시 지친 상태였다. 루시는 인정하지 않겠지만, 벤턴이 보기엔 고도 때문에 힘들어하는 것 같았다. 속도도 많이 줄었고, 말을 하는 것도 쉽지가 않아 보였다.

두 사람은 설상화를 신고 마룬 크리크 로드(Maroon Creek Road)에
쌓인 눈을 밟고 지나간다. 들리는 것이라고는 눈을 밟고 지나가는 소
리와 바퀴 자국 난 눈길을 스키폴로 찍는 소리뿐이다. 두 사람 입에서
하얀 입김이 뿜어져 나온다. 루시는 종종 숨을 힘껏 들이마셨다가 내쉰
다. 그들은 헨리에 대해 이야기를 나누며 계속 가다 예정했던 것보다
더 먼 곳까지 가게 된 터였다.

"미안하구나." 벤턴이 말한다. 그가 신은 설상화의 알루미늄 프레임
이 눈을 밟을 때마다 사각사각 소리를 낸다. "좀 더 일찍 돌아왔어야 했
는데. 간식과 물도 떨어졌어."

"괜찮아요." 루시가 말한다. 일반적인 조건이라면, 그녀는 벤턴과 보
조를 맞출 수 있다. 아니, 그 이상이다. "저기, 날아가는 비행기 좀 보세
요. 난 아무것도 먹지 않은 채 달리기도 하고 자전거를 많이 타서 끄떡
없어요."

"여기 올 때마다 꼭 잊는다니까." 벤턴이 주변을 둘러보며 말한다. 오
른쪽 저 멀리 보이는 눈보라가 눈 쌓인 산봉우리에 내려앉는 듯싶더니
안개처럼 서서히 퍼진다. 산봉우리는 1.5킬로미터 정도 떨어져 있고,
고도는 30미터쯤 더 높을 것이다. 벤턴은 눈이 내리기 전에 차로 돌아
갈 수 있기를 바란다. 길은 찾기 쉽고 내리막밖에 없으니, 무사히 돌아
갈 수 있을 것이다.

"다음번에는 잊어버리지 않고 꼭 뭐든 챙겨 먹을 거예요." 루시가 거
친 숨을 몰아쉬며 말한다. "이곳에 도착하자마자 곧바로 설상화만 신
지 않으면 돼요."

"미안하구나." 벤턴이 말한다. "너한테도 한계가 있다는 걸 종종 잊어
버리곤 한단다."

"요즘은 한계를 자주 느껴요."

"그렇겠지." 그는 스키폴을 찍으며 앞으로 걸어간다. "하지만 내 말을 믿을 필요는 없어."

"아저씨 말 잘 들을게요."

"내 말을 듣지 않는다는 뜻이 아니야. 내 말을 믿지 않는다는 거지. 이번 경우에도 넌 내 말을 믿지 않았어."

"그럴지도 모르죠. 얼마나 더 가야 해요? 몇 번째 표지판을 지난 거예요?"

"안됐지만 아직 세 개밖에 지나지 않았어. 6킬로미터는 더 가야 해." 벤턴이 짙은 눈보라를 올려다보며 대답한다. 잠시 후, 눈보라가 아래로 움직이는가 싶더니, 산의 윗부분 절반이 눈보라 속으로 사라지고 바람이 몰아친다. "이곳에 온 뒤부터 계속 이래." 벤턴이 말한다. "거의 매일 눈이 오는데, 늦은 오후나 저녁에 시작해서 15센티미터 정도 쌓여. 너도 타깃이 되면 객관성을 유지할 수 없어. 우리가 추적하는 자들이 희생자를 객관화하는 것처럼, 우리는 그들을 객관화해야 해. 헨리에게 너는 하나의 대상이야. 인정하고 싶지 않겠지만 넌 희생자라고. 너를 만나기 전부터 그녀는 너를 객관화했어. 그녀는 너에게 매혹됐고 너를 소유하고 싶어 했어. 다른 방식이지만 포그도 너를 객관화했고. 그자가 너를 객관화한 이유는 헨리가 너를 객관화한 이유하고는 달라. 포그는 너하고 잠을 자는 것도 원치 않고, 너의 삶을 살거나 너 같은 존재가 되고 싶어 하지도 않아. 단지 네가 상처받기를 원할 뿐이야."

"아저씨는 그자가 나를 뒤쫓았다고 믿어요? 헨리가 아니라?"

"응, 그렇게 생각해. 그자는 분명한 의도를 갖고 너를 희생자로 만들었어. 너는 대상에 지나지 않아." 벤턴은 스키폴 찍는 소리와 눈 사각거리는 소리에 맞춰 억양이 달라진다. "잠깐 쉬어도 될까?" 벤턴 자신은 쉬지 않아도 되지만, 루시가 쉬어야 한다는 것을 그는 알고 있다.

　그들은 걸음을 멈추고 스키폴을 고정한 채 몸을 앞으로 기울인다. 그리고 허연 입김을 내쉬면서, 2킬로미터 정도 떨어진 오른쪽 산에서 눈보라가 몰려오는 모습을 쳐다본다. 눈보라는 이제 그들이 있는 고도까지 내려왔다.

　"이제 30분도 남지 않았어." 벤턴이 선글라스를 벗어 스키 재킷 주머니에 넣으며 말한다.

　"근심거리가 다가오고 있네요." 루시가 말한다. "마치 어떤 상징처럼."

　"산이나 바다로 나오면 좋은 점이 있지. 자연은 말하고자 하는 바를 올바르게 전해준단다." 벤턴은 안개 같은 눈보라가 산을 덮는 모습을 바라보며 말한다. 구름 안쪽에서는 굵은 눈발이 내리고 있다. 곧 그들이 있는 곳에서도 눈이 내리기 시작할 것이다. "근심거리가 다가오고 있다는 네 말이 맞는 것 같구나. 그자를 제지하지 않으면 또 무슨 일을 저지를 거야."

　"차라리 그자가 나를 공격했으면 좋겠어요."

　"그런 생각은 하지 마."

　"그랬으면 좋겠어요." 루시는 다시 걸으며 말한다. "그자가 나를 공격한다 해도 미수에 그칠 테니까요. 하지만 그는 절대 그런 짓을 저지르지 않겠죠."

　"헨리에게도 자신을 보호할 능력이 있어." 벤턴은 보폭이 큰 걸음으로 눈길을 걸어가며 말한다.

　"나만큼의 능력은 없어요. 어림도 없죠. 헨리가 트레이닝캠프에서 뭘 했는지 아저씨한테 말하던가요?"

　"아니, 못 들었어."

　"개빈 드 베커(Gavin de Becker) 스타일의 가상 전투를 벌였으니, 우린 아주 야만적이죠." 루시가 대답한다. "트레이닝을 받는 사람들에게 어떤 일이 일어날지 아무것도 말해주지 않는 상황에서 벌이는 가상 전투인데, 그건 실제 상황에서도 어떤 일이 일어날지 전혀 모르기 때문이죠. 그래서 K-9의 세 번째 공격을 마치고 나면 다들 약간 놀라게 되죠. 사나운 개들이 갑자기 나타나 짖는데, 그때만큼은 입마개도 채워져 있지 않아요. 물론 헨리는 두꺼운 패딩을 입고 있었죠. 하지만 개에게 입마개가 채워져 있지 않은 걸 보자 완전히 겁에 질렸어요. 그리고 소리를 지르며 달아나다 넘어졌어요. 정신이 반쯤 나간 상태로 울면서 그만두겠다고 말하더군요."

"헨리가 그때 그만두지 않아서 유감이야. 저기 두 번째 표지판이 보이는군." 벤턴이 '2'자가 커다랗게 적힌 눈사태 표지판을 스키폴로 가리킨다.

"헨리는 이겨냈어요." 루시는 이미 만들어진 트랙을 따라 걸어 내려간다. "고무 총탄도 이겨냈죠. 하지만 가상 전투를 좋아하지는 않았어요."

"그걸 좋아한다면 정상이 아니지."

"몇몇 사람은 좋아했어요. 나도 그중 한 사람일지 모르고요. 죽을 것처럼 아프지만 황홀감 같은 걸 느낄 수 있거든요. 헨리가 관두지 않은 게 왜 유감이에요? 헨리가 관둬야 한다고 생각해요? 아, 물론 나도 그녀를 해고해야 한다는 건 알아요."

"네 집에서 습격당했다는 이유로 그녀를 해고한다고?"

"알아요. 난 그녀를 해고할 수 없어요. 그렇게 되면 나한테 소송을 걸겠죠."

"맞아." 벤턴이 말한다. "난 그녀가 관둬야 한다고 생각해." 그는 스키폴을 앞으로 향하면서 루시를 쳐다보며 말한다. "네가 로스앤젤레스 경찰국에 있던 그녀를 고용했을 때, 네 시야는 저기 보이는 저 산처럼 완전히 가려져 있었어." 그는 눈보라를 가리키며 말을 잇는다. "그녀는 좋은 경찰이었는지 모르지만, 네가 바라는 수준에는 미치지 못해. 정말 나쁜 일이 벌어지기 전에 그녀가 관두었으면 좋겠어."

"맞아요." 루시는 후회하는 표정으로 허연 입김을 내뱉는다. "정말 나쁜 일이에요."

"그래도 죽은 사람은 아무도 없어."

"지금까지는 그렇죠." 루시가 말한다. "아, 너무 힘드네요. 이걸 매일 한단 말이에요?"

"시간이 되면 거의 매일."

"하프 마라톤을 하는 게 더 쉽겠어요."

"산소가 충분한 곳까지 가면 1번 표지판이 있어." 벤턴이 말한다. "다행스러운 건 1번 표지판과 2번 표지판이 가까이 붙어 있다는 거야."

"포그는 전과가 없어요. 그자가 전과자가 아니라 단지 패배자라는 사실을 믿을 수가 없어요." 루시가 말한다. "이모 밑에서 일한 그가 왜 그랬을까요? 도대체 왜? 그가 뒤쫓은 사람이 이모일지도 몰라요. 자신의 건강 문제를 이모 탓이라고 생각할지도 모르죠."

"아니야." 벤턴이 대답한다. "그자는 너를 탓하고 있어."

"왜요? 그건 말도 안 돼요."

"맞아, 말이 안 되지. 내가 말할 수 있는 건, 네가 그자의 망상에 딱 들어맞았다는 것뿐이야. 그자는 너를 심판하고 있어. 헨리를 뒤쫓으면서, 너를 심판하고 있는지도 모르지. 그자의 머릿속에 무슨 생각이 있는지는 아무도 몰라. 그자가 생각하는 것은 우리가 생각하는 것과 다르니까. 정신질환을 앓고 있는 게 아니라 정신이상자니까. 충동적으로 행동하고 논리적으로 계산하지 않고, 망상에 사로잡혀 있지. 내가 말할 수 있는 건 그게 전부야." 그때 작은 눈송이가 그들 주변에 흩날리기 시작한다.

　루시는 고글을 내려 쓴다. 흰 산을 배경으로 어두운 그림자 속에 서 있는 포플러나무에 차가운 바람이 몰아친다. 작은 눈송이가 빠른 속도로 흩날리고, 옆에서 불어오는 바람이 그들을 길옆으로 떠민다.

50

집 밖으로 보이는 검은가문비나무와 포플러나무의 굽은 가지에 흰 눈
이 쌓여 있다. 루시는 3층짜리 저택 창문에 서서 눈 쌓인 보도를 지나
가는 스키 부츠 소리를 듣는다. 빨간 벽돌로 지은 세인트레지스 호텔
은 마치 아작스 산 아래 웅크리고 있는 용처럼 보인다. 이렇게 이른 시
간에는 대형 무개화차가 아직 다니지 않지만 사람들은 이미 밖을 돌아
다니고 있다. 해는 산에 가려 보이지 않고, 푸른빛이 도는 회색의 여명
이 밝아온다. 스키어들이 슬로프와 버스를 향해 걸어가는 차가운 발소
리 이외에는 아무 소리도 들리지 않는다.

어제 오후 마룬 크리크 로드를 따라 힘겹게 걸었던 벤턴과 루시는
서로 다른 차를 타고 각각 다른 곳으로 향했다. 그는 루시가 아스펜으
로 오는 것을 바라지 않았고, 거의 생면부지인 헨리가 이곳에 머무르는
것은 더더구나 원하지 않았다. 하지만 인생은 그런 것이다. 인생은 낯
선 것과 놀라움, 불안감을 가져다준다. 헨리는 지금 이곳에 있다. 그리

고 이제 루시가 이곳에 있다. 벤턴은 루시에게 자신의 집에 머물게 할 수 없다고 말했다. 헨리와 별다른 진척도 없는 데다 자신의 작업 과정을 루시 때문에 망치고 싶지 않았다. 그러나 헨리가 원한다면, 루시는 오늘 그녀를 보게 될 것이다. 2주가 지나자, 루시는 죄의식과 해답 없는 상황을 더 이상 견딜 수 없었다. 헨리가 어떤 존재이든, 루시는 직접 그녀를 만나야만 했다.

아침이 밝아오자, 벤턴이 했던 행동과 말이 모두 분명해진다. 우선 그는 희박한 공기 속을 걸으며 루시를 지치게 만들었다. 공기가 희박한 곳에서 루시는 많은 말을 하기도 힘들었고, 두려움과 분노를 발산하기도 힘들었다. 그리고 실질적인 목적을 위해, 그는 루시를 재웠다. 루시는 어린애가 아니지만 어제 벤턴은 루시를 아이처럼 다루었다. 루시는 그가 자신을 돌봐주고 있음을 알았다. 항상 그랬다. 자신이 그를 미워할 때에도, 그는 항상 그녀를 잘 대해주었다.

루시는 여행 가방에 든 스키 바지와 스웨터, 긴 실크 속옷과 양말을 꺼내 침대 위에 놓인 9밀리 글록 권총 옆에 둔다. 트리튬으로 만든 조준기와 탄창이 달린 글록 권총은 열일곱 발의 탄알이 들어 있고, 실내에서 신변 보호를 위해 루시가 선택한 것이다. 호텔 방에서 40구경이나 45구경 권총 또는 고성능 소총은 필요 없기 때문이다. 루시는 헨리에게 무슨 말을 해야 할지 혹은 그녀를 보면 기분이 어떨지 짐작이 가지 않았다.

루시는 어떤 좋은 것도 기대하지 말자고 생각한다. 그녀가 자신을 보고 기뻐하거나, 친절하거나 예의 바르게 대해줄 거라고 생각하지 않기로 한다. 루시는 침대에 앉아 땀복 바지를 벗고, 티셔츠를 머리 위로 올려 벗는다. 그리고 전신 거울 앞에 서서 자신의 모습을 보자 나이를 가늠할 수 없다는 확신이 든다. 그녀는 나이가 들지도 않았고, 그렇게 보여서도 안 된다. 아직 서른도 되지 않았기 때문이다.

그녀의 몸은 근육질이고 말랐지만 남성적이지 않다. 그녀는 자신의 몸에 대해 아무런 불만도 없다. 하지만 자신의 모습을 거울에 비춰볼 때마다 이상한 감정을 경험하곤 한다. 자기 몸이 낯설게만 느껴지고, 내면의 모습과 겉으로 보이는 모습이 다르다고 느껴진다. 덜 매력적이거나 더 매력적인 것보다는 단지 다르다는 느낌이 강했다. 그녀는 아무리 많은 사랑을 나누어도 자기 몸이 어떻게 느끼는지 모를 것이고, 자신의 손길이 상대방에게 어떻게 느껴질지도 모를 것이다. 알고 싶은 마음도 있지만, 한편으로는 알지 못하는 게 다행이라는 생각이 들기도 한다.

거울을 보다가 뒷걸음질 치던 루시는 자신의 몸이 괜찮아 보인다고 생각한다. 그럭저럭 봐줄 만하다고 여기며 샤워 부스 안으로 들어간다. 오늘은 어떻게 보이든 상관없어. 오늘은 어느 누구에게도 눈길을 주지 않을 거야. 그녀는 샤워기를 틀면서 생각한다. 내일 그리고 다음 날도 그럴지 모른다. 맙소사, 내가 뭘 하려는 거지? 뜨거운 물이 대리석과 유리문에 튀고 몸을 세차게 때린다. 그녀는 소리 내어 말한다. 내가 무슨 짓을 한 거지, 루디? 무슨 짓을 한 거야? 제발 떠나지 마. 앞으로는 그러지 않겠다고 약속할게. 루시는 샤워를 하면서 남몰래 운 적이 많았다. 그녀는 영향력 있는 이모 덕분에 10대 때 FBI에서 인턴으로 처음 일을 시작했다. 콴티고 FBI 아카데미 기숙사에서 총을 쏘고 장애물 넘기를 했다. 함께 훈련을 받던 요원들은 겁에 질리거나 울지 않았다. 적어도 루시는 그들이 겁에 질리거나 우는 모습을 보지 못했다. 그들은 절대 겁에 질리지도 않고 울지도 않을 거라고 생각했다. 당시 루시는 어리고 순진했기 때문에 꾸며낸 이야기를 그대로 믿었다. 지금은 많이 나아졌지만, 어린 시절에 주입된 생각은 완전히 극복할 수가 없다. 루시가 우는 경우는 거의 없지만, 그럴 때면 늘 혼자 울었다. 상처를 받을 때마다 늘 상처를 숨겼다.

옷을 거의 입었을 무렵, 주위가 고요하다는 생각이 문득 든다. 낮은 목소리로 욕설을 뱉으며, 루시는 문득 정신을 차리고 스키 재킷 주머니에서 휴대전화를 찾는다. 배터리가 나갔다. 어젯밤은 너무 피곤하고 우울해서 휴대전화 충전하는 것을 잊고 그대로 주머니 안에 넣어두었다. 그녀답지 않은 행동이다. 전혀 그녀답지 않은 행동이다. 루디는 루시가 어디에 머물고 있는지 모른다. 이모도 마찬가지다. 두 사람은 루시가 어떤 가명을 사용하는지 알지 못하고, 세인트레지스 호텔에 전화해봐도 그녀를 찾지 못할 것이다. 그녀가 어디 있고, 그녀가 누구인지 아는 사람은 벤턴뿐이다. 루디를 그렇게 해고해버리는 것은 터무니없고 프로답지 못한 행동이다. 그는 불같이 화를 낼 것이다. 지금은 그를 밀어낼 때가 아니다. 그가 그만둔다면 어떻게 될까? 그녀와 함께 일하는 동료 가운데 루디만큼 신뢰할 수 있는 사람은 아무도 없다. 루시는 충전기를 찾아 휴대전화를 끼운 다음 전원을 켠다. 열한 개의 메시지가 와 있고, 그 대부분은 아침 6시 이후에 루디에게서 온 것이었다.

"네가 지도에서 사라졌다고 생각했어." 루디가 전화를 받자마자 말한다. "세 시간 동안 계속 전화했는데, 지금 어디야? 언제부터 전화를 받지 않은 거야? 전화가 터지지 않았다는 말은 하지 마, 믿지 않을 거니까. 휴대전화는 어디에서든 터지고, 무전기로도 연락했어. 무전기를 꺼놓았더군, 그렇지 않아?"

"진정해, 루디." 그녀가 말한다. "배터리가 나갔었어. 배터리가 나가면 휴대전화도 무전기도 터지지 않아. 미안해."

"충전기 가져가지 않았어?"

"미안하다고 말했잖아, 루디."

"약간의 정보가 들어왔어. 네가 가능한 한 빨리 이곳으로 돌아왔으면 좋겠어."

"무슨 문제 있어?" 루시는 휴대전화 충전기를 꽂은 플러그 가까운 바닥에 앉는다.

"불행하게도, 그자에게 고약한 선물을 받은 사람은 너뿐만이 아니었어. 어떤 불쌍한 늙은 여자도 에드거 앨런 포그의 화학 폭발물을 받았는데, 그녀는 운이 없었어."

"맙소사!" 루시는 눈을 감으며 말한다.

"할리우드 셸 주유소 반대편에 있는 술집에서 일하던 헤픈 웨이트리스야. 희생자는 제대로 화장된 건 아니지만 어쨌든 태워졌어. 그녀가 일하던 아더 웨이 라운지에 그자가 들렀던 게 분명해. 혹시 그 술집 이름 들어본 적 있어?"

"아니." 루시는 화장된 여인을 떠올리며 거의 들리지 않는 목소리로 말한다. "세상에, 그럴 수가." 그녀가 중얼거린다.

"그래서 그 지역을 점검하고 있는 중이야. 우리 직원 몇몇한테 지시했는데, 신입 요원들은 포함되지 않았어. 신입 요원들은 최고의 능력을 갖추지는 못했으니까."

"세상에." 루시가 할 수 있는 말은 그것뿐이다. "일을 제대로 할까?"

"예전보다는 더 낫겠지. 그리고 다른 두 가지 정보가 더 있어. 네 이모 말로는 포그가 가발을 쓰고 있을지도 모른대. 긴 검은색 곱슬머리 가발. 사람 머리카락을 염색해서 만든 거래. 미토콘드리아 DNA가 약간 우스울 것 같지 않아? 마약을 사기 위해 자신의 머리를 가발 회사에 판 여자의 DNA가 나오겠지."

"그럼 에드거 앨런 포그가 가발을 쓰고 있단 말이야?"

"그는 빨강 머리야. 그가 머물던 집 침대에서 네 이모가 빨강 머리카락을 찾아냈어. 질리 폴슨의 침구와 네 침대에서 나온 검은색 긴 머리,

네 우편함에 들어 있던 화학 폭발물에서 나온 증거물을 보면, 그가 가발을 썼다는 사실을 알 수 있어. 네 이모 말에 의하면, 가발은 그 이외에도 많은 것을 설명할 수 있대. 그리고 차도 수색하고 있는 중이야. 포그가 살았던 아네트 부인의 집에서 죽은 노파는 1991년형 흰색 뷰익을 몰았는데, 그녀가 죽은 이후로 차가 어떻게 되었는지 아무도 몰라. 가족들도 전혀 모르겠다고 하고. 가족들은 그녀에게 전혀 관심을 갖지 않았던 것 같아. 차는 여전히 아네트 부인 이름으로 등록되어 있는데, 포그가 그 차를 몰고 있을 것 같아. 네가 가능한 한 빨리 이곳으로 돌아왔으면 좋겠어. 하지만 네 집에 머무르는 것은 그다지 좋은 생각이 아닌 것 같아."

"걱정하지 마." 루시가 말한다. "그 집에는 다시 머물지 않을 테니까."

51

에드거 앨런 포그는 눈을 감는다. A1A에서 한참 떨어진 주차장에 세운 흰색 뷰익 자동차 안에 앉아 요즘 사람들이 어덜트 록이라고 부르는 음악을 듣고 있다. 그는 눈을 감은 채 기침을 참는다. 기침을 할 때마다 폐가 쓰리고 어지럽고 한기가 느껴진다. 주말이 어떻게 지나갔는지 모르겠지만, 어쨌든 잘 지나갔다. 어덜트 록이 나오는 라디오 방송에서 지금은 월요일 아침 러시아워라고 말한다. 기침을 하자 눈에 눈물이 고인다. 포그는 숨을 깊이 들이마시려고 애쓴다.

감기에 걸렸다. 아더 웨이 라운지에서 일하던 빨강 머리 여자한테서 옮은 게 틀림없다. 금요일 밤 술집에서 나올 때, 그녀는 그가 앉아 있던 테이블 쪽으로 다가왔다. 그리고 휴지에 코를 푼 다음 그가 돈을 냈는지 확인했다. 평소처럼 그녀가 성가시게 간섭하기 전에 의자를 뒤로 빼고 자리에서 일어섰어야 했다. 사실, 그는 블리딩 선셋을 한 잔 더 마시고 싶었지만 자리를 떴다. 그러나 빨강 머리 웨이트리스는 전혀 개의치 않고 자신에게 어울리는 빅 오렌지를 마셨다.

자동차 앞 유리창을 통해 들어온 햇빛이 눈을 감은 채 운전대 뒤에 앉아 있는 포그의 얼굴을 따스하게 비친다. 그는 따뜻한 햇살이 감기를 낫게 해주기를 마음속으로 바란다. 어머니는 햇빛에 비타민이 들어 있기 때문에 거의 모든 병을 치료해주고, 그래서 나이가 들면 사람들이 플로리다로 이주해 온다고 말했다. 그의 어머니는 항상 그렇게 말했다. 에드거 앨런, 너도 플로리다로 이사 가고 싶을 거야. 지금은 젊지만 너도 언젠가는 나처럼 그리고 모든 사람들처럼 나이가 들 테고, 플로리다로 이사 가고 싶을 거야. 에드거 앨런, 안정적인 직장만 있다면 플로리다의 생활비를 충당할 수 있을 거야.

어머니는 돈 문제에 대해 잔소리가 심했다. 돈 문제에 대한 걱정이 너무 심했다. 얼마 후 어머니는 죽었고, 언제든 그가 원하면 플로리다로 이주할 수 있게 되었다. 그는 일을 그만두고, 2주마다 우편으로 수표를 받기 시작했다. 최근의 수표는 그걸 찾으러 리치먼드로 가지 않았기 때문에 우편함에 그대로 있을 것이다. 그에겐 현금도 있었다. 지금은 돈이 충분했다. 여전히 비싼 시가를 피울 수 있다. 어머니가 살아 있었다면 감기에 걸려서도 시가를 피운다고 잔소리를 늘어놓았을 테지만 그는 여전히 고집을 부리며 시가를 피울 것이다. 감기 예방 주사를 맞지 않았다는 생각이 문득 들었다. 그가 예방 주사를 놓친 것은 근무하던 구건물이 철거될 것이고, 루시가 플로리다 할리우드에 사무실을 연다는 소식을 들었기 때문이다.

이어서 들은 소식은 버지니아 주에 새로운 법의국장이 임명되었고, 구건물을 부숴 주차장을 짓는다는 것이었다. 루시가 플로리다에 있고, 스카페타가 포그와 리치먼드를 포기하지 않았다면 새로운 법의국장이 필요 없었을 것이다. 그리고 모든 것이 그대로 유지되었을 것이기 때문에 구건물도 헐리지 않을 것이다. 그랬다면 그는 감기 예방 접종을 할 수 있었을 테고, 감기에 걸리지도 않았을 것이다. 그가 근무하던 구건물을 철거하는 것은 정당하지도 않을뿐더러 누구도 그의 기분이 어떤지 물어봐주지 않았다. 그곳은 포그가 일하던 건물이었다. 그는 여전히 2주마다 수표를 받았고, 여전히 뒷문으로 들어가는 열쇠를 갖고 있고, 여전히 주로 밤을 이용해 분해실에서 일을 했다.

그 건물이 철거될 거라는 소식을 듣기 전까지, 그는 그곳에서 자신이 원하던 모든 것을 했다. 그는 그 건물을 사용하는 유일한 사람이었다. 그 건물에 대해 신경 쓰는 사람은 아무도 없었는데, 갑자기 그곳에서 나가야만 했다. 상자에 담겨 그곳으로 내려온 사람들을 늦은 시각을 이용해 옮겨야 했다. 그가 일하는 모습을 본 사람은 아무도 없었다. 계단을 오르내리고, 주차장에 들어갔다 나갔다 반복하는 일은 고되기만 했다. 사방에서 유골이 새어나와 폐가 따끔거렸다. 옮기던 상자가 바닥에 떨어져 유골이 주차장에 쏟아지기도 했다. 공기보다 가볍고 사방으로 날리는 유골을 주워 담는 것은 매우 힘든 일이었다. 정말이지 끔찍하도록 고된 일이었다. 그렇게 한 달이 지났고, 늦게나마 감기 예방 접종을 하러 갔지만 남아 있는 백신이 없었다. 기침을 하자 가슴이 뻐근하고 눈에 눈물이 고인다. 운전석에 앉아 햇빛을 받으며 비타민을 흡수하던 그는 문득 루시를 떠올린다.

그녀를 생각하자 기분이 우울하고 화가 난다. 그녀는 그에 대해 아무것도 모르고, 그에게 인사를 건넨 적도 없었다. 하지만 그는 그녀 때문에 폐가 나빠졌다. 그녀 때문에 아무것도 가질 수 없게 되었다. 그녀에게는 저택이 있고, 그가 살던 집보다 더 비싼 자동차가 여러 대 있다. 그리고 그 일이 있던 날, 그녀는 그에게 미안하다는 말조차 하지 않았다. 심지어는 소리 내어 웃기까지 했다. 화장장에서 나온 그가 마치 강아지처럼 캑캑거리며 기침을 하자, 바퀴 달린 들것을 타고 지나가던 그녀가 웃었다. 들것 가로대 위에 올라탄 채 깔깔거리며 지나갔다. 그때 그녀의 이모 스카페타는 의회에서 진행되는 일에 대해 데이브와 이야기를 나누고 있었다.

스카페타는 별다른 문제가 없는 한 절대 건물 아래로 내려오지 않았다. 하지만 매년 크리스마스 시즌이 되면 버릇없고 잘난 척하는 루시를 데려왔다. 그는 스카페타의 조카에 대해 이미 알고 있었다. 포그뿐 아니라 그곳에서 일하는 사람들은 모두 루시에 대해 알고 있었다. 그는 루시가 플로리다에 산다는 것도 알았다. 그녀는 플로리다 마이애미에서 스카페타의 언니와 함께 살고 있었다. 포그는 그녀에 대해 자세히 몰랐지만, 루시가 햇빛에서 비타민을 흡수하며 아무런 잔소리나 걱정 없이 플로리다에 살고 있다는 것 정도는 알았다.

버지니아 태생인 루시는 아무 이유도 없이 포그를 비웃었다. 바퀴 달린 들것의 가로대 위에 올라탄 채 그를 칠 뻔했다. 그 바람에 손수레에 실린 200리터짜리 포름알데히드 통이 떨어졌다. 루시 때문에 깜짝 놀라는 바람에 밀고 가던 손수레가 넘어졌고, 포름알데히드 통이 바닥에 굴렀던 것이다. 다행히 포름알데히드는 빈 통이었다. 그날, 루시는 슈퍼마켓 쇼핑 카트에 매달려 장난치는 말썽쟁이 어린애처럼 요란한 소리를 내며 지나갔다. 하지만 그녀는 어린애가 아니라 열일곱 살의 예쁘고 자신만만한 소녀였다. 포그는 그녀의 나이를 정확히 기억했다. 뿐만 아니라 그녀의 생일을 알고 있었다. 수년 동안 그는 루시에게 익명으로 생일 축하 카드를 보내기도 했다. 구건물을 폐쇄한 이후에는 버지니아 법의국의 옛 주소를 적어 스카페타 이름으로 카드를 보냈다. 루시가 그 카드를 받았는지는 잘 모르지만.

그날, 그 운명적인 날, 스카페타는 가운을 입은 채 시신을 담그는 큰 통 옆에 서 있었다. 그녀는 국회의원과 약속이 있어서 가운 밑에 짙은 색의 단정한 정장을 입고 있었다. 그녀가 어떤 문제에 대해 국회의원에게 이야기할 것이라고 데이브에게 말했다. 어떤 엉터리 법안에 대해 국회의원에게 따지겠다고 했지만, 포그는 그 법안이 어떤 것인지는 기억나지 않았다. 당시 그에게 법안은 중요하지 않았다. 햇빛을 받으며 심호흡을 하자 폐가 뻐근하다. 스카페타는 그날 아침처럼 잘 차려 입으면 매우 멋져 보이는 여자였다. 포그는 자신을 거들떠보지도 않는 그녀를 보며 고통스러워했는데, 멀리서 그녀를 바라보면서 느꼈던 깊은 아픔이 무엇이었는지는 정확하게 정의 내릴 수 없었다. 그는 루시에게도 어떤 감정을 느꼈다. 하지만 루시에 대한 감정은 스카페타와 사뭇 달랐다. 그는 스카페타가 루시에게 강한 애착을 갖고 있다는 것을 느꼈고, 그 때문에 자신도 루시에게 어떤 감정을 느꼈다. 하지만 그건 스카페타와 다른 감정이었다.

포름알데히드 통은 끔찍한 소리를 내며 루시가 타고 있는 들것을 향해 굴러갔다. 포그는 그 통을 잡기 위해 힘껏 복도를 달렸다. 아무리 빈 통이라도 200리터짜리 금속 통에 포름알데히드가 한 방울도 남아 있지 않을 리 없었다. 드럼통이 굴러가는 동안 남아 있던 찌꺼기가 밖으로 튀었다. 그가 드럼통을 붙잡았을 때, 포름알데히드 몇 방울이 얼굴에 튀었다. 그는 자신도 모르게 입 안에 튄 포름알데히드를 삼키고 말았다. 그는 화장실에 가서 기침을 하고 토를 했지만, 그가 괜찮은지 확인하러 온 사람은 아무도 없었다. 스카페타는 그에게 아무런 신경도 쓰지 않았다. 루시도 마찬가지였다. 그는 닫힌 화장실 문을 통해 루시의 소리를 들을 수 있었다. 그녀는 또다시 깔깔 웃으며 바퀴 달린 들것을 탔다. 바로 그 순간, 포그의 삶이 망가졌다는 사실을 아는 사람은 아무도 없었다. 그의 삶은 영원히 망가졌다.

괜찮아요? 괜찮아요, 에드거 앨런? 스카페타가 닫힌 화장실 문 너머에서 물었지만 안으로 들어와서 확인해보지는 않았다.

그는 그녀가 했던 말을 수없이 되뇌었다. 너무 여러 번 되뇌어서, 그녀의 목소리를 정말 들었는지 그리고 그때를 정확히 기억하고 있는지 더 이상 확신이 서지 않을 정도였다.

괜찮아요, 에드거 앨런?

네, 그냥 씻어내고 있는 중입니다.

이윽고 포그가 화장실에서 나왔을 때, 루시가 타고 놀던 들것은 바닥 한가운데 놓여 있고, 루시와 스카페타의 모습은 보이지 않았다. 데이브의 모습도 보이지 않았다. 그곳에 있는 사람은 포그뿐이었다. 그는 포름알데히드 한 방울 때문에 목숨을 잃을 수도 있었다. 속이 터질 것 같고, 폐가 마치 뜨거운 불길이 튀는 것처럼 화끈거렸다. 하지만 주변에는 아무도 없었다.

두고 봐요, 난 모든 걸 알고 있으니까. 그는 아네트 부인의 스테인리스 스틸 테이블 옆에 분홍색 방부액이 담긴 병 여섯 개를 늘어놓으며 그녀에게 설명했다. 다른 사람의 고통을 느끼기 위해서는 때로 그 고통을 몸소 느껴봐야 합니다. 그리고 카트 위에 놓인 서류의 끈을 자르며 아네트 부인에게 말했다. 당신의 서류와 당신이 원하는 것에 대해 얼마나 많은 이야기를 나누었는지는 당신도 잘 알 겁니다. 버지니아 의료센터나 버지니아 대학 병원에 가면 어떻게 되는지도 잘 알고 있을 겁니다. 당신은 샬럿츠빌을 너무나 좋아한다고 말했고, 그래서 나는 당신이 버지니아 대학 병원에 갈 수 있도록 해주겠다고 약속했습니다. 나는 당신의 집에서 오랫동안 당신의 이야기에 귀를 기울였습니다, 그렇지요? 나는 당신이 부를 때마다 찾아왔습니다. 처음에는 서류 때문에 왔지만, 그다음에는 당신의 말을 들어줄 사람이 필요했고, 가족들이 당신의 의견을 무시하고 마음대로 할까 두려워했기 때문입니다.

그들은 그럴 수 없다고, 나는 당신에게 말했습니다. 이것은 법적인 서류이고 당신의 마지막 바람입니다, 아네트 부인. 당신의 시신을 의학계에 기증하고, 나중에 내가 화장을 하면, 당신의 가족들은 아무것도 할 수 없을 것입니다.

포그는 햇빛이 들어오는 흰색 뷰익 자동차 안에 앉아, 놋쇠와 철로 만든 38구경 권총을 만지작거린다. 그는 아네트 부인과 함께 있으면서 평생 가장 강렬한 감정을 느꼈던 때를 기억한다. 그녀와 함께 있을 때, 그는 신이었다. 그녀와 함께 있을 때, 그는 법이었다.

난 불쌍한 노인이고 모든 게 예전 같지 않아, 에드거 앨런. 그들이 마지막으로 함께 있을 때 아네트 부인이 그에게 말했다. 내 주치의가 울타리 건너편에 사는데, 더 이상 나를 찾아오지도 않아, 에드거 앨런. 이 불쌍한 늙은이를 떠나지 마.

그럴게요. 포그는 약속했다.

울타리 건너편에 사는 사람들은 이상해. 그녀는 음탕한 웃음을 지으며 포그에게 말했다. 무언가를 암시하는 묘한 웃음이었다. 의사 부인이 쓰레기 같은 여자라던데, 혹시 만난 적 있어?

아뇨, 그런 적 없어요.

만나지 마. 그녀는 고개를 가로저으며, 무언가를 암시하는 눈빛으로 그를 바라보았다. 절대 그 여자하고 만나지 마.

그럴게요, 아네트 부인. 주치의가 신경을 써주지 않는다니 유감이군요. 의사는 환자에게 책임을 다해야 합니다.

그런 사람은 응당 대가를 치러야 하는 법이지. 그녀는 침대에 놓인 베개에 기댄 채 말했다. 내 말 잘 들어, 에드거 앨런. 사람은 뿌린 대로 거두는 거야. 그 사람을 안 지 수년째 되었지만, 그는 나한테 신경조차 써주지 않아. 그가 의사로서 서명해줄 거라고 기대하지도 않아.

그게 무슨 말이에요? 포그는 침대에 기대 있는 연약한 아네트 부인에게 물었다. 그녀는 이제 자신의 몸이 더 이상 따뜻해지지 않는다며 여러 겹의 시트와 퀼트를 덮고 있었다.

누군가는 사망증명서에 서명을 해줘야 해, 그렇지 않아?

당신 주치의는 사망증명서에 사인할 겁니다. 포그가 아는 유일한 것은 죽음이 어떻게 이루어지는지 여부였다.

그 사람은 너무 바쁠 거야. 내 말이 무슨 뜻인지 알 거야. 그러면? 하느님은 나를 다시 던져버리겠지. 나와 하느님은 사이가 좋지 않으니까. 그녀는 큰 소리로 웃었다. 하지만 우스워서 웃는 웃음이 아니었다.

물론 이해합니다. 포그는 그녀에게 단언했다. 그 순간, 그는 자신이 하느님이라는 사실을 충분히 의식하면서, 그녀에게 걱정하지 말라고 덧붙였다. 하느님이 하느님인 게 아니라, 그 자신이 하느님이었다. 아네트 부인, 울타리 건너편에 사는 의사가 서명해주지 않으면, 내가 책임지고 해드리겠습니다.

어떻게?

방법이 있습니다.

넌 내가 아는 사람 가운데 가장 착해. 너 같은 아들을 두다니 네 엄마는 복도 많구나. 그녀는 베개에 기대어 말했다.

하지만 그녀는 그렇게 생각하지 않았다.

그녀는 사악한 여자였다.

내가 직접 사인해주겠습니다. 포그는 그녀에게 약속했다. 사망증명서를 매일 봐왔지만, 그 가운데 절반은 환자에게 신경도 쓰지 않는 의사들이 하거든요.

아무도 신경 쓰지 않아, 에드거 앨런.

피치 못할 경우에는 사인을 위조할 겁니다. 아무 걱정 마십시오.

정말 착하구나. 너도 알겠지만 이 집을 팔지 못하도록 유언장에 썼어. 영원히 팔지 못하도록 조처해두었어. 넌 이 집에서 살아도 되지만 우리 가족이 모르게 해야 해. 내 차를 가져도 되지만, 너무 오랫동안 몰지 않아서 배터리가 나갔을지도 몰라. 때가 다가오고 있어. 원하는 게 있으면 나한테 말해봐. 내게 너 같은 아들이 있다면 좋을 텐데.

부인이 갖고 있는 할리우드 잡지 말입니다. 그가 아네트 부인에게 말했다.

맙소사, 커피 테이블 위에 있는 잡지 말이야? 내가 비벌리힐스 호텔에 머물면서 폴로 라운지와 방갈로에서 직접 영화배우들을 봤다고 말했던가?

다시 말해주세요. 난 세상 어떤 것보다 할리우드가 좋거든요.

남편은 고약하고 못된 사람이었지만, 나를 비벌리힐스에 데려다주는 아량을 베풀어주기는 했지. 우리는 그곳에서 정말 좋은 시간을 보냈어. 난 영화를 무척 좋아하는데, 너도 영화를 많이 봤으면 좋겠구나. 이세상에 좋은 영화처럼 멋진 건 없지.

맞아요, 영화처럼 멋진 건 없어요. 전 할리우드로 갈 거예요.

그래, 가봐야 해. 내가 이렇게 늙고 쓸모없는 사람이 아니라면, 널 할리우드로 데리고 갈 텐데. 그럼 아주 재미있을 거야.

당신은 늙고 쓸모없는 사람이 아니에요, 아네트 부인. 언젠가 어머니를 모시고 올 건데, 한 번 만나보실래요?

진 토닉을 마시고 한 입에 먹을 수 있는 크기의 수제 소시지를 요리해 먹자꾸나.

어머니는 상자 안에 들어 있어요. 포그가 아네트 부인에게 말했다.

그런 말을 들으니 이상하구나.

어머니는 돌아가셨지만 상자에 모셔뒀어요.

그럼 유골을 모시고 있다는 뜻이구나.

네, 부인. 어머니와 절대 떨어지지 않을 거예요.

정말 다정하구나. 내 유골에는 아무도 신경 쓰지 않을 거야. 내 유골을 어떻게 했으면 좋을지 알고 있니, 에드거 앨런?

아뇨.

저 울타리 반대편에 뿌려줘. 그녀는 크게 소리 내어 웃었다. 내 유골이 폴슨의 입 안으로 들어가 목이 막혔으면 좋겠어. 그는 나한테 아무 신경도 써주지 않았는데, 나는 죽어서 그 집 정원의 잔디를 비옥하게 해주겠군.

안 됩니다, 부인. 당신의 유골을 그렇게 모독할 수는 없습니다.

내가 사례할 테니 그렇게 해줘. 거실에 가서 내 지갑 좀 가져와.

그녀는 자신의 바람대로 해주는 대가로 수표 500달러를 미리 써주었다. 포그는 수표를 현금으로 바꾼 다음, 그녀에게 장미를 한 송이 사주었다. 그리고 손수건에 손을 닦았다. 그녀에게 다정하게 말하며 손을 닦았다.

왜 그렇게 손을 닦는 거야, 에드거 앨런? 그녀는 침대에 기댄 채 물었다. 장미의 비닐 포장지를 벗기고 화병에 꽂아야 하는데, 왜 장미를 서랍 속에 넣는 거야? 그녀가 물었다.

그러면 영원히 간직할 수 있으니까요. 그가 대답했다. 잠시만 뒤로 누워볼래요?

뭐라고?

그냥 그렇게 해주세요. 그가 말했다.

포그는 무게가 전혀 느껴지지 않을 정도로 가벼운 아네트 부인이 뒤로 누울 수 있게 도와주었다. 그리고 그녀의 등 위에 올라탄 다음, 소리를 지르지 못하도록 손수건을 입에 물렸다.

당신은 말이 너무 많아. 이제 입 좀 다물어. 포그는 아네트 부인에게 말했다.

그렇게 말을 많이 해서는 안 되지. 그는 아네트 부인의 손을 잡고 침대에 대고 누른 채 계속 말했다. 숨이 끊기는 동안, 그녀가 머리를 움직이며 미미하게나마 저항하는 게 느껴졌다. 그녀가 조용해지자, 그는 손을 놓고 입에서 손수건을 부드럽게 뺐다. 그리고 조용해진 그녀 위에 올라탄 채 숨이 끊겼는지 확인했다. 그는 그 소녀, 의사의 딸, 그 집에서 포그가 절대 보아서는 안 되는 이상한 짓거리를 했던 의사의 예쁜 딸에게도 똑같이 올라탄 채 숨이 끊어졌는지 확인했었다.

어떤 날카로운 것으로 창문을 두드리는 소리가 났다. 그는 서둘러 몸을 낮추고 숨을 죽인다. 놀라서 두 눈을 크게 뜨고, 질식할 것처럼 마른기침을 내뱉는다. 차창 저쪽에는 대용량 M&M 초콜릿 봉지를 든 덩치 큰 흑인 남자가 이를 드러내고 씩 웃으며 반지로 유리창을 두드리고 있다.

"5달러만 주십시오." 차창 너머에서 남자가 큰 소리로 말한다. "교회 헌금으로 낼 겁니다."

포그는 시동을 걸고 흰색 뷰익 자동차를 후진한다.

52

스탠리 필폿의 개인 병원은 흰색 벽돌집으로 메인 스트리트에 위치해 있다. 일반 개업의인 그는 어제 스카페타가 전화를 걸어 에드거 앨런 포그에 대해 이야기해줄 수 있는지 묻자 매우 친절하게 대해주었다.

"당신도 아시겠지만 그럴 수 없습니다." 그는 처음에 그렇게 말했다.

"경찰이 영장을 발부할 수도 있습니다." 스카페타가 대답했다. "그렇게 하는 편이 더 좋겠습니까?"

"그렇지는 않습니다."

"그에 대해서 이야기를 해야겠어요. 내일 오전 병원에 들러도 될까요?" 그녀가 말했다. "경찰이 어떤 방식으로든 당신한테 그에 관해 물어볼 겁니다."

필폿 박사는 경찰과 만나는 걸 원치 않았다. 자신의 병원 근처에 경찰차가 오는 것도 원하지 않았고, 병원 대기실에 경찰이 나타나 환자들에게 위압감을 주는 것도 바라지 않았다. 필폿 박사의 비서가 스카페타

467

를 안내해준다. 뒷문을 지나자 조그마한 주방이 나온다. 박사가 그녀를 기다리고 있었다. 그는 예의 바르게 스카페타를 맞이한다.

"당신이 강의하는 걸 몇 번 들은 적이 있습니다." 그는 개수대 위에 놓인 커피 메이커에서 커피를 따르며 말한다. "한 번은 리치먼드 의학 아카데미에서였고, 다른 한 번은 연방 이사회에서였는데, 당신은 아마 날 기억 못할 겁니다. 커피는 어떻게 드시겠습니까?"

"블랙으로 주세요." 그녀는 조약돌 깔린 좁은 골목이 내다보이는 창가 옆 테이블에 앉아 말한다. "연방 이사회에서 만났다면 아주 오래전이군요."

그는 커피를 테이블 위에 내려놓고, 의자를 끌어 당겨 창을 등진 채 앉는다. 구름 사이로 비치는 희미한 햇살이 단정하게 빗은 그의 흰머리와 가운에 비친다. 목에는 청진기가 느슨하게 내려와 있고, 손은 크고 단단해 보인다. "내 기억으로는 흥미진진한 강연이었던 것 같습니다." 그는 사려 깊은 태도로 말한다. "당시, 당신을 보면서 용기 있는 여자라고 생각했습니다. 그때는 연방 이사회에 초대되는 여자가 많지 않았으니까요. 지금도 그렇게 많지는 않지만요. 사실, 법의관으로 지원해야겠다는 생각이 문득 떠오르기도 했습니다. 그 정도로 당신한테 깊은 감명을 받았습니다."

"아직 늦지 않았어요." 스카페타가 미소를 지으며 말한다. "100명 이상의 법의관이 부족한 상황인데, 매우 심각한 문제입니다. 법의관은 사망진단서를 발부하고, 범행 현장을 보고 부검이 필요한지 아닌지 결정해야 하는 힘든 일을 맡는 사람들이기 때문입니다. 내가 버지니아 주에 있을 때, 법의관으로 자원한 사람이 약 500명 정도였는데, 나는 그들을 부대라고 불렀죠. 그들이 없었다면 난 거의 아무것도 할 수 없었을 겁니다."

"의사가 자신들의 진료 말고 다른 일에 자원하는 경우는 많지 않지요." 필폿 박사가 양손으로 커피 잔을 잡은 채 말한다. "특히 젊은 의사들은 더 그렇습니다. 세상이 이기적으로 변해가는 것 같아 유감입니다."

"나는 그렇게 생각하지 않고 낙담하지 않으려 노력하고 있습니다."

"좋은 생각이군요. 정확히 무얼 도와드리면 될까요?" 그의 옅은 푸른색 눈동자에서 슬픔이 느껴진다. "좋은 소식을 전해주려고 이곳에 온건 아닐 테고요. 에드거 앨런 포그가 무슨 일을 저질렀습니까?"

"살인미수를 저지른 것으로 보입니다. 폭발물을 만들고, 피해자에게 치명적인 상처를 입혔습니다." 스카페타가 대답한다. "몇 주 전에 숨진 열네 살짜리 소녀도 포그와 연관이 있는 것 같습니다. 그 소식은 아마 뉴스를 통해서 들었을 겁니다." 스카페타는 더 이상 구체적으로 말하고 싶지 않다.

"맙소사!" 의사는 고개를 가로저으며 커피 잔을 내려다본다. "세상에, 그럴 수가."

"그 사람이 언제부터 당신한테 치료를 받았죠, 필폿 박사?"

"아주 오래됐습니다." 그가 말한다. "어린애였을 때부터 치료했으니까요. 그의 어머니도 내 환자입니다."

"그녀는 아직 생존해 있나요?"

"10년 전쯤에 사망했습니다. 오만하고 고집 센 여자였는데, 에드거 앨런은 외아들이었습니다."

"그의 아버지는요?"

"알코올 중독자였는데, 오래전에 자살했습니다. 한 20년 정도 되었을 겁니다. 분명히 말해두지만, 나는 에드거 앨런을 잘 모릅니다. 흔한 질병으로 종종 병원을 찾아왔는데, 주로 감기나 폐렴쌍구균 백신 때문이었습니다. 백신은 매년 9월에 아주 규칙적으로 맞았습니다."

"올해 9월에도 맞았나요?" 스카페타가 묻는다.

"맞지 않았습니다. 당신이 도착하기 직전에 차트를 확인했습니다. 10월 14일에 폐렴 백신을 맞았지만, 감기 주사는 맞지 않았습니다. 독감 백신은 부족할 때가 많기 때문에 떨어질까봐 염려했었죠. 결국 백신은 떨어졌고, 그는 폐렴 백신만 맞고 갔습니다."

"그때 일을 기억나는 대로 말해주세요."

"그가 진찰실에 들어와서 인사를 했고, 나는 폐 상태가 어떤지 물었습니다. 그는 방부액 노출로 인한 폐질환 섬유증을 꽤 심각하게 앓고 있었습니다. 한때 장의사에서 일했던 것 같습니다."

"그렇지는 않습니다." 스카페타가 대답한다. "그 사람은 내 부하 직원이었어요."

"아, 그렇군요." 그는 깜짝 놀란 것처럼 보인다. "그건 몰랐습니다. 그 사람이 왜 그랬는지 모르겠군요…. 장의사 보조로 일한다고 말했거든요."

"그렇지 않습니다. 내가 1980년대 말 법의국장으로 부임했을 때, 그는 시신 분해실에서 일했습니다. 그리고 법의국 건물이 이스트 4번 스트리트로 옮기기 직전인 1997년에 장애로 일을 그만두었죠. 그가 어떻게 폐 질환을 앓게 되었는지 말하던가요? 법의국에서 근무할 때 유해물질에 노출되었다고 하던가요?"

"어느 날 포름알데히드가 입으로 튀었는데 폐로 흡입해버렸다고 말했습니다. 그의 진료 차트에 적혀 있는데, 약간 이상한 이야기를 했습니다. 그러고 보니 에드거 앨런은 약간 이상했습니다. 그의 말에 따르면, 장의사에서 일하며 시신을 방부 처리하는 과정에서 시신 입 안에 무언가를 채우는 걸 깜빡했다고 했습니다. 방부액이 너무 빨리 들어가 마치 호스에서 물이 나오듯 입에서 거품처럼 부글부글 솟아올랐다고

했습니다. 과장된 이야기겠지만요. 그런데 내가 왜 이런 이야기를 하는 거죠? 부하 직원이었다면 당신이 나보다 더 잘 알 텐데요. 공상으로 가득 찬 그런 이야기는 더 이상 반복하고 싶지 않습니다."

"그런 이야기는 처음 듣습니다." 스카페타가 말한다. "기억나는 것은 그가 위험 물질에 노출되었다는 것과 폐 섬유증을 앓았다는 사실뿐입니다."

"그건 의심의 여지가 없습니다. 섬유에 상처 자국이 있었는데, 생체 조직 현미경 검사 결과 폐 섬유에 중대한 해를 끼친 것을 알 수 있었습니다. 그 점에 대해서는 그 사람도 거짓말을 하지 않았습니다."

"우리는 그 사람을 찾고 있어요." 스카페타가 말한다. "그가 어디에 있을지 우리에게 제공해줄 만한 단서가 있을까요?"

"분명하게 말할 수는 없지만, 그와 함께 일했던 사람들을 찾아보는 건 어떨까요?"

"그 점에 대해서는 경찰이 모든 걸 확인하고 있는 중인데, 희망이 없는 것 같습니다. 법의국 직원으로 일할 때 거의 외톨이였거든요." 그녀가 대답한다. "그는 며칠 내로 프레드니손 처방전을 발부받을 거예요. 어떻게든 그 처방전을 받아내겠죠?"

"약 처방에 따라 그의 몸 상태가 달라집니다. 1년 동안 조심하겠지만, 살이 찌기 때문에 몇 달은 약을 끊을 겁니다."

"과체중인가요?"

"마지막으로 봤을 때 심각한 과체중이었습니다."

"키는 어느 정도고, 몸무게는 얼마였나요?"

"키는 177센티미터 정도입니다. 10월에 봤을 때는 몸무게가 90킬로그램이 넘었는데, 과체중은 심장뿐 아니라 호흡 장애를 일으킬 수 있다고 그에게 말했습니다. 체중 문제로 인한 부신피질 호르몬에 대해 오랫

동안 실랑이를 벌였습니다. 그는 약을 복용할 때는 과대망상에 시달리
곤 했습니다."

"스테로이드로 인한 정신이상일 거라고 걱정합니까?"

"환자가 누구든 그 점에 대해서는 항상 우려가 되죠. 스테로이드로
인한 정신 질환을 보게 되면, 당신도 마찬가지로 우려할 겁니다. 하지
만 에드거 앨런 포그가 약을 복용하는 동안 정신이상을 일으켰는지 혹
은 그냥 정신이상을 일으켰는지는 구분할 수 없습니다. 그가 폴슨 박
사의 딸을 어떻게 살해했는지 물어봐도 되겠습니까?"

"버크(Burke)와 헤어(Hare) 사건에 대해서 들어본 적 있나요? 19세
기 초반 스코틀랜드에서 일어난 사건인데, 두 남자가 여러 사람을 죽여
그 시신을 의학 해부용으로 팔았습니다. 해부용 시신이 거의 없었기 때
문에, 의대생들이 해부학을 배울 수 있는 유일한 방법은 죽은 지 얼마
되지 않은 시신을 훔치거나 불법적으로 시신을 구하는 방법밖에 없었
지요."

"시신 강탈 사건 말이군요." 필폿 박사가 말한다. "소위 버킹(Burking)
사건에 대해서는 약간 알지만, 최근에 그런 일이 일어났다는 이야기는
듣지 못했습니다. 당시 무덤에서 시신을 훔쳐 해부용으로 팔았던 사람
들을 죽은 자의 부활을 믿는 사람들이라고 불렀지요."

"요즘은 살인을 하고 그 시신을 파는 일은 없습니다. 하지만 버킹 사
건은 여전히 일어납니다. 그런 일이 일어나는지 알아차리기가 어렵기
때문에, 얼마나 자주 일어나는지는 알기 힘들지만요."

"살해 방법은 질식사였나요 아니면 비소를 이용한 살해였나요?"

"법의학에서 보면, 버킹은 기술적인 질식에 의한 살해죠. 전해 내려오
는 이야기에 따르면, 버크의 범행 방법은 노인이나 어린애, 병자 같은
약한 사람을 선택해서 가슴 위에 올라탄 다음 눈과 입을 막았다고 합

니다."

"그 불쌍한 여자애에게도 같은 일이 일어난 겁니까?" 필폿 박사가 수심 가득 찬 표정으로 묻는다. "그 사람이 그 소녀를 그렇게 한 겁니까?"

"잘 아시겠지만, 우린 부족한 분석 자료에 기초해서 진단을 하기도 합니다." 스카페타가 대답한다. "누군가가 그녀의 손을 고정한 채 가슴 위로 올라탄 것과 일치하는 타박상 자국 이외에는 아무런 외상도 발견되지 않았습니다. 그리고 코피가 묻어 있었습니다." 더 이상은 말하고 싶지 않다. "분명히 말하지만, 이건 극비입니다."

"그 사람이 어디 있을지 도무지 짐작이 가지 않는군요." 필폿이 분명하게 말한다. "어떤 이유로든 그에게서 전화가 오면, 바로 연락드리겠습니다."

"피트 마리노의 전화번호를 적어드리죠." 스카페타는 전화번호를 적어준다.

"에드거 앨런은 내가 잘 아는 사람이 아닙니다. 사실대로 말하면, 그가 마음에 들지 않았습니다. 이상한 사람인 데다 볼 때마다 오싹한 기분이 들었거든요. 어머니가 생존해 있을 때는 아들이 진료를 받을 때 항상 함께 왔습니다. 아들이 성인이 되어서도 그녀는 사망할 때까지 아들과 함께 병원에 왔습니다."

"그녀는 어떻게 사망했습니까?"

"대답하기 곤란하군요." 그의 얼굴이 굳어진다. "그녀는 비만이었는데, 자신의 건강을 끔찍하게 돌봤습니다. 그러다가 겨울철에 감기에 걸려 집에서 사망했죠. 당시에는 전혀 의심스러운 상황이 아니었는데, 지금은 의구심이 생기는군요."

"그의 진료 기록을 볼 수 있을까요? 그리고 그 어머니의 진료 기록도 아직 보관하고 있다면 함께 볼 수 있을까요?" 스카페타가 묻는다.

"그녀는 오래전에 사망했기 때문에 진료 기록을 찾기 쉽지 않을 테지만, 그의 진료 기록은 보여드리겠습니다. 진료실에 가서 가져올 테니 여기서 기다리십시오." 그는 자리에서 일어나 주방을 나간다. 그의 행동이 아까보다 더 느리고 안색은 지쳐 보인다.

스카페타가 창밖을 내다보자, 파란색 어치가 앙상한 참나무 가지에 달랑거리는 새 둥지를 강탈하는 모습이 보인다. 어치가 날개를 퍼덕거리며 둥지를 침략하다 다른 데로 날아간다. 에드거 앨런 포그는 기록을 없앨 수도 있을 것이다. 지문 검색 결과 별다른 정보가 드러나지 않았고, 죽음의 원인과 방법은 여전히 규명되지 않았다. 스카페타는 그가 얼마나 많은 사람을 죽였을지 알 수 없을 거라고 생각한다. 그리고 그가 그녀의 부하 직원으로 일할 때 무슨 짓을 했을지 걱정되었다. 그는 지하에서 도대체 무슨 짓을 했던 걸까? 그가 더러운 지하에서 일하던 모습이 눈앞에 보이는 듯하다. 당시 그는 창백하고 말랐다. 그녀가 데이브를 만나기 위해 직원용 승강기를 타고 지하에서 내리면, 그가 창백한 얼굴로 자신을 몰래 훔쳐보던 모습이 기억난다. 데이브 역시 에드거 앨런을 좋아하지 않았고, 그가 어디에 있는지 아무런 단서도 갖고 있지 않을 것이다.

당시 스카페타는 시신 분해실에 가능한 한 가지 않으려 했다. 그곳은 음습한 장소였다. 시신을 필요로 하는 의과 대학에서 재정적인 지원을 거의 받지 못했고, 죽은 사람들의 존엄성을 지켜줄 예산은 거의 없었다. 그리고 화장장은 항상 고장이 나곤 했다. 구석에는 야구 방망이가 세워져 있었는데, 화장장에서 꺼낸 뼛조각을 가루로 부수는 데 쓰였다. 주정부에서 제공하는 값싼 납골 단지에 맞지 않는 뼛조각들이 가끔씩 나왔기 때문이다. 유골을 가는 기계가 너무 비쌌기 때문에, 야구 방망이로 뼈를 적당한 크기나 가루로 부수었다. 스카페타는 그곳 지하에서 일어난 일을 떠올리고 싶지 않았다. 필요한 경우에만 내려갔을 뿐 화장장에 가는 것과 야구 방망이를 보는 것조차 꺼렸다. 야구 방망이가 왜 그곳에 있는지 알면서도 애써 외면하며 모르는 척했다.

유골 가는 기계를 구입했어야 했는데…. 그녀는 텅 빈 새 둥지를 보면서 생각한다. 사비를 들여서라도 구입했어야 했는데. 야구 방망이는 절대 허락하지 말았어야 했는데. 지금이라면 허락하지 않을 것이다.

"여기 있습니다." 필폿 박사가 주방으로 돌아와 에드거 앨런 포그의 이름이 적힌 파일 폴더를 건넨다. "저는 이제 환자를 진료해야 합니다. 하지만 필요하시다면 다시 와서 확인해드리겠습니다."

사실, 스카페타는 시신 분해실에 대해 잘 알지 못했다. 그녀는 법의학자이자 변호사일 뿐 장의사나 시신을 방부 처리하는 사람이 아니다. 장의사들이 다루는 시신은 의심스러운 점이 전혀 없기 때문에 자신하고는 아무런 상관이 없다고 생각했다. 그런 시신은 평화롭게 죽음을 맞은 사람들이었다. 그녀가 맡은 임무는 평화롭게 죽지 못한 사람의 시신을 다루는 것이었다. 잔인하게, 갑작스럽게 그리고 의심스럽게 죽음을 당한 시신을 다루었고, 방부 처리를 하는 시신에 대해서는 알고 싶지 않았다. 그래서 자신이 일하던 건물의 지하 세계를 애써 피하려 했다. 그녀는 그곳에서 일하는 사람들을 피했고, 그곳에 있는 시신을 회피했다. 데이브나 에드거 앨런과 이야기를 하며 시간을 보내고 싶지 않았다. 그랬다. 그녀는 절대 원하지 않았다.

분홍색 방부액이 묻은 시신을 도르래와 체인 그리고 갈고리에 매달아 올리는 모습을 보고 싶지 않았다. 그랬다. 그녀는 절대 보고 싶지 않았다.

좀 더 주의를 기울였어야 했는데, 내가 할 수 있는 만큼 하지 못했어. 스카페타는 생각한다. 커피 때문인지 속이 쓰리다. 그녀는 포그의 진료 기록을 천천히 훑어본다. 유골 가는 기계를 구입했어야 했는데. 다시 그런 생각을 하면서 포그가 남긴 주소를 확인한다. 포그가 남긴 기록에 의하면, 그는 1996년까지 리치먼드 북부에 위치한 긴터 파크 지역에 살았고, 그 이후 주소는 사서함으로 바뀌었다. 하지만 1996년 이후에 대한 기록은 어디에도 나타나 있지 않았다. 어쩌면 1996년 이후부터 폴슨의 집 울타리 건너편에 있는 아네트 부인의 집에서 살았을지도 모른다는 의구심이 든다. 아마 그는 아네트 부인을 죽이고 불법 거주자가 되었을 것이다.

포그의 진료 기록 파일 위에 가지런히 손을 올린 채 창밖을 내다보는데, 새 둥지에 작은 박새가 내려앉는다. 그녀의 왼쪽 뺨에 와 닿는 햇볕이 따뜻하게 느껴진다. 따뜻한 겨울 햇살이 비치는 동안, 조그마한 잿빛 박새가 눈을 반짝이고 꼬리 깃털을 가볍게 흔들면서 먹이를 쫀다. 스카페타는 사람들이 그녀에 대해 무슨 말을 하는지 알고 있다. 법의학자로 일하는 동안, 시신을 다루는 의사에 대해 무지한 사람들이 어떤 말을 하는지 잘 알고 있었다. 그녀는 음침하다. 그녀는 이상하고 살아 있는 사람들과 잘 지내지 못한다. 법의학자들은 반사회적이고 기이하고 냉혈한이고 동정심이 없다. 그들이 의학계에서 비주류인 법의학의 길을 선택한 것은 의사로서 실패했고, 남편과 아내로서 실패했고, 연인과 사귀면서 실패했고, 인간으로서도 실패했기 때문이다.

무지한 사람들이 하는 말 때문에, 그녀는 자기 직업의 어두운 면을 애써 외면했고, 그 어두운 면으로 가기를 원치 않았다. 하지만 외면하지 않을 수도 있었다. 그녀는 에드거 앨런 포그를 이해한다. 그가 느꼈을 감정을 그대로 느끼지는 못하지만, 그가 어땠을지는 알고 있다. 그가 창백하게 흰 얼굴로 자신을 훔쳐보던 모습이 눈앞에 보이는 듯하다. 문득, 크리스마스 연휴를 함께 보내게 된 루시를 데리고 법의국 건물

지하로 내려갔던 날이 기억났다. 루시는 이모의 사무실에 놀러오는 것을 좋아했고, 그날 스카페타는 데이브와 볼일이 있었다. 루시는 스카페타를 따라 건물 지하에 있는 시신 분해실로 갔고, 예의 바르지 못하게 소란을 떨며 장난을 쳤다. 루시는 잠깐 동안 그곳에 있었다. 하지만 바로 그때 어떤 일이 일어났다. 도대체 그게 무엇일까?

먹이를 쪼아 먹던 박새가 창문을 통해 스카페타를 똑바로 쳐다본다. 그녀가 커피 잔을 들어 올리자 새가 날개를 퍼덕거리며 날아간다. 버지니아 의과 대학 로고가 적힌 흰색 머그컵에 희미한 햇살이 비친다. 그녀는 커피 테이블에서 일어나 마리노에게 전화를 건다.

"예." 마리노가 전화를 받는다.

"그자는 리치먼드로 돌아오지 않을 거예요." 스카페타가 말한다. "영리하기 때문에 우리가 자기를 찾고 있다는 걸 알고 있을 거예요. 그리고 플로리다는 호흡기 질환을 앓고 있는 사람들에게 아주 좋은 장소죠."

"내가 플로리다로 내려가는 게 좋겠군. 박사는 어쩔 거요?"

"해야 할 일이 한 가지 더 있어요. 그러고 나서 이 도시를 떠날 거예요." 그녀가 대답한다.

"내가 도와줄 일은 없소?"

"고맙지만 사양할게요." 그녀가 말한다.

53

건설 노동자들이 콘크리트 블록이나 커다란 노란색 중장비 좌석에 앉아 점심을 먹으며 짧은 휴식 시간을 보내고 있다. 스카페타가 붉은 진흙길을 지나며 코트 자락을 마치 긴 치맛자락처럼 올리자, 세파에 찌든 얼굴의 노동자들이 그녀를 쳐다본다.

지난번에 보았던 감독관은 보이지 않고, 감독관처럼 보이는 사람도 없다. 안전모를 쓴 노동자들은 그녀를 물끄러미 쳐다볼 뿐, 무슨 볼일로 찾아왔는지 나서서 물어보는 사람은 아무도 없다. 먼지 묻은 짙은색 옷을 입은 채 불도저 근처에 모여 샌드위치와 탄산음료를 마시던 몇몇 남자들이 코트 자락을 걷어 올린 채 진흙길로 걸어가는 그녀를 물끄러미 쳐다본다.

"감독관은 어디 있어요?" 스카페타는 그들 가까이 다가가며 말한다. "건물 안으로 들어가봐야 해서요."

스카페타는 자신이 예전에 일하던 건물의 잔해를 쳐다본다. 건물 앞부분 절반은 허물어졌지만, 뒷부분은 그대로 남아 있다.

"절대 안 됩니다." 한 남자가 입 안에 음식을 가득 넣고 씹으며 말한다. "건물 안에는 아무도 들어갈 수 없습니다." 그는 마치 미친 사람 보듯이 그녀를 쳐다보며 다시 음식을 씹기 시작한다.

"건물 뒷부분은 괜찮아 보이는군요." 그녀가 대답한다. "내가 법의국장으로 일할 때 사용하던 건물입니다. 위트비 씨가 사망한 그날 이곳에 왔습니다."

"안에 들어갈 수 없습니다." 아까 말했던 남자가 대답한다. 그러곤 두 사람의 대화를 듣고 있는 주변 동료들에게 미친 여자 아니냐는 눈짓을 보낸다.

"감독관은 어디에 있어요?" 그녀가 묻는다. "그분에게 할 말이 있습니다."

남자가 벨트에서 휴대전화를 꺼내 감독관에게 전화한다. "감독관님." 그가 말한다. "보비입니다. 며칠 전 이곳에 왔던 여자 기억납니까? 예, 덩치 큰 LA 경찰하고 왔던 여자 말입니다. 예, 예, 맞습니다. 그 여자가 다시 와서 감독관님께 할 말이 있답니다. 네, 알겠습니다." 그는 통화를 마치고 스카페타를 쳐다본다. "담배 사러 갔는데, 곧 도착한답니다. 그런데 건물 안에는 뭣 하러 들어가려는 겁니까? 아무것도 없을 텐데."

"귀신들만 있겠지." 다른 남자가 말하자 동료들이 웃음을 터뜨린다.

"정확히 언제 건물을 철거하기 시작했죠?" 그녀가 묻는다.

"추수감사절 직전이었으니, 약 한 달 전입니다. 그리고 나서 날씨가 너무 추워져 약 한 주 동안 쉬었습니다."

그들은 정확히 언제 건물을 철거하기 시작했는지에 대해 서로 논쟁을 벌였다. 그때 건물 측면에서 한 남자가 걸어오는 모습이 보인다. 카키색 작업복 바지에 짙은 초록색 재킷과 부츠를 신고 있다. 안전모를 옆구리에 낀 채 담배를 피우면서 진흙길을 걸어온다.

"저 사람이 감독관 조입니다." 보비라는 건설 현장 노동자가 그녀에게 말한다. "그가 건물 안으로 들어갈 수 있도록 안내해줄 겁니다. 건물은 여러 가지 이유로 안전하지 않습니다."

"건물 철거를 시작할 때, 전원을 먼저 차단했었나요?" 그녀가 묻는다.

"전원이 켜져 있으면 일을 시작할 수 없습니다."

"전원을 차단한 지 오래되지 않았습니다." 다른 남자가 말한다. "우리가 일을 시작하기 전 기억나? 사람들이 건물에 들락거렸고, 불이 켜져 있었어. 그렇지 않아?"

"전혀 기억나지 않아."

"안녕하십니까?" 감독관 조가 스카페타에게 말한다. "무슨 일로 오셨습니까?"

"건물 안으로 들어가봐야 합니다. 주차장 근처에 있는 뒷문으로."

"그건 안 됩니다." 감독관은 고개를 가로젓고 건물을 올려다보며 완강한 태도로 말한다.

"잠시 동안만 얘기 좀 나눌 수 있을까요?" 스카페타가 말한 다음, 인부들에게서 멀어진다.

"건물 안으로 들어가도록 절대 허락할 수 없습니다. 도대체 건물 안에는 왜 들어가려는 겁니까?" 조가 말한다. 두 사람은 인부들과 약 3미터 정도 떨어져 조용히 이야기를 나눈다. "건물 안은 안전하지 않습니다. 뭘 하려는 겁니까?"

"내 말 잘 들어요." 진흙길에 선 스카페타는 이제 더 이상 코트 자락을 걷어 올리지 않는다. "나는 위트비 씨 시신을 검시하는 일을 도왔습니다. 그런데 그 시신에서 이상한 증거물을 찾아냈습니다."

"지금 농담하는 거요?"

스카페타는 그가 관심을 보인다는 걸 알아차리고 덧붙여 말한다. "건물 안에서 확인해야 할 게 있습니다. 감독관님, 건물 안이 정말 위험하고, 법률적인 문제를 염려해야 하는 상황인가요?"

그는 건물을 바라보면서 머리를 긁적이다가 머리카락을 쓸어 넘긴다. "건물 뒷부분은 괜찮을 겁니다. 하지만 앞쪽은 너무 위험해서 들어갈 수 없습니다."

"건물 앞쪽으로는 들어가지 않습니다." 그녀가 대답한다. "주차장 근처에 있는 뒷문으로 들어가면 됩니다. 뒷문으로 들어가면 복도 오른쪽 끝에 계단이 있죠. 그 계단을 따라 한 층 더 내려가면 건물 맨 아래층인데, 내가 가려는 곳이 바로 거깁니다."

"예전에 가본 적이 있기 때문에 계단이 어디 있는지는 나도 압니다. 지하 1층으로 가고 싶단 말이죠? 맙소사, 거긴 무시무시한 곳인데."

"전원을 차단한 지 얼마나 되었나요?"

"철거 공사를 시작하기 전에 전원 차단을 확인했습니다."

"그때 처음 건물을 둘러본 건가요?" 그녀가 묻는다.

"그땐 불이 들어왔습니다. 내가 건물 안으로 처음 들어갔을 때는 여름이었죠. 그곳은 지금 칠흑처럼 어두울 겁니다. 위트비한테서 어떤 증거물이 나왔다는 거죠? 트랙터에 치인 게 아니라 다른 일이 일어났다고 생각하는 겁니까? 위트비의 아내가 이런저런 사람들을 고소한다고 소란을 피우고 있습니다. 그건 말도 안 됩니다. 내가 현장에 있었다고요. 그는 운이 없어 시동 장치를 잘못 조작한 것뿐, 다른 일은 일어나지 않았습니다."

"내가 직접 확인해봐야겠어요." 스카페타가 말한다. "함께 가주시면 고맙겠습니다. 그냥 둘러보기만 하면 됩니다. 뒷문이 잠겨 있을 텐데, 나한텐 열쇠가 없네요."

"열쇠가 없다고 들어가지 못하는 건 아니죠." 그는 건물을 쳐다본 다음 인부들을 쳐다본다. "보비!" 그가 소리쳐 부른다. "뒷문에 있는 자물쇠를 드릴로 부숴. 지금 당장." 그러고 나서 그녀에게 말한다. "좋습니다. 앞문으로 들어가지 않고, 금방 나오는 조건이라면 함께 가겠습니다."

54

지하실

콘크리트 블록 벽과 베이지색 페인트를 칠한 계단에 손전등을 비춘다. 스카페타가 법의국장으로 있던 시절 에드거 앨런 포그가 일했던 곳으로 내려가자, 두 사람의 발 끄는 소리가 복도 전체에 울린다. 그들이 들어온 건물은 예전에 시체안치소가 있던 곳이라 건물 1층과 2층에는 창문이 없었다. 시체안치소에는 주로 창문이 없고, 창문이 있어서도 안 된다. 그리고 건물 지하에도 창문은 없다. 계단은 칠흑처럼 어둡고, 공기는 축축하고, 먼지가 켜켜이 쌓여 있다.

"관계자들이 나한테 건물을 보여줄 때, 이곳 지하는 생략했습니다." 조가 손전등을 비추고 앞서서 계단을 내려가며 말한다. "위층만 둘러봤는데, 이곳은 지하실일 거라고만 생각했습니다. 그들은 내게 이곳을 보여주지 않았습니다." 그가 언짢은 목소리로 덧붙인다.

"이곳을 반드시 보여줬어야 해요." 그녀가 대답한다. 먼지 때문에 목구멍이 근질거리고 피부가 따끔거린다. "저쪽에 가로 6미터 세로 6미터

483

높이 3미터 크기의 시신 방부 처리용 통이 두 개 있을 거예요. 당신도 트랙터를 몰고 이곳으로 들어오고 싶지는 않을 겁니다."

"정말이지 불쾌하군요." 그의 목소리는 단호하다. "적어도 나한테 사진이라도 보여줬어야 했습니다. 가로 세로 6미터라니! 정말 화가 나는군요! 마지막 계단이니까 조심하십시오." 그가 손전등으로 주변을 비춘다.

"복도인 것 같으니 왼쪽으로 돌아요."

"오른쪽으로는 길이 없는 것 같습니다." 그는 다시 천천히 발걸음을 옮기기 시작한다. "도대체 왜 우리한테 그 방부 처리용 통에 대해 말하지 않았던 걸까요?" 믿기지 않는다는 말투다.

"잘 모르겠어요. 누가 안내를 맡았는지에 따라 다르겠지요."

"이름은 잘 기억나지 않습니다. 연방 정부의 무슨 기관에서 나왔고, 그 사람이 여기에 있는 걸 좋아하지 않았다는 것밖에 기억나지 않습니다. 그가 이 건물에 대해 잘 알았는지도 의문이고요."

"아마 잘 몰랐을 겁니다." 스카페타는 손전등에 희미하게 비친 더러운 흰색 타일을 내려다보며 말한다. "그들은 단지 이 건물의 철거만을 원했겠죠. 연방 정부 기관에서 나온 직원은 시신 방부 처리용 통에 대해 아마 몰랐을 테고, 지하에 있는 시신 분해실에도 와보지 않았을 거예요. 당시 이 건물에서 일하던 사람들 중에도 이곳에 내려와본 적이 있는 사람은 그리 많지 않거든요." 손전등을 위로 향하자, 넓고 텅 빈 공간의 짙은 어둠을 밀어내면서 바닥에 놓인 방부 처리용 통이 모습을 드러낸다. 방부 처리용 통의 철제 사각형 덮개가 희미하게 보인다. "뚜껑이 덮여 있는 게 다행인지 불행인지 모르겠군요." 스카페타가 말한다. "어쨌든 이 방부 처리용 통은 심각한 생물학적 위험 물질입니다. 이걸 철거할 때는 매우 주의해야 합니다."

"그런 걱정은 하지 마십시오. 정말 믿기지가 않는군요." 그는 화나고 짜증난 목소리로 말하며 손전등으로 주변을 비춘다.

스카페타는 시신 방부 처리용 통 주변을 벗어나 넓은 공간의 반대편에 위치한 시신 분해실 구역으로 들어가, 방부 처리를 하던 작은 방 안을 손전등으로 비춘다. 바닥에 놓인 두꺼운 관에 부착된 철제 테이블이 손전등 불빛을 받아 빛난다. 벽에 기대져 있는 것은 녹슨 들것으로, 위에는 비닐로 된 가리개가 덮여 있다. 방 왼쪽에는 작고 후미진 장소가 있는데, 그 콘크리트 블록 안에 화장장이 설치되어 있는 것 같았다. 이어서 벽 쪽에 있는 길고 어두운 철제문이 손전등 불빛에 드러났다. 스카페타는 그 문 틈새로 불길을 봤던 것이 기억났다. 먼지 묻은 철제 선반을 시신과 함께 밀어 넣은 다음, 재와 뼛조각밖에 남지 않은 선반을 꺼내던 모습이 선명하게 떠올랐다. 그리고 야구 방망이로 그 뼛조각들을 가루로 만들던 것도 생각났다. 야구 방망이를 생각하자 수치심이 밀려온다.

스카페타는 손전등으로 바닥을 비춘다. 먼지와 분필 가루처럼 보이는 작은 뼛가루 때문에 바닥이 하얗게 보인다. 발걸음을 옮길 때마다 잔모래가 밟히는 듯하다. 조는 그녀와 함께 그 안으로 들어가려 하지 않는다. 그는 후미진 곳 건너편에 서서 손전등으로 바닥과 구석을 이곳저곳 비춰본다. 콘크리트 블록 벽 앞에서 코트를 입고 안전모를 쓴 그녀의 형체가 커다랗게 보인다. 그리고 스카페타의 손전등 불빛에 드러난 것은 바로, 눈이었다. 베이지색 콘크리트에 검은색 스프레이 페인트로 커다랗게 그린 눈은 속눈썹이 없고, 정면을 똑바로 응시하고 있다.

"도대체 저게 뭐요?" 조가 벽에 그려진 그 눈을 보고 묻는다. 하지만 스카페타는 그를 돌아보지도 않는다. "맙소사, 저게 뭡니까?"

스카페타는 손전등을 다른 곳으로 돌리며 아무 대답도 하지 않는다.

그녀가 법의국장으로 일할 때 구석에 세워져 있던 야구 방망이는 사라지고 없지만, 먼지와 유골은 가득 쌓여 있었다. 먼지와 유골이 정말 많이 쌓여 있다는 생각이 든다. 손전등을 비추자 검은색 스프레이 페인트와 수정용 물감 두 통이 보인다. 하나는 빨간색 에나멜페인트이고 다른 하나는 파란색 에나멜페인트인데, 두 개 모두 텅 비어 있다. 스카페타는 에나멜페인트 통 두 개를 비닐 봉지에 담고, 스프레이페인트를 다른 봉투에 담는다. 안에 재가 남아 있는 오래된 시가 케이스가 보이고, 바닥에 시가 꽁초와 구겨진 갈색 종이봉투가 보인다. 그녀는 갈색 종이봉투에 손전등을 비추고 그것을 줍는다. 종이봉투를 열자 부스럭거리는 소리가 난다. 그 봉투는 8년 전, 아니 1년 전에 버린 게 아니었다.

봉투를 열자 희미하게 시가 냄새가 난다. 이미 피운 시가가 아니라 피우지 않은 시가 냄새였다. 손전등으로 봉투 안을 비추자, 시가 부스러기와 영수증이 들어 있다. 조는 그녀를 지켜보면서, 손전등으로 그 봉투를 계속 비춰준다. 영수증에 찍힌 날짜를 본 그녀는 믿을 수가 없었다. 날짜는 올해 9월 14일이었다. 에드거 앨런 포그는 길 아래에 있는 제임스 센터에서 로미오 이 줄리에타(Romeo y Julieta: 쿠바의 시가 제조 회사—옮긴이) 시가를 열 개 구입하면서 100달러 이상을 지불했다.

55

제임스 센터는 마리노가 리치먼드에서 경찰로 일할 당시 가끔씩이라도 들르던 곳이 아니었다. 그는 그런 고급 시가 가게에서 말보로를 구입한 적도 단 한 번 없었다.

마리노는 브랜드를 막론하고 시가를 구입한 적이 없었다. 상대적으로 저렴한 시가 가격조차 꽤 비싼 데다 담배 연기를 깊숙이 들이마시는 그에게는 시가가 맞지 않았다. 시가는 연기를 내뿜으며 피우는 것이기 때문이다. 하지만 마리노는 더 이상 담배를 피우지 않으므로 이제 사실을 있는 그대로 인정할 수 있다. 예전에 시가를 피울 형편이 되었다면, 그는 분명 시가 연기를 폐 깊숙이 들이마셨을 것이다.

유리로 만든 건물 안뜰에는 화분이 여러 개 놓여 있고, 인공 폭포와 분수에서 물방울이 튄다. 에드거 앨런 포그가 질리를 살해하기 불과 석 달 전에 시가를 구입했던 그 가게로 마리노는 재빨리 걸음을 옮긴다.

아직 낮 12시도 되지 않은 터라 가게는 붐비지 않는다. 멋진 양복을

487

입은 몇몇 사람이 커피를 사면서, 중요한 일을 하러 다른 곳에 가는 것처럼 바삐 움직인다. 마리노는 제임스 센터에서 커피를 마시고 시가를 구입하는 사람들을 곱게 바라볼 수가 없다. 그들이 어떤 유형의 사람들인지 잘 알고 있기 때문이다. 물론 그런 유형의 사람들을 직접적으로 알지는 못한다. 하지만 그들이 마리노 같은 유형의 사람들에 대해 전혀 모르고 알려고 애쓰지도 않는다는 것은 잘 알고 있다. 그는 화가 나서 빠른 속도로 걸어간다. 그때 멋진 검은색 줄무늬 양복을 입은 남자가 마리노를 스치며 지나간다. 하지만 그는 마리노를 본 체도 하지 않는다. 빌어먹을! 넌 몰라, 너 같은 사람들은 쥐뿔도 몰라. 마리노는 속으로 투덜거린다.

여러 종류의 담배 냄새가 마치 교향곡처럼 한데 어울어지는 가게 안의 공기는 자극적이면서도 달콤 쌉쌀하다. 알 수 없는 욕구를 느끼던 마리노는 곧 담배가 피우고 싶어진다. 정말이지 담배 맛이 그리웠다. 담배를 피우고 싶다는 생각이 들자 슬프고 당혹스럽다. 다시는 담배를 피울 수 없다는 사실을 알기에 더욱 당혹스럽다. 그는 두 번 다시 담배를 피워서는 안 된다. 하지만 가끔씩 한두 개비는 피워도 된다고 자신을 합리화하곤 했다. 그러나 희망이 있다는 생각은 꾸며낸 공상에 불과하다. 희망은 없다. 희망은 절대 없다. 그가 아무리 담배를 갈망해도, 아무리 절박하게 담배가 피우고 싶다 해도, 부질없는 희망이다. 다시는 담뱃불을 붙이고, 담배 연기를 깊이 들이마시고, 담배 연기가 폐 안으로 들어오는 것을 느끼고, 힘들고 고통스러운 순간을 잠시나마 잊게 해주는 그 기쁨을 느낄 수 없다는 생각이 들자, 마리노는 갑자기 슬픔에 사로잡힌다. 그는 잠에서 깨어나면서도 고통스럽고, 잠자리에 들 때도 고통스럽고, 꿈에서도 고통스럽고, 깨어 있을 때도 고통스럽다. 그는 손목시계를 쳐다보면서 스카페타를 떠올린다. 어쩌면 그녀를 태울 비행기가 연착되었을지도 모른다는 생각이 든다. 요즈음은 비행기가 연착되는 경우가 너무 잦았다.

마리노를 진료한 의사는 그에게 계속 담배를 피우면 예순 살 즈음에는 산소 탱크를 마치 젖먹이 어린애처럼 항상 옆에 달고 다녀야 한다고 말했다. 결국 그는 불쌍한 질리처럼 숨이 막혀서 죽을 것이다. 범인이 몸에 올라타 그 애의 손을 잡은 채 힘껏 누를 때, 그 애는 겁에 질려 숨을 쉬려고 몸부림쳤을 것이다. 폐의 모든 세포는 공기를 마시기 위해 소리를 질렀을 테고, 그 애는 엄마와 아빠를 소리쳐 부르려 했을 것이다. 하지만 질리는 소리조차 낼 수 없었을 것이다. 그 애가 왜 그렇게 끔찍하게 죽어야 했단 말인가? 마리노는 부유한 남자가 운영하는 담배 가게 안의 나무 선반 위에 전시된 시가를 둘러보며 생각한다. '로미오 이 줄리에타' 시가 박스를 보던 마리노는 스카페타가 지금쯤 비행기에 탑승했을 거라고 생각한다. 만약 연착되지 않았다면 벌써 비행기를 타고 서쪽에 있는 덴버로 향하고 있을 것이다. 순간, 마리노는 마음 한구석이 뻥 뚫린 것 같은 느낌이 들고, 한편으로는 부끄럽기 그지없었다. 그리고 이어서 화가 치밀었다.

"찾으시는 거라도 있습니까?" 브이넥 회색 스웨터에 코듀로이 바지를 입은 남자가 카운터 뒤에 서서 말한다. 그의 스웨터 색깔과 회색 머리칼을 보며 마리노는 담배 연기를 떠올린다. 담배 연기로 가득 찬 담배 가게에서 일하다 보니 담배 색깔로 변해버린 듯했다. 그는 하루 일과가 끝나면 온갖 담배 냄새를 풍기며 집으로 돌아갈 수 있지만, 마리노는 혼자 호텔로 돌아가야 하고 담배 연기를 들이마시기는커녕 담배에 불을 붙일 수도 없다. 이제 그는 진실을 인정한다. 그 진실을 잘 알고 있다. 자신이 담배를 피울 수 없다는 것을. 그런데도 그는 담배를 피울 수 있다고 자신을 기만하면서 슬픔과 부끄러움을 동시에 느낀다.

마리노는 재킷 안주머니에 들어 있는 영수증을 꺼낸다. 스카페타가 자신이 예전에 일하던 건물의 시신 분해실로 들어가 먼지 쌓인 바닥에서 주운 것이다. 그는 투명한 비닐봉투 안에 들어 있는 영수증을 카운터에 내려놓는다.

"여기서 일한 지 얼마나 됐소?" 마리노는 담배 연기처럼 온통 회색 차림인 카운터 건너편의 남자에게 묻는다.

"12년째 일하고 있습니다." 미소를 지으며 대답하지만, 남자의 회색 눈동자에는 경계하는 빛이 담겨 있다. 그가 두려워한다는 걸 알아차린 마리노는 더욱 세게 밀어붙인다.

"그렇다면 에드거 앨런 포그를 알겠군. 지난 9월 14일, 이곳에 와서 이 시가를 구입했지."

남자는 얼굴을 찡그리며 몸을 구부리더니, 비닐로 만든 증거물 봉투 안에 든 영수증을 들여다본다. "이건 우리 가게 영수증이군요." 그가 말한다.

"잘 기억해보시오. 키가 작고 뚱뚱한 체격의 남자인데, 빨강 머리요." 마리노는 카운터 건너편에 있는 남자의 두려움 따윈 전혀 개의치 않고 말한다. "나이는 30대. 저기 있는 시체안치소에서 일했소." 마리노는 14번 스트리트를 가리킨다. "아마 이곳에 왔을 때 이상하게 행동했을 거요."

남자는 마리노가 쓰고 있는 LAPD 야구모자를 계속해서 쳐다본다. 이내 얼굴빛이 창백하고 불안해진다. "우리 가게에서는 쿠바산 시가를 판매하지 않습니다."

"뭐라고?" 마리노가 얼굴을 찌푸리며 묻는다.

"쿠바산 시가는 취급하지 않습니다. 그 사람이 주문하기는 했지만, 우리 가게에서는 판매하지 않습니다."

"그자가 이곳에서 쿠바산 시가를 주문했소?"

"매우 집요했는데, 마지막으로 왔을 때는 더 집요했습니다." 남자가 불안한 목소리로 말한다. "우리는 쿠바산 시가나 불법적인 제품은 판매하지 않습니다."

"난 그 일로 당신을 고소하지도 않을 거고, ATF나 FDA에서 나오지도 않았고, 공공위생국에서 나오지도 않았소." 마리노가 말한다. "카운터 밑에 쿠바산 시가를 두고 판매한다 해도 아무 상관하지 않을 거요."

"맹세코, 쿠바산 시가는 절대 판매하지 않습니다."

"내가 원하는 건 에드거 앨런 포그요. 그에 대해 말해주시오."

"기억납니다." 남자가 말한다. 그의 얼굴빛이 다시 담배 연기처럼 회색으로 변한다. "그는 쿠바산 시가를 주문했습니다. 우리 가게에서 판매하는 도미니카산이 아닌 쿠바산 코히바 시가를 주문했습니다. 쿠바산 시가를 판매하는 것은 불법이기 때문에 팔 수 없다고 말했습니다. 이곳 사람은 아닌 것 같았는데, 그렇죠? 억양으로 보아 이곳 사람은 아닌 것 같았습니다."

"물론 이곳 출신은 아니오." 마리노가 대답한다. "그것 말고 포그가 무슨 말을 했소? 마지막으로 온 게 언제였지?"

남자가 카운터 위에 놓인 영수증을 내려다본다. "그 뒤로 몇 번 더 온 것 같습니다. 마지막으로 온 것은 10월쯤. 몇 달에 한 번 정도 왔는데, 이상한 사람 같았습니다. 정말 이상한 사람이었습니다."

"10월? 알겠소. 마지막으로 왔을 때 무슨 말을 했소?"

"쿠바산 시가를 달라, 값은 얼마든지 지불하겠다, 이렇게 말했습니다. 하지만 나는 쿠바산 시가는 판매하지 않는다고 말했습니다. 그 사람도 그 사실을 알고 있었습니다. 예전에도 그런 요구를 했지만 거절했으니까요. 마지막으로 왔을 때는 훨씬 더 집요했습니다. 이상한 사람이었습니다. 정말 끈덕졌어요. 쿠바산 시가가 다른 어떤 시가보다 폐에 더 좋다는 엉터리 소리를 했던 것도 같습니다. 쿠바산 시가는 원하는 만큼 피워도 폐에 손상을 주지 않을뿐더러 오히려 폐에 좋다고 했습니다. 순수하기 때문에 폐에 좋고, 의학적인 치료 효과도 있다는 말도 안 되는 소리를⋯."

"그래서 그자한테 뭐라고 했는지, 거짓말하지 말고 사실대로 말해주시오. 난 당신이 쿠바산 시가를 팔았다 해도 아무 상관하지 않을 거요. 그를 찾아내야만 하오. 쿠바산 시가가 자신의 망가진 폐에 좋다고 믿었다면, 아마 어디에선가 그걸 구입했겠지. 원하는 게 있으면 어디에서든 구해내는 놈이니까."

"마지막으로 이곳에 왔을 때, 그는 정말 강경했습니다. 이 건에 대해서는 묻지 말아주십시오." 남자가 영수증을 내려다보며 말한다. "좋은 시가는 얼마든지 있습니다. 왜 쿠바산 시가가 좋은지 모르겠지만, 어쨌든 그는 그걸 원했습니다. 마치 심한 질병을 앓는 절박한 상황에서 마법의 약초나 마리화나에 매달리는 사람이나 금(gold) 주사를 맞는 관절염 환자 같았습니다. 어떤 미신을 믿는 것 같기도 했고요. 정말 이상한 사람이었습니다. 나는 다른 가게를 소개해주면서, 더 이상 우리한테 쿠바산 시가를 사러 오지 말라고 말했습니다."

"어떤 가게?"

"쿠바산 시가를 파는 술집입니다. 그곳에서는 원하는 것은 무엇이든 살 수 있다고 들었습니다. 하지만 나는 그 술집에 가지도 않고, 아무 상관도 없습니다."

"어디에 있지?"

"슬립 구역에 있는 술집인데, 여기서 몇 블록만 가면 됩니다."

"사우스플로리다에서 쿠바산 시가를 파는 곳을 아시오? 그자한테 사우스플로리다에 있는 곳도 추천해줬을 법한데."

"아닙니다." 남자는 머리를 가로저으며 말한다. "나는 그런 곳과 아무런 상관이 없습니다. 슬럼에 가서 물어보십시오. 그들이라면 알겠죠."

"알겠소. 그리고 100만 달러짜리 질문 하나." 마리노는 비닐봉투를 재킷 주머니에 넣으면서 말한다. "당신이 소개해준, 슬럼에 있는 그 술집에서 그자가 쿠바산 시가를 샀을까?"

"나는 사람들이 그 술집에서 시가를 산다고 말해줬을 뿐입니다." 남자가 말한다.

"슬럼에 있는 그 술집 이름이 뭐요?"

"스트라이프스. 캐리 스트리트에 있습니다. 그 사람이 두 번 다시 오지 않았으면 좋겠습니다. 정말 이상한 사람이었습니다. 볼 때마다 그런 생각이 들었습니다. 오랫동안 서너 달에 한 번씩 우리 가게에 왔는데, 별다른 말은 하지 않았습니다. 하지만 마지막으로 온 10월에는 평소보다 훨씬 더 이상했습니다. 야구 방망이를 들고 있더군요. 이유를 물어봤지만 아무 대답도 하지 않았습니다. 쿠바산 시가를 달라고 그렇게 완강하게 버틴 적도 없지만, 왠지 기이해 보였습니다. 그는 계속 코히바라는 말만 하고, 그것을 달라고 했습니다."

"야구 방망이가 빨간색이었소, 아니면 흰색이나 파란색이었소?" 마리노는 스카페타가 필폿의 병원을 나오면서 유골 가는 기계와 뼛가루 등에 대해 하던 이야기를 떠올리며 묻는다.

"글쎄요…." 남자가 이상한 표정으로 마리노를 쳐다보며 묻는다. "그런데 도대체 그런 건 왜 묻는 겁니까?"

56

별장 주변 숲 속에는 어둠이 깊게 내려와 있다. 눈 덮인 포플러나무 주변은 공기가 차갑다. 나뭇가지는 앙상하지만 숲을 빼곡하게 채우고 있다. 루시와 헨리는 몸을 굽혀 나뭇가지를 걷어내고 겨울잠을 자는 어린 나무를 피하며 숲 속을 지나간다. 설상화를 신고 있지만, 걸음을 내디딜 때마다 무릎까지 눈에 파묻힌다. 사람이 지나간 발자국은 사방 어느 곳에도 보이지 않는다.

"이건 미친 짓이야." 헨리가 숨을 몰아쉬면서 말한다. 입에서는 허연 입김이 나온다. "도대체 왜 이러는 거야?"

"밖으로 나와서 할 일이 있기 때문이야." 루시는 거의 허벅지까지 오는 눈을 헤치고 걸으며 말한다. "와! 저것 봐! 믿어지지 않아. 정말 아름다워."

"넌 여기로 오지 말았어야 했어." 헨리는 걸음을 멈춘 채 푸른빛이 도는 흰색 그림자 안에 있는 루시를 쳐다보며 말한다. "이제 이곳에 충분히 있었으니 난 로스앤젤레스로 돌아갈 거야."

"어차피 네 인생이야."

"진심이 아니라는 거 알아. 그런 말 할 때마다 네 진심이 아니라는 거 알아."

"좀 더 얘기해보자." 루시는 나뭇가지나 어린 묘목이 헨리의 얼굴에 튕기지 않도록 조심스럽게 앞으로 나아가면서 말한다. "오래된 나무가 말라서 죽은 게 저쪽에 있을 거야. 널 만나러 올 때 저쪽 길에서 보았거든. 눈을 치우면 앉을 수 있을 거야."

"몸이 얼어붙을 거야." 헨리는 걸음을 내딛고 허연 입김을 내쉬면서 말한다.

"지금은 안 춥지?"

"더워."

"그럼 됐어. 추워지면 일어나서 집으로 가도록 하자."

헨리는 아무런 대답도 하지 않는다. 감기에 걸리고 범인에게 습격당하기 전보다 체력이 현저하게 떨어진 것 같다. 로스앤젤레스에서 처음 만났을 때 헨리의 몸은 완벽했고, 덩치는 크지 않지만 강인했다. 자신의 몸무게만큼 무거운 바벨을 들어 올릴 수 있었고, 아무런 도움 없이 턱걸이를 열 개나 할 수 있었다. 그리고 1.6킬로미터를 7분 안에 달릴 수 있었다. 지금은 1.6킬로미터를 두 발로 서서 걸을 수만 있어도 다행일 것이다. 한 달도 채 지나지 않은 시간 동안 헨리는 많은 것을 잃어버렸고, 매일 더 많은 것을 잃어가고 있다. 신체적인 건강보다 더 중요한 것을 잃어버렸기 때문이다. 그녀는 자신이 할 일을 잃어버렸다. 그녀에게는 더 이상 해야 할 일이 없다. 루시는 헨리가 아무런 임무도 없이 허영심만 갖고 있는 것은 아닌지 염려스럽다. 허영심의 불길은 빠르고 뜨겁게 달아오르지만 곧 사라져버린다.

"저기 위야." 루시가 말한다. "저기 저 커다란 통나무 보여? 그 뒤에 얼어붙은 샛강이 있고, 쭉 가면 헬스클럽이 있어." 그녀는 스키폴로 가리키며 말한다. "헬스클럽과 스팀 룸에 있으면 완벽한 시나리오인데 말이야."

"숨을 쉴 수가 없어." 헨리가 말한다. "감기에 걸린 뒤로, 폐가 예전의 절반 크기밖에 되지 않는 것 같아."

"기억 못할 수도 있겠지만, 넌 폐렴에 걸렸었어." 루시가 말한다. "넌 1주일 동안 항생제를 복용했고, 그 일이 일어날 때도 항생제를 복용하고 있었어."

"맞아, 그 일이 일어났을 때도 그랬어. 모든 게 그 일과 관련되어 있어. 모두 그 일 때문이야." 그녀는 '그 일'이라는 단어를 계속 강조하면서 말한다. "이제는 그 일을 다르게 표현하는 게 좋겠어." 헨리는 속도를 늦추고 땀을 흘리면서, 루시가 디딘 곳을 그대로 따라간다. "폐가 아파."

"뭐라고 부르는 게 좋겠어?" 루시는 쓰러진 나무에 다다른다. 한때는 커다란 나무였지만 지금은 마치 거대한 선박의 잔해처럼 보인다. 루시는 나무 위에 쌓인 눈을 걷어내면서 말한다. "그럼 그때 일어났던 일을 뭐라고 부르고 싶어?"

"거의 죽을 뻔했던 사건."

"여기에 앉아." 루시는 나무 위에 앉아 옆자리를 손으로 가볍게 두드리며 말한다. "앉으니까 기분이 좋군." 그녀의 입에서 허연 입김이 나온다. 얼굴이 너무 차가워서 감각을 거의 느낄 수 없을 정도다. "거의 죽을 뻔했던 것과 거의 살해당할 뻔했던 건 다르지 않아?"

"똑같아." 헨리는 눈 쌓인 숲과 짙은 산 그림자를 둘러보면서 통나무 옆에 선 채 말한다. 어두운 나뭇가지 사이로 별장들과 헬스클럽에 켜진 노란 불빛이 보이고, 굴뚝에서는 연기가 피어오른다.

"똑같지는 않지." 루시는 헨리를 올려다보며 말한다. 헨리는 부쩍 야위었다. 그 눈빛을 보자 루시는 처음엔 알아차리지 못했던 무언가를 느낀다. "거의 죽을 뻔한 일이라고 부르는 것은 적절하지 않아. 난 느낌, 진짜 감정을 찾으라는 거야."

"아예 찾지 않는 것보다는 낫겠지." 헨리는 마지못해 통나무 위에 앉지만, 루시와 거리를 유지한다.

"네가 그를 찾은 게 아니라 그가 너를 찾아냈어." 루시는 두 손을 무릎에 올리고 맞은편에 있는 숲을 똑바로 응시한 채 말한다.

"나는 스토킹을 당했어. 할리우드 연예인들의 절반은 스토킹을 당해. 그래야 진정한 할리우드 멤버가 되는 법이지." 헨리는 스토킹당하는 여배우 멤버가 된 것을 오히려 즐기는 것처럼 보인다.

"얼마 전까지는 나도 그렇게 생각했지." 루시는 장갑 낀 손으로 눈을 한 움큼 집고 바라본다. "넌 우리 회사에 취직한 것에 대해 인터뷰를 했어. 나에겐 아무 말도 하지 않고 말이야."

"무슨 인터뷰?"

"〈할리우드 리포트〉. 네 인터뷰를 실었어."

"그건 대부분 내가 하지도 않은 말이야." 헨리가 신경을 곤두세우며 말한다.

"네가 무슨 말을 하지 않았느냐가 중요한 게 아니라, 인터뷰를 했다는 게 중요해. 넌 인터뷰를 했어. 내 회사 이름이 신문에 실렸고. 마지막 경비구역이라는 존재는 비밀이 아니지만, 본부를 플로리다로 옮긴 것은 극비 사항이었어. 그 이유는 트레이닝캠프 때문이었지. 하지만 결국 신문에 실렸어. 한 번 그런 사실이 밝혀지면 계속 꼬리에 꼬리를 물게 되지."

"소문과 거짓의 차이를 이해 못하는 것 같군." 헨리가 말한다. 루시는 그녀를 쳐다보고 싶지도 않다. "영화 일을 해봤다면 무슨 말인지 이해할 거야."

"오히려 많은 걸 이해하고 있지. 유감스러우리만큼. 에드거 앨런 포그는 내가 플로리다 할리우드에 새로 연 사무실에서 이모가 함께 일한다는 사실을 알아냈어. 그가 어떻게 알아냈다고 생각해?" 루시는 몸을 구부리며 흰 눈을 더 움켜쥔다. "그자는 할리우드에 갔어. 나를 찾으러."

"그자는 너를 뒤쫓지 않았어." 헨리가 말한다. 그녀의 목소리가 눈만큼이나 차갑다. 루시는 장갑을 꼈기 때문에 눈의 감촉을 느낄 수 없지만, 헨리의 냉담함은 느낄 수 있다.

"아니. 유감스럽지만 그는 나를 뒤쫓았어. 너도 알겠지만 누가 페라리를 모는지 확인하기는 힘들었을 거야. 그러려면 가까이 다가가서 봐야 하니까. 어쨌든 포그는 내 뒤를 쫓았어. 여기저기 수소문해서 결국 트레이닝캠프를 찾아냈고, 페라리를 뒤쫓아서 집을 확인했겠지. 아마 검은색 페라리였을 거야. 확실한 건 아니지만." 루시는 검은색 장갑을 낀 손에 담은 눈을 버리고 더 많은 눈을 퍼 올린다. 그러면서 헨리의 시선을 계속 피한다. "그자는 내 검은색 페라리에 흠집을 남겼어. 난 너에게 검은색 페라리를 절대 몰고 나가지 말라고 했는데, 너는 내 허락도 없이 그 차를 몰고 나갔어. 바로 그날 밤 그자가 내 집을 찾아낸 거야. 그는 절대 너를 뒤쫓은 게 아니야."

"너무 자기중심적이군." 헨리가 말한다.

"헨리." 루시는 손을 벌려 움켜쥐고 있던 눈을 떨어뜨린다. "우린 너를 신입 요원으로 고용하기 전에 비싼 비용을 들여서 뒷조사를 했어. 아마 우리가 찾아내지 못한 기사는 아무것도 없을 거야. 슬프게도 너에 대한 기사는 거의 없었어. 이제 스타 타령은 그만했으면 좋겠군. 스토킹을 당했으니 대단한 연예인이라는 망상은 버려. 정말 지겨워."

"난 그만 가야겠어." 헨리는 통나무에서 일어서며 말한다. 거의 자제력을 잃은 듯했다. "정말 피곤해."

"그자는 내가 어렸을 때 자신에게 한 행동을 되갚기 위해 널 죽이려 했던 거야." 루시가 말한다. "그자처럼 이상한 사람은 도저히 논리적으로는 설명할 수가 없어. 사실, 나는 그 사람이 기억나지도 않아. 그 사람도 아마 날 기억하지 못할 수도 있을 거야. 헨리, 종종 우리 모두는 어떤 목적을 위한 수단에 지나지 않아."

"너를 만나지 않았으면 좋았을 텐데. 넌 내 삶을 망쳤어."

루시의 눈에 눈물이 고인다. 그녀는 마치 그 자리에 얼어붙은 것처럼 통나무 위에 앉아 있다. 눈을 퍼 올려 던지자 가루가 되어 나무 그림자 아래로 날린다.

"난 쉽게 남자들한테 빠져들어." 헨리는 방금 전 설상화를 신고 걸어왔던 길로 시선을 던지며 말한다. "왜 그랬는지 모르겠어. 단지 어떨지 궁금해서 그런 건지도 몰라. 많은 남자가 너한테 반하고, 네가 흥미로운 여자라고 생각하겠지. 내가 있던 연예계에서는 그다지 낯선 일도 아니지만. 그런 건 상관없어. 어떤 것도 상관없어."

"타박상은 어쩌다 입은 거야?" 루시는 헨리의 등 뒤에 대고 묻는다. 헨리가 다리를 높이 들어 올리고 숨을 거칠게 내쉰다. "난 네가 기억하고 있다는 것 다 알아. 넌 어떻게 타박상을 입었는지 분명하게 기억하고 있어."

"아, 네가 찍은 사진에 나온 그 타박상 자국?" 헨리는 스키폴로 높게 쌓인 눈을 찌르면서 숨을 몰아쉰다.

"난 네가 기억하고 있다는 것 알아." 루시가 통나무에 앉아 그녀를 쳐다보며 말한다. 눈에는 눈물이 글썽이지만, 목소리가 흔들리지 않도록 애쓴다.

"그자가 내 위에 올라탔어." 헨리는 반대쪽 스키폴을 눈 속에 찔러 넣고 설상화 신은 다른 발을 들어 올린다. "긴 곱슬머리의 그 이상한 남자 말이야. 처음엔 수영장을 청소하는 아줌마라고 생각했어. 그를 여자로 생각했다고. 며칠 전 몸이 아파 위층에 있는데, 그 곱슬머리 뚱보가 수영장 위에 뜬 오물을 걷어내고 있었어."

"그자가 수영장 위에 뜬 오물을 걷어내고 있었다고?"

"그래. 그래서 그를 수영장을 청소하는 아줌마라고 생각했어. 그리고 웃기는 일이 또 있어." 헨리는 루시를 돌아보며 말한다. 그 얼굴이 마치 다른 사람의 얼굴처럼 보인다. "술 취한 이웃이 네 집에서 일어난 모든 일을 사진으로 찍고 있더군."

"그런 정보를 주다니, 고맙군." 루시가 말한다. "벤턴 아저씨는 너를 도우려고 애썼어. 하지만 넌 그에게 그런 말을 하지 않았을 게 분명해. 사진이 있다는 걸 알려줘서 정말 고마워."

"기억나는 건 그게 전부야. 난 그자가 내 위에 올라탔다는 사실을 말하고 싶지 않았을 뿐이야." 헨리는 거칠게 숨을 몰아쉬며 앞으로 나아가려다 걸음을 멈춘다. 뒤를 돌아보는 그녀의 얼굴이 창백하고 잔인해 보인다. "당혹스러웠어." 헨리가 천천히 숨을 내쉬며 말한다. "뚱뚱하고 못생긴 그 이상한 놈이 네 침실에 나타났다고 생각해봐. 그런 놈이 내 위에 올라탔다고 생각해봐." 헨리는 고개를 돌리고 앞으로 터벅터벅 걸어간다.

"알려줘서 고마워, 헨리. 넌 훌륭한 수사관이야."

"이제는 더 이상 아니야. 일을 관두고 로스앤젤레스로 돌아갈 거야." 헨리가 숨을 몰아쉬며 말한다. "그만둘 거야."

루시는 통나무에 앉아 눈을 퍼 올리고, 검은색 장갑에 묻은 눈을 내려다본다. "넌 그만둘 수 없어." 루시가 말한다. "왜냐하면 해고되었으니까.”

하지만 헨리는 루시의 말을 듣지 못한다.

“넌 해고되었어.” 루시는 통나무에 앉아 중얼거린다.

헨리는 발을 높게 들어 올리며 스키폴로 눈길을 헤치고 숲 속을 지나간다.

57

에드거 앨런 포그는 U.S. 1번지에 있는 건즈 앤드 폰 숍(Guns & Pawn Shop) 안에 있다. 그는 바지 오른쪽 주머니에 들어 있는, 구리와 납으로 만든 탄창을 만지작거리면서 천천히 상점을 둘러본다. 선반에 진열된 권총용 가죽 케이스를 하나씩 꺼내 살펴본 다음, 가지런히 제자리에 둔다. 오늘 그에게 필요한 것은 권총용 가죽 케이스가 아니다. 오늘은 무엇이 필요할까? 그도 분명히 알지 못한다. 아무것도 하지 않은 채 며칠이 흘러갔다. 그저 땀을 흘리며 안락의자에 앉은 채, 벽에 붙은 커다란 눈 그림을 쳐다보면서 희미한 기억을 떠올리곤 했다.

그는 끊임없이 마른기침을 한다. 그래서 지치고, 숨이 차고, 점점 더 화가 난다. 코에서는 콧물이 계속 흐르고 뼈마디가 욱신거린다. 그는 그런 증상이 어떤 것인지 잘 알고 있다. 필폿 박사에게는 독감 백신이 떨어지고 없었다. 그는 포그를 위해 백신을 남겨두지도 않았다. 어느 누군가는 포그를 위해 백신을 남겨두었어야 했다. 하지만 필폿은 그런 배려를 하지 않았다. 필폿은 남아 있는 백신이 없어서 미안하다고 말했다. 그리고 리치먼드 도시 전체에서 그를 위해 백신을 남겨둔 사람은 아무도 없을 게 분명했다. 필폿은 1주일 후에 다시 찾아와보라고 했지만 가능성은 별로 없을 거라고 했다.

플로리다는 어떨까요? 포그는 필폿에게 물었다.

잘 모르겠습니다. 필폿은 포그의 말에 귀도 기울이지 않은 채 대충 대답했다. 어디에서도 독감 백신을 구할 수 없을 겁니다. 운이 좋다면 또 모르지만요. 올해에는 전국적으로 백신이 부족하거든요. 백신을 충분히 생산하지 않았고, 더 많은 양을 만들려면 서너 달은 걸립니다. 사실, 백신을 맞는다 해도 곧 다른 독감에 걸릴 겁니다. 따라서 감기에 걸린 사람들을 피하고 몸조심하는 것이 최선입니다. 비행기도 타지 말고 헬스클럽에도 가지 않는 것이 좋습니다. 헬스클럽에서는 여러 사람에게 노출될 수 있으니까요.

알겠습니다. 에드거 앨런 포그는 대답했다. 그는 평생 동안 비행기를 타본 적이 한 번도 없고, 고등학교를 졸업한 이후에는 헬스클럽에 가본 적도 없다.

에드거 앨런 포그는 기침을 너무 심하게 해서 눈에 눈물이 고인다. 선반에 놓인 권총 청소용 액세서리를 보던 그는 조그마한 붓과 병, 키트 따위로 시선을 던지며 감탄한다. 그는 상점 안에 있는 모든 사람을 둘러보면서 천천히 걸음을 옮긴다. 몇 분 후, 상점 안에는 그 이외에는 아무도 없고, 카운터에 있는 검은색 옷을 입은 덩치 큰 남자가 진열장의 권총을 정돈하고 있다.

"무슨 일로 왔습니까?" 덩치 큰 남자가 묻는다. 50대에 머리를 깨끗하게 밀었고, 다른 사람을 해칠 만큼 위협적으로 보인다.

"이곳에서 시가를 판다고 들었습니다." 포그는 기침을 참으며 겨우 말한다.

"그래요?" 남자가 도전적인 눈빛으로 포그를 쳐다본다. 포그의 가발을 올려다본 다음 다시 그의 눈을 쳐다본다. 금방이라도 포그의 어깨를 툭툭 칠 것 같다. "어디서 그런 얘기를 들었습니까?"

"누군가에게서 들었습니다." 포그가 대답한다. 뭔가가 그의 어깨를 두드린다. 포그는 기침을 하기 시작한다. 눈에는 눈물이 고인다.

"시가를 피워서는 안 될 것 같군요." 진열장 앞에 서 있는 남자가 말한다. 그의 카고 바지 벨트 뒷부분에 검은색 야구모자가 꽂혀 있다. 하지만 어떤 종류인지는 알 수가 없다.

"그건 내가 결정합니다." 포그는 애써 숨을 고르며 말한다. "코히바로 주십시오. 여섯 개. 하나에 20달러씩 드리겠습니다."

"코히바가 대체 무슨 총입니까?" 남자가 무표정한 얼굴로 말한다.

"그럼, 25달러."

"도대체 무슨 말을 하는지 모르겠군."

"30달러." 포그가 말한다. "더 이상은 안 됩니다. 질 좋은 쿠바산입니다. 그리고 저기 있는 38구경 스미스 앤드 웨슨을 보여주십시오." 포그는 진열장에 전시된 리볼버 권총을 가리키며 말한다. "코히바하고 38구경을 보여주십시오."

"알겠습니다." 남자가 무언가를 눈치 챈 것처럼 그를 훑어보며 말한다. 그의 어조와 얼굴 표정도 바뀌었다. 포그의 어깨를 치던 뭔가가 계속 그의 어깨를 툭툭 치고 있다.

포그는 마치 뒤에 무언가가 있는 것처럼 뒤를 돌아본다. 하지만 뒤에는 아무것도 없다. 총과 다양한 액세서리, 얼룩무늬 군복과 탄약통 이외에는 아무것도 없다. 그는 주머니 안에 든 38구경 탄창을 만지면서, 검은색 옷을 입은 덩치 큰 남자를 쏘면 어떤 기분일지 궁금해한다. 아마 기분이 좋을 것이다. 포그가 유리 진열장 쪽으로 고개를 돌리자, 그 남자가 포그의 인중을 총으로 겨누고 있다.

"잘 지냈어, 에드거 앨런?" 남자가 말한다. "나 마리노야."

58

스카페타는 별장에서 오솔길로 이어진 길을 따라 내려오는 벤턴의 모습을 쳐다보고 있다. 그녀는 향기 나는 진초록 나무 밑에서 그를 기다린다. 벤턴이 아스펜에 온 뒤로 그를 만나지 못했다. 헨리가 이곳에 온후 벤턴은 그녀에게 전화도 자주 하지 않았다. 그때 스카페타는 아무것도 몰랐다. 그는 스카페타와 통화할 때도 별로 말을 하지 않았다. 하지만 그녀는 이해했다. 그녀는 이해하는 법을 배웠고, 이제 더 이상 이해하는 게 힘들다고 생각하지 않는다.

벤턴이 그녀에게 키스한다. 그의 입술에서 소금기가 느껴진다.

"뭘 먹은 거예요?" 그녀는 상록수 나뭇가지 아래 서서 그를 꼭 안은 채 다시 키스한다.

"땅콩. 그렇게 예민한 후각이라면 블러드하운드(bloodhound: 영국산 경찰견 – 옮긴이)로 태어났어야 했는데." 벤턴은 스카페타의 눈을 바라보며 그녀의 어깨를 감싼다.

"어떤 맛이 난다고 했지, 어떤 냄새가 난다고 하진 않았어요." 스카페타는 별장으로 이어진 오솔길을 그와 함께 걸어가면서 웃는다.

"시가에 대해 생각해봤소." 벤턴이 그녀를 가까이 당기며 말한다. 두 사람은 마치 한 몸인 것처럼 발을 맞춰 함께 걷는다. "내가 시가를 피웠던 때가 기억나시오?"

"맛은 좋지 않았죠." 스카페타가 말한다. "냄새는 좋았지만 맛은 별로였어요."

"그땐 당신도 담배를 피웠소."

"그래서 내 입에서도 좋은 맛이 나지 않았을 거예요."

"난 그런 말 하지 않았소. 절대 안 했어."

두 사람은 서로 허리를 감싸 안은 채 숲 속에 있는 불 켜진 별장으로 걸어간다.

"케이, 당신이 시가를 생각해낸 건 정말 훌륭했소." 벤턴은 스키 재킷 주머니에 들어 있는 열쇠를 찾으며 말한다. "아무리 생각해봐도 정말 훌륭해."

"내가 생각해낸 게 아니에요." 스카페타가 말한다. 그녀는 오랜만에 만난 벤턴이 어떤 기분일지 궁금하다. "마리노가 생각해냈어요."

"그자가 리치먼드에 있는 고급 담배 가게에서 쿠바산 시가를 구입하는 걸 못 본 게 아쉽군."

"거기에서는 쿠바산 시가를 불법으로 판매하지 않아요. 쿠바산 시가를 마리화나처럼 판매하는 건 정말 어리석은 일이죠." 스카페타가 말한다. "그 고급 담배 가게 직원이 마리노한테 알려줬어요. 그래서 플로리다 할리우드에 있는 총기 상점까지 가게 된 거죠. 마리노는 정말 대단해요."

"어쨌든." 벤턴이 말한다. 그는 사소한 것에 특별히 관심을 기울이지 않는다. 벤턴이 무엇에 관심을 갖고 있는지 알아차리자 스카페타는 어찌할 바를 모른다.

"날 믿지 말고 마리노를 믿어요. 내가 할 말은 그게 다예요. 그가 해낸 거예요. 지금은 그를 믿어주는 게 최선이에요. 배가 고픈데, 날 위해 뭘 준비했어요?"

"그릴이 있소. 야외 욕조에 뜨거운 물을 받아놓고 눈 쌓인 정원에서 고기를 구워먹고 싶어."

"야외에서 온욕을 한다고요? 추운 겨울 저녁에, 권총 이외에는 아무것도 걸치지 않은 채?"

"야외 욕조는 아직 한 번도 사용해본 적이 없어." 그가 현관 앞에 서서 문을 연다.

두 사람은 신발에 묻은 눈을 털어낸다. 길에 쌓인 눈을 치웠기 때문에 신발에는 눈이 별로 묻어 있지 않지만, 집 안에 들어가기 전에 버릇처럼 그리고 왠지 수줍은 듯 묻은 눈을 털어낸다. 문을 닫은 벤턴이 그녀를 꼭 안으며 깊게 키스한다. 그의 입에서는 더 이상 짠맛이 나지 않는다. 대신 따뜻한 혀와 부드럽게 면도한 얼굴이 느껴진다.

"머리가 많이 자랐네요." 스카페타는 그의 머리를 쓸어 넘기며 말한다.

"바빴어. 너무 바빠서 머리 자를 시간도 없었지." 벤턴은 그녀의 몸을 만지며 대답한다. 스카페타도 그의 몸을 만지지만 코트 때문에 여의치가 않다.

"다른 여자랑 함께 지내느라 바쁘다고 들었어요." 스카페타는 벤턴이 코트를 벗도록 도와주면서 말한다. 그도 그녀의 코트를 벗겨주면서 키스하고 애무한다.

"그래?"

"네. 머리는 자르지 말아요."

스카페타는 현관문에 몸을 기댄다. 문틈 사이로 차가운 공기가 스며들지만 그녀는 개의치 않는다. 그의 팔을 잡은 채 무스로 손질한 희끗한 머리칼과 두 눈을 응시한다. 벤턴도 그녀의 얼굴을 어루만지며 그녀를 바라본다. 그의 눈 속에 비치던 것이 더 깊고 더 밝아진다. 바로 그 순간, 그녀는 그가 기뻐하는지 슬퍼하는지 분간할 수가 없다.

"들어와." 벤턴의 눈빛은 변함이 없다. 그가 그녀의 손을 잡고 안으로 들어가자 갑자기 온기가 느껴진다. "배고프고 피곤할 테니, 마실 거나 먹을 거 갖다줄게."

"괜찮아요, 그렇게 피곤하지는 않아요." 스카페타가 말한다.

〈끝〉

《흔적》은 1990년《법의관》으로 시작된 스카페타 시리즈의 열세 번째 작품이다. 15년 동안 한 시리즈로 열세 작품을 써내려간 작가로서의 내공도 대단하지만, 15년이라는 짧지 않은 세월 동안 작품이 변화하고 성장하는 모습을 독자로서 지켜보는 것도 큰 즐거움이 아닌가 싶다.

《흔적》은 지난 15년 동안 작가로서 걸어온 길을 되돌아봄과 동시에 논리와 분석보다는 인간 내면을 깊이 있게 들여다보는 새로운 성찰과 시도가 돋보이는 작품이다. 스카페타 시리즈의 열두 번째 작품인《데드맨 플라이》에서는 처음으로 3인칭 전지적 시점이 도입되는 등 많은 변화가 있었다. 법의학과 심리학이라는 형식에 얽매이지 않고 범죄자들의 내면을 여과 없이 파헤침으로써 전 세계 독자들에게 적지 않은 반향을 불러일으켰다.《흔적》은 다소 혼란스러웠던 전작의 형식적인 면을 많이 가다듬어, 1권부터 지금껏 유지해온 긴장감과 치밀한 구성을 견고하게 다시 쌓아올린 작품이다. 그러면서도 내용적인 면에서는 범죄와 인간에 대한, 더욱더 성숙해진 성찰이 단연 돋보이는 작품이라 할 만하다.

소설은 법의학자 스카페타가 버지니아로 되돌아오는 것으로 시작된다. 오랜 시간 일과 사랑 문제로 시련을 견딘 스카페타가 다시 자신의 본거지인 버지니아로 돌아오고, 그녀 곁에는 10년이 넘는 세월 동안 동고동락해온 마리노 형사가 버티고 서 있다. 하지만 자신이 수장으로 근무하던 버지니아 법의국에 컨설턴트 자격으로 되돌아온 스카페타는 화려한 대접도 열렬한 환영을 받지 못한다. 그녀가 버지니아로 되돌아오자마자 마주한 주검은 열두 살짜리 소녀. 그녀의 끔찍한 죽음의 원인을 밝혀내야 하는데, 주변에서는 이유도 알 수 없는 사건이 끊임없이 이어진다.

의문의 죽음을 당한 소녀의 어머니는 성 도착 증세를 보이고, 마리노는 그녀와 미묘한 관계에 휘말린다. 전작에서 선을 넘어 버린 루시의 이상한 행각도 계속 이어진다. 의문사한 소녀의 아버지를 염탐하는 등 벤턴과 수사에 공조하는 듯하면서도, 본인은 뜻하지 않게 범죄의 표적이 되며 극적 긴장감을 높인다. 그리고 이번 시리즈의 새로운 등장인물인 에드거 앨런 포그의 반전은 독자들에게 많은 생각거리를 던져준다.

소심하고 겁 많은 에드거 앨런 포그가 서서히 범죄 세계에 빠져드는 이유는 대수롭지 않은 사건에 대한 복수심 때문이다. 사소한 복수심과 증오 때문에 한 인물이 철저하게 망가지고, 주변 인물들이 모두 늪에서 헤어 나오지 못하고 좌절하는 모습을 지켜보면서, 독자들은 안타까움과 허망함을 느낄 수밖에 없을 것이다.

스카페타의 그늘에 있었던 한 인물이 오만방자한 루시를 향해 독버섯 같은 마수를 뻗어가는 모습을 지켜보다 보면, 오랜 세월 범죄 스릴러를 써온 작가가 조심스러운 마음으로 자신의 주변을 둘러보는 현명한 태도와 깊은 통찰력이 느껴진다. 냉혹한 법의학자와 심리학자의 입장에 서서 사건을 구성해오던 치밀함은 덜 강조하면서도, 도저히 그 심연을 가늠할 수 없는 인간 내면에 대한 의문을《흔적》을 통해 독자들에게 제기하고 있다. 이번 작품에는 지금까지 시리즈에 등장하던 여러 인물들이 사건의 단서를 제공하고 실마리를 풀어내는 경우가 특히 많은데, 오랜 시간 작품을 써오며 쌓아온 캐릭터들에 대한 작가의 치밀함과 애정이 고스란히 느껴지는 대목이기도 하다.

법의학이라는 전문분야와 심리학적 접근이 돋보였던 전작들에 비해,《흔적》은 범죄자뿐만 아니라 그를 둘러싸고 있는 인물들의 내면을 가감 없이 적나라하게 보여준 작가의 의도가 더욱 빛난 작품이라 할 만하다.《흔적》에 이은 차기작《Predator》가 벌써 기대되는 것도 그 때문일 것이다.

흔적

1판 1쇄 발행 2009년 9월 28일
1판 2쇄 발행 2014년 9월 12일

지은이 퍼트리샤 콘웰
옮긴이 홍성영

발행인 양원석
편집장 김지아
해외저작권 황지현, 지소연
제작 문태일, 김수진
영업마케팅 김경만, 정재만, 곽희은, 임충진, 장현기, 김민수, 임우열
윤기봉, 송기현, 우지연, 정미진, 윤선미, 이선미, 최경민

펴낸 곳 ㈜알에이치코리아
주소 서울시 금천구 가산디지털2로 53, 20층 (가산동, 한라시그마밸리)
편집문의 02-3466-8853 **구입문의** 02-3466-8955
홈페이지 http://rhk.co.kr
등록 2004년 1월 15일 제2-3726호

ISBN 978-89-255-3437-4 (03840)